PARADIS PERDUS

Ses livres, traduits en quarante-six langues, atteignent des tirages vertigineux et ses pièces sont jouées régulièrement dans plus de cinquante pays : Éric-Emmanuel Schmitt est l'un des auteurs francophones les plus lus et les plus représentés dans le monde. Il est aussi l'auteur le plus étudié dans les collèges et les lycées. Né en 1960 à Lyon, cet agrégé de philosophie, docteur en philosophie, normalien de la rue d'Ulm, auteur d'une thèse sur Diderot, s'est d'abord fait connaître au théâtre en 1991 avec *La Nuit de Valognes*, son premier grand succès. Il n'arrêtera plus. Non seulement les plus grands acteurs ont interprété ou interprètent ses pièces – Belmondo, Delon, Francis Huster, Jacques Weber, Charlotte Rampling et tant d'autres –, mais le Grand Prix de l'Académie française couronne l'ensemble de son œuvre théâtrale dès 2001. Romancier lumineux, conteur hors pair, amoureux de musique, Éric-Emmanuel Schmitt fait passer une émotion teintée de douceur et de poésie dans tous les arts. Il est à la fois scénariste, réalisateur, signe la traduction française d'opéras, sourit à la BD et monte lui-même sur scène pour interpréter ses textes ou accompagner un pianiste ou une soprano… En 2012, l'Académie royale de la langue et littérature françaises de Belgique lui offre le fauteuil n° 33, occupé avant lui par Colette et Cocteau. En 2016, il a été élu à l'unanimité par ses pairs comme membre du jury Goncourt.

ÉRIC-EMMANUEL SCHMITT

de l'académie Goncourt

Paradis perdus

La Traversée des temps, 1

ROMAN

ALBIN MICHEL

ISBN : 978-2-253-10674-6 – 1re publication LGF

NOTE DE L'ÉDITEUR

La Traversée des temps lance un défi prodigieux : raconter l'histoire de l'humanité sous une forme purement romanesque, entrer dans l'Histoire par des histoires, comme si Yuval Noah Harari croisait Alexandre Dumas…

Ce projet titanesque anime Éric-Emmanuel Schmitt depuis trente ans, une aspiration qui a fini par creuser un chemin de vie. À l'ombre de ses autres textes (romans, nouvelles, théâtre, essais), il y a travaillé sans relâche, amassant des connaissances historiques, scientifiques, religieuses, médicales, sociologiques, philosophiques, techniques, tout en laissant son imagination créer des personnages forts, touchants, inoubliables, auxquels on s'attache et l'on s'identifie.

De cette synthèse entre sa formation intellectuelle et son talent d'écrivain naît une œuvre unique qui nous mène d'un monde à un autre dans le craquement des cultures, cernant les moments où des accidents, des évolutions, des révolutions modifient les civilisations. Et chaque fois, le présent éclaire le passé, tout autant que les temps révolus révèlent l'ère contemporaine.

Cette incroyable traversée commence au déluge et se poursuit à notre époque. À travers leurs amours et leurs luttes, des personnages clés incarnent les événements ou les mutations majeurs.

Chacun des huit titres de cette immense aventure éditoriale s'attache à un âge décisif de l'Histoire humaine : 1. *Paradis perdus* (fin du néolithique et déluge) ; à paraître : 2. *La Porte du ciel* (Babel et la civilisation mésopotamienne) ; 3. *Le Soleil sombre* (l'Égypte des Pharaons et Moïse) ; 4. *La Lumière du bonheur* (la Grèce au IVe siècle av. J.-C.) ; 5. *Les Deux Royaumes* (Rome et la naissance du christianisme) ; 6. *La Mystification* (l'Europe médiévale et Jeanne d'Arc) ; 7. *Le Temps des conquêtes* (la Renaissance et la découverte des Amériques) ; 8. *Révolutions* (Révolutions politiques, industrielles, techniques).

PARADIS PERDUS

Prologue

Un frisson.

D'abord un frisson.

Insistant, le frisson pèse, file, s'étend, lézarde, se multiplie, devenant deux, quinze, cinquante frissons qui conquièrent la peau, réveillent les sens.

L'homme ouvre les paupières.

La nuit… Le silence… La fraîcheur… La soif…

Il regarde les ténèbres alentour. L'obscurité l'épouvanterait s'il ne savait où il se situe. Recroquevillé sur le calcaire humide, il inspire l'air tonique, revigorant, qui emplit ses poumons et ranime ses entrailles. Volupté d'exister… Comme c'est bon, une renaissance ! Meilleur qu'une naissance…

Leur tâche achevée, les frissons se dissipent : l'homme a pris conscience de son corps.

Renonçant à la position fœtale, il se tourne avec précaution sur le dos et, minutieusement, se concentre sur diverses parties de son anatomie. Guidés par sa volonté, ses bras se hissent au-dessus de son visage, ses doigts se plient, leurs cartilages craquent, ses mains descendent, caressent sa poitrine, parcourent son ventre, effleurent la toison qui le termine, frôlent le sexe tiède. Il ordonne à ses chevilles de s'assouplir, lève les pieds, les incline à droite, à gauche, exécute des cercles puis remonte les cuisses contre son torse. Tout obéit à merveille. Souffre-t-il d'une séquelle, d'une gêne quelconque ? Sa palpation scrupuleuse lui confirme qu'il ne porte pas même une cicatrice. Son organisme de vingt-cinq ans lui est rendu intact.

— Noam…

Son nom vibre dans la cavité opaque. Ouf ! Sa voix fonctionne aussi.

Il se renfrogne. Les syllabes qui ont rebondi de mur en mur perturbent l'atmosphère ; avec un mot, un seul, les hommes, les clans, les peuples, les nations, l'Histoire ont fait irruption, menaces lourdes et opprimantes, si éloignées du bonheur animal qu'il goûtait auparavant. Noam. Son prénom l'accable. Noam. S'il s'appelle, ni une mère ni un père ne chuchotent ces sons. Noam. Solitude. Extrême solitude. Sur ce point, une renaissance vaut moins qu'une naissance…

Il se redresse. Son crâne heurte la pierre de la grotte. Étourdi quelques secondes, il masse son cuir chevelu, s'apaise. À l'aveugle, il entreprend de quitter cette alvéole pour la deuxième, contiguë.

Où se cache la porte ? Ses paumes explorent la paroi, laquelle expose des fentes, des replis, des coudes, pas d'orifice. Quoi ? L'explosion qui a eu lieu ici a-t-elle provoqué un effondrement, colmaté l'issue ? Il s'acharne. En vain. Est-il coincé sous des blocs ? Son cœur s'accélère, sa bouche halète, ses avant-bras transpirent.

Calme-toi. Recommence avec méthode.

Agenouillé, Noam prend un repère et ausculte de

nouveau les murs. Un caillou cède, un autre, un troisième : il a détecté le passage.

Il s'y insinue.

À droite.

Il se souvient d'avoir posé son sac à droite. Pourvu que là encore, l'explosion n'ait pas…

Le tissu moite, quasi vivant, rencontre ses doigts.

Rassuré, il en extrait un briquet. Après quelques étincelles, la flamme fuse. Ébloui par cette langue de feu, il détourne la tête. Ses paupières clignotent, sa cornée se voile. Depuis combien de temps ses yeux n'ont-ils rien vu ?

Il se familiarise avec la lumière en détaillant les parois. La roche présente une peau, une peau luisante, mouillée, aux pores dilatés, rose, sensuelle, féminine, offrant des plis amollis qui l'attirent, dessinant ici un cou, une oreille, une aisselle, là une aine, des lèvres, un clitoris, l'ombre mystérieuse d'un vagin. Noam se love au centre de la terre, ce ventre où, au fil des millénaires, se marient le liquide et le minéral. Des gouttes ont créé ces contours. Ce qui l'environne n'a pas été sculpté, mais suinté.

Une érection lui vient. Et l'amuse… Quand a-t-il fait l'amour pour la dernière fois ?

Au fond du sac, il attrape une bougie, l'allume puis, remisant le briquet, s'empare de son linge, un pantalon, une chemise en lin, des sandales.

Il rit. Il se rappelle ce matin où il avait jailli nu des cavernes ! Cela avait affolé un groupe de paysannes.

Vêtu, la bougie en main, il emprunte les goulets qu'il connaît. Les anfractuosités le contraignent, en se faufilant, à ralentir, à ramper, à se tracter de palier en palier, à se couler le long d'un boyau, jusqu'à ce qu'il accède au creux de la crevasse.

Une lueur le surprend, inhabituelle. Des bruits.

Quoi ? Son repaire a-t-il été violé ? D'ordinaire, on ne perçoit que le murmure de l'eau. Mouchant sa bougie, il se glisse avec prudence vers l'ouverture dentelée.

Des voix lui parviennent. Un subtil son de moteur ronronne au lointain. Lorsqu'il gagne le bout de l'artère sinueuse, il se penche et n'en croit pas ses yeux.

La grotte a été envahie. De puissants projecteurs éclairent les concrétions. Collé aux escarpements, un chemin bordé d'une rambarde de fer a été construit, tantôt route creusée, tantôt passerelle ajoutée, s'évasant à l'occasion en balcon pour dégager un point de vue. En ce moment, des individus l'arpentent. À plusieurs reprises, un quidam brandissant un drapeau étriqué guide un groupe et commente. En arabe. En allemand. En anglais. En français.

Noam retient son souffle. Il n'avait jamais imaginé qu'on s'approcherait tant. Attention ! Personne ne doit l'apercevoir posté sur ce piton.

Accroupi, protégé par l'ombre, il découvre, grâce aux éclairages, un jeu chromatique insoupçonné, du céladon à l'orangé en passant par le mordoré, des teintes pastel, timides. Au plafond, il discerne les stalactites, raides, ténues, cheveux perçant le derme rocheux, tels les poils clairsemés qui poussent sur le cuir dur des éléphants. Au loin, les reliefs s'émoussent, s'arrondissent, vernissés, semblables à des nuages solides, des nuées pétrifiées. Partout ailleurs, stalactites et stalagmites se visent, se rejoignent, se ratent, s'écartent. L'opulente Nature se déchaîne ; goutte à goutte, siècle après siècle, avec patience et fantaisie, elle exsude un décor exubérant, abstrait, figuratif, où sphères, coulées, nodules, entassements, agrégats suivent la géométrie, mais s'en affranchissent pour suggérer une corne, un lion, un taureau, un lutteur en colère, un dieu furieux. Ici, elle bâtit des chandeliers ou fond des cierges ; là, elle édifie des temples de méduses ou cisèle de vertigineux tuyaux d'orgue ; sur le restant, elle déploie des tentures de calcite, draperies et cordons entrelacés.

Tendu, Noam analyse les issues. Puisque la faille qu'il connaissait a été obstruée par les travaux, il s'esquivera différemment. Place à l'improvisation !

À l'instant où les intrus libèrent l'espace, il descend du surplomb, souple, son sac sur le dos ; ses doigts et ses orteils sautent prestement d'une prise à l'autre le long de l'à-pic.

— Que faites-vous ?

Une voix a retenti. Elle l'apostrophe en allemand.

Noam distingue un hercule roux en chemise à fleurs qui l'interpelle depuis une plateforme. En continuant ses gestes d'escaladeur, il riposte en arabe :

— Des prélèvements pour le laboratoire.

— Quoi ?

Comme le colosse ne comprend pas, Noam répète en allemand avec un accent arabe amplifié :

— Des prélèvements pour le laboratoire.

— Quel laboratoire ?

— La Société libanaise de spéléologie.

Noam a lancé cette phrase sans réfléchir. Un silence en résulte. Plus que quelques mètres à franchir…

— Eh bien, s'exclame l'Allemand, quel sacré grimpeur !

— Merci, répond Noam en sautant sur la voie de béton.

— Comment avez-vous appris notre langue ?

— J'ai étudié un an à Heidelberg.

Noam le salue, s'éloigne à pas rapides. Où se trouve la sortie ? Songer que la conversation menée avec le premier être qu'il croise en plusieurs années se résume à des mensonges l'exaspère. Bienvenue chez les hommes ! Peu importe ! Celui qui l'a vu dégringoler l'abrupt ne le suspecte pas de s'évader d'une chambre secrète.

Un groupe de touristes s'approche avec la lenteur d'un troupeau bovin. Noam modère son allure, les salue d'un sourire vague et chemine, front baissé, en s'efforçant de ne pas déraper sur le sol détrempé.

Appuyé sur le garde-corps, il avise un trou profond, un puits naturel qui laisse apparaître la surface azur du lac souterrain, placide, rendu rayonnant par les projecteurs immergés. Une embarcation électrique à fond plat y vogue, chargée d'une dizaine de passagers. Voilà d'où provient le fin bruit de moteur. Noam en infère que les deux galeries se visitent, la basse en barque, la haute à pied. Naguère, seuls quelques aventuriers casqués se risquaient dans l'inférieure, nul ne soupçonnait l'existence de la supérieure.

Au fur et à mesure, la fréquentation de l'allée se densifie. Ça jacasse. Cent idiomes s'entrelacent. L'œil en biais, Noam s'étonne des tenues : les badauds, à peine couverts par des shorts courts ou des polos échancrés, affichent des tatouages. Quoi ? Tous marins ? Tous bandits ? Les femmes aussi ?

Noam secoue la tête ; il résoudra cette énigme plus tard.

« Exit ».

Le cœur battant, il franchit un tourniquet chromé puis s'engouffre dans un tunnel artificiel en ciment. Dix mètres. Vingt. Soixante. S'est-il trompé ? Quatre-vingts. Quatre-vingt-dix mètres... À mesure qu'il progresse, il aperçoit le jour, ressent sa chaleur, aspire un air saturé de parfums.

Il déboule sur une placette foisonnant de touristes. Le soleil l'aveugle, la touffeur l'engourdit. Frappé de stupeur, il s'adosse à une balustrade et cherche à maîtriser sa respiration.

Aux environs, des indigènes vendent des articles, qui des boissons fraîches, qui des glaces, qui des pistaches, qui des cacahuètes salées, qui des objets souvenirs – poupées de chiffon, carnets reliés, châles, éventails, tasses, cuillères. Indifférents aux sollicitations, les touristes consultent une petite boîte plate qu'ils tiennent en main ; certains la collent à leur oreille en monologuant à voix haute. Bizarre... À part des adolescents et des adolescentes qui se draguent, personne ne prête attention à personne. Ce qui arrange Noam...

Retirant la gourde de son sac, il se désaltère.

Il jauge la situation : un train à crémaillère ainsi qu'un téléphérique relient désormais la grotte du bas à celle du haut, la sienne, autrefois inconnue. À regret, Noam conclut qu'il fréquente sans doute pour la dernière fois ce refuge tant aimé. Il lui faudra dénicher une nouvelle cachette, au cas où il devrait…

N'y pensons même pas !

Il soupire.

Fuir. Toujours fuir. Et depuis si longtemps…

Pourquoi ?

*

Ses jambes s'emballent. Les muscles de ses mollets et de ses cuisses dévalent le sentier, vifs, excités, gonflés de sang, proches de l'orgasme. Noam a besoin de se défouler.

Après avoir quitté le site de Jeita, il s'est restauré à l'écart de la foule en avalant du thon en boîte – une des précieuses conserves qu'abrite son sac – et il parcourt maintenant les dixhuit kilomètres qui le séparent de Beyrouth. En cette vallée riante, percée de pierres grises, garnie d'oliviers, de citronniers, de chênes, il lui suffit de suivre le fleuve Nahr el-Kalb à l'onde irisée, celui même qui prend sa source aux grottes et fournit la capitale en eau potable.

Le soleil cogne. Les cigales stridulent et craquètent avec une telle ferveur qu'elles donnent l'impression que le panorama s'effrite.

Désaccoutumé, Noam noue un mouchoir sur sa tête, protège ses yeux d'une main en visière, et s'arrête fréquemment pour boire. Alentour, au sommet des collines ou en leurs flancs, pointent des couvents, des chapelles, des monastères, lesquels égrènent les saints à profusion. À l'horizon, une vaste opalescence borde la terre : la mer.

À mesure que Noam avance, brisé par la chaleur, il soulève de la poussière. Les arbustes grillés n'arborent ni fleurs ni fruits. Séchées, les herbes croulent, jaunies, raidies, friables. Quant aux oliviers, les célèbres oliviers qui contribuent à la gloire de la région depuis des millénaires, ils ont perdu leurs feuilles ; leurs troncs noués, tourmentés, s'extirpent de la rocaille en criant de soif.

L'état du fleuve inquiète Noam : loin d'occuper la totalité de son lit, il coule au centre, en un débit prudent, laissant çà et là, éparses, quelques flaques esseulées, vite évaporées.

Une canicule ?

Un chien interrompt les réflexions de Noam.

Haut sur pattes, efflanqué, le poil filasse, il reniflait la dépouille d'une vipère parmi les broussailles de la garrigue lorsqu'il a perçu la présence du promeneur. Il se retourne. Par les yeux, aussitôt, l'homme et la bête se relient.

Lentement, Noam s'accroupit ; lentement, le chien s'approche, dégingandé, hilare, d'une marche souple et oscillante, la queue battant d'un mouvement large.

— Bonjour, toi ! susurre Noam dans une langue que plus personne ne parle, mais que l'animal comprend.

Sa paume reçoit la truffe humide et tiède. Puis ses mains se répandent sur le poitrail, le flattent. Le chien soupire, énamouré. Ils échangent un long regard, comme s'ils se retrouvaient, alors qu'ils se rencontrent. Le paysage s'efface. Le temps se suspend.

— Tu te balades tout seul ?

Plissant son front de velours, le chien fixe Noam

et dévoile le blanc de ses globes oculaires, ce qui lui confère une mine triste.

— Toi, tu essayes de me charmer…

Enthousiaste, l'animal s'abandonne aux caresses, sans retenue ni vergogne.

— Rocky !

Un cri rauque a émané de la lisière.

Désolé, le chien s'arrache à Noam, se dirige vers la voix de son maître.

— Rocky !

Obéissant, ensuite folâtre, il disparaît derrière les genévriers piquants.

Noam demeure assis sur ses talons. Il frémit. Il a éprouvé plus d'émotion en croisant ce chien qu'en croisant les hommes… Qui l'a accueilli ? Qui lui a souhaité la bienvenue avec joie ? La bienveillance gratuite n'a brillé que dans les yeux du chien.

Il se sermonne : Noam, tu finiras misanthrope !

Haussant les épaules, il reprend sa route. « Misanthrope »… le terme ne l'effraye plus. Ne hait les hommes que celui qui les aime. Ne fustige ses semblables que celui qui en attend le meilleur.

Des toits annoncent les faubourgs de Beyrouth.

Quel nom choisir ? Quelle nationalité ? Quelle identité lui permettra de passer inaperçu ? Parce qu'il ignore les derniers développements du Liban, ce théâtre de tous les conflits et de toutes les réconciliations, il doit s'en informer avant qu'on lui pose la moindre question… Par expérience, il sait qu'une phrase peut le mettre en péril.

La ville s'est élargie depuis sa précédente expédition… Des cubes de ciment ferraillé. Des immeubles de quatre étages, élémentaires. Comme toujours, les franges d'une cité ne regorgent pas de splendeurs architecturales. Entre ces bâtisses, les bulldozers rouillent, les câbles pendent dans le vide, bennes et poubelles exposent à ciel ouvert des ordures qui régalent les corbeaux.

Noam stoppe au carrefour, stupéfait. Quel chahut ! S'ajoutant aux pétarades des marteaux-piqueurs, au grondement des générateurs qui alimentent le quartier en électricité, camions, voitures, motos, mobylettes rivalisent de décibels tandis que les fenêtres des logements vomissent à fort volume les sons des radios ou des télévisions.

Il entre dans Beyrouth et déambule. Les corps se frôlent. Les taxis klaxonnent pour racoler les clients.

Sans s'en rendre compte, Noam regarde les femmes et les suit, hypnotisé par leurs fines silhouettes. Quand elles se retournent, il baisse la tête, oblique, change de chemin.

Non, ça ne va pas recommencer ! peste-t-il lorsqu'il prend conscience de son comportement.

Chaque fois, de dos, il a espéré que ce soit Elle ! Chaque fois, de face, il a regretté que ce ne soit pas Elle...

Chassant cette pensée, il tente de se concentrer sur ce qui l'entoure.

Les habitants manient la petite boîte plate qu'il a remarquée à Jeita. Assez vite, Noam déduit qu'il s'agit d'un téléphone, un téléphone dépourvu de fil. Incroyable progrès en quelques décennies ! Cependant, pourquoi les gens scrutent-ils ce téléphone quand ils ne l'utilisent pas ? En se plaçant derrière une

Beyrouthine voilée, myope, très absorbée, il découvre que l'ustensile émet des images lumineuses. Mieux : sans crayon, sans stylo, sans machine à écrire, la demoiselle rédige un message sur l'écran, un texte en caractères d'imprimerie parfaits !

Il continue ses pérégrinations, songeur.

Devant un établissement scolaire, des lycéens, assis en tailleur sur le bitume, bloquent la circulation. Leurs pancartes étalent un slogan : « Pas d'avenir, pas de leçons ! » Noam contourne un journaliste chauve qui, caméra à l'épaule, interroge un des élèves :

— Que vise votre mouvement ?

— Ce n'est pas un mouvement, c'est une grève, répond l'adolescent dans un anglais impeccable, d'une voix grave, ronde, virile, qui contraste avec son anatomie grêle. Nous boycottons nos cours pour alerter les adultes, mobiliser la population, responsabiliser les politiques. Pourquoi irions-nous à l'école si l'avenir est compromis ?

Avec la nonchalance des enfants chastes, il estime l'entretien clos et rejoint ses camarades ; le journaliste le talonne.

— N'exagérez-vous pas ? Vous faites voler les éléphants !

— Ceux qui exagèrent sont ceux qui se voilent la face et se bouchent les oreilles, ceux qui s'obstinent à travailler, à gouverner, à voter, à consommer comme si rien ne se passait.

— Vous imitez les jeunes d'Europe et d'Amérique !

— Exact. Les jeunes de la terre entière s'opposent aux vieux de la terre entière.

— Un conflit de générations : les jeunes contre les vieux ?

— Les conscients contre les inconscients.

— Vous entrez en guerre ?

— Trop tard : tous les camps ont déjà perdu.

La prière du muezzin résonne.

Noam poursuit sa route. S'il a saisi une tension, il n'en démêle ni les tenants ni les aboutissants. Il doit déchiffrer urgemment ce qui se trame.

Il me faut de l'argent.

Zigzaguant entre les piétons à travers les venelles congestionnées, il parvient, après le dispensaire Saint-Irénée, à une brûlerie de café aux arômes ensorcelants ; en face il repère une boutique dont les murs s'incurvent, écrasée par le poids de l'immeuble.

Ouf, toujours là !

L'échoppe, aux stores tirés, ne s'orne d'aucune enseigne et présente une porte menue en contrebas du trottoir carrelé.

Noam descend les trois marches, pousse le vantail, lequel résiste puis cède d'un coup – ce qui déclenche une pluie de clochettes. Noam incline la nuque pour éviter le chambranle et pénètre dans l'entrepôt éclairé par des néons verdâtres. Partout se dressent des vitrines verrouillées, horizontales, verticales, où mille articles sont exposés ; il reconnaît les rayonnages d'argenterie, d'orfèvrerie, de verrerie, de porcelaine et une collection des récents téléphones sans fil.

— Monsieur désire ?

Du fond, le marchand, joufflu, gras, ses rares cheveux noirs pommadés rabattus sur son front court, le regarde avancer, l'œil inquisiteur, ses lèvres violettes traçant un improbable sourire.

Noam abat son sac sur le comptoir, d'un geste viril qui signifie sous toutes les latitudes : « Attention, on ne me roule pas, moi, sinon gare ! »

Les sourcils du marchand tremblotent, impressionnés.

Sous un silence compact, Noam sort une bague de sa poche, la roule dans sa paume, l'exhibe.

— Voici.

Le marchand la soulève entre ses doigts boudinés avec une affectation qu'il imagine distinguée et murmure d'une voix onctueuse :

— Un bijou qui vous vient de votre mère, naturellement ?

Il arbore une moue sceptique, ce qui rend sa figure encore plus poupine.

— Pas à la mode d'aujourd'hui. Un genre qui ne s'achète plus ! Ce type de monture, l'enchâssement, le style…

Il ricane.

— Telle quelle, je ne la refourguerai jamais ! La pierre en revanche…

— Un rubis.

— Oui…

— Un gros rubis.

— Pas si gros…

— Un gros rubis.

— Certes, pas ridicule mais…

— N'essayez pas de me baiser. J'ai consulté vos collègues.

Le mafflu examine Noam et grommelle :

— Savez-vous comment on nomme cette boutique ? La Caverne des Quarante. Pourquoi ? À cause d'*Ali Baba et les quarante voleurs*.

Il tend un index minuscule et potelé vers Noam.

— Si vous êtes quarante, moi, je suis le seul. Vous tous, interchangeables. Moi, pas.

— Vous me prenez pour un voleur ?

— Vous me prenez pour un recéleur ?

Ils se toisent. Noam connaît par cœur la suite de la scène. Il enchaîne :

— J'ai soumis la bague…

— De votre mère…

— De ma mère… à d'autres philanthropes. À Damas. À Nicosie. À La Valette. À Istanbul.

Le marchand modifie son attitude, alerté.

— Vous n'êtes pas pressé ?

— Pas pressé de conclure une mauvaise affaire. Combien me proposez-vous ?

Par réflexe, le boursouflé agite ses doigts, manipulant des billets imaginaires.

— En dollars américains ?

— Évidemment ! réplique Noam, qui ne dispose d'aucune opinion sur la question.

L'homme lève les yeux au ciel, les fait rouler plusieurs fois dans leurs orbites, les actionnant comme un boulier chinois, calcule, puis lâche :

— Vingt mille dollars.

— Êtes-vous bijoutier ou quincaillier ?

— Vingt mille, j'ai dit.

— Quarante mille !

— Vingt-cinq mille.

Paisible, sans un mot ni un regard, Noam reprend sa bague, l'essuie, la range, pivote sur ses talons, se dirige vers la sortie. Le seuil passé, alors que les clochettes retentissent, le marchand jappe :

— Trente-cinq mille dollars !

Noam se retourne et grimace en guise d'adieu. Au moment où la porte se ferme, le marchand s'élance, coince son pied entre le châssis et le battant.

— D'accord : quarante mille dollars !

Ils se tapent dans la main et Noam avale une brusque bouffée de patchouli. Haletant, fébrile, mielleux, le marchand invite son hôte à boire un café ou un thé. Noam regrette : il ignore la valeur de son bijou, pourtant, vu l'allégresse du revendeur, il doute d'avoir obtenu le juste prix.

— Me conseillez-vous quelqu'un… qui fabrique des passeports ?

Le marchand ne tique pas – Beyrouth demeure le carrefour des espions et des trafiquants en tout genre – et il lui refile une adresse.

Noam sort de la boutique. Le vacarme des voitures par milliers l'abasourdit. L'abondance des enseignes bariolées aussi. Il ressent le besoin de se reposer.

Inopinément, il aperçoit, descendant d'une limousine, deux jambes fuselées, élancées, chaussées de sandales dorées aux brides élégantes.

Il frémit. Ses yeux attendent de découvrir le corps de cette femme, mais son émotion le lui annonce : c'est Elle !

Il s'appuie au mur, le souffle coupé.

Les pieds se posent au sol, déploient des hanches langoureuses, un torse souple, puis le visage apparaît.

Une torche rousse, époustouflante de sensualité, abandonne la voiture, escortée par un amant aux cheveux gominés.

Ce n'est pas Elle.

Noam se rétablit difficilement. Il souffre de confusion. Son émotion, il y a quelques secondes, comportait autant de peur que d'envie. Et maintenant, se sent-il soulagé ou déçu ?

Elle… Toujours Elle…

Il n'a quitté le monde que pour La fuir… N'y rentre-t-il que pour La retrouver ?

*

Il a dégoté un logement. Dans cette maison de pêcheur trapue, au bord des rochers côtiers, la veuve Ghubril l'a accepté sans exiger passeport ni carte d'identité. Impatiente de refaire la toiture de sa bicoque, elle chicane peu sur la légalité.

— Voici le code de la connexion informatique, murmure-t-elle.

Interloqué, Noam emporte la languette de carton qui déploie des chiffres, sans se risquer à une question. Il traverse un couloir fleurant l'encaustique, pose son bagage dans la chambrette propre, passée à la chaux, qui comprend un lit, un bureau exigu, un tabouret, une télévision, une table basse. Derrière la porte-fenêtre, un balcon, si étroit qu'on y cale juste une chaise longue, donne sur la mer. Quoique ce meublé respire la modicité, il offre une vue royale.

Billets en poche, Noam se rend à l'adresse confiée par le recéleur. Se munir de faux papiers devient urgent. Durant la journée, le regard que les employés d'hôtel, les gérants d'appartement lui infligeaient lorsqu'il prétendait avoir égaré ses documents signifiait soit : « Vous êtes une canaille », soit : « Vous n'existez pas. » Et le billet que Noam, selon une tradition séculaire, tentait de leur glisser n'améliorait rien, au contraire. La tendance de la société à contrôler les papiers pour tout déplacement a empiré depuis la fois précédente ; le système importe plus que les individus…

Noam arrive devant une porte cramoisie, au bas de la maisonnette indiquée. Il sonne. Pas de réponse. Il sonne. Il frappe. Il appelle.

À l'étage, une matrone au chignon serré passe la tête par la fenêtre et lance, agacée :

— C'est fermé. Mon mari revient de Byblos demain.

Noam la remercie et s'éloigne. Tant pis. Et tant mieux… Voilà qui lui accorde un répit pour déterminer la nationalité apte à traverser au mieux le présent. Parlant une vingtaine de langues, il se sait capable d'endosser différentes couvertures. Il se rend dans une librairie qui propose un choix de presse internationale et achète une quarantaine de journaux ; au bazar, il se procure du savon, du dentifrice, des biscuits, des oranges, une grappe de dattes, une bouteille d'arak.

Rentré à la pension de la veuve, dans le quartier de Mar Mikhaël, il porte un verre d'anis laiteux à ses lèvres, histoire de fêter son retour au monde, puis, allongé sur le lit, il s'empare des journaux et survole les titres. La jeunesse se rebelle. Partout ! Sur l'ensemble de la planète, les écoliers et les lycéens boycottent les cours, les étudiants désertent les campus universitaires ; battant le pavé, ils revendiquent des mesures contre le réchauffement climatique.

« Réchauffement climatique » ? Noam ignore ce·que cela signifie…

En quelques articles, il saisit : la température du globe monte. Les zones désertiques s'étendent ; les régions naguère tempérées se désintègrent, sujettes à tempêtes et canicules. Tandis que des plantes et des espèces disparaissent quotidiennement, des variations météorologiques outrancières s'installent. L'imprévisible s'érige en règle. Soit l'eau manque et rien ne pousse, soit l'eau s'abat et dévaste tout. Des photos alarment Noam : les glaciers alpins qu'il avait gravis ont fondu ; les ours polaires qu'il avait chassés, énormes, athlétiques, menaçants, traînent maintenant leur misérable carcasse à la lisière des cités.

La nuit n'apporte à Noam qu'une succession de révélations funestes. Huit milliards de personnes habitent désormais la Terre ! Huit milliards de personnes pompent de l'essence, du gaz, conduisent des voitures, empruntent des trains, circulent en avion, consomment de l'électricité. Huit milliards de personnes jettent des sacs plastique qui crottent les paysages et souillent les océans. Huit milliards de personnes agrandissent l'espace urbain en réduisant l'espace végétal. Huit milliards de personnes demandent à se nourrir alors que la terre exsangue s'épuise. Huit milliards de personnes réclament de la viande, plus que ce que les animaux n'en fournissent. Huit milliards de personnes misent sur une industrie qui encrasse le ciel, empoussière les poumons, intoxique rivières et fleuves, détruit flore et faune. Huit milliards de personnes polluent l'atmosphère. Huit milliards de personnes ne pensent qu'à leurs profits, qu'à leurs plaisirs. Huit milliards de personnes ne veulent rien changer pendant que tout change. Le consumérisme, le culte du gain, la conquête frénétique de nouveaux marchés, le libre-échangisme ont causé un bouillonnement néfaste.

Noam se frotte les tempes. Durant son hibernation, l'insouciante humanité a provoqué son extinction.

En nage, Noam revient aux premiers articles, ceux de *L'Orient-Le Jour*, du *Times*, du *Spiegel* et du *Monde*, lesquels précisent le mouvement des écoliers, lycéens, étudiants. Après des alertes isolées, lancées par des savants dont la société sérieuse s'était moquée, la jeunesse dénonce le cadeau empoisonné livré par les générations antérieures : ce mode de vie supprime la vie, la nature n'est plus naturelle, l'avenir n'a pas d'avenir. D'ordinaire, la jeunesse éprouve de la colère ; celle-là exprime sa détresse en cessant d'étudier. À ses yeux, l'état de la planète entérine la faillite du politique. Quels que soient les régimes, la quête du profit guide les pouvoirs. Le prix à tout prix !

Recru, Noam rejette les journaux au pied de son lit. Il sait son geste puéril – comme si repousser le messager supprimait la mauvaise nouvelle ! – mais la réalité l'oppresse.

Pourquoi ?

Pourquoi s'est-il « réveillé » pour découvrir ça ? À quoi bon revenir dans un tel univers ? S'il a connu beaucoup d'atrocités durant son existence, celle-ci lui semble spécialement cruelle…

Il allume la télévision. Tombant sur la Chaîne 31, il croit à une erreur. Trente et une chaînes ? Impossible. Le 31 doit désigner le nom de la chaîne nationale libanaise, évoquer une date à célébrer… En actionnant la télécommande, il survole quatre-vingts chaînes, éberlué ; à son dernier voyage, deux ou trois émettaient, pas davantage.

Des reportages montrent des inondations, des typhons, des cataclysmes, des réfugiés climatiques, des animaux en fuite, la banquise à la dérive, les côtes grignotées par les océans dont les flots montent.

Il éteint l'appareil et soupire.

Il ne dormira pas. Il restera figé sur les draps qu'il n'a pas défaits. Il va y végéter des heures, attendant l'aube sans illusion : le jour n'apportera aucun baume à ses affres, aucun éclaircissement à ses questions, aucun apaisement à son angoisse, il justifiera seulement qu'il quitte la position couchée. Cette nuit s'annonce infernale.

Soudain une idée le redresse.

Il hésite. Il craint de se fourvoyer.

Est-ce que…

L'idée insiste, s'incruste, s'impose.

Oui. C'est ça… Je dois le faire…

*

Noam ne supporte plus rien. Ni le sommeil ni la veille. Ni lui ni les autres. Ni la conscience ni l'oubli.

Cette semaine, il a dialogué avec l'idée qui l'a

foudroyé. Malgré son évidence, il lui résiste ; malgré sa force, il la repousse ; malgré son intérêt, il s'en détourne. Toujours sa vie s'est construite contre cette idée. S'il y cédait, il capitulerait.

Chaque matin, il s'installe dans un bistrot de Mar Mikhaël, quartier populaire et branché, il commande au garçon des douceurs – gâteaux aux pignons, aux pistaches, à la cannelle, aux amandes, aux noix, au coco, tous saupoudrés de sucre glace – et, en humant le miel, la rose, la fleur d'oranger, il étudie la presse internationale.

Le fabricant de faux papiers n'est pas rentré de Byblos. Son épouse fulmine en le répétant à Noam, et l'on perçoit, à son visage creusé par l'exaspération, qu'elle le soupçonne de la cocufier. Noam doit attendre. Ce qui lui permet de réfléchir à sa prochaine couverture… À la question « Qui es-tu ? », il répond depuis belle lurette par un mensonge.

Les cafés sont l'âme d'une ville. Sans eux, elle étoufferait, manquant d'espaces rêveurs. Sous les palmes des ventilateurs, entre les fumeurs de narguilé et les vieillards qui abattent les cartes, Noam prête l'oreille à ce qui se dit. En quelques séances, il a distingué l'oisif qui consacre son temps à le perdre, l'ergoteur universel pour qui penser signifie pester, le pseudo-intellectuel dont la satisfaction consiste à répéter les théories à la mode, le véritable intellectuel à la conscience inquiète et tourmentée. Les informations pleuvent, racontant l'appauvrissement des ressources, les désastres suscités par l'industrie, la hausse irréversible des températures.

— Vous pouvez refuser de nous écouter, concède

l'intellectuel au comptoir, mais vous ne pouvez refuser la science. Elle nous apprend que la nature va imploser.

Noam, qui redécouvre le délice de paresser, de manger, de boire, se reproche son hédonisme.

D'ici peu, ce monde n'existera plus. J'en suis l'un des derniers contemplateurs.

Puis sa pensée perçoit le gouffre. D'ici peu, *le* monde n'existera plus.

Chaque seconde devient inconfortable. Au cœur du bonheur, il reçoit un coup de poignard : bientôt, on suera, on suffoquera, on crèvera de famine ou de soif.

Plus jamais…

Le présent se teinte de nostalgie.

Dans ces moments-là, l'idée revient, l'idée qui a illuminé sa nuit. Elle n'apporte pas une solution, elle lui propose une action. S'il la réalisait, il combattrait le vide…

Beyrouth conserve sa vigueur. Nonobstant le rouge du baromètre, en dépit de l'été torride qui entraîne les Libanais fortunés à se retirer à la montagne, la ville chatoie, enchevêtrée, bruyante, les bars et les restaurants offrent des terrasses qui ne désemplissent pas. Les jeunes manifestent leur désenchantement le jour et jouissent la nuit. Leur pessimisme, loin de les empêcher de vivre, les y incite : ils sortent, rigolent, picolent, flambent, friment, sautent de fête en fête, paradent dans des voitures décapotables qui beuglent leur musique préférée. Comme leurs parents naguère… Comme leurs aïeux jadis… Une particularité marque cette cité : le goût de l'existence. Éternellement elle chérit l'éphémère. De siècle en siècle, de génération en génération, les Beyrouthins dansent sur un volcan. Quelle différence entre hier et maintenant ? Autrefois, c'était ce coin qui courait un danger ; de nos jours, c'est la Terre.

Se mêlant à la foule, Noam aime tendrement cet aujourd'hui gorgé de mondes enfouis, cet ici plein d'ailleurs. Dans ce quotidien touffu, il sent mille présences, les paysans qui depuis des millénaires cultivent cette vallée de lait et de miel, les commerçants phéniciens, importateurs de matières premières, exportateurs de chefs-d'œuvre artisanaux, les Grecs d'Alexandre le Conquérant, les Égyptiens de la dynastie Ptolémée, les Romains, les Arabes musulmans, les chrétiens d'Europe en croisade, les Druzes, les Turcs de l'Empire ottoman, les Italiens des républiques de Venise et de Gênes, les Français, les Anglais, les Palestiniens, les Syriens… Les continents convergent sur cette bande étroite, entre l'écume et la neige, comptoir où arrivent les denrées d'Asie, d'Europe, d'Afrique et d'Orient, carrefour aux cent chemins ouverts. En flânant dans les rues, Noam se plaît à noter qu'ici il n'y a pas de langue unique, pas de politique unique, pas de religion unique. Tout s'y fixe, rien ne s'y fige. La cité demeure mouvante, animée. Devant la charrette de primeurs que remorque un vieillard altier, il se rend compte que les fruits aussi sont de confessions différentes, le raisin catholique, l'olive orthodoxe, la pomme maronite, l'orange sunnite, le tabac chiite et la figue druze.

Il admire ce pays dont le destin consiste à toujours frôler l'abîme et à ne jamais y tomber.

Le soir, il est ému par les femmes. Toutes les

femmes. La ronde aux épaules satinées et aux seins jaillissants, la mince aux traits purs, la menue attendrissante, la géante allurée, la jeune à la peau tendue, la mûre à la paupière charbonnée, la brune, la blonde, la rousse, la chenue, la lourdaude, la burlesque, la lente, la vive, celle qui parle, celle qui se tait, celle qui danse, celle qui boit, celle qui fume, celle qui rit… Chacune lui paraît un secret captivant, chacune détient un mystère qu'il rêve d'approcher. Beyrouth lui tourne la tête avec son manège de princesses éclatantes. Parfois, leurs regards se rencontrent. Noam plaît. Il le sait. Depuis ses vingt ans, son corps dur et ciselé, son visage net, sa bouche ourlée, ses yeux de jais et ses longs cils attirent. Il n'entreprend rien cependant, même quand une mimique appuyée l'y autoriserait.

À cause d'Elle ?

Il rejette cette idée. Il n'y a pas qu'Elle ! Il n'y a jamais eu qu'Elle ! Il doit L'oublier.

Non, s'il se retient d'entamer une relation, estime-t-il, c'est par intégrité. À Beyrouth, il désire les femmes, pas une femme. Tel un adolescent, il convoite en général, pas en particulier.

Combien de temps serai-je honnête ? se demande-t-il, chaque soir plus tenté.

À minuit, quand le sang échauffe ses membres, pour fuir son envie et éviter le dérapage il retourne chez la veuve Ghubril ; mais là encore, il lui arrive de parcourir les journaux afin de voir si, par hasard, une photographie ne La montre pas.

Le reste du temps, il se prépare, il apprivoise l'idée. À moins que l'idée ne l'apprivoise. Mardi il s'est acheté un cahier, mercredi trois stylos, jeudi un dictionnaire. Après sa douche, il se pose sur le tabouret, devant le sobre bureau, et mime celui qui obéirait à l'idée : ce rituel, quoiqu'il ne dure que quelques minutes, le conduira peut-être à l'exécuter.

Ce vendredi-là, il s'assied sur les roches battues par le vent, les flux, le sel. À ses pieds, il contemple l'indigo de l'eau, les grandes herbes qui s'inclinent et se redressent selon le mouvement des vagues. Il médite. Comment la Nature disparaîtrait-elle ? Elle reste plus forte que les hommes, ces microscopiques et dérisoires fourmis qui, même folles, même déchaînées, ne peuvent modifier le cosmos.

Un changement de lumière lui fait relever la tête.

Du côté nord, le ciel s'est obscurci ; des nuées grises puis noirâtres envahissent l'horizon, montant si haut qu'elles repeignent le midi en crépuscule. Derrière lui, des sirènes hurlent. Au lointain, des vrombissements annoncent l'arrivée de plusieurs avions.

Que se passe-t-il ?

Il se met debout.

Jaillissant des maisons adjacentes, les Beyrouthins se massent, scrutent la côte. Noam les rejoint et les écoute.

— Regardez la fumée !

— Elle se développe à une vitesse épouvantable.

— Horrible...

— Les pompiers affirmaient que le brasier était maîtrisé depuis une semaine, mais il est reparti.

— Les pompiers... Combien sont-ils, les pompiers ?

— À cause de la sécheresse, tout crame.
— Le vent attise les flammes.
— Pire, il transporte les étincelles. Ni le goudron des routes ni les pierres des murs n'arrêtent l'incendie. Il se propage.
— Six Canadair, ça ne suffira jamais !
— Les autorités ont évacué trois quartiers.
— Putain, ça vient ici.
— Ici, c'est urbanisé, le feu stoppera avant.
— En attendant, on ne respire plus !

Tout le monde tousse. Noam porte un mouchoir à son nez pour éviter d'inhaler les cendres qui déferlent.

Autour de lui, chacun réagit à sa façon, qui touche sa pierre bleue contre le mauvais sort, qui égrène son chapelet, qui presse sa patte de chèvre, qui tripote sa médaille bénite, qui effleure sa main de Fatima.

Une voiture de police déboule dont le chauffeur profère des consignes à l'aide d'un haut-parleur :

— Rentrez chez vous. Fermez vos fenêtres. Calfeutrez vos portes. Mettez un masque en tissu. Exigez que les enfants et les vieillards bougent le moins possible. Je répète : rentrez chez vous, fermez vos fenêtres, calfeutrez vos portes…

La foule se disperse, nerveuse.

Noam, la gorge irritée, les poumons attaqués, se précipite à son logement. En traversant le couloir, il passe devant la cuisine où la veuve Ghubril jette du plomb fondu dans une casserole d'eau bouillante. Ça crépite, ça bruisse, ça fume, et elle prononce alors la formule incantatoire qui écarte le danger et attire la chance. Noam s'éloigne sur la pointe des pieds.

Beyrouth s'accroche au surnaturel pour se prémunir contre le désespoir.

Il pénètre dans sa chambre. Au-delà du balcon, le ciel et la mer se sont éteints : les ténèbres s'étendent alors qu'il est midi.

Cette fois, l'idée l'emporte.

Noam s'installe au bureau et commence.

PREMIÈRE PARTIE

Le lac

1

Je suis né il y a plusieurs milliers d'années, dans un pays de ruisseaux et de rivières, au bord d'un lac devenu une mer.

Par modestie ou par prudence, j'aurais préféré ne jamais écrire cette phrase : elle ébruite un destin que j'ai tenu secret. Avec mille précautions, j'ai dissimulé ma vérité aux hommes ; je les ai évités, je leur ai menti ; j'ai fui, voyagé, erré, adopté de nouvelles langues ; je me suis caché, isolé, renommé, maquillé, déguisé, mutilé ; j'ai pourchassé l'anonymat, j'ai enduré des solitudes désertiques, parfois même j'ai pleuré. Peu importait. Ils devaient m'oublier, égarer ma trace. Que redoutais-je ? Ma longévité n'aurait pas manqué de les intéresser car, depuis toujours, les hommes cherchent l'immortalité, au ciel, sous terre, sur terre, dans la religion, dans la science, dans la postérité ; mais la mienne – incompréhensible – les aurait emplis de haine. Mes semblables se seraient rendu compte qu'ils n'étaient pas… mes semblables. L'étonnement passé, ils m'en auraient voulu d'être moi, ils s'en seraient voulu d'être eux. Ma franchise – j'en possédais la conviction – n'aurait provoqué que le dépit, la jalousie, les rancœurs, les violences, bref le malheur en avalanche. J'en craignais les conséquences. Pour eux, non pour moi.

Je suis né il y a plusieurs milliers d'années, dans un pays de ruisseaux et de rivières, au bord d'un lac devenu une mer.

Par modestie ou par prudence, j'aurais préféré ne jamais écrire ni cette phrase ni une autre, puisque j'ai vu le jour en une époque vierge de tout alphabet. On écoutait. On retenait. On fortifiait sa mémoire. Quand l'écriture fut inventée, j'avais déjà quatre millénaires – je narrerai plus tard l'effet que cela me procura. Quoique, aujourd'hui, je rédige en vingt langues, certaines parlées, certaines oubliées, je considère ce pouvoir de capturer la réalité sur une feuille comme une hardiesse insolite.

Je suis né il y a plusieurs milliers d'années, dans un pays de ruisseaux et de rivières, au bord d'un lac devenu une mer.

Par modestie ou par prudence, j'aurais préféré ne jamais écrire cette phrase à l'intention des hommes, ces animaux hantés par le néant. Un proverbe allemand dit : « Sitôt qu'un enfant naît, il est assez vieux pour mourir. » Je précise : sitôt qu'une conscience s'éveille, elle appréhende sa disparition. Dès le début, elle ne tolère pas sa caractéristique fondamentale, la connaissance de sa mortalité. Conclusion ? Frustré par nature, inconsolable par essence, l'être humain est voué au malheur.

Et moi qui survis depuis si longtemps, ai-je l'expérience du bonheur ? Permettez-moi de dérouler mon récit afin de vous répondre.

Je suis né il y a plusieurs milliers d'années, dans

un pays de ruisseaux et de rivières, au bord d'un lac devenu une mer.

Par modestie ou par prudence, j'aurais préféré ne jamais écrire cette phrase.

Or, ce soir, je l'ai tracée.

Pourquoi me résoudre à briser mon mutisme ?

J'ai peur.

Pour une fois en des dizaines de siècles, j'ai peur…

*

On m'a raconté qu'il pleuvait. Une pluie douce, molle, chaude. Une pluie qui déployait les couleurs de l'arc-en-ciel à venir.

Dans notre maison lacustre, Maman perdit les eaux. Aussi rapide qu'un poisson, je jaillis d'elle, recueilli par les mains boucanées de Mamacha, ma grand-mère. Bien que je fusse le premier à emprunter ce chemin, l'accouchement ne dura guère.

— Je suis faite pour ça, répétait orgueilleusement Maman en désignant mes dix sœurs.

Peut-être, grâce à ses magnifiques hanches rondes, était-elle conçue pour enfanter, cependant moi, de mon côté, je me révélais doué pour naître. Fin, souple, léger, la peau lisse, j'étais mû par un désir de vivre qui n'a pas faibli.

Quel jour naquis-je ? Le jour où il pleuvait. Quel mois ? Le mois du torchis, celui qui suivait le mois des semailles. Quelle année ? Cent trente-quatre ans après la bataille d'Ilodé. Durant ma jeunesse, on ne se rappelait pas la bataille d'Ilodé, mais on comptait à partir d'elle.

Je suis donc apparu en 134 il y a plusieurs millénaires. Trop de règnes ont passé, trop de sociétés se sont écroulées, trop de civilisations ont disparu pour que je tende le fil généalogique en le nouant à un calendrier connu. Je survenais dans une ère où les hommes mesuraient moins le temps qu'aujourd'hui, il n'y avait ni dates de naissance, ni baptêmes, ni fiches d'état civil, ni fétichisme autour de l'anniversaire, juste des souvenirs partagés. Ces lacunes ne nous empêchaient pas de venir au monde, de l'habiter, d'en profiter. Un matin, on naissait : la fête s'improvisait. Un soir, on mourait : une autre fête s'organisait.

Je me manifestai comme un humain normal, issu d'une mère normale et d'un père normal ; je fus d'abord un enfant normal, puis un adulte normal, qui se blesse, qui saigne, qui s'effraye du danger. Il fallut cet épisode, sur l'îlot, pour que… Mais ne nous hâtons pas.

Quand s'amorce la vie d'un individu ? À sa naissance, en sortant des flancs maternels ?

Non, puisqu'il y a séjourné des mois.

À sa conception, quand la semence masculine rejoint le moule féminin ?

Non, puisque le sperme et l'ovule logeaient dans la chair du géniteur et de la génitrice bien avant leur rencontre.

À la naissance du père et de la mère, alors ?

Pas davantage, puisque le père et la mère dérivent eux-mêmes de parents, qui procèdent de parents, qui émanent de parents, qui… L'hérédité rebrousse à l'infini. Détermine-t-on la seconde où les gènes entament leur trajet de gènes ? Faut-il remonter au premier homme et à la première femme ? On ne découvrira ni homme initial ni femme primordiale… En nous, des millions d'éléments existent, qui nous font exister, qui existaient antérieurement. Aucune vie ne débute, elle résulte. Avant ce qui est, toujours quelque chose a été.

Pourtant, je sais, moi, quand ma vie a commencé. Avec certitude. Elle s'est déclenchée lorsque j'ai rencontré Noura. L'étincelante Noura. La superbe Noura. La terrible Noura. Après ma mère, une femme a donné naissance à Noam, une femme qui… Pardon, j'accélère inutilement… Veuillez excuser ma maladresse, je pratique peu l'art de l'écrivain. Et puis… comment tarder à évoquer Noura ?

De mon temps, l'enfance était brève. Nous n'apprenions ni à lire ni à écrire, aucune scolarité ne découpait nos années. Si nous ne fréquentions pas l'école, nous nous instruisions en abondance : respecter les Dieux et les Esprits, chasser les animaux comestibles, éliminer les animaux nocifs, se protéger des animaux belliqueux, dresser les animaux domestiques, surveiller nos troupeaux de chèvres, traire les mouflons, cueillir les baies, semer les plantes, les cultiver, les arroser, les préserver des prédateurs sauvages, les ramasser, les conserver. Notre éducation impliquait aussi l'hygiène, la peinture corporelle, la coiffure. À cela s'ajoutaient la cuisine, le tissage, la couture, le combat et la fabrication d'outils.

L'enfance finissait vite. Aux premiers poils, le garçon devenait homme ; au premier saignement, la fille devenait femme. Des cérémonies marquaient cette métamorphose – rituels précis, extrêmes, parfois cruels, que, gamins, nous avions espérés autant que redoutés. La puberté atteinte, les couples se constituaient, choisis par les parents des deux familles.

À treize ans, ils m'unirent à Mina. À treize ans, mon sexe pénétra un vagin. À treize ans, mon sperme se répandit dans un bas-ventre.

Cela me plut médiocrement.

Je m'y consacrais, certes, mais j'éprouvais davantage de joie à jouer avec les chiens, cabrioler avec les chèvres, rassembler les mouflons, observer le ruissellement des torrents, voire – je l'avoue – me battre avec mes amis. Sans me repousser, copuler m'enchantait peu. Cette tiédeur ne posait problème ni à moi ni à mes proches. Nous ne possédions pas une femme pour découvrir la volupté ni pour approcher l'extase ; nous possédions une femme parce qu'on attachait un mâle à une femelle dès que leur corps mûrissait. Plaisir ou déplaisir, ces nuances n'appartenaient ni à nos conversations ni à nos réflexions.

Sur le moment, je résumais mon peu de goût pour Mina à quelques dégoûts intimes : l'odeur de ma semence m'embarrassait – un poisson mort depuis une semaine –, son apparence me déconcertait – pourquoi le blanc virait-il au transparent, puis au jaune, et comment une substance pâteuse séchait-elle si rapidement ? À Mina en revanche, dont les parfums intérieurs m'écœuraient moins, je ne reprochais rien.

Par innocence, paresse, obéissance, accoutumance, je ne suspectais pas la contrainte que je subissais : notre communauté m'avait incité à faire l'amour sans que j'en ressente l'envie. Si mes poils avaient eu le temps de pousser, mon désir nullement. Certes, camouflé derrière les buissons avec mes camarades, j'avais espionné les seins, les fesses, les bassins des voisines, au bord du ruisseau, durant leur toilette…

Mais épier, est-ce convoiter ? Prononcer des paroles lubriques entre copains suffit-il à les transformer en images mentales, en obsessions, en fantasmes ? J'ignorais la concupiscence. Il aurait fallu que les femmes me manquent pour que je m'élance sur Mina ; il aurait fallu que mon ardeur la souhaite dans mes bras, entre mes cuisses, pour que nos ébats m'enivrent. Or, la société m'avait offert la satiété avant la soif. Marié à treize ans, je couchais avec mon épouse ; il ne s'agissait pas d'un plaisir, mais d'une norme.

J'avais pourtant connu l'éblouissement charnel, j'avais éprouvé l'orgasme peu de temps auparavant, mais... Non, cela, je le raconterai en son heure. Pardon, je ferme cette digression, sinon mon récit s'embroussaillerait.

Noam prospérait donc auprès de Mina dans son village.

Je ne me pensais pas une personne importante.

Je ne me pensais pas une personne.

Je ne me pensais pas.

Les jours succédaient aux jours, les saisons aux saisons. Nous participions à une marche collective. Je ne vivais pas mon histoire, mais notre histoire, au milieu des miens, comme les miens. Je n'attendais – je crois – rien de particulier de l'existence, sinon qu'elle continuât.

Mina mit au monde un fils, une fille, puis des jumeaux. Ce qui signifie que je reçus un fils, une fille, puis des jumeaux.

Aucun n'alla au-delà d'un an. Maman, si fière de ses onze enfants, avait accouché dix-huit fois pour réaliser ce score. Se perpétuer se révélait une tâche ardue, ingrate, truffée d'échecs. On accueillait un bout de chair qui vagissait, on lui donnait des soins, de la nourriture, de la boisson, du repos, mais on veillait à ce que le lien qui risquait de se rompre ne devînt ni fort ni serré. Si l'on voulait s'attacher à un enfant, on patientait jusqu'à ses sept ans, quand il avait triomphé des maladies infantiles. Aujourd'hui certaines personnes appellent la septième année l'« âge de raison » ; autrefois, cela représentait l'âge où l'on se hasardait à aimer un enfant avec raison.

Est-on obligé de chérir ses enfants ? Beaucoup s'en dispensaient autour de moi ; il leur suffisait de les élever, de les nourrir, de les mener à la puberté pour gagner l'estime de la communauté. Pourquoi aimer ? Aimer facilite-t-il la paternité ou la maternité ?

Mina adora ses enfants, ce qui la rendit très malheureuse. Chaque agonie lui arracha des larmes, l'astreignit à des périodes de prostration où elle refusait que je la touche. Moi, par instinct, je m'étais cantonné, face aux nourrissons, dans une disponibilité efficace, fonctionnelle, qui m'engageait peu.

À relire ces lignes, je constate que je relate ma vie d'alors avec détachement.

Rien ne sonne plus juste que ce détachement... Je vivais détaché. J'ignorais que Noam pouvait se différencier, s'individualiser, sécréter des pensées propres, des goûts singuliers, des ambitions ou des rejets. J'étais non pas un autre, mais les autres.

Il a fallu que je rencontre Noura pour que tout change... Non ! Une fois encore, je galope. Reprenons.

Au village, nous menions une vie laborieuse et inquiète. Nos ventres étaient rassasiés, nos cœurs alarmés. Si, grâce aux Dieux et Esprits cléments, grâce au lac et aux rivières riches en poissons, grâce à nos champs fertiles et à nos bêtes dodues, nous ne craignions pas la faim, nous redoutions les Chasseurs, lesquels surgissaient en solitaires ou en bandes organisées. La paix n'existait pas, son espoir non plus ; nous demeurions en constante alerte. Rien ne garantissait l'ordre et la sécurité, nous devions nous méfier, montrer de la vigilance, nous défendre, nous battre, faute de quoi nous finissions pillés, massacrés.

On mourait abondamment, en ce temps-là. Certes, chaque individu n'avait qu'une vie à perdre, mais nous périssions de causes variées. Nous mourions sous la patte d'un ours, la charge des sangliers, la morsure des loups ; nous mourions de chutes, de blessures, de fièvre, d'indigestion ; nous mourions de la tête, de la bouche, des dents, des entrailles, du cul ; nous mourions d'un os qui se fracassait, d'une jambe qui enflait, d'une plaie qui suppurait, d'une peau qui jaunissait, de croûtes qui nous couvraient, de bubons qui soulevaient nos viscères ; nous mourions de faiblesse, d'épuisement, d'infection, des coups de l'ennemi. Personne ne mourait de vieillesse. Le temps ne distillait pas la mort, il n'en avait pas le temps…

Entre eux, les peuples du Lac vivaient en bonne intelligence. Nos activités quotidiennes nous unissaient, mais également notre dévotion aux Invisibles : nous partagions le lac et son Esprit, les rivières et leurs Âmes, les sources et leurs Nymphes, dont nous célébrions les cultes. Comme la luxuriance de la Nature ne nous poussait pas à la rivalité, les villages nouaient des liens cordiaux. Ils échangeaient les objets et les femmes. Pourquoi les objets ? Parce que ce tailleur fabriquait d'excellentes haches, son cousin des pointes de flèche acérées, ce bijoutier composait des colliers d'os d'une finesse exquise, ce tisserand livrait des toiles panachées, ce tanneur assouplissait les peaux à la perfection. Pourquoi les femmes ? S'avéraient-elles meilleures dans le village voisin, exceptionnelles dans le village lointain ? Solide, cet usage était empreint d'une sourde nécessité dont la raison nous échappait.

Que connaissions-nous du reste du monde ? Aucun de nous ne s'était aventuré à trois jours du rivage – ou il n'en était pas revenu. À l'occasion, un voyageur exalté et bavard, auquel nous accordions l'hospitalité, nous décrivait, durant une veillée, d'autres lacs, des lacs imbuvables aux flots agités, capricieux, bruyants, meurtriers. Nous écoutions ces extravagantes élucubrations par délassement, sans ajouter foi au récit, et n'en conservions que deux idées principales : nous habitions au centre de l'univers, nul peuple ne nous valait*.

Les hommes ont toujours su exercer le racisme, mon expérience de plusieurs millénaires l'atteste ; je n'entrevois rien d'aussi spontané – pour ne pas dire naturel – que le mépris d'un groupe envers un autre.

---

* J'ignorais l'existence de l'eau salée. Pour nous qui habitions loin des mers et des océans dont nous ne supposions pas la présence, la distinction entre les eaux s'opérait autrement. Il y avait *l'eau vive* des sources, *l'eau dormante* du Lac, *l'eau tombée* du ciel. Elles exprimaient des Divinités séparées, les Nymphes bienfaisantes, le Lac protecteur, les Esprits du ciel, et nous n'établissions aucun lien entre elles. D'ailleurs, elles n'avaient pas le même goût… Aussi diverses en qualité qu'en quantité, ces trois eaux exerçaient des fonctions différentes : *l'eau vive* fournissait à boire, *l'eau dormante* nous donnait à manger, *l'eau tombée*, plus ambiguë, nous apportait soit une récompense, soit une punition, selon comment

Au bord du lac, nous estimions que nous, les Sédentaires, nous formions une humanité supérieure aux Chasseurs, cette race ignoble. Ils ne parlaient pas la langue – la nôtre –, ils se lançaient des cris d'animaux qu'ils feignaient de comprendre – les chiens ne saisissent-ils pas les aboiements de leurs congénères ? Ensuite, ils puaient, se lavaient à peine, gardaient leurs puces, mangeaient mal. Enfin, ils couchaient dehors, ou bien dans des cavernes, tels les loups, au mieux dans des huttes de peaux qu'ils montaient et démontaient, ignorant les maisons construites, se contentant de trucider, mastiquer, forniquer, dormir. Des bêtes ! Uniquement aptes à buter leurs proies ou à piquer des fruits aux arbres. Une fois qu'ils avaient pillé un lieu, ils le quittaient ; ils y revenaient, des années après, quand flore et faune s'étaient régénérées, et ils le rapinaient à nouveau. Des saccageurs ! Au lieu d'apprendre à observer les plantes afin de les cultiver, plutôt que de créer des troupeaux qui procurent lait, cuir et viande, ils se condamnaient à une errance sempiternelle. Ils détruisaient, ils ne produisaient pas. Tandis que nous, les Sédentaires, nous avions stocké des grains et des poissons fumés qui nous permettaient

---

les Dieux, parents avisés, réagissaient à nos comportements. Jamais nous n'aurions supposé qu'il s'agissait d'un liquide identique, évaporé du Lac pour composer des nuages qui, lâchant leurs ondées à la surface de la Terre, créaient des nappes phréatiques d'où jaillissaient les sources, lesquelles, nourrissant ruisseaux et rivières, venaient former le Lac. Cette continuité nous échappait. Nous classions les choses selon leur apparence et leur utilité pour nous. Aujourd'hui, ce cheminement des fluides, prouvé par les savants, me conduit à un vertige encore plus saisissant. Qui a conçu cela ? Quelle main supérieure déjoue les pièges et parvient à construire cette harmonie ? Si c'est le hasard, le hasard a du génie !

de traverser les mois difficiles, eux subsistaient au jour le jour – les plus malins transportaient parfois un sac de noisettes, mais les plus costauds assassinaient les plus malins pour s'emparer de leurs provisions.

— De toute façon, ils tuent leurs enfants, murmurait Maman en tripotant son amulette d'ambre, celle qui repoussait les Démons.

Les « tueurs d'enfants », voilà comment on appelait les barbares. Nous ignorions s'il s'agissait d'une légende ou d'une vérité ; lorsque nous voyions des mères chasseresses ou des pères chasseurs prêts à tout pour nourrir le poupon qu'ils tenaient contre eux, nous peinions à imaginer qu'ils massacraient leur progéniture.

— Ils les bouffent, insinuait Abida, ma cadette.

— Quelle horreur ! s'écriait Bibla, ma dernière sœur. Les humains ne se mangent pas entre eux.

— Les Chasseurs ne sont pas humains !

Nous nous disputions si fréquemment à ce sujet qu'un soir Pannoam, mon père, nous proposa une explication :

— Les Chasseurs se reproduisent moins parce qu'ils ne peuvent se déplacer avec plusieurs petits. Chaque parent porte un bébé sur lui. Ils ne s'encombrent pas d'un nouveau-né tant que le précédent ne gambade pas. Ils ne fondent jamais, comme nous, de grandes familles*.

Mon père s'ingéniait à parler avec justice, même en évoquant les Chasseurs, l'objet de nos terreurs, à nous, peuples du Lac.

---

* Les mères donnaient le sein longtemps, ce qui réduisait leurs risques de retomber enceintes.

Quand mon grand-père Kaddour s'éteignit, à une trentaine d'années, d'une maladie qui avait gonflé son ventre, mon père devint chef du village.

— Pannoam ? Il n'y a personne au-dessus de lui ! répétaient les gens.

Pannoam possédait les qualités d'un dirigeant et, mieux encore, il les offrait au premier regard. Non seulement il s'imposait par sa taille – jambes longues, larges épaules, muscles sculptés –, dont j'ai hérité, mais son visage dégageait une sérénité maîtrisée. Si son cou épais, ses mâchoires vigoureuses, ses tempes parcourues de veines saillantes, violettes, indiquaient un tempérament capable d'agressivité, son front haut évoquait l'intelligence, ses yeux exprimaient la douceur, ses lèvres charnues la volupté. À lui seul et dès qu'il apparaissait, il incarnait ce que l'on attendait d'un homme, ce que l'on espérait d'un chef.

— Voir et prévoir, Noam, serinait-il. Tu dois voir et prévoir. Ne pas te contenter de ce qui est, t'occuper de ce qui sera.

Pannoam opéra de nombreuses mutations tellement son attention portait loin.

Il ordonna d'abandonner les maisons lacustres en bois, perchées sur pilotis, que nous édifiions l'hiver dans la boue, au moment des eaux basses.

— Pourquoi changer ? On a toujours fait ainsi ! protestèrent les habitants*.

— L'eau monte.

---

* Les villages lacustres furent sans doute les premiers foyers de sédentarité permanente, car le lac assurait une nourriture quasi constante et supprimait la nécessité de bouger.

— Cela dépend des saisons.

Au cours de l'année, la hauteur variait jusqu'à la taille de deux hommes. À l'automne, la surface se hissait le long des poutres, affleurait le plancher de nos demeures, voire en submergeait certaines. Les peuples du Lac percevaient ces crues comme une colère des Esprits, sans réagir autrement que par des sacrifices et des offrandes. Quand le niveau s'abaissait, ils y voyaient le résultat de leur piété, laquelle avait apaisé les Divinités.

Selon Pannoam, le niveau moyen montait, quand bien même beaucoup le niaient. Puisqu'une maison durait dix ans – un peu plus en chêne qu'en résineux –, chaque famille devait s'éloigner du lac pour la reconstruire, ne pouvant jamais la rebâtir à sa place initiale, preuve que les eaux mangeaient lentement les terres.

— Ce n'est pas une fatalité, Noam, c'est un changement.

— Quelle différence ?

— On subit une fatalité. On s'adapte à un changement.

— Mais nous prions l'Esprit du lac, les Âmes des rivières.

— Je doute que l'Esprit du lac, les Âmes des rivières règlent leur conduite sur les désirs des Sédentaires. Si les Divinités ont décidé de grossir, elles grossiront, malgré les hommes. À nous de leur obéir, Noam, elles nous dominent.

Il réussit à persuader les habitants, ainsi qu'il m'avait convaincu, d'ériger des bâtiments dans un encaissement sec et protecteur qui surplombait le lac. Et le village entier se déplaça. Mon père en profita pour prescrire l'usage de la double construction, la base en pierre, le haut en torchis sur une armature de bois ; ces murs-là opposaient une résistance robuste aux vents et aux intempéries.

Pannoam, lequel exigeait que je l'accompagne partout afin de m'éduquer, amena la population à organiser sa lutte contre les dangers extérieurs. Si, chez nous, existait déjà un partage des tâches – des paysans se vouant à la poterie, au tissage, au cordage, à la taille de la pierre ou du bois –, il suggéra de l'amplifier.

— Certains s'emploieront à la seule défense du village. Libérés des corvées, ils s'opposeront aux vauriens solitaires, aux hordes de Chasseurs.

Les villageois s'indignèrent :

— Les barbares ne nous attaquent pas tous les jours ! Suivant ton plan, Pannoam, nous allons – nous, les cultivateurs et les éleveurs – entretenir des fainéants qui, eux, ne travailleront que de temps en temps ?

Mon père argua que les « fainéants » occuperaient chaque journée à s'exercer aux armes, à progresser en lutte, à perfectionner leurs haches, leurs couteaux, leurs lances. Les efforts de la communauté payeraient le fait qu'ils engageaient leur vie pour la défendre.

— Vous savez comme moi que chaque homme ne se révèle pas cultivateur ou éleveur. Vous savez comme moi qu'un bon gardien de chèvres ou un bon cultivateur d'orge ne fournit pas forcément un combattant coriace. Et nous savons tous qu'un âge pousse à cavaler, à s'agiter, à se bagarrer, puis un autre à réfléchir. La répartition des rôles permet l'excellence dans le respect de chacun.

Contre toute attente, Pannoam emporta l'adhésion des nôtres. Dix garçons au tempérament sanguin, des casse-cou dont les muscles et les humeurs bouillonnaient, formèrent un bataillon d'élite qui nous protégea, ainsi que nos champs, nos troupeaux, nos greniers, des intrus et des pillards. Mon père venait d'inventer la police et l'armée.

On s'esbaudit, on se vanta, la rumeur circula. Les divers chefs du Lac vinrent observer, parfois pendant des mois, le système de Pannoam et, parce qu'il leur en parla habilement, sans orgueil, avec diplomatie, ils le reproduisirent chez eux.

Tout le monde admirait mon père. Moi, je l'aimais.

Je l'aimais avant toute personne. Je l'aimais au point de ne jamais questionner ce qu'il affirmait. Je l'aimais à vouloir lui ressembler dans le moindre détail. Je l'aimais jusqu'à l'abnégation. Il m'aurait dit : « Tue-toi ! », j'aurais mis fin à mes jours.

À aucun moment, je n'imaginais qu'il se trompât, ni dans ses décisions pour lui ni dans ses choix pour nous. Ainsi, je ne le blâmais pas de m'avoir imposé une union avec Mina, je ne lui reprochais pas de m'avoir condamné au sexe sans saveur, j'acceptais le destin qu'il me réservait – lui succéder –, cultivant un unique doute, la frayeur de ne pouvoir l'égaler.

Les cheveux châtains, très beaux, un peu crépus, Maman exhibait de magnifiques dents de gourmande et arborait un corps galbé, sain, insouciant. Joyeuse, grande, elle abordait les villageois avec un mélange de bonhomie et d'autorité qui la rendait aussi puissante qu'indiscutable. Le soin qu'elle apportait à son apparence – bijoux, ongles peints, fards subtils, coiffures élaborées, parfum de rose – ne lui enlevait pas son naturel gaillard, mais la hissait au-dessus des autres femmes. Elle s'imposait. Chérissait-elle son mari ? Elle adorait être son épouse, elle aimait l'aimer, lui, le superbe, le chef. Sa gloire rejaillissait sur elle.

Noam, fils de Pannoam, se préparait tranquillement à devenir le prochain Pannoam. Rien ne séparait le fils du père, hormis quelques années – quinze ans –, et mon avenir se dessinait, noble, magistral, réglé, à l'identique.

Et puis il y eut Noura.

Et puis il y eut les tempêtes.

D'ailleurs Noura, elle-même, constituait une tempête.

Et le fils s'opposa au père.

*

— Ne me regarde pas comme ça, je vais tomber enceinte.

Telle fut la première phrase que m'adressa Noura. Nous ne nous connaissions pas, je déambulais parmi les miens tandis qu'elle débarquait sur un territoire étranger ; en dépit de cette insécurité, elle me lançait d'une voix veloutée :

— Ne me regarde pas comme ça, je vais tomber enceinte.

J'en demeurai bouche bée, doutant d'avoir compris.

Noura me fixait, amusée, les paupières à moitié fermées sur ses sublimes yeux verts. Plus menue que moi, il me semblait qu'elle me dominait. Cela tenait à l'ironie de ses sourcils d'un arc si pur qu'ils semblaient peints, à la précision de ses traits, à l'élancement de sa silhouette, à la finesse altière de ses membres, et surtout à son immobilité habitée – quoiqu'elle ne bougeât pas, je sentais mille forces s'agiter en elle, des forces qui la poussaient au mouvement mais qu'elle avait domptées, des forces qui lui conféraient sa densité et sa présence, des forces qui, par instants, affleuraient sa peau sous forme de frémissements.

— Ne me regarde pas comme ça, je vais tomber enceinte.

Mon corps avait aussitôt remarqué sa beauté : une flamme avait empourpré ma face, mes lèvres s'étaient ouvertes, ma poitrine avait retenu son souffle, mes jambes s'étaient pétrifiées. Un saisissement. Aucune pensée ne me traversait la tête. En même temps que ma chair s'était éveillée, ma conscience s'était stupidement assoupie. Inaugurant une longue série, je subissais l'« effet Noura » : le corps vif, l'esprit gourd.

Quand je parvins à détecter que sa phrase me visait – et visait juste –, je tremblai que d'autres ne l'aient entendue, ce qui m'aurait couvert de honte. Une rapide vérification alentour me tranquillisa. En ce jour de marché, chacun vaquait à sa tâche, qui proposait des myrtilles cueillies aux contreforts des monts, qui vendait de l'ocre, qui exposait plats ou pots de terre cuite, qui écoulait des pelotes de chanvre ou d'ortie, qui déployait ses toiles, qui vantait ses capes en cuir, qui étalait sur une natte des sandales et des chaussons, sans compter les paysans qui filaient en sifflotant vers leurs champs. Quelle naïveté de ma part ! Noura – je l'ignorais encore – décochait des flèches infaillibles : si elle avait voulu toucher badauds et commerçants, elle aurait projeté sa voix ; or elle l'avait modulée pour moi, moi seul, établissant une complicité, voire une intimité immédiate entre nous. À peine nous étions-nous approchés que nous partagions une cachotterie.

Afin de me remettre de mon trouble, je bredouillai :

— Je… je… m'appelle Noam.

— Je ne t'ai rien demandé.

Elle détourna le visage et s'absorba dans la conversation que son père avait engagée avec le mien, tous deux assis sous le Tilleul de la justice, le lieu où Pannoam, d'ordinaire, prêtait l'oreille aux récriminations des gens. Profitant de cet écart, j'admirai le petit nez délicat de Noura, un nez frivole qui racontait une autre histoire que ses pommettes saillantes – colériques –, que son front poli – virginal. Attentive, hochant la tête, approuvant ici, désapprouvant là, elle suivait leur discussion.

J'avais cessé d'exister pour elle, ce qui me devint vite intolérable.

J'effleurai son poignet pour qu'elle communiquât de nouveau avec moi. Elle sursauta, horrifiée, recula d'un pas, et me considéra, le sourcil relevé, l'air sévère, ainsi qu'on tance un enfant en faute. Des éclats de colère jaillirent de ses yeux veinés d'or.

Au mépris de son irritation, j'insistai :

— Tu ne m'as pas dit comment tu t'appelles.

— Je te le dirai si je veux que tu m'appelles.

Ferme, prompte, elle pivota avec une vigueur qui signifiait : « Fini ! Tu ne me déranges plus. »

Jamais on ne m'avait traité ainsi ! Pour qui se prenait-elle, cette étrangère ?

Je tapai du pied. Ses paupières clignèrent. Je m'indignai :

— Sais-tu que je suis le fils du chef ?

— Il faut bien être le fils de quelqu'un..., rétorqua-t-elle en haussant les épaules.

Elle se déplaça en me présentant ostensiblement son dos.

De dépit, la haine m'envahit. Incapable d'écouter ce qu'expliquait l'étranger à Pannoam, je fus submergé par la tentation de rosser cette fille, oui, de la gifler, de la jeter à terre, de la tirer par les cheveux jusqu'à ce qu'elle crie grâce. Là, elle ne pourrait plus feindre l'indifférence !

Flaira-t-elle mon hostilité croissante ? Sa fine nuque et ses omoplates frémissaient, comme si elle percevait que les poings me picotaient.

Nos pères s'étreignirent puis Pannoam tendit son bras en désignant les maisons ; poussant une porte invisible, il offrait le village aux étrangers, les invitait à y entrer.

La jeune fille pirouetta, marcha vers moi, se plaqua à mon torse, tout près, très près, haleine contre haleine, et murmura, d'une voix de gorge, les yeux baissés, presque timide :

— Bonjour, Noam. Je m'appelle Noura. Je suis ravie de te rencontrer.

Je restai béat. Elle sentait aussi bon que le cœur d'une fleur, dégageant un parfum sucré, poivré, rendu capiteux par une pointe de résine. J'avais l'impression de humer un secret.

— Salut !

Virevoltante, Noura agrippa la main de son père et, joyeuse, plus leste qu'une gamine, elle descendit avec lui, là où le chemin se resserrait pour mener vers le rivage, entre les saules et les joncs.

Ce matin-là stagnait un air âpre et bouillant. Au-dessus du lac blanc, le ciel déployait un bleu féroce.

Qui était cette Noura ? En un instant, elle avait soufflé le chaud et le froid, avait eu quinze ans, trente ans, puis huit. En un instant, elle m'avait instillé l'étonnement, la fascination, la curiosité, le dépit, la haine, l'espoir.

Je m'approchai de mon père.

— Qui est-ce ?

— Tibor le guérisseur soigne les hommes et les animaux, répondit Pannoam.

Je ne lui précisai pas que je visais Noura ; d'instinct, je subodorai que la fébrilité dans laquelle celle-ci me plongeait représentait un danger.

— Pourquoi Tibor vient-il te voir ?

— Pour nous proposer ses services. Il habitait un village au bord du Lac, à plusieurs jours d'ici, du côté du soleil levant, qui a été détruit par les boues.

— Les boues ?

— Après de fortes pluies, une partie de la colline a cédé. La terre a dévalé jusqu'aux berges. Rien ne subsiste.

Je m'installai à la place de Tibor, celle où l'on consultait mon père. Le paysage était empreint de calme, de dignité, une harmonie qui, portée par les senteurs suaves et lénifiantes du tilleul, incitait à la contemplation. Or, j'aspirais à pleurer, à me rouler par terre.

— Ce Tibor n'a qu'une fille ?

— Oui.

Son front se plissa. Je crus qu'il partageait mon inquiétude.

— Curieux !

— Curieux, Noam ?

— Si peu d'enfants ? Aucune épouse ? Les Chasseurs vivent ainsi. Pas les Sédentaires. Le père et la fille appartiendraient-ils aux Chasseurs ? Des barbares ! Tu les suspectes ?

Je débusquai soudain la source de mon malaise : si cette fille avait suscité en moi tant d'émotions diverses, atroces, c'était parce qu'elle ne s'apparentait pas à notre race ! À l'évidence, elle dissimulait une Chasseresse, une Chasseresse qui avait su se rendre propre, élégante, peignée, soignée, bien odorante, une Chasseresse qui maniait le langage, mais une Chasseresse ! Voilà pourquoi elle m'avait paru lointaine, étrangère : j'avais décelé des fureurs de fauve en elle.

Mon père m'examina avec bienveillance.

— Tibor voyage avec sa fille. Lors de l'éboulement, tous les villageois sont morts. Ses fils et sa femme ont péri. Par la grâce des Esprits, lui et la demoiselle se trouvaient dans une autre partie de la vallée, à la recherche de plantes qui guérissent. Cela les a sauvés.

Il posa la main sur mon épaule.

— Ils traînent une tristesse insurmontable.

J'éprouvai aussitôt de la compassion envers Noura et l'excusai de cacher sa détresse sous un comportement cassant.

Mon père me dévisagea, souriant.

— Tu as raison de te méfier, Noam. Tiens-toi toujours sur tes gardes. Soupçonne à la place de ton peuple, sois méfiant pour les confiants, soucieux pour les insouciants. Dans ce cas, cependant, ta défiance exagère. Tibor et sa fille ne constituent pas une menace. À l'inverse, ils nous apporteraient beaucoup s'ils nous rejoignaient. Il nous manque un guérisseur. Nous devrions les garder.

Un souhait de chaleur, de douceur, de repos parcourut ma peau. Une image l'accompagnait : Noura se blottissant contre moi.

— Bien sûr, père. Où sont-ils partis ?

— Chez un cousin où ils logent, à une journée d'ici. Ils reviendront.

— Vont-ils s'installer parmi nous ?

— Je l'ai suggéré à Tibor.

— Pourquoi Tibor continuerait-il sa vie chez nous ?

Des pensées contradictoires me martelaient. Un instant avant, je redoutais que le père et sa fille ne s'incrustassent ; voilà maintenant que je craignais qu'ils ne le fissent pas. Dans les deux cas, ces perspectives me frappaient avec la violence d'une fièvre.

— Il a entendu parler de notre village. On lui en a dit du bien.

Modeste, Pannoam mentionnait à demi-mots que notre réputation florissait sur les rives grâce à ses réalisations, copiées par tous. Je commençai à m'apaiser. Il ajouta :

— Le marché, en particulier, l'a sérieusement intéressé. Tibor rencontrerait de nombreux patients et récupérerait des herbes issues de contrées reculées.

Mon père avait inventé notre marché quelques années auparavant, l'imposant contre la lenteur des esprits, l'inertie des habitudes. Afin que son village prospérât et se distinguât, il avait songé à réunir une fois par semaine les artisans ou les paysans qui désiraient échanger des biens. Le marché déplaçait des foules, il attirait les habitants des villages voisins, on venait de loin le fréquenter. Plus personne n'ignorait l'existence de notre village, lequel comportait désormais trente maisons.

— Ici, selon Tibor, jamais des coulées de boue ne nous enseveliront.

Je jetai un coup d'œil au panorama, histoire de confirmer l'affirmation de mon père. Notre village, construit sur un plateau naturel, cent pieds à l'intérieur des terres, dix pieds au-dessus des flots, recevait l'eau de deux ruisseaux, l'un au soleil levant, l'autre au soleil couchant. Ces ruisseaux avaient couru pendant des jours dans des plaines mamelonnées aux pentes douces. Aucune montagne abrupte ne s'élevait derrière nous, et nous n'apercevions, les matinées claires, que des massifs bas, en rien comparables aux pics pointus, coiffés de neige, qui se dressaient à l'endroit où le lac se rétrécissait, là où Tibor et Noura avaient demeuré.

— Je t'assigne la mission d'accueillir Tibor et sa fille.

— Compte sur moi, père.

Je jubilais qu'il m'attribuât une tâche qui me permettrait de côtoyer Noura.

— Allons nous occuper des chiens !

J'escortai Pannoam dans notre pré de domptage. J'adorais perfectionner avec lui la domestication des chiens, une des innovations qui lui tenaient le plus à cœur.

À cette époque, on croisait des hardes de loups et de chiens sauvages dont on redoutait les attaques. Or mon père avait remarqué que nos ennemis de toujours, les Chasseurs, se servaient astucieusement des chiens qu'ils réussissaient à faire vivre parmi eux.

— Normal, disait Maman, les loups vivent avec les loups.

— Ils appartiennent à la même meute ! renchérissait Abida.

— En tout cas, ils partagent leurs puces.

Mon père, au lieu de pérorer, avait observé les quadrupèdes et m'avait appris à différencier les chiens des loups : râblés, plus courts, moins lourds de moitié, les chiens n'arboraient pas un pelage cendré et variaient leur robe du blanc au roux ; sociables, ils s'approchaient des humains, en quête de contact, apeurés mais intrigués ; ils mangeaient à l'identique de nous, aussi bien des grains, des légumes que de la viande, alors que les loups restaient carnivores.

Pannoam m'avait ensuite indiqué la manière dont les chiens pouvaient participer à la chasse, certains pistant la bête grâce à leur odorat surpuissant, d'autres l'attaquant, d'autres rapportant son cadavre. Nous étions souvent partis avec notre meute, arc à l'épaule, à la recherche de lièvres, de daims, de sangliers.

Il étudiait désormais leurs qualités de gardiens. Puisque les chiens donnaient l'alarme sitôt qu'un homme ou un animal frôlait leur domaine, Pannoam les avait imposés à notre petite armée : la nuit, un soldat et un chien surveillaient les accès au village.

— Si le soldat s'endort, le chien poursuit son travail de sentinelle.

Une obsession le taraudait : initier les chiens à veiller sur nos troupeaux.

— Imagines-tu l'économie de bras, Noam ? Si ça fonctionne, plus besoin d'accompagner nos bêtes au pâturage !

Ce matin-là, nous tentions une expérience : parquer des mouflons dans le pré puis lâcher les chiens.

— Et s'ils les dévorent, père ?

— Je les ai régalés à l'aube.

Les mouflons, dispersés, mâchaient l'herbe, chacun préoccupé par sa mastication. Pannoam libéra les chiens.

Ils foncèrent en aboyant vers les mouflons. Je blêmis. Je craignis qu'ils ne les croquent. Or, très vite, je perçus qu'ils entreprenaient autre chose : ils rassemblaient les bêtes ! Soit ils les acculaient dans un espace restreint, soit ils les regroupaient en cercle en leur courant autour. Comme s'ils obéissaient aux ordres de mon père… Celui-ci sautait de joie.

— Merveilleux, Noam ! Ils feront de parfaits bergers.

Il me conseilla de me déguiser en prédateur, de longer la lisière du champ derrière les broussailles.

Je m'exécutai, accoutré d'une puante dépouille de renard.

Sitôt qu'au flair ils repérèrent un intrus, les chiens bondirent devant les mouflons afin de les défendre.

Ils m'empêchèrent d'avancer en grondant, en hurlant, en montrant les crocs. L'un d'eux allait me charger lorsque je me débarrassai de ma fourrure pour qu'il me reconnaisse.

— Zarro, sage !

Pannoam calma le chien puis, galvanisé, se rua vers moi et, quoique je l'égalasse en taille, il m'enserra, me souleva, me porta en triomphe.

Maman déboula au milieu de cette euphorie. Depuis des années, elle s'agaçait de l'affection que Pannoam vouait à ses chiens, lui reprochait le temps qu'il leur consacrait et la nourriture qu'il leur préparait, s'offusquait qu'il leur parlât ou les nommât. À chaque occasion, elle persiflait :

— Crois-tu qu'ils te comprennent vraiment ? C'est le ton, Pannoam, la façon dont tu prononces leurs noms, les ordres que les chiens saisissent. Rien d'autre.

Mon père la laissait toujours ruminer sans répliquer, ce qui augmentait son aigreur. Ce jour-là pourtant, elle admit le succès et frappa dans ses mains pour nous féliciter, ce qui fit tintinnabuler les bracelets de coquillages entourant ses beaux bras ronds. Pannoam avait persévéré avec raison, les chiens offraient de fiers services aux hommes. Elle concéda :

— Tu as inventé la sentinelle à puces.

Lorsque Pannoam complimenta ses bêtes en les étrillant et en répétant à chacun : « Bon chien ! », elle ne put en revanche s'abstenir de mordiller :

— Mon pauvre Pannoam… Si on te voyait…

Mon père m'adressa un clin d'œil, lequel signifiait : « Ta mère tient tant à moi qu'elle se hérisse dès que je cajole un animal. »

Et ma mère, une seconde après, m'adressa également un clin d'œil rieur, lequel signifiait : « Ton père adore que je le taquine. »

Après cette fructueuse journée, au soir, je rejoignis mon foyer. Mina, en tailleur sur une natte posée devant le seuil, broyait des grains. Je devinai, aux larmes qu'elle essuya lorsque j'arrivai, qu'elle regrettait nos jumeaux.

Je lui jetai un regard nouveau. Elle n'avait pas l'air d'une femme, plutôt d'une fillette qui avait grandi et grossi. Sa figure ronde, criblée de taches de rousseur, affichait une sorte d'étonnement navré ; ses lèvres molles, un peu trop épaisses, un peu trop beiges, hésitaient entre l'ouverture et la fermeture, tandis que ses yeux globuleux s'étaient figés, douloureusement résignés.

Elle m'inspira de la pitié. Une pitié moelleuse. Une pitié tendre. Une pitié caressante.

Je m'accroupis et, sans un mot, la serrai dans mes bras. Elle s'y abandonna, soulagée, me témoignant qu'elle guettait ce geste depuis longtemps. Situation bizarre : alors que nous entrions dans un été brûlant, nous nous protégions l'un l'autre, pelotonnés, compacts, comme si la vérité du crépuscule était le froid, comme si seule la chaleur que nous créions nous éviterait de mourir.

En enlaçant Mina, je songeai à Noura. Quel contraste ! L'étrangère m'avait crispé, tandis que Mina m'émouvait. L'étrangère m'avait rendu gauche, Mina me rendait puissant. L'étrangère se passait de moi, Mina en avait besoin.

Pour la première fois, je me sentis à ma place

auprès de ma femme. Jusqu'ici, je me prêtais à notre mariage ; ce soir, je m'y donnais. Mina pleurait ses enfants morts, certes, mais un jour elle rirait face à nos enfants vivants. Sa mélancolie morbide, je pouvais la supprimer, moi, rien que moi.

Je glissai mes lèvres sur le cou de Mina, l'embrassai ainsi qu'on picore, puis, en conduisant sa main vers mon sexe, je lui montrai que je voulais la prendre.

Elle baissa la nuque. Rampant sur le sol, elle me tira à l'intérieur de notre maison, ferma la porte et se mit à quatre pattes. Là, dans la pénombre, nous nous accouplâmes lentement, silencieusement, méticuleusement, sans aucune ardeur, tels des convalescents… À ma surprise, je trouvai cela agréable.

*

— Pardon ?

À l'entrée du village où je l'accueillais, Noura me dévisageait, interloquée.

Croyant qu'elle plaisantait, je restai planté, souriant, devant elle. Sans marquer la moindre émotion, elle écarquilla les yeux.

— Qui es-tu ?

— Noura, nous nous sommes rencontrés il y a deux jours !

— Ah ?

Avait-elle oublié le moment où nous avions fait connaissance, près du Tilleul de la justice ? J'en perdis mon assurance.

— Si !… Tu sais bien… je suis l'homme qui… enfin, l'homme à qui…

Je n'allais tout de même pas rapporter la phrase qu'elle m'avait lancée – « Ne me regarde pas ainsi, je vais tomber enceinte » –, un souvenir embarrassant.

— Qui ? répéta-t-elle en m'encourageant, comme si elle s'adressait à un débile.

Je repris mon souffle et me récriai :

— Je suis Noam, fils de Pannoam, le chef du village.

Son visage s'éclaira.

— Noam ! Quel plaisir de te retrouver !

Métamorphosée, elle sembla enchantée et, glissant une main sous mon coude, poursuivit sa route appuyée à mon bras, familière.

— Quel soulagement que nous nous installions ici ! Ailleurs, je n'ai vu que des bouseux ! Épouvantable… Des crève-la-faim, des moches, des éclopés. Je n'ai pas dû convaincre papa, lui qui d'ordinaire se décide si malaisément ; cette fois-ci, il partageait mon avis. Oh, nous avons échappé au pire !

Elle parlait pour deux, dans un monologue charmant, pétillant, cascadant, aussi varié qu'un chant de rossignol.

Je me taisais tant son accueil m'avait dérouté. Quoi ? Elle ne se souvenait pas de moi, elle se rappelait seulement le fils du chef ? Ma position ne m'avait jamais paru si enviable puisqu'elle me permettait de capter l'attention de Noura, de gagner son respect, de me pavaner à son bras. Ce contact, fût-il ténu, me causait des frissons, surtout quand ses doigts frôlaient mes poils.

J'opinais à tout ce qu'elle affirmait. Une fois de plus, elle m'avait rendu abruti, mais abruti heureux.

Mieux : oubliant que je parcourais mon propre village, je me sentais privilégié de badauder à ses côtés. Une déesse m'avait arraché à la fange et m'élevait à son niveau. Noura possédait l'art d'inverser les positions.

— Que tu as la peau douce…, s'écria-t-elle.

S'arrêtant, elle contempla les veines apparentes, violacées, denses, vigoureuses, qui serpentaient vers mon poignet. De l'index, elle suivit le tracé de l'une d'elles. Je frémis. Noura me paralysait : aucune femme ne s'était conduite ainsi avec moi ; je devenais un morceau de chair désirable.

Consciente de mon trouble, elle attendit quelques secondes, puis, mine de rien, reprit sa marche. Le temps de dépasser le potier, je n'écoutais plus son babil, tentant de recouvrer le calme par de larges inspirations.

Je lui montrai la maison neuve que mon père leur proposait. Elle s'extasia sur chaque détail – l'ajustement approprié des pierres, le tissage du plafond en osier de saule, la soupente qui faisait office de grenier, la sophistication du torchis qui présentait l'aspect d'une substance onctueuse et unique quoiqu'il s'agît d'un mélange d'argile, de paille, de crins, de poils.

Lorsque Tibor arriva, surchargé de sacs, accompagné d'un âne croulant sous les ballots, Noura cria, comme si elle découvrait la situation :

— Oh, mon papa, laisse-moi t'aider.

D'un geste péremptoire, elle m'ordonna d'empoigner deux grosses besaces sur le dos de son père, puis s'empara elle-même d'une gourde.

— Voilà, ça ira mieux…

Son manteau sombre, ample, muni de multiples

poches, donnait l'impression que Tibor trimballait un corps trapu alors qu'en réalité il était élancé et sec. Avec sa barbe et ses cheveux majestueux couleur d'ébène, traversés de fils blancs, il offrait un visage émacié au front bombé, structuré autour d'un nez effilé, creusé, relevé au bout, et surtout d'yeux cernés et gris qui dispensaient une attention ardente. Ses mains, aussi intelligentes que sa figure, attiraient le regard, grandes, maigres, solides, aux ongles nets.

À l'instar de sa fille, il bouillonnait de forces contradictoires, vif et las, passionné et dégagé, curieux et blasé. À la différence de Noura, une humeur prédominait : la nostalgie morose. Une partie de son esprit habitait le passé, remâchait sa perte ; cela se repérait dans la prunelle qui se figeait au lointain, dans le geste qu'il suspendait, dans la phrase qu'il n'achevait plus. Cette désolation appartenait-elle à son tempérament, ou découlait-elle du drame récent, la disparition de son épouse et de ses fils ?

Je croyais que les nombreux ballots contenaient les ustensiles dont Tibor se servait pour soigner ; or je découvris que ce qu'il avait sauvé après l'éboulement occupait une seule poche de toile, tandis que les autres regorgeaient de robes, de foulards, de chaussures.

— Vos vêtements ont échappé aux boues ? m'exclamai-je, de bonne foi.

— Non, répondit Tibor, nous avons tout perdu. Ce sont les nouveaux habits que j'ai achetés à Noura durant notre voyage.

Je marquai ma surprise. Il baissa les paupières. En ce temps-là, une femme de classe supérieure telle

Maman disposait de cinq tenues, accordées aux saisons ou aux occasions, ni plus ni moins. Tibor semblait non seulement tolérer l'excentricité de sa fille, mais la favoriser. Le distrayait-elle de son chagrin ?

Dans une poche, il attrapa un morceau de roche anthracite, s'approcha de la maison, étudia un mur, le palpa, puis en retira une pierre à l'aide d'un burin en silex ; à l'endroit béant, il cala sa roche.

— Que fais-tu ? demandai-je.

— J'insère une pierre de tonnerre.

— Une quoi ?

— Une pierre de tonnerre. La pierre de tonnerre a reçu la foudre et en a capté les pouvoirs. Les Esprits y demeurent. Elle chauffe et protège, comme le feu. Par exemple, lorsque tu as mal aux reins, tu te l'appliques au bas du dos et la douleur s'atténue. Ici, je l'encastre dans la cloison pour sauvegarder la maison.

— Comment es-tu certain que la foudre a frappé ta pierre ?

— Je l'ai récupérée un matin au pied d'une aiguille rocheuse qui avait été déchiquetée par l'éclair durant la nuit.

De ce jour, je pris l'habitude, ainsi que mon père me l'avait ordonné, de leur rendre une visite quotidienne pour m'assurer qu'ils ne manquaient de rien.

Noura témoignait tous les jours d'une humeur différente, puis en changeait encore. Lorsque je franchissais le seuil, je ne devinais jamais ce qui se passerait. Parfois, elle se précipitait vers moi, radieuse, en proposant d'aller se promener ; parfois, elle m'accueillait en grand-mère casanière, désireuse que je goûte sa cuisine, voire que je m'en empiffre ; parfois, elle m'envoyait une grimace signifiant que je l'importunais ; parfois, elle ne relevait même pas la tête, absente, prostrée, plongée dans ses puits intérieurs.

Elle changeait continûment de tenues – des robes ou des tuniques en toile d'ortie raffinée soit blanchie, soit rougie, la toile d'ortie se révélant plus souple, moins rêche que la toile de chanvre, que Noura agrémentait de broderies, voire de pierres colorées et de coquillages – et je compris vite qu'il ne suffisait pas que je les remarque, je devais lui en parler. Elle se réjouissait de mes commentaires toujours flatteurs puis soupirait, quelques secondes plus tard, un brin de pitié dans le ton :

— Mon pauvre Noam, tu n'y connais rien.

Je regardais Tibor, cherchant un soutien. Elle ajoutait derechef :

— Lui non plus n'y connaît rien. Les hommes n'y connaissent rien !

Elle riait. Un matin, j'osai la questionner :

— Et les femmes ?

— Les femmes non plus. As-tu rencontré des femmes élégantes au village ? À part ta mère, bien sûr.

Elle s'esclaffa davantage. Je fronçai les sourcils.

— Noura, explique-moi : si tu ne t'habilles ni pour les hommes ni pour les femmes, pour qui le fais-tu ?

— Pour moi ! rétorqua-t-elle, indignée que je n'aie pas perçu cette évidence.

Son raisonnement me déstabilisa. Nul n'agissait pour soi à l'intérieur de notre communauté. De quelle étoile descendait-elle ?

Noura était souvent malade. Pas gravement, pas toujours de la même affection, mais souvent. Elle me recevait alors allongée sur des coussins, devisait d'une voix éteinte, avec des gestes lents, insinuant que je la voyais peut-être pour la dernière fois. Comment un physique si parfait et si sain en apparence accumulait-il ces embarras ? Un jour ses tempes chauffaient, un autre son estomac paressait, un autre ses articulations l'élançaient, un autre sa gorge grattait, un autre son oreille bourdonnait, un autre son œil avait gonflé, un autre sa bouche restait sèche… Jamais je n'aurais imaginé qu'un corps pût présenter autant de nuisances, et encore moins qu'une personne les endurât successivement.

Ces jours-là, Tibor prospectait le territoire à la recherche de simples et me proposait de l'accompagner. J'acceptais, empressé, désireux de soulager Noura avec ces médicaments.

Lors de nos déambulations, Tibor m'indiquait une dimension inouïe de la Nature qui se révélait beaucoup plus riche et complexe que je ne le supposais. Auparavant, je savais que les Esprits régnaient, l'Esprit du lac, l'Esprit du ruisseau, l'Esprit du vent, l'Esprit de l'orage, or j'en étais resté à une appréhension larvaire. Sage éminent, subtil magicien, habile connaisseur des puissances spirituelles, Tibor m'enseignait que des Esprits se tapissaient dans chaque arbre, dans chaque pierre, dans chaque plante, et qu'ils nous secouraient si nous les comprenions. Il m'apprenait à déchiffrer l'univers.

— Prends ce tilleul, Noam, ce Tilleul de la justice sous lequel ton père dirige le village. Des Esprits très actifs habitent son écorce. As-tu noté que les gens se calment lorsqu'ils s'en approchent ? Ils ressentent l'influence des Esprits. Les Esprits, qui demeurent au creux du tronc, laissent échapper un peu de leur pouvoir dans l'air, bien sûr, et davantage dans les feuilles, dans les fleurs. Observe cette feuille du tilleul : quelle forme a-t-elle ?

— La forme d'un cœur.

— Exact ! Raison pour laquelle elle apaise. Lorsque tu infuses ces feuilles, tu obtiens un liquide qui te réconforte, voire t'assoupit, telle la berceuse chantée au coucher. Et maintenant, considère la fleur. Y repères-tu l'empreinte des Esprits ? Que t'inspirent-ils ?

— Euh…

— À quoi compares-tu cette fleur ?

— Si minuscule… on dirait… non, c'est stupide… on dirait une touffe de poils… des poils de nez !

En l'approchant de mes narines, j'éternuai. Les yeux de Tibor scintillèrent. Cet homme austère me souriait sitôt que je m'intéressais aux mystères.

— Bravo ! Tu as saisi l'essentiel ! Elle offre une boule de petits poils, comme ceux qui garnissent notre nez. Figure-toi qu'une infusion de ces fleurs combat ces coulées de liquide qui nous gênent tant et qui perturbent nos narines l'hiver.

— Non !

— Si. Mon grand-père et mon père l'ont prouvé. Je te le prouverai en administrant une tisane à Noura.

J'étais émerveillé par les horizons qu'il m'ouvrait.

— Alors non seulement les Esprits détiennent des pouvoirs, mais ils fournissent des indices ?

— Tu as tout compris, Noam. Un guérisseur est un

traqueur spirituel. Il part à la recherche des traces ; son art consiste à bien observer.

— Avec les yeux ?

— Avec les yeux, le nez, les papilles, les oreilles, les doigts. Aussi avec l'imagination.

— L'imagination ?

— Oui.

— Observer avec l'imagination ?

— L'imagination est la langue que parlent les Esprits pour s'adresser à nous.

Afin de m'initier aux pouvoirs nécessaires de l'imagination, Tibor interrompait nos pérégrinations, nous installait sous l'ombre d'un chêne et m'obligeait à la rêverie.

— Rien n'apporte plus que la rêverie pour connaître le monde. Attention ! Ne pas dormir, mais veiller ! Ne pas rêver, mais rêvasser !

— Comment ?

— Cesse de considérer les choses en fonction de leur utilité, oublie ce qui te sert, ce que tu manges, ce qui t'abrite. Contemple.

— Pas facile.

— Détache-toi de tes besoins, de tes envies, de tes attentes. Ne raisonne plus. Ôte-toi de ta relation au monde. Respire lentement, profondément. Laisse-toi pénétrer.

Les premières fois, je m'agaçai tant d'échouer qu'il me conseilla les intercesseurs.

— Les intercesseurs ?

— Des êtres qui te permettront de te quitter, d'aborder les espaces de la rêverie et de rejoindre les Esprits.

— Par exemple ?

— Le feu. L'eau.

Un soir, il me montra qu'en fixant une flamme qui ondulait, enflait, diminuait, s'affinait, filait vers la lune, revenait lécher la bûche, ourlait le bois de ses boucles rouges, crépitait en étincelles, se tapissait dans la braise puis explosait en impétueuse paroi de feu, je finissais, fasciné, par devenir la proie de la flamme ; je ne pensais plus par moi-même, je pensais par elle, ou plutôt elle me faisait penser.

— Voilà. Les Esprits s'expriment.

Le lendemain, il me soumit une expérience identique avec l'eau.

— L'eau mouvante est une flamme liquide.

En attachant mon regard à un torrent, à son écume, à ses constants miroitements, je parvins à ressentir l'énergie de la source, à soupçonner la danse des Esprits aériens au-dessus des flots.

— Tibor… je perds le contrôle…

— Tant que tu contrôles, tu ne verras que ce que tu veux voir, tu n'entendras que ce que tu dis. En revanche, si tu t'abandonnes à ce qui advient, les Esprits apparaîtront.

Tibor pratiquait l'hypnose par les éléments – la flamme qui vacille, l'eau qui coule, le vent parmi les feuillages – pour arriver à la rêverie ; une fois entré dans ce territoire, il embrassait la vraie texture du monde, son organisation, ses liens, le poème qu'écrivaient depuis toujours les Esprits et que nous, misérables humains, nous ne décelions pas.

— Nous sommes aveugles au monde parce que aveuglés par nous-mêmes. Nous sommes sourds au monde parce que assourdis par nous-mêmes. La rêverie nous sauve en nous rendant au monde.

— Que vais-je trouver ?

— La vérité gît dans les interstices. Dans ce qui manque de clarté, de netteté, de logique. Dans la suggestion, l'image, le décalage. Ainsi, par la rêverie, j'ai déniché le médicament dont je m'enorgueillis le plus.

Tibor sortit de ses poches une boîte en os ciselé, l'ouvrit et me désigna une poudre écrue.

— Elle fait baisser la fièvre, absorbe les migraines, dissipe les douleurs du corps, apaise les articulations. Souviens-toi, nous en avons administré à Noura la semaine dernière. Elle était déçue d'être si vite guérie, elle aurait bien profité de son état de malade toute la journée.

Je ris ; la distance que Tibor prenait par rapport à sa fille me soulageait ; moi, je n'en avais aucune.

Quant à la poudre, je me la rappelais d'autant mieux que je l'avais apportée le soir à Maman, sujette aux maux de tête, qui s'était rapidement remise.

Tibor me confia comment il l'avait découverte :

— Je paressais au bord de l'eau, un jour de soleil doré, adossé à un saule, cet arbre étrange, ce solitaire qui fuit les forêts et choisit les vides de la Nature, bras morts des fleuves, rives des marais, remblais humides. J'avais trop mangé. Disponible, je suis entré en rêverie et les Esprits m'ont interpellé. « Nous résidons au plus profond du tronc, répétaient-ils. Nous logeons sous l'écorce cendrée, le seul endroit du saule qui ne pleure pas. » De fait, les branches pleuraient, molles, tombantes ; les feuilles pleuraient, fines larmes argentées ; le saule déversait son chagrin dans le lac, sauf le tronc qui se dressait, franc, robuste. Les Esprits ont insisté : « Nos pouvoirs résident là. Le tronc ne souffre pas et retient l'arbre de sombrer. » Je me suis approché, j'ai gratté l'écorce et, de retour chez moi, j'ai fabriqué cette poudre, une décoction de saule blanc. Très amère, mais qu'importe : utilisée en quantité appropriée – j'ai beaucoup tâtonné –, elle soulage souverainement. Les Esprits m'avaient indiqué qu'au sein du saule pleureur se trouvait une substance qui empêchait de pleurer*.

Parcourir les sentiers, traverser les champs, s'enfoncer dans les bois devenait captivant avec Tibor : j'apprenais à percevoir la Nature et à la rêver, pau-

---

* J'ai utilisé et transmis la poudre de Tibor pendant des millénaires. Durant le Moyen Âge, l'usage s'en perdit chez les médecins, sans doute à cause des violents maux d'estomac qu'elle provoquait parfois. Me trouvant en Angleterre vers 1750, je subis un fâcheux contretemps : la diligence qui me conduisait à Chipping Norton s'embourba et nécessita que les voyageurs attendissent au bord du chemin. L'un d'eux, couperosé, bien en chair, me confia ses soucis. Des fièvres se répandaient dans la campagne anglaise, terrassant les enfants, les femmes, même les gaillards les plus costauds. Ce révérend, à la fois homme d'esprit et d'expérience, aussi scientifique que praticien, cherchait passionnément à améliorer la vie de ses contemporains. Il raisonnait en adepte de la théorie des signatures – selon cette doctrine, le remède d'une maladie n'est jamais loin de ses causes. Comme il me narrait sa souffrance, ses échecs, son désespoir sur une route qui jouxtait un étang, j'eus envie de l'aider et lui désignai la saussaie devant nous. « Puisque les affections fébriles foisonnent dans les endroits humides ou marécageux, la solution doit s'y nicher, révérend. Qui, parmi les végétaux, y survit aisément ? » Il suivit l'indication de ma main et contempla les saules pleureurs. Je l'emmenai vers un spécimen, introduisis mon doigt dans un des infimes trous qui criblaient le tronc, le suçai. « Peut-être cette substance amère de

pières ouvertes et paupières fermées. On découvre autant à l'extérieur qu'à l'intérieur de soi, les Esprits pénètrent partout.

Grâce à nos trempages, nos décoctions, nos infusions de simples, Noura se remettait. Certains jours, elle nous accompagnait. Au début je crus qu'elle développait un intérêt pour les activités de son père, mais elle se penchait sur le sol, les fleurs, les herbes, les écorces pour une raison dissemblable : elle cherchait des senteurs dans l'intention de fabriquer des parfums.

Cela décevait Tibor, lequel aurait préféré qu'elle trouvât avec lui les propriétés curatives des plantes.

---

l'écorce protège-t-elle l'arbre des maladies qu'il pourrait attraper avec ses pieds dans l'eau froide ? » À son tour, le révérend glissa son auriculaire, testa le goût, arracha des feuilles, les mâcha, grimaçant. « Pourquoi pas ? L'amertume me rappelle la poudre des jésuites, cette herbe du Pérou qui modère les fièvres des marais. On ne se la procure ici qu'en contrebande – jésuites et anglicans ne font pas bon ménage… Merci, mon ami, je vais emprunter cette piste. » Le 25 avril 1763, Edward Stone présenta donc au comte de Macclesfield, président de la Royal Society of Medicine, un rapport sur le traitement efficace des fièvres par de l'écorce de saule, séchée dans un sac posé près d'un four de boulanger, pulvérisée, qu'il avait administrée à cinquante patients. Plus tard, un pharmacien italien isola le principe actif contenu dans l'écorce, la « salicine », puis un pharmacien français en tira des cristaux solubles, la « salicyline ». Enfin, en Prusse rhénane, Felix Hoffmann, un chimiste désireux de soigner son père atteint de rhumatismes et qui ne digérait pas ce médicament, obtint l'acide acétylsalicylique pur en 1899. Le laboratoire de colorants où il travaillait déposa non pas un brevet – car les Français l'avaient précédé – mais une marque qui permettrait l'exploitation commerciale : Aspirin. Bayer devint ainsi le géant de l'industrie pharmaceutique, seul distributeur mondial d'aspirine jusqu'en 1919.

Moi, je feignis de la seconder, histoire de créer une connivence.

Hélas, elle ne sollicitait mon avis que pour m'humilier. Comme pour les vêtements, elle déclarait que je n'y connaissais rien et que je confondrais l'odeur du putois avec celle du chèvrefeuille. Quoique cela fût faux, je ne protestais pas ; si l'on s'aventurait à démontrer à Noura qu'elle se trompait, elle entrait dans des colères dévastatrices, tombait malade et, plus refermée qu'un hérisson, n'arborait qu'une froide indifférence durant une semaine.

Il n'empêche. La venue de ces deux étrangers m'exaltait. Jamais je ne m'étais autant diverti qu'en leur compagnie, même si Noura me boudait souvent, même si Tibor s'absentait parfois devant moi, amolli, les yeux hagards, le teint livide, en mâchonnant une plante – un intercesseur puissant – qu'il refusait de me prêter.

Le soir, je rejoignais Mina, qui allait mieux depuis que nous refaisions l'amour. Si elle n'était toujours pas enceinte, je sentais, à son regard sur moi, au frémissement avec lequel elle m'accueillait, que tout son corps avait l'appétit d'une grossesse.

Chaque nuit, après le repas, nous nous retirions et fermions la porte. Une fois notre accouplement achevé, elle se laissait tomber sur le dos, essoufflée, et me considérait avec reconnaissance. Je m'allongeais à mon tour sur le flanc, la tête de son côté, dans le plaisir animal de partager notre natte. Puis Mina fixait le toit et, machinalement, enroulait ses mèches autour de ses doigts, un geste datant de son enfance. Je m'endormais en me demandant si Noura, après avoir couché avec un homme, aurait ces gestes nigauds de gamine.

Sûrement pas…

*

— Pourquoi ne souris-tu jamais ?

Noura irradiait de la lumière, attirait les regards mais, à la différence des autres femmes, elle ne plissait jamais les paupières ni n'écartait les lèvres.

— Je sourirais si j'étais laide.

Sur l'instant, je trouvai choquante sa réponse lapidaire, avant de découvrir, les jours suivants, qu'elle visait juste : certains visages nécessitent le sourire pour briller ; pas les plus beaux. Mina souriait beaucoup pour harmoniser ses traits, les rendre avenants. Noura, elle, se contentait d'apparaître.

Mon père, en revanche, s'assombrissait. Les combats avec les Chasseurs pilleurs croissaient en fréquence et en animosité – trois soldats avaient été tués, un vieillard roué de coups, des femmes et des enfants blessés, cinq réserves de grains éventrées, un aurochs dépecé, des mouflons et des chèvres enlevés.

— Ces agressions s'intensifieront cet hiver, quand les Chasseurs manqueront. Notre réputation nous dessert : les pillards viennent directement ici, car ils savent que nous nous enrichissons.

Les inquiétudes de mon père se révélaient proportionnelles à notre opulence. Un matin, assis sous le Tilleul de la justice, il ne cacha pas sa colère :

— Plus nous réussissons, plus nous devenons des

cibles. Je dois arracher de nombreux hommes aux champs pour les former à se battre.

Il se frappa la tête et regarda le lac.

— Et encore, si le problème se réduisait à ça…

Il se tut. Je m'approchai.

— Quoi ? Qu'y a-t-il de plus ?

— Rien.

Je posai ma main sur la sienne et, lorsque nos peaux se touchèrent, je le sentis tendu, froid.

— Père, je ne comprends pas : tout va bien, tu nous armes contre les dangers à venir, pourtant tu me parais angoissé.

Il me dévisagea, pensif.

— J'hésite à t'en parler, Noam.

— Dis-moi.

— Mon rôle de chef consiste à porter nos soucis.

— Un jour, ton fils dirigera ce village.

Il se détendit.

— Prépare-toi. Nous allons voyager. Je veux vérifier ma crainte avant de te la livrer.

Lorsque j'appris à Tibor que nous entreprendrions un périple, il me demanda s'il pouvait se joindre au convoi : cela lui permettrait de cueillir des herbes, des fleurs et des fruits inconnus. Je plaidai sa cause auprès de mon père, qui acquiesça.

Les jours précédant l'expédition, Pannoam l'organisa en se rendant chez Dandar, son frère de lait, lequel, après avoir participé à l'émergence du village en tant que potier, profitait de son succès. Chaque année, il agrandissait son atelier, créait des ustensiles innovants, ajoutait des annexes à sa maison – flanqué de trois épouses et de quinze enfants, il avait besoin d'espace et de prospérité... Ses fils s'affairaient auprès de lui, qui au malaxage de l'argile, qui au ravitaillement en eau, qui à la confection des pièces, qui au feu, qui au bois, qui à la peinture. Plusieurs plats, pots, amphores en terre cuite jaillissaient quotidiennement de leurs mains.

Autrefois, Dandar avait dû se déplacer pour localiser les glaises propices, ce qui faisait de lui un homme informé. Il expliquait à mon père comment gagner la Falaise des sculpteurs, l'endroit qui l'intéressait.

— Pourquoi là-bas ? me renseignai-je auprès de Dandar, un soir où mon père discutait avec les fils.

— Je n'en sais fichtrement rien. Ton père veut atteindre la Falaise des sculpteurs et ne m'en dit pas davantage.

J'aimais rejoindre Pannoam chez Dandar, car, outre les clients, les trois femmes et les quinze enfants du potier passaient, s'apostrophaient du matin au soir, créant une incessante animation.

Ce soir-là, mon père en sortit avec une mine joyeuse mais lasse. Il haussa les sourcils et soupira :

— Oh, je virerais sourd si je possédais trois femmes !

— Dandar ne semble pas malheureux.

— Il ne l'est pas. Lui qui désire du mouvement autour de lui, le voilà servi !

— Trois femmes...

— Les familles à plusieurs femmes fonctionnent rarement sans accrocs. Ici, l'harmonie vient de ce qu'elles sont sœurs. Il a épousé l'aînée. La cadette s'est unie à son frère, mais quand celui-ci est mort au cours d'une rixe avec les Chasseurs, Dandar, par fidélité à son frère et pour l'avenir de ses neveux, l'a épousée. Enfin, quand la troisième sœur a atteint l'âge adulte, les deux autres lui ont conseillé cet homme-là. Avec raison.

— Elles ne se tirent pas dans les pattes par jalousie ?

— Connais-tu des sœurs qui échappent à la jalousie, toi ?

Nous éclatâmes de rire en songeant à mes sœurs qui se chamaillaient. Pannoam se gratta l'oreille.

— Ces trois sœurs-là ont été élevées à l'écart de la rivalité, ce dont ta mère et moi avons été incapables… Les trois épouses de Dandar apprécient leur mari et s'apprécient toutes les trois. Un cas d'entente exceptionnel.

— Toi, père, n'as-tu jamais pensé à une deuxième épouse ?

Mon père s'arrêta, réfléchit, fixa le lac, hésita, puis se tourna vers moi, les yeux amusés.

— As-tu vu la guerre que ta mère me déclare lorsque je caresse un chien ? Imagine le cataclysme si j'effleurais une femme…

Nous gloussâmes longtemps.

Le matin du départ, je passai chez lui prendre Tibor, lequel avait doublé de volume en garnissant les poches de son manteau. Noura, très pâle, les lèvres mauves, les narines pincées, accompagna son père jusqu'à la porte, l'embrassa, puis s'avança vers moi.

— Ramène-moi papa. Je compte sur toi.

J'étais bouleversé qu'elle me montrât autant d'estime.

— Fie-toi à moi, Noura. Je me ferais tuer plutôt que de laisser quiconque toucher à Tibor.

— Merci. Et j'aimerais mieux que toi aussi, tu reviennes vivant.

Une larme surgit dans son œil. Elle rentra prestement et nous adressa, de loin, un signe d'adieu.

Pannoam s'était adjoint sa meute de chiens, ainsi qu'un escadron de dix hommes – trois porteurs, sept guerriers. En route, j'interrogeai mon père sur la raison d'un équipage si fourni. Il me répondit en se rembrunissant :

— J'essaye de compenser l'erreur que nous commettons, Noam.

— Quelle erreur ?

— Voyager ensemble. Le chef actuel et le futur chef se déplacent côte à côte, à la merci des Chasseurs. Si nous succombions à une attaque, le village perdrait ses dirigeants.

La nuit, nous campions à la belle étoile, en des lieux soigneusement sélectionnés par mon père, des clairières protectrices mais ouvertes qui multipliaient les points de fuite, des trouées où des assaillants ne nous acculeraient pas. Les guerriers se relayaient pour garder le bivouac, les chiens demeuraient en alerte.

Pour l'instant, les seuls ennemis que nous rencontrions se résumaient aux moustiques qui bruissaient à proximité du lac, dans les rideaux de joncs, mais Tibor répandait chaque soir autour de nous une plante qui les éloignait.

En froissant ces petites feuilles ovales, gaufrées,

je constatai qu'elles dégageaient une odeur fraîche et jaune.

— Le parfum repousse les moustiques, m'indiqua Tibor.

— Ça sent bon, pourtant.

— Tu n'as pas des goûts de moustique.

— Comment as-tu découvert ça ?

— Les abeilles en raffolent. Si l'on frotte une branche avec, on les convainc même d'installer leur essaim là. Un jour, pendant une rêverie, j'ai entendu la logique des Esprits : « Ce que nous destinons à l'abeille, nous ne le destinons pas au moustique. » Comme les Esprits avaient réservé ces feuilles et ces fleurs aux faiseuses de miel, ils y avaient plausiblement placé un répulsif pour les aspirateurs de sang. Je n'ai eu qu'à le vérifier.

Au matin, lui et moi ramassions l'herbe aux abeilles * déposée aux frontières de notre camp, rangions ces précieuses feuilles dans un sac, afin de les ressortir le soir. À ceux qui, malgré ces précautions, avaient été piqués, Tibor appliquait des extraits de myrte, lequel, en desséchant la peau, soulageait les irritations.

Après une semaine de marche, nous aperçûmes notre but : la Falaise des sculpteurs.

À mesure que nous approchions, Pannoam nous expliquait en quoi consistait la rareté de l'endroit. Là-bas, tout n'était plus que roche. L'eau léchait de gigantesques agrégats bruns qui s'étendaient bien au-delà du lac et n'autorisaient aucune fleur, aucune

* La mélisse.

touffe, aucun arbre à pousser, faute d'humus. Le minéral l'avait emporté. La pierre avait rejeté la vie.

— Des hommes ont habité ici autrefois. Ils avaient aménagé des grottes dont il reste quelques traces, le long du sentier qu'ils avaient creusé. Pour cette raison, on nomme le lieu la Falaise des sculpteurs. Aujourd'hui, plus personne n'y demeure.

Quand nos pas y parvinrent, nous constatâmes que Pannoam détenait des informations exactes. Entre les échancrures, les caps, les promontoires, nos ancêtres avaient taillé un chemin suffisamment large pour qu'un pèlerin et un âne y accèdent, bordé de précipices d'un côté, de murs rocheux de l'autre. Effaré, j'imaginai la difficulté du chantier. Même si la ligne épousait les tours et les détours du relief, combien de mois ou d'années avaient été nécessaires ? Combien d'artisans avaient fracassé les pierres avec d'autres pierres ? Où avaient-ils puisé les ressources divergentes que l'entreprise exigeait, l'acharnement et la patience ?

Nous fîmes halte sur cette côte aride pour nous restaurer. L'air était si pur qu'on croyait qu'il avait disparu, privé de densité, au point que je m'étonnai qu'au zénith un rapace y appuyât ses ailes en un vol menaçant. Au moment où les porteurs et les guerriers entamaient une sieste, je demandai à mon père :

— Avons-nous randonné une semaine pour ça ?

— Oui.

— Qu'est-ce qui t'inquiète ?

Je me tournai vers Tibor, lequel m'approuva d'une mine dubitative.

Pannoam se leva.

— J'ai besoin de confirmations. Pour le moment, je m'appuie sur des récits de voyageurs dont j'essaye de relier des éléments, or les voyageurs soit se trompent, soit se vantent.

Il nous fit signe de le suivre. Le sentier, pavé de cailloux roulants, nous obligeait à déterminer avec soin où poser nos pieds ; parfois il contournait des masses arrondies, parfois il se glissait au creux d'étroits interstices. Enfin les blocs s'espacèrent et nous gagnâmes le bord.

— Avez-vous remarqué l'endroit où le sentier rejoint le lac ?

Nous nous penchâmes sur l'onde cristalline qui laissait voir le prolongement du sentier.

— Regardez, il continue.

Pannoam entra dans les flots et descendit par degrés.

— Des marches !

Si les premières restaient visibles, les suivantes disparaissaient dans l'obscurité lacustre. Il s'enfonça autant qu'il le put puis nous tendit le bras lorsque sa tête sombra.

— N'est-ce pas curieux de creuser des paliers sous l'eau ?

— Complètement idiot, m'exclamai-je. Outre que cela ne sert à rien, quel défi technique !

— D'accord avec toi, Noam ! Pourquoi nos ancêtres avaient-ils entrepris des travaux si incommodes et dépourvus d'intérêt ?

— Des crétins…

Pannoam me dévisagea sans masquer sa déception.

— Accuser de crétinerie ceux qu'on ne comprend pas revient à déclarer la sienne.

Je tâchai de ne pas me vexer.

Il désigna, au-delà de la surface unie des eaux, la rive que nous apercevions au lointain, teintée de rose par le soleil couchant.

— Le prochain indice se situe là-bas. Pour y parvenir, cinq jours de trajet.

D'après ses renseignements, nous nous trouvions sur une langue du lac; en longeant la berge, nous finirions en face.

Je regrettai que nous n'usions pas de pirogues.

— Qu'est-ce que ça changerait ? dit Tibor. Les pirogues suivent la côte et avancent plus lentement qu'un marcheur.

— Les pirogues nous conduiraient droit là-bas.

— Absolument pas ! Les perches touchant le fond, elles deviennent inefficaces au milieu du lac. Si on pouvait traverser le lac, des intrus accosteraient chez nous. Plus de sécurité ! Il faudrait surveiller à la fois la terre et l'eau. Normalement, le danger ne vient pas de l'eau.

Pannoam le considéra longuement et soupira en écho :

— Normalement...

L'angoisse déformait son visage. À quoi songeait-il ?

Après cinq jours ennuyeux de marche – des roches, des ronces, des gravats, puis de nouveau des ronces –, nous débarquâmes sur une côte totalement dépouillée de verdure, qui s'érigeait face à celle que nous avions franchie.

— Cherchons le chemin.

— Quel chemin ?

— Pas celui qui longe l'eau, mais le sculpté qui en sort.

À peine Pannoam eut-il déclaré cela que Tibor s'écria :

— Là ! Là !

Nous courûmes vers lui. Il avait repéré le sentier excavé qui descendait des hauteurs et s'achevait au lac.

Mon père n'hésita pas. Malgré l'incommodité de la rive, il sauta dans le liquide bleu sombre, puis, en progressant avec circonspection, chercha à détecter des degrés façonnés.

— Je les sens ! Comme des marches.

— Extraordinaire ! murmura Tibor avec animation. Un travail identique au côté opposé !

— Quoi ? dis-je. D'autres ancêtres ont fait ça ici ? Pourquoi ?

Pannoam releva la tête vers moi.

— Surtout comment ? On ne taille pas la pierre sous l'eau, d'autant moins lorsque la visibilité fait défaut. L'escalier continue en dessous de moi, et pourtant je suis grand.

Nous l'aidâmes à remonter sur la berge. Il se laissa tomber sur un monticule.

— Ce que je craignais se produit.

— Allons, père ! Pas de quoi s'inquiéter. Ils étaient juste aussi fous de ce côté du lac que de l'autre.

Pannoam fixa le sol et prononça, les mâchoires serrées :

— D'abord, ils n'étaient pas fous. Ensuite, ils n'étaient pas différents de ceux de l'autre rive : c'étaient les mêmes.

— Pardon ?
— Il n'y avait pas de rives.
— Pardon ?
— Il n'y avait pas de lac.
— Pardon ?
Pannoam se releva et devint grave :
— Le chemin creusé dans la roche démarrait là-bas, à plusieurs jours de marche, et se terminait ici. Une voie unique avait été dégagée à l'air libre. On la parcourait à pied sec. Ne s'étendait pas un lac, mais une vallée pierreuse. Les flots ont couvert le passage. Le processus que beaucoup d'entre nous nient et que nous croyons récent a commencé il y a très longtemps… Nous n'en voyons pas le début, mais la poursuite.
— Quoi, père ?
— L'eau monte.
Ses yeux papillotaient, il cherchait son souffle. Je redoutai qu'il ne flanchât ; or il se maintint debout, face à l'infini lacustre. Il murmura :
— Si l'eau ne cesse de monter, jusqu'où ira-t-elle ?
Et je partageai soudain l'angoisse de mon père.

*

Au retour, les villageois nous reçurent en héros. Les enfants galopèrent vers nous, les femmes poussèrent des youyous, les hommes frappèrent des rythmes avec leurs outils, tous formèrent une haie d'honneur puis tapèrent des pieds en s'inclinant devant nous jusqu'à la maison de Pannoam.

Qu'avions-nous réussi de si extraordinaire ? Mon

père et moi rentrions avec une énigme, Tibor avec trois sacs de simples : rien de spectaculaire qui pût avoir une conséquence immédiate…

Les villageois avaient subi plusieurs attaques des Chasseurs, solitaires ou en bandes ; affaiblis, anxieux, ils se réjouissaient que sept soldats regagnassent leur poste, et que leur chef réintégrât sa position. Sa seule vue les rassurait. Pannoam incarnait la réussite, le cran, la solidité de notre communauté ; son absence les avait beaucoup alarmés. En progressant derrière mon père qui ouvrait notre cortège, je m'avouai que lui succéder un jour représenterait un défi périlleux.

Mina m'accueillit avec plaisir, se blottit contre moi, me tendit les plats raffinés qu'elle avait préparés, des petits pains truffés de noisettes cuits sur une pierre chaude, une compote d'églantier. De notre périple je lui racontai quelques épisodes, qu'elle écouta sans piper mot ; elle hochait la tête et suivait à peine, escomptant que nous rampions jusqu'à la natte pour essayer, une fois encore, de concevoir des enfants. J'y consentis d'autant plus aisément que j'avais enduré trois semaines de chasteté forcée.

Quel contraste avec Noura qui, le lendemain, multiplia les réactions, exigea des détails, raisonna à voix haute, me cribla de questions, revint sur tel point, discuta tel autre, m'obligea même à lui livrer l'information censée rester confidentielle ! Avec Mina, mon récit de voyage avait produit un bref monologue, poussif, ponctué par une main qui me resservait à boire ou à manger ; avec Noura, il enclencha un dialogue éruptif, passionné, passionnant, qui dura une journée et nous laissa, le soir, ravis, la tête en feu.

L'avouerai-je ? Je traînais les pieds en me dirigeant chez moi. J'imaginais ce qui m'attendait – Mina, sa docilité, ses regards glaiseux, sa langueur molle, ce rituel qui m'assommait. Si mon expédition m'avait déjà éclairé sur la fadeur de notre vie matrimoniale, nos retrouvailles accentuaient ce malaise.

Je bondis chez mon père et sollicitai un entretien urgent.

— Ici ?

— Qu'importe, père ! Là où il n'y aura que toi et moi.

Par réflexe, il m'emmena sous le Tilleul de la justice. Alentour, les coteaux, noircis par la nuit, semblaient des animaux tapis, prêts à jaillir. Un bleu sombre, vaporeux couvrait le lac sur lequel pesaient des nuages torturés. Perçant le silence, un hibou ulula au loin.

J'allai droit au but :

— Père, je voudrais prendre la fille de Tibor pour deuxième femme.

Il écarquilla les yeux. Obnubilé par la hausse des eaux, il n'avait pas présumé que j'évoquerais des problèmes domestiques ; il me toisa avec condescendance, comme si, en parasite, je l'éloignais de l'essentiel.

— Pourquoi désires-tu une deuxième femme ?

— Tu le sais, père.

— Moi ?

— Même si tu évites le sujet.

— Quoi ?

— Mina ne me donne pas d'enfants.

L'hostilité de mon père disparut. Ses épaules s'abaissèrent, il se décrispa. J'avais touché le point sensible.

— Tu ne me le reproches jamais, père, et je t'en remercie. Maman, elle, ne s'en prive pas. Elle déteste Mina.

— Je sais.

— Elle la honnit pour de bonnes raisons : Mina ne parvient pas à assurer notre descendance. À quoi cela sert-il, père, que je récolte ton expérience si je ne la transmets pas à mon tour ? À quoi bon régner, toi et moi, en chefs méritoires si notre lignée s'éteint demain ? S'il était un Esprit, le village t'approuverait-il ?

Pannoam se renferma. Je me doutais que mon père avait mâché et remâché ce que j'exprimais. Après un long temps, il hasarda une question :

— Faites-vous ce qu'il faut, Mina et toi ?

— Tous les soirs.

— Bien...

— Mina tombe enceinte, j'accomplis mon devoir. Mais ses enfants n'ont pas de santé.

Dire « ses enfants » au lieu de « nos enfants », je ne le regrettais pas, tant j'étais convaincu que leur déficience provenait de Mina. Mon père posa la main sur mon genou.

— Je me sens coupable, Noam. Je l'ai mal choisie. Je me suis arrêté au fait que son père dirigeait le troisième village en remontant vers le soleil couchant, je n'ai pas vérifié la vigueur de leur sang. J'ai pensé comme un chef, pas assez comme un père.

— Ton raisonnement reste excellent. Je ne te propose pas de répudier Mina, seulement d'épouser une deuxième femme, celle qui perpétuera notre famille et t'offrira de solides petits-enfants.

— Pourquoi la fille de Tibor ?

Je demeurai muet tant j'ignorais par où commencer – Noura possédait mille qualités précieuses. Pendant que les idées défilaient dans mon esprit, mon père reprit la parole :

— Pas un mauvais choix… Un guérisseur joue un rôle important au sein d'une communauté. Par cette union, nous augmenterions nos chances de le conserver ici. Tibor semble très attaché à sa fille, n'est-ce pas ?

— Il l'adore.

— Parfait.

Croyant qu'il cautionnait mon désir, je me levai, les jambes tremblantes.

— Es-tu d'accord ?

D'un geste autoritaire, Pannoam m'invita à me rasseoir.

— Je te le dirai dans quelques jours, Noam.

— Quoi ?

— Je dois réfléchir.

— Réfléchir à quoi ?

— Pour Mina, je me suis hâté. Je ne commettrai pas cette erreur.

— Mais…

— Et puis, je redoute les foyers à plusieurs épouses.

— Ton frère de lait…

— Ne me cite pas Dandar, que je considère comme une exception. Lorsque je rends la justice sous le Tilleul, je ne me forge pas une haute opinion des foyers à plusieurs épouses, oh non ! Soit les femmes font la guerre à l'homme, soit l'homme les traite mal, soit les femmes luttent entre elles, soit elles combattent à travers leurs enfants. Un terrier de vipères me paraît plus tranquille.

— Mais…

— Non ! Ne t'épuise pas la langue, ne me fatigue pas les oreilles. Dans quelques jours, tu recevras ma décision.

Il m'ordonnait de me taire. J'obéis. Comme j'éprouvais de l'impatience, je songeai au moyen d'accélérer son jugement.

— Souhaites-tu la rencontrer, père ?

— Qui ?

— Noura.

Sûr qu'en la fréquentant, en notant sa grâce, sa vive intelligence, son élégance, il conclurait que je lui soumettais la bonne proposition ! Il répéta sans comprendre :

— Noura ?

— La fille de Tibor.

Je frissonnai. Jamais je n'aurais soupçonné qu'il ait prêté si peu d'attention à la jeune fille… De quel bois était-il constitué ? Il suffisait de voir Noura une fois pour s'en souvenir, voire pour s'en trouver intoxiqué !

En se relevant, il m'examina avec un brin de commisération.

— Inutile. Cela ne pèse pas dans ma réflexion. Je t'annoncerai bientôt ma résolution.

Sans un mot de plus, il retourna chez lui.

Ce soir-là, sur notre natte conjugale, je parvins à repousser Mina, mais des scènes présentant Noura dans ma nouvelle existence m'empêchèrent de dormir, créant la joie un instant, la tristesse l'instant suivant puisque j'ignorais si j'en bénéficierais. Le plaisir succédait à la peine, la peine au plaisir ; je fourmillais de pensées opposées.

Comme l'aube fut lente à pâlir…

Sitôt levé, je flottai. D'un côté je désirais foncer chez Noura et lui révéler ma demande, de l'autre je me contrôlais. D'abord, je devais informer Tibor, les unions relevant des parents. Or, si Pannoam refusait, je serais ridiculisé aux yeux de Noura, laquelle ne manquait pas de cruauté, oui, si Pannoam répondait par la négative, je paraîtrais falot, passerais pour un garçon plutôt qu'un homme, subirais sa déconsidération… Pour la première fois, le pouvoir paternel m'encombra, moi le fidèle, moi qui vénérais mon père.

Du coup, je fuis Noura, prétextant des travaux dans les champs.

Je me rendis sur nos terres pour crédibiliser ma feinte et m'occupai vaguement à fendre du bois de chauffage. Lorsque le soleil amorça sa descente, je distinguai Tibor et sa fille qui empruntaient un proche sentier. Ils m'envoyèrent un signe. Sans hésiter, je m'empressai vers eux, hache à la main.

Ils m'accueillirent avec entrain, chacun se félicitant de sa cueillette, Tibor d'une fougère rousse qu'il n'avait pas encore étudiée, Noura de pommes jonquille dont le parfum l'enivrait. Elle rayonnait.

Quand Tibor s'écarta de dix pas pour déterrer un champignon qu'il avait repéré sous un chêne, je confiai à Noura :

— J'ai parlé à mon père hier.

Elle rit.

— Comment t'y prends-tu, d'habitude ? Tu hennis ? Tu aboies ? Tu bêles ?

— Ne te moque pas, Noura. Je lui ai parlé de toi.

Elle cessa de s'esclaffer.

— De moi ?

— Oui.

Elle me scruta, tendue, attentive.

— Que lui as-tu dit ?

— Je…

— Oui ?

J'étais sur le point de lui raconter ma demande lorsqu'un cri retentit, un cri déchirant. On attaquait quelqu'un. Des aboiements de chiens s'élevèrent, furieux, impétueux, virulents. Un combat acharné se déroulait derrière le rideau d'arbres.

Je frémis. J'avais deviné ce qui se produisait…

Brandissant ma hache, je m'élançai en direction du vacarme.

Quand je déboulai dans la clairière, je distinguai, au loin, mon père à terre, entouré de ses chiens qui le défendaient contre cinq Chasseurs, armés de massues, venus voler nos mouflons.

Les Chasseurs tuaient les chiens un à un, et allaient achever mon père.

— À moi ! vociférai-je. À moi ! À l'aide !

Je galopai. Les paysans affluèrent, munis de bâtons fouisseurs, de houes, de gourdins, mais étant donné la distance qu'il nous restait à gravir, aucun de nous n'interviendrait à temps.

Malgré ma course éperdue, je voyais tout de l'horrible scène.

Les Chasseurs, enjambant les cadavres de chiens, s'approchaient de mon père, allongé, blessé, ensanglanté, qui brandissait un pieu pour se protéger. L'un d'eux leva son arme pour l'achever.

— Non ! hurlai-je.

L'arme tombait sur mon père quand une masse surgit, bouscula le Chasseur et, d'un coup de hache, lui arracha la tête. Les quatre autres Chasseurs se retournèrent et découvrirent un colosse. Par réflexe, ils se mirent en position de l'affronter. À peine avaient-ils bougé que le colosse les avait pourfendus.

Cinq cadavres !

Cinq cadavres en cinq éclairs…

Le colosse constata que nous montions vers lui et, sans hésiter, à longues foulées, détala.

Hors d'haleine, j'arrivai le premier et me ruai sur mon père étendu dans une mare de sang, auprès de ses ennemis et des chiens inertes au crâne défoncé. Les yeux vitreux, il tenait son genou en grimaçant de douleur, le souffle court, incapable de parler, isolé dans sa souffrance. Je me penchais vers lui lorsque Maman, pantelante, affolée, dépoitraillée, bondit à mes côtés et se jeta à terre.

— Pannoam !

Elle baissa les yeux et lança un hurlement : dévié par le coup de massue, le pied de mon père était brisé, son tibia fracassé. Les Chasseurs lui avaient disloqué la jambe.

Mon père ferma les paupières. Sa tête roula sur le sol. Il exhala un soupir.

Maman le secoua.

— Il est mort…

Je crus que je m'évanouissais. Seule la perplexité m'empêchait de chanceler.

Les villageois nous encerclèrent, haletants. Tibor s'accroupit, palpa le poignet de mon père, flaira ses narines, colla une oreille sur sa poitrine.

— Il n'est pas mort.

Maman articula avec difficulté :

— Mais il va mourir ?

— De l'écoulement du sang, ou de l'infection de sa plaie.

Maman rabâcha à tue-tête :

— Pannoam va mourir !

Tibor lui attrapa la main.

— Sauf si je l'opère.

— Quoi ?

— Tu m'en donnes le droit ?

— Oui.

Tibor s'adressa à moi :

— Et toi, Noam ?

Je répliquai comme ma mère. Prestement, Tibor arracha une de ses grandes poches, enserra le tissu à la lisière du genou pour bloquer la fuite du sang, puis il chercha Noura des yeux. Dressée au-dessus du corps, le visage plus blanc que le marbre, elle fixait son père ; il lui annonça :

— Nous allons lui couper la jambe.

En relevant la tête, il me sembla apercevoir en haut de la colline la silhouette du colosse. Qui était-il ? Qui avait sauvé mon père ? Pourquoi un Chasseur épargnait-il un Sédentaire ? Par quelle aberration ce géant solitaire fuyait-il tout le monde, nous ou ses semblables ?

Sentit-il mon regard ? Il disparut.

*

Nous avions délicatement déposé le corps sur une table de pierre installée par Tibor au fond de sa demeure. Mon père ne réagissait plus, mais il respirait.

Tibor se tourna vers les villageois qui s'étaient massés dans la maison et alentour.

— Pannoam a perdu connaissance. Dès que j'inciserai la peau, la douleur le réveillera. Je veux quatre hommes pour le maîtriser au cas où il se débattrait.

Mes camarades s'avancèrent d'un pas.

— Que les autres partent !

J'engageai mes sœurs à emmener notre mère. La pièce se vida. Tibor ordonna à mes camarades :

— Un sur chaque membre. Celui qui s'occupe de la jambe blessée n'immobilise que la cuisse, au-dessus de la brisure.

Ils s'exécutèrent.

Tibor m'attrapa le poignet, me conduisit vers un coffre en bois, s'accroupit et me glissa à l'oreille :

— Je te charge d'une mission, Noam. Tâche de lui faire avaler une boisson dans laquelle tu auras dilué cette poudre.

Il me montra une fiole que je reconnus.

— La poudre que tu absorbes certains soirs ? L'intercession ?

— Oui.

— Celle que tu m'interdis de prendre ?

— Je te l'interdis pour ton bien.

— Mon bien ? Et tu me demandes de l'administrer à mon père !

Ma voix était montée d'un cran. Il m'incita à chuchoter.

— Comprends-moi, Noam. La poudre te soulage, certes, mais tu ne peux plus t'en dispenser.

— Même avec de la volonté ?

— La poudre ronge ta volonté. Elle t'inflige le besoin d'en reprendre. Tu te prétends le maître alors que tu entres à son service. Ne tombe pas dans ce piège où je croupis depuis des années.

— Et mon père ?

— Une dose, une seule, ne créera pas d'accoutumance. De surcroît, je n'ai pas le choix.

— Qu'est-ce ?

— Du chanvre*.

Il saisit une boîte contenant une poudre brune.

— Et voici du pavot. Tu en garnis un linge mouillé et, aussitôt que ton père gémit, tu le lui appliques sur le nez. Sans l'étouffer. Compris ?

Suant à grosses gouttes, il s'élança vers Noura.

— Quant à toi, tu te rappelles ? Comme pour tes deux frères… Tu me passes les outils, tu les tiens en l'air sans les reposer quand je ne m'en sers pas. Clair ?

Noura opina, déjà concentrée sur sa tâche.

Je garde peu de souvenirs de l'opération, car à maintes occasions, frisant le malaise, je détournai la tête.

Dès que les outils en pierre lustrée de Tibor atteignirent la chair et l'os à vif, mon père reprit connaissance. Il rugit. Il fallut les forces conjuguées de mes camarades pour le maintenir plaqué sur la table.

* Le cannabis.

Mes compresses de pavot lui apportaient un soulagement provisoire, cependant Tibor mit tant d'heures à découper les tendons, sectionner les muscles, polir le bout des os et suturer la blessure que mon père rebrailla sous le choc de l'infernale douleur.

Chaque fois paniquée, Maman entrait dans la pièce, persuadée que mon père poussait son dernier cri, et, chaque fois, Noura s'interposait avec son autorité calme, l'apaisait, la faisait sortir.

L'intervention achevée, Tibor usa d'herbes et d'onguents sur la peau afin de maîtriser l'infection, de fermer les plaies.

— Fini ! Confiez-le-moi ici. J'atténuerai ses crises.

Harassés, en nage, mes camarades et moi quittâmes la maison du guérisseur.

Sur le pas de la porte, Noura, les traits fatigués, la posture ferme, toujours nette, nous apporta à boire. Lorsqu'elle me servit, ses yeux quémandèrent la suite de mon récit : qu'avais-je dit d'elle à mon père ?

Ne me sentant pas l'énergie de la contenter, je lui expliquai que je répondrais plus tard. Elle baissa la nuque et retourna assister Tibor.

Mon père reprit connaissance et Tibor utilisa les antidouleurs avec modération – à haute dose, l'écorce de saule déchirait la paroi de l'estomac et empêchait le sang de former des croûtes, ce qui compliquait la cicatrisation.

Pannoam demeura une semaine allongé chez Tibor. Ma mère, mes sœurs et moi lui rendions visite quotidiennement. Noura ne quittait plus son chevet, déployant une patience qui m'éblouissait.

Au fur et à mesure que mon père redevenait mon père, les langues se déliaient. Si l'inquiétude pour leur chef avait d'abord laissé les villageois pantois, ils évoquaient désormais l'étrange colosse qui l'avait sauvé. On s'interrogeait. Personne ne le connaissait. Certains prétendaient, pourtant, l'avoir déjà aperçu au lointain ; des anciens assuraient qu'il rôdait dans les parages depuis des années, voire des décennies. Le mystère favorise les récits : selon les uns, c'était le Dieu des collines venu épargner un habitant courageux ; selon les autres, c'était l'Esprit du village, venu préserver sa communauté ; selon mes sœurs, c'était le fantôme de Kaddour, notre chef précédent, mon grand-père, venu conserver sa lignée. Si on souhaitait l'identifier, nul ne partit sur ses traces, pas même moi ; on se persuada que, surnaturel, il abandonnait son apparence humaine lorsqu'il n'avait pas besoin de se mêler aux hommes.

Mon père découvrait Noura. Son regard la cherchait lorsqu'il avait mal, soif ou faim, la remerciait sitôt qu'elle le satisfaisait.

— Quel dommage que Noura ne s'intéresse pas aux plantes ! soupira Tibor en ma présence. Elle se comporte mieux que moi avec un malade. Elle possède le sang-froid, l'endurance, la dévotion, la gentillesse qui assurent la réussite des soins.

Un jour, mon père, débarrassé de la fièvre, quoique dolent, se leva.

— Je te propose une aide, déclara Tibor.

— Je l'ai déjà : ta fille.

Noura et moi sourîmes.

— Je songeais à une autre aide, précisa Tibor.

J'ai observé ça chez un guérisseur du Nord. On peut épanneler un os de cerf à la taille de la demi-jambe qui te manque, l'accrocher à ta cuisse avec des bandelettes de cuir, et te permettre ainsi de t'appuyer dessus. Tu ne courras plus, tu marcheras mal, mais tu tiendras debout sans fatigue. Qu'en penses-tu ?

— Tu as gagné ma confiance et je suivrai tes conseils. Tu m'as sauvé.

— Merci. Je vais consulter les meilleurs tailleurs de pierre pour ta demi-jambe. Rien de plus dur que le tibia de cerf.

Mon père rentra à la maison. Tibor suggéra que Noura vienne chez nous changer les bandages, nettoyer la plaie, ce que mes parents acceptèrent avec enthousiasme. Si Maman savait veiller sur des enfants, elle ne disposait pas de l'expérience de Noura, qui voyait depuis des années son père soigner des blessés et montrait douceur, constance, rigueur. Je constatais, ravi, qu'elle conquérait ma famille.

— Père, qui était le colosse ?

— Quel colosse ?

— Celui qui a terrassé les Chasseurs, celui qui t'a sauvé.

— J'avais perdu conscience.

Je lui narrai l'insolite scène. Il détourna les yeux, froidement.

— En es-tu certain ?

— Tout le village te le confirmera.

— Et que disent les gens ?

— Qu'il s'agit du Dieu des collines. Ou de l'Esprit du village.

— Oui, peut-être…

— Ou de Kaddour, ton père.

Son regard manifesta de la fureur.

— Pourquoi Kaddour ?

— Je ne sais pas. C'est logique... Son fantôme est descendu t'aider.

— Ah oui ? Logique... Rien d'autre ?

— Euh, non...

Mon père haussa les épaules. Chaque fois que j'évoquais le colosse, il s'abîmait dans un silence hostile. Son orgueil ne supportait-il pas que quelqu'un, fût-ce un Dieu, un Démon, un Esprit, un fantôme, l'ait sauvé ? Quand je lui posai la question, il me répondit, acerbe :

— C'est Tibor qui m'a sauvé.

Puis il ajouta, après un temps :

— Et sa fille.

Je jubilai. Les événements avaient favorisé ma cause. Maintenant que mon père se remettait, ma confiance en l'avenir grandissait. À ma demande de prendre Noura pour deuxième épouse, il acquiescerait.

Pendant sa convalescence, je faillis souvent me jeter sur lui pour m'exclamer : « Alors ? » Par respect, afin de ne pas l'importuner, je m'en abstins.

Un matin, il reçut l'os de cerf sculpté. Tibor le lui ligota sous le genou et il entreprit de marcher. Noura le soutenait, patiente, encourageante, si fine, si menue à côté de lui, frêle et pourtant capable de le retenir lorsqu'il tanguait, de le rétablir s'il s'écroulait. Noura pliait, mais ne rompait pas, tel un roseau durant une tempête. Cette vision me bouleversa : la femme de ma vie secourait l'homme de ma vie. Des larmes me picotèrent la cornée. Quelle chance de connaître et d'aimer ces deux êtres ! Et quelle félicité qu'ils s'apprécient ! L'avenir se peignait de couleurs magnifiques.

Sitôt qu'ils interrompirent la séance, je les rejoignis. Noura donnait à boire à Pannoam.

— Père, nous devons parler.

— À quel sujet ?

— Noura.

Celle-ci redressa la tête, comme piquée par un insecte.

Pannoam leva les yeux et me fixa calmement.

— Tu as raison, il est temps d'en parler. J'ai pris ma décision.

Je frémis à la perspective du bonheur qui allait m'inonder.

— J'épouserai Noura, m'annonça mon père. Elle deviendra ma seconde femme.

2

L'ours me fixait.

Brun, puissant, massif, musculeux, il s'était dressé devant moi, deux fois plus haut, trois fois plus large, quatre fois plus lourd, cinq fois plus odorant. Sa truffe lustrée se contractait afin de m'identifier. Pour l'instant, il se questionnait à mon sujet. Qu'allait-il décider ? Ennemi ? Ami ? S'il rabattait une de ses pattes, il m'assommait.

Terrorisé, la gorge brûlée, la nuque raide, le dos glacé, je me ratatinais. Oh, si j'avais pu m'enterrer ! L'ours m'écrasait de sa présence, je percevais son souffle chaud, hostile, sa force palpitante retenue sous l'épaisseur de sa fourrure. Derrière le long museau, les yeux noirs m'imposaient l'immobilité. Les oreilles, si espacées au sommet de sa face ronde, frémissaient pour capter les sons que j'émettais.

En sueur, je ne respirais plus ; seul signe de vie, des tremblements lézardaient mes membres.

L'ours ouvrit la gueule, une gueule d'un rose étonnamment tendre, dont les mâchoires alignaient canines crochues, molaires robustes, et il poussa un cri qui me transperça. Contre toute attente, ce grondement, ni farouche ni menaçant, traduisait l'ennui ; il recélait même une touche de déception.

Dédaigneux, l'ours tourna la tête, se laissa tomber souplement au sol et, comme si je n'existais plus, il continua son chemin d'une démarche chaloupée, nonchalante, tout en détente. Au moment où il quittait la clairière en dépassant les buissons, il s'arrêta et me considéra d'une manière interrogative : « Alors, tu viens ? »

Son crâne plat, obtus, m'indiquait qu'on ne négociait pas avec lui : on lui obéissait ou l'on mourait.

Je le talonnai donc à une distance respectueuse.

À présent qu'il était assuré que je l'escortais, il feignait de m'avoir oublié.

Au bord de la rivière, il se désaltéra, trempa sa nuque bossue, secoua ses naseaux, remua ses babines, éternua, cracha, puis s'absorba dans la contemplation de l'eau vive. Soudain, sa patte gauche se tendit, pénétra l'onde, en ressortit en brandissant entre ses griffes un saumon affolé qui gigotait, les écailles scintillant de toutes les couleurs de l'arc-en-ciel. Qui aurait présumé qu'une telle masse pataude montrerait tant de rapidité ? L'ours lança le poisson en l'air, le scruta en train de vriller au-dessus de lui puis le reçut dans sa gueule béante. En trois coups de mandibules, il le morcela et l'envoya au fond de son ventre.

Las, il abandonna la rivière, emprunta le sentier tracé par les mousses le long de la berge et gravit un tas de rochers où il disparut.

Que faire ? J'hésitai. À cet instant, je pouvais fuir, profiter du courant, nager à toute allure.

Lentement, avec précaution, j'escaladai les pierres à

mon tour ; arrivé au sommet, je découvris en dessous de moi une fosse circulaire en granit.

Je n'en crus pas mes yeux… Une femme nue, frêle, tremblante, aux attaches fines, dont les cheveux blonds ruisselaient sur les épaules, le dos, la poitrine, se tenait recroquevillée, prisonnière. L'ours avança vers elle. Elle changea. Son regard dans le sien, elle lui sourit, s'étendit sur le sol, écarta les jambes, leva les bras pour saisir la tête du mastodonte et approcha ses lèvres de son mufle. Ils s'embrassèrent.

Le baiser durait, lascif, pénétré, pénétrant, puis l'ours, comme s'il ne pesait plus, couvrit la femme aux membres menus, laquelle non seulement le tolérait, mais l'invitait à poursuivre. Ils s'accouplèrent.

Je me détournai, dégoûté d'assister à leur copulation, quand, sur ma droite, un chien hurla à la mort. En pivotant pour l'exhorter à se taire, je glissai sur une pierre, perdis l'équilibre et… me réveillai.

Autour de moi, notre maison.

À droite derrière le mur, le chien qui gémissait.

À portée de bras, sur ma gauche, Mina endormie. Partout, la nuit.

Je m'assis. L'ours ? Que m'enseignait-il ?

Troublé, interloqué, je me rallongeai et réfléchis à la scène, délaissant le sommeil.

En ce temps-là, nous accordions beaucoup d'importance aux rêves : ils représentaient l'hospitalité de l'humain pour ce qui n'est pas humain. Dieux, Esprits, Démons et Morts nous y apparaissaient. Si, la journée, une cloison infranchissable s'érigeait entre eux et nous, la nuit libérait les portes par lesquelles les entités spirituelles s'insinuent. Oreilles, bouche, paupières, narines, ces interstices privés de surveillance s'ouvraient ; la circulation de l'extérieur à l'intérieur s'établissait. Chaque songe nous liait au monde, à la Nature, aux Âmes, aux forces. Le rêve nous agrandissait. Tandis que le soleil nous limitait, l'obscurité nous livrait à l'immense.

Durant notre rencontre, l'ours m'avait respecté, m'avait conseillé de le suivre, et m'avait appris quels plaisirs – saumon, jeune fille – l'attendaient. Qu'en déduire ?

À l'aube, j'avalai la bouillie de céréales préparée par Mina.

Les yeux pétillants, elle trépignait, gloussait, chantonnait. Voilà plusieurs jours qu'elle affichait cette excitation de gamine que j'affectais de ne pas noter. Elle persistait, guettait mon regard, l'implorait, avide de mon attention. Ignorait-elle qu'elle m'horripilait ? Elle appartenait à mon passé, pas à mon présent. Depuis que Noura m'avait ébloui, je subissais Mina, je ne remarquais que l'ingratitude de ses formes, la médiocrité de ses traits épatés, la platitude de sa conversation, l'opacité de son intelligence. Maintenant que, contraint et forcé, je renonçais à une seconde épouse, la première m'exaspérait.

La première et l'unique…

Je me levai, franchis le seuil de la maison, m'éloignai à grandes enjambées.

— Noam, je dois te dire quelque chose, cria-t-elle de la porte.

— Plus tard !

Rien ne m'intéressait moins que les pensées de Mina. Préoccupé par mon rêve, je décidai de rejoindre

Tibor sur le layon où il partait chaque jour cueillir des simples.

Le ciel du matin colportait des nuages placides et doux, à demi roses, à demi bleutés, qui contrastaient avec le vert foncé de la forêt. Parfums, lumière, chants d'oiseaux, tout s'éveillait mollement. Même le courant de la rivière rechignait à reprendre son débit torrentiel.

Surgissant des ronces, drapé dans son volumineux manteau à multiples poches, le guérisseur s'assombrit en m'apercevant.

— Je suis désolé, Noam. Je n'y peux rien.

— De quoi parles-tu ?

— Noura… Il m'avait semblé…

— Pardon ?

— J'aurais juré que toi et Noura, vous… enfin… que tu…

Je me raidis, fermai les poings et marmonnai, la mâchoire contractée :

— Je ne vois pas !

Tibor bredouilla :

— Je croyais que tu voulais t'unir à Noura.

— J'ai déjà une femme.

— Ton père aussi : ça ne le retient pas.

— Mon père est mon père. Le chef est le chef.

Tibor m'examina puis s'exclama :

— Excuse-moi, Noam. Je m'imagine toujours malin… Tu te montres bien plus sensé que moi.

J'approuvai, excédé. Je souhaitais qu'il se pâme devant ma soumission, je désirais que la population entière louange ma servilité. Quoi que mon père exigeât, j'obtempérais. Si je parvenais à habiller mon aigreur d'une sublime abnégation, si je la parais de moralité, je sauvais la face, je demeurais le Noam que les villageois connaissaient, j'échappais au dépit, à l'humiliation, au désespoir. Sinon, comment supporterais-je l'insupportable ?

Tibor me pressa le poignet.

— Tu manifestes une grande sagesse, Noam.

Une grande sagesse, exactement ! Je me grisais de mes vertus, je me gargarisais de mon héroïsme, je m'adorais dans le sacrifice. Une très grande sagesse…

Pourtant, une partie de moi se retenait de rugir l'inverse : je haïssais mon père d'épouser Noura, je haïssais Noura d'accepter, je haïssais Tibor d'acquiescer, je haïssais Maman d'endurer, je haïssais mon allégeance, ma fidélité, ma lâcheté, ma défaite.

Sagesse… Quelle sagesse ? Je ne détestais rien tant que ma sagesse. Ma sagesse me rendait fou.

Je marchai en silence à côté de Tibor, le temps de m'apaiser. Je lui contai ensuite mon rêve en lui demandant de l'interpréter.

— Était-ce la première fois que l'ours t'apparaissait en songe ?

— Non.

— As-tu rencontré l'ours dans la réalité ?

— Souvent. De loin. Je ne m'enfuyais pas, je l'admirais… L'ours me fascine. Il ne m'est jamais venu à l'idée qu'il m'attaquerait. Durant mon enfance, Pannoam blâmait mon imprudence.

— L'explication me paraît flagrante : l'ours est ton animal, l'ours est ton totem.

— Erreur ! Le totem de notre famille est le loup.

— Le totem de ton père, pas le tien.

— Quoi ? Impossible que je possède un autre totem !

Tibor s'immobilisa et m'agrippa l'épaule.

— Ne te pense pas uniquement comme un fils. Pense-toi comme toi.

— Comment ?

— Noam n'est pas Pannoam.

— Sois plus clair.

— Noam ne se réduit pas à une part de Pannoam. Un fragment de Pannoam. Rien que la façon dont ton père t'a nommé te tend un piège.

— Un piège ?

Je me trouvais fort loin de comprendre, voire de commencer à comprendre ce que Tibor suggérait. Après un soupir, il s'abstint de m'éclairer et réorienta la conversation :

— Si l'ours fort et solitaire constitue ton totem, tu as ses caractéristiques*. La force, tu l'as déjà prouvée,

---

* L'ours nous paraissait sans conteste le roi des animaux. Ni meute de loups affamés ni harde de sangliers furieux n'en venaient à bout. Non seulement aucun prédateur ne détrônait ce géant invincible, mais son courage nous subjuguait, sa solitude nous bluffait. Il régnait, lointain, sans rencontrer ses sujets.

Nous tirions beaucoup d'orgueil de nos petits points communs avec lui. Comme lui, nous savions nous asseoir, nous tenir debout, grimper, danser, nager ; comme lui, nous appuyions sur le sol la totalité du pied jusqu'au talon ; comme lui, nous mangions aussi bien de la viande que des végétaux. Munis de fourrure, sûr que nous lui aurions ressemblé ! On prétendait que notre sperme avait une consistance identique au sien, notre chair le même goût que la sienne – cependant, je ne connaissais personne qui l'eût vérifié.

L'ours ne pâtissait pas de la réputation dont il souffre aujourd'hui, celle d'un plantigrade glouton, stupide, balourd, paresseux. Ces médisances vinrent de l'Église chrétienne.

tout le village en témoignerait : tu cours vite, tu nages bien, tu vises juste, tu te bats à la perfection.

— Oui, mais la solitude ? Moi, solitaire ?

— Voilà l'élément nouveau. L'ours est venu te le signaler cette nuit, au moment où en prendre conscience te devient utile...

Je baissai la tête. Effectivement, le chagrin que m'infligeaient les noces de Noura et mon père m'isolait.

Elle entreprit méthodiquement de supprimer la considération immense et millénaire de l'ours, une révérence que certaines tribus poussaient jusqu'au culte. Elle se livra à la chasse à l'ours païen, autant dans les forêts que dans les cerveaux. Rien ne devait concurrencer le Dieu unique.

Comment s'y prit-elle ? Tout d'abord, elle glissa un autre fauve sur le trône. Religion issue du Moyen-Orient, le christianisme a importé un souverain du Moyen-Orient : le lion. Le roi du Sud évinça le roi du Nord. Au lion, on pouvait mieux prêter toutes les qualités, car c'était une bête littéraire, pas une bête concrète – on ne le croisait pas dans l'Europe latine, celtique, germanique, slave, scandinave –, à part dans les Balkans. Afin de motiver cette substitution, le clergé ne parla désormais que des vices de l'ours, sa force aveugle, sa lenteur, sa lourdeur de corps et d'esprit, sa goinfrerie, sa fainéantise. On parvint même à le faire passer pour peureux !

Ensuite, on élimina l'ours en multipliant les battues, ce qui le ravala au rang de gros gibier.

Enfin, on le ridiculisa en le domestiquant. De majesté solitaire, il fut rabaissé à bouffon public. Propriété des vagabonds que l'Église méprisait, on l'exhiba, enchaîné, muselé, sur les foires et les marchés, au milieu des bateleurs, jongleurs, escamoteurs. Ce triste pitre gagnait sa pitance en exécutant, contraint, quelques sommaires acrobaties et trois pas de danse maladroits.

Pour un homme du Lac, assister à une telle déchéance était bouleversant. Je me sentis presque aussi humilié que lui. En foulant sa dignité, on piétinait mes croyances. De toute façon, quiconque ne respecte pas le vivant cesse de me respecter.

Je relevai les yeux vers Tibor.

— Peut-on souffrir de solitude au milieu des siens ?

Il frissonna et murmura, mélancolique :

— Tel est le destin de l'homme qui pense par lui-même.

À son regard voilé, à ce je-ne-sais-quoi de fragile qui sourdait, je saisis qu'il parlait autant de lui que de moi.

Comme il différait de mon père ! Pannoam se résumait à des décisions, des ordres, des actes, tandis que Tibor vibrait de mille questions. À cet instant, je me perçus proche de lui.

— As-tu aussi l'ours pour animal, Tibor ?

Il me sourit.

— Le hibou est mon animal, Noam.

— Tu ne vis pas la nuit !

— Le hibou participe aux autres mondes, au monde invisible, au monde des Dieux, au monde des Esprits et des morts. Pareil à lui, je cherche ce qui se dissimule à la plupart des gens, j'ôte le voile des apparences.

— Un excellent totem, le hibou, non ? Un totem qui rend plus heureux que l'ours solitaire…

— Connaît-on le bonheur lorsqu'on n'a plus d'illusions ?

Tibor me quitta sur ces mots.

Je descendis vers le lac. Le ciel se dégageait. Le village, que je ne voyais pas, existait par ses bruits, beuglements, caquètements, bêlements, puis par les sons que provoquaient la taille des pierres, l'enfoncement des pieux, l'aiguisage du silex, le broiement des grains, la mouture de l'orge, le pétrissage de la glaise, l'écrasement sourd des cuirs tournés et retournés, enfin par les consignes que se lançaient les artisans, les cris des enfants, le bavardage des femmes.

J'accédai à la rue principale et me dirigeai vers la place où mon père exerçait la justice. Installé sous le Tilleul, face à deux familles, Pannoam traitait une affaire de gibier dérobé.

En l'observant à l'écart, je sentis qu'une hache me scindait : d'un côté, j'éprouvais mon habituel amour pour lui ; de l'autre, une rage de le frapper démangeait mes poings. Incohérent, je superposais des images, tantôt celle d'un bel homme intègre, clément, tantôt celle d'un estropié au rictus hargneux. Où se situait la vérité ? Comment supprimer le mauvais père et ne garder que le bon ?

Noura parut, la tête haute, m'aperçut, vérifia que Pannoam restait occupé, et fonça vers moi. Ses yeux impatients, d'un vert doré resplendissant, marquaient sa joie.

— Félicitations, Noam !

Une morsure de vipère ne m'aurait pas fait plus sursauter.

— Pardon ?

— Félicitations !

Elle souriait, lumineuse, sincère, ravie. Comme je me renfrognais, elle ajouta :

— Quelle bonne nouvelle pour toi et Mina !

Je bouillais. Quoi ? Estimait-elle que son mariage avec mon père constituait une bonne nouvelle ? Oh, pour Mina, sans aucun doute… Mais pour moi ?

Je la toisai froidement.

— Comment oses-tu ?

— Quoi ?

— Me narguer !

Elle bafouilla, peu accoutumée à essuyer mon mépris :

— Pourtant… Noam… n'importe quel homme… tu as toujours prétendu que…

— Noura ! La situation m'écœure assez. Inutile d'en rajouter et de te moquer. Même si ça t'amuse.

Son visage blêmit et, les lèvres boudeuses, elle s'écria :

— Je ne m'amuse pas, je ne me moque pas ! Je me réjouis que Mina soit enceinte !

Je demeurai bouche bée.

Elle précisa, croyant que je ne l'avais pas entendue :

— Je me réjouis que vous attendiez un enfant.

Devant ma stupéfaction, elle écarquilla les paupières, s'ébroua, puis pouffa, la main sur sa bouche.

— Non ! Tu ne le savais pas ?

Elle s'esclaffa.

— Tu ne l'avais pas remarqué ?

Je secouai la tête. Elle rit davantage, enjouée, les dents découvertes, parcourant des yeux les alentours pour trouver des témoins.

— N'importe qui s'en rend compte, Noam ! Mina trimballe un petit ventre qui s'arrondit depuis trois lunes… Oh, toi, tu ne regardes pas bien ta femme !

— Ni bien ni mal, je ne la regarde pas du tout !

Ma voix avait résonné au centre du village. Providentiellement, personne ne baguenaudait encore ; seul mon père, au loin, leva les yeux, quoique la distance l'empêchât de saisir mes mots.

La honte m'accablait, non d'avoir dit ce que j'avais dit, mais d'avoir échoué à me contrôler.

Noura me considéra. La véhémence de mon ton suspendit son badinage. Nous restâmes un moment muets. Puis elle désigna une souche de chêne.

— Asseyons-nous.

Nous nous plaçâmes côte à côte, face au lac qui étalait sa tranquillité jusqu'à l'infini, son bleu se confondant avec celui de l'azur. Des canards en vol triangulaire passèrent au-dessus de nous, propulsés par une obscure urgence. Sous le Tilleul de la justice, mon père recevait des cultivateurs pour une seconde plainte.

Noura attrapa ma main. De dépit ou de colère, je tentai de la repousser, or le contact de sa peau, si moelleuse, si chaude, endormit ma résistance. Je la contemplai subrepticement. Mes yeux caressèrent le dessin de sa joue, renflée, suave, duvetée, puis s'attardèrent sur ses cheveux luisants, épais, qu'elle portait massés sur le haut de sa tête, dont quelques brins dénoués chatouillaient son front, ses tempes, ses jolies oreilles, accentuant la pureté de son teint.

Noura aspira l'air pur du matin, baissa ses longs cils sur le panorama, et me confia :

— J'ai joué mon rôle dans la conception de votre enfant. Un rôle important. Je me félicite de ma contribution.

— Pardon ?

— Je vous ai aidés.

Nous aider ? M'aider ? Mesurait-elle sa cruauté ? Choisissait-elle à dessein les expressions les plus blessantes ou bien procédait-elle avec inconscience ? Elle ajouta, satisfaite :

— J'ai conseillé à Mina de prier la Déesse mère, la Source des sources, en lui offrant des figurines ventrues. Surtout, je lui ai apporté les meilleures herbes, celles qui favorisent la fertilité. Mina m'a obéi.

— Ah, c'est toi qui lui as prescrit l'infusion d'ortie ?

— Oui. Enfin… Tibor à travers moi.

— Elle m'en a servi chaque jour !

— Cela fortifie l'homme aussi. En revanche, as-tu bu la décoction de trèfle ?

— Non.

— La tisane de framboisier ?

— Non.

— Parfait. Oh, j'oubliais ! Selon Tibor, Mina doit désormais arrêter la tisane de framboisier. J'ignore pourquoi, il me l'a recommandé ce matin. Indique-le à Mina, s'il te plaît.

Sa main droite tapota le dos de la mienne. Son bras poli, d'un blanc rosé, tranchait tant avec le mien, brunâtre, veineux, torturé.

— Es-tu content ?

J'écumais. Combien de temps allait durer cette conversation biaisée ? Pourquoi évitions-nous l'essentiel ?

Exténué, je me résolus à m'épancher :

— Non, je ne suis pas content. Parce que je me fiche de ce qui arrive à Mina. Parce que Mina m'agace. Parce que Mina m'ennuie. Parce que Mina ne représente pas la femme que j'ai souhaitée, mais la femme que mon père m'a imposée.

Elle jeta un œil inquiet du côté de Pannoam, histoire de s'assurer qu'il ne nous épiait pas.

— Il s'est trompé ?

— Il raisonne à sa façon, il raisonne en chef.

Ses lèvres frissonnèrent, sa pupille se noircit, elle insista :

— Il s'est trompé ?

— Mon père a marié sa famille à la famille d'un chef voisin. Qui nous étions, Mina et moi, ce que nous espérions, ce qui nous plaisait, ce qui nous rapprochait ou ce qui nous opposait, ça ne comptait pas pour lui. Les villages importent, les accords de paix et de commerce importent, pas les individus.

Elle s'entêta en me fixant :

— Il s'est trompé ?

— Comme chef, non. Comme père, oui.

— Quelle différence ?

— Un père veut le bonheur de son fils. Un chef veut le bonheur de sa communauté.

— Mais ton père est chef. Et tu es fils de chef.

— Vrai…

— Alors, comment te permets-tu de critiquer ton père ?

Je me levai, ulcéré.

— Ne ruse pas, Noura, cessons de tourner autour du pot ! Nous ne parlons pas d'elle, nous parlons de toi. Je ne réprouve pas mon père d'avoir choisi Mina pour moi, je le réprouve de t'avoir choisie pour lui.

Elle se redressa, écarlate. L'irritation aiguisait ses traits en les collant aux tempes, à l'arête du nez. Son visage devint aussi dur que féminin.

— En quoi cela te regarde-t-il ?

— Pannoam t'a volée !

— Pardon ?

— Il t'a volée à moi ! Il m'a volé !

— Il t'a volé ? Parce que je t'appartiens ?

Décontenancé, je m'agenouillai et, en un flot tumultueux de paroles, sans ordre et sans répit, entre l'exaltation et la souffrance, je lui confessai tout, la passion que je nourrissais, mon désir de l'épouser, ma demande à mon père, mon attente après son agression par les Chasseurs, mes espoirs durant sa convalescence, puis ma détresse, la veille, en apprenant qu'il piétinait mes vœux et qu'il gardait Noura.

— Pourquoi ne m'as-tu rien dit ? susurra-t-elle, pâle, les narines frémissantes.

— Selon la règle, on discute d'abord avec ses parents ensuite avec les parents de sa femme.

— Je reste la première personne concernée !

— J'ai essayé de te le dire, Noura, j'allais t'en parler lorsque les cris de Pannoam et les aboiements des chiens ont retenti. Souviens-toi. Je me suis interrompu et j'ai couru.

— Oui, je m'en souviens. Je me rappelle également que ce soir-là, après l'opération de la jambe, je t'ai proposé de finir notre conversation.

— Désolé, je mourais de fatigue, l'amputation m'avait bouleversé.

— Et les jours suivants ?

— Tu soignais mon père. Je présumais que cela nous servait.

— Nous ?

— Pour qu'il consente.

En prêtant l'oreille à mes propres explications, je

me rendais compte que, sans lui en toucher un mot, j'avais toujours agi comme si Noura partageait ma pensée, comme si Noura m'approuvait, comme si Noura désirait notre couple autant que moi.

Elle récapitula ma confusion en plissant sa belle bouche bougonne :

— Tu ne m'as jamais révélé que tu rêvais de m'épouser, tu ne m'as jamais avoué que tu avais des sentiments pour moi, ni même de l'attirance. Tu ne te confies qu'au silence ?

— Allons, Noura, c'est tellement évident !

— Quoi ?

— Que tout homme qui te rencontre tombe amoureux de toi.

Une lueur traversa son iris puis elle m'incita à me relever, à reprendre ma place sur la souche, soulagée que Pannoam ne se soit pas avisé de notre altercation.

Je me tournai, triste, vers elle.

— Si je te l'avais dit, cela aurait-il changé quelque chose ?

Ses yeux se remplirent de larmes et elle s'enfuit.

*

C'était donc ma faute…

Parce que j'avais mis des mois à entrevoir mon adulation, parce que je l'avais tue ensuite, Noura et moi ne nous unirions pas.

Ce constat, tout en me désemparant, dégageait une vérité ignorée : je possédais un certain pouvoir. Oui, je détenais le pouvoir d'intervenir dans ma vie au lieu de l'endurer ; du moins, je l'avais décelé. Je découvrais que je pouvais être moi, plutôt qu'un autre ; pour la première fois, je repérais une part indéterminée de mon existence, une faille, une zone de flou, une béance que je ne savais qualifier et que les philosophes appelleraient, des millénaires plus tard, « la liberté ». Malencontreusement, je la distinguais après coup ; cette conscience, loin d'alléger mon amertume, la grevait : je n'épouserais pas Noura.

Dans le monde où j'étais né, non seulement la liberté n'avait pas de nom, mais elle n'avait pas cours. Voilà pourquoi Noura tranchait, Noura l'insolente, Noura l'insolite, celle qui bousculait les usages. À son âge, elle aurait dû être déjà mariée ! Et mère ! De surcroît, la beauté et l'instruction de celle qui convolait aujourd'hui avec Pannoam l'avaient haussée au rang d'un excellent parti. Pourquoi avait-elle tant traîné ? Comment avait-elle auparavant esquivé son destin d'épouse ? *Pourquoi*, je l'ignorais. *Comment*, je l'avais compris : Noura avait imposé son caractère à Tibor, lequel craignait ses humeurs, ses fureurs, ses larmes et goûtait sa joie. Maman disait qu'elle le menait par le bout du nez ; elle le menait surtout par le bout du cœur. Il l'aimait. Elle avait créé un lien qui dépassait la responsabilité paternelle. Préoccupé de ne pas la contredire ni la cabrer, il la ménageait, observait ses aspirations, et l'estimait son égale.

Noura avait instauré un semblable rapport avec moi : je discutais, je l'écoutais, nous traitions de sujets masculins ou féminins, je me souciais de son avis, j'argumentais, j'admettais mes erreurs, je ne la rudoyais jamais.

Aux villageois Noura inspirait le respect. Venue

d'ailleurs, sans parentèle identifiée, se vêtant, s'exprimant, se comportant à sa façon, imprévisible, tantôt hautaine, tantôt amène, rieuse à l'aube, mélancolique au crépuscule, charmante, dévouée, égoïste, vulnérable, sensible, insensible, elle se nimbait de mystère. Un homme l'eût-il épousée, les habitants l'auraient mieux cernée, or son statut de vierge intraitable et superbe corsait son étrangeté. À chacun, elle paraissait une reine. Une reine incontestable.

L'incontestable reine d'un royaume inconnu…

En fait, ce royaume, c'était elle-même : Noura se gouvernait ; elle se concertait et s'obéissait.

Cette fière indépendance, j'en subissais la contagion… Voilà que je n'adhérais plus aux idées ni aux décisions de mon père. Je m'en détachais. Certes, je ne m'aventurais pas jusqu'à la rupture, mais j'empruntais le chemin qui y mène, celui du doute. Mon père avait-il raison de s'adjoindre une deuxième épouse alors qu'il avait fondé une famille nombreuse prête à sa succession ? Avait-il raison de fouler mes appétits, de leur préférer les siens ? Avait-il raison de saccager notre merveilleuse entente ?

Noura nous individuait, Pannoam et moi : sa présence éveillait en nous d'obscures pulsions qui érigeaient notre singularité, au point de transgresser les règles. Or, en nous individuant, Noura nous brouillait : elle séparait le père du fils, elle opposait le fils au père. Avant elle, un plus un faisaient un. Depuis, un plus un faisaient deux.

J'appréciais peu cette contamination libertaire. Loin de me fortifier, elle m'affligeait. À quoi bon s'écarter de la norme, si cela me coûtait la paix ?

Ce jour-là, je rentrai à la maison résolu à redevenir le Noam d'avant. Noura avait troublé l'eau pure et tranquille de mon existence. Naguère, tandis que je barbotais, immobile, elle m'avait précipité dans les cascades, les cataractes, les flux et les torrents ; alors que je me contentais d'une flaque, elle m'avait condamné aux déferlements ; je revenais à ma flaque. Adieu Noura, bonjour Mina. Sans doute était-ce cela, ma vie ? De quel droit réclamerais-je davantage ? Je possédais une femme, j'accueillerais bientôt un héritier, je remplacerais mon père à la tête du village.

Le seuil franchi, je laissai Mina roucouler, se pavaner, dansoter, puis, feignant l'ingénuité, je lui demandai ce qui l'égayait tant.

Mina affecta d'hésiter, multiplia les minauderies, jubila de préserver son secret ; enfin, parce que je fronçais le sourcil devant tant d'atermoiements, elle m'annonça la venue d'un enfant. Sous son front bas, ses yeux pochés, joyeux et timides, attendaient ma réaction. De ses petites mains bouillies, déformées par le travail, elle flattait fièrement son ventre, comme s'il avait triplé de volume. Je secouai mon crâne pour en chasser les pensées négatives, refoulai le sentiment d'avoir déjà vécu cette scène, négligeai le nombre de fois où je m'étais emballé en vain ; tentant de me persuader que Mina me promettait une naissance plutôt qu'un enterrement, je simulai l'extase.

Mina ne soupçonna ni ma matoiserie ni mes efforts, aveuglée par son bonheur.

La journée avança sur cette lancée. À tous il fallut révéler officiellement ce que chacun, sauf moi, avait deviné. Agrippée à mon coude, amorphe et ronronnante, Mina savourait les fausses exclamations de surprise, aspirait les compliments d'usage, s'imprégnait des vœux que nous recevions, gonflée d'orgueil : on aurait cru qu'elle venait d'inventer la grossesse ! Jamais je ne lui avais porté un regard aussi dépréciatif... elle baladait un visage où la laideur manquait autant que la beauté, elle habillait maladroitement un corps privé de mérite, elle débitait des propos qui valaient moins que son silence.

Le soir, repue, elle se lova contre moi, sa tête posée à même mon torse, et sombra vite dans le sommeil. Un sourire m'échappa, le seul sincère depuis le matin : Mina ne me contraindrait plus à la féconder.

La nuit se ferma sur nous.

Les semaines suivantes, la vie reprit. En apparence normale.

Quoiqu'il claudiquât sur sa jambe en os de cerf, Pannoam continuait à arpenter les rues en ma compagnie. Nous devisions avec les habitants, nous consultions les chefs des villages voisins, nous organisions la consolidation de nos réserves, nous étoffions la troupe des guerriers et des chiens destinée à nous protéger des Chasseurs. Plus que jamais, malgré ses malaises et son infirmité, Pannoam me préparait à sa relève. Ce surcroît d'attention résultait-il d'un remords ?

Maman avait perdu sa gaieté, mais ne s'en rendait encore pas compte ; ses yeux exprimaient un extrême étonnement. Elle qui avait toujours vécu dans l'optimisme conjugal ne s'habituait pas à l'idée que son mari lui imposait officiellement et sans discussion une jeune rivale. Troublée, elle commençait à se regarder différemment, à jauger son corps qui transpirait la nostalgie de sa perfection déchue, embarrassée par un ennemi nouveau qui lui inspirait de la défiance et dont elle ne triompherait pas : le temps. Voilà qu'elle découvrait que ses dernières élégances avaient inconsciemment masqué une débâcle, qu'elle empilait les colliers pour dissimuler son cou épaissi aux muscles distendus, qu'elle portait des robes sans ceinture à la taille. Elle me peinait. Ses traces d'âge, les incisions qui suivaient l'arc de la paupière au coin externe de l'œil, ne montaient plus, elles descendaient ; son visage s'alourdissait ; le feu de ses pommettes ne marquait plus sa vitalité, juste son essoufflement.

Dès que nous nous retrouvions seuls, Pannoam et moi, nous ne soufflions mot. En dehors des tâches publiques, nous ne partagions plus rien. Ni lui ni moi n'abordant le point qui nous déchirait, tout sujet personnel disparut, tant la gestation de Mina que la santé de Maman, dont Tibor le guérisseur soulageait les migraines. Bavasser, plaisanter, sympathiser, ce quotidien sémillant virait à l'impossible.

Plus les jours coulaient, plus le silence pesait. S'il nous avait libérés au début, il nous écrasait désormais. Pannoam et moi n'avions pas la force de nous en dépêtrer. Advint ce que je n'aurais jamais imaginé : je m'ennuyais aux côtés de mon père.

J'en souffris.

J'en souffris en songeant au passé, éclairé par la lumière innocente de l'affection ; j'en souffris en songeant au futur, cette plaine morose où je n'ambitionnais plus d'avancer.

Pannoam en souffrit-il de son côté ? Hélas, dans

son visage supplicié, déchiré de douleurs constantes, je ne discernais pas ce qui relevait du corps ou de l'âme.

Le mal, c'est la division. Sa lame avait lacéré le couple que nous formions, mon père et moi, mais elle m'avait aussi scindé. En moi s'agitaient des êtres antagonistes, un bon fils et un mauvais fils, un soumis et un rebelle. Si je tenais ma langue, l'insurgé pourfendait le docile. Si je protestais, le docile bâillonnait l'insurgé. Double et désaccordé, je me livrais une guerre continue. Plus une pulsion, plus un mot, plus une phrase que je ne retinsse. Même tension en sens inverse : plus un musellement, plus un étouffement, plus une brimade que je ne me reprochasse. J'étais le théâtre d'une division, j'étais la division, j'étais le mal… et j'avais mal.

Ce matin-là, Pannoam me proposa de m'asseoir auprès de lui sous le Tilleul de la justice face aux plaignants. D'ordinaire, il exigeait des audiences confidentielles, soutenant que la présence du public modifiait les déclarations des justiciables.

— Je veux que tu apprennes à juger, Noam.

Deux villageois, un gros et un maigre, se présentèrent. Le gros Puror s'indignait qu'un chien ait égorgé cinq de ses poules.

— Tu n'as qu'à mieux protéger tes poules, vociféra Fari, le vendeur d'ocre.

— Je ne vais pas enfermer mes poules pour éviter ton chien. Sinon, comment se nourriront-elles ? Tue ton chien.

— Tuer mon chien ?

— Ou attache-le.

— À quoi me servirait un chien attaché ? Il doit garder ma maison, rembarrer les intrus, bouffer les renards, les rats et les furets.

— Ton chien a massacré mes poules. Si tu ne l'attaches pas, je l'abats.

— Touche à un poil de mon chien et je t'étrangle !

Pannoam les laissa vider leur rage. Quand ils se tournèrent vers lui, il déclara paisiblement au gros Puror :

— Mets tes prochaines poules dans un enclos suffisamment haut pour que les chiens n'y entrent pas. Ainsi, tu jouiras de tes poules et Fari profitera de son chien. Toutes les bêtes exécuteront leur travail.

— Voilà une sage sentence, soupira le maigre.

— Qu'il me dédommage pour mes poules mortes ! s'écria le gros. Qu'il m'apporte cinq poules ! Ou qu'il m'apporte tous les jours des œufs !

— Rien du tout, gronda Pannoam. Tu n'avais qu'à prendre tes précautions.

— C'est lui qui a tout détruit, pas moi ! Lui et son chien !

— J'ai dit ! statua Pannoam en se relevant, le visage sévère. Tu as demandé la justice, tu l'as reçue. Maintenant, rentrez chez vous.

Les deux hommes s'éloignèrent, le maigre comblé, le gros pestant.

Pannoam se pencha vers moi.

— Aurais-tu jugé de la sorte ?

Je balançai puis, devant son attente, je me risquai :

— Non. J'aurais requis une compensation pour les poules. Puror est venu se plaindre d'un appauvrissement dû à la mort de ses animaux. C'est lui la victime. Or, il repart coupable. Pire, il repart plus fauché puisqu'il devra construire un enclos.

— Cela ne te paraît pas juste ?

— Non.

— Pourquoi ai-je pris cet arrêt ? Parce qu'il me semble le meilleur pour notre avenir. Le nombre de chiens s'accroît au village et ce genre d'incident se reproduira, sauf si l'on parque les poules.

— Je t'approuve d'établir cette règle. Cependant elle ne s'appliquait pas quand l'affaire s'est produite. C'est déloyal de châtier celui qui…

— Il faut effrayer les éleveurs de poules, pas les maîtres de chiens.

— Effrayer ? Je croyais que tu t'occupais du juste et de l'injuste.

— Noam, de tels incidents surviendront avec nos chiens.

— Ah, je vois : tu ne rends pas *la* justice, tu rends *ta* justice !

Il me foudroya.

— Tais-toi ! La justice, c'est ce que je décide sous cet arbre.

— Ah bon ? Tu décides ? Tu ne rends pas la justice, tu la fabriques.

— Ça suffit !

Il suffoquait, cramoisi, branlant sur sa jambe gauche. Pour la première fois, je me braquais contre lui, et cette révolte s'était opérée viscéralement, sans même que je l'aie perçue. J'en demeurais interdit, lui outré.

Le silence revint. Jamais depuis des semaines nous n'avions échangé autant de phrases.

Pannoam se rassit, se frotta les joues, le front buté, l'œil froid.

— Prépare mon mariage.

— Pardon ?

— Organise les festivités : la cérémonie, les fleurs, le festin. Ta mère est malade.

Au lieu d'avouer : « Ta mère souffre » ou : « Ta mère refuse », il prétendait qu'elle était malade. Je supportais de moins en moins sa fatuité.

— Pourquoi moi ?

— Tu es mon fils, mon aîné.

— Tu as d'autres enfants, voici le moment de t'en souvenir.

— Pardon ?

— Pour préparer ton mariage, je pense que je vais être « malade », comme Maman.

— Comment oses-tu ?

Sans me démonter, j'approchai mon visage du sien et articulai, dents serrées, muscles des mâchoires tendus :

— Ne t'es-tu pas assez assuré de ma soumission ? Ne m'as-tu pas déjà piétiné ? Tu veux me pulvériser, m'écraser ?

Face à mon accès de colère, il frissonna. J'ajoutai :

— Confie cette mission à mes sœurs, pas à moi.

— Et pourquoi ?

— As-tu besoin de précisions ?

Choqué par ma dureté, il retomba sur son siège et murmura, hagard, en balbutiant :

— Je ne sais pas. Tu ne dis rien. Comment puis-je deviner ?

Sa soudaine faiblesse ne m'apitoya pas.

— Tu sais très bien que j'espérais épouser Noura.

— Ah oui, cette vieille histoire..., lâcha-t-il avec mépris.

À cet instant, je mesurai la distance qui nous séparait. Une fois qu'il m'avait refusé la main de Noura et l'avait gardée pour lui, il avait estimé l'épisode terminé. Je l'ennuyais en lui remémorant une anecdote ancienne et enterrée... Mon père me méconnaissait-il à ce point ? Me prêtait-il si peu de suite dans les idées, si peu de suite dans les sentiments ? Croyait-il que ses directives changeaient la réalité des esprits et des cœurs ? Sans doute avait-il cette naïveté... cette outrecuidance... cet égocentrisme...

Il me parla comme à un enfant :

— La vie est ainsi faite, Noam. Elle se compose de plaisirs et de femmes, auxquels on accède parfois, auxquels on renonce souvent. Ce n'est pas grave.

— Pas grave ?

— Pas grave !

— Renoncer à une femme, ce n'est pas grave ?

— Oh non, Noam.

— Alors, renonce à Noura.

Il retira sa main, piqué. Ses yeux cherchèrent de nouveaux arguments alentour, à droite, à gauche, au ciel, au sol, puis ils se fixèrent sur moi.

— Je t'ai consacré ma vie, Noam.

— Non, tu l'as consacrée au village.

— Je n'ai jamais accordé de temps à tes sœurs, je n'ai jamais chassé ni discuté avec tes sœurs. Je t'ai privilégié.

— Pourquoi ?

— Tu es mon double.

Il insista :

— Tu es mon œuvre, tu es mon successeur.

Une pensée cruelle me traversa.

— C'est toi que tu aimes en moi, pas moi.

Pannoam sourcilla, perplexe, évita de peser l'acuité de ma remarque et persévéra sur le ton indulgent qu'il avait adopté :

— Nous n'allons pas nous fâcher à cause d'une fille.

— Tout à fait, père. Renonce à Noura.

Cette fois-ci, l'exaspération contracta ses traits. Ses lèvres tremblèrent d'indignation. Il me toisa et me lança :

— Tu as déjà une femme.

— Toi aussi. Une excellente femme.

— Tu la défends parce que c'est ta mère !

— Maman t'a offert onze enfants, père, onze enfants en bonne santé. Mina aucun. Maman se conduit en compagne de chef, toujours à la hauteur, toujours à tes côtés. Mina s'en montre incapable.

En un élan de virulence, Pannoam aurait voulu répliquer en plaidant la cause de Mina. Son intelligence lui rappela qu'il s'enliserait. Il massa sa cuisse endolorie.

— Je suis âgé, Noam.

— Justement. Noura est trop jeune pour toi.

Ses yeux se voilèrent et il s'exclama, déchirant de sincérité :

— Elle me donne envie de vivre.

Il disait vrai, je le savais d'autant mieux que Noura produisait cet effet sur moi. Je saisis affectueusement le bras de mon père et susurrai :

— Quand nous serons mariés, tu la verras tous

les jours, tu caresseras nos enfants. Elle te donnera encore envie de vivre.

Pannoam se mordit les lèvres, ses paupières papillotèrent puis il me rendit calmement ma main.

— Je suis le chef. Je fais ce qui vaut pour un chef.

— Tu es mon père aussi.

— Oui.

— Mais tu préfères être un chef ?

Ce fut à mon tour d'avoir les yeux embués. Je reculai en attendant sa réponse. Impassible, il conservait son maintien raide. Il me regardait sans ciller et conclut d'une voix nette :

— Oui.

Je me retournai pour dissimuler ma peine et, avant de partir à grands pas, je lui criai :

— Aujourd'hui, le chef a tué le père.

*

— Noam ?

Je ne daignai pas réagir. Les yeux rivés au lac, assis en tailleur à l'intérieur de notre maison, face à la porte béante, j'étais plus lourd à soulever qu'une montagne. Venue à la faveur des nuages qui voilaient l'horizon, mon humeur noire s'étalait sur mes paroles et mes actes, s'exprimant par des haussements d'épaules, une propension à soupirer, un silence compact opposé aux questions. Ma maussaderie gagnait Mina. Réfugiée dans la pénombre, elle n'osait ni bouger ni parler.

Le tonnerre mugissait au loin. Jaillissant des saules, âpre et solitaire, un cri d'oiseau noua un sanglot dans ma gorge. Une sorte de désespoir latent plombait le paysage, ternissant les couleurs, paralysant les joncs, figeant l'onde. La Nature retenait son souffle.

Le grondement s'entêta, le jour s'assombrit et soudain, telle une horde d'attaquants, la pluie s'abattit sur nous. La foudre nous lacérait, les gouttes tombaient en javelots, criblaient le chemin, perforaient le toit de chaume, s'insinuaient le long des murs.

Mina hurla. Paniquée par les Dieux qui déchaînaient leur fureur, elle se glissa sous la natte, les paupières fermées, les mains plaquées aux oreilles, tandis que moi, immobile, j'observais les assauts des eaux.

Narines frémissantes, j'appréciais ces ébranlements dont je savourais la violence. La tempête faisait écho à mon chagrin. À l'unisson des éclairs, des frissons parcouraient mes membres ; mon cœur battait au rythme des détonations ; j'inhalais l'air humide pour noyer mes poumons. Oh, comme j'avais envie que les nappes nous écrasent, que la terre s'ouvre sous les flots armés du ciel, que des torrents de boue emportent les hommes, leurs demeures, leurs biens, leurs familles, leurs soucis, leurs malheurs ! Férocement, sourdement, j'implorais les Dieux de nous anéantir. La fin du monde, il ne me fallait pas moins !

Éperdu d'apocalypse, je goûtais avec intensité la nuit passagère de l'orage, aspirant à ce que la vraie nuit nous engloutisse. Que les autres me rejoignent dans la chute ! Moi, j'avais perdu l'essentiel. Mon père. Noura. Tout ce qui comptait.

La pluie cessa.

Le silence.

Un silence étonné.

Un silence qui semblait énorme. Proportionnel au vacarme qu'il venait d'interrompre.

Timidement, quelques gouttes bruissèrent, achevant leur trajet vers le sol. Le toit gémit comme s'il pressait ses plaies. La clarté revint.

Je clignai des yeux, rudoyé par cette lumière crayeuse. Mon état d'esprit changeait. Puisque j'avais survécu à cette tourmente, allais-je me laisser dominer ?

Je me levai et marchai.

En parvenant à la maison de Tibor, j'aperçus Noura qui exécutait une petite promenade frileuse. M'attendait-elle ? Elle courut vers moi.

Je tendis les bras, elle s'y précipita, et nous restâmes ainsi, des rescapés tremblant d'avoir entrevu la mort, chacun blotti dans la chaleur de l'autre. Je reniflais ses cheveux qui sentaient la noisette, je caressais sa nuque à la peau tendre, ému de tenir son corps contre le mien, son corps si frêle, son corps qui m'impressionnait tant lorsque je m'en approchais et qui, collé à moi, me paraissait chétif, fragile, précieux.

Je murmurai à son oreille :

— Refuse, Noura, refuse.

Elle se détacha, me regarda, ferma les yeux tel un chat qui, en lapant, craint de s'éclabousser, puis me dévisagea.

— Comment refuser ? Personne ne m'a consultée.

— Refuse.

— On me forcera ! Je suis une femme, Noam, je n'ai aucun pouvoir.

— Tu es une femme : coupe-lui l'envie de t'épouser. Montre-toi désagréable, odieuse, indifférente. Ôte-lui tout désir de toi.

Elle sourit tristement.

— Tu veux que je devienne laide ?

— Tu n'y arriveras pas ! Noura, éloigne-le, je t'en supplie, dégoûte-le de toi !

Je la serrai une nouvelle fois entre mes bras. Après s'y être abandonnée, elle s'en délia et redressa le menton.

— Pourquoi ferais-je ça ?

— Pour nous.

— Nous ?

— Nous !

Ses traits se rétrécirent sous l'effet de l'agacement.

— « Nous », ça n'a jamais existé, Noam. « Nous » n'a jamais eu lieu. Tu n'as pas été fichu de te déclarer à temps.

— Pardon, je le sais, je m'en rends compte. Maintenant, je te le dis : je tiens à vivre avec toi, Noura.

Elle me repoussa, recula d'un pas, blême.

— Ah oui ? T'es-tu jamais demandé si j'accepterais d'être ta deuxième épouse ? Deuxième épouse ! Je ne mérite pas mieux ?

Décontenancé, je bafouillai :

— Je… je… On m'a attribué Mina avant notre rencontre… je n'ai rien décidé… Trop tard… je ne peux…

— La tuer ? Non, mais la répudier.

— La répudier ?

J'éprouvai aussitôt de la compassion pour Mina, ses chairs flaccides, ses yeux languissants, son malaise de fillette égarée chez les femmes.

— Elle est enceinte, Noura.

— Et alors ?

Dure, aiguë, pointue, Noura me bravait. Pourquoi Mina encourrait-elle un tel châtiment ? Si nos enfants périssaient, les Dieux... les Démons... un Esprit... je n'en savais rien... En tout cas, aucun vice, aucune méchanceté, aucune agressivité ne se nichait dans la godiche et innocente Mina. Je ne pouvais pas lui faire du mal.

Les yeux de Noura étincelèrent, accusateurs.

— Il faut parfois frapper et faire saigner pour arriver à ses fins. Que veux-tu ? Que veux-tu vraiment ? Tout ! C'est-à-dire rien. Tu dois choisir.

— Noura, essaye de comprendre...

— Moi, une deuxième épouse ? Jamais ! Je vaux mieux que ça.

Nous nous toisâmes.

Sentant une colère sourdre en moi, je murmurai entre mes dents :

— Ne fanfaronne pas, Noura. Dans quelques lunes tu vas le devenir, deuxième épouse.

— La première est vieille !

Je demeurai bouche bée. Avais-je bien entendu ? Non seulement Noura méprisait mes sentiments, piétinait mes scrupules, stigmatisait Mina, mais elle offensait ma mère. Maman, une vieille ?

Elle sembla se gausser de ma stupéfaction et hocha la tête, résolue à mordre.

— Je suis jeune, elle est vieille. J'ai la vie devant moi, elle l'a derrière. Auprès de ton père, je ne resterai pas longtemps deuxième épouse.

— Quoi ? Tu attends que ma mère meure ?

— Non, c'est la mort qui l'attend.

Je giflai Noura.

Elle me gifla en retour.

Nous frémissions de rage. Fulminants, tempes en feu, tels deux lutteurs qui préparent le coup suivant, nous nous tenions debout, front contre front. Elle attaqua derechef :

— Dans quelques lunes, je serai mariée à Pannoam, pas à toi.

— Refuse de l'épouser, Noura, et patiente.

— Pourquoi sacrifierais-je une union solide à du vent ?

— S'il te plaît !

— À supposer que j'y arrive, qu'est-ce que je gagne ? Par dépit ou par jalousie, Pannoam s'opposera à ce que je t'épouse.

— Il souffre, il peine, il s'amenuise, Noura. Il mourra bientôt.

— Et Mina sera morte aussi, à ce moment-là ? Quelle imagination tu as, mon pauvre Noam ! L'avenir va te débarrasser magiquement de tous tes problèmes ?

Ravalant ma salive et mon irritation, j'insistai avec douceur :

— Mon père n'est pas éternel.

— Ce qui signifie ?

— Refuse et attends-moi.

— Tu rêves ! Cela peut durer un an, cinq ans, dix ans !

— Pannoam n'est pas éternel.

— Moi non plus, je ne le suis pas !

Sa furie éclata, sans plus de retenue :

— Pourquoi devrais-je continuellement me plier à ce que décrètent les autres, à ce que désirent les hommes ? Je ne suis pas venue sur terre pour obéir. Je me suis toujours débrouillée pour commander. Dans un mois, je serai la femme du chef.

— Tu lui obéiras.

— On verra !

— Mais que veux-tu, à la fin ? La place du chef ?

— Pourquoi pas ?

— À n'importe quel prix ?

— À mon prix : je me donne au chef. Visiblement chef et futur chef en redemandent…

— Tu n'as pas de sentiments… Tu n'as que de l'ambition !

— Raconte-toi ce qui t'arrange, Noam.

— Pour qui te prends-tu, Noura ?

— Ton père est chef et toi, un jour, tu seras chef. Eh bien moi, je suis celle qui tourne la tête des chefs !

Elle me saisit par le cou et commença à serrer.

— Tu tiens à moi ? Alors je t'explique le déroulement : j'épouserai ton père et, quand il disparaîtra, je t'épouserai. C'est toi qui vas m'attendre.

— Jamais !

— Oh si ! Je serai d'abord la femme de ton père, je serai la tienne ensuite.

— Je ne passerai pas après lui.

— Quel orgueil ! Naturellement que tu passeras après lui. Et tu t'en réjouiras. Et tu m'en remercieras.

— Folle !

Ses doigts cessèrent de m'étrangler et montèrent flatter ma joue.

— Je sais que tu m'obéiras, Noam. Comme une chèvre, tu viendras brouter dans ma main à l'instant où je te sifflerai !

Hors de moi, je la repoussai. Elle chancela, dérapa sur la boue, perdit l'équilibre, mais, rageuse, réussit d'un coup de reins à se remettre d'aplomb. Rétablie, elle me nargua, hostile, superbe, intense, aussi hargneuse que magnifique. La violence redoublait entre nous. J'ignorais si j'allais la mordre ou l'embrasser.

Elle perçut mon attirance. Un sourire sardonique releva ses lèvres et elle se mit à ricaner.

Plus son esclaffement s'amplifiait, plus j'avais honte de moi, de mon envoûtement, de l'empire qu'elle exerçait sur mes pensées. Sa morgue, sa raillerie, son persiflage me hérissèrent subitement.

Je redescendis le sentier, déterminé, et lançai :

— Merci, Noura. Merci pour ta cruauté et ton égoïsme. Ils vont m'aider à ne plus t'aimer.

Elle brisa son rire.

— À ton service, Noam !

— Tu m'encourages même à te détester.

— Reviens quand tu veux !

Tournant les talons, elle rentra chez elle. À peine y avait-elle pénétré qu'elle roucoula des phrases tendres à l'intention de Tibor, suffisamment fort pour que je les entende. Par cette débauche de câlineries, elle me spécifiait que notre scène ne l'avait pas affectée, qu'elle se dispensait parfaitement de moi, voire qu'elle éprouvait le vrai bonheur sans moi.

*

Mina devint mon refuge. Tout était simple en sa compagnie, la moindre de mes attentions la ravissait, une caresse machinale, un bol d'eau, un bras qui accompagne. Inépuisable, elle s'extasiait devant les fruits que je récoltais et considérait le lièvre ou la loutre rapportés de mes chasses comme les meilleurs qu'on eût jamais mangés. Un mot passait pour une conversation, un sourire pour de l'euphorie, un rire pour un fou rire. Face à ses réserves d'enthousiasme, je jouais mon rôle et elle me récompensait au centuple.

Contre toute attente, je me sentais bien auprès d'elle, chez nous, dans la demeure qu'elle avait aménagée durant des années. Avec retard, je découvrais ses talents domestiques. Jamais elle ne laissait s'éteindre les braises de notre foyer, à la différence de tant d'étourdies qui négligeaient le feu de la maisonnée et devaient aller le quémander chez les autres. Des paniers ronds, confectionnés par elle, permettaient de ranger nos provisions, nos vêtements, nos outils. Lorsque nous déjeunions assis, elle disposait au sol des nattes colorées qu'elle nettoyait fréquemment. Quant aux murs, avec de l'ocre rouge, elle les avait ornés jour après jour de frises géométriques – succession de vagues, motifs en arêtes de poisson – selon des modèles empruntés aux vases de Dandar. Grâce à son opiniâtreté, notre intérieur bénéficiait d'une atmosphère chaleureuse, pimpante, tandis que nos voisins, logés dans une maison identique, semblaient encore habiter une grotte*.

* Chaque époque a une couleur. La mienne fut rouge. Tous mes souvenirs baignent dans l'écarlate. Du sol, nous savions extraire les ocres et nous avions appris à les préparer. Même si leurs nuances allaient du jaune au violet, le rouge dominait. Soit la Nature offrait l'ocre rouge à l'état brut, soit nous l'obtenions en grillant l'ocre jaune. Rare parmi la flore et la faune, le rouge nous

Mina pratiquait la joie : elle s'émerveillait d'être et se pâmait d'avoir ce qu'elle avait. À la différence de Noura, elle ne souhaitait jamais davantage. Son absence d'ambition, son manque de perfectionnisme, la médiocrité que je vilipendais naguère me paraissaient désormais le pic de l'intelligence. Pourquoi regarder le vide au lieu du plein ? Quel avantage ? Quelle conséquence sinon la frustration ? Au vide du désir, Mina préférait la plénitude du plaisir.

Je m'efforçais d'atteindre cette sagesse comblée : en rester à ma fonction, fils du chef ; en rester à mon devoir, obéissance au père ; en rester à ma responsabilité, fonder une famille ; en rester à ma femme… Quelque temps auparavant, mon existence me déplaisait puisque, à mes yeux, elle ne se composait que d'ingrédients repoussés ; maintenant que je les acceptais, elle s'améliorait. Je n'avais pas changé ma vie, mais mon regard sur ma vie.

Par prudence, je fuyais Noura. J'évitais aussi

---

distinguait, nous les humains ; il marquait notre supériorité. Nous en badigeonnions les armes, les outils, les vêtements, les murs, parfois les corps, soit complètement, soit en détail.

Au XVIIIe siècle, on manifesta un intérêt nouveau pour les âges anciens, sans doute parce que la Bible perdait son statut de manuel scientifique : les savants se préoccupèrent de la préhistoire. Privés de textes, ils fouillèrent humus, mor et limon. Ils continuent aujourd'hui. À partir des traces, ils reconstituèrent notre monde. Sans m'étendre ici sur leurs réussites ou leurs erreurs, je signale juste une constante : à leurs yeux, le néolithique est marron. Dans les films, dans les illustrations des livres, dans les vitrines des musées, toujours le brun domine. Pourquoi ? Parce qu'ils trouvent ses vestiges dans la terre, croient-ils la préhistoire couleur de terre ?

Maman, dont la mélancolie aurait attisé la mienne. Vis-à-vis de mon père, je me comportais comme si aucune altercation ne nous avait opposés. Noam et Pannoam s'étaient accordé l'amnistie – l'amnésie.

Je me résolus à organiser la cérémonie des noces.

Pannoam aspirait à une fête qui éclipsât en richesse, en splendeur, en faste toutes les précédentes, un événement qui démontrât, à travers son chef, la prépondérance et la prospérité de notre communauté. En conséquence, nous ne nous contenterions pas de convier les habitants, nous recevrions les clans les plus influents des villages lacustres. Nous n'escomptions pas moins de quatre cents personnes, ce qui, à l'époque, représentait un attroupement inédit, gigantesque.

Nous coupâmes des arbres pour élargir la clairière, nous polîmes les troncs afin de les transformer en bancs que nous plaçâmes en cercle. Au centre, on danserait. Au bord, on chanterait. Derrière, on dévorerait les victuailles exposées sur des planches. Je recrutai au marché des musiciens errants, trois flûtistes et quatre tapeurs de tambour, lesquels me recommandèrent un joueur de corne qui émettait des sons graves équilibrant ingénieusement les aigus des pipeaux ; je le dénichai et l'engageai. Pour chaque détail – les fleurs, les guirlandes, les tenues, les boissons, les plats –, je recourais à Mina et ses suggestions devenaient mes décisions. Enfin, durant plusieurs lunes, je commandai les présents aux artisans de notre village.

Lors des cérémonies de mariage, on ne distribuait pas des cadeaux aux mariés, mais aux invités. Le prestige du couple en dépendait : qualité et quantité des offrandes construisaient ou détruisaient une réputation. Rien ne coûtait davantage qu'un mariage et beaucoup s'en dispensaient en se chevauchant sans rite, comme des bêtes.

Advint le jour de cette union tant préparée.

À peine l'aube frissonnait-elle que la clairière se noircit. Les familles déboulaient de toutes parts, aussi excitées qu'intimidées. Les enfants de notre village couraient parmi les convives en brandissant des gourdes. Le vin de myrtille circulait et les gosiers se remplissaient à vive allure – peu importait, nous avions concocté des boissons à foison ! L'entrain montait avec le soleil. Corps et cœurs se réchauffaient. La rumeur, les voix, les rires tonitruants, les congratulations, les bourrades appuyées de plaisanteries, tout augurait qu'on ferait son plein d'alcool, de cordialité, de rondes. On causait de plus en plus fort, on s'agitait, on se pourléchait, on entamait des refrains. L'impatience gonflait. Les joues brillaient, vernies de sueur.

Quand l'astre toucha le zénith, les tambours retentirent.

Pannoam surgit en haut d'un chemin. Noble, puissant, large d'épaules, il avait endossé un manteau de cuir rehaussé de coquillages cousus, une tenue d'apparat qui l'allongeait et dissimulait sa jambe coupée. On l'acclama.

Soudain, de l'autre côté, les flûtes entonnèrent une mélodie et l'on se retourna : encadrée d'un cortège féminin, Noura apparut à son tour. Un murmure admiratif parcourut la foule. Vêtue d'une robe en lin plissée, presque transparente, Noura resplendissait de beauté, de jeunesse, de vigueur. Sur la musique, avec souplesse et grâce, elle descendit le sentier, légère à côté de ses corpulentes demoiselles d'honneur. Ses mouvements évoquaient une danse. Une couronne de lys immaculés s'entremêlait à ses cheveux tressés, en dessous desquels elle arborait un collier et des bracelets de fleurs fraîches. De délicats pigments avaient agrandi ses yeux émeraude, dessiné ses sourcils, rougi ses lèvres.

Noura affichait un teint incroyablement lumineux, plus clair que celui de toutes les femmes alentour. Nos villageoises, occupées à lessiver, à cueillir, à biner, à ramasser, affrontaient les canicules, les embruns, le crachin, la neige, de sorte qu'après quelques années les peaux que le froid n'avait pas gercées, le soleil les tannait ; Noura, elle, avait conservé la carnation d'une enfant ; par je ne sais quel miracle, les attaques du climat et du labeur l'avaient épargnée.

Les fiancés se rejoignirent au bas du chemin. Il lui offrit son coude, elle y glissa sa main, et ils avancèrent jusqu'à la clairière. Là, un sorcier masqué, mi-loup, mi-hibou, couvert de fourrures et de plumes, les accueillit avec les formules rituelles.

Si j'avais d'abord suivi le cortège, je m'arrêtai à la lisière du bois. Les festivités se déroulaient à merveille, mon travail prodiguait ses fruits, j'avais tout prévu sauf ce qui m'arrivait : la nausée m'abattait.

En m'adossant à un noyer, je me retins de m'écrouler, tentai de déglutir, de réguler ma respiration, de ralentir les battements de mon cœur, mais quelque chose de supérieur à ma volonté me soulevait l'estomac. Je vomis.

Une fois les aliments dégurgités, la lucidité m'accabla. Si, jusque-là, les milliers de détails à régler avaient occulté la finalité de la fête, celle-ci me sautait maintenant à la figure : Noura épousait Pannoam !

Au centre, le sorcier présenta deux cruches en terre aux fiancés ; Noura et Pannoam les cassèrent pour signifier qu'ils rompaient avec leur vie antérieure. Puis le sorcier leur remit une corde de chanvre ; ils la nouèrent entre leurs poignets, symbolisant le lien qu'ils acceptaient.

Les larmes affleurant mes paupières, je détournai la tête et découvris Maman derrière moi, appuyée contre un chêne, flétrie, éteinte, le visage ravagé.

Pas besoin de nous parler. Le même désarroi nous écrasait.

J'aurais voulu la distraire en la flagornant ; or, contrairement à son habitude, Maman ne ressemblait à rien. Elle, si plaisante et si pétulante, elle qui parait flatteusement ses rondeurs et portait les bijoux avec panache, elle s'apparentait à sa caricature, une matrone lourde, usée, amère, dont la beauté s'était enfuie.

D'un geste raide, elle me tendit une gourde.

— Un peu de vin ?

À son élocution molle, je compris qu'elle s'était déjà beaucoup humecté le gosier.

J'attrapai la gourde et m'écriai :

— Sûr ! Rien de mieux à faire !

— Rien ! confirma-t-elle en hoquetant.

J'absorbai une gorgée. Le vin de myrtille m'apporta la chaleur qui me manquait. Du coup, j'en repris. Elle m'approuva :

— Bois tout ton saoul. J'ai mes réserves.

Elle ricana, mâchonna des mots indistincts où grognait le mécontentement, et conclut :

— Après tout, je reste la première femme du chef.

J'avalai une nouvelle gorgée et désignai mon père au loin.

— À ton avis, Pannoam nous attend-il là-bas ?

— D'ici, on voit très bien, non ? Tu ne le vois pas, toi, le vieux qui épouse la jeune ?

— Si !

— En revanche, d'ici on voit mal qu'il a perdu une patte, l'infirme.

Elle récupéra la gourde et biberonna.

— Bizarre, cette fille ! Épouser un vieillard éclopé... Moi, à son âge, j'aurais refusé.

Je ne relevai pas l'énormité de son affirmation : selon l'usage, Maman avait été mariée sans qu'on lui demandât son avis.

Elle continua à cracher son dépit :

— Je n'aurais pas toléré le statut de deuxième ! Jamais ! Je ne partageais pas. Au reste, je ne partage toujours pas. Je te l'annonce, Noam, et tant pis si ça te choque : si ton père me tourne autour pour coucher avec moi, je l'envoie balader !

Je contemplai ma mère défaite, songeai à la splendide Noura et, même si une telle éventualité ne risquait guère de se produire, j'opinai du chef. Elle goûta mon assentiment et grommela encore :

— Ah mais !

Puis elle fondit en larmes. Sous sa face épaissie s'agitait l'indignation d'une jeune fille naïve et vexée. Je me précipitai, la protégeai entre mes bras. Elle hurla, secouée de sanglots :

— Qu'est-ce que vous lui trouvez, à cette Noura, hein ? Qu'est-ce que vous lui trouvez ?

Devais-je répondre à une question pareille ? Je biaisai :

— C'est toi, la femme de sa vie, Maman. C'est toi que Pannoam a aimée pendant des années, c'est toi qui lui as donné des enfants. Noura, c'est… un caprice !

Elle s'agrippa à moi.

— Oh cet accident ! Cet accident ! Il aurait mieux valu qu'il périsse sous les coups des Chasseurs. J'aurais souffert, oui, mais j'aurais regretté l'homme que j'avais connu. Il a changé, c'est un autre ! Un faible, un infirme, un croulant ! Il n'a plus sa jambe, il n'a plus sa tête. Fichu accident…

Maman imputait tous les bouleversements récents à l'attaque dont Pannoam avait été victime, estimant que Noura n'y tenait aucun rôle. Si l'état de mon père n'avait pas nécessité des soins attentifs, il n'aurait pas remarqué Noura. S'il ne s'était pas senti diminué par la douleur et par la claudication, il n'aurait pas éprouvé un besoin pressant de jeunesse. Maman visait-elle juste ? Ou pensait-elle en femme qui minore sa concurrente ?

— Le guérisseur, gronda Maman.

— Quoi, le guérisseur ?

— Il a ensorcelé ton père.

— Tibor l'a sauvé, Maman !

Elle fulmina, les yeux exorbités, les mains battant l'air :

— Tibor ne l'a ni sauvé ni guéri, il l'a empêché d'expirer ! En réalité, il a outrepassé sa fonction. Un guérisseur n'agit pas contre la Nature, il la sert. La Nature voulait que ton père disparaisse après les coups qu'il avait reçus. On ne doit pas contrarier la Nature !

Elle se mordit les lèvres et bredouilla :

— Oh, s'il était mort ce jour-là, je n'aurais gardé que de merveilleux souvenirs ! Je l'aurais pleuré avec de bonnes larmes, des larmes saines, des larmes qui auraient coulé comme autant de témoignages d'amour envers un mari exceptionnel. Au lieu de ça...

Ma mère ne finit pas sa phrase. Furieuse, elle frappa l'écorce de ses poings.

— Tibor a tout manigancé. Il a amputé Pannoam pour le séquestrer chez lui, pour le rapprocher de sa fille, il lui a administré des breuvages durant sa convalescence afin qu'il s'en amourache. C'est lui, Noam, c'est lui !

Je ne répliquai pas, saisissant que Maman nourrissait une obsession : éliminer Noura de l'histoire, effacer ses attraits. Maman refusait de devenir la victime d'une rivale, elle préférait inventer un guérisseur démoniaque.

Dans la trouée, le sorcier commença à chanter en nasillant, puis son air fut repris par le public. Les tambours scandaient. La cérémonie s'achevait. On lançait des pétales sur les mariés qui déambulaient, majestueux, lents et cordiaux, au milieu des groupes en liesse.

Bientôt, les danses et le festin débuteraient. Plus tard, le couple du jour s'isolerait dans la maison que nous avions bâtie derrière les arbres, près de la rivière...

Maman leva le front vers moi.

— Comment va Mina ?

— Bien.
— Elle réussira, cette fois ?
— Je l'espère.
— J'ai prié les Esprits pour elle.
— Merci.
— Je sais ce que tu ressens, mon fils. Je sais que Tibor t'a manipulé, qu'il t'a attaché à sa fille et, au dernier moment, l'a unie au chef plutôt qu'au futur chef. Le mal est fait. La jalousie empoisonne ton cœur, comme le mien, mais je t'admire parce que tu luttes ! Tu respectes tes engagements, tu respectes ton épouse, tu respectes même ton père. Seulement, promets-moi une chose.
— Quoi ?
— Ne respecte pas ta belle-mère.

Après un moment de tension, elle éclata de rire. Moi aussi. Je l'embrassai longuement. Elle essuya son nez sur mon épaule, puis, de sa main, me poussa vers la foule.

— Occupe-toi de Mina. Quand tu fatigueras, rejoins-moi. Il y a plusieurs jarres de vin à la maison… Nous boirons, toi et moi, jusqu'à l'oubli.

Elle s'éloigna, chancelante, titubant sans tomber, car rage et fierté lui interdisaient de choir.

Repérant Mina qui me cherchait, je descendis dans la clairière, me faufilai derrière elle, l'enlaçai.

— Le plus beau mariage que j'aie jamais vu, murmura-t-elle, extasiée, en s'abandonnant contre moi.

Les musiciens attaquèrent des pièces entraînantes et les invités ne tardèrent pas à envahir la piste. Certains peinaient, empotés, encombrés de leur corps, tandis que les meilleurs improvisaient des variations sur les pas de base ; je détectai une décontraction et une adresse insoupçonnées chez des hommes et des femmes que j'avais croisés.

Autour, en cercle, beaucoup se balançaient sur place, attendant que la transe leur confère l'audace de se déhancher. Les musiciens enfilaient les morceaux sans pause afin que l'allégresse ne cessât jamais.

D'un regard insistant, Mina me réclama de danser avec elle. Je m'inquiétai en indiquant ses rondeurs :

— Tu pourras ?

— J'ai envie.

Nous pénétrâmes dans la cohue. Peu coutumier des bals, j'essayai de coller mes gesticulations aux percussions, mais j'y parvenais toujours trop tard – le rythme n'entrait pas en moi, ni dans ma peau ni dans mon sang, il demeurait à l'extérieur. Mina, en revanche, respirait la musique. Étonnante ! Malgré son ventre bombé, elle se mouvait avec aisance. Lorsque, au coin de mon œil, elle aperçut mon admiration sincère, elle redoubla de gaieté et, stimulée, enchaîna les danses.

Épuisée, elle se cramponna à mon bras.

— Rentrons.

Je l'aidai à traverser la multitude, puis, en la soutenant, à prendre le chemin de la maison. Elle gémit :

— J'ai commis une bêtise.

— Non.

— J'ai secoué notre bébé.

— Il s'est délecté. Notre bébé, dans ton ventre, a découvert que sa mère danse bien.

Mina s'empourpra et se calma. Sitôt chez nous, elle se jeta sur la natte.

— Mm… sommeil…

— Je te tiens compagnie.

— Retourne à la fête et reviens tout me raconter.

J'acquiesçai, feignis de me diriger vers la clairière et, dès que j'échappai au regard de Mina, je bifurquai.

Seule dans la maison, allongée, Maman avait sévèrement picolé. De l'aisselle à la hanche, son galbe devenait de moins en moins visible. Sans un mot, elle me proposa de m'étendre auprès d'elle et me tendit un bol de vin. Je l'engloutis.

L'orchestre, au loin, se réduisait au pouls fiévreux de la nuit, un pouls qui ne battait plus en nous.

En me couchant à côté, je susurrai :

— Bon repos.

Elle baragouina une réplique et, quelques respirations après, se mêlant aux ritournelles et aux rires assourdis, ses ronflements s'élevèrent jusqu'au toit.

À la nuit, je me réveillai, la bouche pâteuse, la langue sèche. Maman, enfouie dans une léthargie qui la préservait des ingratitudes, ne bronchait pas.

Je m'étirai, les membres moulus, vidés de leur tonus, et je gagnai péniblement notre maison. Mina, engourdie, m'entendit.

— As-tu dansé ?

— Un peu. J'ai des courbatures partout.

— Es-tu fier ?

— Pardon ?

— Cette fête, c'est toi qui l'as organisée.

Je grimaçai, gêné, et elle prit mon embarras pour de la modestie. En se relevant, elle m'attrapa le poignet.

— Allons faire un tour, s'il te plaît.

La nuit était sereine et fraîche, traversée d'un vent doux. Les monts sombres, tels des chiens couchés, semblaient assoupis au bord du lac. Nous décidâmes de marcher hors des sentiers, à l'abri du brouhaha, sous les arbres qui alignaient leurs colonnes d'ombre au pelage moussu. Nous percevions le froissement soyeux de nos pas sur l'herbe et l'odeur vive des menthes foulées. Puis les clameurs nous attirèrent et nous débouchâmes en haut d'un monticule qui dominait la clairière. À nos pieds, musiques, feux, cris, chants et danses offraient une autre nuit, animée, turbulente, contrastée. L'exaltation de vivre triomphait à plein : divers foyers crépitaient, où rôtissaient des viandes ; des garçons se battaient, d'autres s'amusaient, parfois les deux ; quoique la plupart des villageois se trémoussassent, des couples commençaient à se retirer.

Je tentai de voir si Pannoam et Noura présidaient encore le banquet, mais l'éloignement m'en empêchait. L'idée qu'ils copulaient déjà me glaça.

Mina posa sa main sur la mienne, la souleva et l'appliqua à même son nombril.

— Tu sens ? Il remue.

Je discernai des bosses mouvantes derrière sa peau chaude.

Elle me sourit, béate. Je lui répondis avec un sourire identique. Au fond, nous devions pavoiser. Peu importait ce mariage… Je savourais presque la situation : en bas, un époux plus âgé que moi – mon père – entreprenait de séduire une épouse plus âgée que ma femme – Noura –, et pourtant nous figurions, Mina et moi, le vieux couple, le couple solide, celui qui avait franchi les épreuves, celui qui observait cette écume avec la distance de la maturité.

Mina poussa un cri :

— Là !

Elle pointa, au-dessus, sur une branche, une chouette. Son masque était tourné vers nous, la pâleur de ses plumes accrochait les rayons de lune, son iris étincelait des feux voisins.

— Nous n'avons rien à craindre, Mina, la chouette n'agresse pas les humains.

Elle grelotta.

— Pourquoi nous dévisage-t-elle comme ça ?

— Je l'ignore…

Deux disques de duvet agrandissaient les yeux de l'oiseau, occupant l'entièreté de sa face plate. Le haut de ses ailes lui dessinait des épaules de femme et son poitrail d'un laiteux roussâtre piqueté de brun foncé dégageait une gravité intransigeante. Je reconnus une dame blanche, la chasseresse au vol silencieux, la redoutable ennemie des campagnols, des mulots, des souris, des musaraignes, voire des belettes et des lapins.

Mina marmonna :

— J'ai horreur des animaux sans ombre.

Elle se redressa, avança de plusieurs pas, revint en arrière, partit sur la gauche, obliqua à droite. La tête de la chouette pivotait sans que son corps bougeât. Mina s'exclama, consternée :

— Elle me fixe. C'est moi qu'elle fixe.

En me levant et en me déplaçant, j'admis qu'elle avait raison. La chouette, comme fascinée, rivait ses prunelles aux mouvements de Mina. Dans une broussaille de plumes, son regard persistait, intense, inexpressif, insondable.

Mina se blottit contre moi afin de se cacher de la dame blanche.

— Qu'est-ce que ça signifie ? chuchota-t-elle.

— La chouette présage le changement. Elle prédit les métamorphoses.

— J'ai peur.

L'oiseau claqua du bec. Très fort.

Mina trembla. Je la rassurai en lui frictionnant le dos, rieur :

— Mina, réfléchis ! Nous allons devenir parents, un enfant arrive. Voilà le changement qu'elle nous annonce.

— Je ne suis pas convaincue !

Malgré son optimisme bonasse, Mina pouvait s'enfoncer dans des frayeurs puériles.

— Pourquoi la chouette t'en voudrait-elle ?

— Les Dieux et les Esprits ne m'aiment pas.

— Mina !

— Si ! Ils n'ont jamais permis à mes enfants de survivre. Ils me maudissent.

— Mina ! Je crois que, simplement, ton accouchement approche et te tourmente. Tout se passera bien.

Je la couvris de baisers, de caresses, et elle s'apaisa – ou m'en donna l'impression.

De retour à la maison, sur notre natte, elle se pelotonna contre mon flanc, à la recherche de mon contact. Je l'enserrai. Deux solitudes inquiètes tâchant de s'oublier dans la chaleur animale, voilà ce qu'était notre tendresse…

*

À l'aube, pour m'épargner de croiser Noura et Pannoam, de subir leur expression satisfaite, de repérer sur leur visage les cernes, les paupières gonflées, les lèvres épanouies, cette langueur qui accompagne une nuit de noces, j'annonçai à Mina que je me rendais à la chasse et sortis sans lui laisser l'opportunité de s'étonner ou de gémir.

Un brouillard ténu, translucide, baignait le paysage et en diminuait l'immensité. Lac et montagnes avaient disparu. À travers la brume diffuse, le soleil se réduisait à une lune, les sons se feutraient. Seul le cri rauque d'un geai troua la torpeur.

La chance me sourit : au moyen de ma fronde, je capturai trois lièvres en un temps record. Tout le reste de la journée m'appartenait.

Pendant que le ciel se dévoilait, je décidai de visiter l'arbre magique.

À ces pages, je fais un aveu : durant des millénaires, j'ai rencontré des arbres avec lesquels j'ai tissé des relations – j'en parlerai quand l'occasion s'en présentera – mais rien ne serait advenu si je n'avais connu le Hêtre.

Je l'avais découvert un matin de mon enfance parce qu'un écureuil m'y avait conduit. De ce jour-là, je me rappelle chaque détail – on se souvient toujours de la première fois, celle qui inaugure un cycle, l'instant initiatique revitalisé par ceux qui lui succèdent au cours de l'existence.

Traquant le sanglier avec mes camarades, je m'étais écarté de notre groupe pour je ne sais quelle raison – éprouvais-je un besoin de solitude ? – et avais débouché dans une futaie sauvage dépourvue de sentier, de repères. Sur une souche gangrenée par des champignons safran, un écureuil assis, sa queue en guise d'ombrelle, grignotait une graine qu'il tenait entre ses deux pattes antérieures. Flairant ma présence, il avait relevé la tête, soulagé de me voir et, d'un mouvement leste de son museau, m'avait fait signe de bouger. Preste, rouge, souple, il se déplaçait en zigzag ; je l'avais suivi. Trop léger pour marcher, il sautillait, bondissait à vive allure, marquait une pause, m'attendait, captait mon regard puis, tranquillisé, repartait. Il ne me fuyait pas, il s'assurait que je le talonnais.

Au-delà de la futaie, l'écureuil était arrivé au Hêtre isolé, avait freiné, s'était tourné vers moi, avait grimpé le long de l'écorce. Là encore, il s'était figé à mi-hauteur, le crâne en bas, les yeux pleins de feu, histoire de vérifier que je l'escortais. J'étais monté à mon tour, lentement, précautionneusement, avec la gaucherie d'un humain privé d'ongles pointus. Ma balourdise l'émoustillait. Lorsque, époumoné, j'avais accédé aux branches, l'écureuil s'était volatilisé.

L'arbre était alors entré en contact avec moi. En m'insufflant un sentiment de bien-être, en enchantant mes narines d'un parfum suave et jaune, le Hêtre m'avait susurré : « Couche-toi. » Je m'étais allongé, jambes et bras ballants, le ventre sur une large branche dont l'écorce lisse ne m'avait pas semblé plus épaisse et pas moins douce qu'une peau. Le Hêtre avait insisté pour que je ferme les paupières. Docile, je m'étais endormi et j'avais bénéficié de rêves somptueux, des songes envoyés par l'arbre : j'avais parcouru les airs en devenant oiseau, pollen, nuage, vent, tous les Esprits qui côtoyaient le Hêtre.

De mon perchoir, j'étais descendu apaisé, enrichi, comblé d'avoir recueilli les révélations du Vivant, de la Grande Âme, celle qui englobe les humains, les animaux, les plantes, les eaux, les pierres, celle qui, par le truchement de l'arbre, m'avait jugé digne de ses effusions.

Heureux, j'avais rattrapé mes camarades sans rien divulguer. Qu'auraient pu dire mes mots rudimentaires ?

Je l'avais fréquemment rejoint. Les feuilles du Hêtre froufroutaient lorsque j'apparaissais, ses branches s'évasaient, son tronc m'hébergeait. Je m'y lovais des heures durant.

Autour de mes onze ans, le Hêtre m'initia à un mystère. À ce livre, je confierai le plus intime de mes secrets.

Épaté par mes poils au menton, fier du duvet qui veloutait mes joues, j'étais rempli d'une vigueur nouvelle, d'une énergie qui m'incitait à galoper, à sauter, à nager, à briser des bûches, à soulever des pierres, à me battre. Tant de sève grouillait en moi que je me dépensais beaucoup. Pourtant, plus je m'agitais, plus l'inassouvissement me rongeait.

Un après-midi printanier, le Hêtre m'accueillit dans cet état d'ébullition. Il m'invita à me percher et, tandis que je me mouvais de branche en branche, il m'offrit un cadeau : je sentis une onde de délice sourdre puis se propager entre mes cuisses et mon ventre, une vague qui s'amplifiait, se répandait, envahissait mon torse, creusait ma respiration, accélérait mon cœur. Chaque fois que je croyais que le plaisir allait s'atténuer, il croissait. L'intensité de cette euphorie m'effrayait, mais effaçait toute résistance. Mon cou enflait, chauffait. Mes lèvres s'enflammaient. Mes oreilles brûlaient. Je rampais sur la branche principale, les jambes pendantes, et, de frisson en frisson, de trémulation en effleurement, je me frayais un chemin vers l'inconnu, je perdais progressivement le contrôle, me demandant où culminerait la délectation. Soudain, le contentement me coupa le souffle, quelque chose se rompit en moi. Un liquide chaud jaillit, inonda mon bas-ventre. À peine eus-je le temps de crier que je m'évanouis.

Quand je rouvris les yeux, je me réveillai dans un monde différent, un univers élargi, captivant, troublant, où les corps se prodiguaient ces jouissances vertigineuses. Je caressai l'arbre, je l'embrassai. L'adulte Noam venait de naître. Çà et là, au creux de mes mollets, sur mes cuisses, le long de mes flancs, couraient encore quelques secousses, comme des souvenirs joyeux qui ne voulaient point mourir. Collée à mon nombril, une trace de bonheur subsistait, une tache crayeuse, séchée, qui se pulvérisa sous mes doigts. Enlacé au Hêtre, je le remerciai : jamais je n'avais expérimenté une telle jubilation.

Je demeurai longtemps ainsi, béat, extatique, jusqu'à ce que je ne ressente plus rien, sinon de la fatigue. Les membres lourds, je regagnai le sol.

Par la suite, je revins souvent me frotter au tronc. Les odeurs comptaient, celles des feuilles, du bois à l'humidité suintante, de l'amadou dont je m'enivrais. Au début, je fréquentai ce mystère sans le comprendre, parfois sans le retrouver, car les convulsions sensuelles tardaient, s'interrompaient, voire manquaient ; le cas échéant, je tarabustais le Hêtre : quelle faute me reprochait-il ? Enfin j'appris – le Hêtre m'apprit – à mieux déterminer ce qui se passait entre nous, comment ma peau frémissait contre sa peau d'arbre, comment l'oscillation que j'imprimais devait rester délicate, comment la caresse de l'écorce gonflait mon sexe, comment celui-ci explosait, volcanique, en lâchant sa semence.

Ce que les hommes appellent le « plaisir solitaire » ne le fut pas pour moi : c'était le plaisir avec l'arbre. Le Hêtre m'avait enseigné la volupté.

Ai-je besoin de le préciser : une fois marié, je ne savourai plus cette félicité lors de mes étreintes avec Mina. Jamais. Nos rapports gardaient un caractère forcé, laborieux, utilitaire, au point que leur fin me soulageait d'une crampe et d'un devoir. Pour atteindre l'extase des sens, il me faudrait patienter jusqu'à ce... Mais n'avançons pas trop vite.

Ce lendemain de noces, ce jour où j'échappai à mon épouse, où j'évitai Noura et Pannoam, je me réfugiai dans le cœur feuillu du Hêtre et me contentai d'y rêvasser. Quand le soleil déclina, je me dirigeai vers le village.

Le Hêtre m'avait lavé de mes soucis : dans son silence, dans sa lumière, tout ce qui se révélait humain, uniquement et excessivement humain – dépit, envie, insatisfaction de fils, frustration d'amant –, avait fondu. La journée sur l'arbre m'avait débarrassé de mon épaisseur sociale en me ramenant à un corps, un simple corps au milieu des corps, un élément naturel au sein de la Nature munificente. Je m'étais délesté de mon importance et, léger, je me repaissais d'exister.

À l'orée des habitations, un gamin guettait le sentier. Dès qu'il m'aperçut, il cavala vers moi.

— Noam ! Mina accouche !

Je m'arrêtai, contrarié. Si le ventre de Mina s'arrondissait, elle ne m'avait pas semblé assez grosse pour enfanter.

Le gamin insista :

— Elle demande après toi. Ta mère aussi. Les femmes sont là-bas.

Ce détail m'intrigua. Que Maman fût auprès de Mina s'expliquait – elle devait l'aider à mettre bas –, mais que d'autres assistassent à un événement qui, normalement, se produisait dans l'ombre et dans l'intimité m'inquiéta.

Je courus jusqu'à la maison, découvris l'attroupement, le fendis et vis Mina couchée, les reins contre le sol, les cuisses ouvertes parmi des linges souillés. Pourquoi se tenait-elle ainsi ?

Chez nous, les femmes accouchaient en position accroupie. Le bassin en avant, elles adoptaient une posture qui permettait une expulsion rapide, l'enfant trouvant seul le chemin de la sortie ; elles se laissaient aller à une vague. Pour s'épargner de la fatigue, elles empoignaient une poutre basse ou bien se fiaient à leur compagnon, lequel, placé derrière elles, les soutenait par les aisselles. Mina s'était d'ailleurs entraînée à cet effort ces dernières lunes en musclant ses genoux, en s'employant quotidiennement à s'asseoir sur les talons et à se relever en douceur.

Il fallait que l'accouchement se déroule mal pour

que la mère s'allonge sur le dos, les jambes écartées. Arrivaient alors les cris, les pleurs, les ahans, les matrones qui encourageaient la malheureuse à pousser, et cela virait au drame.

Mina, blafarde, les paupières closes, quasi inconsciente, geignait entre des femmes silencieuses.

— Que se passe-t-il ?

À ma voix, elle ouvrit les yeux. Une lueur d'espoir traversa ses prunelles rubéfiées.

— Noam !

Je m'agenouillai pour caresser son front moite, livide. Elle referma les paupières, épuisée, tandis que ses lèvres bleuâtres formaient un sourire.

Maman s'approcha de moi.

— Les contractions sont venues tôt.

— Bon augure ? Mauvais augure ? criai-je, déconcerté.

Maman ordonna aux villageoises de se retirer. Celles-ci, nuque baissée, s'éloignèrent sans un mot.

Maman, d'une pression de la main, m'engagea à la suivre et me conduisit dans un coin de la demeure. Au sol, elle désigna une masse sombre, couverte de croûtes, entremêlée de chiffons maculés.

— Voilà ce qui est sorti. Il était déjà mort dans son ventre.

Je m'appuyai au mur. Mon crâne suait à grosses gouttes. Je bredouillai, hagard :

— Mina a raison. Nous sommes maudits.

Maman essuya mes tempes et articula nettement :

— *Elle* est maudite, mon fils. Pas toi.

— Si !

— Non ! Tu en veux la preuve ?

Interloqué, je scrutai ma mère. Elle pointa Mina du menton.

— Elle perd son sang. Nous essayons depuis des heures de la nettoyer, mais elle continue à se vider. Une blessure suinte en elle.

— Quoi ?

— Elle expire, mon fils. Elle aurait déjà poussé son dernier soupir si elle ne t'avait pas attendu.

Sans réfléchir davantage, je me jetai au sol, saisis les joues marbrées de Mina entre mes paumes.

Elle rouvrit les yeux, brisée, et me fixa avec toute l'intensité dont elle se montrait encore capable. Tristesse et honte glissèrent dans ses prunelles.

— Pardon…

— Pardon de quoi, Mina ? Nous recommencerons, tu y parviendras.

Ses traits dessinèrent une expression ambiguë, laquelle signifiait : « Je ne suis pas dupe, tu es gentil de mentir. »

Elle chercha ma main et l'agrippa avec les pauvres forces qui lui restaient.

— Peur…, murmura-t-elle.

Je posai ma bouche sur son front et, en touchant sa peau froide, je compris notre relation : Mina était une petite fille que l'on m'avait confiée pour qu'elle devienne une femme ; une fois liée à moi, elle s'était appliquée à ses tâches, s'unir à son mari, tomber enceinte, nourrir des bébés, et cela avec gaucherie, sans facilité, en ne rencontrant jamais l'évidence. Partout elle avait échoué ; elle occupait ses ultimes instants à le mesurer.

Je penchai la tête et susurrai à son oreille :

— Tu m'as rendu heureux, Mina.

Pourquoi disais-je cela ? C'était faux, absolument à l'opposé de la réalité, même si je désirais que ce soit vrai. Elle frémit. Je le lui répétai :

— Tu m'as rendu très heureux.

Dans son visage tout proche du mien surgit une émotion nouvelle : la joie ! La joie l'emportait sur le remords et l'angoisse. La joie brillait d'un éclat insoutenable.

Je lui souris et mon sourire la transporta sur une montagne.

Un sursaut. Resserrement de sa main.

— Mina !

Un souffle jaillit de sa bouche.

— Mina !

Je secouai ses doigts pour qu'ils réagissent.

— Mina !

Maman m'entoura de ses bras.

— Elle a entamé son voyage dans l'autre monde, Noam.

Je contemplai les yeux ouverts qui ne me voyaient plus. Maman chuchota :

— Son âme bleue s'est échappée de sa poitrine, est montée au-dessus de nous et a quitté la maison. Elle s'est dirigée vers le lac.

Abasourdi, je m'étendis contre la dépouille de Mina. À son inertie, au froid qui envahissait ses membres, je sentis qu'elle n'était plus là, qu'elle avançait seule désormais, qu'elle ne pouvait plus compter sur moi ; pourtant j'avais besoin de retenir quelque chose d'elle, de l'étreindre, au moins d'enlacer son souvenir.

L'avouerai-je ? Je pleurai. Je pleurai longuement.

Mes larmes portaient la couleur de l'affection que j'avais prodiguée à Mina : la couleur de la pitié. Dans les élans qu'elle avait suscités, dans la tendresse que je lui avais manifestée ne gisait que de la compassion, cette sympathie à l'égard d'un plus faible que soi, cette charité envers un être démuni. J'avais toujours plaint Mina ; je l'avais plainte d'être craintive, empruntée, sans grâce, amante timide, mère défaillante ; je l'avais plainte de peiner à accomplir son destin ; je l'avais plainte pour cette lutte ; je l'avais plainte pour ses défaites ; je la plaignais maintenant pour son échec final, succomber en couches, périr si jeune... Et cette pitié, c'était – je le saisissais en me blottissant contre son cadavre – non seulement une parfaite acceptation d'elle, mais aussi une sorte d'amour. Un amour amer, cuisant, lucide, mécontenté, mais un amour...

Au rebours des usages, je ne tardai pas.

La tradition exigeait qu'on exposât le corps pendant une journée afin que chacun lui rendît hommage, puis on l'inhumait. Or je savais que nul ne rendrait hommage à Mina, la petite fille égarée dans le monde des adultes. Sinon à moi, puisque sa famille avait disparu, elle n'importait à personne.

J'annonçai à Maman que je l'enterrerais à la nuit. Elle s'exclama :

— Je préviens ton père.

— Pourquoi ?

— En tant que chef du village, il...

— Je ne veux pas le croiser ! Surtout pas ! Ni lui ni

Noura ! Tu comprends ? Maman, est-ce que tu comprends ?

Elle déclara d'une voix morne :

— Qui te comprend mieux que moi ?

Avec une étoffe, j'enveloppai Mina parée de son collier de coquillages, je fis de même avec l'enfant, et je m'enfonçai dans les bois obscurs, les deux cadavres sur mes épaules. Maman me suivait à distance respectueuse, soucieuse que je ne demeure pas solitaire.

À l'aide d'une houe, je ménageai un trou, non loin d'un chêne noueux et moussu. Déterminé à protéger les miens des animaux affamés, refusant de les livrer en pâture aux rapaces, je creusai profond, longtemps, l'argile meuble. La fosse achevée, j'allai dans la clairière de la fête et, avec le concours de Maman, je récoltai des brassées de fleurs que je lançai au fond.

Mina adorait les lys et raffolait de leur parfum. Ces bouquets l'escorteraient dans son chemin.

Enfin, je lui donnai l'attitude d'un enfant qui dort pour préparer sa prochaine naissance. L'opération comporta des difficultés ; déjà raides, les membres résistaient à la flexion ; je m'acharnai, forçant ses genoux à rejoindre son menton, car, selon nos croyances, elle ne renaîtrait qu'ainsi, en position fœtale, dans la terre. Une fois que j'y fus parvenu, je mis le nourrisson contre son ventre.

Maman me tendit le pot d'ocre qu'elle avait apporté. Je répandis la poudre rouge – le sang des morts et de la résurrection – sur les deux corps, puis traçai un ténu sillon d'ocre sortant de leur nez afin d'indiquer au souffle le sens de la vie.

Je rebouchai l'excavation et aplatis le tumulus.

Comme la dépense physique réconfortait ! Creuser, combler, terrasser, voilà des tâches que je réussissais, dont l'exécution me tenait loin de mon chagrin.

La sépulture recouverte, je me prosternai au bord de la tombe et consacrai la nuit à demander aux Esprits de bien accueillir Mina et mon bébé. Maman, derrière moi, priait aussi. Mentalement, j'envoyais des baisers d'adieu à la fillette que j'avais épousée, une enfant qui avait été peu aimée alors qu'elle offrait tant d'amour.

L'aube luisait. Comme le village, le lac sommeillait encore. Un ciel pâle y étalait son reflet atone. Mon regard glissait sur cette étendue placide. L'air, l'eau, les forêts s'abandonnaient au même silence.

Une mésange atterrit sur la tombe.

Je la détaillai. Contrairement à ses congénères vifs et nerveux, elle arborait une lenteur molle. Elle me dévisagea.

— Mina ?

La mésange ne s'enfuit pas, s'entêtant à me fixer. Rêvais-je ? Manquais-je de sommeil au point de somnoler debout ? Il me semblait que l'oiseau ressemblait à Mina, par son plumage sommaire, son absence d'éclat, sa douceur.

Après quelques instants, la mésange s'envola et se percha sur le chêne.

Je me tournai vers Maman.

— Je pars.

Elle sursauta.

— Pardon ?

— Je quitte le village.

— Combien de temps ?

— Pour toujours !

Maman se précipita sur moi et m'accrocha le bras.

— Noam, non ! Nul ne peut subsister en dehors du village.

— Je vivrai en Chasseur.

— Noam, tous ceux qui ont été bannis ont été retrouvés morts.

Elle évoquait les deux hommes que Pannoam, à plusieurs lunes d'écart, avait condamnés à l'exil : on les avait chacun découverts inanimés sous un arbre, sans aucune trace de combat ou de violences, comme s'ils avaient, telle une fleur coupée, pourri sur place.

— Ne confonds pas, Maman. On les a expulsés malgré eux, car on les punissait de leurs crimes. Moi, je me retire de mon plein gré. J'en ai envie, j'en ai besoin.

— Tu fuis !

— Peut-être...

Maman se tut et me contempla interminablement, ses yeux traversés de fibrilles rouges.

Elle murmura avec simplicité :

— Si j'étais jeune, je partirais avec toi.

Après quoi elle me prit dans ses bras, me serra contre sa poitrine et, détournant la tête pour que je ne perçoive pas ses pleurs, marcha à grandes enjambées vers le village.

Jamais elle ne m'avait adressé un mot ou un geste froissant. Jamais son attention n'avait failli. Alors que j'avais voué ma vie à idolâtrer mon père, je me rendais compte que ma mère méritait davantage mon amour. Décidément, je n'entendais rien aux femmes.

Aux hommes ?

À moi…

Maman disparue, je filai à la maison. Là, j'enfouis des affaires au fond d'un sac, accrochai mon arc à mon épaule. Adieu, le clan ! Adieu, mon père ! Adieu, Noura ! Je désertai le village sans que personne s'en avisât.

En parcourant la forêt, je repassai devant la tombe de Mina. Depuis sa branche, la mésange se figea en m'apercevant.

Puis, comme je poursuivais ma route, elle déploya ses ailes et me suivit.

3

Les Dieux et les Esprits me détestaient. Malgré les dénégations indignées de ma mère qui reportait toute haine sur Mina, je ne m'illusionnais plus : Dieux et Esprits refusaient que je me perpétue. Mina se révélait non l'objet mais l'instrument de leur vengeance ; à travers elle, ils me visaient. Pourquoi ?

À une heure de marche du village, je m'arrêtai, pris place sous un arbre, me désaltérai, cassai quelques noix.

D'ici, je dominais le paysage.

Le lac était calme, sa surface troublée par aucun courant. La forêt s'y reflétait, pure, nette, immobile. Pas un souffle. Pas un clapotis. Pas un mugissement de butor. Un héron brun battit péniblement des ailes mais, comme ses plumes dérapaient sur l'air, il renonça à décoller, se pétrifia, réduit à une branche plantée dans l'eau.

Je tentai de déterminer ce pour quoi Dieux et Esprits me réprimandaient. Avais-je offusqué une source en m'y baignant ? Avais-je privé la terre d'un de ses fruits – racine, truffe, navet – sans le remarquer ? Avais-je pénétré dans un cercle sacré en l'ignorant ? Avais-je prononcé des paroles impies ? Même en remuant mes idées, je ne repérai rien. La colère des Dieux et des Esprits remontait à plusieurs années puisque, dès mon mariage avec Mina, le châtiment m'avait été imposé…

La mésange beige voleta, hésita, puis s'installa au-dessus de moi. Quoiqu'elle évitât mon regard, elle ne me lâchait pas. Quand je la considérais, elle inclinait la tête, gênée, timide, à l'instar de Mina. Sa présence intrigante m'encourageait : si l'âme de Mina logée dans l'oiseau m'escortait, il me restait quelque chose à réaliser. Je traversais une épreuve au lieu de croupir dans un trou. Peut-être mon infortune ne suivait-elle pas un cours irréversible…

— Noam, j'ai besoin de te parler.

J'avisai Tibor, drapé dans son volumineux manteau, qui déboulait devant moi.

— Par les femmes, j'ai appris le malheur qui avait frappé Mina, puis j'ai aperçu ton départ, ce matin, dès que j'entrepris ma cueillette de simples. Pardonne-moi de t'avoir espionné. Je voulais t'assurer que je ressens ton désarroi et que j'effectuerai mon possible pour t'aider. Tu es un homme irremplaçable, Noam.

Ce compliment inattendu, fusant au moment où je m'interrogeais sur mes torts, me bouleversa. Mon sang se figea, mes lèvres tremblèrent.

— Je suis médiocre.

— Noam, tu es intelligent, curieux, attentionné, bienveillant. Si l'on m'affirmait que tu as outragé quelqu'un, je ne le croirais pas.

— Les Dieux et les Esprits ne partagent pas ton avis. Ils jugent que je les ai offensés. Depuis des années, ils me punissent en m'empêchant de fonder une famille.

Tibor s'assit à mon côté. Il écarta les jambes et se balança de droite à gauche.

— Tu conclus hâtivement, Noam. Ces dernières années, la Nature t'a manifesté sa sagesse.

— Quoi ?

— Laisse-moi te raconter un souvenir. Comme ton père, j'apprécie les chiens. Dans mon premier village, avant que les boues ne l'engloutissent, j'élevais une chienne. Une nuit, elle a mis au monde cinq chiots. Lors de l'irruption de chaque petit, elle attrapait délicatement la poche de peau, l'ouvrait avec ses dents fines, léchait le nouveau-né puis l'accueillait contre ses mamelles afin qu'il tète. Soudain, un sixième est survenu. La chienne l'a fixé, a soupiré et l'a abandonné au sol. Choqué, je l'ai soulevé, j'ai déchiqueté la poche, je l'ai présenté à sa mère, laquelle, fourbue, lui a accordé trois coups de langue qu'elle a regrettés aussitôt en se détournant. Sur le moment, son comportement m'a révolté. Or, deux lunes après, j'ai mesuré sa lucidité. Contrainte de sustenter une telle portée, elle avait dilapidé ses forces et était entrée en agonie, incapable d'assumer son rôle. Si je n'avais pas exercé mes pouvoirs de guérisseur, si je n'avais pas alimenté les chiots et soigné la chienne avec des herbes qui revigorent le sang, tous auraient succombé.

— Qu'insinues-tu ?

— La Nature sait. Quand la chienne avait repoussé le sixième chiot, la Nature pressentait qu'elle en nourrirait cinq, pas six. La Nature estimait qu'il valait mieux qu'un meure pour que les autres et la mère subsistent. La Nature anticipe, calcule, voit loin. Nous, le nez collé au présent, nous demeurons aveugles à l'avenir.

Il malaxa mon épaule avec douceur.

— Si ton enfant a péri avant terme, il n'avait donc ni le pouvoir ni la vocation de vivre. Ce rejet spontané exprime la sagesse de la Nature.

— Et Mina ? criai-je. Sa mort découle aussi de la sagesse ?

Tibor poursuivit d'un ton plus paisible :

— Combien de fausses couches a-t-elle faites ?

— Trois.

— Combien de bébés n'ont pas dépassé une année ?

— Quatre. Non, cinq.

— Cela démontre que ton épouse ne pouvait pas mener à terme son destin de femme.

Je courbai la nuque, rétif à ce raisonnement, supportant mal que l'on critique ou que l'on mésestime Mina.

Tibor continua posément :

— Nous nous emportons à tort contre les Dieux et les Esprits. Comme nous ne décelons pas leurs desseins, nous nous les figurons absurdes, violents, illogiques, arbitraires, colériques, capricieux, vindicatifs. Au contraire, nous devrions leur prêter de la clairvoyance. Ils ne montrent ni méchanceté ni bêtise, ils prévoient. Ne doutons point de leur intelligence, doutons de la nôtre, laquelle touche vite ses limites.

Il recouvrit ma main.

— Si Dieux et Esprits ont éliminé ta femme et tes enfants, ils aspiraient au mieux. Ils te le prouveront un jour.

La mésange, occupée à nettoyer son plumage, ne nous écoutait pas. Je songeai à Mina, à son passage furtif sur terre, à sa courte existence pleine de souffrances et d'espoirs déçus.

— Comment garder la force d'avancer ?

— Tous les vivants sont des survivants, Noam. Les vivants ont survécu à la naissance, aux maladies infantiles, aux famines, aux tempêtes, aux luttes, au froid, au chagrin, à la séparation, à la tristesse, à la fatigue. Les vivants sont possédés par la force d'avancer.

— Avancer pour quoi ?

— Pour vivre. La vie constitue son propre but, Noam. La Nature en atteste à chaque instant. Moi, guérisseur, je ne m'oppose pas à la Nature. Quand je guéris quelqu'un, j'imite la Nature.

— Tu combats pourtant la mort.

— Je ne lutte pas contre la mort, je lutte pour la vie.

— Tu acceptes la mort ?

— La Nature nécessite la mort afin de perpétuer la vie. Regarde autour de toi. Cette forêt existe depuis toujours et se nourrit d'elle-même. Examine ! Aucun débris. Rien d'inutile. Ni les excréments, ni les cadavres, ni les pourritures. Des ramures sont tombées, qui ont enrichi la terre. Des arbres sont tombés, dont la moisissure a engraissé les plantes, les champignons, les vers. Des animaux sont tombés et leurs chairs, leurs pelages, leurs os ont restauré leurs congénères. Lorsque tu marches au milieu des broussailles, des bruyères et des surgeons entrelacés, tes pieds foulent les mille forêts précédentes. Les feuilles mortes forment des feuilles vivantes, la jeune tige jaillit d'une décomposition. Chaque chute produit une pousse, chaque disparition grossit l'être. Il n'y a pas de défaites. La Nature ne connaît ni arrêt ni fin puisqu'elle recycle en enchaînant les formes nouvelles. La mort, c'est ce par quoi la vie renaît, persévère et se développe.

— Tu t'es opposé à la mort de mon père après son accident !

— Tu m'en blâmes, car cela t'a séparé de Noura. Mais je n'ai pas supprimé sa mort : Pannoam mourra un jour. J'ai prolongé sa vie en utilisant les forces de vie à sa disposition et à la mienne.

Le silence s'incrusta. Devant nous, indifférent, le lac s'étirait sous le soleil printanier.

Tibor désigna mon sac.

— Que vas-tu faire ?

— Vivre.

— Tant mieux.

— Loin du village.

— Dans un autre village ?

— Dans la forêt.

Il se racla la gorge.

— Tu ne redoutes pas les Chasseurs ?

— J'en deviens un.

Il se tut longuement puis se redressa en époussetant son manteau.

— J'aurais tant aimé perpétuer mon savoir, te transmettre les secrets de la Nature que j'ai reçus ou découverts. J'avais perçu un disciple en toi.

Il secoua la tête.

— Pour aller au bout de mon enseignement, il aurait fallu que ma fille…

S'empourprant, il se tut et chercha mon approbation. Je la lui donnai. Il murmura en se mordant les lèvres :

— Ah Noura… Noura…

Lorsqu'il se rendit compte de sa plainte, il s'interrompit, coupable. Noura s'avérait fatale pour lui, pour moi, pour mon père, pour ma mère. Il déglutit en observant le lointain.

— Tu restes le fils que j'aurais désiré, Noam. Ou le beau-fils. Je viendrai régulièrement ici. Si un jour tu as besoin de moi, tu m'y trouveras.

Sans un regard, il partit, descendit le talus qui s'incurvait, bordé de fougères. La haute silhouette noble de celui que j'aurais préféré comme père disparut.

Je me levai, ramassai ma besace et repris mon chemin.

Après quelques instants, la mésange me doubla en planant, l'œil effaré, l'air de dire : « Quelle idée de filer ! Tu m'avais oubliée ? »

Plus de doute : Mina habitait la mésange puisque je l'avais bel et bien oubliée.

Les premiers jours m'apportèrent une distraction salutaire. Je randonnais, je chassais, je cueillais, je cuisinais ; chaque soir, j'expérimentais des lieux de couchage différents. Le pittoresque de ces activités m'épargnait la lassitude.

J'aimais que mon corps jeune appartienne à la Nature éternellement jeune. Tout en elle m'émerveillait : l'aube parfaite, le soleil dur, les nuages saturés de lumière, l'azur vif, les torrents bavards, les rideaux d'averses, le murmure des ruisseaux, le chant âpre et viril du vent, la douceur du crépuscule, les questionnements des ténèbres, les étoiles réconfortantes, la lune coquette qui se teinte de cuivre ou d'argent. Depuis que j'y séjournais, la splendeur de l'univers m'était restituée, je m'y fondais et j'y célébrais de nouvelles noces.

Curieusement, je ne croisais aucun Chasseur. Alors que notre village payait une troupe destinée à nous préserver des pillages et des attentats, je circulais en paix dans des forêts et des prés peuplés exclusivement d'animaux. À peine me sembla-t-il apercevoir une fois une ombre inquiétante, celle d'un individu démesurément grand, qu'elle s'évanouit ; j'en conclus que j'avais rêvé – d'autant qu'elle s'apparentait vaguement au colosse qui avait débarrassé Pannoam de ses agresseurs.

Une découverte m'étonna : deux heures suffisaient à satisfaire tous mes besoins. En quelques gestes, je me lavais dans la rivière où j'avais rincé mes guenilles*.

---

* Les hommes ont toujours recherché la propreté. C'est une passion humaine. Si j'ai rencontré des individus négligés, je n'ai jamais connu d'époque sale, de société qui revendiquait la crasse.

Le désir de propreté ne change pas. En revanche, la définition de la propreté a mille fois varié. Au gré de l'Histoire, par exemple, l'eau a eu plus ou moins bonne réputation. Dans ma jeunesse, nous croyions aux vertus de l'eau vive, nous nous lavions dans les rivières et les torrents, en éprouvant de la méfiance pour l'eau stagnante. Ensuite Grecs et Romains apprécièrent l'eau immobile des piscines, froide puis chaude, les gens du Moyen Âge raffolèrent des étuves. Cependant, à la Renaissance, après tant d'épidémies de peste, on accusa le bain d'ouvrir les pores et de favoriser l'introduction de germes délétères dans le corps. On pratiqua donc la toilette sèche, avec des poudres, des feuillages, des alcools, des vinaigres, des solutions florales. Une forte odeur corporelle passait pour une preuve d'excellente santé, à cette différence près que les

M'alimenter exigeait peu d'efforts, tant les fourrés regorgeaient de gibier, les torrents de poissons, les arbres de fruits. Quel contraste avec mon emploi du temps au village ! Plus de champs à cultiver, de troupeaux à garder, de chiens à dompter, d'objets à troquer, de maison à réparer – sans parler des impératifs liés à mon père, discuter, conseiller, apaiser, exercer la justice, surveiller notre milice. Voilà que les journées m'étaient offertes.

Cela m'allégea d'abord ; libéré des contraintes, je jouissais de ce temps vierge. Cela me pesa ensuite ; la vacuité de ce répit m'accablait et je soupçonnais les hommes d'avoir inventé division du travail et vie communautaire pour dissiper l'ennui.

Certains matins, je ressentais de la nostalgie. Sous un ciel pur, la perspective d'une journée sans tâches m'oppressait et j'appréhendais sa traversée. Au village, j'aurais hésité entre plusieurs astreintes ; ici, j'avais le choix entre l'inutile, le gratuit et le superflu. Généralement, je rejoignais l'arbre magique, grimpais le long du tronc, m'allongeais sur ses branches et mêlais mes caresses aux siennes. Ces extases suivies de siestes, répétées deux ou trois fois d'affilée, me procuraient des délices, bien sûr, mais me fatiguaient. Alors que le plaisir ne s'usait pas, mon corps si. J'en vins à m'obliger à l'abstinence.

---

aristocrates, tout en se vantant de la posséder, la masquaient par des parfums. La coutume qui, aux yeux d'aujourd'hui, rendait ces hommes malpropres s'avérait un souci d'hygiène. Enfin l'eau revint… Actuellement, les connaissances sur les bactéries, les virus élargissent le territoire du sale et indiquent de nouvelles exigences.

La propreté perdure, la saleté évolue.

Le soir, la mélancolie m'atteignait davantage. Les étoiles s'allumaient, la lune trônait dans le ciel, de frêles nuages montaient vers elle, pressés de lui rendre hommage : je me jugeais minuscule, misérable.

La fierté pourtant m'empêchait de rebrousser chemin. Quoi ? Reculer alors que je n'avais progressé que d'un pas ? Réintégrer le rang juste après m'en être dégagé ? Hors de question ! Certes, tout le monde m'accueillerait chaleureusement, personne ne réprouverait mon absence, on me fêterait peut-être. Or je ne chérissais que le Noam qui avait quitté le village, celui qui avait affirmé sa fortitude en osant cette décision risquée ; lui seul méritait mon respect. En revanche, le Noam qui voulait rentrer, je le méprisais. Un duel avait lieu en moi entre le sauvage et le villageois, entre le libre et le prisonnier, entre le Noam sans père et le Noam soumis.

Préférant la division à la lâcheté, je poursuivis ma vie au sein de la Nature.

Un après-midi, alors que les cerisiers prodiguaient leurs fruits pourpres, j'entretenais mon matériel, assis sur un talus. Depuis l'aurore, j'avais découpé des branches de bois mort et sec pour fabriquer des flèches, affûté des pointes de silex que j'avais enfilées au bout, et renforcé la corde de mon arc en l'épaississant. Maintenant je bourrais de feuilles d'érable la corne évidée dans laquelle je conservais des braises en permanence.

Des nuages s'étaient approchés, gris, noirâtres, menaçants ; ils formaient une armée mouvante qui se dirigeait vers le lac. Muets, disciplinés malgré leurs volumes disparates, ils refoulaient le soleil et envahissaient le panorama. Leur lenteur répandait quelque chose de terrible et d'inexorable, l'obscurité se faisant d'autant plus craindre qu'elle se faisait attendre.

Massés, compacts, les nuages patientaient. Ils retenaient leur souffle. En se pressant les uns contre les autres, ils avaient changé de consistance ; de nuées, ils étaient devenus fumées, des fumées lourdes, charbonneuses, épaisses…

Un éclair à gauche.

Un silence s'ensuivit, celui des soldats qui se concentrent, prêts à l'assaut.

Le tonnerre résonna.

Un deuxième éclair déchiqueta l'horizon.

D'un coup, les nuages crevèrent. Comme du sang jaillissant d'une blessure, des trombes d'eau se déversèrent.

Je ramassai mon arc, mon carquois, ma besace, et me réfugiai sous un chêne monumental.

Un troisième éclair flamboya.

Le Vent accourut, comme s'il obéissait à la foudre. Il se divisait en rafales déchaînées qui couchaient les herbes, secouaient les arbustes, ébranlaient les arbres, s'engouffraient dans les futaies. Il mugissait. La fureur le conduisait à l'incohérence, foncer dans un sens, dans un autre, s'élever, s'abaisser, se cogner à lui-même, tourbillonner*.

---

* Rien de plus fugitif que le vent. Qui veut l'observer subit ses caprices : il faut attendre qu'il se lève, découvrir d'où il jaillit, estimer son intensité, sa température, son humidité, sa violence. Que le vent souffle ou s'apaise, il échappe.

Selon nous, peuples du Lac, il y avait six Dieux-Vents. Les six se différenciaient par leur direction et leur tempérament. Du

Je grelottais. Quelle colère épouvantable ! Que reprochaient les Dieux et les Esprits aux hommes ? Qu'avaient enfreint les peuples du Lac pour endurer cette exacerbation ?

En boule, je n'arrivais plus à me protéger ni des gouttes froides ni des gifles des bourrasques.

Les roulements du tonnerre s'amplifiaient, les éclairs se multipliaient, le chaos battait son plein. Je me trouvais au cœur de la tempête. L'orage me visait.

Je fermai les paupières, espérant l'invisibilité.

---

nord descendaient deux Dieux, un amical et un belliqueux, Bor le frais et Kek le furieux. De l'est arrivaient également des Dieux jumeaux, Zof le doux qui se réveillait avec l'étoile du soir et nous amenait le printemps, Zef le fou qui détruisait tout. Enfin, Meuro venait de l'ouest, Noto du sud. Il me semble que les Grecs, bien après, ont perpétué cette observation en expliquant qu'Éole, le Dieu régisseur des vents, possédait six enfants.

Nous ne savions pas si ces Dieux habitaient dans le ciel ou dans les montagnes. Malgré leur caractère intransigeant, même si nous estimions souvent leur brutalité sans objet ni raison, nous tentions de les fléchir au moyen de prières et d'offrandes. En revanche, les utiliser ne nous traversait pas l'esprit. Nous vivions auprès d'eux, ils nous dominaient. Certes, de temps en temps, nous profitions de la présence de l'un pour sécher vite le linge, mais nous le faisions en cachette. Nous les craignions autant que nous les ignorions.

Quand, plus tard, les hommes se sont servis des vents, j'ai été surpris, d'abord choqué puis enthousiaste. Que les voiliers jouent des souffles pour avancer m'a ébloui et j'ai alors compris pourquoi marins, savants et commerçants éprouvaient le besoin de mieux les connaître. Quant aux moulins qui exploitent leurs gros muscles, je les ai vus apparaître et je les ai admirés pendant des siècles. Leur disparition récente m'a peiné ; cependant, je constate aujourd'hui leur retour sous forme d'éoliennes destinées à la production d'électricité, ce qui me réjouit.

Mais le grondement gonfla encore, impétueux, féroce, inflexible, au point que je crus un instant qu'il allait me broyer. Je rouvris les yeux.

Quelque chose étincela et m'aveugla. La foudre s'abattit sur le chêne.

Sous le coup, l'arbre craqua, tel un homme qui crie, puis se fendit en poussant une plainte déchirante. Il chutait sur moi.

Je bondis, échappai à l'écrasement, et détalai à travers la forêt. Où m'abriter ? Existait-il un refuge ?

Hagard, affolé, je courais. Plusieurs fois, je dérapai sur le sol ruisselant. La boue me couvrait. Le froid, l'humidité, la peur m'assenaient des frissons. Mes dents claquaient. J'errais, je divaguais, sans issue. M'époumonerais-je tout le temps de l'orage ?

Des milliers et des milliers de gouttes acharnées m'assaillaient pendant que le vent rabattait les ondées par des attaques transversales. Ça arrosait, ça piquait, ça délayait, ça imprégnait, ça ripait, ça arrachait, ça dégoulinait, ça noyait.

Dans la zone où je déboulai, je remarquai des rochers. Je m'y précipitai et distinguai une ouverture sombre. Une grotte !

J'y entrai. M'estimant sauvé, je me jetai contre la paroi du fond et, au passage, trébuchai sur quelque chose de chaud.

Un grognement retentit.

Le grognement se transforma en cri rauque, puis en hurlement caverneux.

L'ours ! L'ours occupait la grotte. Sans doute l'avais-je réveillé…

Je reculai.

L'ours se mit sur ses pattes et regarda autour de lui. Je l'avais tellement surpris qu'il avait juste compris qu'un intrus s'était faufilé chez lui ; d'un instant à l'autre, il passerait à l'attaque.

Paniqué, je déguerpis et cavalai le long des rochers, oppressé, le souffle de plus en plus court.

Une racine émergeant de la terre détrempée bloqua mon pied, je m'affalai. Pas de doute : mon dernier instant était venu.

Or, en me retournant, je ne vis que les gouttes de pluie, épaisses jusqu'à la grisaille. L'ours ne me poursuivait pas. À cause du tonnerre et des éclairs ? Peut-être tremblait-il au fond de sa grotte ?

Je me redressai et entrepris de longer la falaise. Je détectai une anfractuosité trop étroite pour l'ours. Je m'y glissai lentement, attendis que mes yeux s'accoutument à la pénombre ; lorsque je fus convaincu qu'aucun animal n'y logeait, je m'y enfonçai et me laissai tomber sur la roche.

*

J'y restai deux jours et deux nuits.

Furtivement, je n'en sortais que pour boire ou me soulager. La pluie persistait, insistait, pesante, continue. En deux jours, elle dispensait ce qu'elle accordait d'ordinaire en plusieurs lunes. Dans les ténèbres humides de la caverne, son chuintement monotone et navrant installait un bloc d'ennui, étale, vaste, plombant.

Partir eût été imprudent. Non seulement j'ignorais où je me situais, mais les trombes qui déferlaient rendaient le sol traître, le paysage opaque. Tout se floutait dans l'indistinct ; le monde se liquéfiait. Avec des pincements au cœur, je songeais à mon arc, mon carquois et surtout ma besace, laquelle contenait les instruments de ma survie, des couteaux en silex, des cordes, des peaux, mon nécessaire à feu. J'avais hâte de les récupérer.

Au troisième matin, la pluie cessa.

Affamé, je passai la tête dehors, vérifiai l'absence de l'ours, puis j'abandonnai mon antre.

Où étais-je ?

Je tentai de rassembler mes souvenirs de fuite pour déterminer la direction à prendre. Hélas – défaillance de la mémoire ou effet de l'épuisement ? –, j'échouai. Rien ne me rappelait rien. En zigzaguant sous l'orage, j'avais malgré moi accédé à un territoire inconnu.

L'inquiétude accentuait mon étiolement. Si je ne dénichais pas rapidement ma besace, je ne résisterais pas.

Fébrile, je cherchai quelque chose à croquer. Cette partie de la forêt n'était composée que de chênes, de hêtres, d'érables, pas un arbre ne portait des fruits ; quant au gibier, sans mon arc et mes flèches, je ne parviendrais pas à l'attraper.

La situation m'apparaissait désespérée.

Par je ne sais quelle ténacité instinctive, mes jambes avançaient toujours. Plus intelligentes que moi, elles suivaient la pente, c'est-à-dire le chemin du lac. Celui-ci reposait-il à quelques foulées d'ici ou à une journée ?

Vers midi, trémulant de faim et de rage, je m'assis au pied d'un tronc.

Je n'en crus pas mes yeux.

En face de moi pendait un lièvre. Coincé par un lacet accroché à un buisson, il avait succombé, étouffé. Sans me demander qui avait installé le piège, je détachai l'animal.

J'allais enfin manger. Cru ? Peu importait ! Une fois que je l'aurais dépouillé, je me nourrirais de sa chair !

À quatre pattes, je fourrageais le terrain pour dégoter une pierre tranchante qui entaillerait la fourrure quand je perçus qu'une ombre me recouvrait.

Je me retournai, levai la tête : le colosse !

Le Chasseur furibond, sa masse tenue à bout de bras, s'apprêtait à me fracasser.

Je hurlai :

— Non !

Il commença à baisser la masse.

— Pannoam !

L'arme m'esquiva au dernier moment et frappa la mousse, juste à côté de mon crâne.

Stupéfait, le géant me considéra avec exaspération.

— Pourquoi cries-tu : « Pannoam » ?

À sa question, je me rendis compte que j'avais appelé mon père au secours. Il répéta d'un ton hostile :

— Pourquoi Pannoam ?

Je courbai la nuque, trop honteux pour avouer.

Le colosse brandit de nouveau sa masse, le visage rubicond de colère.

— Tu l'appelles parce que c'est ton chef, pauvre larve ! Eh bien, ton chef ne te sauvera pas. Tu m'as volé, tu vas mourir.

Il prit de l'élan et descendit sa masse.

— C'est mon père !

La masse frôla ma joue et pulvérisa un gros caillou au sol.

— Quoi ? rugit le colosse.

Il lâcha l'arme à terre.

— Que fais-tu si loin de ton village ?

— Je l'ai quitté.

Une lumière cruelle scintilla dans ses prunelles.

— Pourquoi ?

— Je ne veux plus.

Il me fixa et, durant cet examen, je déduisis que, alangui, anémié, je n'aurais ni le ressort de fuir ni celui de lutter contre cette montagne de muscles haineuse. Son poignet mesurait le double du mien, et ses bras le triple de mes cuisses. Je me préparai à mon exécution. Il s'exclama :

— Mon neveu !

Le colosse me souleva, me plaqua contre son solide torse et me serra vigoureusement.

— Mon neveu !

Tandis que mes pieds battaient dans le vide, ma tête se collait à ses cheveux en broussaille, à sa barbe hirsute, des poils s'insinuant entre mes lèvres. Comme son odeur, son accolade se montrait si puissante que je ne réagis pas, soucieux de ne pas étouffer.

Il me posa, fit un pas en arrière, m'étudia, l'œil polisson, un sourire étirant sa bouche sang-de-bœuf.

— Beau gaillard !

Et il me bourra le dos. Je déployai toutes mes forces pour éviter de tomber.

Plus de doute ! Je le reconnaissais : se dressait en face de moi le Chasseur qui avait trucidé les agresseurs de mon père, celui qui avait éliminé cinq vies en un instant.

Ce géant avait tant impressionné les villageois qu'il alimentait nos songes. Ses identités variaient : Esprit du village, Dieu des collines, voire fantôme de Kaddour, mon grand-père, le chef antérieur. Les anciens soutenaient l'avoir vu rôder autour du lac depuis longtemps, alors que je l'avais uniquement aperçu lors de l'attaque visant mon père. Maintenant que je l'approchais, je me rendais compte qu'il s'agissait d'un homme, certes hors du commun, membru, musculeux, découpé, échevelé, gigantesque, mais d'un homme.

Je murmurai :

— Qui es-tu ?

— Barak, ton oncle.

— Mon oncle ?

— Le frère de Pannoam.

Jamais mon père n'avait évoqué un frère ; il n'avait mentionné que ses sœurs, toutes mariées à des chefs de villages lointains, des tantes que je n'avais jamais rencontrées.

Il s'esclaffa devant ma mine songeuse.

— Ce salaud ne t'a jamais parlé de moi ? M'étonne pas… Non seulement il se croit supérieur, mais il se croit seul. De temps en temps, je pense qu'il regrette de ne pas être lui-même à son origine, d'avoir dépendu de parents pour naître, de ne pas s'être enfanté. Sacré Pannoam !

De mon père, il s'entretenait avec crudité, quoiqu'une certaine tendresse mouillât son ton. Il précisa :

— Je suis le second. Enfin, le second garçon… Entre lui et moi, il y a eu trois sœurs et deux fausses couches. Si, si, ne ris pas : je suis le petit frère de ton père !

Le géant, hilare, se heurta la poitrine. Un son puissant, sourd et creux en jaillit.

Je le toisai.

— C'est toi qui l'as sauvé des cinq Chasseurs ?

Il détourna la tête, désireux d'esquiver le sujet.

— C'est toi ? insistai-je.

Il fit claquer sa langue, soupira.

— J'aurais dû intervenir plus tôt. Ils l'ont bien amoché.

Il me fixa dans les yeux.

— Non ?

J'approuvai et lui narrai la façon dont Tibor avait guéri Pannoam en l'amputant, puis en lui sculptant une jambe en os de cerf.

Le colosse grimaça devant ces détails, comme si les manipulations anatomiques répugnaient à son âme sensible. Il cracha.

— Et toi, s'exclama-t-il, comment t'appelles-tu ?

— Noam.

— Tu es son fils aîné ?

— Son unique fils.

— Celui qui lui succédera ?

— Oui.

— Que fais-tu là ?

Je secouai la tête.

— Longue histoire…

— J'ai le temps.

Des picotements brouillaient ma vue ; tenir debout me mettait au supplice ; quant à mon estomac, il se consumait de douleur. Sentant la pression de sa curiosité, j'avouai d'une voix sourde :

— Je crève de faim. Je n'ai pas mangé depuis trois jours.

Il éclata de rire, ravi.

— Bien sûr, mon voleur était un affamé ! Viens, mon garçon. Nous allons cuisiner le lièvre que tu t'apprêtais à me dérober. Pour tromper ton appétit, tu grignoteras des noix et des noisettes.

Confesser mon dénuement m'humiliait ; pourtant, auprès de sa bonhomie, toute gêne fondait.

Il remonta la pente forestière. Je peinais à le suivre. Ses enjambées, guère plus rapides que les miennes mais plus amples, avalaient le double de terrain ; il me distançait sans cesse. Dès qu'il me tournait le dos, je trottinais à pas vifs de façon ridicule pour rattraper mon retard puis, sitôt qu'il pivotait, je reprenais un maintien digne. Jamais je ne m'étais senti si minuscule depuis mon enfance.

Nous arrivâmes devant un mur de ronces. Il le contourna, se courba pour passer entre des buissons non épineux, en força l'accès en repoussant les ramures, et nous débouchâmes sur une hutte dissimulée, construite en branches et peaux de bêtes.

— Bienvenue.

Il saisit une sacoche pleine de fruits secs.

— Régale-toi.

Puis, sans plus s'occuper de moi, il brandit un couteau de silex pour se consacrer au lièvre.

Je me jetai sur les noix.

— Mâche lentement, gronda-t-il. Sinon, tu vas vomir.

Pendant que je me sustentais, il dépiauta la bête, l'étêta, l'éviscéra et la dépeça. Il pressa ensuite chaque morceau entre deux pierres.

— Ça cuira plus vite.

Il me dévisagea, contrarié.

— Un feu après trois jours d'orage, on ne va pas rigoler… As-tu des braises ?

Je lui expliquai que j'avais égaré ma corne à braises avec ma besace – ainsi que mon arc et mon carquois – lorsque la tempête avait foudroyé l'arbre.

— Quoi ? Tu t'étais réfugié sous un grand chêne ?

— Oui, un chêne énorme ! Mais ça ne l'a pas empêché d'être frappé.

— Ça a plutôt provoqué son foudroiement ! Les éclairs sont attirés par les points proéminents.

— Ah bon ?

— Si, par exemple, on nous met tous les deux dans un champ lors d'un orage, c'est moi qui choperai la foudre, mon petit, pas toi. Adieu, tonton Barak.

Il gloussa puis fronça les sourcils.

— On ne t'a pas appris ça au village ?

Haussant ses épaules volumineuses, il considéra les divers sacs échoués dans la hutte.

— Où ai-je fichu mon briquet ?

Il les fouilla un à un, s'agaça, pesta, et sortit du cinquième sac son nécessaire à feu.

— Tout de même !

Je constatai que ce solitaire bavardait tout le temps. Était-ce parce que je partageais son abri ? Avait-il contracté la manie de parler seul ? Plus je l'observais, plus je penchais pour cette hypothèse dans la mesure où ses commentaires, ses imprécations appelaient rarement une réponse.

Avec de la pyrite – une roche métallique –, il frotta le silex. Des étincelles giclèrent et s'éparpillèrent sur le magma qu'il avait disposé dessous et alentour, un mélange d'étoupe et d'amadou. Cela ne prenait pas encore.

Je le regardai faire avec amusement. Sa technique ne m'enseignait rien de neuf, nous la connaissions tous au village, mais nous ne la pratiquions plus. Si quelqu'un par mégarde laissait les braises s'éteindre dans sa maison, il en empruntait à son voisin. Nous nous transmettions le feu, nul ne gâchait son temps à le fabriquer.

L'étincelle devint flamme : l'oncle avait réussi ! Il s'empara d'un sac en cuir contenant des copeaux secs, un autre avec du bois.

— Ça a échappé au déluge, ça brûlera sans nous enfumer.

Au centre de la hutte, il forma un âtre et la combustion s'amorça.

— Comment mon neveu désire-t-il son plat ? À la broche ou à la pierre chaude ?

— Choisis.

— Pierre chaude !

Une fois le foyer activé, il y déposa de larges galets plats, puis, lorsque leur température monta, il étala dessus les pièces de gibier.

— Et maintenant, tu renifles, tu espères et tu patientes. En attendant le festin, raconte-moi ce qui t'amène ici.

Moi qui m'épanchais si peu, je lui exposai tout. Ma passion envers mon père. Mon mariage. L'arrivée de Tibor et sa fille. Mon dégoût pour Mina après l'irruption de Noura. Mon envie de prendre Noura pour deuxième femme. La blessure de Pannoam, sa convalescence, sa décision d'épouser Noura.

À ce moment de mon récit, Barak ne parvint pas à se contenir.

— Ah, le serpent ! La teigne ! Le vicieux ! Ça lui ressemble bien. Il ne prête attention à rien ni à personne, sauf si on lui signale quelqu'un qui… Il a recommencé !

— Recommencé quoi ?

L'oncle se figea, farouche.

— Rien. Continue !

Je poursuivis en relatant ma docilité, mon retour vers Mina, mes efforts pour accepter la situation. J'achevai avec la mort de Mina et de notre enfant.

— Plus rien ne me retient au village. Et je ne veux surtout pas voir Pannoam ou Noura, la mine réjouie. Au-dessus de mes forces !

La grosse main de l'oncle écrasa la mienne.

— Je te comprends, mon garçon.

Puis il scruta le haut de la hutte, chercha quelque chose, hésita, balbutia :

— Ta mère n'est pas trop triste ?

— Elle pleure, oui. Elle a tant de raisons de désespérer. Tout le monde l'abandonne : mon père, moi.

— Ah ?

Il sembla ému. Je lui demandai :

— Tu connais ma mère ?

— Non, je ne connais pas ta mère.

Morne, comme vaincu, il baissa la tête et ne prononça plus un mot jusqu'à ce que le lapin soit prêt.

Le repas achevé, un besoin de repos m'assomma, aussi expéditif qu'un coup sur la nuque. Durant deux jours et trois nuits, blotti dans la grotte, je n'avais pas fermé l'œil, suspicieux, guettant l'ours, épiant la fin de l'ouragan. Après un bâillement déchirant, je m'allongeai sur la natte de Barak, repoussai quelques crottes de souris, et sombrai.

Lorsque je me réveillai, la pénombre nous entourait déjà. Au-dessus de moi, j'aperçus l'oncle qui me contemplait.

— Tu causes en dormant, s'exclama-t-il.

— À qui ?

— Tu t'adressais à un oiseau… tu tâchais de l'attraper… tu le suppliais de revenir.

Je me redressai sur mon séant. Mina ! Qu'était devenue Mina ? Ou plutôt la mésange dans laquelle avait migré son âme ? Je me rendis compte que je ne l'avais plus vue depuis le déclenchement des orages.

— Que font les oiseaux lors d'une tempête ? demandai-je à l'oncle.

— Comme nous, ils se protègent. Certains y parviennent, d'autres pas. Ceux-là périssent…

Je me souvins de Mina au cours de notre vie commune, Mina épouvantée par le rembrunissement du zénith, les pétarades du tonnerre, les éclairs, les rafales, Mina qui se terrait chez nous, Mina qui s'enfouissait sous une natte, Mina qui tremblait encore après l'arc-en-ciel. Avait-elle résisté à ce déchaînement de la Nature ? Avait-elle fui ? S'était-elle réfugiée dans le chêne ? Le cas échéant, avait-elle été touchée par la foudre ? Brûlée avec le tronc ?

Je frissonnai. À supposer qu'elle ait survécu, elle m'avait perdu lors de ma déroute à travers les bois. Je me figurai la chétive mésange, soit morte, soit esseulée, et les larmes chatouillèrent mes yeux.

— Toi, tu me camoufles quelque chose, dit l'oncle.

Je ne répondis pas.

Barak se leva, se déplia, s'étira. Ses articulations craquèrent. Jamais je n'avais rencontré un colosse pareil ; en lui, on en glissait trois comme moi.

— Viens assister au crépuscule ! décréta-t-il.

Il sortit, je le suivis.

Au-delà des ronces qui servaient de remparts à son habitation, il exigea que nous marchions à distance l'un de l'autre.

— Retiens la leçon, Noam, précisa-t-il en enjambant des fougères, aucune marque ne doit signaler la hutte. Toujours emprunter un itinéraire différent pour arriver chez moi, ne pas fouler les mêmes herbes, ni écraser les mêmes mousses, ni piétiner la même terre.

— Tu ne t'égares pas ?

— La route est indiquée.

— Non.

— Si !

J'observai le tapis feuillu des bois. Pas l'ombre d'une voie.

Il s'esclaffa.

— Lève la tête !

Je scrutai les ramures rendues incolores par l'heure grise.

— Tu ne vois pas ? insista-t-il.

Du doigt, il pointa une liane visible malgré le jour déclinant. Puis une autre. Et encore une autre.

— Je n'ai pas tracé le chemin au sol, je l'ai inscrit au ciel. Pas mal, non ?

J'applaudis.

Depuis la canopée, les eaux continuaient à goutteler, insufflant à la végétation une vitalité nouvelle ; l'ortie se haussait à hauteur de mes épaules, les clématites grimpaient les étages des troncs. La forêt s'assombrissait d'instant en instant et le talus que nous gravissions – parfois en glissant – se densifiait.

Je questionnai Barak :

— Pourquoi tant de précautions ? Avec ta force, personne ne se risquerait à t'affronter. Un ours hésiterait.

— Vrai ! Un ours m'a agressé, un jour, et il l'a regretté. Moi pas : il m'a fourni ma meilleure couverture pour l'hiver.

— Pourquoi te caches-tu ?

— À plusieurs, les Chasseurs représentent un danger.

— Oh… Tu en as pourtant tué cinq d'un coup.

Il ricana, conscient de sa mauvaise foi. J'insistai :

— Que crains-tu, mon oncle ?

— Avance !

Les sourcils contractés, l'œil courroucé, il me houspillait d'un ton qui n'admettait pas d'objection.

Nous parvînmes à une enclave herbue, trouée dans la forêt qui s'ouvrait sur le ciel. En haut, les étoiles. En bas, le lac. Je le retrouvai avec soulagement, tel un membre de ma famille, et j'en soupirai d'aise.

Barak me comprit car il murmura :

— Si je ne suis plus du village, je suis toujours du Lac. Pas toi ?

J'approuvai en enfonçant la tête dans mes épaules. Nous expérimentions la même quiétude, la même union indéfinissable.

Le soleil avait disparu. L'air fraîchissait. Le hurlement d'un loup saluait la descente des ténèbres. Sa plainte lugubre, interminable, soulignait l'immensité de la Nature.

Au-dessus du lac plat, solidifié, quasi minéral, la lune semblait liquide. D'elle ruisselaient des ondes de clarté qui atteignaient la surface, s'y étalaient fluidement, couvraient les rives, les forêts contiguës, nimbant le paysage d'un vernis mystérieux.

Je me tournai vers l'oncle.

— Pourquoi, un jour, es-tu monté au bois pour n'en plus descendre ?

Il se mordit les lèvres, déglutit, graillonna.

— C'est si vieux...

Je respectai ses réticences. Depuis le matin, ce solitaire avait énormément parlé, davantage qu'en une saison. Je m'absorbai un moment dans la contemplation des étoiles.

Désormais, le hurlement du loup émanait des confins, aux limites du monde, aux frontières de l'ouïe. Si lointaine que fût la voix sépulcrale du carnassier, je ne m'en détachais pas, ignorant si je la percevais encore ou si je la rêvais.

Barak prit soudain la parole :

— Mon premier souvenir, c'est mon frère Pannoam. Un souvenir heureux ! Je vénérais mon aîné, j'admirais son aplomb, son caractère, ses connaissances, son intelligence. Marcher à ses côtés me remplissait de fierté. D'où que viennent les images, d'hier, d'aujourd'hui,

Pannoam est beau. À chaque âge de sa vie – garçon, adolescent, homme jeune, homme mûr –, il a prouvé qu'il pouvait séduire. Si les Dieux lui prêtent la santé, il nous apprendra un jour à quoi ressemble un vieillard magnifique. Moi qui, enfant, m'apparentais à une tige malade, je me persuadais que sa splendeur, en brillant sur moi, me réchauffait, me fortifiait, voire m'embellissait. Puisque je l'imitais en tout – pour jouer, pour m'exprimer, pour me conduire, pour manger –, il me tirait vers lui, c'est-à-dire vers le haut, ce dont, muettement, je le remerciais. Je l'idolâtrais. De sa présence, j'avais autant besoin que de boire. Le tracé de mon existence me paraissait limpide : rester auprès de mon grand frère jusqu'à la fin des temps. Malheureusement, j'aurais dû réfléchir…

Il marqua une pause en se nettoyant l'orteil. Craignant qu'il ne perde l'envie de se raconter, je le relançai :

— À quoi ?

— Pannoam m'aimait-il ?

Il me fixa.

— Je l'aimais, moi, d'un amour sincère, entier, sans réserve, mais lui, m'aimait-il ?

Je baissai la tête tant son interrogation suscitait un écho en moi ; lors de notre conflit au sujet de Noura, la dureté de Pannoam m'avait amené à suspecter la réalité de son affection.

L'oncle poursuivit :

— Pannoam inspire tant d'amour qu'on suppose qu'il en éprouve. Or son cas se révèle épineux.

— C'est-à-dire ?

— Pannoam aime comme ça l'arrange, quand ça l'arrange.

Je frémis devant la justesse de ses mots.

— Il a chéri son frère tant que ce lien le contentait. Quelle meilleure compagnie, en effet, qu'un gamin qui le révérait, qui approuvait ses propos, ses actes, ses choix ? Cependant, à l'adolescence, le petit s'est avéré moins pratique à aimer.

L'oncle désigna son corps membru.

— Regarde le monstre qui a surgi du morveux que j'étais ! Personne ne s'y attendait, ni lui, ni mes parents, ni moi. De brindille, je me transformais en chêne. Ça poussait de partout. Ça ne s'arrêtait plus. Moi qui m'étais pâmé devant la force de mon aîné, j'en détenais trois fois plus que lui ! Chaque jour, je lui infligeais la conscience de son infériorité.

— Jaloux ?

— Pannoam appartient à ces orgueilleux que la jalousie ne touche pas. Il s'apprécie beaucoup et n'aspire pas à devenir un autre. En revanche, il abomine quiconque lui fait de l'ombre. Sitôt que je me suis rendu compte que je le dépassais, j'ai tout mis en œuvre pour cesser de grandir et de m'étoffer : j'ai jeûné, j'ai évité l'exercice, j'ai emmailloté mes membres, j'ai prié les Dieux et les Esprits. Par prudence, j'ai truqué nos compétitions de frères : lorsque nous courions, je me débrouillais pour chuter ; lorsque nous nous jetions dans le lac, j'avalais de l'eau afin de mal nager ; lorsque nous chassions, je dissimulais une part de mon butin – avec la musculature de mes bras et de mon dos, mes flèches filaient loin et abattaient de gros gibiers... Bref, je tentais de ne pas l'embarrasser. Hélas, la Nature et les Dieux en avaient décidé autrement...

— Est-ce pour cela que tu es parti ?

Il toussota. Ma question l'avait désarçonné.

— Je ne serais jamais parti pour cela. D'abord parce que je n'arrivais pas à croire que mon frère cesserait de m'aimer. Ensuite parce que je l'adorais.

— Alors ?

Il accrocha ses yeux à la lune argentée et parut ne plus voir qu'elle. Elle illuminait sa gigantesque face à la peau tavelée.

Je protestai :

— Barak, j'ai été sincère avec toi. Pourquoi ne me rends-tu pas la pareille ?

Il se racla la gorge, envoya un signe d'adieu à la lune, revint à moi, expira, puis, gêné, finit par articuler :

— Ta mère.

— Quoi, ma mère ? Tu m'as dit que tu ne la connaissais pas.

Il s'éclaircit la voix.

— Je...

— Tu m'as menti ?

— Je ne t'ai pas menti. Je gagnais du temps...

— Oui ?

— J'ai affirmé que je ne la connaissais pas comme ta mère... je la connaissais... comme Elena.

Son visage s'éclaira tandis qu'il prononçait ces syllabes.

J'en demeurai sidéré. Depuis des années, je n'avais pas entendu le prénom de ma mère. Nous, fils et filles, l'appelions « Maman », mon père « femme », et les villageois « cheffe ». « Elena » me troublait, me la montrait différente, étrangère, dénudée ; « Elena » lui conférait une vie occulte, une consistance inopinée. La façon dont Barak, rougissant, prononçait ce vocable n'évoquait pas une fillette, mais une femme. Pour sa lippe replète, presque cachou, susurrer : « Elena » équivalait à former un baiser.

Il sourit et, l'iris vague, les paupières mi-closes, prenant le sol en support de sa rêverie, il plongea dans son passé.

— Je m'étais aventuré loin, très loin du village, pour capturer des poissons. La pêche me servait de prétexte. Avec ce corps de mastodonte qui m'envahissait et devant Pannoam qui se raidissait en ma présence, des émotions neuves me secouaient, m'inclinant à la solitude. J'essayais d'apprendre à vivre sans coller mes pas à ceux de mon frère, mes paroles à ses expressions, mes pensées aux siennes. Décelant son agacement, je m'en voulais de ma lourdeur, je me reprochais d'être moi, je fuyais. Chaque expédition m'emmenait plus avant, j'explorais des berges inconnues, je me baignais dans des ruisseaux ignorés. Ce jour-là, j'avais suivi des hérons qui se régalaient parmi les roseaux, signe que truites ou brochets y pullulaient. Pendant que je progressais, à moitié courbé, en inspectant le sol limoneux, j'ai entendu une chanson puis découvert une scène éblouissante : Elena lavait son linge. Sa voix, aussi claire et fraîche que l'eau, s'élevait au-dessus des joncs et gagnait le ciel. Ému, je me suis caché entre les plantes. J'ai retenu ma respiration. Son visage, autant que son timbre, plein, pulpeux, pur, me fascinait. Le jeu de ses bras, de ses beaux bras blancs et de ses belles épaules rondes, me faisait monter le sang aux joues. Malgré moi, j'ai lâché un soupir. Elle a relevé la tête. Je me suis dressé et, au lieu de crier d'effroi face au géant qui surgissait des flots, elle a souri. Un immense sourire. Un sourire de ses lèvres roses et de ses dents parfaites. Pas besoin de phrases. Nous nous sommes aimés au premier regard.

Il baissa la voix, comme s'il redoutait qu'on l'espionne.

— Nous avons pris l'habitude de nous rejoindre au bord de l'eau et cela nous est vite devenu indispensable. À cette époque, on planifiait le mariage de Pannoam, pas le mien. Kaddour avait sélectionné Isa, la fille de Mardor, un chef voisin. Sa promise satisfaisait Pannoam, une demoiselle jolie, propre, un peu froide, bien dotée, issue d'une famille riche, laquelle régentait un village de vingt maisons. Pannoam m'en parlait avec un plaisir tranquille, sans fièvre, déjà installé dans le confort d'une alliance avantageuse. Moi, j'appréhendais de bousculer les règles en choisissant ma fiancée. Par ruse, j'ai profité de la fête des lumières, celle qui solennisait le plus long jour de l'année, durant laquelle les peuples du Lac se réunissaient traditionnellement dans la Plaine des chevaux où, autrefois, s'était déroulée la bataille d'Ilodé. Cette célébration procurait l'occasion de boire, de ripailler, de danser, surtout de dénicher un époux, une épouse. Je suis parvenu à présenter la famille d'Elena à notre père. Elena était fille de chef, oh, un petit chef, ou plutôt le chef d'un petit village. Aux yeux de Kaddour, Elena ne constituait pas une union profitable pour Pannoam, son aîné et successeur ; elle suffisait toutefois à un cadet. Les gens s'amusaient de nous voir côte à côte, moi le géant et elle la ravissante fille du lac, puis – effet du vin, de la chaleur ? – nos pères sont tombés d'accord séance tenante. Notre stratagème avait réussi et nous avons feint de nous découvrir. Ce soir-là, et bien d'autres après, Pannoam et Elena se sont rencontrés. Les rapports se sont engagés sur un mode cordial, poli. Lorsqu'il s'entretenait avec Elena, je ne détectais jamais dans la pupille de Pannoam une lueur qui semblât dire : « Elle surpasse Isa, elle me plaît davantage. » Il n'avait pas jaugé à quel point elle tranchait.

Il se gratta la tête.

— C'est là que j'ai commis une bêtise.

Se lissant la barbe, l'œil peiné, il marmonna :

— Quel crétin !

Son poing frappa sa poitrine.

— Oui, avec le recul, je repère ma faute.

— Quelle faute ?

Son visage se ternit.

— Petit à petit, j'ai livré ma flamme à Pannoam. Je lui ai confessé mon enchantement, mon euphorie, mon enthousiasme, nos rendez-vous qui m'accéléraient le cœur, le délice de nos baisers, le transport de nos caresses – même si nous n'avions pas encore couché ensemble –, mes rêves magnifiés par l'image d'Elena, mon réveil où je lui adressais des mots tendres. À partir de là, Pannoam a confondu.

— Qu'a-t-il confondu ?

— Son cas et le mien. Comme il n'éprouvait pas pour Isa ce que j'éprouvais pour Elena, il en a conclu que ça venait d'Isa, pas de lui ! Il a jugé qu'Isa n'inspirait pas l'amour, tandis qu'Elena l'inspirait. Parce qu'il souhaitait ressentir ce que je ressentais, il m'a volé Elena.

Je demeurai bouche bée. Elena… Noura… À vingt-cinq ans de distance, mon père s'était comporté identiquement. Je comprenais dorénavant l'exclamation furieuse de Barak pendant mes confidences : « Il a recommencé ! »

Flouer son frère… Gruger son fils… Pannoam ne regardait pas une femme, il regardait le regard d'un homme sur une femme. De lui-même, il ne choisissait ni ne palpitait : il lui fallait le désir d'un proche pour remarquer l'élue et, par mimétisme, se prendre de passion.

Devinant les pensées qui m'agitaient, Barak me laissait ruminer. À mesure que je le fréquentais, je me rendais compte que ce féroce gaillard était doté d'une exquise sensibilité, prompt à l'exaltation certes, mais délicat dans ses sentiments, attentif à ne pas blesser.

Assis sur un monticule, entourés d'un silence dont le vol d'un rapace, le moindre frôlement de feuille, le plus ténu ululement d'un hibou soulignaient l'intensité, nous songions, accablés, aux violences du passé.

Le loup hurla. Des frissons coururent sur nos nerfs. Il s'était rapproché. Son chant rauque annonçait la traque, la capture, le meurtre, les tripes de la proie tirées du ventre par des dents assassines.

— Comment mon père t'a-t-il volé… ma mère ?

Barak se leva et tourna en rond.

— Sur le coup, je n'ai pas soupçonné son plan.

En se figeant, il me scruta.

— Je risque de te raconter une histoire déplaisante, Noam.

Il hésita, retint sa respiration, se reprit, et se décida :

— Jamais Kaddour n'aurait changé d'avis : Pannoam épouserait Isa, la fille de Mardor, union nécessaire pour le pouvoir, pour la richesse, pour la paix. Kaddour ne transigeait pas quand cela concernait sa succession. Alors qu'il me permettait des fantaisies, il exigeait une obéissance complète de Pannoam, une dévotion proportionnelle à la tâche dont il hériterait. Pannoam ne devait pas s'écarter de son destin de chef.

— Alors ?

— Le village que dirigeait Mardor a périclité. Il est devenu l'objet d'invasions, de saccages, de pillages, de rapts. Les Chasseurs concentraient leurs attaques sur lui. En quelques lunes, il s'est appauvri en réserves, en troupeaux, en vergers, en champs, bientôt en hommes, car les hostilités répandaient le sang. Mardor a été égorgé durant une rixe – de toute façon, à ce moment-là, il ne lui restait plus que la vie à perdre.

— Et Isa ?

— Inutile qu'elle périsse.

— Pardon ?

— Rouge de colère, Pannoam a accusé Kaddour de le contraindre à épouser une orpheline indigente débarquant d'un village pulvérisé. Kaddour s'est excusé. Pannoam a profité de cet instant de faiblesse pour lui demander Elena. Mon père m'a convoqué – je revenais des collines où j'avais abattu un ours, mon premier – et, sans m'accorder le temps de vanter mon exploit, il m'a appris que le droit d'aînesse m'obligeait à céder Elena à mon frère.

— Les Dieux et les Esprits ont toujours favorisé Pannoam !

— Les Dieux et les Esprits n'ont rien à voir avec ça.

— Quand même… Le village de Mardor réduit à néant…

— N'invoque ni les Dieux, ni le hasard, ni les circonstances. Pannoam a tout organisé.

— Pardon ? Insinuerais-tu que mon père…

— Je n'insinue pas, je dispose de preuves.

— Quoi ?

— Les témoignages des Chasseurs.

— Quels Chasseurs ?

— Ceux qu'il avait payés pour détruire, dérober, trucider.

— Les Chasseurs vivent à part et…

— Certains se vendent au plus offrant. Ils parcourent le monde en groupe. Leur haine des Sédentaires balaye leurs scrupules. Si on leur indique où intervenir, comment entrer, quoi prendre, qui viser, ils coûtent peu. Pour quelques sacs de blé, ils étripent. À l'époque, j'étais aussi benêt que tu l'es aujourd'hui, et je n'aurais jamais imaginé une telle manœuvre. Je croyais juste me heurter à un ordre abusif de mon père. À mes yeux, Pannoam restait totalement innocent. Voire victime.

— Qu'as-tu répondu à Kaddour ?

— J'étais pétrifié.

— Toi ?

— Les muscles ne donnent pas d'intelligence. J'ai l'intelligence très lente.

— As-tu plaidé ta cause ?

— Je balançais trop. D'un côté j'aimais Elena, de l'autre j'aimais Pannoam. Je désirais leur bonheur. Et je devais obéissance à mon père.

— Alors ?

— La nuit, en évitant de m'entretenir avec qui que ce soit, je suis parti.

— Sans explication avec Pannoam ? Avec Elena ?

— Le lendemain, ils ont reçu une explication : ma mort.

Je le dévisageai, interloqué.

— Dans une clairière proche du village, j'ai fait croire que je m'étais battu. Un simulacre de lutte. J'ai mis du sang de sanglier par terre, sur les pierres, contre les troncs. En divers endroits, j'ai accroché des bouts de vêtements, comme si un prédateur me les avait déchirés. Ensuite j'ai suggéré un chemin où j'aurais fui, en y abandonnant ma besace, mon arc brisé, mes flèches broyées, en m'y débarrassant des objets que je portais sur moi ainsi que de mes habits lacérés. J'ai fini à poil sur les roches qui dominaient le lac, là où, la veille, j'avais entreposé le cadavre de l'ours, ma récente fierté. À l'aurore, quand les bergers sont apparus sur les coteaux, j'ai crié à pleins poumons et, soulevant la dépouille de l'ours, j'ai feint un affrontement avec lui. Il me frappait, m'écrasait, grognait, rugissait tandis que je mimais la défaite, l'épuisement. Enfin j'ai poussé un hurlement de détresse et basculé au-delà de la falaise, agrippé à la bête. Le courant nous a emportés, l'ours et moi, car à cet endroit l'irruption d'une rivière torrentueuse créait du mouvement. Bon nageur, j'ai affecté l'immobilité et me suis laissé entraîner au fil de l'eau. Au loin, j'ai vu les bergers qui s'agitaient et désignaient du doigt les deux cadavres à la dérive… Voilà comment l'on m'a déclaré mort sous les assauts d'un ours.

Ses poings frappèrent ses cuisses. Son histoire, des années après, l'estomaquait toujours.

— Le soir, j'ai largué la carcasse au milieu du lac, j'ai nagé, j'ai accosté ici, nu, sans plus rien à moi. J'y séjourne depuis.

— Barak, pourquoi as-tu fait cela ?

— Je voulais qu'Elena se sente libre d'épouser Pannoam. Moi vivant, elle ne l'accepterait jamais. Moi vivant, Pannoam n'allait pas l'épouser, il la violerait. Moi vivant, leur mariage tournerait au supplice. Moi vivant, ni Elena ni Pannoam ne connaîtraient le bonheur.

J'examinai la silhouette assise à mon côté, repliée, tassée. Malgré l'obscurité, j'aperçus que ses paupières papillotaient. Barak luttait contre l'émotion.

— Je n'ai pensé qu'à elle. Je n'ai pensé qu'à lui. J'ai disparu.

Il s'ébroua, renifla, expira puis contempla la lune de ses yeux humides.

— J'ai même espéré que, pleurant ma mort, Elena trouverait une sorte de fidélité à épouser mon frère.

*

Barak m'apprit la vie sauvage. Sans que l'un de nous le proposât, nous restâmes ensemble, partageant nos chasses, nos pêches, nos repas, nos siestes, le soleil, les ondées, la cabane de peaux hérissée de ronces. Le rapprochement s'imposa telle une évidence. Le sang nous liait, certes, mais notre authentique familiarité venait d'une communauté de destin : victimes de Pannoam.

Pourtant, celui qui nous avait dérobé nos promises et condamnés à la réclusion, nous ne l'incriminions pas. Pourquoi ?

— Quand tu aimes, tu ne cesses jamais d'aimer. L'amour se transforme, il ne part pas.

Barak me soumit cette réflexion un jour, et je l'approuvai. Quoi que nous reprochions à Pannoam, nous ne le détestions pas. Plutôt que de la rancœur, nous éprouvions une déception épaissie de tristesse. Dans ce retombement, nous endossions notre part de responsabilité : si Pannoam chutait, c'était parce que nous l'avions mis trop haut. Pour se dégriser, il faut s'être grisé ! Aveuglés par son charme, incapables de lui porter une affection nuancée, sensibles à sa superbe mais inconscients de son égoïsme, nous avions manqué de jugement. De son côté, en nous tenant pour quantité négligeable, Pannoam n'avait pas varié, il s'était révélé.

Nous changions. Pas lui.

Désillusionnés, nous occupions notre convalescence à vaquer loin des enjeux sociaux que Pannoam symbolisait. Les hommes nous avaient trahis ? Les femmes nous échappaient ? Peu importait ! La Nature devenait notre partenaire, notre source d'émerveillement, notre joie. L'oncle et moi, nous nous ressemblions, je crois : nous cherchions l'enchantement.

Voilà pourquoi Barak babillait. En vénérant les oiseaux, en se délectant des fruits, en se jetant à l'eau, il enracinait son choix d'exil. Avec les mots de l'ancien monde, il justifiait son nouveau monde. Poussé par une propension innée au plaisir, il avait fini par estimer qu'il avait retenu la meilleure option, allant jusqu'à remercier son passé de l'avoir contraint à rompre.

— Ne vit-on pas mieux ici qu'au village, mon garçon ? Si j'ai envie de pioncer, je pionce. Si je veux courir, je cours. Si je désire manger, je tends le bras.

Il percevait sa solitude comme une libération, non une privation.

— Souviens-toi de tes journées là-bas : elles

n'étaient composées que de tâches. Tu devais besogner pour que tes congénères besognent. Ça fonctionne ainsi : on divise le travail afin de l'alléger, tandis que cette division l'aggrave. Chacun finit prisonnier de sa corvée, chacun contraint ses voisins à un égal enfermement. On vit pour travailler, au lieu de travailler pour vivre ! Qu'as-tu gagné en venant dans les bois ? Disposer de ta journée entière.

Je confirmai. Occasionnellement, je me demandais si nous n'exagérions pas – de la sincérité à la forfanterie, la frontière se révèle parfois mince –, mais prétendre avoir décidé ce que je subissais m'arrangeait.

Barak me saoulait de paroles. Jamais je n'avais rencontré plus volubile que cet ermite ! Il blablatait du matin au soir, décrivant le panorama, les nuages, l'état de la végétation, sa digestion, détaillant ce qu'il faisait ou ce qu'il ferait, entamant des discussions sur mille sujets. Compensait-il des années de silence ? Rattrapait-il le temps en profitant d'un compagnon ? En tout cas, je constatais que, malgré ses dénégations, rien ne répugnait autant à son tempérament sociable que la séparation.

Mariant les contraires, Barak n'était constitué que de tensions : solitaire, il chérissait la compagnie ; esseulé, il jacassait ; fougueux, il fondait de douceur ; violent, il irradiait la tendresse. Identiquement, il oscillait entre la pudeur et l'impudeur. Habile à dissimuler ses sentiments – surtout leur délicatesse –, il exhibait son corps. Je le voyais nu, au réveil, au coucher. Aucune fonction physique n'interrompait son papotage ; pénis à la main, pissant dru, il continuait à me répondre ; accroupi, poussant l'étron rétif jusqu'à l'empourprement, il dialoguait encore.

Son aisance, quoique fruste, avait un caractère sain qui me forçait à m'interroger sur nos comportements. Pourquoi avoir honte de la chair ? Pourquoi, par vergogne, occulter le nécessaire ? En urinant ou en déféquant devant moi, l'oncle me choquait, il ne me dégoûtait pas. Son absence de gêne dégageait même une sagesse : « Je suis un être naturel au sein de la Nature », semblait-il affirmer. Il m'enseignait que la pudeur relevait d'une convention artificielle. Les hommes se croient-ils hommes en la respectant ? Ils ne se montrent pas hommes, uniquement villageois. J'appris à me conduire de manière plus décontractée.

En revanche, la franchise érotique de Barak me dérangeait. Non seulement il se baladait le sexe à l'air, mais le sexe en l'air. Combien de matins l'ai-je entendu commenter son érection, admiratif ?

— Tiens, comme nous voilà en forme ! lançait-il à sa verge en riant.

Il se levait, me prenait à témoin en m'infligeant la vue de son glorieux engin – « Eh bien, mon garçon, regarde ce qui m'est arrivé pendant la nuit : j'ai pris du volume ! » –, et sortait du cabanon pour se soulager. Il s'éloignait peu, car je discernais l'agitation de son poignet, ses halètements, puis des spasmes, des grondements, et enfin un rugissement incroyable. En l'oncle, tout était démesuré… Au retour, il pouvait gloser sur l'action :

— On ne se lasse pas. À chaque fois, c'est la première. Quel bonheur !

Après quelques séances, il ne tarda pas à m'interroger :

— Tu ne te branles pas, mon garçon ?

Il me scrutait, jovial, encourageant, les traits inquiets.

Je cafouillai, j'aurais dû avouer l'inavouable, l'intime de l'intime, mes étreintes avec le Hêtre. Je me renfermai.

Il haussa les épaules.

— Prête la main à la Nature quand elle t'appelle au secours. Excellent pour toi, pour ton humeur, pour ta santé.

Je réagis de façon odieuse ; au lieu de parler vrai, j'affichai un masque docte, sévère, celui d'un adulte qui tance un morveux, pour lui expliquer que je faisais l'amour avec une femme depuis l'âge de treize ans et que je ne me dispersais pas inutilement.

— Ah, tu as besoin d'une femme ? répliqua-t-il avec calme. Normal. Je comprends. Je connais… Veux-tu que je te fournisse ça ?

— Quoi « ça » ?

— Une femme.

— On dirait que tu me proposes une pomme.

— Une pomme ne se croque qu'une fois.

Il me lança une œillade complice avant de quitter la hutte.

— On en cause dès que tu le souhaites…

Barak m'apprenait à abandonner mon point de vue villageois, mon regard sur la défensive.

Ainsi jouissait-il de l'orage, alors que les Sédentaires l'exécraient. Plutôt que la vindicte, la pluie traduisait selon lui la mansuétude des Dieux et des Esprits. « Ce qui est bon pour les plantes, les arbres, les animaux est bon pour moi. » Ensemble, nous humions l'embrun fade que les gouttes vaporisaient.

Barak m'aidait à admirer la noblesse lugubre dont l'averse parait le paysage, à priser la disparition du ciel, l'évanouissement des ombres, la simplification des couleurs. La pluie allongeait les objets tandis que le soleil les écrasait ; sa délicate pénombre apportait de la consistance aux troncs, aux ramures, aux rochers, comme s'ils se réhydrataient instantanément. Tout paraissait plein.

L'orage achevé, nous appréciions ses effets retardés, le parfum exalté de la terre, le ruisseau dansant, la montée de la sève, l'herbe qui se redressait, les fleurs épanouies, les feuilles lustrées, la pétulance des oiseaux, l'azur qui exhalait une haleine purifiée.

Un matin, il m'annonça que nous partions marcher.

— Où allons-nous, mon oncle ?

— Quelle question idiote !

Il avançait à enjambées si amples que je le suivis sans discutailler.

Un peu plus tard, sur une colline chauve d'où l'on contemplait le Lac à l'infini, je relançai ma question :

— Où allons-nous ?

— On marche. Tu n'as pas remarqué ?

Et il s'enfonça dans le dédale végétal.

Après une interminable descente, il désigna un chêne qui s'était écroulé. L'écorce nous offrait un banc.

— Arrêtons-nous un moment.

Dans ce bocage aux colonnes lisses, les rayons du soleil perçaient à travers les feuillages, peignant des franges obliques où dansaient les insectes. Des millions d'ailes battaient dans la torpeur du jour. La forêt, dense et vivante, bruissait de chants, de bourdons, de grésillements, de stridulations, d'envols.

Une éclaircie révélait une clairière derrière les fûts. De longues biches s'y rendaient, souples, élégantes, l'œil fardé, la patte fine et légère. Leur grâce lente donnait l'impression que le temps se suspendait pour que nous nous régalions du spectacle.

Deux mâles débarquèrent. Frémissements dans la harde. Les adversaires se mirent en position de lutte, pointèrent leurs bois l'un vers l'autre et se menacèrent. La rivalité flamboyait dans leurs prunelles sombres, leurs naseaux palpitaient de rage. Pour quelle femelle s'affrontaient-ils ?

Barak me sourit.

— Hommes, animaux : mêmes soucis !

Le combat ne s'engageait toujours pas, ils en restaient à l'intimidation. Les sabots marquaient le sol, imprimant la fureur d'un sang farouche.

Un des cerfs brama, trépigna, prêt à charger. Le second baissa la tête, la pencha à droite, puis, par soubresauts, l'air de rien, amorça un retrait sur le côté, vers la lisière. Il renonçait. Le premier gonfla son poitrail majestueux et toisa les femelles, triomphant.

Barak cessa de sourire. Il venait de s'identifier à celui qui abandonnait l'assaut. Lorsqu'il se tourna vers moi, je saisis qu'il m'avait reconnu, moi aussi, dans le vaincu.

Un craquement jaillit des buissons et soudain, comme une eau se trouble, les biches s'enfuirent en un mouvement. La clairière demeura vide. Nous pouvions presque douter de les avoir rencontrées, ces bêtes soyeuses ; elles semblaient un secret bien gardé, que la forêt montrait et dérobait.

— Mangeons quelques noix, déclara Barak.

Sous le couvert végétal, nous profitâmes de ce

havre enveloppant. Tout y manifestait la vie, les surgeons de chênes, les drageons effilés, les touffes de tiges qui poussaient sur la souche de l'arbre abattu.

— Quelle splendeur ! murmurai-je. Tu tenais à me présenter ce coin ?

— Pas du tout. J'ignorais où on arriverait.

— Quoi ?

Il se dressa, paré à repartir.

— C'est pour apprendre où je vais que je marche.

À mesure que nous vagabondions, je m'avisais que Barak ne mentait pas. Il ne prévoyait pas où ses pas l'emmenaient, il avançait par goût, goût de la pure dépense physique, goût de la découverte.

— Dès qu'on se rend à un point, on ne voit plus rien. Le trajet devient fastidieux.

Il m'invitait à me laisser surprendre, à accueillir ce que notre errance amenait.

— Là réside l'essentiel : savourer. Quand tu sais où tu te rends, tu te contentes de passer.

Vivre l'instant. Mettre le but à l'arrière-plan. L'éducation de Barak contredisait totalement celle de Pannoam.

La lumière diminua.

— Rentrons, mon oncle. Précise-moi le chemin.

— Non. À toi !

— Mais…

— Si je te l'indique, tu pourrais ne pas te perdre.

Il me pria de le précéder. Décontenancé, aspirant à ne paraître ni sot ni irrésolu, j'avançai avec fermeté dans une direction arbitraire.

La nuit tomba.

Je m'arrêtai.

— Je… je crois que je me suis égaré.
— Pas grave, répliqua-t-il.

Il prit les opérations en main et, très vite, nous allumâmes un feu, nous nous restaurâmes. Il aplatit le sol pour former deux couches.

Je m'inquiétai :
— Retrouveras-tu notre route ?
— Je ne m'en souviens absolument pas.
— Comment ferons-nous ?

Il rejeta son torse en arrière.
— Nous lèverons la tête.

Du doigt, il me désigna la voûte noire parsemée d'étoiles.
— Les Dieux du ciel nous aideront.

Les astres offraient des repères à qui les observait : la constellation du Petit Têtard, celle du Grand Têtard, dont la queue finissait par l'étoile la plus brillante*.
— Celle-ci indique le haut du Lac.

De cet examen, il tira une conséquence :
— Demain, nous irons dans ce sens.

Barak avait raison. Doublement raison.

Premièrement, son intuition nous ramena chez nous. Secondement, viser une destination ôtait son intérêt au voyage – à la différence de la veille, concentré sur mon retour, je ne me délectais pas des divers endroits que nous traversâmes.

Nous gagnâmes la hutte au crépuscule. Pendant que j'enduisais de graisse mes pieds brûlants

* La constellation de la Petite Ourse, celle de la Grande Ourse et l'étoile Polaire.

d'ampoules, je regardais Barak traînasser, vêtu de rien. En chantant d'une voix rocailleuse et puissante, il frottait sa chair marquée de cicatrices et se massait les couilles.

Un soupçon m'assaillit. Était-ce lui ? Était-ce lui, le monstre ?

La phrase qu'il avait prononcée durant notre discussion me revenait, lancinante : « Tu as besoin d'une femme ? Veux-tu que je te fournisse ça ? »

Une rumeur courait autour du Lac : l'ours volait des jeunes filles. Il en raffolait pour s'unir à elles. On racontait qu'il les enfermait dans sa tanière et les possédait. Lorsqu'elles accouchaient d'un garçon, celui-ci se révélait mi-homme, mi-ours, un bipède intégralement poilu et doté d'une puissance exceptionnelle.

À cause de sa réflexion louche, je me demandais si Barak ne se cachait pas derrière ces disparitions. Ne serait-ce pas lui, l'ours qui pendant la nuit enlevait les jeunes filles ? De loin, sous la lune, on pouvait se méprendre et, dans sa silhouette, repérer celle d'un ours…

— Mon oncle, as-tu entendu parler de l'ours qui enlève les femmes du Lac ?

Il marmotta sans me regarder :

— Oui.

— Et qu'en penses-tu ?

— Moi ?

Cessant de se gratter, il me dévisagea.

— On ressasse cette niaiserie depuis mon enfance.

En ricanant, il conclut :

— J'aimerais rencontrer celui qui a vu l'ours en premier.

Comme je ne saisissais pas, je m'obstinai :

— Pourquoi ?

— Ce bonhomme avait fauté, puis déguisé son forfait en dénonçant un coupable qui terrifie les villageois. Après, les salauds de son acabit ont repris son mensonge. Depuis combien de générations cela dure-t-il ?

Il fit craquer ses doigts.

— L'ours ne convoite pas nos femelles, je l'ai espionné. L'ours ne s'accouple qu'à l'ourse, et encore, sans excès, une fois tous les deux ans, puis, hop, fini ! Aucun doute : les Sédentaires qui ravissent et qui violent ont inventé l'histoire de l'ours. Quelle médiocrité ! Ils m'écœurent.

Il m'avait convaincu, mais je tenais à me débarrasser de ma perplexité.

— Mon oncle, prends-tu une femme sans qu'elle l'accepte ?

— Quoi ?

— Si tu as envie…

— Noam, si j'ai envie, je me soulage ! Et seul ! Je croyais que tu l'avais remarqué puisque, chaque matin, tu me regardes partir et revenir avec des airs offensés. La Nature nous a donné des mains, mon garçon, et, à ton avis, pourquoi ? D'ailleurs, une suffit.

— Si tu avais envie… non pas en général… d'une femme en particulier…

— Oui…

— La forcerais-tu si elle se refusait à toi ?

— Ça m'est arrivé.

— Quoi ?

— D'apercevoir l'horreur dans les yeux d'une femme. Et ça m'a coupé l'envie.

— Ah…

— Pire : ça me l'a coupée pour longtemps ! Je partageais son opinion : je me trouve monstrueux.

— Mon oncle, tu… peux plaire.

Il cilla, renifla, toussota. Il échouait à dissimuler son émotion.

— Je sais… Je plaisais à ta mère… Ça m'aurait suffi pour toute ma vie.

D'un coup, il cessa de rêver et me pointa du doigt.

— Ah, je comprends pourquoi tu me poses ces questions… Parce que j'ai proposé de te « fournir une femme » ?

J'inclinai la nuque, embarrassé. Il s'esclaffa en se tapant sur les cuisses.

— Oh, mon neveu… mon neveu… Je voulais dire « t'emmener voir une femme », une femme qui serait disposée à coucher avec toi. Je sais où chercher.

— Pardon ?

— Je connais des Chasseresses qui…

Je reculai d'épouvante. Avais-je bien entendu ? L'oncle me suggérait de m'accoupler avec une Chasseresse ?

Il crut que mes yeux ronds exprimaient l'envie.

— Nous irons. Par contre, il faudra sacrifier une biche, un sanglier, un cadeau conséquent car…

— Enfin, Barak, une Chasseresse, ce n'est pas une femme !

— Ah bon ? Qu'est-ce que c'est ?

— Un animal.

— Toi, moi, nous sommes aussi des animaux.

— Il y a des races supérieures et des races inférieures.

— D'où tiens-tu ça, mon garçon ? Si j'ai appris quelque chose ces dernières années, c'est que les préjugés des Sédentaires sur les Chasseurs et les Chasseresses s'apparentent à des contes pour marmots. Ça sert les intérêts de certains. Quand on ambitionne d'enchaîner les gens au moyen de cordes invisibles, on recourt à ce genre de légendes. Supérieur, inférieur ! Humain, pas humain ! Civilisé, barbare ! Quelles blagues… Le charlatan passe pour un savant, et le dupé gobe en remerciant. Si ton père n'avait pas utilisé la crainte et le mépris des Chasseurs, aurait-il réussi à…

Il s'arrêta.

— Non. Je préfère me taire.

— Bizarre… Tu te tais rarement.

— Je me tais pour ton bien. Ou plutôt pour les illusions qui te restent…

Malgré sa volubilité, l'oncle gardait des secrets. Face à mon entêtement, il m'en promit la révélation dans l'avenir.

— Pourquoi pas maintenant ? insistai-je.

— Quand tu seras capable de l'entendre.

— Ou quand tu seras capable de me le dire…

Il se tut : j'avais touché juste.

Je crois que j'ai follement aimé les lunes que j'ai passées auprès de Barak. Il avait choisi le côté lumineux de la vie. Parce qu'il était à la fois mélancolique et joyeux, il privilégiait l'allégresse. Actif et paresseux, il cultivait son oisiveté. Ce délicieux compagnon, quoique sanguin, ne manquait jamais d'humour. Si je me moquais de ses manies – se palucher en regardant le Lac, se plonger quotidiennement dans l'eau froide en bramant comme un cerf, estomper toute trace d'accès à sa hutte –, il n'en prenait pas ombrage et rétorquait :

— Un peu de respect, mon garçon ! N'oublie pas que tu parles à un mort.

Lui, si voyant, jouait les invisibles. Même vingt-cinq ans après, il tenait à accréditer l'idée de sa disparition.

— Pourquoi ne t'établis-tu pas plus loin, Barak ? Cela t'éviterait de te dissimuler.

Il soupira, ennuyé par la question, mais soulagé que je la lui pose.

— J'ai essayé…

Il me raconta sa tentative, deux ans après son exil, lorsqu'il pensait avoir accompli le deuil de son amour pour Elena. Sans compter, il avait marché plusieurs lunes, à l'inverse de l'étoile brillante, au-delà des horizons que nous percevions d'ici.

— Je me suis arrêté dans un village. On m'a accepté. Curieusement, on m'a mieux traité. Mon allure impressionnait ces gens. Exhiber un colosse leur semblait une protection judicieuse. Je ne foutais rien là-bas, à part montrer que j'y habitais, en déambulant parmi les maisons. Un jour, le chef a décrété qu'il me cédait sa fille. J'ai décliné.

— Par fidélité à Elena ?

Il me dévisagea, stupéfait : il n'y avait pas songé. Rejetant l'idée, il ressassa celle dont il s'était toujours servi.

— Là où j'étais parti, j'avais emporté mon village avec moi : le nouveau me paraissait moins bien. Quand j'étais parti, j'avais emporté ma fiancée avec moi : la nouvelle ne lui arrivait pas à la cheville. Tout s'annonçait moindre. Quitte à m'unir à une femme, je préférais Elena. Quitte à vivre dans un village, je préférais le mien. Ça se ressemblait trop et pas assez. Ça me rendait le présent amer. J'en ai conclu que je n'épouserais que… la vie sauvage.

Il filtra du sable entre ses gros doigts entaillés.

— Noam, si je te proposais de décamper, de nous installer ailleurs, à des jours et des jours de marche, me suivrais-tu ?

— Je… je ne sais pas.

— À l'instant, on file ! Tu viens ?

En moi, la réponse avait surgi. Elle me consternait. Je me décevais tellement que je grattai plus profond afin de dénicher un désir d'inconnu. Hélas, le non revenait, têtu, impérieux, et je finis par l'avouer. L'oncle baissa les épaules, peu surpris.

— Tu as besoin de rester près d'eux.

— De qui ?

— Ce qu'on fuit, on ne le quitte pas. On s'en éloigne. Pas davantage.

Barak m'entraînait à cueillir et à chasser presque journellement. Rien ne lui déplaisait tant que la prévoyance.

— Des provisions, quelle horreur ! Avec ce procédé, Pannoam a rendu les villageois dépendants ! Produire, entasser, conserver, surveiller, distribuer, planifier, voilà le chemin de l'asservissement. Ils se persuadent de posséder les choses alors que les choses les possèdent. Avant, ce n'était pas ainsi.

— Avant ?

— Pannoam nous fait ce qu'il fait aux mouflons, aux chèvres, aux aurochs, aux chiens : il nous transforme en troupeau docile. En même temps que l'animal domestique, il invente l'homme domestique. La soumission gagne du terrain. Plus personne ne vit libre. Chaque enfant naît dans des entraves de lois, de règles, d'obligations, où il doit s'insérer. La seule issue, Noam ? Partir, effacer tout ce qu'il nous a appris. Je ne pratique donc pas la prévoyance et je ne la pratiquerai jamais, comme l'exige la vie sauvage.

— Pourtant, quand je t'ai rencontré, tu relevais tes pièges, Barak.

— Poser des pièges, c'est chasser !

— Poser des pièges, c'est prévoir.

— La tempête m'empêchait de sortir, il fallait bien que…

— Tu avais prévu !

— Un peu de respect, mon garçon ! N'oublie pas que tu parles à un mort.

Entêté, Barak opposait le monde d'hier au monde d'aujourd'hui. Celui de jadis lui paraissait naturel, celui de maintenant dénaturé, les hommes y ayant pris trop d'importance. Au lieu de se délivrer de contraintes physiques finalement faciles à satisfaire, ils s'étaient créé des contraintes supplémentaires, sociales, morales, spirituelles, contraintes nombreuses et pesantes qui les enfermaient dans le village comme dans une prison*.

* Avec Barak, je découvrais pour la première fois une opposition que j'allais constamment retrouver au cours des millénaires : la querelle des anciens et des modernes. Les anciens souhaitent *conserver*, les modernes *transformer*. Enfin, voilà ce qu'ils affirment… car un examen plus attentif repère autre chose.

Un jour, nous avions réussi une chasse magistrale. La chance nous servant, nous avions obtenu plus de gibier que prévu, quatre sangliers fuligineux de forte taille, quatre sangliers dont les défenses sillonnaient le groin charbonneux, quatre sangliers qui, même raides, semblaient prêts à charger. Barak jubilait.

— Quelle superbe journée, mon garçon ! Beau

Les anciens veulent sauvegarder le monde non tel qu'il est, mais tel qu'il fut. À leurs yeux, le présent, déjà perverti, provoque l'indignation. Sans hésiter, ils désignent le bon modèle dans un passé qu'ils n'ont pas connu. Mon oncle Barak, en plein néolithique, brandissait un avant merveilleux, un âge d'or perdu, celui où les hommes ne vivaient pas en société. Nostalgique, il essayait, à lui seul, de ressusciter ce temps mythique. Utopie mélancolique.

Les modernes, valorisant l'innovation, s'estiment rationnels, pragmatiques, alors qu'ils jouent avec le feu et virent aux incendiaires. Non seulement ils détruisent ce qui existe, mais ils installent des éléments dont ils ne subodorent ni l'avenir ni les nuisances. Mon père Pannoam introduisait chez nous l'agriculture en y voyant un progrès. Il n'imaginait pas que, pour l'humanité, une vie entièrement concentrée sur le sol conduisait à travailler davantage, à s'ancrer définitivement, à brûler des forêts, à supprimer la diversité de la flore et de la faune, à affronter des famines, à appauvrir l'alimentation, à créer des razzias et des guerres, voire à surpeupler la Terre. Le progrès n'est pas que l'histoire de la connaissance, il se révèle tout autant l'histoire de l'ignorance : il pratique l'aveuglement quant aux conséquences. Utopie prospective.

À première vue, dans ce duel, tout tourne autour du savoir : l'ancien s'en tient au savoir antérieur, le moderne invente un savoir neuf.

Or, en réalité, l'ancien fantasme sur ce qu'il croit savoir pendant que le moderne fantasme sur ce qu'il saura. J'ai donc peur que tout tourne autour de l'ignorance.

temps, bonne chasse, excellente bouffe. On mérite une femme, non ?

Il me décochait cette phrase de plus en plus souvent. Chaque fois, je prétendais n'avoir pas entendu, et cela le mettait en joie.

— Mon neveu devient sourd dès qu'on prononce le mot « femme ». Voilà une étrange maladie… Le problème, c'est qu'on ne la soigne qu'avec une femme.

Ce jour-là, il me taquina davantage :

— Oh, j'ai l'impression que ta surdité s'atténue.

Je grommelai. Il rit de plus belle et me lança :

— Je n'attends pas une réponse immédiate, Noam. Je te reposerai la question.

Après une sieste sous un arbre, il s'écria en s'étirant :

— Il y a un torrent à proximité. Je vais m'y baigner. Pas toi ?

Je préférai demeurer tranquille sur la mousse, à contempler les processions interminables des fourmis. Il se retira en chantonnant.

L'après-midi avançait, paisible, odorant. Barak revint vite, complètement sec, et s'assit à côté de moi.

— Noam, j'ai manqué d'être repéré.

— Par qui ?

— Un homme que j'avais déjà aperçu autour du village.

— Quoi ?

— Un homme en manteau, un vaste manteau noir.

— Les cheveux cendrés, le visage émacié ? En train de fouiller les fossés, les talus ?

Je me frappai le crâne et m'exclamai :

— Tibor, le père de Noura.

Sans que j'en saisisse les raisons, la présence de Tibor m'émut.

Barak, lui, enregistra la nouvelle en dodelinant de la tête puis cracha, suspicieux :

— Pourquoi vient-il fouiner par ici ?

— Il ramasse des plantes guérisseuses.

— Si loin du village ?

— Surprenant, mais pourquoi pas ?

Je mentais. Normalement, Tibor rentrait de ses expéditions au crépuscule, ce qui limitait son champ d'investigation. Une idée éclata au fond de mon esprit : Tibor me cherchait. L'idée me déplut, je la repoussai.

Barak conclut :

— Je lui ai échappé. De toute façon, il ne me reconnaîtrait pas.

Mon oncle m'attendrissait quand il se montrait soucieux de discrétion.

— Rassure-toi, Barak, tu as réussi ta disparition. On ne m'a jamais parlé de toi. Outre que le sujet gêne autant mon père que ma mère, ils te supposent mort.

Il me considéra, indécis. J'insistai pour l'apaiser :

— Moi seul connais la vérité.

Il fit rouler sa langue plusieurs fois dans sa bouche, pinça les lèvres, puis marmonna :

— Sûrement pas.

— Pardon ?

— Quelqu'un la connaît : Pannoam.

Abasourdi, je scrutai le visage granuleux de l'oncle. Il détourna les yeux.

— Mon frère dépasse ses semblables en intelligence. Ce qui les trompe ne le dupe pas. Mes indices, mes traces, mon cri à l'heure où les bergers pouvaient m'apercevoir, ma chute à l'endroit où on ne pouvait me secourir, c'était si clair, si conçu, si parfait qu'il a dû se méfier. Ça tombait au moment opportun. Je le soupçonne d'avoir deviné mon stratagème, de l'avoir entériné en feignant de croire à ma mort. Il y gagnait tant ! Une femme et le bonheur.

— Barak, tu imagines !

— Peut-être. En tout cas, il le sait désormais.

— Bah…

— Il m'a vu lorsque je l'ai délivré des cinq Chasseurs qui l'attaquaient. Dans ses yeux, la panique a changé de couleur. Pendant qu'il se défendait contre ses agresseurs, il exprimait l'angoisse de celui qui va mourir. Dès que je suis intervenu, il a manifesté un effroi différent, celui de croiser un revenant, un fantôme du passé. Il a hurlé d'épouvante et il s'est évanoui.

Chaque fois que j'avais évoqué son sauveur, le mystérieux colosse, Pannoam m'avait répété qu'il avait perdu conscience ; quand j'avais poursuivi, il s'était muré dans le silence en assenant sèchement : « Tibor m'a sauvé. » Ce comportement pouvait cacher la vérité qu'énonçait l'oncle. Plus j'avançais, plus je me rendais compte que mon père était couturé de secrets, voire d'abjects secrets.

— Que faisais-tu aux frontières du village, ce jour-là ?

Barak faillit répondre, mais se retint.

— Une autre histoire…

Il se redressa.

— Bon, assez causé. Quelle merveilleuse journée, mon neveu ! On mérite une femme, non ?

Il me souriait, les yeux plissés, sa main m'engageant à le suivre.

— Pas encore…

Il éclata de rire.

— Oh, pas encore… On progresse, mon garçon. Dira-t-on oui un jour à son oncle ?

— Peut-être.

En relevant le front, je lui souris à mon tour.

— Vas-y. J'ai compris que je te frustrais. Vas-y, toi. Tu n'as pas besoin de moi. Fais comme avant.

— Sûr ?

— Tu mérites bien une femme !

Il apprécia ma réaction. Retrempé, il frappa dans ses mains et s'empara d'un sanglier, celui aux soies épaisses.

— Voici un cadeau parfait ! Allez, une baignade et je m'éclipse. Il ne faut pas faire attendre la Chasseresse. Bonne nuit, mon neveu. Ne me souhaite pas la pareille, la mienne va étinceler. À demain.

Il s'éloigna en sifflant, le torse bombé, la hanche souple, le dos cambré, et je sentis qu'il se retenait malaisément de courir.

Une fois sa silhouette effacée, je me recroquevillai, perturbé. Les mensonges de Pannoam… la présence de Tibor… J'avais beau m'occuper, me distraire, lutter contre le passé, le village perdurait en moi, dans mes souvenirs et dans mon imagination. Pire : tel le ver dans le fruit, il rongeait mes pensées et grossissait.

Tibor avait quelque chose à me confier. Ce devait être important pour qu'il prît tant de risques en s'aventurant ici.

Mais quoi ?

*

L'oncle revint, éreinté et glorieux, au milieu de la journée suivante. Ses narines dilatées, ses lèvres enflées et ses paupières turgescentes témoignaient de son bonheur. L'épanouissement de ses sens tarissait son bavardage, un sourire constant flottait sur son visage et, quoi que je propose, il acquiesçait.

Au repas du soir, je lui avouai le souci qui m'asticotait depuis la veille, sans toutefois mentionner Tibor.

— Mon oncle, j'ai envie de retourner au village.

— Quoi ? Tu abandonnes la vie sauvage ?

— Non ! Je continue, je reste avec toi. Pourtant… ça me plairait de… de le revoir… de loin bien sûr… il…

— J'ai compris. Agis à ta guise.

Je ne mendiais pas sa permission, j'ignorais comment rejoindre le village. Lors de l'orage qui avait abattu le chêne sous lequel je m'étais abrité, j'avais erré en désordre, longuement, sans rien retenir de ce qui m'environnait. Je lui demandai donc son aide.

Il promit de m'accompagner : nous partirions au soleil naissant. Il glissa :

— J'en profiterai pour te montrer quelque chose qui t'édifiera.

Cette fois, je notai attentivement par où nous passions, mémorisant tout ce qui fournissait un repère, éboulements rocheux, clairières, ruisseaux, pentes. Dépendre de Barak pour aller au village entravait ma liberté ; quand bien même je lui portais de l'affection, je refusais cet assujettissement – ce que, d'ailleurs, il souhaitait autant que moi.

Nous avancions à vive allure – Barak parcourait d'ordinaire cette distance en un jour. Quoique ayant amélioré ma force et mon endurance auprès de lui, je n'accomplis l'exploit qu'en serrant les dents.

Roué de fatigue, saturé d'informations depuis l'aube, je n'enregistrais plus rien quand nous débouchâmes sur un monticule qui me donna un sentiment de familiarité. J'écarquillai les yeux devant le spectacle.

Le chêne solitaire qui m'avait servi de refuge au début de la tempête gisait, tel un blessé sur l'herbe.

La hache géante de l'éclair avait traversé le tronc et l'avait fendu en son centre. Le coup était descendu jusqu'à dix pieds du bas, faisant éclater les fibres ; puis les deux moitiés avaient cédé sous le poids des ramures et s'étaient effondrées. Aujourd'hui, le chêne se réduisait à un pieu massif, dépourvu de branches ou de feuilles, au cœur ligneux, apparent et effilé. Au sol, les débris de son ancienne splendeur avaient soit séché, soit pourri, offrant un régal aux champignons et aux insectes ravageurs.

— Ne t'approche pas, Noam. Les dégâts atteignent les racines. Le feu a tout consumé à l'intérieur, jusque dans la terre. Ce qui demeure debout peut s'écrouler d'un instant à l'autre.

J'avais eu beaucoup de chance d'échapper à la catastrophe… Depuis mon enfance, j'avais croisé des arbres foudroyés. La plupart survivaient en affichant des bourrelets cicatriciels, car l'éclair n'avait qu'effleuré l'écorce en lui infligeant une balafre. Parfois la foudre entrait au centre du tronc et le calcinait, creusant une cavité sans tuer l'arbre, une évidure dans laquelle mes camarades et moi nous cachions nos trésors. Rarement l'arbre brûlait en entier, puisque le brasier exigeait un arrêt des pluies. Ici, la foudre avait réussi le maximum de dommages.

— Installons-nous à l'orée du bois, restaurons-nous et dormons, suggéra Barak. Tu verras le village demain.

Nous nous débarrassâmes de nos besaces et nous nous étendîmes sur les pissenlits. Derrière nous, l'ombre mauve montait tandis qu'au-devant le ciel virait à l'ambre.

Un brusque frottement d'ailes fondit sur moi, je fermai les paupières par réflexe. En les rouvrant, j'aperçus une mésange agitée, les plumes papillonnantes, qui, le bec ouvert, stridulait joyeusement.

— Mina ?

Propulsée par une allégresse qui la dépassait, elle gagna une branche, me salua, pirouetta, dégringola de son perchoir, se rattrapa, puis, à l'issue d'un vol court, se positionna non loin.

Bec pointé, elle pépiait. Son œil brillait et me fixait.

L'émotion m'envahit. Avec cet oiseau, mon passé déferlait sur moi, un passé que doraient, telle une flamme discrète, la petite et malhabile Mina, sa persistante détresse, sa résignation désolée. Mes larmes jaillirent, incontrôlables. Je rampai sur le ventre et, le plus près possible de la guillerette oiselle, je murmurai :

— Je suis content de te voir, Mina.

Une grosse voix retentit :

— Tu t'adresses aux mésanges, toi ?

Effarouchée, la mésange s'envola et se blottit au

creux d'une branche. Barak surprit mes pleurs. Je lui confiai en frissonnant :

— Je ne parle pas aux mésanges, je parle à *une* mésange. Celle que j'avais perdue.

La bouche arrondie, les yeux écarquillés, il hocha la tête comme s'il comprenait, me signifiant par là qu'il désirait vraiment comprendre. Alors je lui racontai le sentiment que j'avais éprouvé au matin de l'enterrement dès que cette mésange était apparue sur la tombe de Mina, puis ma tristesse de l'avoir égarée, enfin ma joie déchirante de la retrouver.

Barak opina, contempla l'horizon où des mésanges piaillaient, tourbillonnaient, froufroutaient dans l'atmosphère crépusculaire.

— Les mésanges vivent en groupe. Pas la tienne. Tu as raison, mon garçon.

Il me tendit des noisettes.

— Te restera-t-il un peu d'énergie après le dîner ?

Je soupirai.

— Pas beaucoup, Barak. Je ne suis pas un colosse, moi.

— Je te révélerai un des secrets de ton père.

— Ce soir, spécialement ?

Il insista :

— Un soir de lune mince. Elle n'éclaire presque pas. Profitons-en. Peut-être même que, avec de l'aubaine, nous… Non, je ne t'en dis pas davantage !

Il aplatit les pousses et les tiges derrière moi.

— Repose-toi. Je te réveillerai une fois la forêt et le village endormis.

Au milieu de la nuit, l'oncle me secoua en me soufflant que le moment se montrait propice.

Nous nous déplaçâmes à tâtons. Ciel et terre avaient sombré dans l'obscurité ; seuls des rapaces aux cris acérés hantaient les ténèbres.

Barak m'avait ordonné de me taire, de le talonner au plus près en calant résolument mes pas dans les siens. Il maîtrisait le trajet à la perfection.

Nous nous approchâmes d'un mur rocheux qui se situait bien au-dessus du village. Personne ne s'y rendait, car on rapportait que les ours hibernaient là. J'allais le signaler à Barak quand nous perçûmes des voix. Il nous immobilisa derrière un bosquet.

En dessous de nous, un groupe d'ombres gravissaient le sentier raboteux. Lorsqu'un nuage dégagea brièvement le croissant de lune, je comptai cinq hommes. On les distinguait à peine, mais j'identifiai aussitôt des Chasseurs.

En progressant, ils haletaient, ils peinaient, ils râlaient. Sans doute transportaient-ils des sacs…

— Suis-moi ! chuchota l'oncle, une fois qu'ils eurent passé le coude où nous nous dissimulions.

Barak me prit le poignet et, avec une agilité et une légèreté que je ne lui supposais pas, me conduisit au-dessus du mur de roche. Là, nous pûmes nous traîner à quatre pattes jusqu'au rebord et voir, en contrebas, le groupe avancer.

Sitôt qu'ils frôlèrent la paroi, une ombre s'en détacha et vint se placer devant eux. Elle les accueillait.

— Posez tout ça.

Je frémis. Il me semblait… Non… impossible…

— Et maintenant, calculons !

Aucun doute : j'entendais la voix de mon père. Je tournai mon visage vers Barak, lequel approuva silencieusement.

Les Chasseurs se délestèrent de ballots de blé, de céréales, de pois chiches. Mon père les dénombra puis dessina au sol une ligne de partage.

— Ça, pour vous. Ça, pour moi.

En grognant, les Chasseurs chargèrent leur part.

— J'offre un sac à celui qui m'aide à ranger les miens, annonça Pannoam.

Un Chasseur rabougri se précipita auprès de lui. Sur ses indications, il bougea un rocher. Ma position m'empêcha ensuite de constater quoi que ce soit, cependant la scène paraissait claire : ils remisaient les provisions dans la cachette de mon père.

L'opération achevée, le Chasseur rattrapa en hâte son groupe qui disparaissait. Mon père attendit un moment. Malgré sa claudication, lentement, sûrement, il amorça sa descente.

En silence, dans l'obscurité craquante, nous rentrâmes, Barak et moi, à notre lieu de couchage. J'étais désorienté, révulsé. Trop de pensées nouvelles dérangeaient mon esprit. Cet épisode pulvérisait des décennies passées à aduler mon père.

Quand nous fûmes allongés, je bus, tendis la gourde à Barak et lui demandai :

— Mon père… les Chasseurs… Je ne comprends pas.

— Tu as compris, Noam, mais tu repousses l'évidence. Comme moi jadis… Pannoam entretient des relations avec les Chasseurs. Réfléchis : sur quoi appuie-t-il sa domination ? Sur ses compétences et sur la protection qu'il procure. Ses compétences, il les a développées. La protection, pour la justifier, il doit maintenir parmi les villageois un sentiment d'insécurité. Dès lors que ton père a noté la raréfaction des Chasseurs, il a décidé, en pleine entente avec certains, d'organiser régulièrement des pillages, essentiellement les soirs de lune mince. Des maraudes qui ne versent pas le sang, qui appellent néanmoins un pouvoir ferme...

— Il y a eu des blessés... Deux morts même !

— Ça ajoute de la crédibilité.

— Veux-tu dire que mon père prépare des attentats contre ses propres villageois ?

— Des attentats et des vols. Pas tous, puisque les Chasseurs, les vrais, existent. Lui en achète d'autres.

— Monstrueux !

— Intelligent, surtout. Le chef incontesté, c'est celui qui choisit bien ses ennemis puis qui les favorise en tant que meilleurs ennemis.

Je me grattai la tête. Moi qui estimais mon père honnête et noble, je le découvrais trompeur, cynique, manipulateur.

Un détail m'indignait :

— Pourquoi, au passage, conserve-t-il une partie des gains ? Il n'en a aucun besoin. Il possède suffisamment.

— Tu définis la richesse : posséder plus que ses besoins. Ton père a toujours rêvé d'opulence.

— Absurde !

— Le destin nous présente trois possibilités, mon garçon : riche, pauvre, heureux. Le riche possède au-delà de ses besoins, le pauvre en deçà, l'heureux à la hauteur de ses besoins. Écoute ton oncle qui a observé son frère : Pannoam se vautre dans l'abondance, car ce trafic dure depuis très longtemps. D'ailleurs, ça m'a permis de le sauver... J'avais épié les conversations des cinq Chasseurs qu'il avait engagés à l'époque. Ils se plaignaient d'être grugés par ton père, de ne pas garder assez de leurs rapines alors qu'ils prenaient des risques. Plusieurs fois, ils avaient réclamé une augmentation à Pannoam qui l'avait rejetée dédaigneusement : « Si ça ne vous satisfait pas, je connais d'autres Chasseurs. Ne vous croyez pas irremplaçables ! » Plus que son refus, les Chasseurs n'avaient pas supporté sa morgue. À leurs yeux de brutes, non seulement l'arrogant Pannoam les roulait, mais il les tenait aussi pour moins que rien. Ils bouillaient d'humiliation, la haine croissait en eux. Sentant qu'ils recourraient à la violence, je me suis mis à les espionner... J'imaginais qu'ils opéreraient de nuit ; pourtant ils redoutaient tant de rater leur coup que, le jour où ils ont aperçu Pannoam seul avec son troupeau de mouflons, ils n'ont pas hésité, malgré ses chiens, à livrer assaut. À l'instant où ils ont bondi vers lui, j'ai foncé à mon tour. Hélas, ils avaient de l'avance et, à mon arrivée, je...

— Ils allaient l'exécuter. Tu l'as sauvé...

— Oui, mais..

Obstiné, Barak se reprochait son intervention tardive. Ce qu'il dévoilait me donnait le vertige... La trahison de mon père... la fidélité de Barak...

Je m'emparai de sa large main rêche.

— Pourquoi l'as-tu sauvé ? Tu n'es pas le gardien de ton frère.

— Si. Il était mon gardien quand j'étais trop petit.

Je suis devenu son gardien depuis que je suis trop grand.

Le cœur pur de mon oncle me bouleversait.

— Tu aimes Pannoam envers et contre tout, Barak ?

— Évidemment.

— Il ne le mérite pas.

— Ça ne change rien. Enfant, j'avais l'amour aveugle ; adulte, j'ai l'amour lucide ; ça demeure de l'amour.

— Ce n'est pas juste.

— L'amour n'a rien à voir avec la justice, Noam.

*

Je dormis longtemps ce matin-là et me redressai avec l'impression de n'avoir pas rêvé. En revanche, les révélations de la nuit, ainsi que les courbatures, me tenaillèrent au réveil ; je me sentais lourd, raide, usé.

Sans entrain, j'entamai mon premier jour de fils désillusionné.

La duplicité de Pannoam me médusait. Comment arrivait-il à guider une population, à rendre la justice, à incarner la droiture, à imposer la vertu en se comportant si mal à la dérobée ? Si j'avais toujours perçu son appétit de pouvoir, je l'avais confondu avec un goût de la responsabilité, un idéal de tempérance. Mais cette perversité, cette hypocrisie, cette rapacité…

J'étais l'enfant de cet homme-là…

Et je l'avais admiré…

Je l'avais même aimé…

Peut-être l'aimais-je encore ?

Je songeai à Tibor qui s'était aventuré si loin sur mes traces ; mesurer l'écart entre sa conduite et celle de mon père vivifiait mon envie de le rejoindre. N'avais-je d'ailleurs pas entrepris ce voyage pour lui ?

Allongé à mon côté, volumineux dans ses dépouilles de bêtes, l'oncle ronflait superbement. Constater qu'il éprouvait, lui aussi, de la fatigue après l'expédition de la veille me rassura. Je me penchai vers son oreille.

— Barak, je reviendrai au soleil haut.

Le paquet de fourrures grogna quelque chose, l'équivalent d'une approbation.

J'espérais que Tibor se dirigerait également à l'endroit où, lors de nos adieux, il m'avait promis un rendez-vous. Mon attente fut comblée. Je repérai le grand manteau noir. À genoux, le guérisseur auscultait un buisson, couteau à la main. Je l'appelai. Il pivota. Son visage s'éclaira.

Nous courûmes l'un vers l'autre et nous échangeâmes une longue et chaleureuse accolade. Je pressai avec émotion ce corps osseux contre moi.

Il recula pour me dévisager. Nous souriions. J'avais plaisir à retrouver ses traits nets, précis, sculptés dans une peau hâlée, son nez fin et puissant, les mèches tourmentées de sa chevelure cendrée. Il murmura de sa voix aux résonances d'outretombe :

— Tu vas bien. Je suis content.

— Et toi, Tibor ?

Son teint changea de couleur, ses iris gris se ternirent.

— Oh, moi…

Jamais cet homme ne m'avait parlé de lui ou de

ses sentiments, nous discutions de plantes, d'arbres, d'anatomie, de potions, de poisons, de guérison. Malgré des jours et des jours de conversation, j'ignorais tout de son intimité. Aurais-je dû insister ?

En dépit de sa riposte élusive, j'essayai de déchiffrer son masque. Comme s'il le discernait, il se figea et me fixa.

— Je te croyais mort, Noam. Un jour, j'ai ramassé ta besace, ton arc, tes flèches au fond d'un ravin inondé. Cela m'a inquiété. J'avoue que je t'ai cherché. Un peu.

— Un peu ?

— Beaucoup.

J'évitai de confesser que je m'en étais douté lorsque Barak l'avait détecté à une telle distance du village. Je n'osai pas non plus lui demander s'il avait enquêté pour lui seul ou si sa fille l'avait exigé, car je répugnais à évoquer Noura. Les interdits contrecarraient la conversation. Tibor posa sa main réparatrice sur mon épaule.

— Il y a des choses que toi et moi, nous ne souhaitons pas dire, d'autres que nous ne souhaitons pas entendre. Raconte-moi ce que tu veux, Noam, comme tu le veux.

Apaisé, presque autorisé à mentir, je lui narrai mon départ, mon existence actuelle, la vie sauvage. Or ce récit, vidé de la mésange, de Barak, de mes découvertes sur mon père, de mes pensées récentes, se révélait maigre.

Il m'écoutait, attentif, et je le soupçonnai de saisir ce que j'omettais sous ce que je proférais. Un silence s'ensuivit.

Il fronça les sourcils.

— Ta besace, ton arc, tes flèches, je les ai précieusement conservés. Je te les rapporte ?

— Non, merci. Je me débrouille sans.

Le silence revint. Muselé, notre dialogue peinait.

Tibor m'examina par en dessous.

— Désires-tu des nouvelles du village ?

— Je ne sais pas, rétorquai-je en me renfermant.

— Je comprends, admit-il sourdement. Partir, c'est décider d'ignorer.

— Exact !

Le silence s'installa. Dans nos esprits remuaient mille phrases que nous ne lâcherions pas. Nous nous scrutions, à la fois victimes et complices de ce qui nous accablait, réaffirmant notre solidarité par un regard de sympathie désolée.

— En tout cas, je te regretterai à vie comme assistant, s'exclama Tibor. Tu montrais de vrais dons pour apprendre, retenir et découvrir les propriétés des simples. J'aurais voulu te transmettre mon savoir, tu l'aurais embelli, il aurait fructifié. Dommage ! Mes connaissances mourront avec moi.

— Tout n'est pas perdu, objectai-je.

— Pardon ?

— Tu les communiqueras à tes petits-enfants.

— Mes petits-enfants ?

— Les enfants de Noura…

Je frissonnai. Si j'avais réussi à articuler son prénom, prononcer « les enfants de Noura et Pannoam » outrepassait mes forces.

Tibor secoua la tête, pensif. Je guettai une information dans ses traits, mais il affichait sciemment une mine évasive. Que donnait l'union de Noura et Pannoam ? Portait-elle déjà un bébé ? Pas encore ? Ces questions torturaient mon crâne et ne franchissaient pas la porte de ma bouche.

Notre silence devenait déplaisant, d'autant plus insoutenable que nous avions beaucoup à nous dire.

— Adieu, Tibor.

Lâchement, je tournai les talons et m'éloignai, honteux, déçu, contraint.

La voix de Tibor retentit :

— Noam ! Noam !

Il parcourut à la hâte les pas qui nous séparaient.

— Noam, puis-je te demander une faveur ?

— Toujours à ton service, Tibor.

J'avais enfin formulé une phrase sincère. Rien ne m'enchantait plus que de prouver mon respect affectueux à Tibor.

Son front se plissa. Il se gratta la nuque et darda un regard fiévreux autour de lui, comme si un ennemi allait jaillir.

— Le village court un extrême danger, je m'abstiens de t'en dire plus. M'assures-tu simplement que je pourrai t'en parler au cas où les événements se précipiteraient ?

— Tibor, je suis parti. Le village ne m'intéresse plus.

— Pour ta mère, pour ton père, pour Noura…

— Non !

J'avais hurlé. Aucunement déstabilisé par ma rebuffade, Tibor m'empoigna l'avant-bras.

— Je suis un homme sensé, Noam, tu me connais. Je ne crains pas grand-chose mais, cette fois, j'ai peur. Me promets-tu que je te retrouverai ici à la lune grosse ?

Je me raidis et tentai de décrocher sa main. Il m'agrippa davantage, la figure chiffonnée, le regard implorant.

— Je t'en conjure, Noam.

Du bout des lèvres, agacé par cette scène désagréable, je concédai :

— Je réponds « oui » à toi, Tibor, pas au village.

À mes mots, ses traits se réordonnèrent. Tibor me lâcha, soulagé, en soupirant.

— Merci, Noam. Rendez-vous au matin de la lune grosse.

Je me retirai vivement, sans parvenir à calmer ma fureur. Je ne supportais pas la promesse qu'il m'avait extorquée.

*

Il y a pire que de ne rien savoir, c'est imaginer…

Puisque j'avais refusé tout détail concernant le village, je me représentais d'atroces calamités ; dépourvu d'éléments pour nourrir ma réflexion, je ruminais, remâchais, ressassais jusqu'à la nausée.

Que cachaient les silences de Tibor ? Que couvraient ses inquiétudes ? Malgré de nombreux drames – le décès de son épouse, la mort de ses fils, la disparition de son village sous les boues, la perte de ses biens –, il avait gardé sa prestance, son énergie altruiste, sa curiosité conquérante, son souci d'apporter bienfaits et rémission aux gens ; il n'avait jamais erré ni trébuché. À la différence de mon père, il ne dissimulait pas de zones d'ombre, sinon ses douleurs intimes. Et voilà que ce guérisseur, si fort, si intègre, avait avoué trembler. Au point de me supplier. Que se passait-il ?

Ce qu'on fuit nous rattrape toujours. Le village et ses habitants ne me quittaient plus.

La mésange aussi m'avait suivi. Demeurant à une distance d'oiseau prudent, elle m'escortait, opiniâtre.

Mon oncle, lui, débordait d'alacrité. Était-ce parce que, un instant déserteur, j'étais revenu à la vie sauvage ? Était-ce parce qu'il s'était délivré des horribles secrets de son frère ? Était-ce parce que, désormais, il braillait grivoisement qu'il avait « mérité une femme » sans que je tique ?

Il s'éclipsa ainsi à plusieurs reprises, rentrant le lendemain triomphant et fourbu.

— Ah, mon garçon, comme je jalouse les animaux ! Ils ne baisent que pendant les périodes de rut. Le reste du temps, ça ne les démange pas, ils vaquent, ils pioncent, le cul leur fout la paix, repos ! Tandis que nous… c'est le rut toute l'année, les chaleurs à chaque saison. Quelle poisse ! De temps en temps, je me préférerais en ours.

— Tu plaisantes ?

— Évidemment, mon neveu ! Je suis tellement ravi que mon sang bouille. Je ne m'en lasse pas.

— De quoi pourrais-tu te blaser, mon oncle ?

— De rien qui donne du plaisir. À la prochaine occasion, je t'emmène ?

— Peut-être…

Ce « peut-être » réjouit Barak. Il estimait qu'il ne m'aurait totalement remis sur pied que lorsque je l'accompagnerais. Mes réticences lui paraissaient des puérilités morbides.

La lune grossissait. J'observais sa croissance avec un mélange d'angoisse et d'impatience. Que m'apprendrait le rendez-vous ?

Quand je jugeai que l'astre avait atteint sa taille maximale, j'annonçai à Barak que je disparaîtrais deux jours. Il sembla flairer ma destination, car il ne sollicita aucune explication.

J'accomplis le trajet à sa vitesse, la célérité d'un colosse aux foulées amples, ce qui m'exténua moins que précédemment. Au soir, je m'endormis non loin du chicot foudroyé, puis, au petit matin, je marchai jusqu'au monticule où le guérisseur et moi devions nous rejoindre.

En apercevant trois silhouettes, mon cœur bondit dans ma poitrine.

Sur le promontoire m'attendaient Tibor, Maman et Noura.

4

Maman m'enlaçait sans desserrer son étreinte. Nous faisions bloc. Comme autrefois. Comme avant ma naissance. Comme après. Enveloppante, elle pleurait sur ma nuque, discrètement, délicatement, et, par contagion, mes pupilles s'humectaient. Sa chaleur, sa peau soyeuse, sa chair tendre et ronde, son parfum sucré de rose, toutes ces émanations me grisaient, abolissant l'instant présent pour m'emmener dans un temps à part, pur, doux, lumineux, incorruptible, là où palpitait l'affection d'une mère et de son fils. Comment avais-je pu m'éloigner d'elle ?

Caressant son dos, ses reins, mes mains la gardaient tout contre moi. Paupières closes, bouche fermée, je tentais de lui exprimer par le contact que je l'aimais davantage depuis que je connaissais sa jeunesse, sa dilection pour Barak, son bonheur brisé, son deuil, puis la reconstruction de sa vie auprès de mon père, sans gémir, courageusement. Dans son corps alourdi, je décelais désormais le poids des chagrins, des abandons, des compromis, des résolutions, et cela me le rendait infiniment touchant.

Elle se dégagea. Nous nous dévisageâmes. Maman

m'apparaissait humaine et féminine. Pour la première fois, je ne lui adressais plus un regard d'enfant, mais bien un regard d'homme.

— Tu as maigri, dit-elle en effleurant mes joues.

Noura s'approcha.

— Bonjour, Noam.

Je frissonnai. Voir Noura, intense, tendue comme la corde d'un arc, entendre le velours de son timbre me troublait. À son habitude, elle s'abstenait de sourire ; sa physionomie parfaite rayonnait de façon naturelle.

Tibor me considéra avec gêne.

— Excuse mon initiative, Noam. Je ne souhaitais pas trahir ta confiance, mais la crise l'impose.

Les trois me fixèrent d'un air grave, me signifiant que la période des retrouvailles s'achevait.

— Nous avons besoin de toi, s'écria Maman.

— Toi seul nous sauveras, ajouta Noura.

Sur l'instant, je restai plus étonné qu'inquiet. Le lien que je percevais entre Noura et Maman me décontenançait : loin de rivaliser, elles parlaient d'une même voix ; si l'on ne détectait pas d'amitié entre elles, on ne discernait pas d'inimitié non plus ; une solidarité face au péril avait relégué le contentieux.

— Que se passe-t-il ?

Maman se tourna vers Noura.

— Explique-lui la situation.

Noura la remercia d'un mouvement du menton.

— Un certain Robur a débarqué chez nous, flanqué de brutes épaisses et puantes. Pas des Chasseurs, mais ils ne valent guère mieux, des puces de chien qui prospèrent aux dépens des autres. Ils seraient repartis s'ils n'avaient flairé l'affaire juteuse : notre village s'est richement développé et son chef…

Elle marqua une hésitation.

— Est infirme ! compléta Maman.

Noura approuva du bout des cils et poursuivit :

— Quand Pannoam lui a ordonné, à lui et sa horde, de filer, Robur a ricané.

— Pire, renchérit Maman. Robur a annoncé qu'il deviendrait le chef.

— De quel droit ? m'exclamai-je.

— Du droit du plus fort, rétorqua Tibor.

Le guérisseur torturait ses mains noueuses.

— Robur s'est campé devant Pannoam sous le Tilleul de la justice et l'a défié publiquement : « Si tu veux protéger tes villageois, prouve que tu le peux. » Ils vont se battre.

Durant mon enfance, des intrus accompagnés de charognards avaient contesté la légitimité de mon père et revendiqué la direction du village ; Pannoam s'était mesuré aux impudents et les avait égorgés. Le sang réglait ce genre de cas.

— Doit-on redouter ce Robur ?

Maman s'élança vers moi.

— Il y a quelques années, ton père n'en aurait fait qu'une bouchée. Maintenant, il lui manque une jambe, il a vieilli, il ne s'entraîne plus, ses réflexes s'émoussent. J'ai peur qu'il n'en soit plus capable.

— Il en est incapable ! affirma froidement Noura.

Outrée, Maman braqua un œil incendiaire sur elle ; aujourd'hui comme hier, elle supportait mal qu'on critiquât Pannoam ; elle décida cependant de négliger l'effrontée, car l'urgence du jour le nécessitait.

— Le combat finira mal, murmura-t-elle.

— Pannoam s'en rend-il compte ?

Un silence suivit ma question. Personne ne se hasardait à émettre un avis. Maman consulta Noura du regard, laquelle consulta Tibor. Ils soupirèrent de concert.

Maman rompit ce moment de flottement :

— Si lui l'ignore, nous le savons, nous. Et Robur aussi ! Il remportera le duel, il tuera ton père.

— Et il dirigera le village, trancha Noura.

Je m'efforçai de prendre un peu de recul.

— Comment réagissent les villageois ?

Une grimace de dédain tordit le minois de Noura.

— Les villageois ne sont gouvernés que par la frousse. Que craignent-ils le plus, la décrépitude de Pannoam ou la violence de Robur ? Ils hésitent. Ne compte pas sur une intervention de ces animaux passifs. Quand je songe que, pour eux, Pannoam pourrait mourir !

Maman confirma avec une bouffée d'exaspération.

Intérieurement, je corrigeai son assertion : Pannoam ne se battrait pas pour eux, mais pour lui. Par orgueil, par amour-propre, par goût du pouvoir. Au fond de moi, je n'accordais aucun crédit à l'altruisme de mon père.

Loin de percer mes pensées, les yeux de Maman, de Noura, de Tibor m'imploraient. Qu'attendaient-ils ? Quelle solution étais-je censé leur apporter ? L'objet de leur prière muette m'échappait.

Je dissipai toute ambiguïté :

— J'ai quitté le village.

— C'est ton village ! s'indigna Maman.

— Je n'y vis plus.

Elle s'empourpra en me scrutant.

— Tu effaces des années en quelques lunes ? Tu ne te soucies plus de ce qui touche les tiens ? Tu n'as plus de famille ? Je ne suis plus ta mère ? Tu n'es plus mon fils ?

Je baissai la tête.

— À quoi puis-je servir ? marmonnai-je.

Maman se planta devant moi, me releva le menton, me toisa et m'intima fermement :

— Rentre au village, annonce à Robur que Noam, le fils du chef, ne se laissera pas voler la succession.

Noura souscrivit avec ardeur :

— Ce crétin n'a pas inventé les braises, mais il saisira sur-lechamp qu'il risque davantage à s'attaquer à toi. Robur calcule vite.

— Reprends ton rang, mon fils, exigea Maman en posant ses mains sur mes épaules.

Je ne parvenais plus à raisonner, réduit à une clairière ouverte aux vents et ravagée par des souffles opposés. Que faire ? Secourir Maman, retourner à la vie sauvage ? Satisfaire Noura, rejoindre Barak ? Sauver le village, me sauver du village ? Ces désirs me constituaient et ne concordaient pas. Encore une fois, les événements me fractionnaient. Qui étais-je ? Quel Noam répondrait ?

La présence de trois êtres que je chérissais, leur angoisse, leur insistance suppliante, l'espérance qui gisait en leur cœur l'emportèrent.

— D'accord.

Leurs visages s'éclairèrent. Dépité, je me réprimandais déjà : je n'avais pas choisi, j'avais cédé.

— Quand se déroulera le combat ?
— Ce matin ! lança Tibor.
Et sans répit, le guérisseur, Noura, Maman me conduisirent au village.

Tout le long du trajet, une interrogation me taraudait. Comment me comporter face à Pannoam ? Maintenant que Barak m'avait dévoilé son cynisme, j'allais rencontrer mon père réel, pas celui que, candidement, j'avais imaginé durant des années. Je pressentais que mon mépris se transformerait en aversion.

Une fois au village, nous ne gagnâmes pas la bâtisse édifiée au moment des noces, destinée à couver les amours de Noura et Pannoam, mais l'ancienne maison familiale, celle qui m'avait abrité jusqu'à mon mariage.

Lorsque je pénétrai dans la pièce principale, Pannoam, occupé à se préparer, aiguisait le silex de son épée. Courbé, à moitié nu, les paupières plissées, il ne m'entendit pas arriver et je mesurai, pendant ce laps de temps, à quel point il avait changé. Ses muscles s'étaient atrophiés, la peau de ses bras ballottait sous ses biceps amoindris, les os saillaient aux épaules, aux coudes, ses flancs s'étaient évasés autour d'un ventre flasque. Simultanément engraissé et amaigri, son corps avait perdu sa cohérence.

Décelant ma consternation, Maman chuchota :
— Épouser une jeune ne l'a pas rajeuni.

Sa cruauté visait juste. Pannoam n'arborait plus ce torse bombé, vainqueur, à la large carrure, qui à lui seul garantissait sa stature de chef. L'âge l'avait voûté. Des cheveux blancs se mêlaient aux noirs, sur les tempes, au milieu du crâne, rendant sa tignasse sale, négligée. Outre ses traits froissés, son teint jaune racontait le confinement, le manque d'exercice, l'absence de marches en plein air, l'ennui.

La nuit où il se livrait à son trafic de marchandises, je l'avais identifié par sa voix, intacte, mais je n'avais pas perçu son affaissement, tandis qu'au jour sa déchéance m'accablait. Une émotion inattendue me submergea : la pitié. Ce père que j'avais fétichisé pendant que je demeurais à ses côtés, ce père que je vilipendais depuis que je l'avais fui, voilà que je le plaignais. Catastrophé par les ravages de la vieillesse et de l'amputation, je désirais le consoler.

Il leva la tête.

Une vraie joie envahit sa figure.

— Noam ! cria-t-il.

Sans réfléchir, il m'ouvrit les bras et je m'y précipitai.

— Mon fils, répéta-t-il en me tenant contre lui.

Que les sentiments nous déconcertent… Ils mènent une vie à part de nos vies, comme s'ils possédaient une existence déliée de tout contexte. Délaissant le présent, j'avais soudain sept ans, douze ans, vingt ans, je n'étais plus le Noam dur et désillusionné qui avait appris la malhonnêteté tortueuse de son père, j'étais l'enfant éternel, le fils indéfectible, dévoué, affectueux, celui du premier jour.

Il m'examina avec attendrissement et susurra :

— Je te pardonne.

En une seconde, mon enthousiasme fondit.

Il me pardonnait !

Mouillés par l'euphorie, ses yeux brillaient de clémence en me contemplant. Il me pardonnait… D'être parti ? D'avoir vécu sans lui ? D'avoir commis ce crime de lèse-Pannoam ? Dans sa perspective, je me repentais de ma faute en revenant et attestais qu'on ne subsistait qu'auprès de lui.

Il me pardonnait... D'avoir évité son égoïsme, son autoritarisme, ses trahisons ?

Il me pardonnait... Par cette parole, je compris que, capable de tout, du pire ou du meilleur, il se donnait toujours raison. Quoi qu'il fît, il le considérait comme juste, légitime ; au-dessus et indépendamment de ses actes, il se jugeait bon. Sa force découlait de la haute estime qu'il se portait.

Il me pardonnait... Soupçonnait-il que moi, j'avais davantage à lui pardonner ? Non, à l'évidence.

Son visage ruisselait de générosité. Quoi de plus intolérable que cette générosité ? On aurait pu croire qu'il m'aimait alors qu'en réalité il aimait m'aimer. Mieux : il s'aimait de m'aimer.

Je jetai un œil derrière moi. Maman, Noura et Tibor, satisfaits par l'accueil de mon père, m'engageaient de la main à avancer pour démêler la situation. Je me résolus à prononcer la tirade que nous avions prévue :

— Père, je viens reprendre ma place.

J'ajoutai en inclinant la tête :

— Si tu m'acceptes.

Pannoam ébouriffa mes cheveux.

— Bienvenue, mon fils.

J'abordai aussitôt le sujet urgent :

— Qui est ce Robur ?

Mon père se dressa, ravigoté. D'excellente humeur,

il se frappa le thorax, empoigna son épée et m'en désigna le fil affûté.

— L'homme que je tuerai aujourd'hui.

Allègre, conquérant, plein de lui, il entreprit de marcher droit à travers la salle, malgré sa prothèse, en élargissant ses pas et ses gestes. Il fanfaronnait. Il m'expliqua – ainsi qu'au reste de son public – que cet avorton l'avait provoqué, qu'il lui infligerait le même sort qu'aux crapauds de son acabit : il lui trancherait la gorge. Lyrique, il évoqua ses multiples triomphes, convaincu qu'il en allongerait la liste.

— Constamment victorieux, Noam, jamais vaincu !

Allais-je lui souffler que, dans sa condition, il passerait sans transition du statut d'invaincu à l'état de cadavre ? Volubile, causant trop et trop fort, Pannoam s'enivrait de sa légende, de ses exploits passés, de ses prouesses à venir ; il interprétait un rôle, celui du héros, surcompensant en énergie feinte ce qui lui manquait d'énergie réelle. Tout semblait forcé. Comme il le sentait, il en rajoutait, exaspéré.

De nouveau, la pitié me pénétra, mais, cette fois, une pitié dépourvue de tendresse, une pitié réprobatrice : je trouvais pathétique qu'un ancien grand chef se caricature par vanité.

J'interrompis son monologue :

— Je te laisse t'échauffer, père. Ne perturbons pas notre champion avant l'épreuve. Nous fêterons ensemble ton succès.

Il s'arrêta au milieu de sa phrase, les mots au bord des lèvres, et me regarda avec embarras, désarçonné de m'avoir persuadé.

Puis l'éclair de lucidité s'évanouit et Pannoam repartit au bout de la pièce en plastronnant, à la recherche de l'arme idoine.

Nous nous retirâmes. Sitôt dehors, Maman, Noura et Tibor se ruèrent sur moi.

— Tu devais lui proposer de parler à Robur !

— À sa place ? répliquai-je.

— Oui ! Et lui suggérer d'affronter Robur !

— À sa place ? Ne délirez pas autant que lui. Vous avez constaté comme moi qu'il se figure en forme. Vous avez remarqué comme moi qu'il préférerait crever plutôt que reculer. Particulièrement devant nous. Il n'habite plus ce monde, il habite un monde disparu où un Pannoam jeune et vigoureux dominait tout.

J'attrapai le bras de Tibor.

— Il faut qu'il décrète lui-même que je le remplace. Lui, et lui seul. Pour cela, aide-moi.

— Moi ?

— As-tu de la bourdaine ?

Tibor m'observa. Ses yeux chatoyèrent, amusés.

— Je te pensais mon meilleur disciple, mais là, l'élève dépasse le maître.

Il éclata de rire. Je le rejoignis dans l'hilarité.

Maman et Noura n'appréciaient guère cette complicité qui les excluait.

— Peut-on savoir ? claironna Noura, les narines pincées.

Tibor se tourna vers elle et, pour une fois, la moucha :

— Je t'ai souvent indiqué cet arbrisseau, ma fille. Or, à ton habitude, tu n'as ni écouté ni retenu mes commentaires. Ses petits fruits coquelicot, dont raffolent les chevreuils, augmentent la pugnacité ; son écorce, séchée et servie en tisane, lutte contre la constipation.

— Et alors ? riposta-t-elle, peu disposée à se reconnaître un tort.

— Notre ami Noam veut trinquer avec son père.

— Exact ! confirmai-je.

— Un bol de vin bien corsé, très aromatisé, car la poudre de bourdaine que nous allons y verser répand une odeur désagréable. Afin d'en consolider l'effet, j'y incorporerai des graines de lin.

Je conclus à l'intention de Maman et Noura :

— Les tripes en déroute, Pannoam sera obligé de capituler. Il prendra une décision.

Maman m'embrassa spontanément et glissa à mon oreille d'une voix lasse :

— Pourvu que ce soit la bonne.

Pannoam ne repéra pas la ruse. Il trinqua avec moi en continuant à multiplier les poses avantageuses. Petit à petit, au cours de ses préparatifs, je vis que des contractions à l'abdomen l'incommodaient, que des rictus de douleur traversaient ses joues hâves. Sa volonté pourtant s'opposait aux menaces de ses entrailles ; il amplifia même ses bravades. Soudain son visage blêmit et il me faussa compagnie.

Il revint quelque temps après, livide, mais joua l'homme rétabli, jusqu'au moment où de nouveaux spasmes, violents, le contraignirent à fuir.

Son absence dura davantage. Il rentra fébrile, gluant de sueur, secoué de frissons.

— Noam, je ne parviendrai pas à me battre.

— Remets le combat, père.

Il me foudroya.

— Si je demande un délai, je donne raison à Robur. Je lui offre la victoire sans lutte. Il s'emparera du village.

Il s'essuya le front.

— J'ai une idée.

Il me tendit le spectaculaire collier de coquillages nacrés qui reposait sur son buste, l'insigne du pouvoir.

— Je te fais chef. Après tout, j'ai passé ma vie à te former et te voilà prêt. Tu affronteras Robur. Il bouffera la poussière.

— Père, je ne sais…

— J'ai dit ! Pour moi, c'est fini.

Il appliqua sa main sur mon épaule, tout en s'appuyant au mur, chancelant, bouleversé.

— Je te confie le pouvoir. Je suis fier de toi, mon fils, et je t'aime.

*

Lorsque je sortis, transfiguré, muni de l'insigne du pouvoir et chargé d'une arme, Maman, Noura et Tibor devinèrent aussitôt ce qui venait de se dérouler. En silence, afin que Pannoam continuât à ignorer notre conjuration, Maman m'embrassa, Tibor me congratula, Noura me sourit.

Une rumeur se propageait.

Scandés, des coups et des cris s'élevaient entre les maisons. On frappait le sol avec des bâtons, on psalmodiait les formules rituelles, les femmes ululaient, les hommes faisaient claquer leur langue. Ce brouhaha suintait l'appel au meurtre, le goût du carnage.

Tibor s'élança vers l'origine du tumulte.

— Vite ! Robur piétine sur la place depuis un moment. Il s'impatiente. Les villageois s'y sont réunis et ce salaud les met de son côté en injuriant ton père, en se moquant de son retard.

Je le talonnai et déboulai près du Tilleul de la justice.

Clameurs et percussions cessèrent.

Un murmure ébahi parcourut la foule. On ne m'avait plus vu depuis des lunes et l'on s'attendait encore moins à ce que j'apparaisse doté d'une épée et du fameux collier.

Je me campai en face de Robur. Pas besoin de vérifier son identité. Trapu, aussi large que haut, harnaché d'amulettes, arborant un pendentif de crocs, attifé d'une tête de loup sur le crâne, il affichait tous les indices de celui qui se veut un effrayant guerrier. Même la saleté de sa barbe et de ses cheveux hirsutes signifiait : « Craignez-moi. »

Il me sembla grotesque, non qu'il manquât d'arguments physiques – un cou taurin puissamment veineux, des muscles gonflés, des poings ramassés, des jambes courtaudes qui lui assuraient équilibre et rapidité –, cependant son front étroit coupé de deux grands plis, ses prunelles injectées de sang, ses narines frémissantes, son maintien ombrageux, tout en lui exprimait la stupidité, l'opiniâtreté bornée de celui qui tient son agressivité pour de la bravoure, sa prétention pour de l'envergure.

Détaillant mon collier, mon épée, il m'apostropha :

— Qui es-tu ?

— Noam, fils de Pannoam.

Il grogna :

— Pannoam n'a pas de fils.

— Tu es mal renseigné.

Je pris les villageois à partie :

— Suis-je Noam, fils de Pannoam ?

Ils hurlèrent : « Oui », ce qui déplut à Robur ; il sentit le vent tourner en ma faveur.

Il tapa la terre du pied, impérieux, en bavant légèrement.

— Où est Pannoam ?

— Chez lui.

— Il refuse de se battre !

— Avec qui ?

Robur s'étouffa d'indignation devant ma réaction.

— Mais avec moi !

— Pourquoi ?

— Parce que je lui ai lancé un défi. S'il gagne, il reste le chef. S'il perd, je le deviens.

Notre conversation l'agaçait au plus haut point tout en le plongeant dans l'insécurité. Alors qu'il avait visé une victoire facile, son plan ne se réalisait pas comme prévu. Je repris tranquillement, sachant que mon calme achèverait de l'impressionner :

— Je crois que tu te trompes, Robur. Tu prétends te battre avec le chef du village ? Je suis le chef de ce village.

— Depuis quand ? vociféra-t-il.

La véhémence du teigneux me prouvait soit son idiotie, soit l'appréhension d'une défaite.

— Depuis vingt-cinq ans et quelques instants. Mon père vient de me remettre mon dû.

Je désignai le collier qu'il lorgnait d'un œil torve

depuis le début de notre face-à-face. Pour conforter mon autorité, je lui demandai, rogue :

— Et toi, qui es-tu ?

— Robur !

— Eh bien, je te conseille de passer ton chemin, Robur.

Les villageois approuvèrent tapageusement. À leurs yeux, j'incarnais le chef légitime – ou plutôt, si l'on suivait le raisonnement de Noura, ils jugeaient que la puissance protectrice se trouvait de mon côté.

Robur oscilla. Une part de lui-même souhaitait quitter les lieux, une autre endurait mal l'humiliation publique. Lorsqu'il pivota vers ses sbires pour les consulter, ceux-ci, amers, bilieux, lui indiquèrent par des feulements et des gestes acrimonieux qu'il devait me trucider. Comme ils ne risquaient pas de se battre, ils se laissaient envahir par le ressentiment, bouillants de haine, aiguillonnés par le désir de massacre. Ils s'exaspéraient des atermoiements de Robur.

Celui-ci frissonna, se découvrant coincé. De toutes parts, le danger se dressait. Soit il m'affrontait, soit il affrontait ses hommes.

Tibor me frôla et me glissa à l'oreille :

— Prépare-toi au combat, Noam.

— Robur tergiverse…

— Pas pour longtemps. Qui l'a fait chef ? Ces brutes. Il est prisonnier de ces brutes.

De fait, Robur n'osait plus s'approcher des truands tant ils le conspuaient, menaçants, contractés, hostiles, vindicatifs. Il se retourna vers moi et me toisa.

— Prêt à te battre, avorton de boiteux ?

Ses coupe-jarrets l'acclamèrent.

— Prêt ! dis-je, empoignant le pommeau.

Robur hissa sa hache au-dessus de lui.

— Fils de trouillard, rejeton de merde, je vais te découper en morceaux et tu boufferas tes couilles. Si tu en as... Peut-être que ton père, qui les a égarées avec sa jambe, n'a pas pensé à t'en donner ! Lavette, châtré, je vais t'enfoncer ma hache au fond de ta petite gueule et tu vas bien la lécher avant de crever !

Ces insultes, loin de me troubler, m'enchantèrent. Si Robur était de ces guerriers qui se regonflent en vitupérant, il manquait donc de véritable assurance et d'authentique courage.

Je levai mon épée. À mon propre étonnement, je me réjouissais de ce qui s'annonçait. Quelle satisfaction ! La colère qui couvait en moi depuis le matin, voire depuis des lunes, pouvait éclater. Cet abruti court sur pattes m'offrait un soulagement.

Je proclamai, en tentant de ne pas trop montrer mon impatience :

— Ça suffit, Robur : tu pars ou tu meurs ! Maintenant !

Brandissant sa hache, il se rua sur moi, l'œil en feu, le rugissement aux lèvres.

J'esquivai sa première charge. Il vira et redémarra. Je me dérobai souplement. Il persévéra, commençant à me présumer couard, à se figurer maître de la situation. Je le laissai bondir plusieurs fois vers moi et ne lui rendis aucun coup, afin qu'il s'enhardisse, s'épuise et se déséquilibre.

À la huitième attaque, je ne l'évitai pas, contrai son assaut, envoyai valdinguer sa hache au loin et, sans la moindre hésitation, je lui fichai mon épée dans le ventre.

Il me fixa, les paupières arrondies, la bouche ouverte, ahuri, et tomba sur les genoux. Beuglant de douleur, il essaya d'arracher la lame. Avec une volupté cruelle, je l'enfouis davantage en la vrillant, histoire de lui déchirer les entrailles. Il vagissait.

Enfin, au moment où je le décidai, je retirai brusquement mon arme.

Robur s'abattit. Le sang se répandit sous lui. Il clabauda brièvement, tressaillit, glapit, puis la rigidité de la mort l'écrasa au sol.

Je criai à ses pillards :

— Enlevez ça d'ici, et foutez le camp ! Sinon, ce sera votre tour.

Les villageois entamèrent une longue ovation où se mêlaient hourras et youyous. À leur ardeur et à leur animosité, on aurait pu imaginer qu'ils avaient combattu...

Sur le côté, Maman et Noura me contemplaient, admiratives.

Pour tous, j'étais devenu le chef du village.

*

À l'issue du festin, je passai la nuit dans mon ancienne maison, celle où j'avais vécu avec Mina.

Je ne dormis pas. L'enchaînement si rapide des événements me bouleversait. Le destin, après mon incartade sauvage, rattrapait avidement le temps.

Pour célébrer mon accession au pouvoir, les villageois avaient improvisé une fête, qui procurant la viande, qui l'embrochant, qui allumant un feu, qui apportant des fruits, qui prodiguant le vin. Au banquet, Tibor s'était installé à ma droite, Maman à ma gauche. Resplendissante, elle était de nouveau la femme du chef, l'unique femme du chef. Non seulement mon épouse avait disparu, mais sa position de mère, nul ne pouvait la réclamer ni la lui ôter. À ma grande joie, elle avait adoré resplendir à mes côtés, aussi orgueilleuse que comblée, radieuse, impériale.

Occupé à vider ses intestins, Pannoam s'était abstenu de paraître. Noura, par décence, l'avait imité. Je conservais pourtant en mémoire le regard qu'elle avait porté sur moi quand, au-dessus du cadavre fumant, j'avais lavé mes bras du sang de Robur. Plus que de l'admiration, j'avais décelé une fascination effrénée, appuyée sur un trouble très physique, tant sa face et son cou s'étaient violemment empourprés. Elle était sortie, malgré elle, de sa réserve. M'avait-elle, pour la première fois, considéré comme un homme fort, non le fils soumis de Pannoam ? En m'apercevant dans ses yeux, je m'étais vu beau. Fugitivement.

Tuer ne m'avait pas répugné. Cela m'avait semblé une excellente solution. Après le gibier à poil et à plume, j'enlevais la vie à un humain. Contrairement aux animaux, Robur m'avait attaqué ; à la différence des animaux, Robur m'avait souhaité du mal. Tout bien pesé, j'avais trouvé plus aisé d'occire cè bougre qu'une bête : j'avais supprimé un danger et mis fin à la sottise, à l'envie, au fiel, les composants que j'avais détectés en lui.

Je paressais, allongé sur la natte où nous avions tenté, Mina et moi, de fabriquer des enfants. Nos souvenirs ne m'empoisonnaient pas, ils m'alanguissaient. Avec le recul, je ne retenais que la douceur de Mina, son dévouement pataud, sa volonté de bien faire, oubliant l'ennui que j'en avais éprouvé, l'agacement ou l'impatience. Mina devenait un épisode de mon existence que je chérissais, propice à une suave mélancolie.

Que mon père ait gardé la maison intacte, inoccupée, me touchait également. D'ordinaire, aucune bâtisse ne demeurait vide, le chef l'affectant aussitôt à une famille. Pour moi, Pannoam avait différé la réappropriation. Avait-il espéré mon retour ?

Mon opinion changeait. Qu'il m'ait remis le pouvoir apaisait mes doutes. En abdiquant la veille, il avait manifesté un sens aigu de ses responsabilités. Fidèle à ses devoirs, désireux du meilleur pour son village et pour son fils aîné, il avait prouvé sa cohérence. Son trajet de chef et de père accompli, après tant de batailles, tant de soucis, il allait enfin se reposer.

À l'aube, je condamnai mon absence de nuances envers lui. Quel rustre ! Soit je l'admirais, soit je le méprisais. Ne pouvais-je acquérir une vision de lui pertinente, équilibrée ? Admettre sa complexité ? Pannoam possédait à la fois les plus vertigineux défauts et les plus sublimes qualités. Oui, ses vertus s'accompagnaient de vices, proportionnés, c'est-à-dire énormes, mais les perfections fonctionnent-elles sans les imperfections ? Sans doute faut-il trop aimer le pouvoir pour le supporter… Se consacre-t-on au bien des autres malgré eux, parfois contre eux, sans jamais penser à soi ? Si Pannoam avait entretenu la peur, c'était en visant la paix et la cohésion du village. Quand il prélevait sa ration sur les rapines des

Chasseurs, il leur démontrait qu'il restait le chef. Sans conteste, il escroquait ses sujets, cependant ceux-ci ne se montraient-ils pas ingrats à la première occasion, ainsi que je l'avais vérifié face aux menaces de Robur ? Ils ne soutenaient plus un Pannoam affaibli, ils le préféraient mort. Ne s'avérait-il pas compréhensible qu'il sauvegardât une portion afin de garantir sa subsistance, d'améliorer ses vieux jours, de contrer les revers de fortune ? Régner ne détruit pas l'inquiétude ; assurer la sécurité ne préserve pas de l'insécurité.

Certes, son comportement masquait ses fautes. Or l'hypocrisie ne servait-elle pas le bien commun ? Si Pannoam ne livrait que l'illusion de la justice, s'il ne présentait qu'un simulacre d'honnêteté, ces apparences constituaient l'essentiel. En dépit de sa fausseté, il fournissait un modèle au peuple, il incarnait les mérites nécessaires que chacun devait reproduire. Peu importait, au fond, que dans l'ombre de la nuit il se révélât différent puisque personne ne le savait ! Même cacher ses secrets relevait, chez lui, d'une bonne gouvernance.

Comme j'avais manqué de subtilité ! Je n'avais cessé de le peindre uniformément, tout en blanc, tout en noir ; je l'accepterais désormais avec ses multiples aspects.

En marchant vers sa maison, je décidai d'associer mon père à mes débuts de chef, de le consulter pour la plupart de mes résolutions, histoire de le ménager et d'adoucir sa retraite.

Lorsque j'arrivai, il m'accueillit par un éclat de rire.

— Ah, Noam, je vais beaucoup mieux.

— Tant mieux, père.

Il m'offrit à boire.

— Noura m'a décrit ton combat contre Robur. Ta main n'a pas tremblé. Je suis fier de toi.

— Je devais le faire.

— Et tu l'as fait. Félicitations.

Pannoam désigna le collier du pouvoir.

— Tu peux me le rendre.

Je me pétrifiai.

Sûr de lui, il avança vers moi et, sans supposer la moindre résistance de ma part, m'ôta le collier du poitrail, le posa sur le sien.

Quand il vit mon visage décomposé, sa bouche se souleva à gauche, dessinant un rictus qui ressemblait à un sourire.

— Quoi ? Tu as pris ça au sérieux ?

— Mais…

— Noam ! Tu t'es superbement prêté au jeu, merci. Maintenant que je me suis rétabli de cette indisposition passagère, tout rentre dans l'ordre.

— Tu…

Il abandonna son badinage, se figea et me lança d'un ton tranchant :

— Un embarras du ventre ne me retire pas le pouvoir. Ni ne te l'attribue. Ne sois pas ridicule.

Je me dressai, froid, tendu.

— Père, tu reviens sur ce que tu as fait.

— Hier, j'ai fait ce que devait faire le chef d'hier. Aujourd'hui, je fais ce que doit faire le chef d'aujourd'hui. Noam, je ne pouvais pas combattre et il fallait pourtant défendre le village : j'ai agi en chef en t'envoyant trucider ce butor. Ce matin, j'ai recouvré la santé : je continue à agir en chef en récupérant le pouvoir.

— M'estimes-tu incapable de l'exercer ?

— Je t'ai formé pour cela. Mais je suis encore là, mon garçon, tu attendras que je sois mort.

Il riait, il se moquait de mon effarement, il me traitait en enfant. Sa sollicitude, sa jovialité m'atteignaient tels des poignards. Il insista doucement :

— Oui, Noam : attendre. J'ai patienté avec mon père Kaddour.

— Ce n'est pas pareil.

— Ah bon ! Pourquoi ?

— Kaddour s'est écroulé subitement sur un chemin au soleil. Les Esprits et les Dieux l'ont reçu en pleine forme. Tandis que toi...

— Moi ?

— Tes boyaux ne te dérangent plus, père. Arriverais-tu néanmoins à te battre sur une jambe ? Sans aucun entraînement ? Viendrais-tu à bout de Robur, là ? Ne subis-tu pas, toi-même, des humeurs que tu infliges par la suite à tes proches ? Tu ne te portes pas bien, père. Tu iras mieux dès que tu t'arrêteras.

Pannoam se tut. Il ressassait mille pensées sans en trouver une à m'opposer. J'escomptais qu'à court d'arguments il retrouverait la lucidité.

Il se redressa en me brûlant du regard.

— Jamais !

Il fulminait tant qu'il frissonnait. Lorsqu'il s'en rendit compte, il frémit davantage.

Soucieux de mettre un terme à cette scène dégradante, je m'approchai et lui arrachai le collier. En le maintenant, il maugréa, hostile :

— Tu as vraiment cru que je t'avais donné le pouvoir, pauvre imbécile ?

Je suspendis mon geste et répliquai avec une hostilité identique :

— J'aurais dû me méfier, me rappeler que tu voles régulièrement ce qui appartient aux autres.

— Quoi ?

— Une marotte chez toi… Reprendre Elena à Barak. Me prendre Noura. À présent, me reprendre le pouvoir.

Le nom de Barak assena un coup à mon père. Il tressaillit. Ses yeux s'écarquillèrent. Il ne comprenait pas comment j'avais appris cela. J'en profitai pour porter l'estocade :

— Sans parler bien sûr de ton trésor… Oui, ton trésor ! Ou plutôt ton butin ? Ce que tu soustrais aux habitants avec l'aide des Chasseurs. Allons, ne joue pas l'étonné ! Ces sacs que tu entreposes dans la Falaise aux ours depuis des années. Je me demande d'ailleurs si un seul ours a fréquenté les environs… Tu mens sur tout et à tout le monde depuis si longtemps.

Pannoam se cramponna au mur pour ne pas tomber. Il n'osait me regarder, plongé dans le désarroi.

Puis il serra les mâchoires. La rage envahit ses traits. Se décollant de la cloison, il saisit deux armes et m'en tendit une.

— Bats-toi.

— Pardon ?

— Si tu veux le pouvoir, prends-le. Bats-toi.

Je reculai.

— Jamais.

— Pourquoi ?

— Me battre contre mon père ?

— Bats-toi.

Il pointa son épée dans ma direction. Je ne réagis pas. Il l'agita pour engager la lutte. Je demeurai de pierre. Rageur, il sauta en avant et, d'un coup, m'entama le bras avec sa lame.

De ma main libre, je pressai ma blessure afin d'empêcher le sang de couler.

— Bats-toi ! vociféra-t-il.

Je le toisai. En articulant lentement chaque syllabe, je rétorquai :

— Je ne me battrai pas contre toi.

— Pourquoi ? Pourquoi ? brailla-t-il en secouant son arme.

— Parce que je gagnerais !

Je jetai l'épée à ses pieds et m'éloignai en courant.

Avant de quitter la pièce, je l'aperçus à terre, hurlant de colère : il n'était plus que haine, souffrance, dépit.

En grimpant droit par les coteaux, je sentais monter en moi l'ivresse de la liberté. Je ne fuyais pas le village, je rejoignais la vie sauvage, celle que j'avais choisie. Chaque pas me procurait plus de force, mes reins vibraient, mes cuisses bouillaient, je me retenais difficilement de courir.

Fini ! Adieu les intrigues, les rivalités, les trahisons ! J'en avais terminé avec la société, ce filet qui piège, blesse, étouffe, et je quittais un père qui m'avait élevé pour lui, pas pour moi. Quand Pannoam prétendait m'avoir préparé à diriger, il mentait. Si l'exercice du pouvoir exigeait fraudes et rapines, il aurait dû m'en informer, puis m'y former. Il avait préféré me confire dans l'ignorance parce qu'il m'appréciait en miroir flatteur. Briller devant moi, se parer d'honnêteté, se pavaner héroïquement comptaient davantage. L'orgueil corrompait les qualités de mon père.

Je l'avais abandonné à terre, humilié, vagissant. Il savait que, déniaisé, je connaissais sa perfidie et il me maudissait. Quelle bonne nouvelle ! Qu'il me déteste, oui, qu'il me déteste à fond ! Sa haine me délivrerait de lui.

Je marchai longtemps, ce qui m'apaisa peu à peu. Ces dernières semaines, même si le soleil persistait, chaque jour se révélait plus aigre et plus mordant. L'hiver s'annonçait.

La nuit descendait au moment où je retrouvai Barak dans la hutte.

Il m'accueillit joyeusement, mais tranquillement, loin d'imaginer ce qui s'était passé*.

---

* En écrivant ces lignes, un souvenir surgit.

Paris 1749. On m'avait jeté en prison pour une dette que je n'avais pas remboursée. La forteresse en calcaire, humide, froide, puant le salpêtre, m'aurait paru sinistre si n'y avait séjourné un homme charmant, jeune, volubile, passionné, vif, dont la conversation enchantait même les gardiens. On le surnommait Bouche d'or. Son athéisme avait entraîné sa mise au cachot ; cependant ses hautes relations et la considération intellectuelle dont il jouissait avaient permis de tempérer son incarcération à Vincennes. Non seulement il bénéficiait de livres, de papier, d'encre, mais il recevait aussi ses amis. L'un d'eux le rejoignait chaque semaine, semblable en âge, dégageant moins de brillance extérieure, plus de lumière intérieure. On le surnommait le Musicien, car soit il chantait, soit il se précipitait sur le clavecin qu'avait obtenu Bouche d'or. J'adorais passer du temps auprès d'eux. Un dimanche ensoleillé, peut-être parce que nous avions trop bu, trop mangé, je leur racontai quelques bribes de ma jeunesse. Prudemment, je leur livrai mon récit, non comme un élément

— Allons manger dehors, mon garçon, bientôt nous ne pourrons plus.

Nous nous installâmes sur une plateforme de roche donnant sous la lune terne. Les étoiles répandaient un éclat diffus, comme si un voile s'interposait en humectant les ténèbres.

— Mon genou droit m'élance, marmonna-t-il, la neige arrive.

Pendant qu'il allumait un feu, je lui racontai mon expédition. Il m'écouta, effaré, sans autre commentaire que sa bouche bée.

Dès que je narrai la scène finale, celle où j'accablais mon père en lui parlant de Barak, d'Elena, de ses trafics nocturnes, ses yeux étincelèrent et je saisis que mes paroles le vengeaient.

---

de ma vie, plutôt comme la réminiscence d'un conte italien que j'avais lu et dont je ne retrouvais plus l'auteur. Bouche d'or et le Musicien me prêtèrent l'oreille avec ferveur. Je mentionnai donc Barak, sa bonté spontanée, sa joie, sa compassion, son existence loin du village. « C'est l'homme à l'état de nature, s'exclama le Musicien, l'homme avant que la société le corrompe ! » Puis je décrivis, toujours comme s'il s'agissait d'un roman, mon père Pannoam, son désir de posséder, son enrichissement à la fois manifeste et caché, sa conquête d'un pouvoir autoritaire afin de conserver ses biens. Le Musicien murmura : « Mon ami, vous m'avez illuminé ! » Bouche d'or le regarda et lui lança : « J'ai compris ! Vous allez répondre à la question de l'Académie de Dijon sur l'origine de l'inégalité et vous prendrez le parti de personne. » Le Musicien éclata de rire. « Alors Personne doit être l'identité de monsieur. Comment vous appelez-vous ? » Histoire de plaisanter, je rétorquai : « En réalité, je m'appelle Ulysse, mais Personne quand on vient me réclamer des créances. » Bouche d'or quitta rapidement la prison ; je ne le revis jamais, non plus

Après mon récit, il s'écria :

— Tu n'as pas dit adieu à ta mère ou à Noura ?

— Non.

— Parfait ! Lorsqu'on fait ses adieux, on ne part pas, ou l'on part mal.

Une bouffée d'agressivité envers elles me secoua.

— En tout cas, elles ont obtenu ce qu'elles voulaient !

— Pardon ?

— Elles ne souhaitaient pas mon retour, elles espéraient juste sauver Pannoam et le village.

---

que le Musicien. En revanche, je découvris son livre quelques années plus tard. Il traçait le portrait d'un bon sauvage à l'état de nature dans lequel je reconnus mon oncle Barak. Et la seconde partie commençait ainsi : « Le premier qui ayant enclos un terrain s'avisa de dire : *Ceci est à moi*, et trouva des gens assez simples pour le croire, fut le vrai fondateur de la société civile. Que de crimes, de guerres, de meurtres, que de misères et d'horreurs n'eût point épargnés au genre humain celui qui, arrachant les pieux ou comblant le fossé, eût crié à ses semblables : "Gardez-vous d'écouter cet imposteur ; vous êtes perdus si vous oubliez que les fruits sont à tous et que la terre n'est à personne !" » Ensuite, le Musicien, dans des pages éblouissantes, distinguait l'inégalité naturelle, dont nous n'avons pas à rechercher l'origine, et l'inégalité sociale, qui, elle, vient des hommes. L'institution de la propriété instaure une inégalité de patrimoine sans rapport avec l'inégalité physique. Par la suite, elle génère l'oppression, les classes, les conflits.

Quelle surprise de constater que mon naïf récit avait produit de la philosophie ! Je relis souvent le texte du Musicien, ainsi que ses autres essais. J'aime également parcourir les œuvres de Bouche d'or, peut-être moins fondamentales, mais stimulantes par leur joyeuse liberté qui m'évoque les caprices fascinants de sa conversation. Ah, un détail : Bouche d'or s'appelait en réalité Denis Diderot, et le Musicien Jean-Jacques Rousseau.

Piqué par une douleur supplémentaire, j'ajoutai :

— Et maintenir leur position : femmes de chef. Elles m'ont utilisé. Comme Pannoam.

J'avais conscience de les dénigrer avec excès, mais les calomniais-je vraiment ? À l'évidence Noura tenait à conserver ses privilèges et Maman, quoiqu'elle me chérît, s'était régalée à jouer la mère du chef. Ces ambitieuses partageaient le goût du pouvoir. Supporteraient-elles Pannoam sans cela ? D'ailleurs qu'aimaient-elles en lui ?

Mon rôle m'apparut soudain moins glorieux. Alors que je croyais avoir agi de ma pleine volonté, j'avais simplement accompli ce que Pannoam, Noura, Maman et même Tibor escomptaient, réduit à un outil qu'ils manipulaient. Quel crétin !

Barak se pencha vers moi.

— J'ai failli te perdre, alors ?

Il comprenait que j'aurais pu ne pas revenir et se reprochait de m'avoir attendu avec tant d'insouciance. Je l'examinai : cette masse de muscles, cette chair rutilante de santé, ces cheveux luisants et cette barbe hirsute abritaient un cœur tendre. Dans ses lèvres dépitées, dans ses regards implorants, dans les plis de son front, la sincérité de mon oncle me parut si flagrante, à la différence des roueries paternelles, que je désirai le serrer entre mes bras.

Il le perçut. Aussi brusque qu'enthousiaste, il m'agrippa et m'étreignit. Plaqué contre son puissant torse, le souffle court, je ne le repoussai pas ; je me laissai contaminer par la chaleureuse affection qu'il irradiait. Pourquoi n'avais-je pas reçu Barak comme père ?

— Mon oncle, je n'ai qu'une chose à dire.

— Oui, mon neveu ?

— Nous méritons bien une femme, non ?

Et nous éclatâmes de rire.

*

Le froid nous surprit.

À l'aube, nous vîmes s'avancer des nuages cendrés, très lents, qui portaient de la neige dans leurs flancs. Ils occupèrent languissamment le ciel jusqu'à le faire disparaître puis fanèrent la clarté. Les premiers flocons voletèrent, indécis, hésitants, tels des éclaireurs incompétents qui palpaient le terrain ; ils s'évanouissaient sitôt le sol touché. Enfin les bataillons de flocons affluèrent, d'une épaisseur croissante, chargeant l'atmosphère d'une opacité blanchâtre.

La neige tomba durant plusieurs jours et plusieurs nuits. Pour lutter contre le fraîchissement, nous avions enfilé nos fourrures – manteaux, chausses, moufles – et nous entretenions constamment les braises dans la cabane. Pour nous alimenter, nous recourions aux minces réserves que nous avions gardées sous des galets.

Tout événement météorologique nous unissait, l'oncle et moi. Empreints d'une profonde révérence, nous contemplions le spectacle offert par la Nature, les Dieux et les Esprits. Barak ne s'inquiétait jamais : il admirait. Aurait-il été confronté au pire des ouragans, il se serait délecté.

Depuis son enfance, me répétait-il, les terres du Lac n'avaient cessé de se réchauffer, l'hiver autant que l'été. Régnaient des températures de plus en plus clémentes.

— Autrefois, le Lac demeurait gelé pendant cinq lunes, alors que de nos jours il gèle une ou deux lunes, pas davantage. Qu'est-ce qu'on s'amusait, Pannoam et moi, à déraper sur la glace, épaisse, solide, pas dangereuse ! Nous allions loin, à l'occasion. Un hiver, nous avons même tenté de traverser le Lac ; heureusement, la faim nous a ramenés à la maison six jours après.

J'ignorais ce qui relevait de l'exagération ou de la vérité tant Barak adorait se souvenir de la période enchantée où lui et son frère cavalaient côte à côte en explorant l'univers.

— Nos ancêtres affrontaient un climat plus rude que celui d'aujourd'hui. Pour je ne sais quelle raison, les Dieux et les Esprits nous traitent mieux. Nous ne sommes plus obligés, comme nos aïeux, de vivre toute l'année dans des grottes.

Un matin, en ouvrant les paupières, je me réveillai ailleurs. Le temps était suspendu, l'air s'était densifié, la quiétude m'écrasait.

Au sortir de la hutte, je découvris que la neige avait interrompu sa chute.

Une lumière éclatante emplissait la forêt, versée par le ciel bleu, montant du sol immaculé qui réfractait l'azur.

Le silence témoignait d'un autre monde. Il agrandissait l'espace dans de vertigineuses proportions, absorbant tout. Je n'entendais plus que moi, le battement de mon cœur, mon nez qui sifflait. Lorsque je fis quelques pas, il me sembla que les crissements amortis provoqués par mes pieds troublaient le bois entier. Je m'arrêtai, inquiet, et tendis l'oreille. Le moindre craquement de branche, des ailes qui s'agitaient au lointain, les plus menues pattes d'écureuil filant le long d'un tronc, chaque son perturbait la paix. En été, les bruits se fondent dans le silence pour le constituer ; en hiver, les bruits deviennent étrangers au silence.

Barak s'approcha, ému.

— Voilà ce que les Esprits et les Dieux nous ont concocté pendant ces trois jours. Du beau travail.

Les arbres, feutrés de blanc, ne frémissaient plus. La neige avait décidé de mettre en valeur les bouleaux pâles et écailleux, transformant les chênes ou les peupliers en simples fûts sombres, dépourvus de grâce.

— Déménageons, Noam, la hutte ne nous protège pas du froid.

— Et si nous colmatons les interstices ? Et ajoutons des mousses ?

— Insuffisant. De toute façon, nos traces pour gagner la hutte seront visibles. La neige tassée indique le chemin.

— Barak, de qui nous cachons-nous ?

Il ne répondit pas. Je finis par poser la question :

— Où allons-nous ?

— Dans une grotte que je connais. Pas loin de la Caverne des Chasseresses.

— Tu veux dire…

— Oui, oui, mon neveu, les fameuses Chasseresses à qui nous rendrons visite puisque, tu l'as dit l'autre soir, nous méritons bien une femme.

Nous vidâmes la cabane de l'indispensable puis marchâmes vers notre abri. Notre progression était ralentie par la neige. Comment la légère et fine poudreuse s'alourdissait-elle autant dès lors que nos jambes s'y enfonçaient ? Entre la brûlure de l'exercice et la brûlure du froid, je subissais deux feux : au bas de mon corps, l'effort enflammait mes cuisses et mes mollets ; en haut, le gel piquait mes mains, ankylosait mes bras, incendiait la peau de mon visage. Traînant derrière mon colosse d'oncle, j'étais contraint de respirer largement pour suivre la cadence.

— Es-tu sûr de ta route, Barak ?

Il grogna. Si la neige avait effacé des repères, elle en dégageait d'autres qui n'échappaient pas à son œil affûté. Moi, je clignais des paupières, ébloui par cette lumière exaltée.

Nous parcourions un paysage que la neige avait adouci, ondulé, marqué de rides, çà et là, aux contreforts des coteaux.

Barak me désigna un amas de rochers, partiellement enfoui sous des congères.

— Voici notre nouvelle résidence.

— Aucun ours n'hiberne ici ?

— J'ai fermé l'entrée.

De fait, il s'empara d'une énorme pierre, puis d'une deuxième, puis d'une troisième, ce qui déblaya l'accès à l'orifice.

— Ne me demande pas de faire ça tous les jours, Barak.

Même rouler l'une d'entre elles outrepassait mes capacités. Le géant répliqua :

— Je me chargerai de ces petits cailloux, mon garçon. La Nature nous a excellemment conçus : toi tu peux te glisser, moi je peux soulever. Chacun ses armes.

Et nous nous établîmes dans la grotte pour plusieurs lunes.

*

— Mon garçon, nous devons nous faire beaux pour les Chasseresses ! Ce qui d'ailleurs pose un vrai problème… vu le temps.

Privé d'eau par le gel, Barak se tourmentait. Quiconque aurait supposé que la solitude l'avait conduit à la saleté aurait commis une grave erreur. S'il coupait rarement sa barbe ou sa tignasse rebelle, Barak observait une hygiène stricte. Il se raclait avec des cendres avant de se laver en pratiquant soit le bain complet en rivière, soit la douche sous cascade. Muni d'une pierre poreuse, il râpait régulièrement la corne qui cuirassait ses talons. Après les repas, il brossait ses superbes dents blanches à l'aide de bambous, puis une décoction de menthe lui rinçait la bouche*.

Les soirs où il s'était préparé à visiter les Chasseresses, j'avais décelé un brin de coquetterie chez lui : il enduisait son corps de miel, le laissait l'absorber un moment, partait nager et revenait en arborant une

* L'humanité d'aujourd'hui se représente ses ancêtres – tel mon oncle au néolithique – avec des bouches gâtées, aux dents soit pourries, soit manquantes. Rien de plus faux, je peux en témoigner. Contrairement à l'idée reçue, les hommes et les femmes de la préhistoire avaient de très belles dents. Pourquoi ? Parce que nous ignorions les caries. Notre régime nous en préservait, composé de viandes et de légumes sauvages. Les caries arrivèrent juste après le moment dont je vous parle, lorsque les céréales cultivées prirent de la place dans les menus sous forme

peau lisse, luisante. À l'instant de me quitter, il ordonnait sa toison au moyen de graisse animale, se frottait ensuite les poignets, la nuque, les chevilles avec des fleurs de tanaisie qu'il sauvegardait au fond d'un pot, cette plante jaune que la majorité des gens appelaient la « sent-bon » car elle diffusait un puissant parfum camphré. Lors de nos randonnées, Tibor m'avait signalé que la tanaisie éloignait de nous les tiques et les pucerons des végétaux ; il en avait conclu que, refoulant les petites bêtes, elle repoussait probablement les petits humains en favorisant les contractions des parturientes.

Pendant l'hiver, Barak avait aménagé notre grotte en salle d'eau. Quotidiennement, il entreposait de la neige dans des troncs évidés ; quand elle fondait, les fûts se transformaient en abreuvoirs, dont certains étaient destinés à la boisson, d'autres à la cuisine, d'autres au lavage. Même limité aux ablutions, Barak ne renonçait pas à son idéal de propreté.

— Prêt, mon garçon ?

Nous avions prévu des présents. Quoique le gibier sortît peu – la plupart des animaux hibernaient –, il imprimait des marques évidentes dans la poudreuse

---

de purées et de bouillies. Non seulement ces dernières contenaient davantage de sucre, mais l'opération qui avait transformé la plante en farine y avait ajouté des éléments abrasifs : la meule, en broyant les grains, y laissait des cristaux qui usent l'émail. Enfin, la deuxième vague de caries résulta au XIXe siècle de la révolution industrielle, laquelle amena une nourriture encore davantage raffinée et sucrée. L'histoire de l'alimentation dessine peut-être un progrès – car les individus grandissent – mais elle décrit aussi une décadence, celle de nos palais.

dès qu'il s'y risquait. Moins rapides, engourdis, le lièvre, la musaraigne ou la loutre tombaient sous les projectiles de nos frondes. Inutile de recourir aux arcs. Les cadavres fumaient un instant sur la neige, puis le froid les raidissait et ils viraient au brun ; après quoi nous les conservions dans la glace en dehors de l'abri, si efficacement qu'une matinée de chasse pourvoyait à nos besoins de plusieurs jours.

L'oncle avait abattu un chevreuil à l'intention des Chasseresses. Lorsqu'il le chargea fièrement sur ses épaules, je devinai qu'il avait une réputation de gentil géant à entretenir.

Nous cheminâmes en frôlant le haut des coteaux. La Nature étalait toutes les nuances du blanc, le gris, l'irisé, le bleuâtre, le verdâtre. Malgré mes empilements de vêtements, le frimas me transissait et, en cachette de mon oncle, il m'arrivait de grelotter en claquant des dents ; mais Barak maintint un rythme soutenu de marche qui finit par me réchauffer.

Nous accédâmes au bas d'une courte falaise. Barak poussa un ululement modulé, trois fois d'affilée – un code. Le minéral frémit, et ce que j'avais pris pour des buissons devant un rocher marron s'avéra être des branchages protégeant un rideau en cuir.

Une Chasseresse apparut. Elle reconnut Barak. Leurs prunelles brillèrent. Elle souleva la portière, nous invita à entrer.

La cavité se révéla spacieuse, éclairée çà et là de lampes à mèche. Mille effluves me sautèrent aux narines, sanglier fumé, mouflon grillé, salpêtre, soupes de légumes, fruits putrides, bouses. Des chevaux somnolaient à l'entrée, bais, trapus, musculeux, qui hennirent sans conviction à notre passage. Durant le trajet, Barak m'avait appris que les Chasseresses cultivaient le don d'apprivoiser ces quadrupèdes sauvages, de les rendre dépendants, puis de les enfourcher.

— Ah, mon neveu, voir galoper une Chasseresse, accrochée à la crinière, les jambes autour du flanc de la bête…

Il m'avait expliqué que ces Chasseresses-là, les Chasseresses de la Caverne, vivaient sans hommes. Elles les autorisaient à approcher quand elles le souhaitaient, cependant elles ne partageaient pas leur espace avec eux. Elles refusaient autant d'être des femelles à l'ancienne qu'à la sauce d'aujourd'hui. Chez les Chasseurs traditionnels, la Chasseresse appartenait au groupe, elle traquait, elle guettait, elle tuait ; ses activités ne différaient pas, sauf quand elle mettait un enfant au monde. Elle n'en faisait pas souvent – au plus tous les cinq ans – mais elle s'en occupait durablement, le nourrissant au sein plusieurs années. Chez les Sédentaires, tout avait changé : la femme demeurait au foyer, se consacrait au nettoyage, au rangement, et pondait un bébé par an. Les Chasseresses de la Caverne dédaignaient cette condition-là, où elles comptaient peu, où les mâles les soumettaient, où leur vie se réduisait à celle d'une épouse, d'une mère, d'une esclave domestique.

— Je ne comprends pas, mon oncle. Sont-ce des femmes ou des Chasseresses ?

— La différence n'existe que dans ton crâne, mon neveu ! Sédentaires ou Chasseurs, c'est une race identique, la nôtre, je te le répète. Tu pourras le vérifier.

Une imposante Chasseresse vint au-devant de nous.

Monumentale, les bras aussi larges que mes cuisses, des jambes comme des fûts, elle déployait, sous un harnachement de pelures, une poitrine qui ballottait sensuellement au rythme de ses pas. Ses hanches, quoique invraisemblablement encombrantes, accompagnaient ses enjambées de balancements souples. À droite… à gauche… on eût dit qu'elle dansait. Sa face étant mangée par les joues, seuls deux minuscules yeux châtaigne la perçaient, ainsi qu'un nez menu et retroussé.

L'oncle s'éclaira en l'apercevant.

— Malatantra, ma toute belle !

Le sourire de la matrone dévoila un rang de dents fort mignonnes. À ses pieds, Barak déposa le chevreuil. Elle lança un rire aigu.

— Je te présente mon neveu, Noam.

Elle me considéra du cheveu à l'orteil comme une nouvelle pièce de viande qu'on lui offrait. L'inspection dut produire une conclusion favorable : elle frappa ses paumes et prononça plusieurs prénoms aux sonorités étranges.

Des Chasseresses se groupèrent, plus jeunes, plus impatientes.

L'oncle me détailla le programme de la soirée :

— Nous boirons du vin de pissenlit, nous croquerons quelques branches de céleri* puis tu choisiras celle qui te plaît, en espérant qu'elle approuvera.

* Le céleri sauvage, tendre, croustillant, juteux, que l'on trouvait au bord humide des ruisseaux, avait la réputation d'être aphrodisiaque. Tibor me l'avait décrit comme un « pénis végétal ». Aujourd'hui la chimie constate qu'il procure un équilibre hormonal et lutte contre l'impuissance masculine, donnant raison au guérisseur.

Nous avançâmes dans la Caverne, laquelle comportait des zones distinctes : au-delà de l'écurie initiale, la zone où l'on cuisinait, la zone où l'on fabriquait les outils, la zone où l'on dormait – près des feux –, la zone où l'on entreposait les détritus.

La conversation prospérait, agréable grâce à Barak qui divertissait l'assemblée, mais laborieuse du fait que nous partagions peu de mots. Je ne sais quelle langue maniaient les Chasseresses – elles utilisaient un idiome fait d'emprunts à divers autres, tels des souvenirs de voyages.

Malatantra, la volumineuse matrone, restait couchée auprès de Barak et je soupçonnai qu'il était venu pour elle.

Une Chasseresse avait retenu mon attention. Son visage sombre, invincible, exhibait un teint vif, une robustesse de plein air. Grande, les cuisses nerveuses, les épaules découpées, les mains longues, elle dégageait quelque chose de féminin et de farouche, une force indomptée. Bien que nous nous tenions alanguis autour du brasier, la vigueur ne sommeillait jamais longtemps dans son corps ; ses impulsions promptes, tranchées, l'amenaient à se lever, à chercher du vin, à le verser, à nous tendre des noix. Malgré moi, mes regards retournaient vers elle. À l'occasion d'une volte-face, ses fourrures virevoltèrent et j'entrevis ses côtes qui montraient sous la peau le dessin de leurs arceaux. Je bandai aussitôt.

Barak remarqua mon émotion. Sans me lâcher des yeux, il se pencha à l'oreille de la matrone et murmura quelque chose. Elle me scruta, examina la Chasseresse, la héla.

La Chasseresse s'accroupit devant Malatantra et, à ses phrases, riposta par des gestes véhéments. Je m'inquiétai.

Notant que je blêmissais, Barak m'apostropha :

— Elle est muette, mon neveu. Cela ne te gêne pas ?

Voilà pourquoi elle était expressive ! Puisque sa bouche ne parlait pas, tout son corps parlait. Je la contemplai, vibrante, intense, en train de discuter avec la matrone, et le sang me monta à la tête, d'une poussée si virulente que je ne parvins plus à réfléchir. M'acceptait-elle ou me rejetait-elle ? Cette unique question m'accaparait.

La Chasseresse se redressa et me fixa. Son regard m'indiquait clairement qu'elle me désirait. D'un appel pressant, sa main m'enjoignit de venir. Merveilleux : alors que j'étais le demandeur, elle feignait de dominer.

Elle s'éloigna dans un coin de l'antre, releva un rabat en chevreau, désigna dans l'alvéole sa couche composée de fourrures.

Je m'y allongeai, elle baissa le rideau et, lentement, s'étendit sur moi. Elle m'imposait son tempo, sa façon. Ses yeux plongèrent dans les miens, elle posa ses lèvres sur les miennes. Je me liquéfiai. Avais-je connu cela ? Nos fluides se rejoignaient, se confondaient, s'enrichissaient.

Elle glissa sur le côté, dos au sol, et me signifia que je pouvais disposer d'elle. Mes doigts flattèrent ses jambes ardentes, gagnèrent son ventre ferme, puis, sous ses habits, tentèrent d'atteindre sa poitrine. Elle s'extirpa, bondit sur ses pieds. Je craignis de l'avoir contrariée tant je percevais de fureur dans sa réaction ; or elle arracha ses nippes et apparut nue. J'en demeurai bouche bée. À la différence de Mina, son corps ne portait aucune vergeture ; tendu, net, pur, il semblait avoir été créé le matin même.

Satisfaite de mon admiration, elle redescendit à mon côté, sourit et, fermant les paupières, s'offrit totalement à mes doigts. Quel bonheur de humer une odeur de femme, de caresser des formes de femme, de provoquer des frissons sur cette peau dorée, de remonter jusqu'aux seins hauts, petits, dont la pointe durcissait lorsque ma main l'effleurait !

Je sursautai : elle avait empoigné mon sexe. Ses yeux manifestant sa joie devant ma fermeté, elle me somma de la pénétrer.

Toujours sur le dos, elle écarta les cuisses et souleva légèrement son bassin pour me permettre d'entrer en elle. Rien n'était plus facile, rien n'était plus chaud, rien n'était plus grisant que de s'enfoncer dans ses profondeurs moites.

Au fur et à mesure que je bougeais, elle s'abandonnait à mes mouvements, elle savourait ses sensations. Tout dans son corps répondait à mon va-et-vient. Ses hanches remuaient à la fréquence des miennes, ou l'inverse car, subtilement, elle commandait. Mon membre solide enveloppé par sa chair brûlante et intime obéissait à ses sollicitations. Je ne faisais pas l'amour pour moi, mais l'amour pour elle : ses réactions m'excitaient autant, sinon davantage, que mes propres impressions ; je devenais l'instrument d'un événement immense et magique qui lui arrivait.

Elle commença à gémir. Le moindre feulement

rauque émis par sa gorge me transportait, tout en m'enseignant quoi faire ou ne pas faire. Je la servais avec passion, m'initiant à un phénomène inconnu : le plaisir de donner du plaisir.

Soudain, elle tressaillit, je perçus en elle une libération incroyable, frénétique. Je jouis à mon tour.

Je sortis d'elle, roulai à côté et l'enserrai dans mes bras. Tous deux palpitant encore, nous nous endormîmes.

*

J'ai aimé cet hiver. Alors que la terre, couverte d'un linceul, semblait rigide comme un cadavre, je me sentais, moi, plus vivant que jamais. Avec l'oncle, nous nous rendions régulièrement à la Caverne des Chasseresses, nous déposions du gros gibier en offrande puis passions la soirée auprès de nos élues. Pendant que, dans leur alvéole, Barak et Malatantra gigotaient en lançant des rugissements joyeux, je m'enfermais en compagnie de ma Chasseresse muette et nous épuisions notre jeunesse fougueuse.

Chaque nuit, mon membre se dressait plusieurs fois. Après un somme, la Chasseresse m'invitait à recommencer, mais sa mystérieuse odeur m'y incitait d'elle-même, puissante, impérieuse, débordante, intarissable. Je ne saurais dire en quoi consistait ce parfum organique, je ne pourrais nommer aucune de ses composantes ni les raccrocher à des émanations connues ; un flair primitif, en dessous de ma conscience, s'enivrait de ma sauvageonne, précipitait mon sang vers mon sexe et me poussait à le loger dans le sien. Aujourd'hui, en écrivant ces lignes, une mémoire qui déjoue les phrases convoque ses effluves et me chauffe le bas-ventre.

Ma Chasseresse s'appelait Tita. Ou plutôt ses camarades l'appelaient ainsi en criant, car elle entendait mal. Solide, bien bâtie, endurante, elle avait gagné l'estime du groupe ; loin de se comporter en infirme, elle déployait plus d'énergie que les autres et n'était rebutée par aucun effort : je la vis transporter des carcasses de chevreuils avant de les dépouiller, dompter des chevaux récalcitrants, déplacer des rochers, traîner des sacs de neige, renforcer des étayages de poutres, charrier des branches pour le feu. Accomplissant le travail de quatre Chasseresses la journée, elle se révélait encore capable de faire l'amour comme quatre Chasseresses la nuit.

Elle m'avait choisi. Malatantra m'apprit que, jusqu'ici, Tita s'était refusée à presque tous les visiteurs.

— Depuis que tu es apparu, toi seul comptes, ajouta la matrone en me glissant un regard admiratif.

Tita se montrait aux antipodes de Mina, tonique, ennemie de la plainte, dominante plus que dominée, voluptueuse jusqu'à la furie. Lorsque je les confrontais, la comparaison me délassait en créant l'illusion d'une certaine fidélité à Mina : je ne la trompais pas, même de façon posthume, puisque je fréquentais son opposée.

Tita représentait également l'inverse de Noura. Aussi athlétique que Noura était fine, elle ne prononçait pas un mot tandis que la fille de Tibor, virtuose du verbe, retenait chacun dans les filets de son babillage, de son esprit, de sa conversation. J'avais décidé de ne plus songer à Noura ; pour moi, elle était morte, ou du moins appartenait à un monde mort, un univers où je ne retournerais jamais.

L'avais-je vraiment oubliée, dans la mesure où je tentais de l'effacer avec son contraire ? L'hiver s'éternisait, rigoureux. De temps en temps, une rémission du froid donnait espoir aux animaux qui pointaient leur museau dehors ; pourtant, implacablement, les tourbillons réfrigérés reprenaient leurs déments tortillements, les flocons se transformaient en aiguilles de glace cinglantes.

Une brutale et interminable tempête nous força à résider chez les Chasseresses, tant le vent perçant, violent, empêchait toute sortie, fouettant mortellement quiconque risquait une épaule à l'extérieur.

La Caverne suintait le sexe. Sa géographie présentait des endroits masculins – les saillies rocheuses, les reliefs verticaux, les murs raides – et des endroits féminins – les fentes, les entonnoirs, les cellules étroites, les creux humides. Des peintures accentuaient cette érotisation de l'espace, offrant des vulves à foison ou quelques phallus dessinés par les Chasseresses elles-mêmes, certaines excellant à préparer la paroi, la lisser, fignoler la gravure, maîtriser l'estampe et distribuer les couleurs.

Malgré le plaisir de séjourner avec Malatantra ou Tita, nous n'appréciions guère cet hivernage forcé ; pas plus que les chevaux paniqués par les déchirements sonores des souffles ; pas plus que les Chasseresses qui rejetaient la présence continue des hommes.

Grâce au confinement, je compris comment Malatantra avait obtenu son physique somptueux : elle se nourrissait quasi exclusivement de moelle, la moelle pure, grasse et onctueuse. Pour elle, les Chasseresses brisaient les os longs des bêtes, cuisses ou tibias, les trempaient un jour et une nuit dans l'eau froide afin de les faire dégorger et d'évacuer le sang, puis les grillaient. Lorsque Malatantra m'autorisa à y goûter, je trouvai savoureuse cette substance fondante au goût de noisette. Du coup, chaque fois que je la contemplais, j'imaginais naïvement Malatantra constituée de cette texture adipeuse, friande, caramélisée, et j'enviais mon oncle.

Un matin, les bourrasques s'atténuèrent, l'atmosphère s'adoucit, les chutes de neige s'espacèrent. Vers midi, les derniers flocons voletèrent, légers, frétillants, tels des danseurs attardés qui ne seraient pas venus rejoindre le sol, mais les airs.

Nous prîmes la route, Barak et moi.

Le paysage semblait plus livide que blanc, tant les précipitations l'avaient lourdement recouvert. La Nature s'était simplifiée : pâle, humide, minérale.

— Par ici !

Barak, heureusement, parvenait à s'orienter dans ce panorama modifié. Nous marchions à une distance croissante l'un de l'autre, ma foulée n'égalant pas la sienne.

— Ça va, mon neveu ?

— Ça va !

Nos voix, amorties par la neige, restaient sans écho. Nous longions le Lac à notre habitude, ce repère-là demeurant l'un des seuls fiables.

— Qu'est-ce que c'est que ça ? hurla soudain Barak.

Son exclamation, répercutée par les glaces du Lac, alla se perdre dans le lointain, mais rebondit contre les vallons avoisinants.

Il me désignait, au loin, vers la berge, une forme humaine jonchée de fripes, sur laquelle un peu de neige s'était posée.

— Il y a un cadavre. Un imprudent qui s'est égaré.

Il descendit la pente et s'approcha.

— Une femme.

Il s'inclina.

— La pauvre ! Elle a dû crever de froid. Un vrai suicide, sortir par un temps pareil !

Pour le rattraper, je trébuchai à plusieurs reprises tant la neige collait à mes chaussures, puis je m'enfonçai douloureusement dans trois trous. Quand, exténué, j'atteignis Barak, il renversait le corps.

— Quelle tristesse ! se lamenta-t-il. Une jolie fille, en plus.

Je me penchai à mon tour : Noura gisait au milieu des congères glacées.

*

Après que l'oncle l'eut délicatement portée jusqu'à notre grotte, je me précipitai vers elle, collai mon oreille contre sa poitrine et m'écriai :

— Elle vit !

J'entendais le cœur de Noura palpiter, très vite, trop vite, puis, en mettant mon doigt sous ses narines, je constatai qu'elle respirait à souffles courts, serrés, quoique son thorax demeurât inerte. Noura n'était pas morte, mais mourante.

— Elle a dû s'évanouir juste avant que nous la repérions.

— Noam, veux-tu que je la frotte un bon coup pour la ranimer ?

— Surtout pas !

J'avais refusé par réflexe, craignant la rusticité de mon oncle, sans supposer que, plusieurs siècles après, la médecine fonderait scientifiquement ma réserve : si, par un contact énergique, on apporte de la chaleur sur la peau, on risque d'envoyer le sang périphérique refroidi à l'intérieur du corps, ce qui provoque un arrêt du cœur. Ma réticence spontanée vis-à-vis du colosse avait évité une crise cardiaque.

En revanche, je m'estimais incapable de déshabiller Noura, tant je la vénérais.

— Barak, ôte-lui ses vêtements mouillés. Sinon, elle va continuer à geler. Je te fournis toutes les fourrures que nous avons.

Durant cette opération, je me retournai, sortis les braises que j'avais transportées dans ma corne et allumai les multiples foyers que nous avions aménagés dans l'antre.

— Fini ! clama l'oncle.

Je pivotai. Noura, exsangue, les tempes bleutées, les paupières closes, les traits pincés, disparaissait sous un amoncellement de couvertures. Agenouillé à son flanc, Barak, les mains sur ses colliers, triturait ses amulettes en psalmodiant les formules rituelles. Je me joignis à lui, fermai les yeux et priai les Dieux et les Esprits jusqu'au vertige.

Mon oncle se leva, chauffa de l'eau dans un bol de chêne, y ajouta du miel, et cajola Noura.

— Tiens, ma belle, bois.

Aucun moyen de savoir si elle nous entendait. Barak l'assit avec précaution, entrouvrit ses lèvres et, lentement, goutte à goutte, fit couler la tisane en elle.

— Donne-moi ta toque, maintenant que ses cheveux ont séché !

Je lui tendis ma coiffe en lièvre, dont il entoura le crâne de Noura.

Je la scrutais sans cesse : il me semblait que sa peau se recolorait, que ses narines se décontractaient, que sa respiration s'élargissait, mais, sitôt que je m'en convainquais, j'en doutais, impuissant à mesurer ce qui relevait de la réalité ou de l'espoir.

En fin de journée, Noura ouvrit les paupières. Ses pupilles dilatées ne me distinguaient pas.

— Je suis là, Noura, ne crains rien.

Elle balbutia :

— Papa…

Des frissons la parcoururent. Ses yeux remuaient dans tous les sens. Elle émettait des cris inarticulés.

Barak me glissa à l'oreille :

— Elle délire.

— Que puis-je faire ?

— Rien.

L'eau tiède et sucrée lui procura un apaisement ; une fois abreuvée, elle s'endormit.

Attrapant Barak par le bras, je l'emmenai au fond de la caverne, le plus loin possible de l'agonisante.

— Je vais aller chercher son père, Tibor, le grand guérisseur. Il saura comment la soigner.

Barak se gratta la tête en grimaçant.

— Vu la neige, tu gagneras le village en deux jours. Tu en mettras encore deux à revenir avec le guérisseur. S'il n'y a pas de nouvelle tempête… Téméraire et inutile. Son sort se joue là. Soit elle se réchauffe, soit elle nous quitte.

— Je veux faire quelque chose !

— Faire, faire, faire… Faire des sottises, oui !

— Alors quoi ?

— Veille et prie. Les Dieux et les Esprits décident. Gardons une bonne température dans la grotte.

Noura passa la nuit et la journée entre la vie et la mort, parfois dévorée de tressaillements, écarquillant des yeux inexpressifs, débitant des paroles filandreuses, puis sombrant dans un sommeil si profond qu'il nous paniquait. Enfin, elle se redressa sur son séant, regarda autour d'elle, m'aperçut et sourit.

— Noam !

Je m'approchai, bouleversé.

— Noura ! Tu vas mieux ?

Embarrassée, elle baissa les paupières.

— J'ai faim.

Un cri de victoire retentit au fond de la grotte.

— Gagné !

Noura tressaillit en entendant le braillement. Elle se retourna et découvrit Barak. Il s'accroupit près d'elle.

— Content de te rencontrer. Je suis Barak, l'oncle de Noam.

Elle bredouilla. Je lui expliquai :

— Barak t'a repérée dans la neige, t'a portée ici, et t'a soignée. Il t'a sauvée, Noura.

Il éclata de rire et tonitrua de sa voix grassement timbrée :

— J'avais intérêt à te sauver, ma petite, autrement mon neveu m'aurait arraché les poils. Il tient à toi, ce gaillard !

Et il lui adressa un clin d'œil – Barak se comportait familièrement avec tout inconnu. Noura frémit, remarqua qu'elle était peu vêtue sous ses couvertures, rougit des épaules, tenta de se donner une contenance, battit des cils dans sa direction.

— Merci.

Ses lèvres avaient murmuré ce mot avec tant de grâce douce que Barak fondit de plaisir, émerveillé.

Noura me considéra.

— Combien de temps ai-je passé ici ?

— Deux jours.

Elle opina en réfléchissant. Sortant ses mains des fourrures, elle les contempla, y nota des gerçures, tiqua et demanda d'un ton pressant :

— Aurais-tu de la graisse ?

— Pardon ?

— Pour ma peau.

Avant que je ne réagisse, Barak lui présenta le pot dont il se servait pour domestiquer sa toison avant ses visites aux Chasseresses.

Noura lui sourit faiblement et entreprit de badigeonner ses doigts, ses paumes, ses poignets. Tout rentrait dans l'ordre. Apitoyé, affriolé, je sentais arriver le moment où la capricieuse et autoritaire Noura allait nous dicter notre emploi du temps.

Je lui posai la question qui m'obsédait depuis la veille :

— Pourquoi marchais-tu au bord du Lac ?

Elle me dévisagea, choquée que je n'aie pas deviné, et rétorqua d'un timbre cristallin :

— Je venais te rejoindre.

Aussitôt, je flairai qu'elle allait de nouveau me réclamer d'intervenir au village pour démêler une situation. Hostile, bien décidé à décliner, je me rétractai :

— Tu venais me chercher, veux-tu dire ?

Elle haussa les épaules, reposa le pot de crème, mit le surplus de graisse qui engluait ses phalanges sur ses lèvres asséchées, les contracta, les mordilla, fit claquer sa langue, revint à moi.

— Non, te rejoindre. Je ne désire pas rester auprès de Pannoam. Je viens vivre avec toi.

Après cette déclaration, Noura mastiqua des noix, des noisettes, des fruits secs, puis se rendormit.

Durant toute la journée, l'oncle m'observa en biais, désireux de me questionner. Il n'osait pas. Sans cesse, je percevais qu'il m'implorait muettement, mais, me détournant, dégotant des tâches neuves à effectuer, je m'enfermais dans le silence.

Au soir, Noura bougea à peine, avala, à moitié endormie, le bol de soupe que nous lui avions préparé et, épuisée, demeura allongée, les yeux fermés.

Barak m'attira dehors, dans une obscurité blafarde.

Autour de nous, à perte de vue, avait eu lieu un combat, celui de la neige et de la nuit. La neige avait gagné. Elle régnait. La blancheur du manteau scintillait, bleutée, à travers les branches dégarnies. Nous avancions sous un clair d'étoiles autant qu'un clair de lune.

Barak posa sa main sur mon épaule.

— Content, mon neveu ?

— De quoi devrais-je me réjouir ? protestai-je sur un ton boudeur que je ne contrôlais pas.

— Noura, la femme que tu désires, te rejoint et te prouve qu'elle t'aime.

Je courbai la nuque, vaincu, endolori, sans parvenir à savourer la situation. Il s'en indigna :

— Si Elena m'avait rejoint autrefois, je n'aurais pas tiré cette tronche !

— Barak, aurais-tu imposé la vie sauvage à ma mère ? Elle est née dans un village et n'a connu que cela. Aurais-tu habité avec elle dans une grotte l'hiver, l'été dans les bois ?

— Je...

— Toi et moi, nous apprécions cela parce que nous sommes des hommes, mais les femmes...

— Elles ne sont pas si différentes, non ?

Sa grosse face ingénue se posait sincèrement la question et craignait tout aussi sincèrement la réponse.

— Elles sont différentes, Barak. Lorsqu'elle a débarqué chez nous, Noura possédait une trentaine de robes – et encore, après les chutes de boues qui l'avaient dépouillée ! Noura raffole des vêtements, des bijoux, des chaussures, des objets, des parfums, des onguents. Elle appartient au monde du village.

— Elle peut changer.

— Pourquoi ?

— Par amour. Nous avons bien changé, nous.

— Nous avons changé par amour déçu ! Pour fuir nos échecs et notre malheur.

Du pied, Barak frappa une congère et soupira. M'attrapant subitement les joues, il me souffla :

— Écoute ce qu'elle te dit. Écoute-la mieux. Ne

fais pas la même erreur que moi, Noam, ne rate pas ta vie.

Et il retourna d'un pas ferme vers la grotte.

Je demeurai bouche bée. À mes yeux, Barak n'avait pas raté sa vie. Pourquoi l'affirmait-il ? Le pensait-il ?

« Écoute ce qu'elle te dit. Écoute-la mieux. » Ces mots résonnaient dans mon crâne. Sans doute avait-il raison... Mieux écouter Noura. Ou l'écouter, tout simplement.

Noura ne parla pas durant deux jours, comme si son mal avait mesuré le temps qu'il me fallait pour analyser notre conversation. Je languissais.

La première pluie de printemps crépita cette nuit-là. Elle me réveilla et j'entendis les mille gouttes tièdes pilonner les restes de neige, tapoter les branches et les troncs, glouglouter le long des pierres. À l'aube, je m'aventurai dehors et contemplai le paysage qui s'enrichissait de formes, arborait de nouveau les couleurs des végétaux et des minéraux. Certes, les teintes gardaient une retenue maladive – les verts jaunâtres, les bruns grisés –, mais elles évoquaient une convalescence, en harmonie avec celle de Noura, qui m'émut profondément.

Je me rendis près d'elle et lui tendis à boire.

— Raconte-moi ce qui s'est passé après mon départ.

— Tout a empiré, Noam. J'ignore en quoi a consisté votre ultime entretien, Pannoam n'a pas décoléré. Il peste, il grinche, plus rien ne trouve grâce à ses yeux. Auparavant il se montrait prudent, à présent il se révèle méfiant. Il redoute tout, les étrangers qui traversent le village, les visiteurs le jour du marché, les villageois en permanence. Quand ça se déroule correctement, il soupçonne qu'on lui dissimule une vérité, forcément mauvaise. Derrière chaque phrase, il détecte une volonté de nuire, la pointe d'une trahison. Selon lui, il ne fréquente plus que des individus pourris aux intentions néfastes. Le village devient une marmite de conflits qui mijotent, qui l'empoisonnent et qui préparent sa mort, pense-t-il.

Elle conclut avec simplicité :

— Je ne suis pas heureuse.

D'instinct, je tentai de résister à l'attendrissement qu'elle provoquait en moi.

— Le voulais-tu ?

— Quoi ?

— Être heureuse ?

Son front se contracta, particulièrement entre ses deux sourcils dessinés à la perfection.

J'insistai :

— Tu voulais être femme de chef, pas être heureuse.

Elle inspira fort, pour mieux se pénétrer de ma remarque, puis se tourna vers moi.

— Vrai. Je voulais être femme de chef. Mais pas de ce chef-là.

Ses yeux brillèrent. Ils me troublaient.

— Comment cela ?

— La femme d'un grand chef, pas d'un chef déclinant, infirme, qui n'a plus de chef que le nom. Chaque jour moins vigoureux, chaque jour plus irascible, ton père nous écrase, il lance des ordres absurdes, contradictoires, afin que notre obéissance lui permette de vérifier qu'il dirige encore. Il opprime le village, il accable ta mère, il me persécute. Il n'épargne que Tibor dont il a besoin. Que lui as-tu dit avant de partir ?

— Rien.

Ma réaction me surprenait. Pourquoi, une fois de plus, préserver mon père, cacher aux autres sa nature obscure ? L'aimais-je toujours ? Ou me taisais-je par amour-propre, outragé de descendre d'un tel pervers ? Si l'orgueil m'incitait à protéger mon père, j'en étais donc moi aussi dévoré. Autant que lui. J'avais hérité de sa tare…

— Ne lui as-tu rien dit ? répéta Noura.

— Rien de spécial.

Elle grimaça, sceptique. Je me reprochai de manquer de sincérité, mais révéler la vérité m'humiliait.

— En tout cas, gagner en lucidité sur sa déchéance l'a rendu abject. Au lieu de s'en prendre à lui, il s'en prend aux autres. Conscient de sa défaillance, il essaye de se fortifier en nous fragilisant. Un calcul déplorable !

— Alors tu as fui…

— Non, je n'ai pas fui : je suis venue te retrouver.

Pourquoi n'arrivais-je pas à la croire ? Pourquoi me défiais-je de ce qui pouvait m'enchanter ? Étais-je semblable à Pannoam, acariâtre, sur la défensive ?

Noura m'accrocha le bras et, comme toujours, son contact me donna la chair de poule.

— Je me suis fourvoyée, Noam. J'ai suivi ma raison plutôt que mon cœur. Lorsque ton père s'est entiché de moi, je devenais la femme du chef. Ça m'a rassurée, flattée. Quelle stupidité ! Si j'avais suivi mon cœur, j'aurais…

— Oui ?

— J'aurais dû agir selon ta suggestion : dégoûter Pannoam de moi et le dissuader de m'épouser. Seulement, la raison me conseillait l'ambition… tandis que mon cœur…

— Ton cœur ?

Elle me sourit, apaisée, épanouie.

— Je suis là, Noam. J'ai risqué ma vie pour toi.

Elle saisit mes mains, les serra, les porta à sa bouche pour y déposer un baiser. J'éprouvais tant d'émotion que je me tus. Nous nous regardions avec passion. Une pensée traversa mon esprit. Délaissant Noura, je me relevai, tournai autour de sa couche.

— Quoi ? s'écria-t-elle, étonnée de ma brusquerie.

Il fallait que j'articule l'interrogation qui me taraudait. Je repris mon souffle et lui débitai d'un ton net :

— N'es-tu pas enceinte ?

Ses yeux s'écarquillèrent, ses poings se crispèrent, sa bouche forma un rictus.

— Comment le serais-je ?

— Pardon ?

— Comment serais-je enceinte puisque…

Elle me fixa avec sévérité.

— Le mariage n'a pas été consommé.

De nouveau, je peinais à lui accorder crédit. Notre entretien me torturait. Je tombai à genoux auprès d'elle.

— Pannoam te désire !

Son visage se ferma.

— Oui. Il m'a comblée de cadeaux, mais…

Elle hésita, gratta de l'index un bout de la couverture, soupira, guetta un encouragement sur les murs alentour puis lâcha :

— Il n'a pas perdu qu'une jambe lorsqu'il a failli mourir sous les coups des Chasseurs.

— Quoi ? Tu insinues que mon père… Ils lui ont… Il lui manque…

— Non, il a tout conservé. Mais… ça ne fonctionne plus.

Elle se mordit les lèvres de frustration.

— Cette découverte le ronge. En m'épousant, il pouvait s'imaginer jeune et vigoureux ; en ne s'acquittant pas de ses devoirs de mari, il a constaté qu'il n'était qu'un infirme vermoulu. Les infusions de sarriette que mon père lui a prescrites n'ont eu aucun effet. Il ne se supporte plus. Il se hait.

Je reculai.

— Noura, me dis-tu bien la vérité ?

— À quoi reconnaît-on la vérité, Noam ? Au fait qu'elle humilie. Je t'ai avoué une vérité qui m'humilie.

Elle semblait sincère. J'opinai plusieurs fois.

Elle reprit :

— Notre mariage, ton départ… Pannoam reste trop intelligent pour ne pas se rendre compte qu'il a cumulé les erreurs. Par vanité obstinée, il ne l'admet pas et préfère en vouloir à l'univers entier plutôt qu'à lui-même.

Elle s'écria, soudain pétillante et légère :

— Est-ce que tu m'acceptes ?

— Ici ?

— Oui.

— Noura… loger dans cette grotte… ce n'est pas une existence pour toi… digne de toi… je ne…

Elle m'attrapa le visage et plaqua sa bouche sur la mienne. Mon cœur battit haut et fort. Nous faisions enfin la plus parfaite des rencontres, celle qui dit tout quand on ne dit plus rien. Quelque chose de puissant, de souverain, nous envahissait. Par la porte de nos lèvres, nous passions d'un univers à un autre, du monde sinistre où nous ne nous étions pas embrassés à celui, lumineux, où nous nous étions embrassés. Je nous sentis aussitôt liés pour toujours.

Elle se détacha légèrement, traça du doigt un cercle autour de ma bouche, remit un baiser vif ici, un deuxième là, en appliqua un plus humide et plus frais sur chaque coin, puis s'exclama, les yeux gros de joie :

— Oh, j'ai sommeil.

Et, s'allongeant gracieusement sur le flanc, elle ferma les paupières et s'endormit, béate.

*

Au loin, la glace du Lac craquait en détonations profondes, lourdes, qui provoquaient des envols d'oiseaux affolés.

Noura guérissait au rythme de la terre.

Le printemps tardait. Débarrassé de la neige, le sol charriait des boues qui témoignaient de sa fatigue, de son usure. Si le soleil brillait, il chauffait peu, et le ciel, quoique moins pâle qu'en hiver, ne se diaprait pas d'un bleu franc. Les couleurs s'avivaient sans atteindre toute leur intensité.

Noura se remit à manger, à se lever, à marcher.

Notre baiser nous avait prodigué la paix. Sans aller

plus loin ni même le reproduire, nous en savourions le gigantesque effet : la certitude de notre union.

Un soir où, trop caressé par sa voix, j'approchais mes lèvres des siennes, Noura m'arrêta d'un air sérieux.

— Je suis l'épouse de ton père, Noam. Impossible de continuer tant que…

— Tant que quoi ? Nous vivons ici.

— Papa doit mortellement s'inquiéter. Et Pannoam ignore que je l'ai quitté. Qu'il ne m'imagine pas dévorée par un ours !

En gloussant, elle mentionnait implicitement la rocambolesque disparition de Barak. Ces deux-là s'entendaient mieux que des larrons et passaient leurs après-midi à mener un concours de bavardage.

Deux nuits, Barak prétendit nous laisser ensemble et s'absenta pour rejoindre les Chasseresses de la Caverne ; gêné par ce que Noura apprendrait si nous en parlions, je préférai que le mensonge et le silence entourent ses escapades.

Au matin de sa deuxième fugue, lorsque nous partîmes chasser, lui et moi, Barak me signala que Tita s'attristait de ne plus recevoir mes visites.

— Qu'as-tu prétexté ?

— Que tu soignais nos animaux ! J'ai choisi l'hameçon auquel elle pouvait mordre.

— A-t-elle mordu ?

— Oui. Retiens que nous élevons trois chevaux magnifiques et que tu as apprivoisé un couple de loups. Pas moins ! Même si ça ne constitue pas l'équivalent de Noura.

Il s'esclaffa. Contrairement à lui, le comique de la situation m'échappait.

— Tita m'attend ?

Barak approuva. Je me sentis désemparé. Lorsque j'avais couché avec la Chasseresse, je l'avais fait par désir, certes, mais aussi par rage. En conflit avec mon père, séparé du village, je m'étais prouvé que je n'étais pas condamné à la solitude, que le plaisir accompagnait et pimentait ma vie. Si, par la suite, j'étais retourné fidèlement auprès de Tita, c'était parce qu'elle me plaisait et que je croyais ne plus jamais retrouver Noura. Songeant à ma sauvageonne, ce bloc de vigueur et d'honnêteté, je me jugeais déloyal.

— Il faudrait ne tenir à rien ni à personne, soupirai-je.

— Il faut juste tenir à sa liberté.

Les lièvres déboulaient de partout, bondissant, culbutant, pirouettant, exécutant une danse exaltée pour sillonner les prés et les sous-bois que le printemps leur rendait. Barak, jamais blasé, riait en voyant leurs culs jaillir çà et là. Si la plupart couraient, cédant au pur plaisir de bouger, certains broutaient avec voracité, hypnotisés par les herbes tendres qu'ils avaient tant attendues ; d'autres se frottaient le bout du nez, les oreilles couchées, absorbés dans un conciliabule qui donnerait bientôt une portée de levrauts.

D'un commun accord, nous décidâmes de cueillir plutôt que de chasser, histoire de respecter l'allégresse animale.

— Tiens, les rivaux de Malatantra !

Je ne compris pas mon oncle qui me désignait des vautours barbus. Je les observai et je saisis mieux. En lançant des trilles aigus, les rapaces se partageaient le cadavre d'une biche ; par moments, l'un d'eux prenait dans ses serres un os lourd, s'envolait, planait haut et calme, le lâchait. L'os se cassait en touchant le sol, car l'oiseau visait un bord de falaise ou un pierrier aux angles pointus. Après le craquement sec, le charognard redescendait, se posait, attrapait un éclat et se régalait de la moelle rendue accessible.

— Ce sont les vautours briseurs d'os. Ils font ça aussi avec les tortues : ils les jettent d'en haut pour fracasser leur carapace*.

Barak nous mena à un lieu où croissait du pourpier. Nous ramassâmes les tiges feuillues qui rampaient au sol puis il m'indiqua un coin garni de navets que nous déterrâmes aisément. Les bulbes rosés s'accumulaient dans notre besace.

— Quand partez-vous au village ? interrogea abruptement Barak.

Je m'arrêtai, scandalisé.

— Pourquoi dis-tu cela ?

— Ça arrivera.

---

* Longtemps, les vautours vécurent près des villages, puis près des villes, non par amour des humains, mais parce qu'ils profitaient de nos charognes. Il arrivait donc qu'un individu reçoive un os sur la tête, surtout quand il avait l'imprudence de se tenir immobile en se confondant avec le paysage. Un jour, en Grèce, un vieillard chauve s'adonnait à une sieste, assis contre un mur de pierrailles. Un vautour passa et lâcha une tortue. J'ignore s'il ouvrit la tortue, en revanche il ouvrit le crâne de celui qu'il avait pris pour un caillou. C'est ainsi qu'un des plus grands dramaturges, auteur de tragédies que l'on joue toujours deux mille cinq cents ans après, perdit la vie. Il s'agissait d'Eschyle, dont je reparlerai.

L'exaspération me secoua. Un pressentiment identique m'oppressait et je me demandais chaque matin combien de jours nous allions tenir, angoissé à la perspective inéluctable du retour.

— Noam, les femmes sont différentes. Noura réside avec nous : elle n'a pas le choix, elle se remet, elle te satisfait. Or je sais, tu sais, elle sait que son séjour ne durera pas. Ne t'a-t-elle pas déjà expliqué qu'elle voulait clarifier la situation là-bas ? Signaler à son père qu'elle vivait encore ? Si ses pas ne te ramènent pas au village, ses phrases si.

Deux lièvres au poil luisant, le dos rond, leurs longues oreilles rabattues, se frôlaient et se chatouillaient avec leurs moustaches. Barak les contempla avec une grave tendresse.

— Mon garçon, je suis resté ici parce que ta mère, persuadée de mon décès, n'est jamais venue me chercher. Aurait-elle surgi, j'aurais regagné le village et réclamé mon dû.

— Ton dû ?

— Une vie auprès d'elle. Une vie normale et heureuse. Pas celle d'un fuyard. Je suis devenu un fantôme, Noam. Les villageois me prennent pour un Dieu, un Esprit, une apparition du passé. Je n'existe pour personne, je n'existe que pour moi.

— Et Malatantra…

— Et Malatantra, mon soleil perpétuel. As-tu remarqué qu'à la fin de l'été elle est comme une ourse, bien grassouillette, prête à hiberner, mais qu'elle aborde le printemps ainsi ? Toujours en forme, notre Malatantra !

Réjoui par l'évocation de la capiteuse matrone,

Barak se frappa les mains avec appétit. Un piaulement désespéré déchira l'atmosphère. Les lièvres décampèrent. Un renard famélique secouait l'un d'eux entre ses mâchoires, frénétique, affamé, violent jusqu'aux dernières convulsions de la bête. Puis, soulagé, il s'éloigna, sa proie en travers de la gueule, pour rejoindre l'ombre du bois.

— Toi, tu comptes pour quelqu'un, insista Barak, rêveur. Tu as des devoirs.

— Mais…

— Soyons clairs : aimes-tu Noura ?

— Je l'aime.

— Tu veux son bonheur ?

— Oui.

— Alors tu sais ce que tu dois faire.

*

Nous partîmes lorsque le soleil pointa. L'air se réchauffait, mais une fraîcheur de rosée y persistait.

Nous montions et descendions sans trêve à travers les vallons. La Nature avait recouvré sa sauvagerie grandiose. Les montagnes, encore déchiquetées par la neige sur leur crête, déployaient une verdeur vigoureuse. Sur le Lac aux eaux indigo se reflétait un nuage, petit, seul, froufroutant, égaré. Depuis longtemps je n'avais pas entendu tant d'oiseaux ; la multiplicité de leurs chants – sifflements, piaillements, roucoulements, pépiements, gazouillis, égosillements –, évoquant des plumages distincts, nous offrait un concert bigarré.

Noura voyageait sur les épaules de Barak. Ils

bavardaient comme des pies, jamais avares d'exclamations, et leur silhouette qui progressait devant moi m'égayait : par la vertu du contraste, l'athlète devenait plus monumental, la jeune fille plus menue, et j'avais l'impression de talonner un géant qui aurait enlevé une enfant.

Je jouissais de cette randonnée dans la campagne vierge, pressentant qu'un épisode se fermait, ma vie joyeuse et insouciante auprès de l'oncle. J'ignorais ce qui se passerait ensuite, mais je comprenais que j'en avais fini avec l'innocence sauvage. Au soir, nous approchâmes du village. Les arbres, fins et droits, en voie de s'étoffer, semblaient des sentinelles gardant le Lac où des hirondelles aux ailes lustrées bleu-noir voltigeaient, piaillardes.

— Une nuit de repos, et demain, ma beauté, tu retrouves ton village, annonça Barak en déposant Noura.

*

Mon père rendait ses jugements sous le Tilleul de la justice.

Nous marchâmes vers lui, silencieux.

Lorsqu'il me repéra, son visage se ferma, puis, quand il reconnut Noura accrochée à ma main, ses yeux flambèrent. La bouche crispée, les veines du cou saillantes, des tics contractant ses tempes, il nous regarda avancer comme si la lave incandescente d'un volcan déferlait sur lui.

Je m'arrêtai à quelques pas.

— Tu n'es pas le bienvenu, grogna-t-il.

— Bonjour, père.

Décidé à ne pas entrer dans son jeu de provocation, je demeurai inflexiblement calme.

Il pointa Noura.

— Cette femme ne pénètre plus dans ce village. Qu'elle parte immédiatement.

Nous ne bougeâmes pas.

Il siffla à l'adresse de Noura :

— Je te croyais morte et j'en étais content.

Soutenant son regard, elle répliqua :

— Moi aussi, je me croyais morte et j'en étais contente. Grâce à Noam, j'ai découvert que j'étais en vie et cela me rend encore plus contente.

— Tais-toi.

— Je te plains, Pannoam. À force de vouloir être tout, tu n'es plus rien.

Il hurla, cramoisi :

— Tais-toi, serpent !

Elle s'avança vers lui, tenace, et plaqua son front contre le sien.

— Je me tairai quand tu m'auras répudiée.

— Disparais !

— Répudie-moi publiquement ! Répudie-moi ! Rends-moi ma vie, reprends la tienne.

Les villageois, prévenus les uns par les autres, se groupaient sur la place. Ma mère surgit.

Pannoam murmura entre ses dents :

— Je ne ferai jamais rien qui te plaira, vipère.

Noura lui éclata de rire au nez puis m'apostropha :

— Voilà une belle déclaration de mari, n'est-ce pas, Noam ?

Hors de lui, Pannoam lui saisit le cou. Elle tressaillit, se raidit mais, au lieu de se rebiffer ou de se défendre, scruta ses yeux avec mépris.

— Vas-y ! Tue-moi ! Un sanglier ou un homme, tu n'y arrives plus. Une femme, tu y parviendras peut-être…

Mon père, fou de rage, accentua son étreinte. Noura virait au violacé. Je m'interposai.

— Lâche-la !

Dévasté par une fureur qu'il ne contrôlait plus, Pannoam me repoussa et continua à étrangler Noura. Je me jetai sur lui, le frappai à la face, au torse, aux bras, et l'envoyai rouler à terre.

Noura, le visage en feu, tentait de reprendre son souffle.

Pannoam, lui, essayait de se relever sans y parvenir. On aurait dit un de ces mouflons laineux tombés sur le dos, incapables de se mettre sur leurs pattes, qui finissaient par mourir de suffocation.

Je tendis la main vers lui. Par réflexe, il faillit la saisir puis se retint et me cracha à la figure.

— Jamais !

Ma mère se précipita vers Pannoam, m'ordonna de ne pas réagir, et l'aida à se redresser. Pendant ce temps, Noura ahanait, se massait le cou. Debout, Pannoam s'épousseta, tourna plusieurs fois sur lui-même afin de récupérer une dignité. Il souffrait autant physiquement que moralement. J'avais pitié de lui. Au fond, je ne supportais pas de voir mon père perdre son statut de héros.

Je m'approchai et lui parlai bas, afin que lui seul m'entende :

— Je reviens et j'assure ta succession, père. Tu es

épuisé. Laisse-moi te décharger. Repose-toi enfin. La direction de notre communauté exige davantage que tu ne parviens à donner actuellement. Tu détiens tous les pouvoirs, père, y compris celui de le transmettre. Le moment est venu. Je suis ton fils, tu m'as élevé dans cette intention. Durant mon enfance, j'ai cru que je ne deviendrais jamais un aussi grand chef que toi, aujourd'hui j'en doute toujours, mais n'hésitons plus. Fais-toi confiance. Fais-moi confiance. Je vais essayer.

Ce discours que j'avais ressassé en chemin, je le suspectais d'inefficacité ; en le prononçant, je perçus qu'il touchait mon père, dont j'avais sous-estimé la fragilité. La lassitude, le harassement, la conscience de ses limites perçaient en lui une voie à ma proposition.

Il chancela. Il hésitait. Au plus intime de lui, la fatigue le disputait à l'orgueil.

Il désigna Noura du coin de l'œil.

— Et elle ?

— Elle m'épousera si tu la répudies.

Il acquiesça, mesurant à la fois l'étendue de ses pertes et l'étendue de son soulagement. Un sourire ironique se dessina sous ses yeux tristes.

— Alors tu me retires tout, mon fils ?

La paix l'envahissait. Quoiqu'il ne le dît pas encore, il acceptait. Nous le savions, lui et moi.

Une voix rageuse tonitrua :

— Il ne te prend rien, Pannoam. C'est toi qui lui as tout pris !

Noura, qui avait recouvré son souffle, invectivait Pannoam.

Une étincelle provoque-t-elle le feu ? L'intervention

de Noura enflamma mon père. En un éclair, il fulmina, la brûla du regard et s'élança vers moi.

— Bats-toi.

Je murmurai avec lassitude :

— Père, ne recommence pas.

Il cria, histoire de me montrer que nous devions cesser de chuchoter :

— Bats-toi !

Il gonfla le torse et saisit l'épée qu'il emportait aux séances de justice. Il paradait. Il posait. Il donnait un spectacle aux villageois, incorrigiblement épris de lui-même.

— Trouve une arme et bats-toi.

— Je ne me battrai jamais contre toi.

Il clama à grand fracas :

— Voici le chef qu'on vous infligerait, les amis, si j'arrêtais : pas fichu de se battre !

Je continuai à murmurer, quoique je sentisse la sérénité me quitter :

— J'ai exterminé Robur, tu l'oublies vite.

— Toi aussi, tu oublies vite : ne sais-tu plus te battre ?

Descendant des hauteurs du village, une voix tonitruante retentit entre les maisons :

— Pannoam, c'est contre moi que tu te battras !

Toute l'assemblée se retourna : Barak, le colosse, dévalait le sentier, splendide, ample d'épaules, les muscles bandés, le torse large, la jambe impérieuse, ses cheveux ramenés en arrière lui sculptant une crinière de boucles drues. Son apparition terrorisa les villageois, qui se mirent à marmonner des prières en caressant leurs amulettes.

Maman esquissa un pas en avant, ébahie, respiration bloquée. Elle n'osait croire à ce qu'elle voyait. Quoi ? Le fiancé de sa jeunesse vivant ? Elle pensa que sa tête la trahissait. Sa main se porta à son front, elle se mordit le poignet, puis, constatant que Barak avançait encore, au sommet de sa beauté virile, elle pivota vers moi, paniquée.

Avec un sourire engageant, je lui dis :

— Oui, c'est Barak.

Ses lèvres répétèrent muettement : « Barak » et ses mains s'appuyèrent sur sa poitrine. Je craignis que son cœur ne puisse supporter le choc et je courus la soutenir.

Barak, lui, s'efforçait de ne pas croiser son regard, redoutant sans doute les émotions – celle de Maman, la sienne –, et poursuivait son chemin, le port altier, avec une aisance souveraine, droit vers Pannoam.

Ce dernier avait tout saisi : le retour de son frère, le bouleversement de Maman, leur affection intacte. Les mâchoires contractées, la prunelle minérale, il appliquait son énergie à ne pas vaciller.

Barak s'arrêta en face de lui.

— Tu te battras contre moi.

Mon père frissonna et, par réflexe, protégea son collier de chef. Un ricanement de Barak lui montra à quel point il le jugeait ridicule.

Barak s'adressa à la compagnie :

— Le fils ne veut pas blesser son père ? Tout à son honneur ! En revanche, le frère affrontera le frère sans scrupules.

Il présenta sa hache.

— Je suis prêt.

Il ajouta avec un sourire narquois :

— Enfin !

L'incongruité de la situation tétanisait mon père. Je le connaissais trop pour ne pas deviner que, obsédé par l'idée de garder son rang et de ne pas perdre la face, il allait bondir.

Abandonnant Maman, je galopai jusqu'à mon oncle.

— Barak, ne provoque pas mon père ! Le combat ne serait pas égal ; tu le tuerais !

Il grimaça en examinant la jambe en os de cerf qui soutenait Pannoam et tonna :

— Que me dit mon cher neveu ? Que Pannoam n'a qu'une jambe et que j'en ai deux ?

Il éclata de rire, s'approcha de Tibor qui, venant juste d'arriver, tenait Noura dans ses bras.

— J'imagine que c'est toi, le guérisseur, qui l'as amputé de sa jambe et lui en as fabriqué une autre ?

— Exact.

Barak branla la tête puis revint au centre de la place, face à Pannoam. Il prit l'assemblée à témoin :

— Ce que Tibor a fait, il peut le refaire.

Barak brandit sa hache au-dessus de lui et, en rugissant, l'enfonça dans sa jambe droite.

La foule hurla, Maman s'évanouit.

Au sol, livide, les traits tirés, Barak commençait à tourner de l'œil en serrant fortement sa cuisse pour faire un garrot. Mais ses mains ne parvenaient plus à retenir l'écoulement du sang et il lança à Pannoam :

— Nous voilà à égalité, mon frère. Dès que le guérisseur m'aura coupé la jambe, nous nous battrons.

*

La période qui suivit demeure brouillée dans mon esprit. Sans doute parce que la confusion régnait parmi nous.

Après son amputation, je recueillis mon oncle à la maison. Nous y avions à peine transporté son corps que Maman se planta devant ma porte, un baluchon à ses pieds.

— Je m'installe chez toi, Noam.

— Je t'accueille volontiers. Est-ce que Pannoam…

— Je me fiche de Pannoam ! Je m'établis ici et je veille sur Barak. Lorsque ton père a tenté de me retenir, je lui ai dit d'aller au fond du Lac !

Elle s'approcha de Barak, qui dormait sous l'effet des drogues. Ses mains dégagèrent ses cheveux, caressèrent son visage, effleurèrent sa bouche, ajustèrent la couverture sur son cou, ramenèrent ses bras sur sa poitrine. Elle s'occupait de lui avec l'attention délicate qu'on porte à un nouveau-né, à ceci près qu'un colosse remplaçait le bébé. Le sommeil de Barak permettait à ma mère de renouer le contact, de poser sans retenue ses yeux sur lui, d'oser des gestes et des attouchements qu'elle aurait refoulés. Maman me sembla juvénile.

— Il est aussi beau qu'avant.

Elle le contemplait, éperdue d'amour. Soudain, elle frémit, gênée, et m'interrogea :

— T'a-t-il raconté notre histoire ?

— Oui.

Elle s'empourpra, fière de son émoi. Je la saisis par les épaules et la cajolai.

— Il t'aime toujours, Maman. Il n'a jamais aimé que toi durant toute sa vie.

Tandis que les larmes coulaient le long de ses pommettes, elle protesta, émue :

— Je croyais qu'il était mort !

— Il voulait que tu le croies…

Elle inclina la tête, déchirée, intriguée.

— Tu en sais davantage que moi…

Je souris.

— Vous avez beaucoup à rattraper. Installe-toi et arrange la maison à ta guise.

À cet instant, une ombre se découpa à l'entrée. Appuyée contre le chambranle, Noura apportait les bandages, les potions que recommandait Tibor. Cette scène évoquait son arrivée chez Pannoam lors de sa convalescence, l'événement calamiteux qui avait déclenché les drames. Je craignis un esclandre : Maman s'en prendrait à elle et, vu le caractère des deux femmes, l'affrontement s'annonçait redoutable.

Maman considéra Noura, l'invita à entrer et lui demanda d'une voix posée :

— Montre-moi comment le soigner, Noura. Je le ferai.

Noura opina. Gentille, patiente, avec dévouement, elle expliqua à Maman le traitement.

— Si cela te rassure, conclut-elle, je passerai souvent.

— Merci, Noura, mais tu garderas tes distances. L'entourloupe de la dernière fois ne se reproduira pas.

Noura ne put s'empêcher de glousser :

— Pas de risque ! Dès que j'ai rencontré Barak, il m'a saoulée tant il m'a parlé de toi.

Maman reçut la remarque en vraie jeune fille, à la fois bouleversée et dubitative. Inspirait-elle encore de l'affection à Barak ? Nous le lui avions certifié, Noura et moi, cependant il ne le lui avait pas dit puisque, pour l'instant, ils n'avaient pas échangé un mot.

— Papa désire s'entretenir avec toi, me glissa Noura.

Je la suivis chez Tibor où elle avait repris ses habitudes, délaissant Pannoam.

Dès notre arrivée, Tibor, un bol de vin à la main, me narra l'opération. Scier un tel os, sectionner de tels tendons, inciser de tels muscles l'avait consumé. En aucun temps il n'avait pratiqué une intervention si difficile, d'autant plus que, sitôt que Barak se réveillait, il fallait dix gaillards pour le maîtriser et des quantités invraisemblables de sédatifs.

Il me proposa de l'accompagner en promenade. À son regard, je compris qu'il espérait me parler à l'insu de Noura.

— Je serai ravi, Tibor, de découvrir les nouvelles plantes que tu as dénichées.

Noura leva les yeux au plafond et déclara qu'elle resterait à la maison. Pour un motif qui m'échappait, elle estimait les recherches de son père dépourvues d'intérêt.

Nous descendîmes vers le Lac, dont l'onde lisse et tranquille offrait un miroir au ciel sans nuages, d'un bleu éclatant. Sur les rives, le reflet sombre de la forêt dotait la surface d'une profondeur mystérieuse.

Agité par une joie impatiente, je sentais que se profilait le dialogue attendu, celui du beau-père avec son futur gendre. Tandis que Tibor dissertait sur les vertus des chardons, je pris les devants :

— Veux-tu que nous discutions de Noura ?

— Non.

Je marquai ma surprise. Il s'en amusa.

— Ma fille ne m'a jamais laissé aucun pouvoir sur elle. Raison pour laquelle, probablement, je l'apprécie autant.

Il me dévisagea.

— Voilà ce qui va arriver : Barak l'emportera sur Pannoam, tu deviendras le chef, tu épouseras Noura. Juste ?

— Nous le souhaitons.

Il balaya cette réalité comme si elle appartenait déjà au passé et ne méritait plus qu'on lui consacrât du temps. Il m'avoua qu'il ne s'était jamais alarmé pour Noura, pas même durant sa récente disparition. Il la savait dotée d'un allant, d'une intelligence et d'une détermination hors du commun.

— Si tout le monde doit mourir, elle survivra. Je ne connais pas un appétit vital plus fort. En vérité, elle frôle la monstruosité !

— Tibor !

— Pourquoi rougirais-je d'avoir engendré une fille exceptionnelle ? Je m'en flatte. Je tire gloire du fait qu'elle n'a pas besoin de moi.

— N'empêche ! Lorsqu'elle délirait en gelant, elle t'appelait.

— Pardon ?

— « Papa »...

Tibor se racla la gorge, releva le front pour scruter l'azur en battant des paupières. Mon anecdote l'étonnait. Le rire d'un oiseau ricocha sur les flots, s'enfonça de rebond en rebond jusqu'aux limites de l'audible. En dessous de nous, des adolescents sveltes se purifiaient par des ablutions.

— Je voulais te parler d'un rêve, Noam. Un rêve qui revient constamment. Il m'épouvante.

— Oui ?

— Nous nous trouvons sur cette berge, et nous sommes engloutis par les eaux.

— « Nous » ?

— Toi, moi, Noura, ta mère, le village. Tous les villages du Lac. Et les animaux. Et les bois. Plus rien ne subsiste. Une catastrophe.

Je respectais infiniment Tibor, mais, averti de sa tendance à abuser des stupéfiants, je comptais le ramener au quotidien. Il m'interrompit :

— J'ai peur.

— Allons, Tibor, tous nos rêves n'annoncent pas l'avenir.

— Si ! Ils en sortent. Ils nous en informent. Le sommeil reste l'unique porte que franchit le futur pour se révéler à nous.

— J'ai reçu des rêves qui n'ont pas été réalisés.

— Tu n'as pas encore vécu assez longtemps. Tous mes rêves se sont vérifiés. Voilà pourquoi l'absence de Noura ne me tourmentait pas : mes songes m'avaient présenté son retour.

Le soleil montait et chauffait. Sans même bouger, nous ruisselions de sueur.

— J'ai vu les eaux submerger notre monde.

Cette déclaration écorchait le paysage paisible et le silence radieux. Je ne réussissais pas à prendre le discours de Tibor au sérieux.

— Nous en sommes loin. Surtout aujourd'hui. Il n'a pas plu depuis une demi-lune.

— Dans mon rêve, l'eau ne tombe pas du ciel, elle vient de la terre.

— Comment fait-elle ? m'exclamai-je, moqueur.

— Ne joue pas les sots, Noam. L'eau de pluie forme les flaques, pas les lacs. L'eau qui s'étale devant nous jaillit du sol par les sources, les sources nourrissent les ruisseaux, les ruisseaux alimentent les rivières, les rivières se déversent ici.

— D'accord…

— Dans mon rêve, le Lac se met en colère. Il grossit. Il crache. Il éructe.

— Ça lui est déjà arrivé. Les décrues succèdent aux crues.

— Dans mon rêve, il ne se calme pas. Il meurt.

— Le Lac meurt ?

Nulle phrase ne pouvait sonner plus absurdement et plus sottement que celle-là au sein de notre univers d'alors. Le Lac était la Vie, l'origine de la Vie, une Divinité intouchable à jamais au-dessus des autres. Comment Tibor imaginait-il que…

— Quand cela se produira, nous périrons. Sauf si…

Il se tourna vers moi.

— Dès que tu deviens notre chef, protège-nous.

Je demeurai stupéfait. Il le perçut et fronça les sourcils.

— T'ai-je dit beaucoup de bêtises, Noam ?

Je réfléchis et affirmai, ardent :

— Pas une seule, Tibor. Soit tu sais, soit tu te

tais. Ta parole frappe avec la même rectitude que ton silence. Tu ne divagues jamais.

— Au nom de cela, crois-moi, me supplia-t-il, contracté, angoissé.

Je répondis, davantage pour l'apaiser que par conviction :

— Je tiendrai compte de ton avertissement, Tibor. Garde ta prémonition secrète, s'il te plaît, ne signale pas que je l'ai écoutée.

Il accepta et plissa les paupières en désignant le levant.

— Une famille, à trois journées d'ici, fabrique des barques. Les plus grandes autour du Lac. Rencontre ces gens et demande-leur de travailler pour nous.

Je me grattai la tête. Inaugurerais-je mon règne par cette exigence incongrue ?

— Noam, me crois-tu ?

Je détaillai ce visage noble aux yeux saillants, aux joues sabrées par de longues rides.

— Tu es la seule personne que je suis disposé à croire, Tibor.

Barak avait repris connaissance, cicatrisait, se remettait. La première fois qu'il se trouva seul avec moi, Maman et Noura s'étant absentées, il exigea d'une voix oppressée :

— Mon neveu, sauve-moi !

Je m'approchai pour le rassurer, mais il ne me laissa pas placer un mot.

— Prends ma besace, vite. Et sors la statuette.

J'enfonçai ma main dans ses affaires, fouillai et dénichai l'objet qui l'inquiétait : une sculpture en os représentant une femme à la poitrine pulpeuse, aux seins dressés, dont les fesses et les cuisses énormes entouraient un pubis rebondi, lequel couvrait à peine une vulve prononcée et de grandes lèvres ouvertes. La tête manquait, comme si l'artiste n'avait gardé que les caractéristiques à haute valeur sexuelle et permettait à l'usager d'y placer le visage qu'il souhaitait.

— Fais-moi disparaître ça, s'il te plaît ! Si Elena le voyait…

Je ris de sa panique. La honte fréquentait peu mon oncle.

— Maman se doute que, pendant toutes ces années, tu as dû…

— Tais-toi. Aucune allusion à Malatantra ou aux Chasseresses.

— Juré.

— Je refuse qu'elle croie que je ne désire que ça… ce genre de femme… tandis que c'est elle que j'aime. Jette-moi ça dans le Lac. Avec précaution, en prononçant des formules, en offrande, tu vois ce que je veux dire.

Je dissimulai la statue dans mon sac.

— Je la garde pour moi.

Soulagé, Barak s'esclaffa et me lança une bourrade affectueuse qui faillit me précipiter à terre*.

---

* Je fus amusé, des millénaires après, de constater que les statues comme celle de mon oncle, assez courantes en son temps, provoquaient des querelles d'interprétation chez les historiens qui les déterrèrent. Ils y virent des « icônes de la fertilité », des « hommages à des déesses mères », de même qu'ils repérèrent dans les phallus sculptés des « bâtons de commandement » ou des « redresseurs de sagaies ». Tant de candeur, un tel excès de

Alors que j'escomptais une convalescence rapide, proportionnée aux forces de vie qui irriguaient cet hercule, je constatai qu'il récupérait lentement.

Le jour où, inquiet, je m'en ouvris à Tibor, il sourit.

— Ton oncle va mieux qu'il ne vous le montre, Noam. Il goûte tant son état de malade qu'il le fait durer.

En l'observant, je mesurai la pertinence de Tibor. Barak jouissait de constituer l'unique centre d'intérêt de Maman et savourait les soins qu'elle lui prodiguait.

— Pourquoi, me confia-t-il, ai-je attendu ? Si j'avais connu la recette plus tôt… Ça valait bien une jambe !

Il avait instauré un jeu : le jeu des vrais-faux souvenirs. Tour à tour, Maman ou lui racontaient l'existence qu'ils auraient partagée s'ils n'avaient pas été séparés. Pour poursuivre le récit, il fallait que le parleur obtienne la validation « Vrai », sinon l'écouteur enchaînait en narrant à son tour. Comment ce critère intervenait-il, alors qu'ils s'improvisaient une vie imaginaire ? Le vraisemblable devenait le vrai, l'invraisemblable le faux. Ainsi, quand Maman avait prétendu que, maintes fois, Barak s'était absenté à la chasse une demi-lune, Barak avait objecté « Faux ! Je n'ai jamais supporté de t'abandonner une seule nuit. » Puis, quand Barak avait évoqué leurs dix enfants, Maman

---

pudibonderie me surprirent jusqu'à ce que je remarque que les chercheurs du XIXe siècle appartenaient au clergé chrétien, ceux du XXe au milieu académique, deux mondes où, à l'évidence, on ne souhaitait pas considérer la sexualité. Ensuite, par réaction, des intellectuels plus débridés parlèrent de « pornographie », ce qui me semble malencontreux pour définir un objet érotique plein de santé.

lui avait vertement signalé qu'elle avait enfanté quinze nourrissons et que, vu la robustesse de leurs parents et l'enthousiasme avec lequel ils avaient été conçus, ils avaient tous survécu ! En revanche, chacun, béat, laissait l'autre retracer des soirées d'été, des voyages en pirogue, des fêtes brillantes, des matins voluptueux où ils restaient sur la couche afin de conserver la chaleur des amants.

Je les écoutais, attendri, ces adultes qui rattrapaient le temps par le jeu et s'offraient la passion dont Pannoam les avait privés. À la fin, Barak concluait invariablement :

— Ça valait bien une jambe !

Je désignai, un jour, le moignon que Maman bandait minutieusement après l'avoir lavé.

— Sérieusement, Barak, pourquoi as-tu fait ça ?

— Quoi ?

— Te mutiler.

— Veux-tu l'explication gentille ou l'explication méchante ?

— Pardon ?

— L'explication gentille : je nettoie la place pour toi ; non seulement je purge le village d'un chef incapable qui se cramponne à son pouvoir, mais je délivre mon neveu chéri d'un père inconséquent et fourbe. L'explication méchante : je me venge ! Je démolirai avec bonheur le rapace qui s'est attribué Elena et m'a réduit à vivre comme un Chasseur.

Il rit.

— Ne choisis pas entre les deux explications, elles se complètent.

À fleur de peau, Maman vibrait d'une émotion

constante ; le retour de Barak la rendait aussi heureuse que malheureuse : si elle profitait enfin de lui, elle mesurait ce qu'elle avait perdu. Souvent, au sortir de la maison, lorsque nous descendions au marché, elle versait des larmes, des larmes contradictoires, mêlées, les unes de joie, les autres de douleur.

— Tu n'as jamais été si belle, Maman ! m'exclamai-je un jour.

— Tais-toi, rétorqua-t-elle. Pannoam m'a défigurée.

— Pas du tout, je te jure que…

— Mon âme est hideuse. Par sa faute ! Toute ma vie j'ai essayé d'aimer Pannoam et je crois que j'y étais parvenue. Je l'admirais, je le trouvais fort, intelligent, loyal, subtil, puissant. Convaincue, j'ai fait des enfants avec lui. Or ton père s'est arrangé pour détruire cet amour que j'avais patiemment bâti. Je sais maintenant qu'il s'est débarrassé malhonnêtement de sa fiancée antérieure, qu'il m'a volée à son frère, et qu'il l'a acculé à partir. Ensuite, il a épousé Noura, ce qui me reléguait dans un coin en relique du passé, et, ce faisant, il a trahi mon fils. Bientôt, il se battra contre le seul homme que j'adore. Connais-tu le pire ? Il me force à devenir plus malsaine que lui, il me contraint à le détester, il m'oblige à entretenir des sentiments immondes, la haine, le mépris, la vengeance. À cet instant, j'appelle de tous mes vœux sa défaite. Imagines-tu, Noam ? Je désire la mort de Pannoam ! Est-ce que je méritais ça ? Est-ce que je méritais d'être envahie par tant d'horreurs ? Ton père m'a enlaidie et continue à m'enlaidir.

La saison prenait une tournure étrange. À l'inverse de l'hiver anormalement rigoureux, le printemps atteignait des pics de chaleur. À peine les bourgeons s'épanouissaient-ils en fleurs ou en feuilles que le soleil entreprenait de les épuiser en les séchant, en les calcinant. Rien ne tombait du ciel tandis que torrents, ruisseaux, rivières coulaient dru et que la surface du Lac montait. Certes, elle s'élevait chaque année, mais elle attendait plutôt l'été. Pourquoi ces crues ? Jusqu'où le niveau grimperait-il ?

La plupart des habitants accueillaient cette canicule avec joie car, séjournant au bord du Lac, nous ne manquions ni d'eau à boire ni d'eau pour arroser nos cultures. Moi, elle m'inquiétait… Je ne pouvais oublier l'expédition durant laquelle mon père m'avait révélé que le Lac se hissait constamment dans les terres, ni le rêve de Tibor, ce soulèvement meurtrier des flots.

Le temps du combat approchait.

Mon père, délaissé par sa famille, par ses amis, y compris Dandar le potier, son frère de lait qu'il avait écœuré, s'entraînait quotidiennement à l'épée parmi les soldats gardiens du village. Quoique je ne le fréquentasse plus, je l'entrevoyais, parfois, au milieu de la clairière, acharné, essoufflé, raide, en nage, s'appliquant à forger un nouveau guerrier dans son corps tronqué.

Barak, de son côté, se tenait debout, apprivoisait la prothèse fabriquée par Tibor et ne pratiquait pas la lutte.

Comme je le lui reprochais un matin, il s'indigna :

— Tu ne veux tout de même pas que je me prépare à tuer mon frère !

— Lui, ça ne le gêne pas.

— Chacun ses armes. À lui la rage, à moi la force.

Puis il ajouta, soucieux :

— Enfin, je l'espère…

Plusieurs fois, je le surpris à douter. En Barak cohabitaient deux pensées distinctes : celle de l'homme, celle du gringalet. Face aux villageois, devant Maman ou Noura, il se comportait en colosse ; en présence de son grand frère, il rapetissait. Une ancienne perception de son corps s'interposait entre la réalité et sa personne.

Pourvu que mon père ignore cette faille ! songeais-je avec effroi. Sans quoi, il en tirerait avantage.

*

Le soleil cognait.

La sueur pissait des crânes jusqu'aux paupières et piquait les yeux ; nos aisselles poissaient ; reins et cuisses ruisselaient sans que nous bougions. Même inhaler l'air sec nous éreintait en brûlant nos poumons ; c'était un temps excessif, prémonitoire de la scène qui allait se dérouler.

Les combattants apparurent et se jaugèrent. Quel effort leur coûtait davantage, avancer ou demeurer debout ? Dans la marche, on percevait que l'équilibre s'appuyait sur l'enchaînement des mouvements, mais frôlait continûment la chute ; dans l'immobilité, on sentait que toute l'énergie était requise. Les deux héros inspiraient pitié.

Villageois et villageoises s'étaient massés afin

d'assister à l'affrontement qui déciderait de leur sort. Maman et Noura, côte à côte, frémissaient derrière moi, angoissées.

Que penser, sinon que j'aurais tout donné pour empêcher ce duel ? S'opposaient deux hommes que j'aimais, ou que j'avais aimés, les deux hommes qui m'avaient le plus appris, les deux hommes qui, chacun à sa manière, avaient souhaité ardemment mon bonheur. Leur sang allait fuser.

Le premier, mon père se lança, l'épée en avant. Barak para les coups sans les rendre. Il m'avait assuré que le combat ne durerait pas tant il répugnait à offrir un spectacle ou à surmener inutilement mon père ; cependant, il m'avait annoncé qu'il laisserait Pannoam livrer quelques assauts afin de ne pas l'humilier – ordinairement, Barak écrasait son adversaire d'un unique mouvement de hache.

Je le voyais respecter sa promesse, autorisant son aîné à multiplier les initiatives.

Trop nerveux, conduit par la fureur plutôt que par ses muscles, Pannoam culbuta en ratant une fente. Normalement, une telle chute se montrait fatale. Figé, comme s'il n'avait rien remarqué, Barak lui accorda le temps et la possibilité de se remettre sur pied.

Exaspéré, mon père l'assaillait encore et encore. Barak prévenait ses attaques, s'ingéniant à le contrer frontalement pour lui éviter de s'effondrer.

Quand mon père redérapa et mordit la poussière, Barak déclara :

— On en reste là, Pannoam ?

— Quoi ? Je n'ai pas perdu.

— Parce que je te permets de te relever. Pour la deuxième fois.

— Lâche ! cria mon père. Tu ne sais pas te battre et tu camoufles ta nullité en grandeur d'âme !

Barak ne réagit pas à l'offense. Pannoam renchérit en se redressant avec difficulté, les membres désordonnés :

— En plus tu t'illusionnes sur ta force, Barak ! Je mène depuis le début.

Barak se tut, mais son œil noir et le froncement de ses sourcils indiquaient que l'attitude de son frère l'agaçait. Il se disposait à mettre un terme à ses fanfaronnades.

Regonflé par l'idée de sa supériorité, Pannoam, en un sursaut d'ardeur, fonça sur Barak. Son épée blessa le bras musculeux, une plaie superficielle qui introduisait le sang dans la bataille.

Ravi, triomphant, Pannoam semblait ivre de malveillance.

— Alors, toujours le meilleur, Barak ?

Le colosse soupira, résolu à en finir.

Lorsqu'il leva sa hache, il y avait en lui plus de pitié que d'agressivité. Lorsqu'il abattit son arme sur Pannoam, son geste disait : « Arrête de me décevoir. » Lorsque la lame brisa les os du thorax, son regard navré ordonnait à son frère : « Cesse d'être ce Pannoam ridicule et redeviens par la mort le Pannoam glorieux. »

Maman hurla d'effroi. Noura se détourna.

Mon père gisait sur la terre battue. Sous lui, une coulée brunâtre se répandait lentement, s'amalgamait à la poussière.

La foule acclama Barak.

Celui-ci l'observa d'un air mauvais. Selon lui, la scène ne poussait à aucune réjouissance. Il retint pourtant sa contemption et lui imposa le silence d'un geste.

— Je transfère le pouvoir que je viens de conquérir à mon neveu, Noam. Il l'exercera à bon escient.

Et il me désigna.

La foule nous ovationnait. Youyous, claquements de mains, frappements de pieds retentirent jusqu'au Lac.

Nos regards, à Barak et moi, traduisaient le même désarroi. Quoi ? Tout cela pour ça ? Tout cela pour eux ? Ces gueulards ? Notre souffrance, nos blessures, la mort de Pannoam pour des crétins qui braillaient en permanence de peur ou de plaisir, mais qui se contentaient de brailler ?

Je m'approchai de mon père, m'agenouillai et me penchai. Il respirait encore. Je tournai son visage tourmenté vers moi. Lorsqu'il m'aperçut, une lueur de joie brasilla dans ses yeux.

— Noam…

— Père…

— Je te l'ai gardée intacte…

À la grimace qu'il tentait de transformer en sourire, je saisis qu'il me confiait un secret dont il s'enorgueillissait.

— Père, de quoi parles-tu ?

Un nuage passa sur sa face. Ses yeux commencèrent à s'éteindre, ses lèvres murmurèrent :

— Noura… intacte…

Et la vie le quitta.

*

Noura à mon côté, je contemplais le Lac.

Rien n'accrochait le regard sur l'eau, hormis une barque sombre, une troupe de canards. La chaleur du jour avait tué les bruits. Tout stagnait.

Depuis la fin du combat, Noura tentait de me faire parler, mais je demeurais muet. Les derniers mots de mon père m'avaient jeté dans un abîme. « Noura… intacte… » Il avait quitté ce monde en me révélant avoir sauvegardé Noura à mon intention ; grâce à lui, elle avait échappé aux autres hommes, à tous les prédateurs, pour se présenter pure à notre mariage ; voilà son ultime cadeau sur terre, un présent à son fils.

L'idée me révulsait ! Je ne surmonterais le décès de Pannoam que si je l'abhorrais. En revanche, s'il se confirmait avoir été un bon père, dévoué, protecteur, je risquais de m'effondrer.

Qui était-il ? Monstre ou héros ?

La température baissait, devenant presque agréable. Les pieds parmi les joncs, je percevais je ne sais quelle présence immense autour de moi. Le Lac, quoique inerte d'apparence, bouillait d'une énergie latente, grouillait de tout ce qui l'alimentait, ces torrents, ces ruisseaux, ces rivières qui, après s'être insinués dans la forêt touffue, venaient le grossir.

Tibor accourut vers nous, fébrile.

— Barak s'est évanoui. Son corps est secoué de spasmes. Il sue.

Je me relevai aussitôt.

— Impossible : il a juste une égratignure.

Noura suggéra une hypothèse raisonnable :

— Il souffre d'avoir exécuté son frère. L'émotion. Voire la culpabilité ? Il n'y a pas plus sensible que Barak.

Tibor malaxait son osseuse mâchoire, hésitant.

— Je crains plutôt que…

— Oui ?

— Non, trop horrible…

Il se renferma, le regard rivé au sol, accablé. Il connaissait une vérité, je le sentais, qu'il n'osait pas nous confier.

— Tibor, dis-nous ! m'écriai-je. Nous pouvons tout entendre.

Il redressa la tête et planta ses yeux dans les miens.

— Où se trouve l'épée de Pannoam ?

— Je l'ai ramassée et portée chez lui. Je compte l'enterrer demain avec lui. Ainsi, il reposera dans une sépulture de chef.

— Je veux l'examiner avant.

Nous nous précipitâmes à la demeure familiale. Tibor contourna le cadavre sans un regard, s'empara de l'arme, puis, des chiffons à la main, l'inspecta soigneusement, la renifla, passa une solution aqueuse sur son tranchant. Il s'exclama :

— C'est ce que je pensais : il a badigeonné sa lame de poison !

— Quoi ?

— Pannoam savait qu'il échouerait. Mais il s'est assuré que son frère perdrait aussi en ne lui survivant pas !

Je m'appuyai contre le mur pour résister au choc

de cette nouvelle. Barak mourant ? Mon père nocif et ravageur jusqu'au bout ?

Je recevais la réponse à mon questionnement sur ses dernières paroles, « Noura… intacte… » : cela constituait le second poison, le poison qu'il m'avait destiné.

Noura et Tibor se rendirent chez moi où Maman, paniquée, veillait Barak qui délirait de fièvre.

Découragé, les épaules basses, les pieds lourds, je retournai au Lac et m'assis sur la berge.

Bientôt, je me retrouverais isolé, sans aîné, à la tête du village. J'assistais à la fin d'un monde.

Je ne mesurais pas à quel point j'avais raison…

Le crépuscule venait, doux et ambré. Sa lumière de miel cuivrait l'horizon, tandis que, du côté opposé, l'atmosphère verdissait et dévoilait les premières étoiles. Même les oiseaux qui pépiaient ne troublaient pas la sérénité du moment. Une paix descendue des profondeurs du ciel se posait sur toute chose. D'instant en instant, la forêt, en s'assombrissant, rapprochait les rives.

J'aurais dû imprimer chaque image, chaque son, chaque odeur dans ma mémoire. Ce Lac majestueux que nous vénérions, que nous priions, auquel nous adressions de constantes offrandes, ce Lac qui nous semblait le Dieu des dieux, la puissance suprême, la source et la finalité de notre univers, disparaîtrait. Il ne lui restait que peu de jours à clapoter sous le feu du soleil.

Je le voyais pour la dernière fois.

Très vite, ainsi que tout ce qui l'entourait, il serait englouti.

Hommes, animaux, végétaux périraient dans d'infernales souffrances. Seuls quelques individus en réchapperaient…

Et pas forcément les meilleurs.

Songeant à Pannoam, à Barak, je croyais que c'était la fin d'*un* monde. J'ignorais que j'allais affronter la fin *du* monde…

Deuxième partie

Le déluge

Prologue

— Dînons ensemble. Je t'invite.

Noam recule devant le quadragénaire fringant et souriant avec lequel il discute.

Se lier ? À quoi bon…

La sympathie qui germe en lui lorsqu'il croise un humain reçoit toujours un avertissement qui le ramène à la raison : « Ne t'attache pas, tu le feras souffrir puis tu en souffriras. » À Noam, la franchise reste interdite. Il ne peut livrer son identité ni raconter ses souvenirs, encore moins révéler sa particularité : soit l'interlocuteur rejette ses aveux en le soupçonnant de folie, soit il le croit et, après un épisode de fascination, en conçoit de l'envie, de la révolte, du dépit ; invariablement, l'amitié naufrage. Quant aux femmes ? Noam soupire. Si les hommes sont un champ qu'il sillonne, les femmes sont une forêt où il se perd. Il n'a jamais compris comment réagissent les femmes. À moins qu'il n'ignore comment il réagit aux femmes…

— Le Triton me paraît indiqué. Aimes-tu le poisson ?

Attention, piège : s'il répond positivement à la question culinaire, il accepte l'invitation et engage les prémices d'une relation.

— Parfait ! réplique-t-il.

Le meilleur moyen de se débarrasser d'une demande embarrassante consiste souvent à y accéder. Astuce ou lâcheté ? Peu importe.

Les deux bavards renoncent au bar de Mar Mikhaël où ils ont passé le crépuscule et montent dans la décapotable sportive au carénage écarlate. Ils parcourent Beyrouth. Hassan devise, braque le volant, change de vitesse, salue un ami au passage, opère un demi-tour, klaxonne, remercie, le tout avec habileté et promptitude, les épaules ouvertes, le geste ample, en manifestant une désinvolture souveraine. Il dégage ce charme jovial, composé de décontraction et d'assurance machiste, propre aux hommes du Moyen-Orient. Sa faconde frise la prétention, mais n'y tombe pas.

Ils se sont rencontrés au café deux semaines auparavant. Depuis qu'il a entamé son récit dans le logement loué à la veuve Ghubril, Noam n'a besoin ni de solitude ni de cérémonial pour noircir du papier. Il rédige partout. Il quitte sa chambre sans sortir de son livre, il l'emmène en lui, mieux, il s'y meut. Si, les premières fois, il s'attablait volontairement au bureau comme le pêcheur gagne la pleine mer, à présent il ne cherche plus son histoire, son histoire vient le chercher. À peine se réveille-t-il, la page du jour l'appelle ; il s'y penche et les lignes se succèdent.

Ce lundi-là, Hassan s'est planté devant lui. L'œil sur son cahier, Noam n'a d'emblée vu que le bassin un peu large moulé dans un jean sombre, la ceinture en cuir haut de gamme, la chemise immaculée rendue éclatante par un tricot porté dessous.

— Es-tu écrivain ?

Noam a redressé la tête et découvert la face joyeuse, bronzée, animée de Hassan.

— Non.

— Pourtant, tu écris à longueur de journée.

Noam a rougi, comme si on l'avait attrapé en train de s'adonner à une activité intime. Sa concentration sur le passé l'a empêché de songer qu'il demeure une personne visible au présent.

— Je ne suis pas écrivain. Je suis…

Hassan attendant la réponse, Noam a jeté au hasard :

— Historien.

— Super ! De quelle période ?

— Du néolithique.

Noam supposait que le dialogue s'arrêterait là, car il avait constaté au long des millénaires que la préhistoire n'intriguait guère les hommes, lesquels, tels de nouveaux riches escamotant leurs parents pauvres, craignent l'enquête sur leurs origines.

— Fantastique ! s'est écrié Hassan en prenant un siège. J'ai besoin d'un papier sur la préhistoire.

Depuis, Hassan et Noam se retrouvent quotidiennement ; après son travail, le Libanais s'installe une heure au bistrot et la consacre à leurs discussions.

Hassan dirige *Happy Few*, un magazine branché, aux pages épaisses, glacées, qui offrent aussi bien des photos luxueuses que des textes bilingues signés par les vedettes du moment, l'ensemble saucissonné de publicités pour les grandes marques internationales de cosmétiques, de montres, de vêtements. À l'instar de son journal, Hassan s'intéresse à mille sujets. Souple, sa conversation glisse de la politique au cinéma en explorant la mode, la décoration, le sport, la cuisine, la littérature. Tout touche Hassan, mais superficiellement – de sa qualité découle son défaut. S'il déploie une curiosité encyclopédique, approfondir l'ennuie. Érigeant la légèreté en valeur, il estimerait grossier de s'enfermer dans un entretien monothématique. L'insistance le rebute, le sérieux académique froisse son goût de l'élégance, l'exhaustivité l'endort. Ce causeur caracolant informe Noam en accéléré sur le siècle où il a débarqué – il ne pouvait rêver guide plus efficace.

À travers les chaussées encombrées – soit d'automobiles quand les rues s'élargissent, soit de piétons et de vendeurs à la sauvette sitôt qu'elles rétrécissent –, Hassan remercie Noam pour son texte sur le régime alimentaire du néolithique.

— Une bombe !

Le premier jour, afin de crédibiliser son affirmation – « Je suis historien » –, Noam, soumis à un interrogatoire touchant l'ère dont il se prétend spécialiste, a recouru à sa mémoire, non à une instruction acquise en bibliothèque, et a renseigné Hassan avec sûreté sur ses us et coutumes. Sa seule défaillance a concerné les querelles des savants. Comme aucun témoignage écrit n'existe et que subsistent des objets muets, la part d'interprétation chez les chercheurs se montre insondable, ouvrant un boulevard à l'hypothèse, à l'imagination, à la fulgurance, à la polémique. Lorsque Hassan lui a demandé dans quel camp il se rangeait, Noam a pâli : s'il connaît son temps, il méconnaît ce qu'on a publié sur lui. En écoutant Hassan, Noam a appris que l'histoire de la préhistoire s'apparente à une histoire des diverses préhistoires conçues par les historiens.

Cet après-midi, il lui a rendu quatre feuillets généreusement payés, destinés à secouer la jeunesse dorée du Liban en l'incitant à réformer ses mauvaises habitudes alimentaires pour revenir aux pratiques du néolithique.

— Je propose un titre : « Notre futur réside dans le passé : mangez paléo ! », clame Hassan.

Rédiger ce texte a captivé et déconcerté Noam : jamais la terre n'a porté tant d'obèses ! La rareté fabuleuse que représentait Malatantra, la doyenne des Chasseresses, cette plantureuse femelle aux arrondis gigantesques devant laquelle salivait l'oncle Barak, constitue désormais un phénomène ordinaire qui n'inspire plus ni respect ni séduction. Si Malatantra régnait par sa grosseur, Femme-Terre, Femme-Nature, Femme-Matrice, ses équivalentes contemporaines sont déclassées, stigmatisées, raillées. De splendide et exceptionnel, l'embonpoint est devenu courant et pathologique. Bien sûr, dans ses paragraphes, Noam ne s'est autorisé aucune remarque sur la magnificence des opulentes, s'est abstenu de rappeler que la plupart des époques ont valorisé les vénus charnues dont les courbes prouvaient l'épanouissement personnel et la réussite économique ; il s'est contenté de souligner, à la lumière d'autrefois, les innovations d'aujourd'hui.

Tout changement génère-t-il un progrès ? Décrivant la vie au néolithique, où l'on ne circulait qu'à pied, où l'on chassait, où l'on cueillait, où l'on se fabriquait ses armes et ses outils, Noam s'est rendu compte que l'homme moderne est un homme assis qui vit à l'intérieur, telle une plante en pot jamais exposée au grand air ni au soleil : non seulement il ne bouge plus, mais il ne se déplace plus – il se fait transporter par des voitures, des trains, des avions. Il avale des aliments fort différents : d'abord il sale – Noam et sa famille ignoraient l'existence du sel et n'assaisonnaient leurs mets qu'avec des fines herbes, des piments ou des épices –, ensuite il sucre – Noam n'utilisait que le miel, substance précieuse, difficile à obtenir vu la hauteur des ruches dans les arbres et l'agressivité des abeilles ; le moderne se sert du beurre et des huiles, ces matières grasses inconnues des anciens, puis consomme des céréales – blé, avoine, riz –, lesquelles apparurent grâce à l'agriculture ; enfin, le moderne cuisine peu – ou plus du tout –, s'achetant des denrées transformées, pain, pâtes, biscuits, charcuterie, plats préparés. À cette orgie d'avatars, l'article de Noam oppose le régime néolithique : des fruits, des noix, des légumes sauvages, du gibier, du poisson. Les gens restaient sveltes, car la chair des lièvres, des biches, des sangliers, des oiseaux contient très peu de graisse, à la différence de la viande que fournissent bœufs, veaux, cochons d'élevage. Quoique Pannoam, son père, possédât des troupeaux de mouflons – les futurs moutons – et d'aurochs – les futures vaches –, ses bêtes se nourrissaient d'herbes, non de céréales. Hypertension, diabète, voire cancer, ces maux ne prospéraient pas jadis.

Hassan tique sur un détail :

— Tu prends de la distance avec les médecins américains qui ont lancé la diète paléolithique : tu refuses l'emploi des œufs et du lait.

— Je crois en effet que nos aïeux absorbaient rarement des œufs, juste au printemps, à condition de les dérober dans les nids, ce qu'ils évitaient par déférence envers la Nature. Il a fallu attendre la domestication des poules pour que les œufs entrent dans l'alimentation humaine.

— À partir de quand ?

— Délicat à dater, dit Noam pompeusement en masquant son ignorance. Quant au lait, au beurre, au fromage, ils exigent la sédentarisation complète. Nos ancêtres ont d'ailleurs mis longtemps à pouvoir les digérer.

— Du coup, s'exclame Hassan, comment expliques-tu que, en si bonne santé, ils mouraient avant quarante ans ?

La rudesse de la question attriste Noam qui, aussitôt, voit défiler en lui les visages aimés des disparus, Mina et Pannoam en premier.

— C'était une période saine, mais violente. On n'avait pas le temps d'atteindre un âge avancé. Les conflits se résolvaient par des duels. On chassait, on guerroyait. Le froid, les tempêtes tuaient. Des animaux dangereux sévissaient. On courait, on chutait, on s'entaillait, on se brisait, on se blessait. Les infections ne trouvaient pas de remèdes. Peu de maladies se soignaient et les connaissances hygiéniques péchaient. Mettre au monde, venir au monde déclenchaient davantage de décès que de naissances. Il n'y avait place que pour la jeunesse et la force dans cet univers jeune et fort, pas pour la vieillesse…

— Amusant, s'étonne Hassan, tu en parles comme quelqu'un qui l'a vécu…

Noam éclate de rire – il vaut mieux que Hassan se juge facétieux que perspicace.

Le coupé freine devant une haute maison incrustée d'escaliers à balustrades qui diffèrent de taille et de profondeur selon l'étage. Jaillissant du porche, un garçon se précipite à la portière. Sans une phrase ni un regard, Hassan se dresse, laisse tomber ses clés dans la paume du voiturier, se dirige vers l'entrée. Un individu normal s'inquiéterait de confier son bolide à un inconnu et lui adresserait au moins quelques mots afin de créer un contact, s'assurer de sa fonction, instaurer une loyauté ; Hassan tient à se comporter à l'opposé d'un poltron : le bourgeois chic méprise ostensiblement l'inférieur auquel il abandonne son bien.

Ils pénètrent dans une vaste salle, tendue de broderies orientalisantes à larges motifs, traditionnelles par le raffinement, actuelles par la simplicité. Des demoiselles en lamé s'élancent entre les tables, aussi silencieuses que gracieuses. Le reste n'est que poufs en soie, banquettes en panne de velours, chaises marquetées, lustres de Murano, verres en cristal taillé, vaisselle à filet d'or. Au loin, une harpiste au physique de harpiste – blonde, diaphane – joue près de la terrasse nocturne, agrémentée de jarres vernies. Les convives détaillent les nouveaux venus. Noam se sent gêné d'être habillé de façon rudimentaire, inconscient que son éclat, sa sveltesse, la beauté nette de ses traits composent un passeport plus important qu'un costume branché.

En s'asseyant, Hassan, qui met un point d'honneur

à toujours mener deux opérations à la fois, consulte son téléphone.

— Aïe aïe aïe… mon cousin nous rejoint !

— Quoi ? Tu ne l'aimes pas ?

— Si, si ! Je le fréquente depuis mon baptême. Nous avons été élevés quasi ensemble, chez ma grand-mère. Juste que…

— Oui ?

— C'est un survivaliste.

— Pardon ?

— Un survivaliste.

— Désolé, ça n'existait pas au néolithique.

Hassan s'esclaffe devant sa mine déconfite.

— Tiens, le voici !

Un échalas apparaît à l'entrée, aperçoit Hassan et déambule en sa direction. Le grand corps maigre, fatigué de sa hauteur, avance courbé, nuque cassée sous le poids du crâne. Le dos bossu, la poitrine creuse, le ventre aspiré par le bassin, les jambes fléchies, ce squelette impuissant à occuper son volume marche lentement, comme si l'air lui opposait la résistance de l'eau ; à chaque pas, ses cuisses grêles donnent l'impression de soulever des chaussures en plomb. La fadeur noie l'aspect de cet homme qui manque autant de couleur que de relief : ses vêtements, sa peau, ses cheveux, ses sourcils, sa barbe affichent un ton éteint, sorte de beige anémié ; ses lèvres, à peine irriguées par le sang, restent coquille d'œuf.

— Malade ? murmure Noam à Hassan tandis que l'efflanqué traverse la salle.

— Non, James porte le monde sur ses épaules. C'est lourd !

James accède à leur table, les salue mollement et s'écroule sur la chaise. Mondain, volubile, péremptoire, Hassan prend la situation en main, commande apéritifs et plats d'un index lointain, lequel, pareil à un aimant, ordonne les évolutions des serveuses.

Hassan soliloque. Nul dialogue ne s'établit entre Noam et James. Le premier observe le second, lequel macère dans une morne indifférence. Pourquoi est-il venu ? s'interroge Noam. Quand on s'ennuie partout, quel intérêt à bouger ?

Soudain, un détail change l'atmosphère : Hassan vient de vanter l'érudition de Noam concernant la préhistoire. Le visage de James s'allume ; il considère avec attention l'hôte qu'il snobait.

— Connaissez-vous bien les techniques de la préhistoire ?

— Oui, je crois.

Soucieux de le valoriser, Hassan résume l'article que lui a rendu son ami sur le régime paléolithique. James prête l'oreille, accroché, tout en scrutant Noam. Au fur et à mesure, il s'anime ; de blasé, lisse, flegmatique, il devient nerveux et passionné. Sitôt que son cousin termine son exposé, il s'exclame :

— Je suis friand de la science de nos ancêtres. Ils savaient survivre.

Noam sourit et corrige :

— Ils savaient vivre, plutôt.

— Très juste ! réplique James. C'est nous qui errons. Ils ont beaucoup à nous apprendre.

Courtois, Noam dissimule qu'il pense le contraire. Lui qui a parcouru des millénaires en assistant aux progrès techniques, biologiques, médicaux, il n'idéalise pas l'instruction des anciens et ne nourrit aucune nostalgie.

James se penche vers lui, son long torse couvrant presque la moitié de la table.

— Vous pourriez nous servir.

— À quoi ?

— À nous préparer.

— À quoi ?

James se laisse retomber contre son dossier et reproche, lassé, à son cousin :

— Tu ne lui as pas dit ?

— Pas eu l'occasion…, bougonne Hassan.

James fixe Noam dans les yeux et lui lance d'une voix affermie :

— J'appartiens à l'Horloge de l'Apocalypse.

Noam opine de la tête, les lèvres pincées, le front songeur, pesant l'importance de cette révélation. L'Horloge de l'Apocalypse… Il convoque des souvenirs flous, remontant à la décennie 1950, période où des scientifiques avaient proposé une horloge conceptuelle qui dénonçait les dangers courus par l'humanité. Symboliquement, minuit marquait l'élimination du monde et, chaque année, ils évaluaient si l'aiguille se rapprochait de l'instant fatidique. Ce décompte alertait les peuples sur l'extension des périls. À l'époque, l'irruption des armes nucléaires, la guerre froide entre la Russie et les États-Unis affolaient tant qu'on appréhendait le combat définitif.

— Toujours à Chicago ? demande Noam, qui se rappelle le bulletin de ces atomistes.

— Exact ! approuve Hassan sans noter que Noam manie des informations relatives au siècle précédent, pas contemporaines. James a intégré le collège qui estime les risques. Il travaille avec les meilleurs savants et… combien de Prix Nobel, déjà ? Quinze ?

— Dix-huit.

— Félicitations, susurre Noam.

James se repenche vers lui :

— Nous sommes à une minute vingt de la fin du monde.

Un silence compact s'ensuit entre les trois convives. Les serveuses déposent les mezze, une profusion de coupelles contenant taboulé, fèves, fattouche, houmous, baba ghanoush, feuilles de vigne farcies, salade de pommes de terre aux épices, dans lesquelles les dîneurs vont picorer. Après leur départ, James ajoute :

— Nous n'en avons jamais été si près… Le désastre aura lieu dans quatre-vingts secondes.

James énumère les ferments d'inquiétude. Si, de tout temps, on a craint les phénomènes physiques – l'écrasement d'une météorite géante, les éruptions volcaniques, la propagation d'un virus mortel –, on redoute actuellement les nuisances humaines. Non seulement l'emploi de l'atome déchaînerait un cataclysme à travers un troisième conflit mondial, mais des manipulations criminelles ou accidentelles entraîneraient aussi bien une pandémie ravageuse qu'un crash informatique et, par effet domino, une faillite des structures bancaires, des systèmes sécuritaires. Inéluctable, incontrôlable, la surpopulation amène la famine, tandis que le réchauffement climatique provoque l'effondrement.

— L'humanité est promise à sa destruction avec certitude. Nous vivons un moment inédit, une charnière capitale de l'Histoire. Nous entrerons bientôt dans la Post-Histoire. Du moins, certains d'entre nous, ceux qui anticipent en s'y préparant… Les autres mourront.

— Vous évoquez les survivalistes ? lance Noam.

James, pivoine, perd sa placidité :

— Quelques amis et moi, nous aménageons un refuge. Nous y stockons des vivres. Cela reste pourtant des plans à court terme. Il vaudrait mieux que nous réapprenions à nous comporter en chasseurs-cueilleurs, comme nos aïeux, afin d'affronter l'existence post-apocalyptique.

Hassan adresse à Noam un regard pétillant de moquerie : son cousin enjambe tellement les frontières de l'extravagance qu'il a décidé d'en ricaner plutôt que d'en pleurer.

Du coup, la surprise statufie Hassan lorsque Noam déclare :

— Puis-je vous rejoindre ? En contrepartie, je vous livre le savoir préhistorique sur le feu, la traque, la pêche, le tissage, la poterie et l'alimentation du chasseur-cueilleur.

James tend sa paume à Noam.

— Tope là, camarade !

*

Une limousine climatisée, conduite par un jeune chauffeur syrien, emporte Noam au sommet du mont Liban. Quitter Beyrouth à l'haleine de charbon brûlé, son vacarme, ses embouteillages, son bitume enflammé a nécessité une heure. Délivrée, la voiture file sur la route.

Noam contemple le paysage et se souvient. Il a connu cette terre vierge, dans sa nudité naturelle, avec des cascades intarissables, une végétation et une faune qui appartenaient à la vie sauvage. Il a vu ensuite les immenses forêts de résineux qui composaient la richesse du Liban se clairsemer, débitées en bois d'ameublement. Maintenant, il repère partout les traces des hommes qui ont converti une montagne de minéraux stériles en une plaine fertile. Au cours des siècles, les Libanais ont collecté roches et cailloux épars pour édifier des murs de soutènement, lesquels créèrent des terrasses où l'humus récupéré au creux des ruisseaux devenait plan et cultivable. Ces bourrelets d'épierrement habillent encore les flancs, étagés de la côte jusqu'aux neiges éternelles, quoique aujourd'hui les mûriers destinés aux vers à soie et les vignes se soient raréfiés, remplacés par des vergers et des oliveraies. Aux exigus remblais en pierres sèches, assemblées sans liant, ont succédé de vastes replats, défoncés au bulldozer, bétonnés, qui supportent les allées et venues des machines ou accueillent des serres maraîchères. Entre les villages séculaires, les résidences secondaires pullulent, avoisinant çà et là les carrières desquelles on a extrait les matériaux de construction. L'agriculture et le mitage ont hominisé la nature, laquelle, asservie, rationalisée, chosifiée, se réduit à des items soumis aux saccades du marché.

Le chauffeur s'arrête pour prendre du carburant. Noam descend de l'automobile, désireux de se dégourdir les jambes. La canicule le saisit aussitôt, telle une main qui étrangle, et l'oblige à respirer précautionneusement. Malgré ses lunettes fumées, il cligne des paupières devant ce ciel blanc dévoré par le soleil. À quelques mètres des pompes, un grillage à la trame serrée délimite un terrain où des individus s'agitent, stressés, se criant des ordres à distance.

Noam s'approche et aperçoit en contrebas des bassins de béton hérissés de tuyaux qui y plongent et s'en évadent. Il reconnaît une pisciculture d'eau douce, alimentée par le ruisseau voisin dont l'écoulement a été dérivé. Il n'y règne pas la tranquillité propre à ce genre de lieu. Les employés, à l'aide de grosses épuisettes, sortent les truites des réservoirs et les entassent sur le sol. Elles ne frémissent pas. Noam constate qu'elles stagnent, ventre en l'air, déjà mortes, à la surface des bassins. Il comprend vite ce qui s'est passé en jetant un œil sur le ru : le débit, très bas, échouant à renouveler quotidiennement le contenu des viviers, la température de l'eau dépasse celle que tolèrent les truites, lesquelles, au-delà de vingt degrés, périssent par manque d'oxygène.

Que va-t-on faire de ces milliers de cadavres ? Broyés, réduits en poudre, ils serviront de nourriture pour truites, sans doute… Noam éprouve un vague dégoût, soupire, et remonte dans le véhicule.

Une scène lui revient. Durant un somptueux été, Barak et lui pêchaient le long d'une rivière au cours vif, frais, abondant. À l'écart du courant, dans une partie dormante où l'onde paressait et les moucherons tournoyaient, Barak jaillit en soulevant au-dessus de lui un énorme brochet au ventre pâle, au dos jaunâtre, qui se débattait avec une puissance effrénée. Barak l'acheva en l'assommant sur un rocher. Une fois qu'il l'eut déposé à terre, il contempla tendrement le poisson au museau pointu, aux ouïes rouges.

— Te rends-tu compte, mon Noam ? C'est un vieux, c'est un fort, c'est un vainqueur : il a triomphé de toutes les embûches, de tous les ennemis, de toutes les pêches. Il n'a été battu que par moi. Regarde ses dents ! Il n'en a pas laissé tant que ça à ses adversaires. Nous devons nous montrer dignes de lui.

— Que veux-tu dire ?

— Il faut le cuisiner à la hauteur de sa valeur, dégoter les meilleures herbes, l'accompagner de légumes subtils, en savourer chaque bouchée. Il le mérite.

Barak portait une réelle vénération au poisson qu'il venait de tuer et, en hommage à sa proie, il s'évertua, ce soir-là et les suivants, à atteindre l'excellence gastronomique.

Le moteur redémarre.

Voilà ce qui a été perdu, songe Noam. Lorsque James le survivaliste regrette une compétence néolithique disparue, il se fourvoie : c'est une sagesse qui a été égarée, celle qui plaçait l'homme dans la Nature comme un de ses éléments. Barak se pensait plus costaud que la bête vaincue, cependant pas supérieur, encore moins d'une essence distincte. Il respectait l'animal qu'il chassait. Fraternel, non seulement il n'aurait jamais écroué des êtres sauvages dans la cellule d'un élevage, mais il aurait refusé de manger des prisonniers, le lapin poussé en batterie, le poulet qui ne court pas, le saumon qui n'a pas rencontré les algues, tous ces animaux dénaturés. « Maître et possesseur de la nature » ? Cette pensée de Descartes définissant l'homme moderne, extirpé de la nature, comme celui qui la domine, la contraint, l'exploite, oui, cette outrecuidance aurait fait rire Barak par sa sotte démesure.

Le chauffeur essaye d'engager la conversation. Noam mine l'échange par des réponses succinctes.

Noam se tait depuis deux jours. Reclus dans sa chambre, évitant Hassan, il a attendu la voiture que lui avait promise James. Il songe trop, ses idées se culbutent. À combien de fins du monde a-t-il déjà réchappé ? L'extinction arrive-t-elle vraiment ou les contemporains cultivent-ils le frisson ?

La fin du monde est une histoire sans fin. D'ordinaire, Noam ferme ses oreilles aux prévisions catastrophistes, entretenant une surdité qui résulte de son expérience : ces deux millénaires, il a entendu tant de fois que le néant débarquait ! Les religions monothéistes, s'appuyant sur l'Apocalypse de Jean, ultime livre du Nouveau Testament, ont régulièrement paniqué les populations. Le catholicisme, en premier, s'en donna à cœur joie. Selon l'évêque Martin de Tours, l'Antéchrist, imposteur radical, pulvériserait la planète vers 400. Beatus de Liébana nous avertit d'une seconde venue du Christ et d'une liquidation des temps le 6 avril 793 – quelle précision ! L'an mil déclencha des angoisses, d'abord celle du pape Sylvestre II, que répercuta la chrétienté. Au Moyen Âge, Joachim de Flore, expert en fléaux, prévit l'anéantissement pour le XIIIe siècle, puis, parce qu'il ne se produisit pas – rien de moins obéissant que les calamités ! –, ses disciples le postposèrent plusieurs fois. Les astrologues anglais s'y mirent aussi, suscitant l'évacuation de Londres – vingt mille habitants – le 1er février 1524 puisqu'une crue de la Tamise devait amorcer le déluge ; devant l'échec de la prédiction, ils remirent cela un siècle plus tard. Les protestants prirent si bien le relais que les vaticinations terrorisantes secouèrent les XVIe et XVIIe siècles, de Thomas Müntzer à Martin Luther, en passant par Michael Stifel, Jan Matthijs, Michel Servet. L'épidémie gagna les anglicans, franchit l'Atlantique, prospéra aux États-Unis. Noam n'oublie pas la contribution des musulmans avec Sabbataï Zevi ni, au XXe siècle, les Témoins de Jéhovah, lesquels programment et reprogramment sans cesse l'Armageddon.

Or un trait a transformé ce vétuste scepticisme qui prophétisait la violence : ce n'est plus le Tout-Puissant qui punit les hommes, ce sont les hommes qui exterminent la Nature. Dorénavant, Dieu est exclu de l'Apocalypse. L'homme y suffit. Il se débrouille seul.

Par son génie, l'humanité a fragilisé de façon dramatique son destin : la prolifération des armes nucléaires, le règne de machines qui parviendraient à supprimer leurs créateurs, l'épuisement des ressources énergétiques, la pollution altérant le climat, toutes les menaces s'accroissent. Les facteurs de la débâcle s'accumulent. Aux yeux de Noam, il y a davantage de rationalité dans l'effroi qu'éprouve le survivaliste James que chez les religieux, les dévots, les sectaires qu'il a croisés au fil des siècles.

La limousine freine devant un portail métallique grisé, qui, de même hauteur que les murailles, occulte la propriété. Après un examen minutieux de leurs papiers, un vigile palpe les deux hommes, fouille le coffre, glisse un détecteur d'explosifs sous le châssis, communique téléphoniquement avec l'intérieur, déclenche l'ouverture et les autorise à passer.

Aucune route goudronnée ne succède à l'entrée, juste un sentier de terre battue que le véhicule emprunte prudemment. En écrasant les graviers, les pneus produisent des bruits de maïs qui éclate dans la poêle. L'automobile traverse une forêt de résineux, obstruée de broussailles, laquelle s'éclaire pour ceinturer une maison parallélépipédique, aussi vaste que basse, étendant ses cinquante mètres sur un unique niveau. Des panneaux solaires tapissent le toit.

James l'accueille au perron.

— Bienvenue à l'Arche.

Il félicite Noam qu'une besace contienne ses affaires, réaction qui se reproduit lorsqu'il réclame le dépôt de son téléphone à la conciergerie – le refuge en interdit l'usage – et découvre que Noam n'en détient pas. L'extrême dénuement dans lequel vit le préhistorien fascine James, riche fils de famille, collectionneur de gadgets électroniques.

Ils entament une visite de l'abri. Au rez-de-chaussée, les pièces évoquent un banal gîte de vacances où alternent salles communes et chambres monacales. En revanche, le sous-sol manifeste les soucis de survie. Les deux battants en acier franchis, ils déambulent au milieu de réserves alibabesques. Des conserves, des boîtes de pâtes, des sacs de riz, des bouteilles d'eau garnissent les étagères au-dessus des congélateurs où s'empilent morceaux de viande, poissons, légumes, ces congélateurs étant reliés à un groupe électrogène en cas de coupure de courant

– phénomène habituel au Liban, où chaque citoyen compense les insuffisances du service public par un abonnement auprès d'un fournisseur d'énergie privé. Un local accumule des couvertures à foison, en mylar ou en laine, un autre des médicaments de première nécessité et des masques, du simple tissu qui empêche la contamination des proches jusqu'au modèle respiratoire volumineux avec filtre et lunettes qui préservent des gaz. Un dressing stocke des chaussures, un second diverses combinaisons contre l'inondation, contre les flammes, contre les radiations.

— Nous disposons de six mois d'autarcie, annonce James.

— Bravo.

— Six mois ne représentent pas grand-chose. Voilà pourquoi tu nous rejoins. Comment faire du feu ? Quels fruits, herbes, champignons cueillir ? Comment piéger le gibier ? Tous ces savoirs ancestraux…

— Comptez sur moi. Au fait, possédez-vous des armes ?

— Non. Apprends-nous à chasser et à combattre privés d'armes, ou bien à les fabriquer dans la nature.

Après les provisions de sucre, de sel, la tournée se poursuit, dévoilant des amoncellements de savons, de dentifrices, de brosses, de détergents, de désinfectants. Ce labyrinthe aboutit à une porte blindée que James évite en rebroussant chemin.

— Et là ? demande Noam en désignant l'épaisse plaque.

— Rien, c'est la chaudière…, lâche James en l'invitant à remonter à la surface.

*

Le week-end a ouvert l'Arche aux membres du groupe survivaliste ainsi qu'à quelques personnes intéressées. Une vingtaine de stagiaires vivent une expérience inédite : tenir trois jours en forêt sans recourir aux bienfaits de la modernité.

Marmoud, un ancien militaire à la musculature dessinée, dirige l'expédition, secondé par Charly, ex-policier, taille moyenne, sec, propre, dépourvu de caractéristique notable, sauf un goût pour les cigarettes brunes. Avec Claude, un zoologiste, Noam intervient en tant que conseiller.

Les participants offrent des profils et des âges variés : des trentenaires banquiers ou ingénieurs, des retraitées militantes écologistes, des couples entre deux âges travaillant dans l'enseignement.

Marmoud impose les règles : trouver sa nourriture au cœur des bois, y dormir, y bâtir des gîtes sûrs contre les perturbations météorologiques, se déplacer en l'absence de guidage numérique ou de boussole. Des accidents sont simulés en jeu de rôles : la blessure d'un marcheur, une attaque de brigands.

Petit à petit, Noam mesure la part d'anxiété qui structure le programme. Tout en épaules, biceps, triceps, Marmoud et Charly entraînent les inscrits à se battre, au corps à corps, avec des bâtons, leur expliquent le camouflage sous les branchages, l'effacement des traces pour se soustraire au flair des chiens ; enfin, ils les poussent à des opérations de commando, d'abord dissuasives, ensuite agressives.

Trois d'entre eux, qui ont accepté ces activités

comme une récréation sportive, s'en inquiètent. En se grattant la nuque, Marmoud se défend :

— S'il y a un drame, certains se seront organisés, d'autres pas. Affamés, prêts à n'importe quoi, ils parcourront le pays, solitaires ou en horde, deviendront des pillards. Ni policiers ni militaires ne les stopperont. À nos yeux, survivre revient à affronter l'anarchie, le chaos, la violence. À cela, nous devons aussi nous préparer. Lucidement. Efficacement.

Au sein de l'équipe, quelques dents grincent. Les cours de Claude, le zoologiste, pour capturer, nettoyer, cuire des insectes apaisent les stagiaires, puis, après un festin de sauterelles grillées, Noam remporte un franc succès en enseignant les techniques du feu, l'art de sélectionner les plantes, la manière de confectionner la colle du néolithique, la poix de bouleau – chauffer l'écorce, la mâchouiller afin de la garder molle pendant le refroidissement qui la solidifie ; ceux qui souffrent de douleurs dentaires observent alors, à l'instar de leurs ancêtres, un soulagement.

Les heures s'écoulant, le groupe s'émiette, perd de sa cohésion. Diverses motivations ont conduit ces individus à une formation survivaliste. Les jeunes urbains tentent de renouer le contact avec les arbres, la terre, les rivières, désireux d'oublier la ville bétonnée. Les plus aisés aspirent à se guérir du mal contemporain, le consumérisme ; ce stage leur permet de distinguer l'essentiel du superflu, donc de s'émanciper des objets. Certains veulent conquérir un peu d'autonomie ; dans cette société fragmentée où chacun dépend du travail des autres, redevenir capable de créer soi-même une cabane, un feu, un arc, une lance apporte une libération. Quelques-uns cherchent à pimenter le quotidien ; ainsi Marie, une retraitée aux convictions écologistes, avoue qu'à l'issue de ces trois jours elle appréciera des services basiques en rentrant chez elle, l'eau qui sort du robinet, la gazinière qui prodigue la flamme, le frigo qui fonctionne. « Je vais habiter l'appartement des miracles ! » En réalité, la plupart des participants avancent en sagesse grâce au survivalisme, peu le prennent pour un but.

Noam identifie le noyau dur : Marmoud, Charly, James et le jeune Hugo, vingt ans, ingénieur en informatique. Ceux-là anticipent authentiquement l'univers de demain, l'après-catastrophe, dans ses conséquences politiques, économiques, sociales, financières, lorsque les structures – gouvernement, police, armée, Internet, ressources énergétiques – se seront effondrées. Loin de se livrer à un épisode de scoutisme, ils s'exercent avec la conviction que l'instant fatal approche.

L'ultime après-midi, dès que la troupe regagne l'Arche, des dissensions s'élèvent entre les survivalistes radicaux et Marie. Précisant avec humour que les uniques adversaires réels qu'elle a rencontrés restent une escouade de moucherons, des taons snipers, des tiques en embuscade, elle s'indigne de la tournure militaire du stage.

— Je ne comprends pas votre obsession de la lutte... En cas de malheur, je ne me transforme pas en ennemie des autres, au contraire je les aide.

— On ne peut pas aider tout le monde ! réplique Marmoud en aplatissant un moustique sur sa tempe.

— Il faut essayer.

— Chimérique ! Angéliste ! Mieux vaut sauver

vingt personnes que tous crever ! Sans le gouvernement, la police, l'armée, nous serons plongés dans une guerre de chacun contre chacun.

— Vous ne croyez pas en la solidarité humaine ?

— Non !

— Seuls les plus forts survivent, ajoute Charly.

— Je ne me retrouve pas dans vos idées, dit Marie. Être écologiste, c'est vouloir sauver les hommes, les animaux, la planète.

— Je ne suis pas écologiste, tempête Marmoud, je suis survivaliste !

— Nous luttons pour notre survie, souligne Charly.

— Lorsque Noé a construit son arche afin d'échapper au déluge, rappelle Marie, il a désiré protéger tous les êtres vivants.

— Ah oui ? gouaille Charly. Il n'a pourtant emmené que sa famille. Nous aussi, nous nous occupons de notre famille, celle des survivalistes, même si elle n'est pas de sang.

— Les autres humains deviennent vos ennemis ? s'exclame Marie.

— Il y a les élus qui se préparent, et les perdus qui s'en foutent. Je ne tolérerai pas que les élus se fassent piller par les perdus. Les perdus perdront. Les élus gagneront.

Marie demeure coite, Charly s'absorbe dans l'allumage d'une cigarette, Marmoud sillonne l'épiderme de son cou où ses ongles laissent des rayures érubescentes. Diplomate, James change de sujet, épaulé par Claude, l'insectivore.

On se dit adieu, on s'embrasse, on se salue, on repart chez soi.

Quand la propriété s'est vidée, Noam remarque que James, distrait, a abandonné sur une souche sa veste de treillis et la saisit pour la lui rapporter à la villa ; en chemin, il palpe une poche qui contient un pesant trousseau de clés, celles qui ouvrent les caves. Il le dérobe, puis, son forfait perpétré, pend la saharienne au portemanteau de la conciergerie.

Ce soir-là, à l'Arche, ne logent que les leaders, Marmoud, Charly, James, Hugo, dont Noam partage la collation. Après trois jours de sport, de plein air, de courts sommeils à la belle étoile, l'éreintement excuse sans doute la mollesse des échanges autour de la table ; à l'exception de James, les hommes s'expriment brièvement, hâtent la fin du repas, ne regardent jamais Noam.

Il sent qu'il les gêne.

Dès le départ, il a suscité leur suspicion en dépit de l'enthousiasme manifesté par James. Sa nationalité les a contrariés : Noam s'est présenté comme un Grec. Se prétendre libanais aurait relevé de l'ineptie, car, à l'énoncé d'un patronyme, on l'aurait aussitôt interrogé sur ses cousins d'ici, ses tantes de là-bas, son grand-oncle des montagnes, tant il semble que le Liban, malgré ses millions d'habitants, reste un agrégat de familles qui se fréquentent toutes. Choisir l'identité grecque fournit à Noam une sécurité : outre que la Grèce bénéficie d'un capital de sympathie, il parle grec à la perfection, quoiqu'il veille à ne pas émailler ses phrases d'archaïsmes issus de l'époque où il a assimilé la langue, le siècle de Sophocle et de Platon, lesquels pratiquaient un pur attique, bien modifié aujourd'hui. Maintenant qu'il connaît mieux Marmoud, Charly, Hugo, il constate qu'ils éprouvent une méfiance systématique envers l'étranger, l'immigré, le migrant.

Noam les quitte vite en alléguant la fatigue. Réfugié dans sa chambre, il patiente.

À vingt-trois heures, la maisonnée s'assoupit. Noam écoute à travers la cloison les ronflements de James.

Avec circonspection, en silence, il descend au sous-sol et, à l'aide du trousseau volé, s'infiltre dans les réserves. Prudent, il referme les portes derrière lui, n'allume pas les plafonniers, se sert d'une lampe torche. Les salles de vivres traversées, il parvient à l'issue blindée devant laquelle James l'avait incité à bifurquer.

Un tour de clé.

Il tombe sur ce qu'il présumait : un arsenal. Trois tables proposent des myriades d'armes blanches, les tranchantes, les perforantes, les contondantes – sur la première, serpes, fauchards, cimeterres, poignards, épées, sabres, faux, haches ; sur la deuxième, épieux, lances, dards, piques, crochets, tridents, hallebardes, arcs, arbalètes, sarbacanes avec leur approvisionnement de flèches, de carreaux, d'aiguilles ; sur la troisième, matraques, gourdins, masses, marteaux, fléaux, frondes flanquées de sacs de billes en acier. Contre les murs, les armes à feu prolifèrent, carabines, fusils de chasse, fusils d'assaut, fusils-mitrailleurs, fusils de précision. Plus loin, des rayonnages étalent des armes de poing, pistolets et revolvers. Au sol s'alignent des mitrailleuses tandis que des caisses de munitions remplissent l'alvéole attenante. L'intuition de Noam se confirme : l'Arche n'est pas un abri, mais un bunker.

Noam pénètre dans un nouveau magasin, celui des explosifs, où il aperçoit des grenades, des mines, lorsqu'il entend des altercations et des pas.

Précipitamment, il éteint sa lampe torche, se faufile dans un coin.

Marmoud, Charly, Hugo entrent, en marcel et pantalon de treillis. Ils s'installent autour d'un petit bureau vide, y posent un ordinateur. Hugo paraît résulter de l'agglutination de deux morceaux incompatibles, une tête d'enfant blond vissée sur un corps d'athlète râblé.

Caché dans l'ombre de la poudrière, Noam retient son souffle.

— À vingt-trois heures trente pile, on recevra la communication avec D.R., indique Hugo qui établit la connexion.

Les autres soupirent.

— C'est chiant de ne pas fumer, grogne Charly.

— Connard ! Tu aurais dû arrêter la cigarette depuis longtemps. Tu arriveras à survivre au black-out, pas à un cancer du poumon.

— Ne me fais pas chier !

— J'ai raison.

— Tu me fais chier parce que tu as raison !

Satisfait, Marmoud condescend à se taire, rote, crache, entreprend de se gratter dans les profondeurs de son pantalon. Noam note qu'ils se comportent différemment en l'absence de James, plus relâchés, plus vulgaires.

Hugo suspend son tripotage et s'assied, ravi.

— D.R. en ligne !

Ces initiales dégagent une telle aura que les trois lascars se redressent, soudain corrects.

Une image surgit sur l'écran, que Noam ne discerne pas, puis fuse une voix déformée par un filtre :

— Bonjour, Beyrouth. Où en êtes-vous ?

— Six mois d'autonomie, D.R., répond Charly.

— Au niveau des techniques de survie ?

— C'est presque bon.

— Pardon ?

Marmoud s'entremet, se plante devant la caméra et proclame, fusillant Charly du regard :

— C'est bon, D.R. !

Le silence s'incruste. Ils se tracassent. La voix reprend, monocorde, numérisée :

— Nous allons déclencher l'opération *Cavaliers de l'Apocalypse.*

Ils frémissent.

— Quand ?

— Incessamment.

— Où ?

— Nous débuterons aux États-Unis. La cellule Zacharie a achevé sa préparation. Elle se divisera et attaquera cinq centrales nucléaires.

— Lesquelles ?

— Vous en savez déjà trop. L'Europe enchaînera, suivie par la Russie, la Chine. Et vous, le barrage de Chabrouh ?

— Le plan est chiadé, le matériel réuni. Nous attendons ton ordre pour lancer le commando et provoquer l'explosion.

— C'est une question de semaines. Tenez-vous prêts.

Un sifflement ponctue le terme de la communication.

Transis, les trois guerriers hurlent de joie, dansent, exultent, se tapent les paumes.

— Le grand jour approche, les gars !

— Ça sautera de partout.

— Une ère neuve va pouvoir commencer !

— Hugo, cherche-nous de la bière !

Noam comprend que ces hommes agissent dans le dos de James, leur naïf financeur, mais surtout que leur ambition dépasse le survivalisme : ces militants ne se préparent pas à la fin du monde, ils la préparent.

1

Je le contemplais depuis l'aube…

Le Lac est une pensée qui rêve. Pas de chemin, des détails. Rien n'insiste, tout s'évanouit. Aussi vaste qu'immobile, il trahissait sa respiration par d'impalpables irisations, de légers clapotis ; se succédaient des effleurements plutôt que des enchaînements ; la logique se diluait dans ses profondeurs taciturnes. Oscillant, ondulant, palpitant, le Lac somnolait sans se dresser. En ses eaux dormantes s'agitaient des êtres furtifs, muets, dont on apercevait parfois le dos, les nageoires. Que faisaient-ils ? Pourquoi n'affrontaient-ils jamais la clarté du jour ? Ça s'enlaçait, ça se frôlait, ça s'enroulait, ça bruissait. Étranger et familier, le Lac conservait ses secrets et, quoique ouvert, il contenait davantage d'inconnu que de connu.

Devant ce décor songeur, je méditais.

Comment le danger surgirait-il d'un lieu si bienfaisant ?

Les peuples du Lac ne craignaient pas le Lac. Nous vénérions sa face dépourvue de violence. Certes, il engloutissait le nageur maladroit, le piroguier téméraire, l'impatient qui y sautait un jour de chaleur excessive, le chasseur qui arpentait ses glaces, inattentif aux craquements avant-coureurs ; mais, immanquablement, la faute en incombait aux hommes. Ses flots ne nous attaquaient pas. S'ils montaient, ils enflaient petit à petit. Pas d'agressivité. Aucune tromperie. Une majestueuse lenteur…

D'autres eaux m'effrayaient : les eaux du ciel, dont nous endurions les gifles, l'acharnement, les excès ; les eaux vives, celles des Nymphes qui, en ce moment, déferlaient en torrents, élargissaient les ruisseaux, bondissaient hors de leur lit, animées d'un courroux incompréhensible. En revanche, le Lac, en dépit de sa hausse, arborait son éternelle placidité.

Tibor s'assit à mon côté.

— Barak se rétablit.

La joie m'emplit.

— As-tu composé un antidote ?

— Non, Barak l'a déniché en lui-même. Sa santé m'éblouit. Il s'est remis de son amputation et voilà qu'il élimine un poison mortel.

— C'est Barak ! m'exclamai-je, heureux.

— C'est Elena ! répliqua-t-il. Elle ne se contente pas de l'aider à vivre, elle lui apporte une raison de vivre.

— Vrai…, dis-je, grave.

La félicité d'Elena et Barak me troublait. Alors que je chérissais éperdument ces deux êtres, que je souhaitais leur bonheur, la tension sexuelle qui les enfiévrait me décontenançait. En Maman, ne plus voir une mère mais une femme bousculait mes repères. Ses rondeurs, naguère rassurantes, anodines, domestiques, s'auréolaient d'une dimension érotique ; la lourdeur que j'avais imaginée due à l'âge gagnait une consistance lascive. Sortie de sa gangue de respectabilité, Maman rayonnait, provocante déesse de l'amour, allumant le désir dans les yeux de Barak et, par reflet, dans les siens. Leur couple sentait la volupté, leur chair vibrait d'un perpétuel appétit de se joindre ; j'avais, en leur présence, l'impression de gêner, de freiner leurs pulsions, de les contraindre aux regards, aux caresses, aux baisers furtifs, flairant que, sitôt seuls, ils se jetteraient l'un sur l'autre. Le handicap de Barak, sa convalescence, rien n'entamait la sensualité qui les reliait et maintes fois, au cours des nuits, j'avais perçu des cris rauques mêlant l'ardeur au plaisir, aussi sonores chez elle que chez lui. De ma noble mère sortait une figure jusque-là insoupçonnée, celle d'une amante déchaînée, libre, impérieuse, décomplexée.

— Ta mère est plus jeune que toi, Noam.

Comme s'il m'avait entendu penser, Tibor m'assenait cette remarque. Il poursuivit :

— Elle ose ce que tu n'oses pas.

— Je ne comprends pas, bafouillai-je afin d'enrayer la conversation.

— Ta mère a le courage de ses sentiments. Pas toi.

Je me tournai vers lui. Il me stimula :

— Demande-la-moi.

— Quoi ? soupirai-je.

— La main de ma fille.

Je fermai les yeux, bouleversé. Depuis la mort de Pannoam, j'avais multiplié les raisons de différer mon union avec elle. Organiser l'inhumation, m'occuper de mon oncle, consoler ma mère, assurer la justice, régenter la vie du village, tout avait justifié que je n'épouse pas Noura.

— Méfie-toi, Noam, elle va s'alarmer.

— Pour l'instant, elle m'a soutenu dans mes tâches sans un mot ni un regard de réprobation.

— Elle te prouve qu'elle excelle en femme de chef. Néanmoins, il faut qu'elle devienne ta femme.

Je courbai la nuque et confessai :

— Malaisé quand on s'accoutume à se respecter… On m'a longtemps forcé à la traiter comme ma belle-mère.

— Libère l'homme en toi.

Je cherchai une esquive :

— Je… je… j'ai un peu peur.

— De quoi ?

— D'elle.

— Faux ! Tu as peur de toi. Peur de ne pas paraître à la hauteur, de ne pas donner ce que tu veux.

— Avec raison, non ?

— Cette peur-là n'engendre que de nouvelles peurs. Remplace-la par de la confiance. Fie-toi à ton amour, à ton désir. Vous avez besoin l'un de l'autre, Noura et toi.

— Tu fais un drôle de beau-père, Tibor…

— Je fais d'abord un drôle de père.

Il sourit, lui d'ordinaire si bourru.

— En réalité, j'ai hérité d'une drôle de fille !

Il me saisit la main, la serra entre ses doigts secs, anguleux.

— N'impatiente pas Noura, elle ne sait pas attendre, elle te le reprochera. Si tu tardes, tu affronteras une femme en colère.

— Tu la connais bien…
— Nul ne connaît Noura !
Et Tibor, soudain volubile, me raconta son désarroi. Comment un homme seul serait-il parvenu à éduquer une jeune fille ? Ce défi l'avait dépassé. Veuf, Tibor n'avait, pour cette tâche, pu recourir à son épouse ni à ses propres sœurs, mortes dans l'éboulement des boues. Il avait contemplé Noura, cette créature mystérieuse, à la fois butée et expansive, affectueuse et renfermée, dont il ignorait vers quoi les rêves s'envolaient. Qu'espérait-elle de l'existence ? Quels desseins formait-elle ? Elle lui avait constamment échappé, enfant froide, enfant chaude, surtout pas tiède, un jour caressante, un jour dure, parlant peu, parlant trop, qui s'esclaffait quand ça lui chantait, insensible aux plaisanteries ordinaires, écroulée de rire pour une vétille qu'elle seule notait. Éprise de drames, d'énigmes, traversée d'engouements, appelée à des tâches qu'elle gardait secrètes, passant de la délicatesse à l'arrogance, de l'ingénuité au cynisme, elle refusait tout ordre, toute influence. Tibor tremblait devant celle qui ne craignait rien ni personne. Elle ne se reconnaissait qu'un guide : elle-même ; qu'un modèle : elle-même ; qu'une cohérence : elle-même. Rapidement, il avait constaté qu'elle s'engageait avec une assurance identique sur des voies opposées. À certains moments, elle retenait ses pensées sans que cela relevât de la faiblesse, de la frilosité, de la politesse : l'effacement lui paraissait adéquat, la stratégie opportune ; à d'autres, elle se montrait franche, rude, tranchante, au mépris de toute bienséance, parce que les phrases lui venaient ainsi. Noura était-elle entière ou rouée ? Sincère ou

calculatrice ? Les deux… Sa nature du matin ne ressemblait pas à sa nature du soir. Elle s'endormait telle, elle se réveillait différente.

— Il n'existe pas une Noura, mais une infinité. Une innocente. Un bourreau. Une enjouée. Une insatisfaite. Un être frêle. Une brute. Le raffinement suprême. La sauvagerie. En me mariant, j'avais désiré élever plusieurs filles. Les Dieux m'ont exaucé : ils m'en ont fourni cent en une. Cependant, je ne l'ai pas élevée, elle a grandi à mes côtés.

— Tu exagères : elle t'écoute comme un père.

— Elle me confère le statut de père quand elle souhaite un père ; à d'autres moments, elle me convertit en frère, en fils, en compagnon, en ombre résignée. Mon rôle se résume souvent à celui de serviteur préféré.

Tandis que je riais de sa verve inattendue, il s'obstina :

— Déclare-toi ! Séduis-la… Si Noura reste imprévisible, un point demeure certain : avec elle, on peut toujours redouter le pire.

— Merci, Tibor. Je te promets d'intervenir. Et je me le promets… Maintenant, discutons de tes rêves prémonitoires.

Tibor blêmit.

— J'ai encore reçu une vision cette nuit. Terrifiante ! Il ne subsistait rien de notre monde.

— Que me conseilles-tu ? D'établir nos maisons dans les arbres ?

— Les arbres ne seront pas épargnés. Tout sera recouvert.

— Alors ?

Il se pétrit les tempes.

— On n'évite l'eau que par l'eau.

— Que suggères-tu ? Construire des maisons flottantes ?

Dérouté, il me dévisagea en réfléchissant.

— Quelle excellente idée ! Je crois que tu as trouvé la solution.

Il se dressa et tendit son bras vers le lointain.

— À dix jours de marche, un clan fabrique des pirogues. Les meilleures. On m'en a parlé. Leur village s'appelle la Brèche des Dieux.

— La Brèche des Dieux ?

— Il paraît que les Dieux défilent régulièrement devant eux. Je n'en ai pas appris davantage… En tout cas, ils travaillent le bois à ravir et ils ont mis au point des techniques pour le buriner, le profiler, lier les morceaux entre eux, les étancher, confectionner une barque, augmenter sa surface. Va les voir.

Il s'interrompit, tarabusté.

— Pardon, Noam ! Je distribue mes ordres. Excuse-moi. Tu es le chef, pas moi.

— Tu es le conseiller du chef, Tibor. Je t'admire. Personne n'a autant apporté à notre communauté *.

---

* On s'étonnera peut-être que je me sois fié aux dires d'un guérisseur pour définir la politique du village. Pour le comprendre, on doit se rappeler que la pluie et l'azur pur venaient des Dieux ; le temps apportait la parole directe des Dieux. Pendant des millénaires, les gens, qu'ils pratiquent l'animisme, le polythéisme ou le monothéisme, ont pensé ainsi. La météorologie ne relevait pas de la physique, mais de la théologie. Averses, soleil, vents, tonnerre, foudre, ouragans appartenaient au théâtre divin. Le ciel offrait une scène sur laquelle Dieu, les Dieux ou les

Je le saluai et montai au marché croulant de monde. En ce début de règne, je paradais beaucoup. Ma présence accréditait ma prise de pouvoir, les villageois me confiaient leurs soucis et les visiteurs retournaient chez eux en décrivant le jeune chef.

Accomplissant quelques trocs, Noura me rejoignit, se riva à mes côtés pendant mes conversations avec d'importants fournisseurs, telle la femme qui accompagne son mari. Sa conduite frisait la perfection.

À l'occasion pourtant, un sourire fuyant étirait sa bouche ennuyée ; la succession d'interlocuteurs brisant notre intimité plissait épisodiquement son front. Comme elle, j'en tirais un agacement croissant. Quelque chose s'usait en nous. À ce rythme-là, alors

---

Esprits résolvaient leurs contentieux avec les humains, punissant ici, récompensant là. Il ne me serait jamais venu à l'idée, par exemple, que les orages accumulés sur le Lac émanaient d'ailleurs : dans mon monde clos, les confins n'existaient pas, je ne possédais aucune notion de la Terre ou de l'univers. Je n'aurais jamais soupçonné non plus que la condensation et la pression causaient la présence des nuages, leur densité, leur éclatement. On attendit le philosophe Aristote, au IVe siècle av. J.-C., pour commencer à expliquer les éléments climatiques comme naturels, non surnaturels. Dans ses *Météorologiques*, Aristote rendait compte des phénomènes atmosphériques par le Soleil qui provoque des exhalaisons. Aristote n'emporta pourtant pas totalement la partie et, jusqu'au XVIIIe siècle, on mêla l'observation scientifique à la crainte de Dieu, maître du jeu, ou même du diable, persécuteur des hommes. Tempêtes, typhons, canicules, sécheresses continuèrent à être dramatisés, gorgés de sens.

Les avertissements de Tibor, celui d'entre nous qui voyait et entendait le mieux les Dieux, les Nymphes, les Esprits, avaient donc une légitimité indiscutable pour moi. Voilà pourquoi je réglais mon action sur lui.

que nous bénéficiions d'une amicale complicité, la frustration finirait par nous irriter et nous opposer.

Entre deux fâcheux, je lui chuchotai à l'oreille :

— Puis-je te rendre visite, ce soir ?

Elle frémit, pivota, preste, vers moi.

— Bien sûr.

Une fois que l'enquiquineur nous eut copieusement lassés, elle ajouta :

— Papa s'absentera. Il doit ramasser des herbes qui ne se cueillent qu'au clair de lune.

Je me délectai de son mensonge : il me confirmait à quel point elle tenait à moi, et corroborait ce qu'avait prétendu Tibor le matin – elle manipulait son père à sa guise. Lorsqu'elle me quitta, je devinai qu'elle allait le convaincre de déserter leur maison cette nuit, ce dont il se laisserait persuader…

La journée coula très vite et très lentement. D'un côté, j'avais hâte qu'elle s'achevât ; de l'autre, j'appréhendais tant le soir que je me consacrai à mille broutilles de gouvernance. Écartelé, j'éprouvais une quiétude profonde – j'avais pris la bonne décision – et un empressement affolé – comment me comporterais-je ?

Avant que la nuit ne tombât, je disparus en amont du village, au ruisseau où je me livrais d'ordinaire à mes ablutions, et je me préparai à notre rencontre. Mon cœur s'emballait, des frissons secouaient mon corps. Personne ne m'intimidait davantage que Noura.

Lavé, parfumé, coiffé, vêtu de frais, je descendis et me présentai chez elle en cognant au montant.

Noura, superbe, laiteuse de peau, sombre de cheveux, habillée d'une robe vaporeuse à la limite de la transparence, demeura sur le tapis où elle reposait et me fixa sans cligner.

— C'est toi ?

Quelle étrange exclamation de sa part ! Nous avions passé la journée ensemble, je lui avais annoncé ma visite, et voilà l'interrogation qui m'accueillait.

— C'est moi !

Ma réponse sonnait de façon bizarre, aussi bête qu'inutile. Elle ne signifiait rien… ou plutôt si… elle répercutait le dialogue de sous-entendus inscrit dans nos banalités, un échange qu'on aurait pu reformuler ainsi : « Est-ce bien toi, celui qui m'aime, qui débarque ? – Oui, je suis bien celui-là et je viens pour t'aimer ! »

Noura se taisait. Je palpais la tension de ce silence. J'hésitais encore :

— Je ne te dérange pas ?

— Tu ne me déranges jamais, siffla-t-elle d'un ton qui clamait le contraire.

Comment, en moi, libérer la tendresse qui voulait s'élancer, cette tendresse prisonnière ?

Assise, les jambes repliées, elle décida de me bouder. Par une impulsion irrésistible, elle rassembla ses cheveux, comme s'il n'y avait pas plus crucial à faire, dévoilant sa nuque blanche, aussi pâle et fragile qu'une fleur qui aurait poussé à l'ombre. Elle bâilla, révélant sa bouche rose aux petites dents nacrées, et étouffa un soupir.

Je trépignais.

Elle ne me regardait pas, mais ses yeux veillaient

sous ses paupières à moitié dormantes et la frange de ses cils recourbés.

J'amorçai un pas vers elle.

Elle se tourna, me scruta sans broncher, avec une effronterie flatteuse. Elle attendait. Elle se soumettait à l'avance. Son inertie appelait mon initiative. D'une veulerie assumée, elle ébaucha un sourire.

Cédant toute dignité, je m'agenouillai et saisis ses mains, ému aux larmes de les découvrir si menues, si chaudes, si douces, si favorables. J'embrassai ses poignets délicats, dix fois, cent fois, brûlant de lui signifier que je l'adorais, que je me prosternais, que je n'aspirais qu'à son bonheur.

Mutine, elle releva mon menton, approcha mon visage du sien et, comme à un enfant, me tendit sa joue veloutée. Décelant sa finauderie, je dédaignai la joue et appliquai ma bouche sur la sienne. Nos lèvres s'accolèrent aussitôt. Puissantes. Vibrantes. Noura soupira de soulagement, puis de plaisir. Nos langues se fouillaient, se frottaient, fraîches, ardentes, allègres, assoiffées l'une de l'autre.

Noura s'allongea sur le dos en me plaquant contre elle. Je craignais de l'écraser, cependant elle me maintint, tenace. Ses yeux imploraient les miens. Sa langueur fourmillait d'impatience. Elle voulait que je lui donne une joie complète.

J'entrai en elle.

Là encore, l'évidence s'imposa : mon sexe avait été inventé pour s'insinuer dans le sien. Elle balbutia de stupéfaction, de contentement, de gourmandise. Nos yeux ne se lâchaient plus. À chaque moment, ils posaient des questions : « Apprécies-tu ce mouvement ? Sens-tu ça ? » Et, dans nos gorges, répondaient des han, des feulements, des étranglements, des rugissements.

Je me retins de jouir à maintes reprises.

Soudain, Noura se figea, raide, et me considéra, les paupières écartées, la cornée humide, la pupille assombrie. Il me sembla que, dans mon iris, elle cherchait quelqu'un d'autre, pas celui qui s'était glissé en elle, ce Noam attentif, tendre et vigoureux, mais un Noam au-delà de la gentillesse, un amant autoritaire, conquérant, un vainqueur qui lui arracherait le contrôle.

Je creusai mes reins et la pénétrai robustement. Comblée, Noura se détendit de nouveau.

Je la heurtais, je la percutais. Les frissons qui parcouraient ses traits montraient qu'elle développait une curiosité aiguë de ce qui lui arrivait, de ce qui allait lui arriver. Elle tressaillait sous mes coups, lucide et abandonnée. Ses oreilles rougissaient, son cou s'empourprait, sa poitrine se marbrait. Elle haletait.

Noura cria. Moi de même. Ce que je perdais en douceur, en finesse, en volupté, je le recouvrais en excitation. Quelque chose nous dépassait. Ma fougue cessait de m'appartenir, elle me transperçait, je la subissais, je lui obéissais. Noura et moi partagions une sorte de démence.

Elle gémit, les orteils crispés, les poings fermés, la tête virant de droite à gauche, de gauche à droite. Je m'arrêtai, inquiet. Elle protesta avec virulence :

— Continue !

Je persévérai. Elle me frappait la poitrine, me griffait, me giflait, ces gestes de refus lui permettant le contraire, accepter totalement l'intrusion de mon corps dans le sien.

Elle trémula, hurla et nous jouîmes ensemble.

Le miracle s'était réalisé.

Nous en demeurâmes écrasés.

Tout était devenu simple, à la fois intense et banal. Nous ne patientions plus, nous n'escomptions plus : nous avions, nous étions.

Elle se blottit dans mes bras, subitement chétive, ce qui m'attendrit. Quel bonheur de se retrouver sans tension, sans frustration, sans bavardage obligé, sans envie ni regret, soudés, unis, avachis, en écoutant la vie battre en nous ! Nous savourions le présent, nourris par notre vigueur, notre jeunesse.

Lorsque je bondis lui verser à boire, Noura me détailla d'un œil trouble et mouillé. Son regard me rendait mâle, terrible, magnifique.

Elle me contemplait et cela me transformait. Pour la première fois de mon existence, je me demandai si je n'étais pas beau.

*

L'empêchement est-il la condition du bonheur ?

À peine eus-je goûté l'extase dans les bras de Noura que le devoir m'en détacha. Le Lac montait ; les ruisseaux débordaient ; détrempés, les terrains rejetaient les graines tandis que la moiteur pourrissait les végétaux restants. Mille détails accréditaient l'angoisse de Tibor.

Je détournai d'abord les yeux, trop ébloui par Noura, laquelle m'initiait à des joies inédites : fainéanter le matin sur notre couche, enlacés, bouches muettes ; embrasser sans fin ce corps qu'elle ne préservait plus ; la laisser me coiffer un après-midi entier pour obtenir des résultats « mignons », « épouvantables » ou « ridicules ». Aurais-je soupçonné que j'adorerais me métamorphoser en jouet de fille ? Aurais-je supposé que je fondrais quand elle se moquerait de moi ? Impossible de m'ennuyer avec Noura qui incarnait successivement deux, dix, vingt, trente femmes ! En fait, elle était femme à l'infini, un jour soumise, un jour tyrannique, un jour lascive, un jour morose, un jour exaltée. Au lit, elle renouvelait les surprises : souple et somnolente, impérieuse et tendue, rapide et fébrile, lente et alanguie, aguichée et lubrique, provocante et déterminée, séduite et passive, offerte et nonchalante, chatouilleuse et intouchable, entreprenante et vorace.

Comme elle figurait toutes sortes de femmes, je personnifiais toutes sortes d'hommes : l'amant, l'aimé, l'ami, l'ennemi, l'égoïste, le bienfaiteur, le dissolu, l'indifférent, le salace, le persécuteur. Entre le lever et le coucher du soleil, je désirais l'étreindre, l'étrangler, pleurer, rire, fuir, l'exhiber, la cacher, me sacrifier.

Hélas, il fallut pourtant me résoudre à me retirer : je devais rencontrer les constructeurs de pirogues. Quelques villageois aguerris me flanqueraient. Dix jours de marche à l'aller, le temps d'un séjour, dix jours au retour : je m'absenterais une bonne lune.

Le matin du départ, Noura tomba malade. Blême, migraineuse, la cornée éteinte, la peau fanée, elle me céda son poignet sans sortir de notre couche. Je baisai sa petite main brûlante, objet gracile dont l'inertie me signifiait que je ne pouvais plus m'en servir.

— File, mon Noam. Agis au mieux. Je tâcherai de me remettre.

Elle se mouvait sur deux plans : pendant qu'elle approuvait le chef en l'encourageant à mener cette expédition, elle dénonçait le mari, coupable d'abandonner sa femme alitée.

Je franchissais le seuil de notre maison lorsque je fus arrêté par Maman, écarlate.

— Si tu acceptes, tu n'es plus mon fils !

Debout, jambes écartées, elle me barrait la voie. Les yeux écarquillés, la bouche féroce, le teint échauffé, elle tremblait de rage, ce qui l'embellissait.

— Pardon ? demandai-je.

— Tu vas me faire le plaisir de l'envoyer paître.

— De qui parles-tu ?

— De Barak. Il veut t'accompagner.

Mon oncle ne m'avait rien proposé de tel, du moins pas encore. Comptait-il vraiment renforcer le groupe ?

Maman vociféra :

— Refuse ! Sinon…

Elle agita un doigt qui me menaçait de je ne sais quel châtiment, et conclut, le sourcil courroucé :

— Je t'aurai prévenu !

Je m'approchai d'elle pour l'apaiser. Elle se méprit, croyant que je tentais de l'enjôler, et elle s'insurgea :

— Marcher, voyager, chasser, se battre : il n'est pas en état. Non, il n'est pas en état…

Je réprimai un sourire : à en croire les cris qui m'arrivaient aux oreilles la nuit, mon oncle se portait comme un charme. Je luttai contre l'envie de rétorquer à Maman en précisant que c'était plutôt elle qui n'était pas en état… de se priver de lui.

Elle repéra mon amusement. Aussitôt elle changea de registre, virant au sentimental :

— Tu comprends, Noam, je l'attends toute ma vie, il revient, je le soigne, et voilà qu'il décampe à la première occasion en sautillant sur une jambe !

Une voix retentit derrière elle :

— Je ne pars pas, Elena : je protège mon neveu.

Elle sourcilla au timbre grave, puissant, caverneux de Barak. L'entendre suffisait à l'émouvoir. Pivotant vers le colosse qui nous rejoignait, elle s'astreignit à prolonger sa hargne :

— Noam sait très bien se défendre !

— Moi aussi, je sais très bien le défendre. Hein, mon neveu ?

Le teint clair, l'œil lustré, éclatant de forme, Barak s'était harnaché pour la mission. Couvert de peaux et de besaces, il se tenait si droit, avec tant de muscles et d'empressement, qu'on ne remarquait pas qu'une jambe lui manquait, remplacée par une prothèse en os de cerf.

De sa large main, il saisit le cou d'Elena, l'amena en douceur contre lui et, des lèvres, lui picora l'épaule.

— Elena, mon cœur, permets-moi d'aimer Noam. Non seulement je raffole de ton fils, mais je le chéris comme le mien.

— Le nôtre ? suggéra Elena, énamourée.

Ils s'embrassèrent goulûment, incapables de refréner leurs élans en public.

Elena et Barak avaient formulé ce que je percevais de façon nébuleuse depuis quelque temps : à force de représenter l'enfant qu'ils auraient rêvé de mettre au monde, j'étais devenu leur fils. Ils avaient effacé la paternité de Pannoam.

Lorsque leur étreinte s'acheva, je congratulai Barak :

— Je te remercie de m'escorter, mon oncle.

Maman cessa de rouspéter et, quoique langoureuse, considéra Barak avec une mine de reproche.

— Alors je n'influence pas tes décisions ?

— Tu influences mes actions : je foncerai te retrouver.

Elle gloussa d'orgueil, masquant sa joie sous un grommellement feint, puis se tourna vers moi.

— Protège-le, Noam. Il n'est plus tout vert.

— Coquine, tu préférerais un galopin ? s'enquit-il en lui flattant le dos.

Elle ne répliqua pas, assoiffée de ses caresses.

— Maman, prends soin de Noura, s'il te plaît. Elle est souffrante.

— Bien sûr, s'exclama Maman.

— « Bien sûr » quoi ? Bien sûr tu t'occupes d'elle ? Ou bien sûr elle est souffrante ?

Maman ricana.

— Dans l'ordre : bien sûr elle est souffrante, bien sûr je m'occupe d'elle. Voici la différence entre une jeune femme et une femme mûre, mon garçon : la jeune tombe malade, la mûre pique une colère – elle s'économise… Grâce aux années, nous protestons sans jouer avec notre santé.

*

Nous cheminions en rasant les bords du Lac.

L'esquisse de sentier qu'empruntaient les marchands, les artisans, voire les éleveurs de bêtes qui gagnaient notre marché avait, çà et là, disparu, inondée. Plusieurs fois, nous dûmes effectuer des détours quand l'eau avait pénétré très avant dans la plaine ; en revanche, les parties escarpées et pierreuses pâtissaient moins de la crue.

Même à distance des rives, la terre, mouillée, épaissie, luisante, troublait la marche : soit nous glissions, soit nous nous envasions jusqu'aux mollets, soit nous chargions nos chaussures de boue au point de ne plus supporter ni leur poids ni leur humidité dévastatrice.

Vaguement oppressé, le cœur serré, la gorge râpeuse, je n'éprouvais pas cette joie du voyageur, l'appel de l'inconnu qui revigore, emplit les poumons, prodigue une allégresse estompant les efforts ; je traînais un corps indolent, abattu, sans appétit.

Barak tapota mon épaule. Lui aussi affichait un visage cafardeux.

— Maintenant, quitter le village nous déchire.

— J'ai l'impression qu'on m'a roué de coups.

— Notre vie réside là-bas désormais, auprès d'elles.

Barak parlait d'or. Notre monde s'était modifié : il offrait un centre – Elena pour lui, Noura pour moi – et sa terne périphérie nous déprimait. Nous en éloigner procurait la peine accablante de l'exil.

— On n'est plus libre quand on aime, soupira Barak. Que vaut-il mieux ? L'amour ou la liberté ?

Il retrouva le sourire en se répondant :

— L'amour, sans hésitation ! Moi qui ai usé et

abusé de la liberté durant des années, j'en ai soupé ! La liberté de tout faire, mais pour quoi faire ? Une marque d'échec, la liberté, une maladie de solitaire, un handicap de paumé ! Je ne songe qu'à courir vers Elena, qu'à la rendre heureuse, qu'à me régaler de sa présence et de sa joie.

— Chaque jour, j'en veux davantage à Pannoam. En nous volant Elena et Noura, il nous volait le bonheur. Comment ai-je été assez bête pour le tolérer ?

— Et moi ? tonitrua Barak. Mon frère ne possédait qu'une supériorité : celle de me persuader de la sienne. J'ai gobé l'idée qu'il me dépassait, qu'il méritait mieux que moi.

— Moi également.

— Normal, le fils prête spontanément toutes les qualités à son père. Tandis que moi ? Même après avoir découvert ses ruses et ses trahisons, sa duplicité me semblait un atout inégalable, une complexité dont je ne bénéficiais pas, moi, pauvre balourd. Tu as réagi à temps.

— Grâce à toi…

— Et à Noura. Elle est venue te chercher au péril de sa vie.

Réfléchissant à cet épisode, je frémis et souhaitai rebrousser chemin pour serrer Noura sur mon cœur. L'oncle refréna mon élan.

— Que prépare le Lac ?

— Tibor a reçu des rêves. Le Lac enfle et recouvre les rives brutalement.

— Pourquoi ?

— Tibor n'a récolté que des images, des bruits, aucune explication.

— Dommage ! Si on l'apprenait, on interviendrait auprès du Lac.

— Tibor doute de l'efficacité des offrandes et des prières, mon oncle. D'ailleurs, moi aussi.

— Mmm…

Par réflexe, Barak pressa ses amulettes.

L'expédition se déroulait sans encombre, malgré la difficulté d'avancer sur ce sol meuble. Peu à peu, l'envoûtement de la marche abolissait la peine, les soucis, le sentiment d'arrachement. Maintenant que j'avais consenti à ce bannissement provisoire, je savourais les beautés de notre paysage modifié. Parfois le Lac s'étalait largement et créait, au ras des laîches, une frange marécageuse ; les canards, adoptant les graminées comme des joncs, s'y ébrouaient, y nasillaient, s'en envolaient, les pattes pendantes. Parfois le Lac assaillait des rives rocheuses, et les chèvres sauvages, cabriolant de pierre en monticule, semblaient des sentinelles sauvegardant leurs remparts.

Au soir, nous allumions un feu pour griller nos viandes, repousser les prédateurs, et nous nous endormions à l'unisson du soleil.

Le deuxième jour, après le passage d'un ruisseau qui jaillissait des bois, Barak ralentit.

— Ta jambe ? murmurai-je, inquiet.

Il me rassura par une dénégation de la tête.

— Mon garçon, continue sans moi.

— Quoi ?

Barak se gratta les coudes, embarrassé, et ce mouvement gonfla ses énormes muscles – je m'étonnais souvent que, muni de tels biceps, il parvînt à plier les bras.

— Ce ruisseau mène à la Caverne des Chasseresses. Je m'y rends.

J'écarquillai les yeux. Il précisa :

— Je t'ai accompagné aussi pour ça.

Je hurlai avec horreur :

— Barak !

Le colosse recula, indigné par mon indignation.

— Crapule, que présumes-tu ?

— Je ne présume rien : je sais.

— Pardon ?

— Je sais ce que l'on fricote à la Caverne des Chasseresses.

Barak se frappa le front, retint un éclat, puis me détailla de la tête aux pieds, avec un regard qui m'enveloppa de mépris.

— Quel petit être mesquin et abominable ! Espèce de fouine puante, je ne vais pas à la Caverne des Chasseresses pour forniquer, j'y vais pour faire mes adieux !

— Tes adieux ? grommelai-je, sceptique.

— Oui, mes adieux ! J'ai passé des moments somptueux là-bas, je tiens à en remercier les Chasseresses.

— Mmm… Surtout Malatantra.

— Malatantra la première, évidemment.

Devant ma moue, Barak fulmina :

— Malatantra vend ses charmes aux hommes, d'accord, mais cette personne sensible se réjouira d'apprendre que je suis vivant et que j'ai retrouvé l'amour de ma jeunesse.

— Es-tu certain, Barak, de résister à la séduction de Malatantra ?

Il consulta les nuages, pensif.

— Non.

Il ramena les yeux vers moi et me sourit en ajoutant :

— Vu le risque, j'ai pris mes précautions.

— Quoi donc ? As-tu laissé tes couilles au village ?

Il éclata de rire.

— Excellente idée ! Cela plairait à nos épouses… Imagine, mon neveu : un pot à couilles dans lequel elles les enfermeraient quand nous partons.

Il s'esclaffa encore en secouant sa crinière.

— J'ai pris mes précautions envers Malatantra : je ne lui apporte rien. Ni sanglier, ni biche, ni lapin. Pas même un souriceau. Elle a sa fierté, elle comprendra.

Je souris à mon tour.

— Pardon, Barak. Excuse ma méfiance.

— Quelle ignominie ! On aurait cru entendre ton père.

J'encaissai la critique et j'adressai un signe au groupe qui, en avant, s'étonnait que nous lambinions.

Au moment où Barak s'orientait vers sa nouvelle destination, il me glissa à l'oreille :

— Un message à transmettre ?

— Moi ? Non.

— À personne ?

— Non…

Contrarié, il me dévisagea.

— Noam, encore une fois, tu me rappelles ton père : il oubliait tout ce qui le gênait.

— Quel rapport avec moi ?

— Tita.

Ce nom me consterna, la honte m'écrasa. La sauvage et superbe Tita, la Chasseresse de mes nuits torrides, avait déserté ma mémoire. Brusquement, les souvenirs affluèrent, telle une rivière en crue.

— Tita…, soufflai-je en écho.

L'arrivée de Noura dans ma vie avait éliminé Tita. En face de mon oncle, je m'avisai qu'elle avait vécu, qu'elle vivait toujours, que mon amnésie et mon indifférence l'insultaient. Je l'avais dédaignée depuis tant de mois…

Barak prouvait que je m'apparentais à Pannoam en révélant ce défaut : disposer des gens puis s'en débarrasser.

Je bafouillai :

— Dis-lui… dis-lui…

— Oui ?

— Que je suis rentré au village et me suis marié. Que j'y ai été obligé.

— De te marier ? Tu exagères… Autorise-moi à improviser sur place.

— Je me fie à toi, Barak. Je ne connais pas de brute plus délicate que toi.

Il me serra contre lui. Au moment où il s'écartait, je lui criai :

— Comment procédons-nous, Barak ? Je te reprends dans vingt jours ?

Il sursauta, épouvanté.

— Tu délires ! Après un crochet à la Caverne, je vous rattrape à la Brèche des Dieux. Attention, danger ! Si je m'attardais plusieurs jours et plusieurs nuits, je serais capable de chasser de nouveau pour Malatantra.

Et il s'enfonça dans l'épaisseur velue des bois.

À mesure que nous approchions de la Brèche des Dieux, nous apercevions des pirogues et des piroguiers. Ils pêchaient sur le miroir paisible, pur et plein de ciel.

Les oiseaux lançaient des cris. Leurs échos ricochaient, plus ondulants, plus fluides que les flots.

Les troncs évidés ne se contentaient pas de longer les berges, ils se risquaient vers le centre du Lac. Leur intrépidité m'interloqua. Jusqu'alors, je n'avais vu que des embarcations déplacées par une perche, que le pêcheur enfonçait au fond de l'eau, et sur laquelle il tirait ou poussait ; je découvrais les pagaies, ces perches à extrémité plate, qui ne s'appuyaient qu'à la surface et permettaient de gagner les zones profondes. Cette innovation me causa un vertige. Je pressentis que, grâce à ce progrès, un horizon s'ouvrait pour les voyages*.

Enfin, nous distinguâmes le village, précédé par de multiples trouées dues à l'abattement des arbres où les habitants sculptaient des esquifs. Nous saluâmes

---

* Jusque-là, les pirogues monoxyles qui canotaient le long des berges ne servaient qu'à pêcher. On y voyait une façon confortable de stationner dans les coins poissonneux en évitant de se mouiller et en conservant au creux du bois les prises qui s'amoncelaient. Personne n'y repérait un moyen de déplacement. Quant à l'idée que les bateaux offriraient de voyager, d'explorer, nul ne l'avait. Encore moins la possibilité de commercer ou de faire la guerre... La navigation n'existait pas.

des groupes étronçonnant les conifères et, lorsqu'un élagueur au crâne dégarni me demanda ce que nous cherchions, je lui signifiai que, chef d'un important village à dix jours de marche, je requérais leur savoir-faire.

Le chauve nous mena jusqu'à leur dirigeant, Vlaam, une trentaine d'années, roux à la barbe dorée, solide, le front court, qui nous accueillit dans l'atelier où il refouillait des sapins en compagnie de ses fils. Au sein d'une odeur chaleureuse, âcre, piquante et résineuse, les uns creusaient à l'aide de silex une cavité que les autres parachevaient en y appliquant des braises. Au sol, des chiots jouaient, vautrés dans la sciure blonde*.

Après les présentations, je justifiai ma venue :

— Nous voulons des maisons flottantes.

Vlaam me dévisagea, incrédule.

— Des maisons flottantes ? Jamais entendu parler de ça... Pourquoi ?

— Au cas où le Lac monterait.

---

* Âge de pierre ? Âge du bois, plutôt ! Nous considérions le bois comme notre ami. Grâce à sa tendreté, sa souplesse ou sa rigidité, nous l'utilisions pour tout. Des millénaires plus tard, les archéologues ne s'en rendirent pas compte puisque, ne se conservant pas, il avait organiquement disparu des sites fouillés. L'apparition des trois âges – pierre, bronze, fer – au XIXe siècle m'amusa beaucoup. Le préhistorien danois Christian Jürgensen Thomsen, afin d'ordonner les collections du musée à Copenhague, distingua des périodes successives : l'âge de pierre, l'âge du bronze, l'âge du fer. Il avait raison d'établir cette chronologie, car, sitôt le bronze inventé, on ne s'était plus servi de la pierre pour les outils, ni, une fois le fer découvert, du bronze pour ces mêmes outils. Un matériau avait chassé l'autre, mais j'aurais voulu lui souffler que la constante avait été le bois.

— Bâtissez vos abris plus haut sur les rives.
— Et si le Lac s'élevait encore ?
Ma réponse, purement logique, le déconcerta. Il se tamponna les tempes, scruta le rivage, et ramena son attention vers moi.
— Pourquoi le Lac nous attaquerait-il ?
— Personne ne devine ce que désire le Lac.
— Vrai…
— Actuellement, il s'étale, conclus-je en m'abstenant de raconter les rêves de Tibor, ainsi qu'il l'avait exigé.
Vlaam se tourna vers ses fils.
— Des maisons flottantes ! Savez-vous construire ça ?
Ils éclatèrent de rire.
J'insistai, imperturbable :
— On dit autour du Lac que vous pratiquez les meilleures techniques. Si quelqu'un parvenait à fabriquer la première maison flottante, ce serait vous.
Vlaam accepta le compliment avec plaisir. Je soupçonnai, à leurs manières, à leur accent, à leurs phrases élémentaires, que ces rudes artisans n'avaient développé qu'une compétence, la menuiserie, laquelle constituait toute leur fierté.
Vlaam circula parmi ses fils et répéta, songeur :
— Une maison flottante…
— Un radeau avec des murs ! s'exclama l'aîné.
— Une base de radeau, bien sûr. Seulement, des troncs attachés, ça n'a pas de stabilité. Il faudrait des flotteurs.
— Des outres ? s'écria le précédent.
— Des amphores ? suggéra un deuxième.

Vlaam opina. Il continua à réfléchir :

— Un pourtour doit empêcher l'invasion des vagues quand ça chahute.

— Des planches ?

— Elles alourdissent.

— Une palissade ?

— Plutôt des bords cousus, recommanda Vlaam. Légers.

En entendant les idées fuser, je constatai que ce clan n'avait pas usurpé sa réputation.

— Je te félicite, Vlaam, tu résous déjà les difficultés. Affaire conclue ?

Vlaam faillit toper dans la main que je lui tendais, mais se ressaisit. Il prit le temps de s'asseoir, de boire, de s'essuyer la bouche, la barbe, et s'enquit :

— Que proposes-tu ?

— Notre village possède le plus grand marché du Lac. Je troquerai tes réalisations contre des aliments, des bêtes, des grains, des cuirs, des étoffes, des poteries.

Les yeux de Vlaam flamboyèrent, intéressés, puis se ternirent.

— Si ton village se trouve à dix jours de chez nous, comment procéder ?

— Je te fournirai chaque semaine. À l'avance.

— Tu ne m'as pas compris, Noam : comment récupéreras-tu les maisons flottantes ?

Je demeurai bouche bée, n'y ayant pas songé.

— Tu… tu ne me les livreras pas ?

— Non !

— J'enverrai mes hommes.

— Tu plaisantes ! Ce que je ne peux pas faire, tes

hommes non plus. Elles pèseront trop pour qu'on les transporte. Imagine le nombre de troncs…

— Ah oui…

— Elles ne voyageront pas davantage sur les eaux. Même lentement.

— Pourquoi ?

— Impossible de leur donner la forme d'une pirogue, celle qui fend les flots. De toute façon, les pagaies manqueraient de puissance. Les maisons flottantes dériveraient…

Je réagis aussitôt avec poigne :

— Alors, viens les fabriquer chez nous, Vlaam !

Vlaam et ses fils me toisèrent, abasourdis.

— Partir d'ici ?

— Le temps de la construction.

Vlaam haussa les épaules.

— Jamais !

Pivotant, il considéra la discussion comme close et se remit à poncer la barque qu'il terminait. Un de ses fils se pressa contre lui.

— Père, souviens-toi de ce qu'a dit Derek.

Vlaam l'assassina du regard.

— Pardon ?

— Derek a annoncé que bientôt nous…

— Tais-toi !

— Père, les prophéties de Derek…

— Fini de bavasser ! Tout le monde au travail.

Il m'apostropha :

— Toi et les tiens, reposez-vous ce soir dans la clairière aux framboisiers. Prenez des bûches pour le feu. Nos femmes vous serviront à boire. Demain, vous repartirez.

Je retrouvai mes compagnons sans leur relater mon échec. En réalité, je conservais l'espoir de rejouer la partie ; bien que l'entretien ne se fût pas déroulé au mieux, j'avais entrevu une faille en Vlaam au moment où son fils avait mentionné Derek.

En me renseignant auprès des porteuses d'eau, j'appris que deux individus régnaient : Vlaam, descendant d'Azrial, le chef précédent, et Derek, son demi-frère. Le premier gouvernait officiellement le village, le second officieusement. Vlaam détenait l'autorité légitime, la force, le savoir ; Derek exerçait son influence sur les esprits.

Plus on me le décrivait, plus ce Derek m'intriguait. Malgré sa bâtardise – sa mère, épouse du chef héréditaire, avait conçu Derek avec un inconnu –, il avait réussi à s'imposer au côté de son demi-frère Vlaam, ainsi qu'au sein de la communauté. On l'appelait *Derek l'homme aux mains mystères*, car il portait toujours des moufles. Sa mère avait couvert ses doigts lorsqu'il tétait son sein et n'avait jamais autorisé qu'on le vît autrement. Aujourd'hui, il variait les moufles – en cuir, en fourrure, en tissu –, mais ne s'en séparait pas. Cette bizarrerie restait pourtant anecdotique au vu de sa caractéristique principale : Derek conversait avec les Dieux. Son emprise sur les villageois venait de ce don exceptionnel. Inspiré, inspirant, il guidait les âmes du lieu.

Comme j'exprimais mon vif désir de le rencontrer, les femmes m'avisèrent que, depuis une lune, il séjournait dans la montagne afin de questionner les Dieux.

Elles me révélèrent pourquoi l'endroit se nommait la Brèche des Dieux. Plusieurs fois par an, les Dieux qui occupaient les neiges descendaient le long de la rivière pour se rendre au Lac.

— Que font-ils dans le Lac ?

— Ils y disparaissent.

Les Dieux passaient ici de génération en génération. Les villageois, favorisés, honorés, s'enorgueillissaient de leurs visites.

— Leur parlez-vous ?

— Nous nous prosternons. Et ils passent.

— Ils passent sans un mot ?

— Sans un mot. C'est très émouvant.

À cet instant, une corne d'aurochs retentit au lointain. Une autre corne de berger, proche, prolongea le son tubé.

Les deux commères frissonnèrent. Elles se contemplèrent, sidérées, puis se tournèrent joyeusement vers moi.

— Un Dieu arrive !

— Tu pourras l'admirer !

Elles commencèrent à s'agiter. Alentour les hommes, les femmes, les enfants bondissaient hors de leur demeure, de leur atelier.

Les commères m'enjoignirent de les suivre. Tous les villageois se dirigèrent vers un pré bordé par un ruisseau rapide, et s'agenouillèrent dans l'herbe. Je les imitai.

Courbés, figés respectueusement, les gens levaient la nuque juste assez pour observer ce qui se produisait devant eux.

Soudain, une corne aiguë trompeta une hymne triomphante. Ils soupirèrent, triturèrent leurs talismans, leurs amulettes, leurs totems.

— Voici le Dieu, chuchota une des commères.

Je fixai intensément la rivière.

Une vaste embarcation s'engagea dans son lit. Elle brillait de couleurs éclatantes, jaune, ocre, vermillon, rouge, et foisonnait de fleurs étranges tressées en guirlandes ou en couronnes, blanches, violettes, mauves. L'apparition stupéfiait, superbe, majestueuse.

Nous ne discernions pas le Dieu, mais nous percevions qu'il se tenait allongé dans la barque, sur le dos, la tête en amont. Silencieux, serein, il se laissait glisser au fil du torrent impétueux.

Les villageois récitèrent des prières.

L'embarcation exotique fila à travers le bocage et atteignit le Lac. Là, curieusement, elle ne ralentit pas, elle fonça vers l'horizon.

Les villageois entonnèrent des chants enthousiastes. Leurs voix emplissaient le paysage, franches, heureuses, reconnaissantes, raffermies par la foi.

Sitôt les réjouissances expédiées, je demandai aux commères :

— Vous approchez-vous des Dieux ?

— Ils ne le tolèrent pas. Ils avancent si vite. As-tu remarqué les fleurs ? Aussi belles qu'inconnues. Ce sont les fleurs de la Cité des Dieux.

— Les Dieux se sont-ils relevés pour vous regarder, vous saluer ?

Elles gloussèrent en me jugeant niais.

— Crois-tu que nous avons tant d'importance ?

J'approuvai leur réaction. Une question me démangeait :

— Quelqu'un est-il déjà allé là-haut ? Dans la Cité des Dieux ?

— Personne avant Derek.

— Ah ?

— Il y accède. Il revient muni de messages. Grâce à lui, nous prospérons en paix.

Plus de doute, je devais rencontrer cet homme.

J'enviais à ce village son privilège de recevoir la visite des Dieux, et je m'endormis en spéculant sur ces espaces inatteignables, la Cité des Dieux, le Milieu du Lac. Ces deux territoires se rejoignaient-ils par des réseaux clandestins ? Un couloir souterrain permettait-il aux Dieux de remonter au sommet de la montagne ? Sans conteste, le Royaume du Dessous devait communiquer avec le Royaume du Dessus.

Le lendemain, résolu à attendre Derek, j'arguai d'une douleur aux jambes pour retarder notre départ. Puisque Derek consultait les Dieux, peut-être savait-il ce que mijotait le Lac ? M'apporterait-il les informations qui compléteraient les songes de Tibor ? Le cas échéant, il adopterait un avis différent de son frère…

En fin de matinée, je retournai à la rivière, prétendant apaiser par un bain salutaire mes jambes endolories.

La Nature ne se tait jamais. Le torrent rugissait, les branches craquaient au-dessus des hautes herbes frémissantes tandis que les fauvettes grisettes croassaient, les geais cacardaient à la lisière, les pigeons claquaient des ailes en se perchant. Bref, tout murmurait, grinçait, tanguait, jacassait. Assis sur la berge, je trempai mes chevilles dans les flots glacés.

J'entendis alors un oiseau fantastique. Des sombres feuillages sortait un son lumineux, cajoleur, charnu, dont les roulades et roucoulades dessinaient des volutes sinueuses sur l'azur. Parfois, le chant gagnait l'aigu, doré, effilé, s'amincissant jusqu'au sifflement ; parfois, il descendait, se remplumait, se recolorait, toujours de façon subtile, charmante. À mes oreilles, jamais animal n'avait manifesté un souffle si continu, et ces cascades de notes, riches, inventives, surpassaient en variété celles d'un rossignol.

Désireux de découvrir à quoi ressemblait l'oiseau rare aux trilles inouïs, je m'extirpai du cours d'eau. Avec circonspection pour ne pas l'apeurer, j'entrai dans la futaie de sapins.

Le soleil se diffractait en rayons obliques où voletaient des milliers de moucherons.

Le chant persévérait, exalté, impatient, ivre de lui-même. Il m'ensorcelait. Ses douceurs comme ses éclats me touchaient au plus profond. Tout en progressant entre les troncs, j'inspectais les branchages garnis d'aiguilles afin de l'identifier. Hélas, le volatile demeurait invisible.

Il s'éloigna. Je le suivis. Dans ce vallon, la végétation changeait, composée d'arbustes fous, rêches, serrés, où l'aubépine épineuse s'attaquait à mes cuisses, me mordait les tibias. Bien que je peinasse à garder le silence – en sus des piqûres, les pierres écorchaient mes pieds nus –, j'approchai de l'oiseau mystérieux, au comble de l'engouement.

Tout près de lui, mes yeux fouillèrent la ramée. En vain !

Je baissai la tête et entrevis une forme humaine appuyée contre un rocher.

Le tendre ramage en provenait.

Je n'osais y croire. La voix ne me paraissait ni celle

d'un homme ni celle d'une femme, et pourtant cet immense corps habillé de multiples fourrures, aux cheveux épars et souples, émettait la mélopée qui me subjuguait.

L'individu m'aperçut. Il s'interrompit et se redressa, l'air inquiet.

Gêné, je le rassurai :

— Bonjour, je suis Noam, chef d'un village voisin. Désolé de t'avoir dérangé. Je prenais ton chant pour celui d'un oiseau.

Il haussa les épaules.

— Que fais-tu ici ? me demanda-t-il, suspicieux.

— Je propose du travail aux menuisiers.

— Ah oui ? Lequel ?

— Construire des maisons flottantes.

Il me considéra froidement, doutant d'avoir bien saisi.

— Des… ?

— Maisons flottantes.

Il bougonnait lorsque les deux commères surgirent. Elles s'exclamèrent :

— Derek ! Nous avions repéré ta voix. Comment vas-tu ? Reviens-tu avec un message des Dieux ?

Il acquiesça gravement. Elles reçurent cette réponse avec solennité, puis me désignèrent.

— Nous te présentons Noam, fils du prestigieux Pannoam.

À cette mention, Derek tressaillit. Il me porta une attention différente, plus accueillante, plus intriguée.

— Connaissais-tu mon père ? m'écriai-je.

Il soutint mon regard.

— Ce nom ne m'est pas étranger.

Sachant la glorieuse réputation de Pannoam parmi les peuples du Lac, je ne m'en étonnai guère. À la dérobée, pendant que les cancanières pépiaient, j'examinai ses mains que des moufles en loutre recouvraient. Derek l'homme aux mains mystères… Pourquoi cette précaution ? Souffrait-il d'une tare ? Soustrayait-il à notre vue des croûtes, des taches, des déformations qui nous auraient dégoûtés ?

Je constatai qu'à cet instant lui-même détaillait mes doigts.

Il se ressaisit et devint presque cordial.

— Rentrons au village ensemble, tu m'expliqueras ce que tu désires.

Escortés par les bavardes, nous traversâmes le bois, la rivière, la prairie. Durant le trajet, il se contenta de mener une conversation ordinaire ; de toute évidence, il endurait le gazouillis des péroreuses, mal nécessaire avant que nous nous retrouvions seuls.

J'en profitai pour mieux l'observer.

Très grand, Derek donnait surtout l'impression d'être long. Peu musclé, le torse perché sur des jambes osseuses, doté d'étroites épaules, de coudes saillants, il avait poussé en hauteur plutôt qu'en largeur, comme si on l'avait étiré. Il surprenait. Ce qu'on distinguait de ses mollets, de ses bras, de sa poitrine restait imberbe ; au-dessus d'un vaste front proéminent, ses cheveux bruns, abondants, fournis quoique sans vigueur, retombaient avec mollesse sur sa peau rose, fine, satinée, aux limites de la flétrissure. S'il y avait une noblesse désinvolte dans son allure efflanquée, son visage affichait de la mesquinerie. De petits yeux marron, trop rapprochés, scrutaient l'arête du nez avant de s'ouvrir au monde, tandis que la bouche, sèche, aux lèvres rentrées, traduisait une frustration. Son absence de pilosité au menton ou sur les joues m'empêchait de déterminer clairement son âge, et cette glabreté exceptionnelle fabriquait un masque plus occultant qu'une barbe épaisse. Sa voix en revanche déployait, y compris quand elle parlait, une superbe puissance, moelleuse, lisse, timbrée, s'enrichissant d'une résonance fruitée. Au moindre mot, elle attirait, suspendait le temps, envoûtait. Fâcheusement, elle constituait l'unique élément plaisant de Derek.

Il me mettait mal à l'aise. Parce qu'il se sentait mal à l'aise ? Il semblait incommodé de lui-même, voire honteux…

En chemin, je remarquai, aux couseuses et brodeuses qui relevaient la tête lors de notre passage, que la singularité de Derek séduisait la gent féminine. Elles lui vouaient un tel respect empreint de crainte et d'admiration que je palpais dans l'atmosphère la fascination qu'il suscitait.

Dans sa demeure, nous nous assîmes chacun sur un trépied, il me versa un succulent vin de framboise, puis m'écouta. Je lui narrai ma récente accession au pouvoir, la richesse de notre village, les menaces que recevait en songe Tibor, notre guérisseur, lequel estimait que nous courions un danger à loger sur le rivage.

— Pourquoi ne pas vous installer à l'intérieur des terres ?

— Nous sommes un peuple du Lac, nous ignorons ces lieux. Enfin, Tibor certifie que ça ne servirait à rien.

Il approuva en plissant les paupières. J'évoquai en dernier mon idée de maisons flottantes, mon irruption ici, le refus de Vlaam. Une fois mon récit terminé, Derek se leva, s'inclina devant moi.

— Je salue l'homme que les Dieux annonçaient.

— Pardon ?

— Là-haut, ils m'ont prévenu que de graves catastrophes se produiraient.

— Où ?

— Tout autour du Lac !

— Ah ? Ils te l'ont confié ?

— Depuis longtemps. Cette fois, nous ne contrerons pas le péril par des offrandes. Le fléau ne dépend plus des Dieux : le Lac déborde de rage !

J'encaissai sa déclaration comme un coup de poing à l'estomac. Ses informations et celles de Tibor concordaient ! Il enchaîna :

— Ils m'ont promis qu'un homme viendrait : il sauvegarderait le village en le déplaçant. Tu es cet homme, Noam.

Il s'inclina de nouveau.

— Bienvenue à l'envoyé des Dieux.

La tournure de la discussion me déconcertait.

— Moi, envoyé des Dieux ? Non ! Ni en rêve ni en réalité, je te garantis qu'aucun d'eux…

— Les Dieux n'ont-ils pas contacté Tibor ? Puis Tibor ne t'a-t-il pas expédié ici ?

— Effectivement…

— Les Dieux ne m'ont-ils pas renseigné ?

— Certes, néanmoins, à moi les Dieux n'ont jamais…

— Peu importe ! Ne juge pas la manière dont les

Dieux interviennent dans nos affaires. À moi aussi ils ont attribué un rôle : décider les villageois à te rallier. En obéissant aux stratagèmes des Dieux, nous accomplirons le destin.

— Mais…

— Mon destin consiste à sauver mon village. Le tien à sauver les hommes.

Les affirmations de Derek m'estomaquaient. Son front sévère, ses yeux durs irradiaient une telle conviction que je restai coi. Que les Dieux pensent à moi, comptent sur moi dépassait mon intelligence bornée !

*

Derek montra une prodigieuse énergie. Qui, dans notre village, aurait risqué ce qu'il entreprenait ? En quelques jours, il tenta d'amener les familles à abandonner le territoire qu'elles occupaient depuis des générations pour migrer chez nous.

Il ne se ménageait pas, il n'épargnait personne : à ceux qui rechignaient, il prédisait le pire ; à ceux qui espéraient un déracinement provisoire, il assurait le contraire. Il tonitruait :

— La Brèche des Dieux est condamnée. Bientôt, les Dieux ne viendront plus.

— Pourquoi ? Qu'avons-nous fait de mal ?

— Rien aux Dieux. Grâce à quoi ils essayent de vous protéger et, par mon truchement, vous conseillent de fuir. Nous devons suivre Noam.

— Pourquoi ?

— Parce que cet endroit va disparaître. Le Lac

s'est mis en colère. Ses eaux monteront et nous submergeront.

Derek opérait à l'inverse de moi. Au lieu de réconforter, il inquiétait. Pire, il terrorisait. Les prunelles rouges, les lèvres agitées, il éructait des descriptions apocalyptiques de l'avenir. Chaque détail de ses prévisions bouleversait : vagues géantes, bébés noyés, enfants emportés comme des coquilles de noix, mères assommées par la fureur des flots, hommes réfugiés sur les toits ou au sommet des arbres jusqu'à ce que le tourbillon boueux les engloutisse à leur tour, remous bouillonnants, flux jonchés de cadavres d'animaux, d'humains, d'ancêtres défunts arrachés à leur tombe, odeurs, pestilences, orages, ténèbres, mort.

Lors de ses discours, Derek tremblait, suait, jaunissait, balbutiait, hurlait, hoquetait, secoué par la violence des scènes tragiques que sa vaticination délivrait. Ses prophéties se grevaient d'authenticité et les vertus hypnotiques de sa voix achevaient de précipiter l'auditeur dans un vertige effaré.

Tibor, ses traits nobles, sa réserve, son discernement réfléchi n'auraient jamais pénétré ainsi dans les âmes et les cœurs. Ni moi, qui choisissais d'absorber l'angoisse plutôt que de la répandre.

Lorsque Barak nous rejoignit, il assista aux harangues de Derek. Tout les opposait, l'un si viril, l'autre affublé de caractères féminins, mais l'orateur transporta mon oncle.

— J'adore ! lançait-il joyeusement à la fin des prêches, tandis que l'assemblée pleurait, paniquée.

— Barak ! m'indignais-je. Il croit à ce qu'il dit, j'y crois, les gens y croient !

— Moi aussi, mon neveu, moi aussi… Je savoure ! Je jouis ! Ah, quel spectacle !

Barak était rentré calmé de son bref séjour à la Caverne des Chasseresses. Avec beaucoup d'élégance, Malatantra avait souhaité le bonheur de son couple.

— Elle ne m'a même pas chauffé. Splendide ! Je n'ai pas eu à lutter contre la tentation.

— De toute façon, tu ne lui avais rien apporté.

Il s'embrasa.

— En route, j'avais tué une biche.

— Barak !

— L'habitude ! Je n'aime pas débarquer chez une dame les mains vides.

— Malatantra n'est pas une dame.

— Ah si, mon neveu, c'est une dame, une vraie dame… Ça, je m'en souviens parfaitement !

À présent, Derek convertissait quotidiennement des esprits à notre objectif.

Il m'inspirait des sentiments mêlés. Si j'admirais son efficacité, son verbe, la magie de sa voix, certains points me perturbaient : la facilité avec laquelle il guérissait de ses transes prédictives, le peu de temps qu'il mettait, sitôt en ma compagnie, à redevenir jovial et à boire du vin au-delà de sa soif. Dans ces moments-là, je ne fréquentais plus un responsable alarmé, un voyant investi, un prophète dévoré d'anxiété, mais un bon vivant primesautier, satisfait de lui. Il m'arrivait de soupçonner qu'il retirait du plaisir à choquer, à épouvanter, à arracher un consentement, voire qu'il se réjouissait de manipuler le village.

Son absence de scrupules m'effrayait autant que ses sinistres annonces : en fonction des interlocuteurs, il modifiait la parole initiale des Dieux ; dépourvu de retenue, il transformait leurs phrases et altérait son compte rendu selon qui lui prêtait l'oreille, distribuant des prédictions personnalisées.

Lorsque je le lui signalai, il me jeta avec dédain :

— Les Dieux m'ont ordonné de persuader. Préférerais-tu que j'échoue ?

— Lorsque tu cites les Dieux, tu engages ta responsabilité, la leur…

— Je ne mens pas.

— Pourtant…

— Je ne mens pas ! Je fais passer la vérité.

Sans conteste, il ne travestissait ses souvenirs que pour la bonne cause… Je me résolus à accepter qu'il impose la vérité par le mensonge.

*

En début de lune, Vlaam me convoqua le soir chez lui.

— Notre communauté est prête, Noam. Nous avons passé la journée à emballer nos outils, à remplir nos sacs, à bourrer nos malles de l'essentiel. M'assures-tu que tu nous recevras bien ?

— Je te le jure.

— Derek a retourné tous les esprits.

— Indubitablement. Je t'admire, Vlaam, de diriger le village avec un autre à tes côtés ; ce genre de partage pose généralement plus de problèmes qu'il n'en résout.

— Ai-je le choix ? soupira-t-il en se massant les cuisses, moulu par les préparatifs.

Il nous servit à boire et s'affala sur un trépied, jambes écartées, le dos contre une poutre. Il expira fortement.

— Si je possède le pouvoir, Derek détient l'autorité. Il influence les habitants.

— Heureusement qu'il est ton frère.

— Mon demi-frère.

— Tu fais preuve d'indulgence vis-à-vis d'un bâtard.

Vlaam blêmit, hésita, fouilla du regard la pénombre autour de nous puis murmura :

— Attention, ne prononce jamais ce mot.

— « Bâtard » ?

Il s'affola :

— Chut ! Tous ceux qui ont appelé Derek ainsi l'ont regretté. Enfin, quand ils en ont eu le temps… Mon père le premier !

— Pardon ?

— Un jour, lorsque Derek avait une quinzaine d'années, mon père Azrial, qui pourtant le tolérait bien, s'est moqué de sa voix devant ma mère : « Avec qui nous as-tu fait ce bâtard ? Un coucou ? » Il s'est éteint la semaine suivante. Fièvres, tremblements, suffocations. Les Dieux l'avaient puni. Puis ça s'est reproduit avec une vieille femme du village qui avait insulté Derek. Puis un gamin qui avait inventé une chanson malicieuse avec ce terme. Trois morts ! À partir de là, le mot a déserté nos bouches. Derek jouit de la protection des Dieux : ils ne se contentent pas de lui parler, ils le défendent.

Vlaam but d'un trait et débonda son cœur :

— Je m'en vais avec mon village, mais je ne le précède pas : je le suis.

— Quoi ? Tu ne pars pas parce que tu es convaincu ?

— Je pars parce que je suis le dernier à ne pas l'être. Parfois, le chef obéit à ceux qu'il prétend régenter. Je me résous à emboîter le pas à mes fils sur le chemin de l'exil.

Au matin, trente hommes, femmes, enfants, leurs ballots à la main et sur le dos, quittaient la terre où ils étaient nés, disposés à ne jamais revenir. Beaucoup sanglotaient.

Barak s'approcha, me glissa :

— Heureux de filer à la maison. Elena me manque à tomber malade.

— Et Noura à moi !

Il rit puis me dévisagea par en dessous.

— Tu ne me demandes pas de ses nouvelles ?

Barak abordait le sujet que j'avais évité depuis son retour. Je déglutis et répliquai de façon cavalière :

— Si, bien sûr. Comment va Tita ?

J'avais posé la question par automatisme, seulement pour plaire à Barak. Il répondit d'un ton mesuré :

— Elle est enceinte.

— Tita ?

— Enceinte de toi.

Devant nous, à l'appel de Vlaam, la troupe s'ébranla.

*

Les plus jeunes et les plus âgés renâclaient ; le poids de la routine pesait davantage sur eux que sur les adultes mûrs espérant rebâtir leur vie. Vieillards, vieillardes progressaient à reculons ; plaintifs, geignards, ils poussaient des soupirs, lâchaient des sanglots, épouvantés devant une pente à gravir, découragés à l'idée de contourner des éboulis. Les enfants, influencés par les visages fermés de leurs parents, perméables aux soucis qui empoissaient l'atmosphère, ressentaient le tragique de la situation plus qu'ils ne le concevaient ; ils chouinaient perpétuellement.

Notre cohorte ne ressemblait pas aux groupes qui traversaient la Nature. Lorsque des Chasseurs, après avoir épuisé les ressources d'un territoire, changeaient de lieu, ils manifestaient une allégresse conquérante ; vifs, déterminés, aspirés par la destination nouvelle, ils fonçaient vers le mieux. Ils n'abandonnaient pas, ils rejoignaient.

Autour de moi, au contraire, je ne discernais que grimaces et nostalgie. Aucun de ces villageois n'avait appelé de ses vœux un ailleurs ; tous bougeaient contraints. Le migrant, c'est celui qui ne veut pas partir*.

---

* Des colonnes de migrants, j'en ai croisé pendant des siècles. Non seulement elles n'ont jamais cessé, mais elles ont crû avec le temps. Leur fréquence a augmenté, ainsi que le nombre de marcheurs qui les composent, passant de cette trentaine d'individus à plusieurs centaines, plusieurs milliers, plusieurs millions. À ceux qui doutent que l'humanité s'améliore, je signale ce progrès indiscutable ! Aujourd'hui, sur les écrans, j'aperçois des familles hagardes qui échappent aux coups d'une tyrannie ou aux bouleversements du climat ; lorsque j'arpente Beyrouth, je rencontre des Syriens cherchant à s'éloigner des terroristes qui les asservissaient, des bombardements qui détruisaient leur ville, de la famine, de la pauvreté, de l'injustice, du chaos. L'exode relève de la condition humaine.

Pourtant, ceux qui ne fuient pas refusent cette réalité. Provisoirement à l'abri, campés sur leur terrain ainsi qu'un chêne

En eux, l'envie de s'arrêter l'emportait sur le désir d'avancer. Malgré le talent de Derek, la menace demeurait abstraite : le danger, imperceptible aux sens, ne leur était que promis. S'ils avaient fui un désastre effectif, ils auraient couru. Or, ils fuyaient un désastre à venir. Autant dire qu'ils lambinaient.

Je saisis que nous mettrions le double de jours à atteindre mon village.

Barak et Derek fraternisaient. Alors que tant d'hommes manifestaient une méfiance spontanée à ce protégé des Dieux, Barak adorait discuter, plaisanter, parfois même chanter avec lui le long de la route, calant sa voix gouailleuse sous les arabesques éthérées que délivrait le gosier enchanteur.

Le soir, Barak faisait feu à part et nous invitait, Derek et moi, à ses côtés. Il sortait des gourdes de vin troquées aux Chasseresses et, suivi par Derek, cédait à son goût pour la boisson.

---

dans le sol, prenant leurs pieds pour des racines, ils estiment que l'espace leur appartient et considèrent le migrant comme un être inférieur doublé d'une nuisance. Quelle bêtise aveugle ! J'aimerais tant que l'esprit de leurs aïeux circule en eux pour leur rappeler les kilomètres parcourus, les transhumances sans fin, la peur au ventre, l'incertitude, la faim. Pourquoi, au fond de leur chair, ne subsistent pas les souvenirs de leurs anciens qui survécurent au danger, à l'hostilité, à la misère, aux guerres ? La mémoire de ces courages ou de ces sacrifices auxquels ils doivent leur vie les rendrait moins sots. S'ils connaissaient et reconnaissaient leur histoire, leur fragilité constitutive, la volatilité de leur identité, ils perdraient l'illusion de leur supériorité. Il n'existe pas d'humain plus légitime à habiter ici que là. Le migrant, ce n'est pas l'autre ; le migrant, c'est moi hier ou moi demain. Par ses ancêtres ou par ses descendants, chacun de nous porte mille migrants en lui.

Une fois, à l'issue de plusieurs rasades, il se pencha vers Derek en s'écriant :

— Tu plais aux femmes !

— Moi ? murmura mollement Derek.

— Plusieurs, de tous les âges, culbuteraient volontiers dans les buissons avec toi. Tu ne songes pas à te marier ?

— Je préfère ne pas.

Barak, médusé, médita un instant cette réponse. Puis il répéta :

— Tu préfères ne pas ?

D'un calme souverain, aux limites de l'indifférence, Derek prononça de nouveau du bout des lèvres :

— Je préfère ne pas.

Barak m'envoya un regard de détresse, lequel signifiait : « Je ne pige pas. Et toi ? » Par une moue évasive, j'avouai mon désarroi.

Plus on le fréquentait, moins on le comprenait. Mon impression première se confirmait : Derek aux mains mystères échappait à l'humanité ordinaire. Avec son physique hors du commun, entre le mâle, la femelle et l'oiseau, il n'ambitionnait pas non plus de se comporter de manière banale. Une épouse, un foyer, une famille ? Il n'en rêvait pas. Un métier ? Encore moins. Il se contentait d'exister, étrange, différent, unique. Pas étonnant que les Dieux l'aient choisi.

« Je préfère ne pas. » Pouvait-on mieux résumer son mystère ? « Je préfère » révélait un appétit tandis que « ne pas » le réduisait à rien. Au lieu de dévoiler son auteur, cette phrase le dissimulait.

Quant à moi, je dormais mal la nuit, et le jour je ressassais des pensées douloureuses. Tita attendait un enfant que nous avions fabriqué au cours de nos ébats… Un autre que moi se serait vanté d'obtenir un rejeton de cette femme sculpturale, puissante, vaillante, dont le sang, mêlé au mien, produirait un être robuste, sain. J'aurais pavoisé quelques lunes auparavant. Or Noura, revenue dans mon existence, était devenue mon épouse et je l'adulais.

Un soir, profitant de l'absence de Derek qui remontait le moral des doyens et doyennes, Barak nourrit les flammes de branches sèches et me dévisagea avec un sourire moqueur.

— As-tu oublié ce que je t'ai confié, mon neveu ? As-tu déjà pulvérisé le souvenir qui t'agace ? As-tu vidé de ton passé ce qui suscite des remords ou des regrets, ô toi, digne fils de Pannoam ?

Je devinai qu'en bouffonnant il me parlait de Tita. Je n'esquivai pas la conversation :

— Non, j'y réfléchis sans répit. Tita… Noura… L'enfant… Que me conseilles-tu ?

Il s'esclaffa.

— Moi ? Tu me demandes conseil ?

— Tu es l'homme que j'aime le plus au monde, Barak.

Il vermillonna de fierté et éructa, gêné :

— Toi aussi, mon neveu !

Il se racla la gorge, précisant :

— Tu sollicites l'avis d'un abruti qui a raté sa vie amoureuse.

— Sauf récemment !

— Je me suis rattrapé au dernier moment, je te l'accorde.

— Que préconises-tu ?

Il me tapota la cuisse.

— Reste avec Noura. Elle sera la mère de tes enfants.

— Et Tita ?

— Elle sera la mère de son enfant.

Il se releva, accomplit trois pas et arrosa d'un jet d'urine les ténèbres qui encerclaient le feu. Grognant, soupirant, il pissait dru, ivre de volupté, comme s'il éprouvait un plaisir essentiel. L'opération terminée, il rangea son engin, perplexe, et revint près du foyer.

— Tita ne veut pas ta compagnie. Les Chasseresses de la Caverne refusent de cohabiter avec des hommes. Amantes sans mari, elles accouchent d'enfants sans père, et les élèvent seules – filles ou garçons, peu importe. Aussi fortes que les ourses, les Chasseresses ! Elles nous tolèrent uniquement quand nous nous montrons indispensables. Sinon, elles nous écartent.

Il se frotta vigoureusement les bras.

— Quelle leçon de modestie, quand tu y penses ! Notre peu d'utilité devrait nous fermer le bec.

Il me fixa.

— Tita ne s'explique pas pourquoi tu l'évites. Ni pourquoi son enfant ne rencontrera jamais son père.

— Parce que… parce que…

— Tu n'en as pas envie ?

— Si, mais… Noura !

Il se gratta la barbe et marmonna :

— Noura…

Je m'exclamai :

— As-tu expliqué à Tita que j'avais épousé Noura ?

— Bien sûr. Ça ne lui a fait aucun effet. Elle ignore la jalousie, comme toutes les Chasseresses de la Caverne qui s'échangent souvent les hommes. Tita n'imagine pas que Noura t'empêcherait de la voir et de voir votre enfant.

— Noura me quitterait si elle l'apprenait !

Barak se tourna vers moi, surpris.

— Te quitter ? Je te trouve optimiste, mon garçon : elle te tuerait ! Au minimum...

Il relança le feu en soufflant sur les côtés où rougeoyaient des braises.

— Finalement, la question pour toi n'est pas : « Avec qui vivrai-je ? », elle devient : « À qui vais-je mentir ? »

Un matin, à deux jours du village, alors que nous nous disposions à lever le camp, Vlaam, contrarié, me confia :

— Noam, les anciens s'effondrent, ils souffrent de courbatures, ils dépérissent. Permets-leur de se reposer, même si nous approchons du but...

Je le coupai aussitôt :

— Restons ici. Autant qu'il le faudra. Qu'ils récupèrent.

La nouvelle fut accueillie avec plus de soulagement que d'allégresse. Outre qu'ils rechignaient à marcher vers l'inconnu, les vieux avaient perdu l'habitude des déplacements. Aux pauses, ils exhibaient des pieds ravagés par des ampoules à divers stades, les blanchâtres en formation, les roses crevées, les saignantes après éclatement, les jaunes farcies de squames.

Me souvenant des enseignements de Tibor, je proposai à Barak de m'accompagner pour ramasser des plantes qui apaiseraient les égrotants.

— Que cherchons-nous, mon neveu ?

— De l'avoine et de la sauge.

— Comment retiens-tu ça ? Moi, je confonds les herbes, j'oublie leurs noms, et je ne me rappelle jamais ce qu'elles soignent. Tu aurais pu devenir guérisseur.

— Tibor le souhaitait.

— Ah, mon gaillard, tu as penché pour sa fille plutôt que pour ses connaissances !

— En fait, j'ai pris les deux ! ripostai-je, rieur.

Barak voyait juste : les détails concernant les végétaux et leurs vertus se rangeaient spontanément dans mon esprit et y composaient malgré moi un savoir. Ma curiosité extasiée devant les richesses naturelles m'y poussait, ainsi que la conviction d'habiter un monde bienfaisant, généreux. La Nature ne constituait pas mon ennemie, mais ma mère. Je ne m'en distinguais pas : j'en venais, j'en dépendais, et j'y reviendrais. La connaître revenait à me connaître. Tibor avait renforcé le sentiment de cette unité. Découvrir, analyser, inventorier, classer, tester, ces comportements qu'on qualifierait plus tard de « scientifiques » se rattachaient à ma religion, ils s'apparentaient à la prière. Développer mon attention à l'univers exprimait le respect que je devais aux Dieux, l'amour que je leur portais, la gratitude que je leur adressais. L'indifférence eût été une sottise. Pire : une trahison. L'émerveillement participait de ma spiritualité.

Barak dénicha de la sauge, aisément repérable à ses feuilles veloutées en forme de plumes, moi de l'avoine sauvage.

De retour au camp de fortune, je recommandai aux anciens de mettre la sauge en compresses sur leurs cloques. Pendant ce temps, je mis à tremper de l'avoine dans de l'eau froide, fis bouillir le mélange, le laissai tiédir puis offris à chacun un bain de pieds.

Aux gamins j'appris parallèlement à émietter de la menthe, du persil, et leur demandai d'appliquer le composé en cataplasmes sur les ampoules afin de les assécher.

— Ensuite, vous rincez. Vous appliquez. Vous rincez. Cela vous occupera jusqu'à ce soir.

En se frottant la barbe, Barak considéra avec admiration la chaîne de solidarité que j'avais provoquée.

— Ne me dis pas que tu n'y as pas pensé !

Il cligna de l'œil. Je jouai l'imbécile :

— Pensé à quoi ?

— Elle est tout près.

Je savais qu'il évoquait la Caverne des Chasseresses. Le matin, dans mon empressement à accepter cette installation improvisée, l'image m'avait traversé l'esprit.

Barak dodelina de la tête.

— Un signe du destin, non ?

Je souris.

— Tu fais parler le destin, Barak.

— Inutile, il est très bavard. En revanche, les hommes sont sourds.

La lumière fléchissait. L'astre glissait vers le lointain et couvrait le paysage d'une douceur de veilleuse. Entre les berges ourlées de forêts sombres, le lac luisait, mordoré par le soleil couchant qui s'inclinerait bientôt devant le mystère de la nuit et céderait au froid des ténèbres.

Barak et moi, après des va-et-vient pour alimenter les feux de branches, nous étions éclipsés à la lisière et commencions notre périple. Nous jugions avoir usé de discrétion or, après quelques centaines de pas, la voix de Derek nous interpella :

— Où allez-vous ?

Je m'apprêtais à répliquer que cela ne le regardait pas quand mon oncle lança :

— Suis-nous, Derek !

Je toisai Barak avec stupeur : comment osait-il trancher sans me consulter ? Trop tard ! Derek se trouvait à nos côtés, ravi de nous rejoindre pour une aventure supplémentaire.

— Où allons-nous ?

— Cadeau ! rétorqua Barak en lui bourrant les omoplates. Tu ne seras pas déçu.

L'initiative me heurtait. À la différence de Barak, une défiance aussi réflexe qu'infondée me taraudait envers Derek. Si je ne lui reprochais rien de précis, je le blâmais de me rester opaque. Quoiqu'il m'ait soutenu dans toutes mes actions dès le début, je peinais à croire à son dévouement. Qu'ambitionnait-il ?

Certes, lorsque je voyais les francs sourires que Barak et lui échangeaient, lorsque je surprenais leurs conversations enjouées, lorsqu'ils s'endormaient, ivres, dans les bras l'un de l'autre, j'avais honte de ma méfiance, je la soupçonnais de se pimenter de jalousie et je me jurais de me dégeler en présence de Derek. Hélas, sitôt que le jour perçait, ma réserve rappliquait.

La lune, énorme, ambrée, frôlait la cime des arbres. Des chouettes s'envolaient à l'assaut de leurs proies, perceptibles par leurs claquements d'ailes et par leurs cris, le premier long, le second chevrotant. Pourquoi ululaient-elles ? Pour se saluer ? Pour marquer leur territoire ? Pour signaler notre intrusion ?

Près de la falaise, Barak s'arrêta, se frappa le front.

— Nous avons oublié le gibier !

— Barak, ne recommence pas !

— Je ne me pointe pas chez les Chasseresses sans un cadeau !

— Nous ne voulons rien obtenir des Chasseresses ! Pas d'échange ce soir.

— Pas pour moi, bien sûr ! Ni pour toi. Mais pour Derek ?

Celui-ci nous fixait sans saisir un mot de notre discussion. Barak se résolut à lui expliquer où nous nous rendions, les usages de la Caverne, l'hospitalité très spéciale des Chasseresses. Il conclut :

— Si l'une te plaît – il y en aura forcément une –, tu passeras une nuit formidable.

— Ah oui ?

— Tu mérites bien une femme, mon garçon ! s'exclama Barak en trompetant son expression favorite.

— Je préfère ne pas.

Derek prononçait une nouvelle fois son énigmatique formule, ce qui cloua Barak sur place.

— Quoi ? Pas envie de plaisir ? Tu ne désires pas te soulager ? Un peu de jus, mon gars !

Derek répéta, faciès inerte, regard ailleurs :

— Je préfère ne pas.

Aucune repartie ne pouvait davantage déconcerter Barak qui se figea, muet. J'en profitai pour le prendre à part et lui communiquer mon point de vue : je refusais que Derek pénètre dans l'antre et reçoive mes secrets – l'existence de Tita, l'enfant qu'elle portait. Comment s'assurer que Derek les conserverait quand il rencontrerait Noura ? Barak m'approuva mécaniquement, ensuite avec conviction.

— Continue seul. Nous gîterons ici, Derek et moi. J'allume un feu, je prépare à manger. J'ai emporté un lièvre, au cas où... Et du vin, une outre pleine. Au moins, si je ne croise pas Malatantra, je ne lutterai pas contre la tentation. Tu nous réveilles à ta sortie ?

— Promis !

— Tu m'empruntes mon lapinou, pour Tita ?

— Je préfère ne pas.

Nous nous esclaffâmes. La plaisanterie nous fournit l'illusion sinon de comprendre Derek, du moins de le dominer en nous en moquant*.

---

* Des siècles plus tard, vers 1830 à New York, je rencontrai un homme dont la vie avait été ruinée par une telle phrase. Maddox Mayer exerçait la profession d'avocat, de notaire, chassant les titres de propriété et rédigeant des documents abscons. Dans ses bureaux florissants de Wall Street, il avait recruté des copistes – à l'époque, nulle photocopieuse ne dupliquait les textes. Parmi eux, un individu malingreux, lisse, consciencieux, raide, livide, se sustentait de biscuits au gingembre. Un matin, alors que Mayer lui ordonnait de reproduire un contrat, il répondit : « Je préfère ne pas. » Farfelu puisqu'il avait été engagé pour cette tâche ! Les jours suivants, l'échange se renouvela. À toute requête normale de son patron, l'individu répliquait : « Je préfère ne pas. » Pour Mayer, cela fut l'amorce d'un calvaire. « Sa merveilleuse douceur non seulement me désarma, mais m'émascula. C'est être émasculé que permettre à son employé de vous commander. » L'individu ne se révoltait pas, ne s'insurgeait pas, ne s'opposait pas directement. Ni offensif ni insolent, il se contentait de répéter : « Je préfère ne pas. » Mayer échouait à

Dans la Caverne, précédé par la majestueuse Malatantra qui avait magnifiquement engraissé, je demeurai pétrifié en retrouvant Tita. Elle me parut plus belle que dans mes souvenirs ; si elle arborait toujours son teint d'acajou, ses traits nets, sa silhouette découpée, ses cuisses de guerrière, une douceur l'auréolait. La maternité lui apportait une féminité différente. Sa peau avait gagné en pulpe, ses pupilles en humidité, ses seins s'étaient arrondis, ses flancs également. Étrangère et familière, elle me bouleversait. Les mots me manquaient.

Simple, elle n'attendait pas des phrases – qu'elle n'aurait pas entendues – et s'embarrassa peu de conve-

---

l'atteindre ; ce qui fonctionnait avec les autres salariés – plaintes, menaces, cajoleries – glissait sur lui, inerte. Malgré son irritation, Mayer, ébranlé, finit par ne plus rien lui demander. L'individu devint totalement oisif, s'incrusta dans les bureaux, y dormit la nuit, occupant ses journées à regarder un mur. Habité par un désir de meurtre, Mayer se rendit compte que son préposé mettait son équilibre mental en danger. C'est donc lui, Mayer, qui déménagea. Il tenta de vendre son agence. Cependant, chaque fois, l'éventuel repreneur évitait la signature lorsqu'il saisissait qu'il devrait aussi acquérir Monsieur Je-préfère-ne-pas. Mayer, ruiné, se pendit.

Un soir, dans un bar de New York, je payai un verre à un ancien mousse sans le sou. Auteur de romans maritimes, il se saoulait car le dernier, à l'instar des précédents, n'avait remporté aucun succès. Au cours de nos libations, je lui racontai l'histoire de mon ami avocat. Quelle ne fut pas ma surprise, des décennies après, de découvrir qu'il en avait tiré une nouvelle en rebaptisant l'individu Bartleby ! L'ivrogne s'appelait Herman Melville et, entre-temps, son roman maritime *Moby Dick* avait enfin trouvé des lecteurs.

nances : elle s'approcha, empoigna ma main droite, la posa sur son ventre bombé. L'énergie qui en émanait me pénétra. Tonifié, je souris, lentement, profondément, puis, enveloppant son épaule, la guidai à l'alvéole.

Là, je me mis nu, je la déshabillai. Nous nous allongeâmes l'un contre l'autre, soudain timides, et je l'admirai, l'explorant des yeux et des doigts. Notre rencontre possédait la saveur d'une première fois. Elle me laissait faire. Rien de sexuel ne polluait notre enlacement, même si je bandais par réflexe ; régnaient l'affection, la déférence, l'éblouissement.

Nous passâmes la nuit peau à peau sans que je la pénètre. Copuler aurait désacralisé le moment. Dans les étreintes érotiques s'inscrit une histoire, avec un début, un milieu, une fin, l'orgasme sonnant la séparation. À rebours, nous voulions que notre contact ne connaisse pas de terme. Nous recherchions une jouissance autre que celle qui éloigne après avoir uni, nous cultivions une volupté lente, sans spasmes, aussi dépourvue de points culminants que de zones basses. À la petite mort qui succède au plaisir génital, nous préférions la longue vie lancinante des caresses.

Gaieté et tristesse m'accaparaient, les deux se chevauchaient. Jubilant de scruter ce corps sain, vivant, empli de sève, je songeais qu'à l'aube je l'abandonnerais. Un désespoir piquait d'amertume mes plus heureux baisers.

Objectivement, la paternité n'avait rien d'inédit pour moi, Mina ayant conçu huit enfants, dont cinq étaient nés. Cependant, lorsque Mina annonçait une grossesse, ça lui arrivait à elle : elle tombait enceinte, pas moi ; l'événement transformait son organisme sans m'atteindre ; la gestation me semblait sinon une maladie, du moins une réalité purement féminine. Auprès de Tita, j'éprouvais le contraire ; j'étais affecté, touché, concerné. Alors que, à la différence de Mina, elle garderait le nourrisson pour elle, se dispenserait de moi, l'existence merveilleuse qui prospérait dans ses entrailles me devait son étincelle. Sinon père, je me sentais géniteur.

Avec Mina, je n'avais été ni géniteur ni père. Avant la naissance, je coudoyais une femme grosse ; après, je côtoyais une femme harassée, laquelle allaitait, langeait, nettoyait un poupon que j'observais de loin ; l'enterrement finissait l'épisode, et ça recommençait. Je restais détaché de ce qui fondait les joies, les désolations de Mina.

Jamais mon cœur n'avait palpité ainsi. Cet enfant existait puisqu'il bougeait derrière son abdomen. Cet enfant existait parce que je le rêvais. À partir du corps de Tita et du mien, je fabriquais des images ; initialement, je me représentais une fillette parfaitement semblable à Tita, un garçonnet parfaitement semblable à moi, mais je parvins peu à peu à mêler nos caractéristiques et je raffolais de l'être neuf qui allait sortir, impatient de découvrir ce que donnerait le mélange de nos sangs, de nos substances, de nos ardeurs. Caprices de l'intuition ? Prémonitions ? Face à Mina, j'avais toujours été envahi par un sentiment de précarité, flairant que ses chétifs rejetons nous seraient arrachés ; ici, je subodorais l'inverse. Ce descendant-là, fille ou fils, grâce à la vitalité robuste de sa mère, triompherait des maux infantiles, et deviendrait une femme ou un homme coriace.

À l'aurore, Tita s'assoupit, fourbue par tant d'intensité, et je contemplai son visage débarrassé de la tension constante que lui infligeait son regard de sourde. Il dégageait de la noblesse, de l'équilibre. Pourquoi ne m'établissais-je pas indéfiniment auprès d'elle ? Pourquoi partir ? Je comparais sa rigueur probe avec les grâces félines de Noura, doublées de matoiserie. Pourquoi adorais-je Noura ? Tita le méritait autant.

L'amour n'est pas juste.

À l'aube, je me retirai subrepticement, trop lâche pour dire adieu à ma Chasseresse, lui avouer que je ne reviendrais pas ni ne verrais notre bébé.

Je pleurais en quittant la Caverne. Je pleurais de dégoût, déçu par moi, navré de mon comportement.

Plus j'appréciais Tita, plus je me détestais.

Tandis que le ciel s'éclaircissait poussivement, je retrouvai Barak et Derek, endormis tête-bêche à côté des braises encore chaudes. Je ne pus m'empêcher de sourire en observant l'union de ces deux êtres abracadabrants, incompatibles en apparence, dont l'amitié semblait aussi extravagante que celle d'un ours et d'un héron. Quoique de taille égale, ils différaient en tout. Barak volumineux, Derek long. Barak musculeux, Derek rachitique. Barak au cuir basané, Derek au teint blême. Tandis que la santé de Barak ruisselait en cheveux, en barbe, en poils, l'anémie glabre de Derek faisait craindre qu'un rayon de soleil ne le brûlât.

Je secouai mon oncle. Il grogna, bâilla, rugit, étira ses membres, banda ses biceps, fit craquer ses articulations, ouvrit des yeux bouffis, m'identifia, détailla le paysage alentour, saisit où il se situait, puis, en apercevant Derek sur le sol, s'écria :

— Deux urgences, mon neveu !

Il sauta sur ses pieds.

— La première : pisser. La deuxième : te raconter.

Il s'acquitta de la première à son habitude, en accompagnant l'action de borborygmes, de soupirs d'extase. Il m'attrapa ensuite le bras.

— Viens, je ne veux pas qu'il m'entende, chuchota-t-il en désignant Derek. Même s'il est tellement torché qu'il mettra une bonne journée à revenir parmi nous. Quelle descente ! Il a englouti tout mon vin, le devin !

Nous nous assîmes à l'écart, sur le tronc d'un arbre renversé par les vents.

— Figure-toi, mon garçon, que Derek a fichtrement tété l'outre, hier soir. Ivre, incapable de se contrôler, il a vomi pas mal de confidences.

— Quelles confidences ?

— Tu ne devineras jamais !

Barak essayait de m'appâter et y réussissait. Outre que je désirais férocement me changer les idées, j'espérais mieux démêler les nœuds de l'inextricable Derek.

La gorge graillonnante, Barak assena :

— La Cité des Dieux n'existe pas.

— Pardon ?

— Les gens de la Brèche des Dieux pensent que, dans les neiges de la montagne, à plusieurs jours au-dessus d'eux, séjournent les Dieux. Derek s'y est rendu, non sans mal, et il a découvert que là-haut, il n'y a pas de Dieux. C'est un village, un village ordinaire, sinon que la glace et les flocons l'encombrent une moitié de l'année. Des hommes y habitent.

— Et le bateau fleuri que j'ai vu passer sur la rivière, avec le Dieu couché ?

— Un sarcophage. Les villageois de la montagne n'inhument pas leurs morts. Sans doute parce qu'ils ne parviennent pas à creuser le sol gelé… Selon eux, les défunts ne renaissent pas en terre, mais partent en voyage au Pays des morts. Les vivants nettoient le cadavre, ils le parent, ils le déposent dans une pirogue spacieuse qu'ils ferment d'un couvercle sur lequel ils peignent les traits du trépassé, puis ils garnissent l'embarcation de fleurs et la laissent s'éloigner, emportée par le courant.

Il se tourna vers moi.

— Voilà ce que tu as vu.

Il contempla le Lac devant nous. La Nature se réveillait, animée de frémissements dans les ramures, de frôlements au niveau des taillis, d'insectes bourdonnants, d'oiseaux qui babillaient.

— Les hommes de la montagne blanche ignorent où va la rivière… Ils la prennent pour le seuil de l'au-delà.

Il se gratta le menton.

— Pas inexact d'ailleurs, puisque la rivière se jette dans le Lac. Et le Milieu du Lac, c'est connu, constitue le Pays de l'au-delà.

Nous demeurâmes songeurs. Un merle, transperçant les feuillages, exultait d'une voix puissante et limpide. Dans le récit de Barak, plutôt que la crédulité naïve des deux villages, l'un situant l'au-delà dans la rivière, l'autre distinguant des Dieux dans des cercueils flottants, je repérais surtout la déloyauté de Derek, lequel n'avait rien divulgué.

— Si Derek sait cela, pourquoi ne l'a-t-il pas communiqué aux siens ?

Barak me scruta comme si j'avais perdu la raison.

— Tu plaisantes ! Personne ne le croirait. Il ne suffit pas de parler, il faut être entendu.

— Derek devait les forcer à lui prêter attention.

— Tu délires, mon neveu... Depuis des générations, ces villageois considèrent que les Dieux paradent devant chez eux. Leur trou, ils l'ont appelé la Brèche des Dieux ! Leur fierté, leur singularité, tu ne détruis pas ça, tout de même ?

— Mais la vérité...

— Et si la vérité humilie ? Tiens-tu vraiment à leur expliquer qu'ils ne sont pas des élus des Dieux, mais des crétins ? Et leurs ancêtres ? Et les ancêtres de leurs ancêtres ? Vas-tu leur annoncer qu'ils appartiennent à une dynastie de couillons ?

— Non...

— Alors, pourquoi Derek le ferait-il ?

Je baissai la tête, vaincu. Parce que j'avais un besoin impérieux d'incriminer Derek, j'optai pour un autre angle :

— Derek m'a abusé en m'assurant que les Dieux prévoyaient la fureur du Lac, et qu'un homme – moi – nous sauverait en nous emmenant ailleurs.

Barak soupira, gêné cette fois.

— En effet.

— Il s'est moqué de moi !

Barak haussa le ton :

— Noam, qu'est-ce qui te prend ? Derek ne se fiche pas de toi, il t'épaule et te soutient depuis le début.

— En mentant !

— Sans lui, tu n'aurais jamais obtenu que les meilleurs piroguiers du Lac quittent leur village et gagnent le tien. Il ne t'a pas secondé : il a rendu cela possible.

— En mentant, répétai-je faiblement.

— En mentant, oui ! Parce que tu imagines, toi, que la vérité, ça déplace un village ?

Son apostrophe me déconcertait. De quiconque, je ne l'aurais pas supportée, mais que Barak, l'individu le plus intègre, le plus franc que je connaissais, admît tant de manigances me déroutait. Je craignis soudain de barboter dans l'immaturité.

— Tu as peut-être raison, Barak, j'y réfléchirai.

— Qu'est-ce qui compte pour toi ? Que les menuisiers de la Brèche des Dieux travaillent chez nous ou qu'ils apprennent la bêtise abyssale de leurs aïeux ?

— Dit comme ça, bien sûr...

— Alors, dis-le comme ça ! Et cesse de chercher des poux à Derek !

Nous retournâmes auprès du feu, éteint désormais, et Barak nous restaura en attendant le réveil de Derek. Le jour se levait nettement, quelques nuages orageux s'enfuirent en dévoilant le soleil. Des moucherons dansaient dans la lumière.

— Barak, révélerai-je à Derek que tu m'as rapporté tout ça ?

— Est-ce utile ?

Je méditai.

— Au fond, Barak, tu places l'utilité avant la vérité.

— Quand je vous écoute, Derek ou toi, je ne me pose qu'une question : pourquoi ? Pourquoi mentir ? Pourquoi démentir ? Pour la même raison, en fait : le bien de tous. Voilà ce qui importe ! Le vrai... le faux… Je n'en ai rien à foutre, de la vérité : qu'elle crève dans son coin si elle nous mord et nous refile la rage ! Je me contrefiche tout autant du mensonge : qu'il se pavane à sa guise, du moment qu'il nous aide ! Cesse de t'illusionner, Noam. Vas-tu informer Noura que tu as revu Tita à la Caverne des Chasseresses, qu'elle est plus belle qu'avant et qu'elle accouchera d'un enfant splendide ?

L'émotion me transit.

— Tu l'as pensé aussi, Barak ?

— Quoi ?

— Que Tita est encore plus belle qu'avant ?

— Évidemment !

— Et que l'enfant sera magnifique ?

— Qu'on me coupe les couilles sinon !

Ma respiration se brisa, les larmes envahirent mes paupières, mes mains tremblèrent. Barak agrippa ma nuque et, de force, me fourra la tête contre son torse. Son odeur de mâle, de camphre, de bois brûlé me détendit, m'apaisa, et m'autorisa à pleurer. Il m'encouragea :

— Ah, mon garçon, débarrasse-toi des idées simples. Je suis amoureux d'Elena ? Je la bernerai donc en n'évoquant jamais Malatantra. Tu es amoureux de Noura ? Tu la pipeauteras jusqu'au bout, pas seulement pour ton bien, mais pour son bien à elle, pour votre bien à tous les deux.

Bercé par sa voix caverneuse qui résonnait dans sa large cage thoracique où j'avais collé mon oreille, je me laissai consoler, même si Barak m'exhortait à grandir.

— Il en va du pouvoir comme de l'amour. Puisque tu portes la responsabilité de diriger des hommes, tu les leurreras pour le bien commun. À personne tu n'avoueras qu'avec le concours de Derek tu as paniqué les menuisiers. Tu prétendras que tu n'obéis qu'aux Dieux.

— Je le croyais, Barak, je le croyais ! Je croyais de bonne foi que j'obéissais aux Dieux.

— Ça reste le cas.

— Derek l'a inventé.

— En inventant, il atteint la réalité.

— Les Dieux ne m'ont pas envoyé !

— Qui sait ? Te fies-tu à Tibor ? Le juges-tu honnête ?

— Oui !

— Derek et Tibor affirment la même chose, l'un en fabulant, l'autre en témoignant. On accède à la vérité autant par la sincérité que par le mensonge.

*

L'installation des menuisiers se déroula avec une fluidité confondante. Plutôt que de les loger parmi nous ou de coller de nouvelles maisons aux nôtres, j'avais choisi de les implanter au-dessus du village, à une distance décente. Ainsi, notre vision du Lac et des alentours n'était pas affectée, tandis que les membres de la Brèche des Dieux reconstituaient une communauté autonome. Pour imposer à Vlaam cette localisation, j'avais prétexté la présence d'un ruisseau et d'une forêt de sapins, lesquels leur procureraient le matériau de leur activité.

Nos villageois voyaient peu les menuisiers, sauf lorsque ceux-ci descendaient au marché ou au Lac.

Ils appréciaient cet afflux qui favorisait leurs affaires. Entre eux, ils raillaient mon choix – fabriquer des pirogues loin de l'eau ! – mais ils retenaient leur persiflage. L'exprimer à voix haute aurait pu inciter les étrangers à envahir leur chère rive.

Selon moi, la proximité des berges n'offrait aucun intérêt. Nous construisions des maisons, pas des canots. Ces demeures flottantes ne rejoindraient pas le Lac ; elles serviraient si le Lac les rejoignait.

Après notre périple, les bras de Noura faillirent occulter mes devoirs de chef. Nous avions si faim l'un de l'autre… Ni elle ni moi n'avions jamais supposé ce que nous découvrions : le bonheur consistait à se trouver côte à côte. Bavarder, nous taire, rire, nous reposer, manger, dormir, jouir, tout nous comblait du moment que nous le partagions. Du coup, durant la journée, Noura m'accompagnait souvent chez les menuisiers et prisait leurs progrès.

Vlaam se consacrait avec assiduité à notre projet, pour justifier à ses yeux comme aux yeux des siens le cruel exil. Les premiers jours, il dessina dans le sable ; puis il élabora des maquettes, assisté par ses garçons ; enfin, estimant qu'il avait réglé les problèmes, il mobilisa tous ses artisans et entreprit de construire les maisons flottantes.

Lui et les siens occupaient de grandes tentes. La chaleur le permettait. À ceux et celles qui s'impatientaient de récupérer un certain confort, il conseillait d'accélérer leur façonnage afin d'obtenir un abri. Autoritaire, rigoureux, équitable, il s'avérait un magistral meneur d'hommes ; nul besoin de Derek à ses côtés pour gouverner une communauté. Cela me frappait d'autant plus que je percevais chez Vlaam une réticence profonde et instinctive envers Derek, équivalente à la mienne. Auprès de Vlaam, je me sentais frère en méfiance – sans imaginer à quel point l'avenir me donnerait raison...

Derek, lui, circulait du village des menuisiers au nôtre. Si son amitié avec Barak le motivait, il essayait également d'entrer en contact avec nos villageois et y parvenait, malgré son physique ahurissant – ou grâce à son physique ahurissant. Les femmes se délectaient de la voix soyeuse qui s'échappait de cet interminable corps osseux, et certains hommes, à l'instar de Barak, lui vouaient une camaraderie protectrice. Assez vite, il conquit leur confiance et se montra bénéfique, bienveillant, chaleureux. Pourquoi m'en méfiais-je ?

Je tablai sur Tibor pour mieux le comprendre – ou mieux me comprendre ? Un jour que nous ramassions des simples, je lui demandai :

— Tibor, que penses-tu de Derek ?

Il pinça les lèvres.

— Mille choses, lâcha-t-il.

— Derek déclare qu'il communique avec les Dieux et il nous dupe.

— Je m'en doute, murmura Tibor.

— Comment ?

— Il m'évite. Un voyant n'évite pas un autre voyant. Au contraire, nous devrions échanger toutes nos informations. Or il se dérobe. En me fuyant, il fuit sa propre imposture.

— Imposteur ? Tu vas jusque-là ? m'exclamai-je, surpris de sa sévérité.

— Et toi, comment sais-tu qu'il nous floue ?

Je lui relatai les indiscrétions de Barak, la chimérique Cité des Dieux, l'illusoire prophétie des Dieux concernant un sauveur, moi.

— En avez-vous discuté ? s'enquit Tibor.

— Avec Derek ? Non. Il me trouble.

Tibor réfléchit en découpant des orties.

— Ça, c'est normal.

— Normal ?

— Oui, cette caractéristique physique... si étrange... ça... ça nous incommode.

— De quoi parles-tu ?

Tibor me dévisagea, confondu.

— Tu n'as pas vu ?

— Quoi ? Ses mains ?

La bouche de Tibor dessina un sourire rare et murmura :

— Ses mains... Effectivement... il y a aussi ses mains...

— Tibor, de quoi parles-tu ?

Habité par une énergie différente, il se releva, tracassé.

— Après tout, c'est mieux comme ça.

— Quoi ?

— Tout ! conclut-il en s'éloignant, froid, impénétrable.

Malgré mon impatience et mon agacement, je me retins d'insister : Tibor ne réagissait aux questions que s'il l'avait décidé.

Les maisons flottantes naquirent, d'abord exiguës afin de résoudre les difficultés d'affûtage, de collage, de couture, puis de taille moyenne ; Vlaam s'attelait maintenant à la plus vaste.

En dénombrant les demeures et les villageois, je calculai que si le Lac s'irritait, nous n'embarquerions pas tous. Loin de là. Cette éventualité me culpabilisa. Noura, à qui j'osai m'en ouvrir, répliqua avec simplicité :

— Dresse une liste !

— Pardon ?

— Une liste de priorités. Détermine qui préserver en premier.

— Mais… mais… c'est monstrueux !

— Il y a bien des gens auxquels tu tiens davantage ?

— Bien sûr, toi, Maman, Barak, Tibor, mes sœurs, mes…

— Parfait ! Quelles personnes te paraissent plus utiles ?

— Tibor toujours, Barak, Vlaam.

— Eh bien, voilà, tu as achevé une liste ! Si tu désires des conseils pour une seconde, je propose de sélectionner les êtres jeunes et solides qui survivront et se reproduiront.

— Noura ! Tu abandonnerais les vieux ?

— Ils ont déjà fait leur lot.

— Chaque vie compte.

— En principe, oui, mais dans une communauté, non ! protesta-t-elle, précise comme le couteau qui tranche.

Je ne tolérais pas la perspective d'un tri. J'avais la charge de toutes les âmes de mon village, sans exception. La solution consistait à hâter les constructions afin de fournir une place à chacun. En conséquence, je demandai à Barak et à quelques gaillards qui avaient rapidement achevé leurs travaux des champs de prêter main-forte à Vlaam en abattant les arbres, les ébranchant, les débitant en poutrelles, en madriers, en planches.

Les lunes défilaient et les maisons flottantes se multipliaient. Parfois, j'angoissais en supputant que nous ne serions jamais prêts ; parfois, je ne saisissais plus pourquoi nous nous épuisions : les jours ressemblaient aux jours, les nuits aux nuits, rien ne changeait, et l'idée qu'une catastrophe pût survenir devenait aussi abstraite qu'absurde.

*

Tout démarra par le silence.

Ce matin-là, sous un ciel pur, alors que nous grimpions au village des menuisiers, Tibor se tourna vers moi et s'exclama :

— Entends-tu ?

— Quoi ?

— Rien.

Mal à l'aise, je l'observai sans comprendre. Il précisa :

— On n'entend plus rien.

Voilà qui expliquait le sentiment d'oppression que j'éprouvais ! Les oiseaux s'étaient subitement tus. Leur silence nous assommait comme un vacarme.

Cette mutité insolite altérait la densité de l'air, la lumière du soleil, les couleurs du paysage. D'une façon viscérale, je me sentis en danger.

— Regarde !

Tibor tendit le bras vers la colline. Derrière nous, déferlant des cavernes, des nuées de chauves-souris infestaient l'azur, le mâchurant de leurs zigzags incohérents, elles qui d'ordinaire chassent la nuit et dorment le jour.

Un serpent glissa dans l'herbe, vif, pressé. Puis un autre. Cinq. Dix. De partout, orvets, aspics, couleuvres, vipères jaillissaient de leur cache et s'élançaient à l'assaut de la pente. Des rats, des campagnols, des mulots succédèrent aux reptiles, suggérant un renversement total : les proies poursuivaient leurs prédateurs... Sur le sentier où nous marchions, des scarabées luisants, trapus, se massèrent et entamèrent une ascension aussi véloce que maladroite ; le chemin se couvrit d'une traîne de carapaces mouvantes, dans les élytres desquelles scintillaient d'éphémères arcs-en-ciel.

Au village, les chiens se mirent à gémir, les cochons s'agitèrent, crièrent, s'attaquèrent, taraudés par une inquiétude qui les dépassait. Un âne brailla. Chez toutes les bêtes, l'agressivité, la peur, le tremblement croissaient.

Tibor se décomposa.

— Ça vient.

Nous scrutâmes le panorama. Rien n'avait bougé pourtant ; l'horizon du Lac offrait sa tranquillité opalescente.

— Que se passe-t-il là-bas ?

Nous dévalâmes la rive pour examiner ce qui se produisait en bordure, où nous apercevions des mouvements inaccoutumés, verdâtres, grisâtres. Des crapauds pansus à la peau grumeleuse, crachés par les eaux, atterrissaient sur la rive, y rebondissaient avec des bruits de sacs mouillés, telles des balles à pattes, et la parcouraient en coassant. Au coude où la rivière touchait le Lac, nous nous penchâmes sur des remous sombres : les poissons, renonçant à l'onde morte, entreprenaient de remonter le flux à contre-courant, comme les saumons au printemps.

Tibor me tira le bras.

— Pas un instant à perdre, Noam ! Conduis-les aux maisons flottantes.

Cette fois, je ne rassurai pas mes villageois, je m'élançai dans la ruelle principale et vociférai :

— Le Lac se fâche ! Évacuation immédiate ! Tout le monde chez les menuisiers. Vite !

Des visages surgirent au seuil des habitations, ébahis ou sceptiques. Si le Lac à son habitude s'étalait paisiblement, des escadrons d'oiseaux arrivaient du lointain, oies et canards, rangés serrés, volant à vive allure, compacts et inflexibles au point qu'on se figurait qu'ils nous assaillaient. À la lisière du village, des chevaux sauvages, engagés dans un galop endiablé, quasi aveugle, frôlèrent les maisons, bousculèrent les barrières et disparurent. À l'évidence, les animaux discernaient ce que nous ignorions.

Plus prompte que l'intelligence du danger, la peur du danger se répandit. Elle nous contamina en un clin d'œil. L'on ne chercha plus de raisons, on se disposa à fuir.

Je filai chez moi, happai Noura par la main, me ruai chez Barak et Maman qui, sans un mot, nous suivirent, puis nous gravîmes, hors d'haleine, le raidillon qui aboutissait au camp des menuisiers.

Chez eux pareillement l'alerte était donnée : hommes, femmes, enfants se démenaient d'un lieu à un autre pour réunir leurs affaires.

Une vieillarde lança un cri atroce. Les gens se turent et s'immobilisèrent.

Une énorme masse poilue déboulait parmi nous. Un ours gigantesque, presque noir, traversait le village en balançant ses pattes le plus loin possible. Il ne dévisageait personne, il ne visait personne, il fonçait, museau pointé, yeux demi-fermés, haletant, affolé.

La panique de l'ours accrut la nôtre. Si le roi des animaux dont nous vénérions la divinité supérieure décampait, plus de doute : la fin du monde approchait.

Alors il y eut…

Au départ, on présuma qu'il s'agissait du silence, le silence provoqué par l'irruption de l'ours, le silence qui s'intensifiait pour mieux se faire entendre ; en réalité, quelque chose essorait le silence, le tordait, le contraignait à geindre, le torturait, l'exténuait, quelque chose qui devint un soupir, un murmure, un mugissement, un hurlement. Ce quelque chose qui tuait le silence, c'était le Vent.

Le Vent bondit, hargneux, féroce.

Un vent inédit. Un vent inouï. Un vent d'une violence vertigineuse.

Rien de plus mystérieux que le Vent. D'où vient-il ? Où va-t-il ? Parti de l'inconnu, se dirigeant vers l'inconnu, il tape, cogne, soulève, abat, déchire, pulvérise. J'exécrais les vents de manière générale, ces Démons brusques, capricieux, superflus, aussi imprévisibles qu'indéchiffrables, mais celui-ci m'apparut le pire.

Une main glacée m'écrasa l'épaule.

Tibor, debout derrière moi, le visage livide, les yeux écarquillés, m'indiqua le Lac du menton.

Une vague géante, plus haute qu'une montagne, sortait de l'horizon béant et se précipitait sur nous, résolue à nous engloutir.

2

La Vague progressait, furieuse, régulière, inexorable.

La mort fondait sur nous, j'en possédais la certitude, même si, avec les autres, je m'agitais pour organiser notre salut. Courir après un sac, des gourdes, empiler des couvertures, rassembler des provisions m'épouvantait moins que de patienter, figé, bouche ouverte, prunelles révulsées, jusqu'à ma liquidation. Afin de ne pas céder à la terreur, je cédais au mouvement. N'ayant pas le courage du désespoir, j'estimais qu'il valait mieux m'essouffler que me pétrifier d'effroi.

Tant que la Vague ne fut perceptible qu'à nos yeux, nous partageâmes obscurément l'illusion de pouvoir nous soustraire à un mauvais rêve ; lorsqu'elle assiégea nos oreilles, son vacarme préfigura la violence qui nous étourdirait. D'abord pétarade, le roulement crût, grossit, s'alourdit de coups, de trépidations, de détonations, de déflagrations, jusqu'à se transformer en mille tonnerres mêlés, continus, sans répit, implacables.

La plupart des villageois fuyaient. À l'instar des animaux, ils cavalaient dans la direction inverse de la

Vague en tentant de gagner un point culminant des vallons. Ce réflexe les condamnait. Jamais ils n'iraient assez vite, ni assez loin, ni assez haut.

— Ici ! Revenez !

Je m'égosillais à les rappeler, mais ils persévéraient, ne m'écoutant pas, ne m'entendant plus.

L'avouerai-je ? Au regard de Noura, je saisis que le problème qui me tourmentait depuis des lunes – qui loger dans les maisons flottantes alors que nous manquions de place ? – était résolu.

— À l'abri ! lança-t-elle, pleine de sang-froid.

Noura m'étonnait. Ordinairement, elle s'effarouchait d'inconvénients infimes – une araignée, un crapaud, l'accroc d'un tissu – or, ce matin-là, elle faisait face au drame avec cran, comme si elle connaissait les petites peurs et ignorait la grande, comme si elle cultivait la frayeur par plaisir, par jeu, pour pimenter le quotidien et s'en délestait en présence d'un vrai péril. Digne fille de Tibor, elle restait vive, concentrée, efficace, nullement affectée par des affres parasites. Tirant Maman tandis que Barak chargeait des sacs sur son dos, elle ordonna à mes sœurs de nous serrer de près. Nous nous ruâmes vers la maison flottante, où se tapissaient déjà Vlaam, son épouse, ses fils.

Construit au milieu du bois qui avait fourni les troncs, le bâtiment mesurait cent vingt pieds de long, vingt de large. À la différence de nos demeures constituées d'une salle, il offrait plusieurs pièces séparées, les étroites où l'on se blottissait à deux, les moyennes qui servaient de réserves, la vaste qui accueillait le bétail. Si d'avance nous avions entreposé du fourrage à leur intention, les troupeaux paissaient encore dans les champs voisins.

Barak jaillit, des chèvres gigotant sous ses bras.

— Attachez-les. Je récupère les mouflons.

— Barak, nous n'avons pas le temps !

— Qu'en sais-tu ? rétorqua-t-il en repartant.

Autour des parties cloisonnées s'étendait un pont en planches, lui-même encerclé de rebords cousus. Sous la maison, Vlaam avait construit une coque géante, renflée, qui, selon lui, garantirait une meilleure flottaison.

Le danger se rapprochait. Nous distinguions nettement la verte crinière de la Vague.

Noura surgit derrière moi.

— Où est papa ?

Je blêmis.

— Tibor !

Je rugis son nom, espérant à chaque appel qu'il apparaisse. L'inquiétude attaqua le visage de Noura ; elle perdit de son aplomb.

— Il est descendu ramasser ses affaires en bas, s'exclama-t-elle.

— Folie ! Il ne pourra jamais...

Je m'interrompis, honteux d'alarmer Noura au lieu de la calmer. Son angoisse décuplée, elle se mit à trembler. Je quittai la maison-navire pour ramener Tibor ; au premier mouvement que j'amorçai, Noura me retint.

— Non ! Pas toi !

Ses yeux s'emplirent de larmes, ce qui l'agaça, et, dissimulant son émotion, elle arpenta le pont en appelant son père de tous les côtés :

— Papa ! Papa !

Rien ne me blessait autant que la détresse de la femme que j'aimais. Mon impuissance m'humiliait plus devant elle que devant la Nature courroucée. J'aurais dû la réconforter. N'avais-je pas la mission d'assurer son bonheur ?

La catastrophe déboulait. Haute comme une montagne, la Vague avançait sans encombre à la surface du Lac ; sur les bords, elle détruisait brutalement tout obstacle, giflant les rochers, submergeant les forêts où les cimes des arbres tenaient ferme un instant puis pliaient, rabattues, tels des brins d'herbe.

Barak sortit de l'étable à mouflons et tonitrua :

— Où est Derek ?

Je n'avais pas songé à lui, bien qu'il appartînt à notre groupe.

— Là ! cria Maman.

Elle indiqua le sommet d'un sapin proche où Derek avait grimpé. Cramponné au tronc, crispé, encore plus blafard que d'ordinaire, il fermait les yeux, persuadé que ne pas voir le risque l'éliminait.

— Descends ! tonna Barak.

Au comble de l'affolement, Derek ne réagit pas.

Noura m'apostropha de nouveau :

— Et papa ?

Je me retournai vers le Lac. Je demeurai muet, médusé. Plus la force de mobiliser le moindre muscle, même ceux de mes lèvres. Je comprenais ce qui allait se produire : la Vague, bête colossale pleine de griffes et de mâchoires, qui assommait, dépeçait, broyait, nous tuerait d'un coup puis ses flots nous avaleraient. Notre bâtiment ne servirait à rien, il ne rejoindrait pas la surface, ne flotterait jamais, il serait bien avant saccagé, démantibulé, détruit par la Vague écrasante ; n'en subsisteraient que des miettes.

Noura me houspilla :

— Noam !

M'extirpant de ma torpeur, elle pointa en dessous de nous une silhouette qui gravissait le sentier. À la couleur noire du manteau, on imaginait qu'il s'agissait de Tibor.

— Papa !

Curieux détour des esprits ! Au lieu d'attendre la Vague, c'est-à-dire la mort, nous attendions Tibor. Nous avions déplacé la menace. Le retard de Tibor occultait la perspective de notre destruction. Bienheureux détails ! Nous ne nous demandions plus si le bâtiment supporterait la Vague, mais si Tibor réussirait à embarquer.

Cette fois, je n'hésitai pas : je bondis à sa rencontre, lui arrachai les multiples sacs qui le ralentissaient puis revins en hâte, talonné par lui.

Monté sur le pont, Tibor, soulagé, palpa les besaces que je déposais à même le plancher :

— J'ai sauvé mes principales herbes et potions, ainsi que mes outils. Ça sera utile.

Noura se réjouissait également ; abandonnant sa réserve, elle pressa son père contre elle, lui caressa les cheveux. Je m'assombris : ils se croyaient victorieux alors qu'ils trépasseraient dans quelques instants.

Barak continuait d'exhorter Derek à bouger. Il avait seulement obtenu que celui-ci, vert d'effarement, entrouvrît les paupières et branlât de la tête en signe de dénégation.

Devant nous, l'inéluctable perçait. Le grand flot

suprême atteignait notre village. À l'évidence, il allait nous ravager. Il n'y avait aucune raison que l'eau s'infiltre sous le bâtiment, le hisse : elle nous frapperait de front et nous pulvériserait.

Tout le monde brailla.

Plus rien à faire. Nous n'étions que les spectateurs du désastre. Nous guettions le fracas, ce moment où nous volerions en éclats. La fin nous procurerait une délivrance.

En s'abattant contre notre village, la Vague rencontra des obstacles. Le relief du site la contrariait. Sur les deux côtés vallonnés, elle percutait des espaces durs, saillants, ce qui créa des collisions, des retours de lames ; de la gauche, une autre vague vint l'emboutir par le travers ; pareil à droite. Les ondes se diffractaient, s'entrechoquaient. Nous assistions, impuissants, assourdis, à la lutte de ces masses énormes qui se cognaient, qui, à chaque affrontement, gagnaient de la hauteur, puis retombaient les unes sur les autres avec lourdeur. Le conflit prenait une envergure titanesque. Les rouleaux se déchiraient entre eux.

Un remous latéral envahit notre clairière, y vira et, dans un grincement affreux, ébranla notre bâtiment, le secoua, le souleva…

Nous n'étions pas disloqués, nous nous élevions sur la crête du tourbillon, même si, à chaque instant, des craquètements suspects annonçaient que notre embarcation ne tarderait pas à se démettre.

En tournoyant, nous passâmes au niveau de l'arbre où Derek s'était réfugié.

— Saute !

Barak lui ouvrit les bras. Derek, stimulé par ce

geste, lâcha le tronc auquel il s'agrippait, se jeta dans le vide.

Barak le reçut contre son torse, rit, heureux au milieu des éléments déchaînés en claironnant de sa voix de stentor :

— Admirez le drôle d'oiseau que j'ai déniché !

À peine eut-il achevé sa phrase que Derek s'évanouit, comme démembré. Barak s'engouffra dans le bâtiment, l'allongea sur une couche, le ficela pour que le corps ne ballotte ni ne bute lors des embardées.

La Vague poursuivait son chemin, terrible, indomptée, et nous faisions désormais partie d'elle. Autour de nous, les bourrasques suscitaient des cônes d'écume, les flots rageaient. Quoique continûment menacés d'éclatement, nous flottions. Si forte et constante que fût notre crainte de l'engloutissement, nous flottions. Nous avions trouvé une place provisoire dans ce chaos, parmi l'inachevé, le vibrant, le confus.

Quatre maisons-navires de taille réduite nous escortaient. Elles ne pouvaient se diriger, choisir un cap, se fixer, mais elles surnageaient, frétillantes, allègres. Nous conjurions le néant ! Au lieu de penser aux nombreux trépassés qui erraient en charpie, dépecés, lacérés, sous la Vague, je me félicitai d'aviser des rescapés. Nous nous adressâmes quelques signes, nous offrant le sentiment de partir en voyage ensemble.

C'était sans compter avec la véhémence du Vent et de la Vague. Ils se livraient un duel féroce, acharné, dont nous devenions les victimes. Ils jouaient à qui torturerait le mieux, la Vague en nous balançant de pointes en creux, de pitons en vallées, ou le Vent, irrité par le barrage que la Vague lui opposait, en engageant les hostilités avec ce qu'elle portait, sifflant, malmenant, claquant, sautant de la plainte aiguë à la sommation, de la colère tonitruante à la tentative de balayer notre toit, nos volets, nos bordages, nous. Rien n'arrêtait ces deux fureurs.

Je commandai à Tibor, aux femmes, aux enfants de s'abriter à l'intérieur. Noura refusa. Je m'entêtai :

— Pas assez de cordes pour vous amarrer ! Seuls Barak, Vlaam et moi resterons sur le pont.

Noura toléra mon ordre par souci de donner l'exemple, de respecter mon autorité en public, néanmoins je perçus bien que, quitte à subir, elle préférait, comme moi, observer ce qui lui arrivait.

Vent et Vague rivalisaient d'agressivité. Dès qu'un danger nous délaissait, un autre nous reprenait. Quand nous montions jusqu'à cent pieds, propulsés par la Vague, une fois en haut, le Vent nous faisait voltiger. Lorsque nous redescendions, plongeant à pic dans le vide, appréhendant le bris du navire puis surpris de nous retrouver entiers, debout sur le pont, après chaque paquet de mer, les souffles entreprenaient aussitôt de nous déséquilibrer. Sitôt que les flots renonçaient à écarteler notre embarcation, le Vent s'ingéniait à la coucher.

Les quatre autres esquifs disparurent peu à peu. Leur légèreté les avait métamorphosés en proies faciles, projectiles qui planaient dans le ciel, dont le retour s'avérait fatal. La Vague et le Vent en vinrent prestement à bout. Notre bâtiment, lui, résistait.

Combien de temps encore ?

Nous courions à l'abîme, brassés par les turbidités frénétiques, folie des flux, fièvre de l'air. Nous filions, sans contrôle, sans visibilité, sans certitude sinon celle du pire.

— Ah non ! gémit Barak en me désignant la bande de terre où la Vague nous menait.

Je ne comprenais pas ce qu'il me signalait.

Il précisa, la gorge étranglée :

— La Caverne des Chasseresses.

La Vague fonçait à une cadence vertigineuse sur la falaise de rocs roses à l'intérieur de laquelle j'avais connu de si splendides nuits.

L'éviterait-elle ou s'y fracasserait-elle ?

Nous glissions vers la paroi. Le relief crût, effrayant. La déferlante qui nous charriait le visait. Pas moyen de freiner, de contourner. La roche grandissait, attendant que nous la heurtions.

Une rafale poussa notre bâtiment de côté, une houle nous souleva, la falaise recula en s'effaçant. Le combat anarchique de la Vague et du Vent nous permit de l'esquiver.

J'assistai alors à la scène dont le souvenir me hante depuis des siècles.

Le long du sentier qui bordait le sommet de l'escarpement, un cheval galopait, éperdu, une femme en croupe. Crinière, cheveux volaient sous l'effet de la vitesse. Je sentis que l'anxiété tendait les muscles puissants de la monture et de la cavalière.

Soudain, la femme tourna la tête pour voir la Vague venir sur elle.

Mon cœur tressaillit dans ma poitrine. Je hurlai :

— Tita !

Elle continua sa fuite désespérée en piquant l'animal à coups de tibia. Comment m'aurait-elle entendu, la Chasseresse sourde et muette ?

Son acharnement à fendre l'air mariait le sublime au ridicule. Elle ne fausserait pas compagnie à la Vague qui la dévorerait, mais elle n'acceptait pas la défaite, elle se battrait jusqu'au bout, farouche, superbe, indomptable.

En me penchant, je remarquai que Tita calait quelque chose entre le dos du cheval et son ventre : elle fuyait en protégeant son enfant.

Elle se retourna une dernière fois vers la Vague qui allait l'engloutir. M'aperçut-elle ? Aujourd'hui, à l'heure où j'écris ces lignes, j'en demeure convaincu. Cela détermina son geste. Faute de quoi il aurait relevé de la folie. Oui, elle m'aperçut ! Un éclair traversa ses yeux terrorisés, elle me reconnut, elle éprouva un fugace regain d'espoir. Sinon, comment expliquer qu'elle saisit l'enfant et que, subitement, avec une force surhumaine, elle l'envoya le plus haut possible en direction de notre navire ?

Elle n'eut que le temps de suivre sa trajectoire, de vérifier que j'attrapais l'enfant au vol, et la Vague la recouvrit, l'emportant dans ses profondeurs tumultueuses.

Je regardai le nourrisson entre mes mains.

Il ne pleurnichait pas. Il écarquillait ses yeux doux, inconscient des cruautés environnantes.

Je lui souris. Il me rendit le sourire. C'est ainsi que je fis la connaissance de mon fils…

Que se passa-t-il ? En moi, tout se rompit. Alors que j'avais vaillamment surmonté des violences de tous ordres, le visage confiant du bébé me bouleversa. À bout de résistance, je m'effondrai.

Puis le ciel se referma, et tout s'enfonça dans la nuit.

*

Pas de lune. Pas d'étoiles.

Monde opaque. Noir en haut. Noir en bas.

Et le Vent, la Vague, le vacarme, la vitesse…

J'ignore ce qui terrifie davantage, le danger qu'on voit ou celui qu'on ne voit pas. D'un côté, l'obscurité amplifiait bruits et chocs dans d'effarantes proportions, transformant le crissement en rugissement, la secousse en explosion ; de l'autre, elle offrait du répit au sens de la vue que la journée avait accaparé, harcelé, saturé.

Nous filions au hasard, ballottant sur un élément instable.

Barak avait pris l'enfant et l'avait mis à l'abri dans l'habitacle, suivi de Vlaam qui avait rejoint les siens.

Je demeurais seul face aux embruns, commotionné. Le dévouement sacrificiel de Tita ouvrait en moi des portes inconnues : il m'indiquait le chemin. Tandis que plus rien n'importait dans ce chaos apocalyptique, Tita avait redressé la tête, arboré son refus, revendiqué fièrement sa dignité, employé ses forces à une mission : sauver l'enfant. Jusqu'à l'instant fatal, elle n'avait songé qu'à son devoir, indifférente à son destin personnel, n'éprouvant nulle angoisse de sa fin, uniquement de l'inquiétude pour son fils. J'étais persuadé que le soulagement l'avait emporté sur tout autre sentiment quand elle m'avait confié cette jeune vie, juste avant d'être engloutie par les flots assassins.

En abattant Tita, la Vague l'avait grandie. Si Tita était morte en ce monde, elle restait plus vivante et intense que jamais en moi. Une existence ne me suffirait pas pour prolonger sa lumière et me consacrer à son fils.

À notre fils…

Comment l'annoncer à Noura ? Barak allait me proposer de mentir – la solution à toutes les complications, selon lui – mais je ne bafouerais pas Tita par sournoiserie, elle méritait que je proclame en montrant notre enfant : « C'est mon fils, je m'en occuperai toujours. » Je le lui devais. À défaut de quoi, ravalé au rang d'amant de passage, je me réduirais également à un père de passage. Hors de question ! Tant la gravité de la situation que l'honneur de Tita exigeaient la vérité. Noura comprendrait. D'ailleurs, ne la mépriserais-je pas, elle aussi, si je l'en estimais incapable ?

Je dénouai la corde qui m'attachait au pont et me glissai à l'intérieur. À peine y eus-je pénétré que la robuste main de Barak m'agrippa.

— Viens, murmura-t-il.

Je le suivis jusqu'à la chambre de Derek. Il m'y introduisit et s'éloigna, car nous n'y tenions pas à trois – à quatre, puisque Derek berçait le petit endormi sur ses genoux.

Une vacillante lampe à huile me permit de contempler la frimousse dorée du poupon, d'admirer la longueur de ses cils, de m'extasier devant ses narines minuscules, ses oreilles ourlées, sa bouche moelleuse, humide.

Derek le pointa.

— Est-ce ton fils ?

Malgré mon émotion, je jouai l'étonnement, ne désirant partager aucun secret avec lui.

— Pourquoi dis-tu cela ?

Derek me scruta longuement puis conclut :

— Tu ne réponds pas : c'est donc ton fils.

Quoique agacé, je continuai sur un ton désinvolte :

— Bah ! Une femme à cheval au dernier moment nous l'a jeté, voilà tout.

Il me corrigea :

— *Te* l'a jeté, d'après Barak.

— Qu'est-ce que ça change ?

Derek grimaça et lâcha de sa voix flûtée :

— Je suis déçu, Noam : tu ne me fais pas confiance.

Il visait si juste que j'exagérai ma dénégation :

— Pas du tout ! Seulement, quand tu crées un lien qui n'existe pas entre cet enfant et moi, je démens ton affirmation. Rien de plus. Pas de méfiance à ton égard.

Derek s'inclina vers le bébé, lui attrapa délicatement la main sans altérer son sommeil.

— Regarde, Noam. Tu lui as transmis ta marque.

Il me présenta les doigts du bambin. Je frémis. Il avait deux doigts collés ensemble. Cette caractéristique rare, mon grand-père Kaddour l'avait. Mon père Pannoam l'avait. Je l'avais. Dans notre famille, nous la considérions comme l'empreinte des fils aînés. La peau enveloppait le majeur et l'annulaire.

— Ce détail t'évitera de me mentir encore, déclara Derek.

Incapable d'esquiver, je baissai la nuque, vaincu.

— Derek, le suppliai-je, il ne faut pas que Noura l'apprenne.

Il sourit, satisfait que j'avoue, ravi que je l'implore. Je poursuivis :

— J'ai couché avec une Chasseresse durant mon exil, lorsque je me pensais séparé de Noura à jamais.

— Ça ne me pose aucun problème, approuva-t-il. Cette anomalie physique frappera Noura ! Ses yeux traînent partout, elle a oublié d'être sotte. Elle devinera, elle t'accusera, elle ne te pardonnera pas.

Je me mordis la bouche, certain de sa clairvoyance. Affolé, j'examinai mieux les mains de l'enfant.

— Ne pourrait-on pas camoufler ça ? Lui mettre un pansement… ou un gant… ou…

Derek leva ses mains coiffées de moufles, les agita devant moi.

— Quelque chose comme ça ?

Il ricana.

— Amusant ! Tu reproduis le comportement de ma mère…

— Pardon ?

— Ma mère a entrepris de m'enrober les mains dès ma naissance. Elle espérait dissimuler son infidélité à son mari.

Il ôta lentement ses moufles et je découvris qu'il portait la même particularité que moi.

Je crus avoir la berlue. En dehors de mon père, de mon grand-père, je n'avais jamais rencontré d'homme aux doigts soudés. Pendant que je détaillais sa singularité, la commissure de ses lèvres remonta vers la gauche. Mon désarroi le déridait.

— Oh, oh ! Noam commence à soupçonner ce qui lui échappait… Moi, j'en suis informé depuis plus longtemps que toi.

— Informé ? Informé de quoi ?

Il désigna ses doigts, les miens, ceux de mon fils.

— De ça !

La stupeur m'empêchait de formuler des hypothèses, je n'arrivais plus à réfléchir. Je balbutiai humblement :

— Explique-moi, Derek.

Quelque chose tamponna le navire. Une montagne d'écume s'écrasa sur le pont, les poutres grincèrent, les planches gémirent. Puis la course folle reprit son train d'enfer.

Derek renfila ses moufles et se pencha vers moi.

— Le moment ne s'y prête pas, Noam, nous manquons de temps, les murs nous écoutent, retardons les éclaircissements. En revanche, j'ai une suggestion.

Il me chuchota à l'oreille :

— Cet enfant m'appartient.

Par réflexe, je reculai, choqué.

— Quoi ?

— Pour ta paix, celle de Noura, celle de l'enfant, celle des passagers, prétendons que je l'ai conçu avec une femme et que je viens de le récupérer miraculeusement. Barak s'enchantera de raconter le sauvetage auquel il a assisté.

La proposition me déplaisait. Pouvais-je la refuser ? Elle m'assurait de garder l'enfant et de préserver l'attachement de Noura, elle m'épargnait mille écueils.

Avant d'accepter, je ressentis le besoin de mordre :

— Décidément, Derek, tu as acquis l'habitude de te faufiler entre mensonges et vérités !

Il vira de couleur, figé.

— De quoi parles-tu ?

— De la Cité des Dieux où n'habite aucun Dieu.

Il soupira en haussant les épaules :

— Oh, ça…

Constatant que les scrupules ne l'étouffaient pas, j'en rajoutai :

— Tu m'as fait croire que les Dieux m'envoyaient.

Ses yeux brillèrent de malice. Il s'exclama :

— Le plus gênant n'est pas que je l'aie affirmé, mais que tu l'aies cru…

Sa cruauté me désarçonna. Il meubla le silence en cajolant l'enfant. Sitôt que je reconquis mes esprits, je voulus en finir avec ces échanges tortueux.

— Tu m'as trompé, tu pourrais t'en excuser.

— Mes expédients ont servi tes intérêts, non ?

— Quoi ?

— Grâce à eux, nous nous retrouvons là, vivants, pas crevés au fond de l'eau avec les autres.

Il avait raison. Je me tus. Il en profita pour m'asséner un dernier coup :

— Dois-je me repentir, Noam, d'avoir rendu notre survie possible ? Regretter de t'avoir aidé à nous sauver ?

Il m'embarrassait. Comme mon père, il était doté du don de renverser les situations à son avantage. Il posa sa main sur mon épaule, presque chaleureux.

— Noam, si tu réagis mal à ces menues faussetés, comment te dévoilerais-je les autres ?

— Les autres ?

— Les mensonges qui demeurent entre nous.

— Entre nous ?

— Tout ce que je ne t'ai pas dit.

— Que me caches-tu ?

— Tant de choses…

— Révèle-les-moi.

Il me fixa gravement.

— Dès que tu deviendras capable de les entendre. Pas avant.

Sans me laisser protester, il souleva l'enfant et énonça sèchement :

— Voici mon fils ?

J'acquiesçai à contrecœur. Il embrassa les joues de l'enfant, lui mordilla le nez.

— Tu vas te réveiller dans les bras de ton père, mon garçon.

La tendresse que Derek lui témoignait m'arrachait davantage mon fils que notre ruse. Tentant de m'apaiser, je me relevai.

Derek m'interpella :

— Comment s'appelait-elle ?

— Qui ?

Derek m'incita à discuter moins fort. En dépit du tapage ambiant, on saisirait peut-être nos paroles. Il susurra :

— Mon épouse.

Je ne supportais pas qu'il soutirât un à un mes secrets et encore moins qu'il s'appropriât la Chasseresse.

— Ton épouse ? répétai-je, buté.

— La mère de mon enfant.

Malgré sa mine angélique, il se plaisait à m'irriter, j'en possédais la certitude.

— Tita !

Je me retirai, mal à l'aise, écœuré, convaincu d'avoir trahi Tita une deuxième fois. À peine sur le pont, je pivotai et retournai en hâte vers Derek.

— Au fait, nous l'avons appelé Cham.

— Cham ? Ah, déjà..., marmonna-t-il, déçu.

J'avais bien flairé : Derek se disposait à nommer mon fils à sa guise. J'insistai :

— Oui, Cham. Tita y tenait beaucoup ! Il y répond, tu verras. Conservons-le en sa mémoire. Après tout, c'était ta femme, la mère de ton enfant, Derek...

Il bredouilla, pris au piège, ignorant que, même si Tita avait élevé son fils, elle n'aurait jamais prononcé son nom.

Lorsque le jour pointa, apercevoir de nouveau ce qui nous accablait nous inquiéta davantage. Par milliers, des nuages épais, lugubres charbonnaient le ciel et labouraient l'horizon à vive allure*. Dressant

---

* L'invention du lointain, voilà qui demanda beaucoup de temps aux hommes ! Si l'une des disciplines les plus récentes, la météorologie, mit des millénaires à naître, c'est parce qu'elle supposait deux éclatements dans l'esprit.

D'abord, une révolution intellectuelle : cesser d'interpréter les phénomènes, plutôt les mesurer. Lorsque Galilée, le fondateur de la démarche moderne, utilisa les mathématiques pour analyser et synthétiser la chute des corps, deux de ses élèves rendirent possible une connaissance du climat en créant des instruments de mesure : Castelli le pluviomètre en 1639, Torricelli le baromètre en 1643.

Ensuite, une rupture régionaliste : se résoudre à penser que ce qui arrive ici dépend d'ailleurs. Fin d'une vision qui prenait

des murailles d'eaux furibondes, la Vague et le Vent poursuivaient leur combat forcené. Ça se heurtait, ça se perçait, ça se lacérait, ça s'exacerbait, ça claquait, ça gerbait, ça ruait. Victime des assauts, notre bâtiment subissait une dégradation constante. Les bruits préfiguraient l'éclatement.

Une pâleur verdâtre s'était répandue sur les visages des passagers. Tous vomissaient. À l'anxiété s'ajoutaient les nausées, les pertes d'équilibre, les tétanies. Nul n'avait l'expérience de la navigation, encore moins de la tempête, d'autant que nous ignorions l'existence de la mer ou de l'océan – nous ne connaissions que le Lac.

Je l'avoue, quoique chef des villageois, je ne m'affirmai pas tout de suite maître à bord. À l'instar des autres, avec stupeur, je subissais, suais, grelottais, suf-

---

l'observateur pour centre et but. La météorologie nous interdit d'estimer qu'ici constitue le centre, ailleurs la périphérie. Il n'y a plus de centre. Tout découle de tout. Le lointain conditionne le proche. Voilà ce qu'on peina à accréditer, même si, aujourd'hui, la moindre image envoyée par un satellite en convainc le plus obtus.

Il fallut abolir non seulement les frontières du narcissisme, mais les frontières des nations. Des savants comme Alexandre de Humboldt, que j'ai plusieurs fois rencontré au XIXe siècle, polyglotte, grand voyageur, explorateur du globe, brisèrent le local et indiquèrent la dimension planétaire. Humboldt considérait que nous habitions les « bas-fonds d'un océan aérien ». Dans son sillage, les représentants de dix pays se retrouvèrent à Bruxelles en 1854 pour élaborer des codes universels de mesure et la possibilité de partager les informations, ce qui permit de fonder en 1873 à Vienne l'Organisation météorologique internationale. Les deux énormes guerres du XXe siècle provoquèrent naturellement une régression des échanges puis amenèrent la création en 1951 de l'Organisation météorologique mondiale, intégrée à l'ONU. Le lointain continue à humilier, chez l'humain, le sentiment de son importance.

foquais, dégurgitais. Parfois, perclus de crampes, je ne parvenais plus à me relever. Quand j'y arrivais, le vertige m'étourdissait et me rabattait au sol. Ainsi me montrai-je incapable d'arrêter ceux et celles qui, pour supprimer la douleur et l'angoisse, se jetèrent devant nous par-dessus bord. Mentalement, je n'exerçais aucune influence sur eux ; physiquement, je ne pouvais pas les retenir – d'ailleurs m'auraient-ils entendu dans ce tohu-bohu ? Abida, ma cadette, son époux et un fils de Vlaam disparurent sous nos yeux.

Cela ne me révolta pas. Je crois même que, sur l'instant, je les enviai…

Trois personnes échappaient au malaise général : Tibor, Noura et Barak.

Tibor titubait, certes, mais cela ne l'affectait guère. « Passionnant ! » lança-t-il ce matin-là. Puisque je demeurais stupide, il m'expliqua que notre aventure lui fournissait l'opportunité de chercher. « À nouveau mal, nouveau remède ! » Il nous conseilla, après quelques expérimentations, de ne pas nous allonger, car l'horizontalité accentuait la déroute du corps en amplifiant les mouvements du bâtiment ; il valait mieux rester assis, la tête relevée, ou debout, en fixant le lointain. Il nous proposa ensuite d'utiliser un procédé qu'il avait naguère préconisé aux femmes enceintes : nous masser l'intérieur du poignet, à trois doigts de la paume, là où la peau s'attendrit, soutenue par des ligaments internes. Vite, je constatai que mon mal de mer s'estompait*.

---

* Quelle ne fut pas ma surprise, des siècles plus tard, d'apprendre que la médecine chinoise et la médecine japonaise conseillaient,

Noura recouvrait ses inégalables réflexes et se comportait en fille de guérisseur. Circulant de malade en malade, elle distribuait de la menthe à mâcher afin de lutter contre l'écœurement et désignait sur chaque avant-bras le point à pétrir régulièrement. Comme les passagers peinaient à se concentrer, elle traça ce point à l'aide d'une teinture végétale. Elle en profita pour dessiner un deuxième point, sous la clavicule à la naissance du bras : celui-ci, si on l'enfonçait, procurait un sentiment de bien-être*.

Quant à Barak, bien que soumis au tangage et au roulis, il se déplaçait, rapide, vigoureux, à l'aise malgré sa jambe en os de cerf, réparant au fur et à mesure les joints du navire qui menaçaient de sauter.

---

elles aussi, la méthode de Tibor ! Selon le système de l'acupuncture, il s'agit du point P6, entre le pli du poignet et le coude, recouvert par les deux tendons parcourant la face interne de l'avant-bras. La pression des doigts – acupression selon les Chinois, do-in selon les Japonais – sollicite ce point. Un massage circulaire avec l'ongle ou le bout du doigt durant cinq minutes éloigne la nausée.

* Tibor recourait souvent à ces marquages sur la peau, car peu d'hommes de notre époque possédaient des connaissances anatomiques. Il pratiquait donc le tatouage thérapeutique. Cette technique, comme d'autres, fut abandonnée par la suite, puis oubliée, d'autant que ceux qui auraient pu en témoigner sur leurs membres étaient devenus poussière. En 1991, on découvrit en Italie un individu conservé dans la glace depuis cinq mille ans. Retrouvé dans les Alpes de l'Ötztal, il fut appelé Ötzi. Son corps portait des peintures qu'on crut d'abord rituelles ou esthétiques. Il fallut l'insistance d'esprits libres pour noter que ces dessins marquaient au millimètre près les points d'acupuncture de divers méridiens. L'autopsie moderne montra qu'Ötzi souffrait des lombaires et des genoux : croix et tirets signalaient les points où intervenir pour calmer les douleurs des lombaires et des genoux.

Dans ce tumulte, l'enfant de la Chasseresse n'attirait l'attention de personne, ce qui m'ôta une épine du pied. J'avais prévenu Barak de la fable que nous servirions aux curieux, Derek et moi, ce que l'oncle approuva fermement. En revanche, la particularité physique de Derek mise au jour l'intrigua.

— Comment se fait-il qu'il ait deux doigts joints ? Normalement, cela distingue les aînés de notre famille depuis des générations. Consultons Tibor.

Il s'arrangea pour qu'à un moment nous nous retrouvions à l'écart, le guérisseur, lui et moi.

Redoutant Noura derrière Tibor, j'agis prudemment : je lui appris que Derek, la veille, lors d'un sauvetage miraculeux, avait recueilli son fils Cham.

— Son fils ? répéta Tibor.

— Le fils qu'il a eu avec une Chasseresse.

— Il a raconté ça ?

— Oui.

— Il ne manque pas de culot ! s'écria Tibor.

Devant sa suspicion, je sentis mon secret en danger.

— Pas de doute : son fils présente la même caractéristique que lui.

— Quoi ?

— Le troisième et le quatrième doigt sont liés par la peau.

Tibor prit le temps de me dévisager.

— Comme toi.

— Aucun rapport.

Tibor me scruta longuement et lâcha du bout des lèvres :

— Ah oui ?

Il ne me croyait pas. Que savait-il ? Comment avait-il tiré au clair la relation entre Cham et moi ?

Ses traits se tendirent, sa peau gagna une consistance cireuse. Il braqua ses yeux sur moi et me semonça.

— Choisis, Noam. À qui t'adresses-tu ? À Tibor ou au père de Noura ?

Je blêmis. Il continua, sévère :

— À Tibor, tu peux dire la vérité. Au père de Noura, non.

Il me saisit le bras.

— Ici, c'est Tibor qui t'écoute. Le père de Noura vaque ailleurs.

Je m'emparai de ses mains.

— Merci de me libérer. Tu vaux mieux que moi, Tibor, tu ne mérites pas que je t'embrouille. J'ai fait cet enfant quand j'avais quitté le village, au moment où Noura avait épousé mon père. J'en avais le droit ?

— Bien sûr. Seulement Noura ne te le pardonnera pas. Elle veut être tout pour toi. Tu es tout pour elle.

J'acquiesçai et murmurai :

— Voilà pourquoi nous avons élaboré cette histoire, Derek et moi. Cham devient son fils.

— Tu trouves ça crédible ?

— Oui.

Tibor se tourna vers Barak.

— Et toi ?

Barak s'empourpra, fluctuant, en agitant ses bras en l'air.

— Derek ne court pas après les filles, ça l'intéresse peu. Qu'a-t-il répondu, Noam, chaque fois qu'on lui donnait l'occasion de se relaxer le bâton ?

— « Je préfère ne pas. »

Barak mâchouilla la formule qui composait le mystère :

— « Je préfère ne pas. » Quel original, ce Derek ! De là à prétendre qu'il n'a jamais touché une femme, n'exagérons pas !

Tibor se redressa en essorant son manteau.

— Si ça vous paraît vraisemblable, je ne dirai rien.

Nous le contemplâmes, perplexes.

— Tu ne diras rien… à quel sujet ?

Il remua les sourcils.

— Rien.

Il s'était refermé. Inutile d'insister. Je l'interrogeai cependant :

— Pourquoi Derek a-t-il notre caractéristique, les doigts collés ?

— Demande-le-lui. La cause de ce détail constitue sûrement l'origine de tous ses malheurs.

— Ses malheurs ? s'exclama Barak.

— Oui.

— Considères-tu Derek comme un malheureux ? m'étonnai-je à mon tour.

— Un grand malheureux, sans aucun doute ! Le pauvre…

Barak et moi échangeâmes un regard décontenancé. Nous estimions Derek bizarre, différent, mais nullement à plaindre.

— Un très grand malheureux, confirma Tibor. Raison pour laquelle je me méfie tant de lui…

Et il sortit.

Même si nous vomissions, nous devions nous alimenter. Aidé par Noura, j'entrepris d'inventorier les nourritures que nous transportions. L'opération prit du temps. Chacun détenait des provisions et jugeait qu'elles ne concernaient que lui, que ses proches, sans envisager de les adjoindre à un stock collectif.

Je bataillai dans le but d'instaurer une mise en commun des ressources, de convaincre les passagers que nous serions forts à plusieurs, pas à un ou à deux. Je m'apitoyai sur les réfractaires au partage – « Oh, tu n'as que ça ! Dommage par rapport aux autres. Bonne chance » –, ce qui les incita à craindre de rater l'abondance.

Une fois que tout fut réuni dans une pièce, j'instaurai une surveillance : Vlaam et Barak se succéderaient devant la porte.

En réalité, nous éprouvions, Noura et moi, une sorte de honte. En faisant miroiter l'addition des biens puis en organisant la défense du garde-manger comme celle d'un trésor monumental, nous accréditions l'opinion que nos réserves nous mèneraient loin. Or nous n'avions pas entassé grand-chose. De surcroît, afin de réussir la répartition, il aurait fallu déterminer combien de jours tenir. Deux ? Dix ? Quarante ? Après quarante jours, nous serions déjà morts…

Dans le doute, le rationnement changea d'objectif : nous affamer dès aujourd'hui pour nous affamer le plus longtemps possible.

— Pourvu que le Lac se calme, supplia Noura.

— Et qu'il redescende, ajoutai-je.

Ce que nous n'apercevions pas encore, c'était une pénurie grave, celle de l'eau.

Nous en étions entourés, elle coulait sous nos pieds,

au-dessus de nos têtes, contre notre poitrail à chaque rouleau qui envahissait le pont : comment l'aurions-nous suspectée de se raréfier ?

Quand nous recevions les embruns sur nous, lorsque notre langue essuyait nos lèvres, nous découvrions aux gouttes une saveur étrange, inaccoutumée. Nous en avions conclu que cela venait de l'écume. L'eau battue se dégradait. Les coups, les claques, les retournements, les brassages la frelataient en lui donnant ces âcres relents de saumure. Cette même eau, apaisée, tranquille, récupérerait le goût du Lac… Nous ne connaissions que l'eau du ciel, des rivières, une eau douce, pure, cristalline, que nous buvions depuis toujours. Qu'il en existât une autre, l'eau trouble, l'eau salée, dont l'absorption nous rendrait éventuellement malades, ne nous traversait pas l'esprit.

Une deuxième nuit s'abattit sur nous.

*

Généralement, la violence reste passagère. Elle relève de la crise. Dès qu'elle persévère, la mort l'abrège. En abolissant tout, le trépas apporte un terme sinon à la violence, du moins à la souffrance qui en résulte. Au fond, la mort appartient à la panoplie du bonheur, la survie à celle de la torture.

Notre tempête s'éternisait… L'alternance des crêtes et des vallées liquides nous épuisait. Nous souhaitions que le navire se brisât une fois pour toutes plutôt que d'endurer continuellement ces traîtres secousses. Que de silences écrasés ! Que de répits aussitôt démentis !

Que d'accalmies bafouées ! Le faux espoir use. Le désespoir total nous paraissait enviable.

Depuis des jours et des nuits, nous avions le tonnerre en dessous, le tonnerre au-dessus. Nos sens en demeuraient hébétés. Nos estomacs criaient famine puis rejetaient les maigres aliments absorbés.

Maman, exténuée, ne quittait plus son réduit. Seul Barak était autorisé à s'y faufiler. Quant à Noura, elle se révélait meilleure épouse de chef que je ne me révélais chef. Infatigable, disponible, elle soignait chacun, écoutait les doléances, essayait d'aider. Le soir, elle me rejoignait dans notre couche et nous faisions férocement, intensément l'amour, stimulés à chaque fois par l'idée que ce pourrait être la dernière.

Derek, après quelque temps consacré à transpirer, était revenu à la vie sociale et s'entretenait beaucoup avec les passagers. Son enfant Cham entre ses mains bandées, il prenait de l'ascendant sur eux. Le pouvoir hypnotique de sa voix apaisait et il avançait des propositions religieuses rassurantes : prier, chanter, prodiguer des offrandes au Lac.

Quoique suspicieux, trop conscient que Derek se montrait un virtuose de la fable, je me refusais à mesurer le bien-fondé de ses affirmations spirituelles. Je le laissais s'interposer, car il tranquillisait et revigorait le groupe. Peu m'importait qu'il mentît, qu'il inventât, s'il réconfortait ! Occupant les souffreteux impuissants que nous étions devenus, il nous donnait des buts, des tâches – prononcer tel poème, entonner telle hymne, jeter à l'eau tel objet – en nous persuadant que nous intervenions dans nos destinées frangibles, menacées, cernées de néant.

Vlaam, sans que nous en discutions, partageait mon opinion. Par contre, Tibor observait cette emprise d'un œil réprobateur.

— Quel imposteur ! marmonna-t-il un soir.

— Tu soulages les corps, Tibor. Derek soulage les esprits.

— Je ne soulage pas les corps en leur administrant n'importe quoi. Tandis qu'il soulage les esprits en disant n'importe quoi.

— Les esprits sont plus influençables que les corps…

— Plus manipulables ! répliqua-t-il, ulcéré.

Je déchiffrais difficilement le comportement de Tibor vis-àvis de Derek. D'un côté, il ressentait de la pitié pour « ce malheureux », de l'autre il ne supportait ni de le voir ni de l'entendre. Lorsque je lui demandai de s'expliquer, il rétorqua :

— Ne parlons plus de Derek. Il est un mal nécessaire.

À moi, sa manière de dorloter l'enfant et de consoler les villageois me semblait un bien nécessaire.

*

Tout cessa soudain.

Le Vent s'enfuit, la Vague s'effilocha, les bruits sombrèrent dans les eaux.

Ce calme nous effraya. Il tranchait. Nous aurions eu moins peur si les fureurs avaient décru lentement, oui, nous nous serions accoutumés à les accompagner, à les mesurer, à les encourager. L'arrêt brusque des hostilités nous fit craindre une ruse : un coup suprême, définitif, nous tendait une embuscade derrière cet insolite répit.

Je sortis prudemment sur le pont.

C'était l'aube. Le soleil vif, répercuté par les ondes, m'éblouit. Paupières papillotantes, mes yeux s'accommodaient à cette débauche de lumière tant aérienne que liquide.

Autour de moi, les flots s'étaient assoupis. Dans le ciel épuisé, rincé par le Vent, aucun nuage ne stationnait. Nul oiseau ne pépiait ni ne fendait l'azur. Le silence paraissait vierge, timide.

Un clapotis doux, ambiant, avait succédé au fracas des trombes écumantes. Je retrouvais le Lac que j'avais fréquenté, légèrement plus mouvant et plus palpitant, sans animosité.

Apaisé, le cœur du monde reprenait son souffle.

À l'unisson de l'accalmie physique, je ressentis l'accalmie spirituelle. Dieux et Esprits ne luttaient plus, Vague et Vent s'étaient repliés, le soleil brillait, le Lac renouait avec sa vie songeuse. L'éloignement des agressions me dispensait un bien-être dense, pas de la joie – en moi ça ne pétillait pas, ça ne chantait pas, ça ne dansait pas –, mais un remerciement profond, un réconfort miraculeux.

Certaines convalescences n'offrent pas un retour à la normale, plutôt le franchissement d'une étape ; la maladie enseigne ; on en réchappe grandi. Ce matin-là, je ne revenais pas banalement à l'existence, je la réapprenais, je la redécouvrais, je décelais ses richesses insoupçonnées.

Noura me rejoignit et nous contemplâmes le panorama en nous tenant la main.

De l'eau partout. De l'eau à l'infini. Que des horizons. Un horizon circulaire. L'univers entier se trouvait-il submergé ?

Plus de questions, s'il vous plaît ! Un peu de bonheur.

Pour l'instant, nous dégustions, Noura et moi, la faveur insensée d'être vivants en absorbant l'air, la clarté, l'étendue, la chaleur, la paix. Quoique nous devinions que derrière chaque réjouissance logeait une inquiétude – toucherions-nous le sol un jour ? Quand ? Mangerions-nous ? Le navire résisterait-il ? –, nous remettions l'agitation à plus tard. Nourris par la taciturnité des éléments, nous savourions une première victoire avant de livrer de nouveaux combats.

— Je t'aime, Noam.

Elle inclina sa tête contre mon épaule.

— Parce que je t'aime, je n'ai jamais paniqué, j'ai gardé confiance.

Noura me bouleversait, tant elle m'avait peu habitué à l'abandon. J'essayai de lui répondre. Je n'y parvins pas. Contrairement à elle, malgré mon amour, j'avais connu la frayeur, la consternation, le désespoir. Je recevais la confirmation de ce que j'avais toujours supposé : Noura se révélait plus forte que moi.

— Si les eaux baissent, nous reconstruirons le monde, ajouta-t-elle. Et je veux que tu le bâtisses à ton image, ce monde : juste, franc, sans mensonges.

Je frémis. Noura m'idéalisait passionnément, loin d'imaginer combien de concessions j'avais déjà acceptées, en tant que chef, que mari.

À l'intérieur du bâtiment, Cham pleura de faim.

— Écoute le chant de l'aube, dit-elle en souriant.

Je fermai les yeux, redoutant qu'elle n'y perçoive mon effroi. Elle se relâcha complètement entre mes bras, lascive.

— Bientôt, notre enfant babillera.

La gorge nouée, j'échouai à proférer un mot. Plusieurs pensées me traversaient en désordre : Pourvu qu'elle ne se doute de rien ! Pourquoi ne tombe-t-elle pas enceinte ?

La réalité chassait le bonheur, harcelante.

Peu à peu, les survivants montaient sur le pont et s'avisaient de la situation. Ils n'éprouvaient pas l'ivresse qui nous avait d'abord transis, Noura et moi ; ils regardaient autour d'eux, défiants.

— Où est la terre ? demanda Vlaam.

— Tiendrons-nous longtemps avec nos vivres ? s'inquiéta Tibor.

— Le navire est dans un état lamentable ! nota Barak.

Maman s'extirpa de l'habitacle et je me crus victime d'une hallucination : de neige, ses cheveux avaient perdu leur châtain luisant. Elle avançait, précautionneuse, aveuglée, en recherche d'équilibre. À notre étonnement, elle subodora une anomalie.

— Quoi ?

Par réflexe, elle tira ses longues nattes sur le devant et découvrit son blanchissement accéléré. Elle couina :

— Barak !

Il se précipita vers elle.

— Barak ! Qu'est-ce qui m'arrive ?

Le colosse la pressa affectueusement contre lui.

— Ça s'est produit la première nuit, mon cœur. Ça te va.

— Quoi ? bredouilla-t-elle.

— Cela t'adoucit. Tu es devenue mignonne. En fait, tu te ressembles plus qu'avant.

— Je me ressemble ?

Au-delà de la conviction amoureuse, j'apercevais la pertinence de ce qu'affirmait Barak : naguère, Maman était belle ; elle était désormais mignonne. Le flou attendrissait la netteté de ses traits, la coquetterie remplaçait l'insolence, le charme relayait l'autorité, la finesse des multiples et minuscules rides exprimait la délicatesse de son âme, une âme blessée, expérimentée, vaillante. Du mignon au beau, il y a la différence entre un visage qui a essuyé les revers et celui qui se prépare à les affronter.

— Remercions les Dieux de s'être pacifiés, claironna Derek. Accroupissons-nous, mettons les paumes à plat sur notre tête, rendons grâce.

Tibor me jeta un œil qui signifiait : « Il recommence ! » Je feignis de ne pas le remarquer et posai mes genoux sur le plancher, comme les autres.

Derek martelait des formules absconses – claires, elles n'auraient pas inspiré chacun –, que nous répétâmes en chœur, puis il entonna une hymne.

Encore une fois, j'admirai la splendeur sans pareille de sa voix. Charnue, moelleuse, elle savait aussi bien se feutrer que s'enfler, se montrer lunaire dans l'aigu, pâteuse dans le grave, teintant son timbre d'éclats argentés. Lorsqu'il chantait, Derek entraînait mon adhésion. Son rayonnement le débarrassait de ses ombres, il enchantait et il rassérénait. Devenait-il différent ? Ou lui-même ?

Cham, emmitouflé, reposait à ses pieds et l'écoutait

avec fascination. À cet instant-là, en constatant son émerveillement, je ne regrettai pas de l'avoir confié à Derek.

Hélas, les jours et les nuits suivants ruinèrent l'harmonie de ce glorieux matin.

Si nous avions échappé au danger de l'ouragan, nous n'échappions pas aux menaces restantes. L'inhospitalité avait changé de figure : la faim, la soif, l'attente, l'ennui, la désespérance.

Le calme d'après la tempête procure une autre épreuve que la tempête. Nous errions sur des flots sans rivages. Tout point fixe s'était évanoui : rien n'apparaissait au lointain, sinon l'illimité. Nous ne pouvions pas nous prétendre égarés puisque ne subsistaient ni route ni repère. Seul le soleil nous fournissait un indice par son lever et son coucher. À quoi bon ? Non seulement nous ignorions où aller, mais nous flottions, nous ne voguions pas ; aucune rame, aucune voile ne nous permettait de nous diriger ici plutôt que là.

Le bâtiment avait affreusement souffert de la tourmente et, en dépit des interventions récurrentes de Vlaam et de Barak, il virait à l'épave.

Une catastrophe lente succédait à la catastrophe spectaculaire. Nous menions dorénavant une guerre dépourvue de brutalité et d'ennemi. Nous dérivions, impuissants, inactifs, isolés au milieu d'un champ de bataille incommensurable sur lequel nous ne mènerions aucun assaut.

Si la tempête est une tueuse violente, le naufrage est un meurtrier froid. Méthodique, invisible, insidieux, il prend son temps. Il louvoie, tortille, se délecte de notre impatience, de nos nerfs qui flanchent, de nos gosiers brûlants de soif, de nos ventres qui crient famine. Ni retard, ni délai, ni torpeur ne le rebutent : au contraire, il en jouit.

Beaucoup de ceux et celles qui avaient tenu bon durant les pires moments manquaient de forces. Ayant tout donné au bref combat, ils n'avaient plus d'énergie pour le long. Des plaies s'infectèrent. Des maladies se déclarèrent. Nous découvrions que l'eau salée ne désaltérait pas ; à l'opposé, elle rendait la soif lancinante, inextinguible, incitant à reboire, ce qui l'accentuait en un cercle vicieux et fatal. La déshydratation anéantit un de mes beaux-frères qui profita de la nuit pour se noyer.

Heureusement, les pluies avaient empli certains tonneaux. Mêlée à l'eau du ciel, l'eau de mer perdait un peu de sa salinité et incendiait moins nos bouches.

Les denrées se raréfiaient. Le rationnement devenait non une répartition des aliments, mais un contrôle de la pénurie.

La privation nous minait. Nos faces se creusaient, nos corps se vidaient de leurs muscles, de leur graisse. Teint gris, bouche crayeuse, lèvres fendues, cheveux secs, joues tuméfiées, paupières rougies, nous nous apparentions à des cadavres. Sauf Noura, qu'une pomme suffisait à restaurer, ou Derek et Cham, qui triomphaient de l'abstinence. Parmi nous, Barak, Tibor, quoique affaiblis, poursuivaient leurs activités grâce à leur dynamisme altruiste, tandis que la plupart s'enfonçaient dans une léthargie qui économisait leurs mouvements, leurs regards, leurs paroles.

Un espoir nous arracha à l'apathie : le Lac évoluait. Maintenant qu'il affichait une surface plane animée de courtes vagues, il se couvrait de matières qui remontaient progressivement des profondeurs. Poutres, branches, troncs, dépouilles d'animaux en décomposition, bouts d'individus aux chairs putréfiées dont les lambeaux ne conservaient plus d'apparence humaine. Chaque jour, charpie, restes et déchets du monde ancien affleuraient. Nous vagabondions au milieu des détritus dans une atmosphère infestée de puanteurs. Pourtant, nous repérions çà et là des ramures où persistaient quelques fruits, des pommes de pin éparses dont nous récupérions les pignons. Barak plongeait régulièrement dans cet étang abyssal de charognes et, veillant à ne pas avaler de liquide, contournant les carcasses, fermant ses narines à leurs émanations méphitiques, nous rapportait de quoi grignoter.

Un matin, Tibor et lui vinrent me consulter.

— Noam, avec nos sacs de grains, aurions-nous embarqué des rats et des souris ?

— Pourquoi ?

— La quantité diminue sans que personne entre dans la réserve, dit Tibor.

— Nous seuls y pénétrons, précisa Barak. L'un de nous surveille l'accès en permanence. En cas d'absence, Vlaam supplée.

— J'ai parfaitement confiance en Vlaam, affirma Tibor. Des rats séjournent à bord.

— Quoi ? m'exclamai-je. Ces parasites organisent des festins pendant que nous crevons de faim ?

Barak baissa la voix :

— La nuit, en gardant le local, j'ai entendu des

petits bruits. Je ne suis jamais intervenu parce que ce bâtiment craque de toutes parts. Tantôt, j'ai fouillé de fond en comble la réserve, j'ai scruté, tâté… Je n'ai pas trouvé où ils se cachent.

— Sur terre, reprit Tibor, je les piégerais. Cependant, vu les circonstances, je refuse de gâcher la moindre miette comestible !

Je leur proposai de me glisser la nuit dans la réserve pour surprendre les rongeurs.

— Excellente idée !

À la lune, introduit par Barak en sentinelle, je m'étendis entre les sacs, immobile, silencieux, espérant que mon odeur n'alerterait pas les pillards.

Pendant longtemps, rien ne se passa. Puis je perçus des grattements discrets qui n'évoquaient ni des pattes courant le long du plancher ni des mastications, mais qui signalaient, par leur insistance, un chapardage méticuleux.

Patiemment, sans rien déranger, je m'approchai en rampant. Les rats ne m'avaient pas flairé, les triturations continuaient.

Je me penchai vers le coin d'où provenaient les sons : une main, passée à travers une trappe de la cloison, avait fendu la toile et en extrayait minutieusement les grains.

Le voleur se tenait derrière le mur. Un éclair de réflexion m'aurait permis de déterminer qui couchait là, or je n'en eus pas besoin. La main, immense, portait un signe hautement reconnaissable : la peau liait deux doigts.

Je happai le poignet avec fermeté. Un cri jaillit derrière les planches. La main, affolée, se débattit pour échapper à mon emprise.

— C'est Noam ! murmurai-je contre le bois.

La main renonça à résister.

— Maintenant, tu arrêtes et je te rejoins.

Lorsque je desserrai mon étreinte, la main refranchit la cloison et disparut.

Je traversai la remise, cette fois-ci sans précaution. Barak m'ouvrit la porte.

— As-tu capturé les rats ? s'enquit-il à voix basse.

— Un seul, un gros, un géant.

— Non !

— Derek.

Médusé, Barak se tut. Son amitié pour Derek venait d'encaisser un choc. Sonné, il finit par bafouiller :

— Lui qui nous farcit de sermons sur la solidarité ? Lui qui nous inflige des hymnes sur le partage ? Lui qui inculque le bien, le mal ?

Je me dirigeai vers son réduit. Au moment où j'y arrivais, Barak m'apostropha :

— Fais ce que tu dois, Noam ! Ne te laisse pas aveugler par l'amitié !

Brave Barak au cœur magnanime ! Il insista :

— Si tu veux que le groupe reste lié, punis quiconque l'attaque.

— Tel est bien mon but.

Et j'entrai dans la chambre de Derek.

Assis sur sa couche, à peine visible au cœur de l'obscurité, il berçait Cham contre lui et l'alimentait de grains. Il chuchota à mon intention :

— Normalement, je les lui mâchouille. Plus facile à ingurgiter. Et à digérer.

Je décryptai séance tenante le système de défense qu'adoptait Derek et décidai de m'en moquer :

— Tu voles pour nourrir ton fils, Derek ?

Il redressa la nuque et m'envoya un sourire perfide.

— *Mon* fils ? Très flatté… Je croyais que c'était le tien.

Après le dévouement, il m'assenait le deuxième argument de sa plaidoirie : la menace.

Il souleva l'enfant.

— Si ce n'est pas le mien, je te le rends.

J'attrapai Cham et le posai entre mes cuisses. Impavide, le nourrisson ferma les yeux.

— Je saurai en prendre soin, merci.

— Sûr ! approuva-t-il. Et Noura aussi. Elle rêve tellement de pouponner. Il faudra juste qu'elle ignore de qui il s'agit.

Son troisième argument me frappa à l'estomac : le chantage.

J'inspirai en cherchant la quiétude intérieure et lui expliquai d'un ton maîtrisé :

— Je ne tolère pas ta conduite, Derek. Tu as volé.

— Oh, si peu.

— Si peu, mais dans si peu ! Nous allons bientôt crever de faim.

— Suivant ton raisonnement, nous devons crever tous ensemble ? Au même rythme ?

— Idiot !

— Tu tiens à tout partager, ce qu'il y a, ce qu'il n'y a pas.

— Je suis le chef, Derek.

— Tu es le chef, donc tu fais ce que tu veux.

— Je suis le chef, donc je ne fais pas ce que je veux.

— Le chef est libre !

— Le chef est responsable !

— Tu n'as pas conscience de tes privilèges.

— Je ne possède pas de privilèges, mais des devoirs. Ma mission consiste à maintenir l'ordre pour qu'éventuellement, un jour, nous débarquions vivants le plus nombreux possible. En conséquence, je condamne ton vol. Tu vas l'avouer et t'en excuser publiquement.

— Jamais !

— Dès demain matin !

— Jamais ! Je joue un autre rôle, ici. Je leur donne de l'espoir, je les réconforte. Ils ont besoin de moi. Comme Vlaam, tu composeras avec moi parce que je m'avère utile.

— Si les survivants apprennent que tu les as trahis, je ne pense pas qu'ils t'apprécieront ! N'oublie pas que tu les sermonnes, que tu leur ordonnes de prier, que tu leur communiques les désirs des Dieux.

— Justement, ils ne m'écouteront plus si je leur demande pardon.

— Je ne veux plus qu'ils t'écoutent, Derek. Je refuse que ceux dont j'ai la charge accordent leur confiance à un menteur et à un voleur.

Il se raidit, fouetté, la haine flambant dans ses prunelles.

— Retire ces mots, Noam !

— Jamais. Les gens doivent te voir tel que tu es.

La colère agitait ses membres de tremblements. Il pointa le menton et me toisa.

— Alors Noura te verra tel que tu es.

Je frissonnai à mon tour. Il poussa son avantage :

— Tu exiges que je parle ? Je parlerai.

Il arbora un sourire hautain.

— Tu ne pourras pas me museler.

La solution s'imposa à moi. Sans la moindre hésitation, je brandis mon poignard. Puisqu'il nous nuisait, puisqu'il me nuisait, je le supprimerais.

Lorsqu'il aperçut l'arme qui allait s'abattre, il hurla, les yeux révulsés :

— Tu es mon frère !

Emporté par son élan, mon bras descendit sur lui mais, au dernier moment, je déviai le tranchant, cognant sa poitrine d'un coup sourd qui l'étourdit.

Je le saisis par le cou et le secouai.

— Qu'as-tu dit ?

Inerte, suant à grosses gouttes, le visage déformé par la panique, il balbutia :

— Tu es mon frère.

Je l'étranglai en vociférant :

— Tu mens !

Il sanglota, bégayant dans un hoquet :

— Je te le jure. J'en ai la preuve : la marque.

Et, du regard, il m'indiqua mes doigts collés, semblables aux siens.

— Je suis le premier fils de Pannoam.

J'hésitai. Il le sentit et trouva, en déglutissant, la force d'ajouter :

— Ma mère m'a conçu avec Pannoam.

— Quand ?

— Avant toi. Avant qu'il connaisse Elena.

— Je ne te crois pas.

— Je suis ton frère aîné, Noam.

Dégoûté, je lâchai son cou, repoussai son corps qui puait l'angoisse, la lâcheté, la sournoiserie et je me calai contre le mur, la tête entre mes genoux repliés, en marmonnant : « Non, non, non », tel un enfant puni.

Derek contrôla sa respiration sifflante, s'éclaircit plusieurs fois la gorge, cracha, toussa, puis tendit l'index vers moi.

— Tu as mis tant de temps à le comprendre ! Moi, je l'ai compris dès que je t'ai vu.

Je me demandai intérieurement si une part de moi ne l'avait pas en effet vite deviné ; en revanche, une autre part l'avait aussitôt refusé.

— Tu n'es sans doute pas le frère dont je rêvais, Derek.

Ma phrase le meurtrit. Jamais je ne l'avais blessé à ce point, même en le traitant de menteur, de voleur.

Il s'écarta de moi autant qu'il pouvait et demeura prostré, haletant encore.

Je lui lançai avec une autorité tranchante :

— Donne-moi des détails.

Il releva les yeux, me contempla, tergiversa. À l'issue d'un silence interminable, il céda :

— Je suis un bâtard et…

— Je croyais qu'on ne prononçait pas ce mot en ta présence.

— Effectivement. Moi seul peux le prononcer. Donc, je suis un bâtard, conçu par ma mère avec un autre homme que son mari, un terme aberrant qui suggère une faute, une dégradation originelle, une naissance inférieure. Or je retire une énorme fierté de descendre de Pannoam et de ma mère. Je suis le fils d'un illustre chef et d'une épouse de chef.

Ses assertions le revigorant un peu, il poursuivit :

— Azrial, mon faux père, le savait et l'a bien pris. D'abord, son fils Vlaam m'avait précédé et hériterait du pouvoir. Il a tout de suite pardonné à ma mère parce qu'il était… comment dire ? Il était…

— Amoureux de ta mère ! soufflai-je, agacé qu'il finassât devant l'évidence.

Il gloussa.

— Amoureux de Pannoam, plutôt ! Oui, plus j'y songe, plus je pense qu'Azrial en pinçait pour ton père. Mon père. Notre père.

— Arrête tes insanités !

— Si ! Il n'a jamais cessé ni de lui parler ni de l'héberger. Il s'éclairait toujours face à Pannoam, il briguait ses conseils, il les prisait, il tenait absolument à fricoter avec lui. Femme, sûr qu'il aurait agi comme ma mère… Azrial ne m'a jamais reproché mon ascendance, il m'a traité gentiment, très gentiment, à l'égal de son fils, voire mieux. Demande à Vlaam ! Éduqué sévèrement dans la perspective de la succession, Vlaam aurait de temps en temps souhaité qu'Azrial s'occupe de lui aussi chaleureusement que de moi. Je soupçonne mon faux père d'avoir été honoré d'élever un fils de Pannoam à la maison…

Il se durcit.

— J'ai adoré mon faux père. Un homme bon. Rien à voir avec Pannoam. Non ?

Il me fixa, attendant ma réponse. J'esquivai son regard. Je ne désirais pas discuter de Pannoam. Avec personne. Surtout pas avec lui. Je détournai la conversation :

— As-tu rencontré Pannoam ?

— Il est revenu trois fois. Quand j'avais un an. Quand j'avais cinq ans. Quand j'avais neuf ans. Je me rappelle la dernière visite. Il…

Derek s'absenta dans ses souvenirs. Je le pressai :

— Et ?

— Et rien !

Il frappa les parois autour de lui. Les coups remplaçaient les mots. Une fois éreinté, il gronda :

— Je hais Pannoam. Un homme odieux. Je donnerais tout pour ne rien garder de lui.

Des larmes mouillèrent ses paupières. Une sympathie impulsive m'inonda.

— Que t'a-t-il fait ?

Derek se laissa tomber au sol, hagard, la bouche tordue.

— Et à toi ? Des horreurs comme à moi ! Il ne pouvait pas s'en empêcher. Son goût du pouvoir et son égoïsme l'emportaient sur tout.

— Tu as raison, concédai-je sans m'en rendre compte. J'ai mis si longtemps à m'en douter.

— Moi, à neuf ans, j'avais compris.

Ces paroles prononcées, il s'immobilisa. Plus rien ne bougeait sur son visage, ni ses lèvres ni ses pupilles. Il semblait sculpté dans la pénombre. Pour la première fois, je perçus la sagacité de Tibor : « Un malheureux, un très grand malheureux. » Et j'appréhendais que ces douleurs ne viennent pas de ce qu'il m'avait dévoilé, mais de ce qu'il dissimulait encore.

Confus, encombré de ma pitié, je me redressai, lui confiai Cham et lui glissai :

— Je ne dirai rien, Derek. Toi non plus. Tu arrêtes de voler, je cloue une planche, j'ai tué le rat.

Il peina à revenir à la réalité, à assimiler les phrases que j'avais articulées. Son regard s'alluma faiblement et, de sa voix haute, il me chuchota comme un enfant :

— Merci, mon frère.

Malgré ma neuve compassion, cette proximité entre nous, fraternité de sang et solidarité du mensonge, me poussait à m'éloigner davantage.

*

Qu'attendions-nous ?

Mon œil s'égarait à la surface de l'horizon liquide. Rien ne s'y profilait. En permanence, je me confrontais à l'immense. Immensité du ciel en haut. Immensité des flots en bas. Immensité du lointain alentour.

Mais la plus oppressante, c'était l'immensité de l'inconnu. Où nous trouvions-nous ? Où allions-nous ? Toute terre avait-elle été recouverte ? L'eau baisserait-elle après être montée ? Nous n'étions environnés que d'énigmes.

L'inconnu est le père de l'épouvante. Les hommes fuient l'ignorance. Quand ils n'aménagent pas le vide avec un savoir acquis, ils le comblent par l'imagination. Dans cet art, Derek jouait en virtuose : il avait transformé ce qui nous arrivait en une histoire logique.

Selon lui, le Lac punissait les Dieux, les Esprits, les Nymphes, les Démons qui ne l'avaient pas respecté. Il avait châtié la terre de l'avoir sali, les rivières et les ruisseaux de l'avoir souillé, l'Hiver de l'avoir gelé, le Vent de l'avoir agacé, agité, claqué, creusé. Il avait également sanctionné les êtres inférieurs qui proliféraient sur ses rives, ces créatures futiles qui menaient leur existence sans le révérer ; ainsi avait-il corrigé les animaux de n'avoir songé qu'à copuler, bâfrer, dormir, sévi contre les hommes qui, en se croyant une espèce à part, s'isolaient et développaient le culte d'eux-mêmes dans l'oubli du sien. À tous, à toutes, le Lac avait rappelé sa supériorité en manifestant sa puissance. S'il avait massacré tant de vivants, c'était pour les ramener à la déférence, à la dévotion. Pourquoi cette apocalypse nous avait-elle épargnés ? Parce que, parmi nous, quelques-uns ne participaient pas à l'insouciance frivole : ils avaient entendu le message du Lac, avaient exercé leur clairvoyance et s'étaient préparés. Là, Derek ajoutait les dorures d'une légende à son récit. Premiers héros, Tibor et lui avaient reçu les signes du Lac. Ultérieurement Noam et Vlaam avaient conduit leur peuple à la décision propice. Enfin, les villageois avaient suivi leurs meneurs et affronté l'épreuve. Tout en couvrant les dirigeants de gloire, Derek confirmait à chacun son mérite, pas seulement sa chance, en lui soufflant qu'il ne devait pas sa survie au hasard, mais à sa soumission aux maîtres et, par-delà, au Lac. Derek rendait estime, fierté aux misérables agonisants du navire. Nous devenions les élus du Lac.

Derek me prouvait ce qu'il avait revendiqué : son utilité. Jamais Tibor, guérisseur sérieux, mage rigoureux, n'aurait fantasmé un conte pareil ; quant à Vlaam et moi, nous restions trop pragmatiques pour intégrer nos actions à une épopée divino-cosmique.

Connaître la duplicité fondamentale de Derek m'offrait le recul de mieux analyser ce qu'il prêchait. Son habileté me confondait. Chez lui, la rouerie avait épousé l'efficacité. En attribuant un rôle essentiel, admirable à Tibor, à Vlaam et à moi, il ne se contentait pas de nous amadouer, il renforçait notre pouvoir, notre légitimité. Pourquoi nous en prendrions-nous à lui ? Son verbiage captieux consolidait la cohésion collective. Derek se protégeait en nous protégeant ; le réduire au silence nous fragiliserait.

Un point m'intriguait : Derek hiérarchisait l'univers. Avant le déluge, personne n'aurait placé un Dieu au-dessus, sinon par préférence villageoise ou familiale. Notre monde d'alors s'avérait composite, riche, pléthorique, bigarré, disparate. Dieux, Esprits, Nymphes, Démons y cohabitaient, avec des chamailleries, mais plutôt en harmonie. Derek nous annonçait que ce temps des jeux et des rires entre Dieux s'achevait : aux divers cultes, il substituait un culte unique, celui du Lac, et il nous assujettissait à un Dieu supérieur aux autres Dieux. Un Dieu souverain.

Cela se révélait cruellement judicieux. À mesure que notre groupe exigeait une cohésion solide, depuis qu'il nécessitait un chef fort et une obéissance absolue, Derek décrivait aux villageois un royaume des Dieux réorganisé. Je constatais sans plaisir que son génie de faussaire m'aidait autant qu'il bénéficiait à la communauté*.

---

* Fausser n'équivaut pas à mentir. En narrant la geste divine, Derek croyait à ce qu'il racontait alors qu'il n'aurait jamais cru à un de ses mensonges. Possédant une foi authentique dans les Dieux, les Esprits, les Génies, les Démons – une foi qu'il partageait avec les hommes de son temps –, il les respectait et les craignait. Quand il décrivait leurs actions, il ne pensait pas inventer, mais recevoir. Dieux, Esprits, Génies, Démons lui parlaient à

— Pourquoi n'y a-t-il plus de perches, de brochets dans le Lac ? Même pas une truite ?

Barak se grattait furieusement la crinière en scrutant la surface.

— De la poiscaille conviendrait à mon estomac !

La pénurie s'accentuait. Nous nous alimentions chaque jour moins – afin de nous alimenter plus longtemps. J'avais doublé les gardes devant la réserve et l'étable, tant je sentais que la faim inciterait certains à s'affranchir des règles.

— Pas un saumon, là ? s'écria Barak en indiquant une bavure d'écume.

Tant de particules de l'ancien monde moisissaient dans les eaux qu'on ne distinguait rien.

Derrière nous, Derek proféra :

— Prions le Lac, afin qu'il nous favorise, nous nourrisse de nouveau. Ô Lac, agis comme autrefois !

Quelques voix bourdonnèrent puis, entonnée par Derek, une invocation chantée s'éleva sous le soleil dévorant.

Barak se tourna vers moi, goguenard.

— Je ne vais pas prier le Lac, plutôt le visiter.

Et il se précipita dans les flots troubles.

Je me rendis à l'étable qui dégageait une odeur épouvantable mais délicieusement terrestre, mélange de bouse, d'urine, de cuir de bouc, de bois pourri, de foin salé. Il subsistait quatre mouflons et deux chèvres, les autres bêtes avaient crevé de peur durant l'ouragan. Comme nous parvenions encore à les

---

travers son imagination. Couloir entre une réalité et une autre, elle n'était pas un pouvoir de créer, plutôt un pouvoir de restituer.

sustenter en ramassant les herbes flottantes que nous séchions, j'avais fini par barricader les portes, tellement je redoutais que les affamés ne les tuent. Leur lait nous servait davantage que leur chair car, outre mon fils Cham, il y avait trois enfants en bas âge parmi nous.

Au fond d'un réduit voisin, mon neveu Prok, six ans, exsangue, étourdi, les mains sur son ventre démesurément gonflé, respirait à grand-peine. À ses côtés, Tibor m'adressa un signe d'impuissance avant de me confier à l'oreille :

— Il a faim. Je ne possède pas de médicaments pour ça.

— Barak pêche.

— Pêcher ? Pêcher quoi ? Depuis que l'eau a ce goût saumâtre, les poissons ont disparu. À croire que, comme nous, l'eau salée les empoisonne !

En geignant, Prok s'agita, sans ouvrir les paupières, à la recherche vaine d'une position où il souffrirait moins. Je contemplai avec accablement ce garçonnet dont la mère, ma sœur Abida, et le père s'étaient noyés au cours de la tempête.

— Devenir orphelin l'a affaibli, soupirai-je.

— Pour grandir, il ne faut pas que des aliments, mais des raisons de manger. On pousse mal sans amour.

Je m'accroupis et caressai ses tempes brûlantes.

— Je ne peux pas puiser dans nos réserves, sinon nous serons tous pareils après-demain.

Tibor se frappa le front.

— Insupportable, Noam ! Je ne suis pas devenu guérisseur pour voir mourir un enfant.

— Et moi, suis-je devenu chef pour voir mourir un enfant ?

Maman nous rejoignit et tenta de nous tempérer :

— Ne vous épuisez pas inutilement. Je le veille. S'il meurt, au moins mourra-t-il dans mes bras.

Elle s'assit en tailleur, cala délicatement Prok contre elle. Chaleur d'une caresse ? Parfum de sa grand-mère ? Il cessa de gémir ; sa respiration s'apaisa.

Le réflexe du gamin me redonna de l'espoir, ce que Maman nota. Elle me gronda tristement :

— Ne t'illusionne pas, Noam.

Ses yeux se remplirent de larmes, elle rebaissa la tête, se concentra sur Prok, fredonna une berceuse.

L'émotion m'étreignit ; cette douce mélopée, je la connaissais depuis toujours, car Maman me la chantait jadis, et voilà qu'en l'écoutant j'avais un mois, un an, six ans comme mon neveu. Mon intelligence adulte mesurait le miracle que représentait la berceuse : une gorge, de l'attention, de la tendresse réussissaient à faire descendre du ciel la paix, la confiance.

En compagnie de Tibor, je gagnai le pont où Barak remontait, bredouille, pestant après les débris qui s'étaient collés à sa peau.

— Rien de vivant dans cette mélasse !

La voix de Noura vibra :

— Regardez !

Par-dessus le parapet, elle désignait un spectacle au lointain. Un liquide jaillissait. La giclée, d'abord condensée, s'épanouissait en un nuage de gouttelettes qui stagnaient dans l'atmosphère avant de se disperser. Le phénomène se renouvela plus loin. Des jets de vapeur sous pression perçaient régulièrement la surface.

— Jamais vu ça…, grogna Barak.

Soudain, une énorme masse sortit souplement des ondes, terrifiante, celle d'un animal monumental, sombre, au dos interminable et au museau étroit, d'un volume supérieur à notre navire.

Le souffle coupé, nous nous demandions si nous cauchemardions. Le monstre, propulsé par une force invisible, fendait les flots silencieusement malgré son gigantisme. Il recracha puis s'enfonça.

Je m'accrochai au rebord, effrayé.

— Qu'est-ce que c'est ?

Le mastodonte réapparut, saillant à moitié de l'eau. Après quelques instants d'observation, Tibor déclara :

— À Lac plus grand, poisson plus grand.

— Quoi ? Un poisson, ça ?

— Quoi d'autre ?

Nous hochâmes la tête, peu à peu ébranlés par la logique de Tibor qui combattait nos répulsions. Il insista :

— Tout change de proportions. Si le Lac s'agrandit, ses habitants aussi.

— Nous devenons une coque de noix où logent des fourmis ! lâcha Barak.

La créature lui donnait raison : dès qu'elle avancerait vers nous, elle nous balayerait, telles des poussières ! Heureusement, elle s'éloigna, avec une fluidité paisible, indifférente à notre présence*.

---

* Il s'agissait d'un rorqual, une baleine que seule la baleine bleue dépasse en volume. Ce cétacé mesure plus de vingt mètres et pèse, même si on n'a jamais pu le placer sur une balance, plus de quarante tonnes.

— Pour l'instant, ce… poisson ne nous agresse pas, remarqua Noura.

— Ma chérie, pourquoi veux-tu qu'il nous attaque ? s'indigna Barak. Parce qu'il est plus costaud que les autres ?

Malgré la tension – à cause de la tension –, nous sourîmes de l'irritation de Barak. Susceptible, il considérait toute réflexion sur les géants comme une critique personnelle. Il poursuivit, véhément :

— Fatigant d'entendre ces sottises ! Pourquoi une grosse bête serait-elle méchante ? Un colosse n'a pas besoin de mordre, Noura. Les teigneux, ce sont souvent les petits, les malingres ! Crains davantage une puce ou un moustique que moi !

— On ne parlait pas de toi, Barak, mais du monstre là-bas, répliquai-je en essayant de réprimer mon envie de glousser.

— « Monstre », c'est vite dit, ça ! Il me paraît très gracieux, votre monstre. Vous avez vu sa peau, brillante, d'un gris superbe, un peu claire sur le côté ? Et sa jolie nageoire à la fin du dos ? Il me plaît, moi, votre monstre. J'aimerais bien barboter avec lui.

— Eh bien, plonge, Barak ! m'exclamai-je.

Son élan rageur s'assagit lorsqu'il lorgna l'eau sale remuée par la forme mystérieuse. Il grommela :

— Plus tard.

— Plus tard, conclus-je. Il ne faut pas l'effrayer. Il n'a jamais rencontré de bestiole comme toi !

— Ça, c'est certain, ajouta espièglement Noura.

L'hilarité nous secoua. Beau joueur, Barak rit avec nous.

Une lueur de gaieté passa dans les yeux de Tibor qui continuait à fixer le monstre.

— Excellente nouvelle, mes amis. Si un tel poisson circule ici, cela signifie qu'il y en a des milliers d'autres.

— Quoi ?

— Que mangent les poissons ? Des poissons. Nous flottons sur un univers cannibale. Sous nos pieds, les gros dévorent les petits. Bientôt nous pêcherons.

Nous approuvâmes, persuadés de la justesse de son analyse. Noura frissonna devant l'horizon qui blanchissait.

— Papa, comment le Lac a-t-il créé si rapidement un animal pareil ?

— Ça…

Tibor se retourna puis, en nous quittant, lança :

— Demandez à Derek. Il n'existe aucune question pour laquelle il manque de réponse. On reconnaît les gens qui ne savent rien à cela : ils savent tout !

Le soir, Maman m'annonça que l'enfant ne souffrait plus : Prok s'était endormi définitivement entre ses bras. Comme souvent lors d'un moment grave, elle ne pleurait pas – elle versait des larmes aux événements bénins –, elle s'appuya simplement sur moi afin de ne pas fléchir. Encadrés par ses cheveux argentés qu'elle pomponnait encore plus qu'avant, ses traits marquaient une fatigue profonde, l'épuisement qui n'afflige pas que le corps, mais l'esprit.

— Nous devrions offrir Prok au Lac, suggéra-t-elle. Il rejoindra son père et sa mère qui s'y trouvent déjà.

Croyait-elle à ce qu'elle affirmait ? Le garçonnet, inerte et raide, allait-il nager d'un mollet ferme vers ses parents qui l'attendaient tranquillement au fond ? Je devinai, à son œil vide, qu'elle n'adhérait point à cette idyllique issue, elle luttait contre le chaos, elle repoussait l'arbitraire qui nous fait naître et périr, elle entreprenait quelque chose qui conservât du sens. Oui, elle continuait à prendre soin du bambin, de sa fille, de son gendre : puisqu'ils ne pouvaient plus vivre que par des souhaits, par de l'imagination, par des symboles, elle souhaitait, elle imaginait, elle symbolisait.

Elle déchiffra mes pensées.

— Qu'en sais-tu, Noam ? Personne ne sait.

— Bien sûr. La mort reste une inconnue.

— Tant mieux !

— Tant mieux ?

— On la pare de couleurs fastueuses. On l'estime brave et juste. Or c'est peut-être une salope !

— D'accord, Maman : nous rendrons Prok à ses parents dans le Lac.

— Voilà, cela manifestera notre manière de les aimer sans relâche.

Sur ces mots, Derek arriva. Il examina le garçonnet.

— Voulez-vous que je m'en occupe ? Je dirai des prières pour lui et je le confierai au Lac selon les rites.

De quels rites parlait-il ? Des anciens qu'il perpétuait, des nouveaux qu'il inventait ?

Maman le dévisagea. Comme moi, elle éprouvait envers lui une méfiance instinctive. De quelle façon réagirait-elle si elle apprenait qu'elle côtoyait le fils que Pannoam avait conçu avec une autre ?

Elle faillit refuser puis, trop lasse, accepta la proposition de Derek qui l'allégeait.

Derek m'interrogea du regard pour emporter Prok. J'acquiesçai à mon tour.

— S'il te plaît, opère discrètement, Derek. Moins on verra son petit corps s'enfoncer dans les flots, mieux on se portera.

Derek souleva le cadavre révérencieusement.

L'immense n'est pas le plein, mais le vrai nom du vide. Alors que je me trouvais devant une profusion d'eau, une abondance d'espace, une débauche de lumière, je ne discernais que ce qui y manquait, le sol, un repère. Je ne percevais plus que l'absence. J'étais devenu un détecteur de néant.

À l'instar de mes compagnons, je n'avais connu ni le désert, ni la mer, ni l'océan, ayant vécu dans un périmètre borné, autour du Lac cerné de monts, indifférent à ce qui se situait au-delà de quelques jours de marche. J'avais habité un monde qui déployait son centre et ses limites. Un vaste jardin heureux.

Voilà que maintenant j'errais privé de direction sur une surface sans fin. Je me demandais qui était l'étranger. L'eau ? Nous ? Tantôt je désignais l'eau, la conquérante, l'envahisseuse, l'outrancière, celle qui avait tout écrasé et nous avait chassés ; tantôt je nous jugeais les parasites, seuls solides parmi les fluides.

Ce matin-là, assoiffé, j'enviais le soleil qui n'a pas besoin de boire.

À mon côté, Noura observait le ciel.

— Des nuages pointent, là-bas. Peu nombreux, mais…

— Que nous promets-tu, Noura ? Une tempête ?

— La pluie. Pour récupérer de l'eau pure.

Je l'embrassai. Elle ne se plaignait jamais, elle cherchait des solutions. Aux antipodes de la Noura gâtée, avide de robes, de bijoux, tracassée par de menus maux qui l'indisposaient exagérément, elle affirmait une santé robuste et communiquait son énergie aux autres. Pourtant, durant cette nuit, nous avions échoué à nous rendormir après le bruit du cadavre enfantin rendu aux vagues. Sans que nous nous l'avouions, nous avions pensé à l'avenir incertain, à nos ébats amoureux qui, si forts soient-ils, n'engrossaient pas Noura. Elle m'avait glissé :

— Mon ventre prouve sa sagesse. Il n'abritera personne tant que nous ne nous poserons pas sur la terre.

Sans doute visait-elle juste… Maman m'avait parlé de femmes qui, quoique copulant, ne tombaient pas enceintes parce qu'une réticence intérieure empêchait leurs entrailles de se montrer fertiles.

Derek s'approcha de nous en se frottant les mains. Il manifestait une excitation folâtre.

— Noam, j'ai une bonne nouvelle !

J'avais tellement perdu l'habitude de ce type d'annonce que je doutai de mes oreilles.

— Pardon ?

Il répéta, impatient, les yeux luisants :

— Une bonne nouvelle. En tirant du lait pour Cham à l'étable, j'ai constaté qu'un mouflon était mort.

— En quoi est-ce une bonne nouvelle ?

— Nous mangerons de la viande, Noam. Je préparerai une potée avec les morceaux de mouflon et les plantes que vous trouverez autour du navire.

Noura s'étonna :

— Quelle eau prendras-tu ?

— L'eau salée donnera de la saveur au ragoût !

Il se passa la langue sur les lèvres, ravi. Noura rit de joie. Je le complimentai :

— Merci, Derek. Très bonne nouvelle.

— Laisse-moi cuisiner seul. N'ébruite rien. Qu'on ne me dérange pas. D'accord ? Ainsi, j'organiserai une fête magnifique ! Tout le monde retrouvera le moral.

J'opinai avec allégresse. Noura me serra le coude, satisfaite. Encore une fois, je me réjouis de la face altruiste de Derek, cet oiseau saugrenu capable du pire et du meilleur.

Comme Pannoam.

Comme moi ?

Le déjeuner s'avéra le plus joyeux que nous ayons connu depuis la catastrophe. Derek avait cuisiné subrepticement – bien qu'il n'ait pas réussi à cacher la fumée – et, lorsqu'il apporta la potée sur le pont, les naufragés n'en crurent pas leurs yeux.

Personne ne se hasardait à tendre la main vers le plat, pas même Barak, d'ordinaire prompt à se gaver, tant cette abondance de viande, de légumes bouillis nous semblait précieuse, miraculeuse.

— Régalez-vous ! ordonna Derek. Il en restera pour ce soir et demain.

Tibor nous recommanda de bien mâcher, d'absorber lentement les aliments. J'ignore si son conseil fut respecté.

Après ce festin, chacun se retira, qui sur le pont, qui à l'intérieur, pour une sieste d'autant plus nécessaire qu'un soleil cruel nous accablait. Sans une bouffée d'air dans la moiteur, nous transpirions, immobiles.

Noura me supplia de lui céder la chambre afin de mieux s'étaler, ce qui m'arrangeait car je me sentais près de m'endormir dans le petit coin d'ombre que j'avais déniché à l'extérieur. Tandis que nous somnolions, un cri retentit. D'un bond, je me relevai. Je courus et faillis renverser Noura. Elle tenait sa main contre sa bouche pour se maîtriser. Elle m'adressa un regard tourmenté.

— Que se passe-t-il, Noura ?

— En passant devant la chambre de Derek, j'ai voulu le remercier, j'ai penché la tête et…

— Et ?

— Et je l'ai vu, endormi, nu.

— Et alors ?

Elle me considéra, dubitative. Je plaisantai :

— Est-ce la première fois que tu vois un homme nu, Noura ?

— Il est… il est…

Elle peinait à formuler ce qui motivait son cri. Je lui soufflai :

— Il est si vilain que ça ?

Elle me fixa, réfléchit, puis se ravisa.

— Aucune importance. Je vais me reposer.

— Je t'accompagne ?

— Non !

Elle m'avait répondu avec courroux, comme du

temps où nous nous tournions autour, quand elle alternait le chaud et le froid. Pourquoi ce revirement ? Qu'avais-je fait ? Que n'avais-je pas fait ?

Je haussai les épaules, convaincu que je l'apprendrais incessamment.

Au jour déclinant, à l'heure où les teintes s'affadissaient, sauf à l'horizon qu'enflammait le soleil en touchant les flots, Derek nous convia à un deuxième festin. La félicité flottait. Nous jubilions de partager un plaisir, pas une peur. Seule Noura, qui me boudait encore, avait tenu à dîner dans sa chambre.

Barak surgit sur le pont, m'attrapa le bras.

— Viens, chuchota-t-il, et ne résiste pas.

L'aurais-je voulu, je ne l'aurais pu, car son étreinte de colosse me tira à l'intérieur.

Il s'approcha de l'étable qu'il surveillait, débloqua la barre de la porte, me montra les bêtes.

— Combien y en avait-il avant ?

— Six.

— Certain ?

— Certain. Quatre mouflons, deux chèvres.

— Combien en reste-t-il ?

Je dus recommencer mon inventaire avant d'entériner le résultat : se tenaient là quatre mouflons et deux chèvres.

Nous échangeâmes une mine stupéfaite, Barak et moi, puis, pris d'une angoisse soudaine, je fonçai sur Derek qui dégustait son ragoût.

— Derek, aucun animal ne manque. Qu'est-ce que tu nous as fait manger ?

Il soutint mon regard.

— Tu comptes mal.

— Je compte parfaitement. Qu'est-ce que tu nous as servi ?

Il se redressa, déplia son long corps famélique, me toisa avec mépris.

— As-tu aimé ce que tu as avalé ?

Je me décomposai, craignant l'intolérable, et balbutiai :

— Derek, ne me dis pas que…

— Tu as aimé ! Tout le monde a aimé ! Ne joue pas les délicats, s'il te plaît.

— Tu as osé nous servir… de l'homme ?

— Du garçonnet, corrigea-t-il.

— Mais Prok…

— Oh, arrête ton numéro d'offusqué, Noam ! Vous aussi, autour ! J'aurais pu tout garder pour moi, ensuite je ne…

Une poutre s'abattit sur son crâne. Derek s'effondra.

La poutre en main, Barak désigna le corps étendu au sol.

— À mort !

Les naufragés scandèrent, en crachant sur Derek :

— À mort !

*

La nuit est le royaume des bruits. Le vaisseau craquait, l'onde clapotait, la brise sifflotait, nous vomissions.

Personne n'admettait ce que Derek nous avait imposé. Il nous avait souillés. Nous régurgitions le repas absorbé, autant par écœurement viscéral que par conviction. Un homme ne mange pas de l'homme.

Certes, nous avions entendu parler de guerriers qui dévoraient la cervelle de leurs ennemis pour les humilier, on nous avait aussi relaté l'histoire d'un fils qui avait avalé le cœur de son père afin d'en ingérer la bravoure, cependant nous prohibions ces agissements : l'homme se définissait d'abord par le dégoût respectueux de ses semblables. Sinon, quel monde habiterions-nous ? Plutôt la faim que le cannibalisme ! Nous préférions la mort d'un individu à la mort de l'homme*.

* L'homme, c'était nous, les peuples du Lac. Nous ne reconnaissions notre semblable que dans notre identique. À l'instar des Grecs qui, plus tard, appelèrent « barbare » celui qui ne s'exprimait pas en grec, celui qui « blablatait », nous suspections celui qui utilisait une langue différente. Nous nous demandions légitimement si sa bouche produisait des sons ou du sens…

L'étranger dérange. Rien de plus spontané que la méfiance qu'il provoque. Il se tient au-delà de la frontière, pas seulement celle du village ou du pays, ni celle de la langue, mais aussi la frontière humaine. Était-il un homme comme nous celui qui ne parlait pas comme nous ? Un homme celui que nous ne comprenions pas, qui s'habillait autrement, qui agissait diversement ?

Il y avait deux réactions à ce malaise : le dénigrement et l'hospitalité.

L'hospitalité effaçait progressivement le trouble. Recevoir l'inconnu, lui donner à boire, à manger, lui fournir un endroit où dormir nous permettait de l'apprivoiser, de retrouver des points communs sous les épineuses différences. L'hospitalité le réintégrait à la famille humaine – et, ce faisant, l'élargissait.

Le dénigrement, lui, accentuait le malaise. Au lieu de réduire la distance, il la creusait. L'étranger, gangrené par des soupçons de bêtise, de cruauté, de paresse, était assimilé à une espèce inférieure, ne possédant plus d'humain que les traits.

L'hospitalité est réfléchie, la xénophobie pulsionnelle. Si la sagesse de l'hospitalité constitue un chemin de paix, la passion xénophobe a pour seul horizon la violence et la guerre.

Maman et Barak se révélaient les plus ulcérés, sans doute parce que les plus âgés. S'ils n'avaient pas fait cas de ma fonction – rendre la justice, punir –, ils auraient culbuté Derek par-dessus bord. Non seulement ce dépravé avait franchi une limite sacrée, mais l'emprise qu'il exerçait sur les esprits, par ses qualités de prêcheur et sa voix fascinante, aggravait sa culpabilité. Lui seul pouvait persuader quiconque d'entreprendre l'inenvisageable – il l'avait démontré naguère –, ce qui le transformait en nuisant briseur d'interdits. Aux dangers de l'extérieur – les rafales, les remous, la canicule – s'adjoignait une menace intérieure.

— À mort ! avait crié Barak.

— À mort ! avaient rabâché les villageois.

Je gagnai le réduit dans lequel Derek, pieds et mains liés, attendait son exécution. J'avais confié Cham à Barak, le seul qui avait daigné recueillir l'enfant, car les rescapés repoussaient avec animosité le « fils de Derek ». Ce dernier ricana dès qu'il m'aperçut :

— Tu viens tuer ton frère ?

— Tu ne m'as pas laissé le choix.

Encombré de ses jambes effilées et de ses bras interminables, Derek s'obstinait à chercher une position de confort. Il déclara, agacé par la houle, sans se tourner vers moi :

— On garde toujours le choix.

— Si je ne t'élimine pas, je ne suis plus leur chef.

— Mon pauvre Noam, tu n'as jamais été leur chef : tu leur obéis.

Je tolérais mal sa condescendance. Qui se croyait-il ?

S'imaginait-il très haut placé pour ironiser et me plaindre ? Je répliquai sur un ton identique :

— Mon pauvre Derek, tu n'as jamais compris ce qu'était un chef.

Il grelotta, secoua la tête, fixa le mur.

— Je déteste les chefs.

— Il en faut, pourtant.

— Tu ressembles à ton père ! Notre père…

— En quoi ?

— Chef. Rien que chef. Pannoam se conduisait en chef avant de se conduire en père. Toi aussi ! Tu places le chef avant le frère.

Même s'il avait raison – peut-être parce qu'il avait raison –, je rétorquai, cinglant :

— Mon frère ! Qui supporterait un frère pareil ? Tu n'es pas un frère, mais une honte.

Il releva le menton, fielleux.

— Comment me tueras-tu ?

— Vite.

— Par quel moyen ?

Ma poche abritait des lacets en cuir destinés à l'étrangler. J'avais choisi ce mode, car je ne désirais pas voir couler le sang de Derek, encore moins le nettoyer. La strangulation offrait une exécution rapide, propre.

Face à mon silence, il interrompit ses bravades et murmura avec une soudaine fébrilité :

— Dépêche-toi…

Des larmes ruisselèrent le long de ses joues pâles, fines, enfantines. Ses lèvres palpitaient d'angoisse. Le chagrin le rajeunissait, gommait sa froideur, son étrangeté. Cela me déplut.

— Derek, s'il te plaît !

— Quoi ?

— Meurs comme un homme !

— Il faudrait que je t'aide en plus…

J'abusais en le sommant de s'endurcir, mais je répugnais à l'assassiner. Il renifla en me regardant sans méchanceté.

— L'autre aussi, il réclamait que je l'aide… « Comporte-toi comme un homme », il disait… Et je m'efforçais de le satisfaire…

Cette fois, je sentis qu'il ne mentait pas, qu'il ne se contrôlait plus, que, terrorisé et sincère, il cessait d'interpréter un rôle.

Je relevai doucement :

— L'autre… Quel autre ?… De qui me parles-tu ?

— Pannoam.

— Pannoam a voulu te tuer ?

Derek appuya son dos contre la cloison, ferma les yeux, inspira profondément.

— J'avais neuf ans. Ma mère ne pensait qu'à elle, à sa beauté exceptionnelle. Elle s'aimait passionnément. Elle ne s'occupait jamais de ses enfants. Les avoir mis au monde lui suffisait, elle avait payé son tribut de femelle par ses accouchements et pointait devant nous avec reproche les minuscules vergetures qu'avaient laissées ses grossesses sur son ventre impeccable. Des tantes nous ont élevés, Vlaam, mes sœurs et moi. Mon faux père, Azrial, nous accordait plus d'attention. Un brave cocu ! Dominé par sa femme, mais plein de bonté. Pannoam nous honora de sa visite, lui, le chef glorieux, celui dont on s'entretenait tant autour du Lac ; on louait son village qui s'agrandissait, ses artisans qui se multipliaient, son marché qui attirait les foules. Il avait acquis le statut d'homme le plus vénéré de l'époque. Puisque ma mère s'en vantait, je savais qu'il était mon père. Cette ascendance m'enorgueillissait. Mon faux père organisa des festins en redoublant d'amabilité envers mon vrai père. Moi, fier, je tâchais de parader le plus souvent possible auprès de lui. Je l'épiais : il était beau et je me demandais si je deviendrais aussi beau que lui ; il arborait de longs cheveux, une barbe magnifique, une toison sur le torse, et j'espérais que j'en hériterais ; sa voix résonnait grave dans le tambour de sa poitrine et je frissonnais à l'idée de posséder la même. Je ne le quittais pas. Au-delà du père, il incarnait mon modèle, mon Dieu, mon culte. Pannoam acceptait gentiment que je le colle ainsi. Il habitait la maison à part qu'Azrial réservait aux invités de marque. Un soir, Pannoam proposa quelque chose qui me chavira de plaisir. « Derek peut-il dormir avec moi ? » Azrial approuva – il aurait livré son épouse. Arrivé au pavillon, Pannoam me recommanda de prendre un bain. Une servante apporta des jarres d'eau bouillante, les versa dans un bac en chêne. Il y ajouta du lait d'ânesse. « Ça adoucit la peau. » Et moi, crétin, extasié, je dégustais ses paroles, tel un nectar. Sitôt que l'étuve obtint une température agréable, il se déshabilla. J'avais aperçu des dizaines d'individus sans vêtements, mais voir mon père nu me bouleversa. Être lui ! Fort, ferme, viril. J'en éprouvais de l'ivresse. S'en rendit-il compte ? Il m'incita à me griser, justement. Il s'empara d'une outre et nous entrâmes dans le bac. À la première gorgée de vin, je toussai, je recrachai. Il gronda. « Comporte-toi comme un homme. »

Alors je bus. Je bus sans retenue. Je lui prouvais ma force. Pannoam but-il, de son côté ? Il m'en donna l'impression. Quand je commençai à confondre les mots, à ressentir du bien-être, à m'assoupir, il ouvrit une deuxième outre et me pressa de persévérer. « Comporte-toi comme un homme. » Je ne tardai pas à perdre conscience. Et là, il fit enfin ce pour quoi il était venu.

— Quoi ?

— Au milieu du jour suivant, je me réveillai dans un lit. Une douleur pointue m'avait tiré du sommeil. J'ai considéré le bas de mon corps. Il y avait des linges maculés de sang. J'ai hurlé, déchiré de souffrance. Azrial s'est précipité. Devant mon état, il a appelé Pannoam. La servante lui apprit que Pannoam avait déserté le logement à l'aurore, avec ses affaires, sans le moindre commentaire. Azrial s'est penché vers moi, a soulevé les tissus et a découvert ce qui s'était passé.

— Que s'était-il passé ?

— Pannoam m'avait castré.

— Quoi ?

— Dans le bain, profitant de mon étourdissement, de la chaleur qui amollissait mes chairs, il avait incisé mes bourses, retiré les testicules.

Je reculai, horrifié.

— Mais… mais pourquoi ?

Derek rouvrit les paupières et soutint mon attention.

— Pour m'effacer. Pour que je sois moqué, bafoué, diffamé, injurié toute ma vie. Pour s'assurer que je le haïrais, que je l'arracherais de ma mémoire. Qui veut être le fils d'un père qui a fait ça ?

Son regard me fouilla. Je baissai les yeux.

Il poursuivit :

— Il m'a surtout infligé ça pour toi.

— Quoi ?

— Pour régler un problème de succession. Pour que tu restes son fils unique. Pour te transmettre le pouvoir. Pour toi, Noam, pour toi.

*

Au milieu de la nuit, on entendit le floc que provoqua le cadavre lesté de Derek, enveloppé d'un linceul, en plongeant dans l'eau.

Quoique personne n'ait souhaité assister à l'opération, on guettait l'événement. Sitôt le navire débarrassé du traître, chacun s'endormit.

Noura, lorsque je la rejoignis, refusa que je m'allonge auprès d'elle.

— Va dans la chambre de Derek.

Peu désireux d'entamer une querelle, j'obtempérai.

J'ignore si je somnolai ou si je stagnai dans une stupeur soutenue. Les paupières fermées, j'étais hanté par les images que Derek avait à jamais imprimées en moi. Un garçon innocent. Pannoam, cruel et froid. L'émasculation dans le bain. Le lait d'ânesse opalescent qui carminait. L'insoutenable inflammation au réveil. La condamnation à une vie hors de la vie. Cela dévoilait une face neuve de mon géniteur : son caprice avait conçu un enfant, sa volonté avait accouché d'un monstre. Une fois encore, je tentai de brosser un portrait cohérent, équilibré, de Pannoam. J'y échouai. Je ne réussissais à voir en lui qu'un criminel. Dont je descendais. « Qui veut être le fils d'un père qui a fait ça ? » Et je lui devais mon pouvoir. « Pour toi, Noam, pour toi. »

À l'aube, je montai sur le pont.

J'avais soif. J'avais faim. Je ne buvais, je ne mangeais que de l'air.

Le soleil, indifférent, sortait lentement des fonds liquides et dispensait peu à peu sa clarté. La chaleur musardait.

Autour de moi, rien ne subsistait qui ne fût brisé, décroché, dévié, décloué, corrodé, lézardé, ravagé, anéanti. Nous expérimentions l'impuissance absolue. Pas d'issue. Pas de terre à gagner. Une coque brinquebalante. Se tenait certes du solide sous mes pieds, mais du solide si fragile, à la merci d'une vague trop vigoureuse, d'une corde qui lâche. Combien de temps avant le naufrage ? Le temps de crever de faim ?

Un bruit furtif me dérangea. Je tournai la tête.

Je ne la distinguai pas tout de suite. Ou plutôt je mis un moment à comprendre ce que sa présence préfigurait.

Une mésange me contemplait, portant un rameau dans son bec.

Une mésange ?

La mésange ! À la façon dont elle m'observait, dont elle semblait s'amuser de mon effarement, à sa petitesse et à sa discrétion, je reconnus la mésange Mina. C'était elle ! Ce ne pouvait être qu'elle !

J'examinai ce qu'elle tenait : un rameau de chêne, très léger, très vert, très tendre, récemment arraché à un jeune arbre.

Le message se formula dans mon esprit : la rive ne

se situait pas loin. La mésange m'en fournissait une preuve.

Je poussai un cri de joie.

Effarouchée, la mésange abandonna le branchillon, s'envola, se posa sur une poutre haute.

— Merci, Mina, susurrai-je en calant le précieux végétal au creux de ma paume.

Un froufrou d'ailes me répondit. La mésange, comme pressée, avait pris son essor, et quittait le vaisseau.

Je la suivis des yeux pour inspecter la direction qu'elle empruntait. Où elle disparaissait, aucun littoral n'apparaissait. Cependant, je savais que cela se produirait.

Lorsque les rescapés se levèrent et avancèrent sur le pont, je ne leur racontai pas l'oiseau miraculeux. Il aurait fallu remonter à Mina, à son décès, à sa renaissance sous forme de passereau, toutes sortes de détails qui me vulnérabilisaient, dont les autres éventuellement se gausseraient. D'ailleurs, la fatigue me tenaillant, je jugeais mon anecdote de plus en plus stupide et je doutais d'avoir conservé mon bon sens. Délirais-je sous l'effet de la soif, de la faim, de l'insolation ?

Puisque à la surface des flots, branches, feuilles, fûts pullulaient, Vlaam suggéra que nous ramassions ces débris, en escomptant y dénicher quelques glands, quelques noisettes. Barak plongea et nous rapporta des ramures. Au prix de mille allers-retours, nous parvînmes à entasser une maigre cueillette.

On se nourrit un peu. Noura se montra, saisit trois glands, se claquemura dans notre chambre sans m'adresser un regard. Son comportement m'agaçait davantage qu'il ne m'intriguait. J'avais mieux à faire que démêler l'écheveau de ses humeurs.

Vlaam proposa à ses fils de récupérer un tronc entier, important, et, en guise de distraction, d'y creuser une pirogue. Ils réagirent avec flamme. Jamais je ne vis une équipe de menuisiers aussi heureuse de couper, fouiller, évider, brûler, poncer.

Quand le soleil s'incrusta au zénith, j'étudiai une nouvelle fois le cap indiqué par la mésange.

Un rivage émergeait !

Je m'époumonai. Les rescapés accoururent. Ils scrutèrent l'horizon : aucun doute, des formes se dessinaient. Nous touchions au but.

La réalité ternit notre enthousiasme. Plutôt que vers une côte, nous voguions vers un foisonnement de rochers et d'îlots. Même sur ceux qui dépassaient la taille de notre bateau, nous ne pouvions accoster. Ils se réduisaient à des monticules de terre plus qu'ils ne représentaient la terre.

— En tout cas, s'exclama Tibor, je me réjouis que les eaux du Lac décroissent.

Cette perspective stimula les menuisiers qui, dynamisés par le projet d'atteindre le sol, achevèrent la pirogue.

— Grâce à elle, annonça Vlaam, puis à toutes celles que nous construirons, nous aborderons les îlots. Nous en tirerons bien deux ou trois choses à grignoter…

Je l'approuvai.

En fin d'après-midi, un premier voyage que j'accomplis avec lui sur l'esquif nous permit de récolter des plantes à cuisiner, des écorces à ronger. Pour une fois, nous n'absorbions pas d'aliments salés.

L'euphorie se répandait. J'avoue que je ne partageais pas cette liesse. Combien de temps résisterait notre embarcation ? Ne s'écraserait-elle pas contre les récifs ?

Malgré les incertitudes, l'atmosphère se détendait.

Le soir tomba. Noura continuait à me battre froid. J'estimai son procédé si puéril qu'au lieu de discuter, je l'évitai. Elle le remarqua et se referma de plus belle.

Lorsque les naufragés partirent se coucher, je demeurai sur le pont.

Eau et ciel s'étaient inversés. Durant la journée, les éclats de lumière jaillissaient de l'onde ; la nuit, ils refluaient du firmament. En fait, aux heures sombres, seuls les flots connaissaient l'obscurité complète. Au-dessus de ma tête, les astres me narraient une histoire qui m'échappait. Qu'étaient-ils ? Des déchirures dans un voile noir ? Un univers plus pur, plus brillant se trouvait-il derrière ? À quelle distance de nous ? Et la lune, dont je détaillais les reliefs, cette lune concrète, y avait-il un moyen de s'y hisser ? Devais-je prendre cette idée au sérieux ?

Une étoile filante d'un grand rayonnement traversa la voûte céleste et l'illumina.

J'y perçus un signe.

Persuadé que les rescapés dormaient, je m'infiltrai dans l'habitacle, soulevai deux planches jonchées de paille au milieu de l'étable et, précautionneusement à cause du roulis, descendis dans la cale. L'endroit, privé de lueurs, empestait le sel, la poutre humide, la décomposition. À tâtons, je longeai la paroi. Je percutai quelque chose de vivant, de chaud.

Je m'approchai du visage bâillonné et lui chuchotai à l'oreille :

— Viens, Derek, suis-moi.

*

La pirogue glissait sur l'onde noire.

Filant plus vite que nous, des nuages recouvraient la lune, absorbaient les étoiles, rapides porteurs de ténèbres. De peur que cet obscurcissement occultât mon but, une île rocheuse, j'accélérai mes coups de rame.

Derek ne bronchait pas. Pour qu'il pût sortir du navire et descendre sur la pirogue, j'avais délié ses poignets, ses chevilles ; je les avais ensuite rattachés sans qu'il regimbât, conscient qu'une rébellion aurait réveillé les passagers et provoqué sa fin.

Je ne m'étais pas résolu à l'éliminer. Découvrir en Derek une victime de Pannoam avait retenu mon geste. Ce qui avait fait de lui mon frère, ce n'était pas la communauté de sang, mais la communauté de malheur. Qu'il ait subi la cruauté paternelle me l'avait rendu subitement proche en m'interdisant de le tuer. Je l'avais prié de se fier à moi, puis, bâillonné, ligoté, je l'avais caché dans la cale. Sur le moment, j'avais juste gagné du temps, sans imaginer à quoi me conduirait cette dissimulation ; l'irruption des îlots m'avait apporté une issue.

Derrière moi, au fond de la pirogue, traînait un amoncellement de fourrures et de couvertures appartenant probablement à Vlaam. Pourquoi ne pas les laisser à Derek, une fois au sol ?

Derek restait mutique. Son profil d'aigle se découpait sur l'horizon de plus en plus sombre. Il se livrait totalement à la fatalité – ou à moi –, il avait remballé son inquiétant pouvoir de convaincre.

En pagayant, je réfléchissais à ses caractéristiques. Sa peau et ses cheveux féminins, sa voix d'une puissance claire, ses membres démesurés, tout cela provenait sans doute de son émasculation. Sa solitude, son isolement, sa distance vis-à-vis des hommes, sa réticence envers les femmes, son « Je préfère ne pas », voilà ce que la mutilation élucidait pareillement. Je sentais monter en moi une compassion à son égard. Oui, maintenant que je savais ce qu'il avait enduré, je me disposais à lui donner de l'affection.

J'allais néanmoins le larguer sur un îlot sauvage.

Il était trop tard... Trop tard pour l'aimer. Trop tard pour le corriger, l'encourager à pousser droit, tempérer son cynisme, son appétit de vengeance, son goût de la manipulation, ces défauts qu'avait engendrés en lui la violence subie.

Nous approchions du rivage.

— Aide-moi, Derek.

Taciturne, il participa à l'accostage. Nous hissâmes la pirogue sur une frange de graviers. Le rembrunissement s'accentuait. Nous nous distinguions confusément.

Essoufflé, Derek se risqua à effectuer quelques pas. Moi aussi. Nous avions tellement perdu l'habitude d'un sol stable que nous tanguions, marchant plus malaisément sur terre que sur le bateau.

— Tu m'abandonnes là ?

Pour la première fois depuis ses aveux, il prenait la parole.

— L'endroit est dangereux, ajouta-t-il.

— Dans ton cas, le bâtiment l'est plus.

Il approuva par un long silence. Je me disculpai :

— Je fais ce que je peux, Derek, pas ce que je veux.

Il se racla la gorge. J'insistai :

— Tu es mon frère. Quelque crime que tu aies commis, je ne tue pas mon frère.

— Pourtant je mourrai sur cette île. De quoi ? Le choix est vaste : de faim… de soif… d'ennui… d'un nouveau déluge…

— Comme nous tous, Derek ! Rien ne nous garantit la sécurité.

— Vous conservez l'espoir d'avancer.

— Demain, tu exploreras ton domaine. Il y a des arbres, des animaux, une source. En te déposant ici, je ne t'exécute pas.

— Non, tu me condamnes.

Je tournai les talons. Surtout, ne pas discuter avec lui, dont l'esprit retors dénichait toujours le moyen de renverser les situations à son avantage, de me ficher mauvaise conscience, de me persuader d'entreprendre l'inverse de ce que j'avais prévu !

— Adieu, déclarai-je en m'éloignant.

Il ne m'interpella pas, ne m'escorta pas. Avait-il enfin saisi que, pas davantage que moi, il n'était libre ?

Je revins au bout de terre où nous avions remisé la pirogue. Tandis que je la déplaçais, je me rappelai les peaux, les couvertures que je souhaitais laisser à Derek. En plongeant la main, je m'étonnai. Rien ?

L'opacité de la nuit me jouait-elle des tours ? Je palpai l'entièreté de l'esquif.

Rien.

Aurions-nous égaré le contenu en débarquant ?

Pensif, je regardai autour de moi, mais l'obscurité m'empêchait de repérer quoi que ce soit.

— C'est moi que tu cherches, Noam ?

Je crus défaillir en reconnaissant sa voix.

— Ah, ça te surprend…, persifla-t-elle.

À la faveur d'un nuage qui dégagea fugitivement la lune, j'aperçus Noura, son visage pincé, frissonnant, où ses yeux brillaient de colère.

— Tu m'évitais, je t'ai suivi.

— Noura, nous devons parler.

— J'y compte, je suis venue pour ça. Au moins, on ne nous entendra pas.

L'irritation altérait son timbre.

— Je t'écoute, lança-t-elle d'un ton menaçant.

— Derek est mon frère. Mon demi-frère. Je ne l'ai pas supprimé.

— Je me moque de Derek, il ne m'intéresse pas. Raconte-moi autre chose.

— Mais… mais…

— Pourquoi as-tu un fils ?

Je ne m'attendais pas à cette attaque. Elle rugit en se ruant vers moi, le doigt pointé :

— Hier, j'ai appris ce que papa avait deviné depuis longtemps. Lorsque je suis entrée dans la chambre de Derek, j'ai vu…

— Qu'as-tu vu ?

— Qu'il était châtré ! Il dormait nu à cause de la chaleur. Un mâle castré, chez les hommes ou chez les animaux, ça ne se reproduit pas, autant que je sache ! Après, j'ai examiné Cham et j'ai constaté que ses moufles camouflaient des doigts liés. Là, j'ai compris.

— Noura, je vais tout t'expliquer…

— Bien sûr, mais tes explications ne changeront rien. Je souffre. Tu m'as trahie. Moi, auprès de Pannoam, je me suis réservée pour toi, je n'ai pas couché avec lui. Tu le sais très bien puisque tu m'as prise vierge.

Je m'indignai :

— Tu n'as pas couché avec lui parce qu'il ne pouvait pas !

— Parce que je ne voulais pas !

— C'est toi qui le dis.

— Il te le dirait s'il vivait encore.

— Facile de faire témoigner les morts !

Sa voix gronda, contractée jusqu'à craquer, comminatoire :

— Tu le regretteras, Noam…

Un coup de tonnerre nous interrompit. Un éclair déchira l'obscurité. La pluie s'abattit. Drue.

En d'autres circonstances, je me serais réjoui que l'orage nous dispensât cette eau douce tant désirée ; or ce soir, sur un îlot inconnu, face à Noura plus tendue qu'un arc par l'exaspération, je pestai de rage :

— Ah non, pas ça !

À peine eus-je articulé ces mots que, surgie du ciel, la foudre frappa le chêne dressé derrière Noura. Un craquement violent retentit, suivi d'un grésillement, puis le tronc s'écarta, tranché en deux par la hache céleste. Ses parties s'inclinaient.

— Vite, criai-je en agrippant le bras de Noura.

Je la tirai à moi juste avant qu'une moitié de l'arbre ne s'affaisse là où elle se tenait.

Par réflexe, je me mis à courir, Noura à la main, en direction du lieu où j'avais quitté Derek. Des reliefs y prodiguaient un abri.

Grâce aux fulgurations incessantes qui zébraient les ténèbres, nous réussissions à nous diriger et, quand nous déboulâmes, Derek nous appela :

— Par ici !

Faufilé entre des rochers, il nous adressait des signes. Sans hésiter, nous bondîmes vers lui.

Le Vent s'était levé. Avec une fureur vigoureuse, il greffait sa démence aux giboulées, aux éclairs, aux déflagrations du tonnerre, tourbillonnant en spirales folles, désordonnées, autour de l'îlot.

Nous progressâmes parmi les blocs afin de nous protéger des éléments débridés, jusqu'au moment où nous pénétrâmes dans une caverne arrondie. Elle offrait un sanctuaire. Au-dessus, loin de nous, l'averse entrait par une brèche étroite. Nous nous trouvions dans une sorte d'immense cheminée. Malgré l'eau qui ruisselait au centre, nous pouvions nous maintenir au sec et guetter l'accalmie.

L'orage redoublait.

— Merci, Derek, dis-je.

Noura murmura à mon oreille :

— Méfie-toi de lui. Tu lui as sauvé la vie, il ne te le pardonnera jamais.

Elle arracha sa main de la mienne, m'indiquant par ce geste que notre différend n'était pas résolu et que l'affrontement reprendrait.

Derek se précipita sous le jet de pluie au milieu de l'abri.

— Enfin à boire ! s'exclama-t-il.

Il se plaça au cœur des gouttes. La nuque cassée en arrière, il ouvrit large la bouche pour accueillir le liquide.

— Bonne idée !

Noura le rejoignit sous le torrent bienfaisant.

C'est là qu'advint l'incompréhensible…

Une boule de feu franchit soudain l'orifice et fusa droit sur Derek, qui s'effondra, puis rebondit sur Noura, laquelle, dans un cri terrorisé, fut foudroyée à son tour.

Je me jetai en avant.

Trop tard !

Noura, rigide, ne respirait plus. Derek gisait, mort également.

Lorsque je relevai la tête pour hurler ma douleur, une deuxième boule de feu jaillit dans la grotte et m'anéantit.

3

Un visage se penchait sur moi.

Mes paupières s'écartaient mal, lourdes, sèches, rigidifiées. Je le distinguais à peine. Lorsque je parvins à laisser passer la lumière, un voile flouta les objets.

— Noam…

Davantage que mon prénom, j'entendais l'angoisse qui contractait la voix. Celui qui me parlait tremblait d'une inquiétude mortelle. Moi, j'éprouvais l'inverse. La vie revenait dans ma chair, mon sang circulait, mon cœur battait avec une lenteur paisible, ma poitrine palpitait au gré de la respiration. Un à un, mes sens se désengourdissaient, le froid, le tiède, le clair, l'humide, le dur, le doux, l'amer, le salé, le sucré. Ce déferlement me grisait…

— Noam ?

Je souris. J'ignorais à qui, mais je souris. Je voulais exprimer ma gratitude, je souhaitais rassurer.

— Oh, mon neveu, tu m'as terrifié !

La grosse tête chevelue de Barak acquit de la netteté. Au-dessus de moi, l'oncle s'apparentait à un soleil, sa face formant le centre, sa crinière les rayons. Il me cajola timidement la joue.

— Tu ne souffres pas ?

À cet instant, je saisis ce qui chavirait ma mère. La délicatesse d'un colosse tout en muscles, en puissance, en impétuosité dispensait une grâce particulière. Qu'une main faite pour assommer délivre une caresse rendait l'effleurement plus précieux. Qu'un tempérament fait pour lutter manifeste de l'affection intensifiait la tendresse. Qu'une énergie faite pour la dépense physique s'affine, se canalise, se spiritualise en un regard soucieux conférait à cette attention un caractère bouleversant. Barak me parut pur amour parce que son aspect brut ne racontait pas l'amour.

— Ça va, articulai-je.

Entièrement au bonheur d'exister, j'aspirais l'air à pleins poumons, je me concentrais sur mes bras et mes jambes nus que ravivait la chaleur bienfaisante, je m'amusais des picotements que provoquaient les doigts de Barak en frôlant ma peau.

La mémoire surgit, brisant cette béatitude.

— Noura !

L'image de Noura morte me redressa. Assis, je m'avisai de ce qui m'entourait : je ne reposais pas dans la grotte fatale, mais sur des graviers, au bord de l'eau.

— Où suis-je ?

Barak grogna :

— Ça n'a pas de nom, mon neveu. Appelle ça l'endroit où tu t'es enfui il y a trois jours.

— Quoi ?

Mes dernières impressions remontaient à quelques instants, pas à trois jours ! Peu de temps auparavant, Noura et Derek avaient reçu la foudre. Moi aussi.

Je me levai, testai mon équilibre, puis me grattai

longuement la nuque. Pourquoi ne me trouvais-je pas dans la caverne ? Où étaient Noura et Derek ?

L'oncle me pria de me rasseoir.

— Au milieu de la nuit, j'ai entendu un bruit bizarre. Une fois sur le pont, je t'ai surpris en train de partir en pirogue avec quelqu'un. L'obscurité m'a empêché de reconnaître tout de suite Noura, je l'ai supposé dès que j'ai constaté qu'elle n'occupait plus votre chambre. Je ne me suis pas inquiété. Vous filiez vers un îlot, tranquilles tous les deux, pour faire… enfin tu sais quoi… sans être obligés de vous contenir. Je t'avoue que nous sommes fatigués, ta mère et moi, de faire l'amour comme des truites, en silence.

Je ne rectifiai pas son récit. Mieux valait qu'il pense que je transportais Noura puisqu'il croyait que j'avais exécuté Derek.

— L'orage s'est déclaré, poursuivit Barak, des rafales épouvantables, une nuit et un jour de vagues ! Le bâtiment a manqué de craquer. Le vent, les trombes d'eau, le roulis, une calamité ! Heureusement, Vlaam et ses fils réparaient les avaries au fur et à mesure. Lorsque la tempête s'est calmée, par chance, nous avions peu dérivé. Je discernais toujours votre îlot. J'ai expliqué à tout le monde votre escapade, nous vous avons attendus. Seulement, après une journée, j'ai emprunté une pirogue à Vlaam. Et je t'ai découvert là.

— Là ?

— Oui, là.

— Pas dans la caverne ?

— Quelle caverne ?

Un fol espoir me souleva. Peut-être Noura y était-elle encore ? Peut-être se réveillait-elle en ce moment ?

— Suis-moi.

Je m'introduisis entre les rochers et refis le trajet, talonné par Barak. Nous arrivâmes dans l'ample cheminée minérale. L'anxiété me pétrifia ; sans doute n'allais-je retrouver que des cadavres foudroyés.

Le sanctuaire offrait une cavité vide. Nulle trace de Noura ou de Derek.

— Mais…

— Quoi, mon neveu ?

— Nous étions là. Comment suis-je sorti ?

Barak me désigna dans la paroi, au niveau du sol, un goulot rocheux marqué par des saignées de boues qui s'étaient écoulées.

— Le torrent t'a charrié dehors… Je t'ai ramassé juste derrière.

À quelques pieds, j'aperçus la place où j'avais repris connaissance.

Avec circonspection, redoutant le pire, je m'accroupis pour vérifier si le corps de Noura n'avait pas été retenu par les anfractuosités de la muraille.

Rien n'encombrait le conduit jusqu'au bandeau de graviers.

La poigne de Barak s'empara de mon épaule.

— Je crains que le courant ne l'ait emportée, mon garçon.

Il avait raison. Noura, menue, légère, avait dû glisser tel un morceau d'écorce jusqu'à l'extérieur et tomber dans les flots plutôt que sur la courte rive.

Barak ne réussit pas à me ramener au navire avant le soir. Incapable de me résoudre à l'évaporation de Noura, je la cherchai partout, entre les roches, parmi les arbres, sous les buissons. À chaque endroit que j'avais déjà scruté, labouré, j'escomptais qu'elle bondisse. Noura, morte ? Noura, disparue ? Je ne l'acceptais pas. Non seulement mon oncle tolérait mon agitation, mais il m'aidait. Il n'entretenait aucune illusion quant à la possibilité de dénicher Noura, pourtant, par dévouement, il m'escorta autant de fois que mon déni l'exigea.

Au crépuscule, quand le froid pénètre les os avant d'atteindre le paysage, je consentis à monter dans sa pirogue – la mienne, l'ouragan l'avait balayée.

Après trois coups de pagaie, j'arrêtai Barak.

— Jetons encore un œil !

— Jeter un œil sur des lieux que nous avons parcourus et auscultés à dix reprises ?

— On ne sait jamais...

— Si, mon garçon, on sait ! murmura-t-il, compatissant. Reste mille ans sur cette île, retourne-la dans tous les sens, Noura n'y est plus.

Je baissai la tête pour qu'il ne vît pas mes larmes. L'absence de Noura occultait tout. Je ne me demandai pas, ce soir-là, par quel miracle j'avais survécu à l'éclair, ni comment j'avais pu subsister si longtemps inanimé, sans crever de soif ou de faim. Ces questions-là, je ne me les poserais que bien après...

*

Il régna une étrange atmosphère sur le bâtiment durant les jours qui suivirent. D'un côté, l'espérance renaissait : outre que nous avions conservé l'eau de pluie et rapporté des aliments des îlots, nous guettions des oiseaux de plus en plus nombreux au lointain, messagers d'une terre proche. De l'autre, la disparition de Noura nous avait anéantis.

Elle laissait le souvenir éblouissant d'une femme forte – en dépit de sa fine silhouette – qui avait montré une détermination inflexible pendant d'abominables moments, insufflant son cran aux naufragés, les soutenant. À chacun, lorsque l'horreur primait, elle avait apporté un sourire, une parole, un repas, une aide, une consolation. En aucune façon elle n'avait failli à la mission qu'elle s'était fixée : mener notre communauté à la victoire. Du coup, sa mort avant le dénouement ombrait son parcours, s'érigeant presque en démenti de l'optimisme. Si celle qui n'avait jamais douté de l'issue heureuse en avait été privée, alors à quoi bon ? Fallait-il s'obstiner à espérer ? Tenir ne rendait pas plus puissant… Le courage ne repousse pas le trépas. Les rescapés partageaient mon désarroi ; avec moi, ils évoquaient les actes de Noura, la sollicitude de Noura, sa beauté, sa lumière. J'ignorais si cela allégeait ou alourdissait mon chagrin, la tristesse m'accablait.

Quant à Tibor, il réagissait comme moi : il refusait la réalité. Pour lui, Noura s'était toujours remise de tout, elle avait échappé aux maladies infantiles, guéri des maux d'adulte, évité l'ensevelissement de son premier village par les boues, elle était ressortie tête haute d'un mariage raté, avait triomphé de la colère du Lac, du Vent, résisté à la soif, à la faim. Noura incarnait la survivante par excellence. Noura ne pouvait pas mourir. Surtout pas avant lui. Après sa maison, son épouse, ses fils, on avait arraché à cet homme sombre, coriace, réfléchi ce qui lui restait de vivant, d'intime, de sensible : sa fille.

Par mille détails, Maman et Barak tentaient de m'égayer, de ranimer en moi le goût d'avancer. Si Barak avait adoré Noura, Maman l'avait traitée respectueusement, malgré sa jalousie ; avec discernement, elle n'avait pas imputé à Noura les vilenies de Pannoam et l'avait ensuite bien accueillie en tant que bru, la jugeant à la hauteur de sa tâche. Sincères, ils accompagnaient ma douleur en y projetant celle qu'ils ressentiraient au cas où l'un d'eux viendrait à expirer.

Vlaam aussi me ragaillardissait. Plutôt que de me disputer le pouvoir, il me conseillait de le renforcer.

— Je te considère comme notre chef, Noam. Même veuf, tu demeures un chef.

— Plus envie, Vlaam ! Je m'efforçais de gouverner afin que Noura m'admire. Maintenant…

— Elle aurait détesté que tu abdiques. Elle t'aimait, Noam, mais elle t'aimait chef.

À quel point il visait juste ! Noura chérissait le pouvoir. La séduction passait par lui, l'amour relevait d'un registre différent – ses sentiments s'étaient développés après.

Par fidélité à mon absente, je me contraignis à diriger les rescapés, à maintenir la cohésion de notre groupe, à imposer une patience sans erreur, sans débordement, sans division.

Ce matin-là, le soleil resplendissait. Une surface d'huile, uniformément lisse, se levait, s'abaissait, telle une respiration, tandis qu'un vent ténu, presque une haleine, nous poussait vers l'horizon où voltigeaient des oiseaux.

Tibor me rejoignit, hirsute, le visage froncé, l'œil

éteint. Plus prostré qu'impavide, il s'accouda au parapet.

— Je suis stupide, Noam. Depuis ton retour, je démens le décès de Noura. Mon esprit ne l'admet pas.

— Ton esprit t'épargne…

— Quoi ?

— En t'empêchant de comprendre, il t'empêche de souffrir.

La succession des ondulations soyeuses menait notre embarcation en avant. Nous avancions sans forcer. Tibor protesta d'une voix rauque :

— Mes rêves me soufflent qu'elle est vivante.

— Elle vit une autre vie, dis-je en contemplant les nuées d'oiseaux.

Tibor se frotta les tempes, le front barré de soucis.

— Je porte malheur, Noam. Je ne protège pas les miens, ils périssent tous de fin tragique. L'enfouissement, l'étouffement, la foudre…

— Tu ne donnes pas la mort, Tibor, au contraire, tu soignes. Combien d'hommes, de femmes, d'enfants as-tu sauvés par tes talents de guérisseur ?

Il apprécia ma remarque. Après réflexion, il ajouta :

— Non seulement j'ai perdu ma fille, mais j'ai perdu confiance dans mes intuitions. Or mes intuitions m'affirment qu'elle n'est pas morte.

Je sentais la même chose. Au lieu de le lui confesser, je ne lâchai pas mon rôle de sage consolateur.

— Tibor, je te soumets une demande…

— Oui.

— Permets-moi de devenir ton fils et ton disciple pendant les années qui nous restent.

Tibor se tourna vers moi. Pour la première fois

depuis des jours, une émotion traversa ses traits contractés. Sa pupille se dilata. Ses lèvres se haussèrent légèrement aux commissures.

D'une façon à la fois pompeuse et maladroite, il allongea sa noble main rugueuse sur mon épaule.

— Fais-moi l'honneur de devenir mon fils, Noam. Je t'apprendrai tout ce que je sais.

Une force magnétique se transmit de lui à moi, de moi à lui, une force qui nous unissait, nous transformait, une force qui avait la tension, l'épaisseur, l'intensité d'une évidence.

À cet instant, Barak cria :

— Terre ! Terre !

Une vaste côte apparaissait au loin, large, haute, verdoyante, solide, invitante. Les passagers du navire hurlèrent de joie : nous étions sauvés.

*

Certaines fatigues constituent des récompenses, d'autres des entraves. Pendant la période où nous refondâmes le village, il fallut trier les fatigues.

D'un côté l'enthousiasme remplissait la journée, les tâches à réaliser absorbaient nos forces jusqu'à l'instant ultime où nous nous écroulions sur la couche, étourdis, rincés, comblés. De l'autre, à l'heure froide du réveil, nous ne pensions plus à ce que nous avions achevé, mais à ce qui nous restait à accomplir ; alors l'abattement pointait. Cette fatigue-là apparaissait le matin, pas le soir ; elle touchait l'esprit, non le corps ; elle n'était pas de l'épuisement, plutôt de la lassitude.

Bienheureux épuisement… Pesante lassitude…

Construire des maisons, les ordonner, défricher des prés, délimiter des enclos, planter, tisser, tresser, tourner, gratter, hacher, percer…

Recommencer… L'idée afflige. Quand on recommence, la mélancolie freine l'allégresse : on pense davantage à ce qui nous manque qu'à ce que l'on crée. Tandis que, lorsqu'on commence, on s'élance.

Je luttais contre la langueur en me consacrant à mon double rôle, de chef et de père. À tous, je divulguai la vérité en présentant l'enfant que j'avais conçu avec une Chasseresse après le mariage de Noura et Pannoam. L'information ne choqua personne – seule Noura l'avait jugée intolérable – et Maman me prêta aussitôt main-forte, secondée par Barak, lequel n'avait jamais pouponné. Dès que je les surprenais en train de jouer tous les trois à quatre pattes, j'avais l'impression que Cham devenait leur petit-fils, fruit de leur couple.

Nous avions débarqué sur une côte accueillante, riche en arbres, en herbes, en mousses, en gibier.

Les villageois se réjouissaient que le Lac, enfin apaisé, se soit rétracté. Quotidiennement, ils organisaient des prières, lui chantaient des hymnes de gratitude, déposaient des offrandes sur ses flots, certains y trempant leurs amulettes pour s'attacher ses bonnes grâces. Selon eux, le déluge se réduisait à une crise. Cette fureur terminée, la surface avait baissé, laissant réapparaître la terre. Parce que nous avions dérivé plus d'une lune, nous n'avions pas retrouvé notre village. Tant pis. Mieux valait rester ici que le chercher. Où, d'ailleurs ? Si le Lac nous avait épargnés, nous ne devions pas contrer sa clémence, mais accepter de nous établir à l'endroit où il nous avait posés.

Tibor et moi ne partagions pas cette opinion. Le Lac n'avait pas décru après avoir crû, il avait grossi définitivement. Les rochers, les îlots, les îles que nous avions frôlés durant notre navigation, le territoire sur lequel nous nous installions ne se réduisaient pas à des parcelles dégagées par les eaux descendantes, ils formaient des monts jamais atteints. Sinon, comment expliquer la verdeur des bois, la luxuriance florale, la présence d'animaux ? Tout cela n'avait pas été inondé avant.

Nous en avions conclu, Tibor et moi, que le Lac, salé, dilaté, avait conquis un nouvel espace. Au cours de cette invasion, il nous avait emportés vers une terre élevée. Notre village, nos champs, nos forêts, nos sources, nos cavernes, le paysage que nous avions connu, notre autrefois restaient à jamais détruits, engloutis, inaccessibles. Aurions-nous su nous orienter, nous mouvoir, nous ne pouvions entamer un voyage de retour. Notre monde était perdu.

*

— Cham, quitte ce terrier, s'il te plaît.

Même s'il aimait chasser, Cham observait le sol, grattait la poussière, soulevait les cailloux. Si nous passions près d'un trou, il y sautait pour le sonder. Et si nous longions une grotte, plus moyen de l'arrêter : il y fonçait, palpait la paroi, la scrutait, utilisait son silex, entaillait la matière.

— Regarde, des filets colorés, s'écriait-il, émerveillé.

Sa ferveur m'attendrissait. Je reliais ce penchant pour le minéral à Tita, laquelle avait vécu dans la

Caverne des Chasseresses et l'y avait mis au monde. Quoique Cham l'ignorât, une part profonde en lui l'incitait à retrouver l'habitat maternel.

— Oh, un rose...

Ce matin-là, Cham sortit d'un terrier avec des gravats saumonés qu'il déposa dans sa besace, au milieu de débris jaunes*. Le soir, à son habitude, il les examinerait et tenterait de les métamorphoser, soit en les frappant, soit en les chauffant. Tibor l'y encourageait en répétant : « Cham a pour les pierres la curiosité que j'ai pour les plantes. Les Esprits nous chuchotent mille choses que nous n'entendons pas. Il découvrira des secrets capitaux. » Fréquemment, Tibor abandonnait ses propres recherches et allumait avec l'enfant des brasiers qui altéraient l'apparence, la texture des fragments.

J'admirais mon fils. Il avait dix ans. Il subjuguait. Ainsi que je l'avais imaginé lorsque j'avais posé ma tête sur le ventre de sa mère, il avait reçu de Tita la vaillance, la découpe fière des épaules, les muscles ligneux et véloces, le teint mat. Chaque père possède cette conviction : je pensais – naïvement, sincèrement – que mon fils était le meilleur, un jugement partagé par Maman, Barak, Tibor, Vlaam, ce dernier tenant à ce que son aînée l'épouse un jour. Dois-je le préciser ? Depuis le déluge, nous comptions sur quatre adolescents pour perpétuer l'espèce humaine.

Naturellement, on m'avait proposé une femme. Deux même, en âge de procréer. Devant mon peu d'entrain, on m'avait conseillé une des fillettes prépu-

* Du minerai de cuivre et du minerai d'or.

bères en promettant qu'on me la garderait. Bien que je n'eusse pas utilisé la formule de Derek – « Je préfère ne pas » –, mon attitude avait rejoint la sienne : j'avais décliné. Je me sentais incapable d'épouser quiconque. Après Noura, mon cœur s'était fermé. Certes, je continuais à chérir Maman, Barak, Tibor, je redoublais de tendresse pour Cham, mais, envers eux, il s'agissait d'une affection déjà présente, dépourvue de sensualité.

Si l'amour a toujours un corps, il n'a pas toujours un sexe. J'aimais la chair lourde et douce de ma mère que je n'hésitais pas à serrer contre moi ; j'aimais l'anatomie puissante de Barak, sa peau luisante, le rebondi de ses membres, son odeur de cuir et de camphre ; j'aimais la face ascétique de Tibor, le gris de ses iris, son nez aquilin, ses joues creusées, le cendré de ses cheveux en crin ; quant à Cham, je l'idolâtrais comme un modèle de beauté sur terre, depuis son front pur jusqu'à son pied agile en passant par l'esquisse de sa taille étroite. Cependant la délectation de les voir, de les approcher, de les renifler, de les toucher n'exprimait ni un désir ni son soulagement. Quoique mon attachement ne fît pas abstraction de leur corps, il ne se confondait pas avec l'attraction et ne recherchait en rien la volupté.

Vivre avec une femme exigeait le retour du sexe dans l'amour, une contrainte qui me paraissait aussi vaine qu'irréalisable. Noura m'avait emmené si haut que les courts sommets ne m'attiraient plus.

L'avouerai-je ? Je cultivais dans ce dégoût une forme neuve de ma passion : la fidélité à Noura par-delà la mort. Chaque fois que j'y songeais, j'éprouvais une ivresse qui me rappelait nos extases. Me refuser aux femmes en invoquant Noura me procurait une sorte de jouissance… Pour le reste, en homme normal, j'avais trouvé un arbre, semblable au Hêtre de mon adolescence, où je montais dans l'oubli de tous, où je décrispais mes raideurs en me livrant au plaisir.

— Papa, une harde là-bas !

Le bras tendu, sans un frisson de peur, Cham indiquait des fourrés foisonnants secoués de convulsions. Des animaux s'y cachaient.

— À ton avis, Cham, des loups ? Des sangliers ?

Il observa attentivement. Impossible de distinguer qui provoquait cette agitation.

— J'y vais ? demanda Cham.

— Non, moi, lançai-je, craignant pour lui la charge d'une laie qui protégerait ses marcassins.

— Tu ne me laisses jamais avancer en premier. Pas la peine de m'emmener à la chasse, alors ! Je ne suis plus un gamin, tu sais ?

Je le contemplai : s'il était toujours un gamin, son regard courroucé, son indignation, son envie d'en découdre étaient d'un adulte. Il m'émut.

— Va ! murmurai-je.

Il sourit, pivota sur ses talons et descendit. Les frémissements des ramages cessèrent lorsqu'il les contourna. Il disparut derrière les feuilles. Sa voix retentit :

— Papa !

Dans son ton, je ne perçus aucune peur, juste de la stupéfaction. Néanmoins, je bondis pour le rejoindre. Il me désigna la clairière.

— Regarde…

Devant nous, une vingtaine d'individus chargés de

sacs – des hommes, des femmes, des enfants – nous fixaient également.

Tibor avait raison : le Lac n'avait pas recouvert la totalité du monde, il avait simplement étendu son empire. Le pays où nous avions accosté contenait tous les vivants possibles, y compris des humains, nous venions d'en recevoir la preuve.

Les nomades rejoignirent notre village. Ils utilisaient une langue un peu différente, ce qui obscurcissait nos échanges, mais je finis par saisir qu'ils se déplaçaient périodiquement, campant quelques lunes ici, quelques lunes là, le temps d'épuiser le gibier et les fruits d'une zone, puis reprenant la route.

Discuter avec eux me confirmait que des humains, en grappes, prospéraient ailleurs sans avoir affronté notre catastrophe. Ils avaient entendu parler du déluge…

— Il y a bien longtemps, n'est-ce pas ? demanda leur meneur.

Cela datait de dix ans. À nous cela paraissait proche, à eux lointain. Ils s'en montraient curieux, probablement parce que leur vie réglée, monotone, ne comportait pas de si beaux désastres.

Nos villageois leur relatèrent nos épreuves. Les nomades tendaient l'oreille, ravis.

Je découvris là un paradoxe que je retrouverais durant des siècles : les hommes croyaient au récit tout en n'y croyant pas. L'ambivalence ne les dérangeait guère. Fiction et réalité effaçaient leur frontière, se mélangeaient sans que personne protestât, pour le plaisir de tous. Tant ceux qui écoutaient que ceux qui racontaient se mouvaient dans un espace délesté de contrôles, un lieu où l'on préférait aux faits la beauté, la leçon, l'émotion. Le plausible l'emportait sur la réalité. Même une invraisemblance vraisemblable, si elle servait le conte, valait mieux qu'une vérité vraie qui le gâchait.

Ainsi nos villageois rapportaient que notre errance maritime avait duré quarante jours. D'où sortaient-ils ce nombre ? Nul n'avait compté. « Quarante » tenait la route, car « trente » aurait semblé mesquin, « cinquante » outrancier. Le nombre quarante, avancé par un premier bavard, à force d'être répété, s'imposa.

Ensuite, nos villageois affirmaient que la terre avait été entièrement recouverte. Or cela n'avait été qu'une sensation donnée par l'horizon circulaire ; de surcroît, s'ils avaient réfléchi, ils se seraient rendu compte qu'ils avaient touché une région qui, elle, n'avait jamais été submergée. Malgré cela, ils décrivaient un déluge universel, complet, radical, et les auditeurs, sans se demander pourquoi ils n'avaient pas été noyés dix ans auparavant, acquiesçaient, prêts à colporter l'histoire.

Reprenant les interprétations de Derek, nos villageois explicitaient les causes du déluge. Le Lac, fâché contre les créatures irrespectueuses, avait décidé de les punir et les avait supprimées. Nonobstant, afin que sa puissance fût reconnue et crainte, il lui fallait des témoins : il avait choisi d'épargner quelques humains, moins oublieux, moins dissolus, moins écervelés, sélectionnés avec soin. Ces derniers constituaient les élus. Ils refondaient le monde sur des bases saines, pieuses, et leurs enfants, leurs petits-enfants, toutes les générations à venir commémoreraient perpétuellement la suprématie du Lac.

Je voyais comment un mythe naissait. Il avait pour

père le sens, pour mère l'exagération. Il supposait que rien n'arrivait par hasard et que les événements contrastaient. L'esprit mettait de l'ordre dans le chaos, la sensibilité y ajoutait de l'art. Forcément, la fable déroulait un programme intelligent qu'aucun détail contradictoire ou superfétatoire ne brouillait.

Au prix de ces exigences, la légende s'imposait et voyageait de conscience en conscience, autorisant quiconque à l'embellir, à l'enrichir, à la compléter : les multiples variations seraient reçues comme autant de précisions.

Mon rôle devenait plus important au fur et à mesure que nos villageois dispensaient le récit du déluge. Sur le moment, vu que j'assistais à l'élaboration de la légende, on ne m'attribuait pas davantage que ce que j'aurais toléré, mais je sentais qu'à ma disparition, on ne s'en priverait pas*.

---

* Mon histoire, une fois que les hommes eurent inventé l'écriture, connut aussi les honneurs du livre. En premier, les Mésopotamiens en rédigèrent plusieurs versions, dont la plus complète se trouve dans l'*Épopée de Gilgamesh* : j'y suis décrit comme un sage qui sauva ses proches, ses animaux, voire toutes les bêtes, en les emportant sur un navire. Au milieu de cent mentions fantaisistes, un détail me troubla : on raconte que je fus récompensé par l'immortalité et allai en profiter à Dildmun, pays de l'abondance – aujourd'hui l'île de Bahreïn dans le golfe Persique. Cette précision-là – authentique, vous le verrez bientôt – me fit longtemps craindre qu'on éventât mon secret. Providentiellement, après quelques invasions, plus personne ne sut lire le sumérien, l'akkadien, l'assyrien, ce qui m'assura la tranquillité. De surcroît, avec le recul, je constate que le seul élément véridique des récits mésopotamiens est celui qui passe pour le plus invraisemblable…

Les Juifs retravaillèrent à leur tour notre aventure dans la Genèse, les pages qui ouvrent la Bible. Ils indiquèrent mon

*

— Tu ne vieillis pas, Noam ! s'exclama pour la énième fois Maman, extatique.

Je ne pouvais lui renvoyer le compliment. Maman déclinait lentement avec sagesse. Loin de se rebeller contre les années, elle acceptait de s'alourdir, de se voûter. Elle plaisait autant qu'avant, sinon plus, parce qu'elle rayonnait : une lumière intérieure, celle de son âme joyeuse, envahissait ses yeux, structurait son visage, justifiait le dessin de ses rides rieuses et l'éclat immaculé de sa chevelure. Maman jubilait de me voir assurer la conduite du village, de gloser sur les conquêtes de son petit-fils, surtout d'être inconditionnellement aimée de Barak.

---

nom – Noam devint Noé –, ils parlèrent de mon fils Cham, et ils compliquèrent l'intervention de la mésange Mina en la métamorphosant en deux oiseaux, un corbeau et une colombe. Dotés d'une véritable inspiration poétique, ils ajoutèrent un arc-en-ciel au moment de notre retour sur la terre ferme, une écharpe multicolore qui témoignerait éternellement de la nouvelle alliance de Dieu avec les hommes – remarque cocasse : il la rappelait autant à Dieu qu'aux hommes ! Même si j'admirais les arcs-en-ciel bien avant le déluge, j'aime toujours ce signe. Ce collier cosmique nous échappe ; par sa splendeur et son inaccessibilité, il nous incite à l'humilité.

Quant aux Grecs, ils se distancièrent davantage des souvenirs colportés depuis des millénaires. Ils me baptisèrent Deucalion et Noura Pyrrha. Tardivement encore, le philosophe Platon évoqua le déluge dans *Timée* et, pour des raisons politiques, transforma le Lac en l'île de l'Atlantide.

Certes, aucun de ces textes ne se présentait comme un reportage sur le déluge ou sur moi. L'exactitude ne préoccupait personne. Seul le sens de la fable comptait.

Lui aussi prenait de l'âge. Sa crinière se panachait de blanc, des plis francs marquaient son cuir, cependant, au contraire d'elle, il livrait bataille, se tenant droit, s'obligeant à courir, veillant à conserver des gestes rapides et nets. Bien que sentant l'effort derrière son comportement, je ne le blâmais pas : mon colosse d'oncle se devait de rester un colosse.

Cham, lui, avait atteint sa taille adulte. Il s'épanouissait, insouciant. Depuis que nous savions le monde grand et peuplé, il ne subissait pas la pression de devoir se reproduire, d'étoffer notre communauté. Il se délassait discrètement avec les filles et assouvissait son penchant pour les minéraux.

Il avait énormément progressé depuis ses débuts. Il réussissait maintenant à extraire du rocher des filets de cuivre ou d'or, puis à les transformer. Si, enfant, il se contentait du martelage à froid, sculptant le minerai en le frappant, il avait depuis inventé la métallurgie du cuivre. Nous assistions volontiers à ce spectacle. Pour nous, faire passer une pierre de l'état solide à l'état liquide relevait du miracle ; certes, nous soupçonnions que l'ardeur d'un feu suscitait cette fonte, pourtant nous ne pouvions voir en la fusion une opération banale. Et le retour à l'état solide par le refroidissement nous fascinait pareillement.

— Le Froid est l'un des formidables Génies de la Nature, commentait Tibor. Lorsqu'il s'attaque à l'eau, il la change en glace. Lorsqu'il s'en prend à la pierre liquéfiée, il la mue en métal. Je le déclare Génie solidificateur.

— Et la Chaleur ?

— La Chaleur est un Démon destructeur. Elle

brûle, sèche, calcine, anéantit. Qui s'approcherait du soleil mourrait. Il faut constamment la surveiller, la contrôler et l'empêcher de nuire.

Avec le cuivre, Cham fabriquait des pointes de flèche, des bagues, des bracelets. Les premiers temps, il avait façonné des outils, voire des armes, mais ceux-ci se révélèrent moins fermes qu'en silex, en os, en bois de cerf ; mous, ils cédaient. Cham, obéissant aux vertus des métaux comme Tibor obéissait à celles des plantes, se spécialisa dans la confection de menus objets précieux.

Il continuait à m'accompagner à la chasse, en digne héritier de sa mère, éprouvant une satisfaction essentielle à galoper, sauter, grimper, épuiser ses muscles vifs. Il affichait un sourire perpétuel qu'il perdait uniquement quand des inconnus nous prenaient pour deux frères.

— Tu ne vieillis pas, Noam.

Ce soir-là Tibor, dont j'étais venu partager le repas, me dévisageait scrupuleusement.

— Toi non plus, Tibor. Tu ressembles exactement au Tibor que j'ai rencontré autrefois.

— Normal. J'ai toujours fait vieux. Dis plutôt que j'ai enfin l'âge que je faisais.

Parlant sans afféterie, il visait juste. Je l'admis. Le front serré, il plissa les paupières.

— En revanche, toi, tu ne vieillis pas.

Cette phrase que j'entendais souvent m'adressait d'ordinaire une louange ; Tibor, lui, me la lançait comme l'énoncé d'un problème. Au lieu d'éluder, je pesai sa réflexion et renchéris gravement :

— En effet, Tibor, je ne vieillis pas.

Il perçut mon inquiétude. En confiance, j'osai avouer :

— Il y a plus étrange que cela, Tibor : je me répare.

Il haussa les épaules.

— Tout homme se répare : la Nature le veut. Le vivant défend le vivant. On se remet d'une indigestion ou d'un mal de tête, le saignement s'interrompt, on cicatrise.

— L'autre jour, tu t'en souviens, je me suis blessé. La corde de mon arc avait craqué au moment où je visais. La flèche m'a entaillé la peau.

— Je m'en souviens, je t'ai soigné. L'entaille dépassait un pouce. Une sale blessure. Au fait, comment va-t-elle ?

J'enlevai le bandage et lui tendis mon bras droit. Il me repoussa, ronchonneur.

— Arrête de plaisanter. Donne-moi le bon bras.

— Le voici, répondis-je sans bouger.

Intrigué, il considéra mon bras droit, mon bras gauche, revint au droit. Ses doigts me palpèrent. Déconcerté, il m'emmena près des flammes afin de mieux voir.

— Non ! souffla-t-il. Aucune marque. On ne cicatrise pas à ce point-là !

— Je te le disais…

Tibor demeura muet puis, comme si je ne me trouvais plus là ; songeur, il sortit d'un sac ses herbes hallucinogènes et les broya dans un galet incurvé.

— Tibor, pas devant moi !

— Pardon ! C'est machinal… Je les prépare pour cette nuit.

Il me fixa, soudain inquisiteur.

— Je ne comprends pas, Noam, je t'ai soigné par le passé. Avant, tu ne guérissais pas ainsi.

— Avant quoi ?

— Avant le déluge.

Un poids s'abattit sur ma poitrine. Sa remarque m'accablait. Même s'il formulait ce que je sentais depuis longtemps, je m'insurgeai :

— Pourquoi le déluge m'aurait-il modifié ? Qu'ai-je vécu durant le déluge que toi ou les autres n'auriez pas affronté ? J'ai tangué comme vous, j'ai vomi comme vous, j'ai crevé de faim et de soif comme vous, j'ai désespéré comme vous, j'ai cru mon dernier instant arrivé comme vous, j'ai…

— Arrête ! Qu'est-il arrivé sur l'île ?

L'acuité de sa pensée me sidéra. Il désignait l'unique moment vécu à l'écart du groupe. Que devais-je lui dévoiler ? Tout ou partie ? Tout, c'est-à-dire la présence de Derek ? Ou uniquement ce qui concernait Noura et moi ?

Il tiqua :

— Tu réfléchis, Noam : cela signifie que tu vas me mentir.

Je pris une inspiration et décidai de lui exposer notre expédition dans le moindre détail : ma duperie vis-à-vis des rescapés, l'exécution impossible de Derek parce qu'il était mon frère et la victime de Pannoam. Après l'évocation de la hideuse scène confiée par Derek, Tibor me coupa :

— J'ai tout de suite deviné qu'il était émasculé. Lorsque je l'ai interrogé sur un éventuel accident – les cygnes en colère s'attaquent aux testicules des enfants –, il m'a rabroué. Nous nous sommes ensuite évités. J'allais te livrer mes soupçons au moment où tu l'as prétendu père de Cham, mais j'ai craint que cela ne remonte aux oreilles de Noura.

— Noura l'a découvert. Pour cette raison, le pire est advenu.

Il me regarda, interloqué. Je lui narrai le cri de Noura devant Derek nu pendant sa sieste, son exaspération envers moi, sa dissimulation dans la pirogue afin que nous discutions. Je relatai l'orage, notre fuite, la caverne, la boule de feu qui tombait sur Noura et Derek, moi qui me précipitais, qui constatais leur décès avant d'être foudroyé à mon tour. J'évoquai le trou noir, ces trois jours inconscients, oubliés, où les eaux m'avaient évacué hors de la cheminée minérale, puis mon réveil dans les bras de Barak.

— Avais-tu faim, soif en reprenant connaissance ?

— Non…

Je mesurai combien il s'avérait inusuel de sortir ainsi d'un étourdissement.

Tibor s'exclama :

— C'est là ! Là qu'il s'est accompli quelque chose ! Dans la grotte. Durant ces trois jours et ces trois nuits. Après le foudroiement.

— Tibor, comment expliques-tu que…

— Je n'explique rien, je m'approche du mystère. Savoir ne consiste pas à supprimer le mystère, mais à le cerner. Savoir consiste d'abord à savoir ce qu'on ne sait pas. Je dois enlever les couches superficielles, celles qui se résolvent, pour toucher le cœur concret du mystère.

Il se releva, détailla le contenu de la maison autour de lui, soupira.

— Je pars, Noam. Après ce que tu viens de me révéler, je file.

— Pourquoi ?

— Je vais chercher ce qui s'est passé dans cette grotte.

— Je t'accompagne.

— Hors de question. Ça me prendra du temps et tu gouvernes le village. J'ai surtout une mission.

— Quoi ?

— Vérifier que Noura est morte.

*

Mon fils était amoureux. Je ne connaissais pas celle dont il s'était toqué puisqu'elle habitait un village situé à quatre jours de marche. Ainsi que la plupart des jeunes gens, Cham et Falka s'étaient découverts durant la fête des moissons, laquelle réunissait les couples constitués et les cœurs à prendre. Falka avait déclenché un béguin instantané chez Cham ; depuis, soit il en discourait d'abondance, échauffé, soit il se taisait, langoureux, en songeant à elle.

Son engouement me réjouissait autant qu'il m'inquiétait. S'emballait-il raisonnablement ? Une femme qui charme ne fournit pas forcément une épouse… J'avais cassé la tradition selon laquelle les parents arrangent, seuls et à l'avance, les mariages. Pourquoi ? Je m'interdisais de me comporter comme Pannoam : la position sociale n'instaurait pas un critère suffisant, et mon union avec Mina m'avait procuré de trop maussades années pour que j'inflige à

Cham un sort semblable. Cependant, je me le reprochais. Un fils choisit-il mieux qu'un père ?

Impatient de convoler, Cham me pressait de rencontrer Falka, ce que j'acceptai vite, afin que lui et moi soyons rassurés.

Lorsque je pénétrai dans la salle où le clan avait préparé une réception digne d'un chef, je perçus aussitôt le trouble de Falka. À mesure que nous avancions, elle contemplait Cham, puis moi, puis Cham, et ses yeux ne cessaient de sauter, éberlués, de l'un à l'autre. Quand je m'adressai à elle, elle fondit de plaisir, les joues vermillonnées, les paupières baissées, en se touchant mille fois les cheveux, les lèvres, le cou pendant notre entretien. D'ailleurs, elle ne bavardait pas, elle roucoulait, gloussait, soupirait, souriait, expirait, glissant sur mon visage des regards lourds d'émotion. Je notai même que le sang lui montait à la poitrine, la piquetant de marques incarnates. Fort heureusement, Cham, aveuglé, ne décela pas qu'il avait disparu à mon profit dans les pupilles chavirées de sa promise.

Dès que je le pus, je sortis de la maison pour fuir ces chatteries intolérables. Mon fils était tombé sur une coquette ! Quoique me tenant depuis longtemps à l'écart des femmes, je saisissais clairement que je séduisais Falka. Je lui plaisais à l'excès. Si l'on nous laissait tous les deux seuls, elle culbuterait dans mes bras.

Contrarié, déçu, agacé, je décidai de me montrer franc avec mon fils : il s'entichait d'une flirteuse qui aimait les hommes plutôt qu'un homme, qui préférait l'amour à l'amant ; Falka le tromperait, lui mentirait et, s'il persévérait, il subirait humiliation, trahison, cruauté. La fureur me souleva. Au cas où Cham ne comprendrait pas, il m'obéirait : j'exigerais la séparation !

Tirtsa, la mère de Falka, me rejoignit derrière la maison et s'approcha de moi.

— Est-ce possible ? murmura-t-elle.

Je la fixai, incrédule, renfrogné, sans amabilité. Elle reprit :

— Pourquoi le père a-t-il l'air aussi jeune que le fils ? Tu es son frère, n'est-ce pas ?

Je démentis d'un geste excédé.

— Falka est affreusement troublée, Noam. Comme nous tous. Mais pour elle le bouleversement vire au malaise : ce qu'elle apprécie dans le fils, elle le voit dans le père. Ça la perturbe. Je te le rapporte parce qu'elle n'osera pas te l'avouer.

Étonné par ces mots, je la dévisageai. Tirtsa, d'une maigreur élégante, arborait une face hâve aux orbites profondes ; le gris de ses cernes et les multiples ridules cerclant ses yeux caves conféraient une incroyable intensité à son regard. Son embarras à cet instant prouvait sa sincérité.

— Tu sembles n'avoir qu'un ou deux ans de plus que ton fils.

— Ma mère, mon oncle, mon village, tous attesteront que je l'élève depuis toujours.

— Vous offrez le même aspect. Ta maturité n'apparaît que dans tes propos, tes attitudes. Jamais je n'ai rencontré cela.

Je détournai la tête. Que lui répondre ? Comment expliquer l'inexplicable ? Pour la première fois, ma jeunesse prolongée posait problème. Ce qui, jusqu'ici, provoquait la fierté de ma famille risquait de la détruire. Voilà que je dérangeais l'existence de mon fils.

Intelligente, Tirtsa respecta mon silence puis s'enquit :

— Si Cham et Falka se marient, où demeureront-ils ?

— Sous mon toit.

— Je refuse que ma fille vive sous ton toit !

La mine aigre, elle insista :

— Ne lui impose pas cela. Je ne veux pas que… ton privilège… ta bizarrerie… embrouillent Falka, la déroutent en permanence, voire pire… la transforment en… une autre.

J'étais sonné par ce qu'énonçait Tirtsa.

— Falka adore Cham, ajouta-t-elle. Comment ne porterait-elle pas son sosie dans son cœur ?

Grâce à sa perspicacité, je devinai mon devoir. Je m'inclinai devant elle.

— Mon fils épousera ta fille, car ils s'aiment. Ma bru appartient à un auguste clan. Ils s'installeront dans ma maison. Moi, j'entreprendrai un long voyage.

— Immédiatement ?

— Immédiatement !

— Le temps qu'ils fassent un enfant ?

— Le temps qu'ils fassent un ou deux enfants. Le temps que le couple se consolide. Le temps que je me flétrisse.

— Merci, déclara-t-elle simplement.

Elle tendit ses poignets vers moi pour que nous scellions notre accord. J'exécutai le rituel. Nous éprouvions le soulagement de père et mère responsables.

Elle retira ses mains et me demanda, ses yeux plongeant dans les miens :

— Dis-moi : es-tu vraiment le père de Cham ?

— Je te le jure, Tirtsa.

— Alors tu as mon âge ?

— J'ai ton âge, Tirtsa.

Elle frissonna. Ses paumes frottèrent ses bras nus pour les réchauffer. Mon attention s'attarda malgré moi sur ses doigts secs, vineux aux articulations, gonflés par l'inflammation, qui frictionnaient la peau fanée de ses coudes.

Apercevant mon regard, elle esquissa un sourire triste.

— Bon voyage, Noam. Je serai, moi aussi, contente de ne jamais te revoir.

Tirtsa rentra chez elle.

Très inquiet, je m'écroulai sur un banc de pierre. Une injonction tournait en mon for intérieur : ne pas faire comme Pannoam. Par une série d'enchaînements suspects, les événements m'engageaient à voler mon fils, une pente scabreuse. Certes, à la différence de Pannoam, je ne convoitais pas Falka ; en revanche, au cas où elle développerait le moindre intérêt pour moi, j'apporterais le malheur à Cham. Formions-nous, de génération en génération, des pilleurs de fiancées, des briseurs de fils ? Je repousserais cette fatalité, je ne la reproduirais pas.

Si Falka, alertée par la sagace Tirtsa, flaira les causes de ma froideur, Cham, lui, les ignora. Au lendemain des noces, il m'adjura de différer mon expédition : « Reste, papa ! Ne pars pas au moment où je suis le plus heureux. » Je déclinai dix excellentes raisons de courir le monde ; j'en aurais inventé mille autres au lieu de confesser la seule : en finir avec la malédiction de notre dynastie, laquelle opposait des pères égoïstes, voleurs et jouisseurs à des fils altruistes, volés et malheureux.

*

Je passai deux ans à parcourir la région en dispensant mon talent de guérisseur aux indigènes. Maman et Barak me manquaient cruellement. J'espérais croiser Tibor dont, fait curieux, personne ne gardait souvenir.

Ces années me permirent de découvrir que ce territoire n'offrait pas une rive, mais une côte : on ne revenait pas au point de départ en marchant le long des eaux. Le monde ne se réduisait plus à un cercle clos. Cette révélation m'ébranla : le Lac constituait une mer.

Pendant ma pérégrination, je conçus une aversion pour la mer qui durerait des siècles. Enfant des ruisseaux, des rivières et du Lac, homme des eaux pures, vives et transparentes, je considérais la mer comme une usurpatrice, et surtout comme un charnier. Elle n'était que le cimetière du déluge. Si elle sentait mauvais, si on ne distinguait pas son fond, c'était parce que des milliers de charognes croupissaient dans ses épaisseurs ; elle n'était composée que d'excréments, de corps détruits, pourris, putréfiés, corrompus, érodés, qu'elle brassait sans cesse par ses flux, ses reflux, ses vagues instables à la bave écumeuse. Parfois, elle rejetait encore des squelettes aux os blanchis. L'air iodé qu'on respirait au-dessus de ce cloaque exhalait l'haleine des trépassés. Et je pensais que le sel, cette puanteur saumâtre qui rendait le liquide imbuvable, suintait des cadavres en décomposition.

En discutant avec les téméraires qui s'aventuraient de plus en plus sur ses flots, je constatai que la mort continuait à rôder. Non seulement d'effrayants monstres surgissaient des ondes, mais des tempêtes ravageuses s'y déchaînaient. Que devait-on discerner dans ces tourmentes ? La mémoire du déluge ? Les prémices d'un nouveau cataclysme ? Un rappel ou une menace ? En tout cas, lorsque le Vent mugissait, quand les lames hurlaient, la mer dénonçait les fautes des êtres terrestres en leur signalant que, s'ils se conduisaient mal, elle ne contiendrait peut-être plus sa rage. Le vacarme de la mer, son grondement constant, les cris du ressac me suppliciaient et me ramenaient à mon insignifiance.

À l'issue de mon périple, j'avais perfectionné une technique qui m'aiderait à vivre auprès de Cham : me vieillir. Une poudre ternissait ma peau. Grâce à des bâtons en charbon de bois, je marquais mes traits jusqu'à me creuser des rides au front, autour de la bouche, au coin des paupières. Avec des pinceaux en poils d'animaux, je bistrais le contour de mes yeux afin de me coller des poches et des cernes, puis j'accentuais les cavités. À cela j'ajoutais des rougeurs avec de l'hématite, du violâtre en traçant une veine sur mes tempes. Ultimement, j'appliquais une poussière crayeuse mêlée à de la graisse pour blanchir ma barbe, ma moustache, mes sourcils, mes cheveux. Au-dessus des flaques qui me servaient de miroir, avant que le théâtre existe, je m'étais enseigné l'art du maquillage. Puisque j'arrivais à me peindre mon âge, je pouvais retrouver Cham.

Mon apparence le décontenança quand je débarquai au village, mais il fut transporté de joie. Il brandit fièrement ses deux nourrissons, et Falka, plus que jamais éprise de Cham, m'accueillit de façon affable, sans son trouble antérieur, en me traitant ainsi qu'un aîné vénérable.

Je m'abstins de résider chez eux et emménageai tout près, dans un pavillon dont les habitants venaient d'être décimés par une dysenterie. Deux motifs m'y incitaient : ne pas gêner le couple ; dissimuler le grimage qui m'occupait un copieux moment chaque aurore.

Devant mon vieillissement, Maman et Barak semblaient souvent dubitatifs. Par lucidité ? Par affection ? Savaient-ils que leur Noam ne subirait jamais les outrages du temps ? Ou voulaient-ils le croire ? Lorsque je réussissais mon maquillage, ils se contentaient d'un regard oblique et proféraient du bout des lèvres : « Tu as une mine fatiguée, aujourd'hui », presque en reproche, sans empathie ni inquiétude. En revanche, sitôt que les pigments s'effaçaient sous l'effet de la sueur ou d'une randonnée, ils s'exclamaient : « Qu'il est beau, notre Noam ! » Avec le recul, je pense qu'ils avaient deviné que je suivais une destinée exceptionnelle ; toutefois, percevant que je ne désirais pas en discuter, ils respectaient mon mutisme.

Maman tomba malade. Toute énergie anéantie. Des crampes à l'estomac. Une grosseur que l'on sentit sous son ventre. Je me démenai pour lui préparer des infusions, des décoctions, mais je constatai avec rage que, malgré les plantes médicinales, sa dégradation s'accélérait. L'appétit disparut. Une teinte jaune envahit sa peau. Boire posa problème.

Maman ne se plaignait pas. Elle avait compris. Elle s'était résolue. De même qu'elle avait accepté l'âge, elle acceptait la mort. Mieux, elle l'accueillait.

— À quoi me servirait de geindre ? me lança-t-elle un jour, pendant un accès de fièvre qui la secouait de frissons. La mort me soulagera.

Une chose la réchauffait : le sourire. Si, dans la réclusion, stupeur et dépit ombraient son visage, il s'éclairait dès que l'un de nous s'approchait. Elle qui manquait de forces pour soutenir une longue conversation, elle soutenait des sourires infinis. Rien n'atténuait la joie de ses yeux qui contemplaient Cham ou ses enfants. Quant à Barak et moi, nous lui devenions aussi nécessaires que l'air qu'elle respirait et, dans le sourire que nous échangions, un sourire qui nous accrochait les lèvres aux oreilles, circulait l'intensité de notre amour.

Au-dehors de la maison, Barak, le costaud, pleurait en se cachant, tel un garnement fautif ; dès qu'il retrouvait Elena, il allumait un sourire plus chaud, plus éclairant et plus bénéfique que n'importe quel feu.

Maman succomba une nuit.

À l'aube, en entrant chez elle, je découvris son corps froid tandis qu'auprès de sa dépouille Barak, agenouillé, psalmodiait des formules sacrées.

Je m'accroupis et joignis mes prières aux siennes.

Les instants où je me taisais, j'envoyais des mots tendres à Maman et je voyais, à la bouche de Barak qui s'agitait doucement, que lui aussi continuait le dialogue ; puis nous reprenions les poèmes rituels.

Barak ne versait aucune larme. À cause de moi ? Parce que Elena, toujours là quoique inanimée, lui interdisait de sangloter ?

Quand nous eûmes récité à plusieurs reprises nos oraisons, Barak redressa la tête et, le regard extasié, me parla pour la première fois de la journée :

— Mesures-tu, mon garçon, notre chance à tous les deux : toi d'avoir eu Elena pour mère, moi pour épouse ? Connais-tu des hommes plus comblés que nous ?

Il souriait, les yeux clairs, les traits apaisés, la respiration sereine, et je saisis que, loin de s'inventer un exutoire, il se montrait absolument sincère en manifestant de la gratitude. En ce matin où le sort lui arrachait la femme de sa vie, il exultait, au lieu de regretter.

— Elle est morte dans mes bras. Rien ne pouvait la rendre plus heureuse. Rien ne pouvait, moi non plus, me rendre plus heureux. Sinon mourir dans les siens.

Il réfléchit et se corrigea :

— Non, ça lui aurait fait de la peine…

Il la regarda avec une passion éperdue.

— Donc, tout va bien, murmura-t-il.

Le village défila à la maison pour un ultime hommage. L'attachement que chacun portait à Elena me prit aux entrailles. Barak le remarqua.

— Qu'imagines-tu, Noam ? Nous n'avions aucun mérite à l'aimer : Elena était aimable !

En voyant Vlaam, sa famille, les vieillards, les gamins, le berger, le potier, la livreuse d'eau, les grossiers, les gentils, les égoïstes s'incliner devant elle, je ne me demandais plus qui l'aimait mais si quelqu'un ne l'aimait pas.

La désolation me transperça. Les villageois avaient perdu quelqu'un qu'ils appréciaient, j'avais perdu ma mère. Des voisins, nous en avions tous beaucoup ; une mère, je n'en avais qu'une. Si une douleur en vaut une autre, la mienne comportait quelque chose d'unique. Peut-être parviendrais-je à m'enticher d'une femme, à nouer une amitié neuve, à recevoir avec cœur de nouveaux enfants ou petits-enfants, que sais-je, cependant je ne remplacerais pas l'irremplaçable. Plus personne ne me chérirait comme elle ; je n'adorerais jamais quiconque comme elle.

Abattu, je me retirai chez moi un moment. Lorsque je sortis, on m'apprit que Barak creusait la sépulture de Maman, au bas du village.

Je le rejoignis.

Le jour basculait. La lumière suave et mauve du crépuscule voilait lentement le paysage. Les nuances succédaient aux contrastes. La campagne s'éteignait en douceur.

Barak avait choisi un curieux endroit : le centre d'une clairière. Je l'aperçus à côté d'un monticule brun, lâchant son outil.

— Tu arrives à temps, mon neveu. Déposons-la dans son dernier lit.

Un suaire léger, au tissage élégant, dont la lisière avait été brodée, entourait Maman, sans effacer ses formes ; on aurait pu supposer qu'elle nous jouait une farce et qu'elle surgirait bientôt de ses voiles, rieuse.

Avec délicatesse, nous la descendîmes au fond du trou. La grandeur de l'excavation compliquait l'opération.

Une fois que nous l'eûmes posée, Barak arrangea les drapés en gommant les faux plis, supprimant les bourrelets. On aurait dit qu'il l'apprêtait pour une visite.

Nous nous hissâmes dehors.

— Je la recouvre, Barak ? demandai-je en empoignant la houe.

— Attends.

Il s'essuya le front, remit de l'ordre dans sa barbe, se recoiffa. En observant ses mains maculées de glaise, il grimaça puis se résigna à sa tenue négligée en poussant un soupir. Le soleil, proche de son coucher, le cuivrait entièrement. Je le trouvai magnifique.

Il me fixa, avança vers moi et me serra entre ses bras. Il revint ensuite au bord de la fosse et, pensif, s'écria :

— Si nous ajoutions quelques fleurs ?

— Veux-tu que j'apporte celles de mon jardin ?

— S'il te plaît.

Décelant à son ton impérieux que ce détail lui importait, je m'éloignai à grandes enjambées. Après dix pas, j'entendis Barak m'interpeller :

— Je n'ai aucune disposition pour la souffrance.

Je me retournai sans comprendre. Barak poursuivit d'une voix tonnante :

— Tant que je la vois et que je la touche, je résiste. Dès qu'elle sera sous terre, je ne pourrai plus. Pardonne-moi, Noam.

Et, avant que je réagisse, Barak porta son poignard à son cou et se trancha la gorge. Un flot de sang jaillit.

Au bruit de sa chute, je me précipitai.

Au creux de la tombe, Barak, mort, tenait contre lui le corps d'Elena. Il souriait.

*

On juge normal le départ de nos aînés, une normalité qui ne procure ni baume ni consolation mais nous laisse au contraire l'impression que plus rien ne sera pareil.

La vie continue en se fragilisant. Notre confiance ébranlée cherche ses appuis sans les découvrir. Cette menace que nous avions constamment perçue – la perte des nôtres – cesse de garnir un avenir indéfini; l'horrible ne vient plus, il est advenu.

Le décès de Maman et de Barak ne se réduisait pas à la disparition de deux personnes, mais à la dissolution de davantage. Avec eux, mon passé, mon enfance, ma jeunesse, un enjouement, une insouciance étaient partis. Pire même, j'avais perdu mes protecteurs. Certains riraient: comment une vieille dame et un colosse déchu défendaient-ils un homme fort, sain, comme moi? En m'aimant. En m'adressant leur tendresse intacte, pure attention à ma quiétude, pur désir de mon équilibre, pure affection depuis le premier regard. Il fallait m'avoir connu petit pour détecter encore le petit en moi. Voilà, c'était fini! Le deuil me sommait de grandir.

Quel que soit l'âge auquel on apprend la mort de

ses parents, ce jour-là tue l'enfant. Devenir orphelin, c'est devenir veuf de son enfance.

Je ne devais pas me lamenter : j'atteignais ma maturité lorsque le malheur m'appela à grandir. Contrairement à tant d'infortunés, je ne subis pas cette contrainte dans mes vertes années.

Parfois, je m'étonnais de l'ampleur de ma détresse et je me morigénais : Accepte la tristesse, Noam, car on ne l'évite pas. Dis-lui de se cantonner à sa place. Que la tristesse demeure tristesse, rien d'autre ! Néanmoins, mon chagrin, tel un fleuve qui déborde, charriait mille sentiments, l'ennui, la nostalgie, la solitude, l'écœurement, la peur du futur, le désenchantement, la crainte amère de ne plus vibrer, de ne plus jouir, de ne plus me réjouir.

« Je n'ai aucune disposition pour la souffrance », avait déclaré Barak en mettant fin à ses jours.

Moi non plus. Je ne supportais pas l'insupportable. Durant les premières lunes de mon deuil, je n'exerçais plus de pouvoir sur moi ; mes humeurs m'inondaient et me noyaient sans mon accord ni mon contrôle. Puis, par instants, je parvins à lutter contre ce déferlement, à gagner un peu de maîtrise. Oh, je ne remportai d'abord que de brèves victoires, mais je sentis qu'elles ouvraient la brèche à une reconquête. Le bonheur, ça se décrète avant de se vivre.

« Je n'ai aucune disposition pour la souffrance », avait crié mon oncle adoré. Je décidai donc d'être heureux.

Je m'investis dans ma famille. Adopter le rôle d'aïeul, cette fonction qu'avaient assurée auparavant Barak et Maman, m'offrait le plaisir de les perpétuer en prolongeant leur action ; j'y goûtais le contentement d'une fidélité vivifiée, je m'en régalais.

Mon fils dirigeait d'une main nonchalante la communauté et se consacrait, en dehors des siens, à sa vocation métallurgique.

À l'égal du printemps qui renaît, le bonheur pointa de nouveau son nez. De volontaire, il devint vécu. Je ne me forçais plus. Deux ans après le double décès, nous coulions enfin une période tranquille. La félicité d'être père, grand-père meublait mes journées. Le vieillissement me paraissait désormais une forme d'hygiène, d'autant qu'à mes fards j'avais peu à peu adjoint des raideurs feintes, des gestes ralentis, des vêtements suggérant que je m'alourdissais, que mes abdominaux se relâchaient, que mes muscles fondaient.

Mes petits-enfants poussaient, Cham mûrissait, je déclinais. Que j'ai prisé cette époque !

Hélas, une unique matinée allait y mettre un terme.

Un soleil fixe, insoutenable. Accroché au zénith, il avait dévoré le ciel en le pâlissant, ne l'autorisant à se recolorer qu'à l'horizon. Sous lui, tout semblait inerte, assommé ; la brise s'essoufflait ; la poussière n'avait plus l'énergie de se soulever.

Ce plein soleil projetait au sol des flaques d'ombre et me cuisait le crâne. Je ne pouvais pas attendre le soir que tombât cette grosse chaleur, je devais me rafraîchir.

À petits pas flâneurs, je montai vers la rivière. Les hautes herbes sèches, déjà consumées par l'été, s'étaient couchées. Seuls une vipère ici, un lézard là évoquaient encore la vie.

Arrivé sur le replat où la rivière s'élargissait avant de reprendre son cours jusqu'à la plage, j'admirai le panorama. Au lointain, la mer étincelait d'un éclat métallique. Son rayonnement diffus m'obligeait à plisser les yeux pour en supporter l'éblouissement.

La Nature inclinait au silence. Tandis que des oiseaux piaillaient dérisoirement au sommet des arbres proches, bien plus haut, dans l'éther blême, les lents et infatigables aigles planaient, muets.

J'observai le torrent qui se blottissait au creux de cet étroit cirque rocheux. Alors qu'ailleurs les plantes gisaient, racornies, elles s'émouvaient de nouveau sur la berge. Clapotis, friselis, vaguelettes, tressautements. L'eau m'appelait, irrésistible ; elle représentait le frémissement sous l'écrasement.

Afin d'échapper à la contagion de la torpeur, je me déshabillai et descendis dans l'onde rapide, fraîche, limpide. Là, je revins à l'existence. Au cœur des courants glacés, j'éprouvais la force du renouveau, l'intensité de la vie qui s'affirme. Des élans d'impatience agitaient mon corps ; je me mis à nager, à plonger, à pirouetter, à mouliner, à battre, à flotter. Je savourais ma robustesse, je jouissais de ma souplesse, je me saoulais de plaisir.

Malgré l'heure qui tournait, la faim qui me pressait, je ne parvenais pas à m'arracher à mes acrobaties, aux attraits inépuisables de la dépense physique.

Une silhouette apparut sur la rive. Cham s'accroupit et m'avisa.

Joyeusement, d'un signe, je l'invitai à me rejoindre.

Penché, guetteur, les paupières presque fermées, il m'épiait. J'insistai en riant :

— Viens !

Il se releva, se débarrassa de ses vêtements, entra dans les flots en grimaçant tant leur température contrastait avec celle de l'air torride ; puis, en quelques brasses, il avança vers moi.

— Bon, non ? m'exclamai-je.

Il approuva. Son calme, son sérieux m'impatientaient un peu. Au lieu de s'amuser, il me fixait.

— Papa, comment est-ce possible ?

— Que ça fasse tant de bien ? On s'en fiche, Cham.

Et je l'éclaboussai. Il reçut l'écume sans se dérider. Je me retrouvai enfant devant un adulte. Il s'entêta, solennel :

— Papa, comment est-ce possible ?

Il se désigna.

— Regarde, ma peau manque de fermeté, mes muscles s'effacent, la graisse se colle à mon ventre, mes cheveux chutent, et ceux qui s'accrochent blanchissent. Explique-moi.

Encore sur la lancée de mon enthousiasme, je me mépris et tins à le rassurer :

— Tu es normal, Cham. Ce qui t'arrive arrive à tous les hommes.

— Tous ? objecta-t-il.

Dégrisé, je compris ce qui se passait. Mon séjour dans les eaux avait lavé les traces de mon vieillissement artificiel, et mon excitation avait supprimé mes attitudes d'emprunt. Cham découvrait son père à l'âge où je l'avais conçu avec Tita. Je me sentis soudain plus nu que nu devant mon fils.

À ma gêne, il constata que j'avais enfin saisi. Il continua :

— Ce n'est pas la première fois que j'y pense, papa. À certains détails, quasiment chaque jour, je soupçonne que tu me dupes.

— Je ne te mens pas, Cham : je te protège.

Il me scruta longuement.

— Je te crois, papa. Tu t'appliques. Je le mesure davantage aujourd'hui. Explique-moi.

— Je ne sais pas l'expliquer. C'est… c'est… c'est une malédiction.

— Cela aurait été une bénédiction si tu me l'avais transmise, ainsi qu'à mes enfants…

La candeur avec laquelle il énonçait son désarroi – et, par-delà, le mien – me bouleversa.

— Cham ! Je…

Que dire ? La situation nous dépassait tous les deux.

— Retournons au bord, s'il te plaît, proposa-t-il.

Nous sortîmes de la rivière et nous nous allongeâmes, nus, sur un rocher plat, le visage face au soleil brûlant. Nous suivions les cheminements des milans qui, rigoureux, cultivaient la lenteur au milieu de l'azur.

— Souffres-tu de me voir vieillir ?

Cham me touchait au plus profond. Je me résolus à ne pas le berner avec des histoires.

— Oui. Même si un père contemple toujours son enfant à travers les voiles du souvenir, je perçois bien que tu vieillis, Cham. Au début, bêtement, je t'en ai voulu. J'ai failli te souffler : « Redresse-toi, soigne-toi, occupe-toi mieux de ta peau, de tes cheveux, de tes dents », mais je me suis retenu. L'âge, tu le subis. Comme moi je subis le fait de ne pas… le subir.

Cham braqua ses yeux sur les miens.

— Ça se gâte, papa. En dépit de tes nombreux efforts pour paraître vieux – je t'en remercie –, tu illusionnes de moins en moins. On bavarde derrière ton dos, on s'interroge…

— Qui ? Falka ?

— Falka, les villageois, les visiteurs, tous. On me questionne, on me harcèle et, parce que je ne fournis pas de réponse, ça empire, ça se propage. Maintenant, certains se mettent à te…

Il n'osait pas poursuivre. Je l'y encourageai. Il avoua :

— On commence à te haïr.

— Quoi ?

Pas besoin de quémander davantage de renseignements. Ce que, depuis longtemps, je craignais se produisait. Je sautai sur mes pieds.

— Je pars, Cham.

Il m'attrapa la cheville avec détermination.

— Non.

— C'est la solution pour que je ne vous gâche pas la vie, pour que je ne t'empoisonne pas.

— Je sais. Tu l'as déjà fait.

Je balbutiai :

— Tu… tu avais deviné ?

— Pas sur le moment mais, à ton retour, j'ai été frappé par ton coup de vieux – en deux ans, tu avais pris vingt ans –, et j'en ai parlé avec Falka. Elle m'a alors relaté son trouble en te rencontrant, ta colère, ta froideur, puis ton départ.

Ses yeux s'humectaient. Il luttait contre l'émotion.

— J'ai détesté les années où tu avais disparu, papa. Je t'assure que j'avais perdu toute joie. Je me suis mis à aimer mes petits le jour où je te les ai présentés, devant ton contentement. Ne m'abandonne pas…

— Allons, Cham ! Quel autre moyen ?

Il baissa la tête.

— Excuse-moi. Je n'écoute que mon égoïsme.

— Je me fous que tu sois égoïste ! Tu es mon fils, Cham, mon unique enfant. Si je peux satisfaire ton égoïsme, je deviendrai le père le plus heureux du monde.

Il releva le front, me dévisagea.

— Pars et reste.

— Quoi ?

— Installe-toi clandestinement à distance du village. Pas trop près afin que personne ne te croise ou ne te reconnaisse. Pas trop loin pour que je te rende souvent visite.

Je tendis la main, prêt à sceller notre accord, et demandai :

— As-tu une idée de l'endroit idéal ?

— J'ai pensé à une caverne que…

Malgré le tragique de la circonstance, j'éclatai de rire.

— Une caverne ? Tu es bien le fils de ta mère !

*

Je vécus trente ans dans la caverne.

Cette période, je la résumerai en peu de mots : plénitude naturelle, désert humain.

Plénitude naturelle, car je me fondis dans les éléments, la roche protectrice, la terre fertile, l'eau reçue comme l'aube avec reconnaissance, le froid qui requinque, le chaud qui alanguit, les plantes dont je traquais les propriétés, les animaux que je vénérais autant que je m'en délectais. La chasse requiert respect et connaissance des bêtes : on débusque le gibier si on l'a auparavant guetté, étudié, compris. Quoique l'entreprise débouche sur le trépas, elle est précédée d'une attention patiente, d'une authentique intelligence de l'adversaire, d'une déférence fondamentale pour ses capacités. Assurément, la mise à mort se montre abrupte… Or cette brutalité ne constitue-t-elle pas l'ultime égard ? Il faut abattre sans tourmenter, l'exécution s'opposant au supplice. Je n'ai jamais tué fièrement, mais j'ai toujours bien tué – avec brièveté et pour une raison suffisante. Le sauvage que je devins pendant cette ère se réappropria les leçons de Barak. J'embrassais la Nature.

Désert humain, car j'attendais Cham six jours et ne le retrouvais que le septième. Mon fils ne venait jamais les mains ou l'esprit vides : il me livrait des fruits, des légumes, des grains, il me soumettait ses derniers bijoux en or, une matière qu'il apprivoisait, il me donnait des nouvelles du village, de ses enfants, de leurs épouses, de leurs maris, puis de ses petits-enfants… Cham possédait le talent de raconter. La chronique qu'il me tint durant trente ans m'envoûta, tant il y brossait exquisément les caractères, les enjeux, les intrigues. Par la qualité de son verbe et de son regard, il transformait tout lieu en décor, toute situation en scène, tout événement en aventure, tout récit en suspense. Qualité suprême, il parvenait à rehausser chaque personne en personnage ; il m'attacha à des êtres que je n'avais jamais vus, que je ne fréquenterais pas, dont je me réjouissais d'apprendre le bonheur, dont je pleurais de découvrir le trépas. Cham décrivait peu, il suggérait. Il ne jugeait pas, il présentait. Une sympathie universelle le liait à ceux dont il évoquait les vices et les vertus avec une tendresse égale, consciente de la complexité. À la différence des contes qu'on débite aux enfants, on ne rencontrait ni bons ni méchants dans son histoire ; elle déployait du bon et du méchant en chaque individu. Moi qui avais été élevé par un étrange héros, un père aussi lumineux que sombre, aussi valeureux que pervers, ce voyage dans les ambiguïtés m'empoignait. Une fois entré dans le labyrinthe humain, on ne désire pas en sortir, plutôt l'explorer ; de même, une fois installé dans le roman de Cham, je ne voulais pas l'achever, plutôt le savourer. Au reclus dans sa caverne Cham apportait généreusement son monde, lequel se révélait si riche, si divers, si palpitant, si contrasté qu'il devint pour moi le monde. L'écriture n'existait pas mais, quand je mesure l'empire qu'exerça sur moi Cham avec sa gazette hebdomadaire, je suppose qu'à une autre époque il aurait fait un magnifique auteur*.

---

* Faire une œuvre ? Cham en avait le talent, j'en étais la raison. Car une œuvre nécessite des moyens et une cause. Cham devint conteur pour améliorer le confinement auquel il m'avait contraint. Son art de narrer, il l'avait reçu en don, mais il le stimulait continûment, autant par mauvaise conscience que par amour. L'affection se mêlait à la culpabilité. Par la suite, j'ai toujours retrouvé, chez les grands créateurs, cet identique mélange

Ma grotte se situait dans une région que les indigènes estimaient inhospitalière ; ils ne s'y rendaient jamais, sous prétexte qu'elle ne prodiguait pas d'eau. En réalité, l'antre cachait un puits, ce qui me permit de couler des jours paisibles.

À quoi ai-je pensé pendant tant d'années ? Sans doute ne pensais-je pas : je contemplais. Tout m'absorbait, le mobile comme l'immobile, le silencieux ou le bruyant, depuis la poussière qui flotte dans un rayon de soleil jusqu'aux nuages qui s'amoncellent au loin, du murmure de la pluie au croassement du corbeau. Une odeur suffisait à m'occuper, surtout que j'avais décrété qu'il n'y en avait ni de bonnes ni de mauvaises : je m'emplissais du parfum jaune des genêts, de la puanteur marécageuse du crapaud, des fumets graisseux qui s'exhalaient d'une viande embrochée. Tout me faisait spectacle.

Je découvrais le royaume de la nuit. Au lieu de dormir, ainsi que l'activité au village m'y avait contraint, j'examinais le firmament. J'en tirais, je l'avoue, une certaine fierté : personne ne scrutait le ciel ! Sitôt l'obscurité tombée, les hommes sommeillaient, les fleurs fermaient leurs pétales, aucun animal ne tournait plus les yeux ni la truffe vers l'éther incomestible, et même les nocturnes, hiboux, chouettes,

---

de combustible noble et de combustible ignoble pour constituer le feu. Il faut les deux. Du pur et de l'impur. Un ange ne fait pas une œuvre, le diable non plus.

Son grand roman, Cham l'a réalisé pour moi. Il m'était adressé. Je l'ai entendu. Il a réellement existé, même s'il n'en demeure aucune trace. Avant l'écriture, les génies écrivaient sur le vent.

chauves-souris, rivaient leurs regards au sol, obsédés par la faim. Si la terre était ventre, le ciel était esprit. Certaines fois, seul au monde, le front renversé en l'air, je murmurais aux astres :

— Ne vous vexez pas, je vous admire, moi.

Une bouffée d'orgueil m'autorisait alors à me considérer comme exceptionnel.

Au début, j'éprouvais un plaisir esthétique à fixer les étoiles puis, le temps passant, je cherchai les liens entre elles. Avais-je devant moi, chaque soir, des étoiles différentes qui se plaçaient au hasard, selon leurs désirs, tels des moutons dans le pré du ciel ? Ou bien un ordre les régissait-il ? Avec Barak autrefois, j'avais localisé l'étoile du crépuscule, cette éclaireuse qui brille d'un éclat supérieur, ainsi que deux groupes, le Petit Têtard, le Grand Têtard. J'entrepris de pousser l'investigation au-delà et je décidai de reproduire le ciel à mes pieds.

Un vaste champ de terre battue figurait la voûte et des cailloux les astres. Souvent, entre le vrai ciel et mon faux, j'attrapais courbatures, crampes, torticolis. Je me décourageais aussi, car je repérais plus de chaos que d'ordre. Certes, les étoiles effectuaient un trajet semblable à celui du soleil, se levant d'un côté, se couchant à l'opposé ; cependant, si le dôme se mouvait identiquement au-dessus de moi, certaines se pavanaient toute la nuit, certaines quelques instants, quelques-unes n'apparaissaient qu'en été, d'autres qu'en hiver. Les saisons modifiaient tout : le soleil ne surgissait pas toute l'année à côté des mêmes étoiles.

Progressivement je saisis que se tapissait une logique sous-jacente qui m'échappait. L'observation céleste me confirmait que les manifestations des lumières ne dépendaient ni de la fantaisie ni de l'arbitraire, sans pour autant que je réussisse à en détecter les principes.

Au sol, je dessinais les constellations – ces étoiles groupées – en reliant les cailloux par un trait gravé sur la glaise. Ce système m'aidait ensuite, en plein jour, à les identifier, puis à les nommer afin de secourir ma mémoire. Choisissant les termes en risquant des analogies avec les animaux, je soupesais l'artificialité de mes sobriquets. On n'apprivoise l'inconnu qu'en le ramenant au connu. Si j'avais été le premier, j'aurais appelé le Petit Têtard la Petite Ourse, le Grand Têtard la Grande Ourse. Ainsi, non loin de celle-ci, désignais-je comme le Cheval un groupe que je parvenais à réduire à un corps doté de quatre pattes et d'une encolure, lequel deviendrait quelques siècles après, chez les Chaldéens, la constellation du Lion – moi, je n'avais jamais croisé de lion. Quant à un amas d'étoiles dont le nombre, la netteté fluctuaient selon les moments et qui m'évoquait une poule et ses oisillons duveteux, je l'appelais la constellation des Poussins, tandis qu'elle passerait à la postérité, quelques millénaires plus tard, en tant que Pléiades, les astronomes grecs y discernant les sept filles du Titan Atlas. Enfin, une constellation reçut plusieurs qualifications tant je peinais à donner un sens à son tracé : je la dénommais tantôt le Mouton – ainsi que les Sumériens bientôt –, tantôt le Chasseur, car j'y relevais un arc tendu vers les Poussins – une idée qui retraverserait l'esprit des Grecs, lesquels la baptiseraient Orion.

Ai-je élaboré, sans m'en rendre compte, la première

carte du ciel ? Ai-je, avec une inconscience rêveuse, initié les catalogues stellaires ?

Je ne savais pas ce que je regardais en regardant les étoiles – qui le sait, même aujourd'hui ? Non seulement j'ignorais que je logeais sur une planète, mais je devinais encore moins que j'en observais d'autres. Les objets qui circulaient au-dessus de moi ne s'apparentaient pas à notre terre. À mes yeux, il n'y avait pas un univers infini, mais un mur où coulissaient le soleil, la lune, les astres, une paroi bleue le jour, noire la nuit. À mes yeux, il n'existait pas d'espace illimité, mais un monde clos, fermé. À mes yeux, un centre s'imposait : là où j'étais. Ni moi ni le sol sur lequel je m'asseyais en tailleur ne bougions, c'était le dôme céleste qui pivotait.

À plusieurs occasions néanmoins, j'éprouvai un malaise, un vertige qu'avec le recul je juge prémonitoire. Je tremblais en me posant une question : si les étoiles s'accrochaient à la voûte, ou si elles la perçaient comme le prétendaient certains, que se trouvait-il derrière la voûte ? Dans mon esprit affolé, l'espace se rouvrait, s'allongeait, conquérant de nouveaux champs, puis d'autres, puis d'autres, telle la Vague du déluge qui nous avait précipités en avant, et j'éreintais ma cervelle à me figurer constamment l'étendue après l'étendue, une aire dépourvue de bornes. Cette perspective me glaçait, me ridiculisait, m'humiliait et, misérable, j'interrompais ce défilé en secouant la tête. Impossible ! En fait, la notion d'infini me tenaillait. Ne pensant que par images, je ne pensais pas l'infini, lequel n'est pas représentable, seulement conceptualisable. Il s'offre à la raison, pas à l'imagination. Les mathématiques et la philosophie, faute d'être nées en ce temps-là, ne me permettaient pas de réfléchir à l'infini, quoiqu'elles sollicitassent déjà mon entendement. Même si je n'y répondais que par la panique et la démobilisation, je pressentais qu'un continent d'idées neuves, différentes, m'attendait quelque part.

Cham vieillissait, le paysage évoluait, le temps s'écoulait.

Et moi, sur qui le temps glissait, je dialoguais avec un cosmos qui esquivait le temps. Un homme non corruptible fixait les astres incorruptibles.

Je m'aventurais peu en dehors de mon territoire. Puisque je ne masquais plus ma jeunesse perpétuelle, j'évitais que des villageois m'identifient ou que de nouveaux constatent mon anomalie. À l'instar d'un fantôme ou d'une bête sauvage, je fuyais, habitué à me camoufler sitôt que j'avisais une silhouette humaine. J'aurais dû craindre le traqueur d'élite, celui qui espionne durant des jours, or les gens chassaient de moins en moins ; l'agriculture et l'élevage suffisaient à les nourrir.

Deux fois par an, je gagnais l'orée du village pour me recueillir devant la tombe de Barak et Maman.

Une chose extraordinaire s'y était produite : deux arbres avaient germé sur le monticule où j'avais enterré mon oncle et ma mère ; ils s'étaient dressés dignement pendant quelques années, puis, à l'âge adulte, s'étaient enlacés ; mieux qu'enlacés, ils s'étaient pénétrés. Comment décrire autrement l'incroyable fusion ? La branche principale de l'un, épaisse, large, robuste, était entrée dans le tronc du second. Ce dernier, non seulement avait toléré l'intrusion, mais l'avait consolidée en cicatrisant autour, ajoutant des bourrelets d'écorce qui formaient des anneaux. L'accord était scellé.

Je contemplais ces arbres mêlés avec émotion. Barak et Elena – ça ne pouvait être qu'eux – poursuivaient leur histoire. Leur passion avait réussi à ressortir de la terre, à monter vers le ciel et à les réunir de manière définitive. En végétaux, ils avaient accompli ce que ratent les humains : faire un avec deux. L'amour ne périssait jamais…

Au printemps, en fin d'été, durant trois décennies, j'allais leur rendre hommage sans avertir Cham. Je passais la journée assis entre eux deux, dans leur ombre bienveillante. Je les caressais. Parfois je les étreignais – je frémissais lorsque l'écorce sur laquelle je collais ma joue me picotait comme jadis la barbe cuivrée de Barak, je fondais en larmes quand le parfum doux et lourd des fleurs m'enveloppait avec délicatesse, car je sentais Maman m'entourer de ses bras. Malgré l'intensité de ces émotions, j'en revenais fort, confiant. L'éternité existait donc. Ainsi que la vie heureuse.

Noura ne quittait pas mes pensées. Les premières années, me souvenir d'elle m'accabla ; cela m'enchanta ensuite. Nul besoin de convoquer des traits précis ni de me raconter des anecdotes. Je me contentais de l'imaginer, d'agir sous son regard, d'apercevoir vaguement son visage.

À certains moments, je me demandais si Tibor appartenait toujours à notre monde, s'il le sillonnait encore à la recherche de son enfant. Autant qu'autrefois, son départ subit me déconcertait, et j'espérais pour lui qu'il avait fini par accepter la disparition de sa fille. Cet homme si sage, si savant, si réfléchi n'avait connu qu'une folie, Noura.

Comme moi ?

Durant ces trois décennies, je vécus au présent, mais en me doutant vaseusement, au fond de moi, dans une zone inaccessible aux mots, que j'attendais. Quoi ? Je l'ignorais…

Ce fut Cham qui me l'apprit un jour.

Je le vis arriver au lointain. Qu'il traînait ! Sa silhouette voûtée, amaigrie semblait aussi légère que la poussière du chemin. Il s'échinait contre un vent qui pliait à peine les pissenlits.

— Pauvre Cham ! m'exclamai-je. Il ne se ressemble plus.

La sottise de mon jugement ne m'effleura pas. Sûr que ce Cham-là ne s'apparentait plus au Cham jeune homme, mais pourquoi accordais-je plus d'importance à une condition physique qu'aux autres ? Cham avait été lui-même à tous les âges de sa vie, à trois mois, à cinq ans, à quinze ans, à vingt, et maintenant à soixante-cinq ! Un état servirait-il de référence ? Avais-je reproché au Cham de trente ans de ne pas rappeler le Cham de dix ans ? À l'instar de beaucoup, j'estimais bêtement que l'enfance constitue une préparation et la vieillesse une décadence. Selon ce préjugé, la Nature consacrait vingt ans à bâtir un individu, lequel profitait de son physique durant dix à quinze ans, puis elle occupait les décennies suivantes à le détruire.

Cham me rejoignit, essoufflé, en nage. Notre accolade me confronta à ses épaules décharnées, à ses omoplates pointues. Je plaisantai en tâchant de dissimuler la commisération qu'il m'inspirait.

Après quelques bavardages d'usage, j'escomptais qu'il entamerait sa gazette captivante. Hélas, il demeura muet en se frottant les mains.

— Quoi, Cham ?

— Falka est morte, papa. Il y a cinq jours.

— De quoi est-elle morte, mon garçon ?

Il me dévisagea avec un peu de surprise.

— De vieillesse.

Sa phrase me déstabilisa. N'ayant plus revu Falka depuis trente ans, je dus en un éclair renouveler mes images, troquer une femme rayonnante contre une vieillarde agonisante.

Cham me scrutait. Son silence en disait long ; son silence me criait : « Moi aussi, je décline, papa. Moi aussi, je vais bientôt mourir. »

Je me mis à parcourir nerveusement la clairière où nous nous retrouvions chaque fois. J'avais honte de moi, de ma jeunesse, de mon impuissance à la lui transmettre ; j'éprouvais du chagrin pour lui, pour Falka, pour tous ces êtres qui subissent le temps. Pourquoi étais-je épargné ? Infernal !

Quand mon corps eut évacué la colère, je m'assis auprès de Cham. Il me sourit avec gentillesse.

— Rentre avec moi au village.

— Non, Cham, évitons de…

— Tu ne me gêneras pas. Tous ceux qui t'ont rencontré sont sous terre, papa, sauf moi. Tu peux rentrer.

— Tes enfants ? J'ai veillé sur eux pendant leur jeunesse. Ils me reconnaîtront.

— Bien sûr qu'ils te reconnaîtront : tu n'as pas changé ! Et à cause de ça précisément, ils concluront qu'il ne s'agit pas de toi. Nul n'est censé se soustraire au temps. Je te présenterai comme un cousin, ça justifiera l'air de famille avec Noam, mon regretté père, qui a expiré, ne l'oublie pas, il y a trente ans.

Son plan me parut convaincant. Je frissonnai.

— J'ai peur… Cham.

— De quoi ?

— De retourner là-bas. Je suis tellement rompu à ma solitude. Est-ce que…

— Ça me coûte de venir ici. Trop loin. Ça m'épuise.

Je me précipitai vers lui.

— Excuse-moi.

— Si tu ne rentres pas avec moi, tu resteras seul de ton côté, moi du mien. Je ne le supporterai pas, papa.

Et voilà comment j'habitai de nouveau auprès de mon fils adoré.

Cham avait raison. Les villageois ne soupçonnèrent jamais que, sous le gaillard brun de vingt-cinq ans, fringant, athlétique, qui débarquait chez eux se terrait le père du vieillard Cham. Les rares qui m'avaient vu jadis s'esbaudirent devant cette ressemblance, plus charmés qu'époustouflés, et me jugèrent « presque aussi beau que Noam ». Car, je le constatai, ma réputation avait fleuri depuis ma disparition, me hissant du statut de héros à celui d'idole. On me vénérait tel un sage, un juste, un fondateur. On expliquait que j'avais prévu le déluge – j'avais seulement prêté l'oreille aux inquiétudes de Tibor –, que j'avais construit un bateau prodigieux, d'une solidité sans pareille, dans lequel j'avais embarqué, en plus des hommes, des couples d'animaux pour préserver toutes les espèces. À les entendre, je n'avais omis de sauver personne et l'on ne se remémorait plus ceux et celles qui avaient succombé. D'une calamité meurtrière, on avait tiré une épopée triomphante.

Très vite, je blâmai Cham d'avoir laissé prospérer ces balivernes.

— J'ai essayé de les corriger, papa, répliqua-t-il, sincère. J'ai vraiment insisté, d'autant que tu m'as plusieurs fois tout exposé. Mais mes nuances n'intéressent pas. On m'écoute par politesse, on se tait un temps décent, puis ça reprend de plus belle. Les hommes n'ont pas besoin de vérité, ils ont besoin de légendes.

Cham s'affaiblissait. Malgré mes soins, mes potions, mes herbes, son tonus le lâchait.

L'individu termine comme il a commencé, en réclamant de l'aide. Le grand âge rejoint le bas âge. La famille s'inverse : le soin change de côté. Tout ancêtre se transforme en enfant de ses descendants.

Cela ne m'arriva pas. Je restai le père de mon fils jusqu'au bout, jusqu'à ce qu'il s'éteignît. Dans l'intimité, nous ne retenions pas notre plaisir : Cham manifestait sa tendresse, je la recevais et lui donnais la mienne, sans limites. Combien d'heures avons-nous passées, allongés sur une natte, dans la pénombre, à discuter de tout, de rien, à jubiler d'entendre nos voix se réunir, à profiter de nous trouver ensemble ? Je goûtais voracement la présence de mon fils, sachant que la mort me l'arracherait à brève échéance. La perspective de cette perte me désignait ce qui comptait. Tant de détresse sous-tendait mon bonheur ! Le vide à venir m'enjoignait de jouir du plein présent. Chaque instant se dorait de nostalgie à l'avance : un jour, tout cela ne serait plus.

Un de ces après-midi à l'écart du soleil, dans le silence bienfaisant de la maison, mon fils s'endormit à jamais contre moi. Je demeurai longtemps sidéré. Bébé, je l'avais pris dans mes bras. Vieillard, je le tenais toujours dans mes bras. Différence ? Il ne répondait plus à mes sourires...

J'inhumai Cham à côté de Barak et d'Elena, au pied des arbres mêlés. Puis, une fois que les membres de la famille et moi eûmes chanté les prières, je me sentis étranger parmi ceux qui me voyaient comme un vague cousin dont Cham appréciait la compagnie. Mon rôle s'achevait. Il fallait que je m'efface.

Combien de temps ce corps qui ne vieillissait pas allait-il m'obliger à exister ?

Le chagrin me paraissait normal ; ma tristesse, si aiguë fût-elle, j'estimais pouvoir en venir à bout. En revanche, au-delà de toute douleur, j'étais taraudé par une interrogation brûlante : avais-je encore envie de la vie ? De cette vie ? Je songeai à reproduire l'acte de Barak. Mon monde disparaissait et moi je ne disparaissais pas ! Échapper au calendrier des autres, ne plus diminuer avec ceux que j'aimais, loin de m'octroyer un privilège, m'infligeait un supplice. Cette jeunesse prolongée, absurde, insolente, féroce, bête, m'accablait à mesure qu'elle m'isolait. Je maudissais les Génies, les Esprits, les Dieux d'avoir conçu pour moi une solitude nouvelle, la solitude temporelle. Si chacun connaît la réclusion dans l'espace, j'expérimentais, moi et uniquement moi, la claustration dans le temps. Comment habiter avec une personne dont on ne partage pas la vulnérabilité ? Comment accompagner l'être cher qui se fane sans se faner soi-même ? Comment survivre à la mort d'un fils ? Et, sans doute, de futurs enfants ?

Je ne recevais pas de réponse.

Ni des Dieux, ni des Esprits, ni des Démons, ni de moi.

Ce silence suspendit le geste fatal. Déchiré par trop de questions pour les résoudre d'un coup de poignard, sans le décréter ni le vouloir, je continuai à vivre.

Ou du moins je le crus.

*

Après trente ans d'immobilité, je partis, une besace à l'épaule.

Le monde avait changé. Les familles se sédentarisaient, ce que, paradoxalement, les routes prouvaient. Au temps des Chasseurs-Cueilleurs, on ne repérait presque pas de sentiers permanents, car nul déplacement ne s'effectuait assez régulièrement pour tracer une empreinte dans le sol. Maintenant que les hommes ne bougeaient plus, les chemins pullulaient, ravinés par les pieds, marqués par les bâtons, usés par les sabots, terre battue et rebattue qu'empruntaient les paysans, leurs troupeaux, les vendeurs ou les fournisseurs qui vaquaient de marché en marché. Les villages grandissaient et se multipliaient. Les nomades se raréfiaient.

En pérégrinant, je découvris que mon indépendance détonnait. Qu'un individu parvînt à se suffire – se nourrir, se loger, s'habiller, se soigner – estomaquait ceux que je rencontrais. Ils appartenaient à des communautés complexes où les travaux avaient été divisés, les habiletés réparties, les savoirs morcelés. Celui qui élevait du bétail ne tissait plus, celui qui tissait ne s'occupait pas des bêtes. Fin de l'autonomie ! Chacun comptait sur chacun. L'impuissance rôdait. La spécialisation du savoir-faire avait supprimé le pouvoir-faire. Les hommes dépendaient les uns des autres, condamnés à la vie collective.

Je me sentais le rescapé d'un monde disparu, celui où un individu se débrouillait seul. Autrefois, chacun savait ce que les autres savaient ; à présent, chacun dominait sa tâche en délaissant celle des autres. Le monde ancien avait constitué le temps de la connaissance partagée ; le nouveau déclinait celui de l'ignorance partagée. Dorénavant, un villageois se distinguait de ses voisins par une compétence pointue et il ne leur ressemblait que par une incompétence généralisée. Mille lacunes les unifiaient, une expertise les dissociait*.

---

* Je suis toujours réticent lorsqu'on me parle de progrès. Plus les hommes savent de choses, moins l'individu en sait.

J'ai eu la chance, en 1950, de rencontrer Albert Einstein aux États-Unis. Mieux que cela, je lui ai peut-être sauvé la vie… Féru de voile, le grand physicien pratiquait la navigation en solitaire sur un lac du New Jersey, près de Princeton. Un méchant coup de vent a soudain couché l'embarcation sur l'eau, et une fausse manœuvre en a éjecté Albert Einstein, l'assommant presque. J'ai plongé et l'ai ramené au rivage. Une fois qu'il se fut remis, je l'ai aidé à rattraper son bateau, à le réparer, à le ranger, puis

Grâce à la spécialisation, les artisans progressaient à vive allure. Alors que Cham s'était borné à travailler le cuivre pur, l'or pur, forgerons et bijoutiers se risquaient à des alliages. En mêlant de l'étain au cuivre, ils obtenaient un métal plus malléable à l'état chaud, plus solide à l'état froid : le bronze. Ce résultat améliorait grandement les objets. Grâce à lui, à cause de lui, tout changeait : des gens voyageaient pour assurer le commerce des matières premières – notre région recélait du cuivre, peu d'étain – et la vente des outils, poignards, glaives, épées, casques*.

Un village avait atteint l'excellence dans le travail du bronze, Biril. Un chef d'un genre nouveau l'administrait. Il s'appelait Zeboïm. Il était cruel et tenait à ce qu'on le sache.

---

nous avons grignoté ensemble. Jamais je n'avais fréquenté un individu plus charmant ni plus maladroit. Pourquoi cet esprit supérieur possédait-il dix doigts ? Il ne savait pas s'en servir – à part pour jouer du violon – et ne bénéficiait d'aucun sens pratique. Quoique attendri par lui, je le comparais aux hommes de ma jeunesse : en cas de difficulté, ils se seraient tous mieux débrouillés. Einstein ne remarquait rien de ce qui l'environnait, il ne connaissait ni la flore ni la faune du lac, il ne distinguait pas les plantes qui nourrissent de celles qui empoisonnent ou de celles qui soignent, il ignorait comment prévoir l'orage ou repérer la bourrasque, recoudre ses vêtements, allumer un feu, tailler un couteau en silex, encore moins l'utiliser. Quant à poser des pièges à lapins ou à loutres, l'idée même n'aurait pas traversé son brillant cerveau ! Il manifestait une inadaptation exhaustive.

La spécialisation préserve ceux qui ne savent pas faire beaucoup. Au fond, la civilisation a permis la survie des génies et des crétins. Le crétin n'est bon à rien, le génie bon à une seule chose.

* Pour le poète, c'est l'or qui a changé le genre humain. Pour le moraliste, c'est l'argent. Pour l'historien, c'est le bronze.

Zeboïm dirigeait cet immense village en bord de mer, un ensemble fortifié en murs de rondins où l'on ne pénétrait que par deux portes surveillées. Lui-même résidait dans une vaste demeure cernée de pavillons que des gardes veillaient. Tout contribuait à donner le sentiment de son importance. Lorsque Zeboïm paraissait aux cérémonies, il portait un masque en or, ce qui le rendait impressionnant, superbe. Ce stratagème entourait sa physionomie de mystère. Ignorant ses traits et conscients qu'il circulait parfois anonymement parmi eux sans son faciès métallique, les gens dans les rues surveillaient leurs discours et leurs comportements. Couramment, Zeboïm sanctionnait un individu pour avoir médit de lui ou critiqué son action. L'exécution se déroulait en public. Un crieur sommait d'y assister. Devant une foule bien ordonnée, Zeboïm, muni de son masque étincelant, trônait sur un fauteuil. Sous les yeux des villageois qui oscillaient entre horreur et excitation, le bourreau tranchait la tête du coupable, qu'on exposait ensuite à l'entrée de Biril, au-dessus de la porte principale, jusqu'à ce que vautours et corbeaux l'aient dévorée.

Zeboïm régnait par la terreur. Il recrutait des mercenaires. Prétexte officiel ? Défendre ce riche village si jalousé. En réalité, les ennemis de Zeboïm se trouvaient au cœur de l'enceinte et ses troupes verrouillaient l'ordre intérieur. Puis, l'ivresse du pouvoir amenant Zeboïm à l'impérialisme, son armée amorçait la conquête des communautés voisines.

Qu'est-ce qui venait de Zeboïm, qu'est-ce qui venait du bronze ? L'inégalité s'accentuait entre les villages.

Les razzias dont j'avais été témoin autrefois résultaient d'une pénurie temporaire ou de l'envie ; dans le cas présent, la violence découlait du système. La technique appelait la richesse, la richesse appelait la puissance, la puissance appelait l'armement et, à proportion que l'armement se perfectionnait, l'agressivité flambait.

L'avouerai-je ? Cet excès me parut un salut : je décidai de m'enrôler comme guerrier auprès de Zeboïm. Jeune, vigoureux, expérimenté, sans scrupules, je louai mon corps à celui qui me garantissait le coucher, le manger, le vêtement, le blanchissage.

Il m'engagea. Ou plutôt Kurk, son porte-voix, sa partie visible, celui qui exerçait le commandement, régentait les soldats, conduisait les assauts – Zeboïm demeurait reclus chez lui.

Je fréquentais des brutes à la compagnie particulièrement insipide. Ils s'imaginaient immortels et ne l'étaient pas, se jetant dans la bagarre avec jubilation, drogués par une illusion de domination, persuadés d'en sortir vainqueurs puisque, de rixes en pugilats, ils ferraillaient encore. Auprès d'eux, je baignais dans la trivialité. Ça buvait, ça ripaillait, ça jurait, ça crachait, ça fanfaronnait, ça copulait, ça invectivait, et puis ça s'éteignait en un cri de stupeur au milieu d'un champ de bataille. La grossièreté de ces soudards contrastait tant avec Cham, mon fils au langage subtil, aux analyses raffinées, que ces rustauds m'offraient l'oubli. Moi qui avais soigné, je blessais ! Moi qui avais guéri, j'exterminais ! Moi qui avais sauvé mon peuple, je me fondais au sein d'une troupe anonyme, soldat parmi des soldats, sans me préoccuper un instant de la cause pour laquelle je me battais… Était-ce moi ? Non. De quoi me punissais-je ? Je recherchais l'effacement du Noam précédent, du Noam qui s'était voulu bon, aimant, responsable, et qui n'avait réussi qu'à souffrir atrocement. Je désertais le camp de la douleur. Mieux valait la causer que l'endurer.

Je me révélai un excellent mercenaire. Indifférent aux coups, récupérant rapidement des taillades et contusions, je représentais le combattant idéal. Lancé dans une course échevelée, j'avais expulsé la mort de son terrier, et je filais devant la bête dangereuse en espérant qu'elle me rattrape.

Hélas, j'avançais plus vite qu'elle… Je tuais mais n'étais pas tué. Jamais.

Je m'assombrissais. Quelque chose avait disparu. Ceux que j'aimais, Noura, Maman, Barak, Cham, Tibor, mais aussi quelque chose d'essentiel, d'impalpable : l'enchantement naturel.

Des tuteurs et des enclos apparaissaient. Quel choc ! Les humains indiquaient aux plantes comment elles devaient pousser, aux bêtes où elles devaient loger. Des tuteurs et des enclos ! Une révolution… La terre devenait agricole, les animaux alimentaires. Des forêts et des prairies étaient anéanties, les premières calcinées pour fournir des champs, les secondes ceinturées pour servir de pâturages. Les paysans aux mains calleuses se cassaient le dos, penchés sur l'humus, afin de le défricher, l'épierrer, le fendre, l'amollir, l'émotter, le serfouir, le labourer, le semer. Ils ne vénéraient plus le sol, ils l'utilisaient. Les bêtes, effrayées, fuyaient les flammes et tentaient d'exister loin des hommes, alors qu'avant elles vivaient avec eux. Leur supplice ne s'arrêtait pas là : les hommes créaient deux races, les animaux domestiques, les animaux sauvages. Rebelles à l'asservissement, les sauvages étaient condamnés à l'exode puis à la clandestinité, tandis que le pire attendait les dociles, ceux qui, par malheur, témoignaient un peu de douceur et de sociabilité. Après avoir repéré ceux qui acceptaient de s'alimenter, de se reproduire en captivité, les fermiers les emprisonnaient définitivement et tuaient les farouches. Si la Nature ne permet la survie que des forts et des pugnaces, les hommes pratiquaient une sélection inverse. Je le constatais chaque fois que je passais devant des troupeaux parqués : les chèvres, les mouflons, les bovins soumis n'avaient jamais ni la taille ni la robustesse de leurs cousins sauvages.

Le paysage se modifiait. Normal : il avait changé d'auteur. Jadis, la Nature le fabriquait ; voilà que l'homme s'y mettait. Notre côte, qui résultait du travail millénaire des éléments, déluge compris, commençait à se ponctuer de voies, de prés, de brûlis, de plantations, de claies, de bois spécialisés, de villages, de ports. Blé, orge, maisons. Blé, orge, palissades. Blé, orge, greniers. Blé, orge, étables. Blé, orge, maisons… Alors que la Nature invente avec une riche prolixité, arborant une imagination sans fin, l'homme brûle, quadrille, simplifie.

Lorsque des colonnes de fumée s'élevaient dans le ciel, des frissons me parcouraient : mes contemporains incendiaient davantage qu'une parcelle de la terre, ils détruisaient une façon de l'habiter. La Nature appartenait désormais à l'homme, qui non seulement colonisait les territoires, mais accaparait les espèces, végétales ou animales, en fonction de ses besoins.

Anciennement, nous subsistions grâce à la chasse, la pêche, la cueillette. Au même titre que les plantes et les bêtes, nous circulions en hôtes de la Nature, sans privilèges, encombrés de sérieux handicaps – une croissance très lente, une longue dépendance à nos aînés, aucune qualité physique supérieure, pas de fourrure ni d'écailles. Vivants au milieu du vivant, nous restions des invités de passage. Cette égalité se brisait. L'homme se croyait maintenant au-dessus de la Nature qu'il transformait. Il y avait dorénavant deux mondes : le naturel, l'humain. Et le deuxième envahissait le premier sans vergogne*.

Homme du Lac, j'avais traversé une Nature sans barrières où matière et esprit se mêlaient. Le brin d'herbe, le noyer, le lièvre, la rivière, le rocher, le nuage, le vent étaient animés, pourvus d'intentions et de sentiments. Avec eux, je pouvais communiquer par l'observation, par la méditation, par la rêverie, par

* Dans l'un des récits qui me furent consacrés plus tard, la Genèse, quelques lignes soulignent cette rupture radicale. Selon le texte de la Bible, Dieu dit à Noé avant d'embarquer : « De tous les animaux purs, tu prendras sept paires, le mâle et la femelle ; des animaux impurs, tu prendras un couple, le mâle et la femelle, et aussi des oiseaux du ciel, sept paires, le mâle et la femelle, pour perpétuer la race sur toute la terre. » Il lui confie la garde, sinon la propriété des animaux ! Et, lors du débarquement, Dieu propose une alliance entre « moi, vous, et tous les êtres vivants ». Ce qui signifie qu'ils sont trois sur terre : Dieu, les hommes, les animaux. La séparation de l'humain d'avec le reste du vivant, sous le regard et la garantie de Dieu, s'est accomplie. Impensable pour les peuples du Lac.

les songes, par le chant, par la danse, par les drogues, par les transes. Nul mur étanche ne se dressait. Or, les hommes le construisaient. En vue de posséder les objets, les corps, les phénomènes, ils les vidaient de pensée et se réservaient l'intelligence. Ils conquéraient le cosmos en le rendant creux. J'avais vécu uni à la Nature ; ils m'en séparaient. L'humilité s'éclipsait, l'harmonie aussi. Mes paradis étaient perdus*.

Alors mon désir d'en finir choisit un ultime biais.

De taille moyenne, légèrement voûté, la nuque épaisse, Kurk arborait des membres si costauds que ses vêtements semblaient toujours étroits aux jambes, aux bras. Une multitude d'amulettes en os, en dents, en bronze barraient son torse bombé, créant une devanture glorieuse et superstitieuse dont les cliquetis signalaient la présence. On entendait Kurk même lorsqu'il se taisait, phénomène exceptionnel d'ailleurs, car sa voix âcre, gutturale, hurlait sans discontinuer. Deux détails résumaient Kurk : la sueur, les veines du cou. Tandis que ses aisselles et ses cuisses ruisselaient, une sorte de vapeur suintait de ses cheveux poisseux,

---

* Ce paradis perdu, j'ai l'impression que les poètes y résident toujours. Est-ce pour cela que, depuis des siècles, je les lis tant ? Beaucoup d'individus nés bien après moi éprouvent cette même soif. Ce qui m'incite à suspecter quelque chose dont je reparlerai : nous ne vivons pas forcément dans l'époque où nous croyons demeurer. Beaucoup d'entre nous logent, au fond d'eux-mêmes, dans un univers différent de leur réalité. Sinon, comment expliquer l'appétit de littérature chez les uns, la dépression chez les autres ? Les hasards de la naissance nous obligent à parcourir un monde sans rapport avec celui que notre inconscient, lui, continue à habiter.

de son front aux sillons francs, des ailes de son nez épaté, couvrant sa face tannée d'une consistance huileuse ; je n'ai jamais connu Kurk sec ; la transpiration traduisait sa fièvre, sa frénésie de remuer, son angoisse de servir un tyran imprévisible. Quant aux veines de son cou, elles saillaient, violettes, contractées, palpitantes, serpentines, témoins d'une énergie au bord de l'éruption.

Dès mes débuts auprès de Kurk, je le satisfis en me montrant un guerrier redoutable. Il m'apprécia. Je gagnai sa confiance et il me délégua quelques sous-tâches de commandement à l'occasion. Entièrement dévoué à Zeboïm, il avait sacrifié toute vie de famille. Privé de femme et d'enfants, il rêvait sur la femme et les enfants de Zeboïm ; par substitution, Kurk les évoquait, ému, comme s'il s'agissait de ses proches. Zeboïm avait trois fils et trois filles qui atteignaient l'âge adulte ; devenu veuf, il avait convolé avec une seconde épouse splendide. « Pas utile de mettre de l'or sur son minois, elle resplendit, rabâchait Kurk. Je n'ai jamais vu plus belle femme. » Si elle ne se cachait pas sous un masque, elle sortait fort peu.

J'écoutais Kurk ; il avait besoin de parler, et moi d'accréditer notre camaraderie.

Enfin arriva la bataille de Letomi. Zeboïm convoitait ce modeste village. Une rivière descendant des montagnes y passait, ce qui lui permettrait de poursuivre ultérieurement son expansion en pirogue vers le levant.

La lutte se révéla d'une telle inégalité que je plaignis les habitants de Letomi. Avec de simples bâtons et des pierres, ils tentèrent de nous retenir, nous, professionnels dotés de casques, de glaives, de boucliers. En un rien de temps, ils fléchirent sous nos coups. Dès que le dernier s'effondra, je réalisai le plan que j'avais prévu.

Au-dessus du carnage, je me tournai vers Kurk. Celui-ci, éclaboussé de sang, me sourit et cria, en brandissant son poing en l'air :

— Letomi appartient à Zeboïm !

On aurait dit qu'il remportait la victoire à son profit.

Je l'apostrophai d'une voix forte :

— Tu vas crever, Kurk.

Persuadé que je plaisantais, il rit à pleines dents.

— Sûr que je vais crever. Mais pas tout de suite. Ce soir, vin pour tous !

— Tu vas crever, Kurk, maintenant.

En un éclair, je lui enfonçai mon épée dans le ventre. Ses yeux glaireux s'arrondirent de perplexité. Il chancela.

Je retirai l'épée. Il vacilla. D'un coup net de lame, je lui ouvris la gorge. Le sang gicla à flots. Il s'écroula.

Les mercenaires n'avaient pas eu le temps d'intervenir. Ahuris, ils regardaient le cadavre de leur commandant qui gisait à leurs pieds.

— Qu'est-ce qui t'a pris, Noam ?

Ils exécraient Kurk, cependant ils lui obéissaient. Non seulement ils vivaient sous ses ordres, mais ils mouraient sous ses ordres. Si mon geste ne les attristait pas, il les médusait.

— Arrêtez-moi ! m'exclamai-je.

— Quoi ?

Ils saisissaient encore moins.

— Arrêtez-moi sinon vous serez suspectés de complicité. Les torts tomberont sur moi, pas sur vous. Zeboïm punira un mercenaire, pas tous.

Le moins empaillé d'entre eux finit par réagir. On me ligota.

Ainsi que je l'escomptais, l'affaire fut rondement menée. Zeboïm ne gaspillait pas son temps à simuler la justice. Il refusa de m'auditionner et annonça que je serais exécuté en place publique sur-le-champ.

Le héraut n'eut que quelques instants pour convoquer la foule, le bourreau pour déposer un billot, les tambours pour retentir, et l'on me poussa, ligoté, vers mon trépas.

Le jour tombait, mais la lumière avait prodigué tant de flammes qu'elle s'attardait partout, un peu roussie, sur les murs, sur les visages, sur le sol que je fixais.

Marchant au rythme du glas, j'éprouvais un soulagement inouï. Je renaissais. Périr me rendait à moi-même. Je retrouvais Noam en accord avec ses principes, ce Noam qu'avaient aimé Maman et Barak, le Noam désiré par Noura, le Noam de mon fils Cham, le Noam qui n'était venu sur terre que pour soigner et préserver la vie. En progressant vers le bourreau, je me souvins soudain de Tibor et moi, sur notre navire, durant le déluge, penchés au-dessus du petit Prok qui agonisait de faim. Tibor s'était indigné : « Je ne suis pas devenu guérisseur pour voir mourir un enfant ! », et j'avais renchéri : « Suis-je devenu chef pour voir mourir un enfant ? » J'avais été ce Noam-là, dirigeant, père, amant, médecin. Ces dernières années, le désespoir m'avait éloigné de moi sans rien m'apporter, sinon l'habitude de massacrer. Repousse-t-on le passé sans qu'il se venge ? La revanche de Noam s'avérait douce : mourir comme moi-même, puisque je ne savais plus vivre comme moi-même.

Le bourreau m'assena un coup derrière les genoux pour me faire chuter. Je devançai la suite en roulant volontairement près de la souche qui servait aux décapitations. Là, je m'accroupis et je posai la tête contre le bois.

Devant moi, sur une estrade, se dressait Zeboïm, hautain, les bras croisés, paré de son masque d'or, avec, à ses côtés, ses fils et ses filles alignés.

Le bourreau souleva une énorme hache de bronze, les percussions se turent.

Vive, légère, une femme rejoignit Zeboïm et glissa sa main au creux de son coude. À son attitude amoureuse, soumise, je compris qu'il s'agissait de sa seconde épouse.

Un cri sortit de ma bouche :

— Noura ?

Surprise, la femme chercha d'où ce nom avait jailli et me découvrit.

— Noam ? balbutia-t-elle.

La hache du bourreau s'abattit sur moi.

Épilogue

Noam relève la tête.

Il vient de comprendre : le livre met fin à une énigme qui l'irritait depuis des millénaires… la mer Noire.

Les tempes brûlantes, il ferme bruyamment le volume, se redresse, cherche son air. Il étouffe. Vite, déambuler, agiter les bras, se secouer, réguler ce corps en feu ! Il ouvre la fenêtre.

Le parfum piquant des pins qui entourent la maison apaise ses poumons. Les stridulations des cigales déferlent sur lui en une vague bienfaisante. Un ciel pur, bleu, lavé, s'étale paisiblement et Noam y puise, en le fixant, la force d'intégrer ce qu'il a découvert. La mer Noire…

Depuis des semaines, la bibliothèque de l'Arche lui offre un refuge à l'intérieur du refuge. Pour tromper l'ennui que lui inspirent ses compagnons, Marmoud, Charly, Hugo, le lymphatique James, Noam passe le plus de temps possible dans cette enceinte aux cloisons tapissées de livres. Sur la vaste table en acajou, il poursuit la rédaction de son manuscrit, puis, lorsque la fatigue disperse les mots en rendant la phrase laborieuse, quand l'usure assimile son travail à celui d'un berger qui tente vainement de rassembler en troupeau les moutons épars, il renonce, repousse le cahier, s'enfonce au creux du canapé et se met à lire.

Léguée par un fin lettré, la bibliothèque constitue une bibliothèque survivaliste. Si elle comporte des manuels pratiques énumérant les techniques de chasse, de camping, de cuisine, elle propose également des œuvres littéraires consacrées aux catastrophes, de l'*Iliade* d'Homère jusqu'à *La Peste* de Camus. Intrigué, Noam a feuilleté des centaines de romans récents dépeignant des fléaux, des tornades, des tsunamis, des séismes, des pandémies, la société post-nucléaire, la nature refroidie, la nature calcinée, l'exil extraterrestre, le cosmos où les machines se sont débarrassées de leurs inventeurs. Ce matin, il a déniché, en haut de l'échelle en bois, un rayon d'ouvrages scientifiques. Apercevant une étude sur le déluge, il l'a saisie, méfiant, du bout des doigts.

Cela fait des siècles qu'il compulse ce que les érudits écrivent sur le déluge sans en avoir tiré le moindre enseignement. Plus exactement, il a beaucoup appris sur les auteurs, rien sur le déluge.

Les hommes rapportent tout à eux. Les événements n'arrivent pas, ils *leur* arrivent. Mieux : ils ne leur arrivent pas, ils leur sont *destinés*. Une calamité, si durement qu'ils la subissent, s'avère un message à leur intention. Peu importe que les bêtes meurent, que les plantes crèvent, que des déserts stérilisent champs et forêts, elle leur est adressée, à eux, à eux seuls. Qui leur parle à travers typhons et cataclysmes ? Les Dieux quand ils pullulaient, Dieu depuis qu'il est devenu célibataire, la Nature maintenant que Dieu s'est absenté. Toujours, une entité intelligente leur administre une leçon. Les Dieux, Dieu, la Nature se vengent de leur arrogance et les incitent à la modestie. Quel paradoxe ! Des êtres présomptueux affirment que la Puissance les encourage à l'humilité, mais, ce faisant, en manquent puisqu'ils s'érigent en centre et en finalité de la création !

Ce matin, Noam est entré dans cette étude du déluge avec réticence, redoutant de ne rencontrer qu'une formulation contemporaine de l'éternelle sottise.

Une heure plus tard, il est abasourdi : le recueil lui livre les clés de ce qu'il a vécu plusieurs millénaires auparavant.

Noam quitte la fenêtre. Fébrile, il parcourt la pièce en marchant vivement autour de la table. La mer Noire…

En 1993, des géologues marins, William Ryan et Walter Pitman, en explorant les entrailles de la mer Noire, trouvèrent des sédiments inexplicables : ils auraient dû garnir un lac d'eau douce, non pas une mer salée. Six années après, un océanographe, Bob Ballard, détecta une plage à cent cinquante mètres sous la surface. Quoi ? Un bord de mer au fond de la mer ? Voilà qui témoignait d'une hausse des eaux imposante. Or la plage révéla plus étrange encore : les animaux et les coquillages pétrifiés qui la jonchaient se rattachaient aux espèces évoluant en eau douce. Grâce au carbone 14, on les data : sept mille huit cents ans. En revanche, ceux qui, non loin, exigeaient un environnement salé affichaient sept mille trois cents ans. Une mer avait donc remplacé un lac !

À partir de là, d'autres informations achevaient de restituer ce qui s'était produit.

Il y avait un lac – Le Lac, pense avec émotion Noam, qui a revécu, à travers les lignes qu'il a tracées, l'univers enchanté de sa jeunesse – alimenté par les ruisseaux des plaines ukrainiennes. Ce lac gisait plus bas que la mer proche, la Méditerranée. Lorsque l'ère glaciaire se termina, le réchauffement climatique provoqua une importante fonte des glaciers sur la planète. En conséquence, le niveau des mers et des océans monta. Quatre degrés de redoux suffirent à hisser la Méditerranée cent trente mètres plus haut. De la Méditerranée qui le surplombait au sud, le Lac était protégé par le relief, car les actuels détroits du Bosphore et des Dardanelles ne constituaient pas des détroits mais des isthmes, des bandes terrestres qui formaient une muraille. Quand, sous la pression des flots, le barrage naturel du Bosphore céda, des millions de kilomètres cubes se déversèrent cent quarante mètres en dessous dans le lac et la campagne alentour, des milliers de personnes furent noyées… Résultat de ce déchaînement : une mer moins salée qui s'étendit sur mille cent kilomètres d'ouest en est, six cents du nord au sud, la mer Noire.

L'étude disait ensuite ce que Noam avait déjà conclu : le déluge n'avait pas été universel, mais local ; si des individus avaient survécu en fuyant, les populations « montagnardes » n'avaient pas été touchées. En l'absence d'écriture, personne ne relata les faits et le bouleversement fut répercuté de mémoire en mémoire, ressassé, commenté, déformé, enrichi, précisé, fabulé.

— Il appelle ! Plaçons-nous là. Pas le temps de descendre.

Dehors, Marmoud a apostrophé Charly et Hugo en revenant d'un exercice d'escalade. Par réflexe, Noam se dirige vers la fenêtre pour la fermer et assurer sa tranquillité.

Les trois paramilitaires discutent avec animation. Noam hésite. Outre qu'il ne souhaite pas les interrompre en surgissant, il aime mieux espionner leur conversation depuis le canapé adossé au mur.

— À mon avis, il nous annonce le jour J, s'exclame le jeune Hugo.

Noam cultive des sentiments ambigus envers les survivalistes qu'il a rejoints. Il leur donne autant tort que raison. Il ne les confond pas avec les prophètes apocalyptiques qu'il a croisés durant des siècles, lesquels appartenaient à des civilisations qui, faute de savoir, croyaient. De nos jours la situation s'est inversée : les hommes savent, mais ne croient pas. Pire : ils ne croient pas à ce qu'ils savent. Quoique le réchauffement de l'atmosphère et ses conséquences relèvent de la science, ils n'y accordent ni crédit ni attention. Seuls les écologistes et les survivalistes, aux yeux de Noam, ont le mérite de croire à ce qu'ils savent.

Marmoud, Charly, Hugo vont au-delà. D'une inquiétude rationnelle, ils ont tiré un intégrisme. Au nom de demain, ils martyrisent aujourd'hui et désirent précipiter le désastre auquel ils se sont préparés. Aucun altruisme ne les guide, plutôt un égoïsme agressif.

Le mobile de Hugo sonne.

— D.R. !

Ils se groupent autour du téléphone. En les entendant se saluer les uns les autres, Noam imagine que D.R. est apparu sur l'écran. La voix métallique du chef énonce avec fermeté :

— La cellule Zacharie déclenche son action dans trois jours. Elle coordonnera l'attaque de cinq centrales nucléaires aux États-Unis.

— Ouais ! hurle Marmoud.

Les trois terroristes se topent dans les mains en poussant un cri de victoire.

La voix reprend, incisive :

— Observez la plus grande discrétion ! Même manifester votre joie peut attirer la suspicion.

— Pas de souci ! On est seuls au refuge.

— On n'est jamais seul ! rétorque D.R. d'un ton coupant.

Noam frémit. Pourvu que les comploteurs ne remarquent pas qu'ils se tiennent près d'une fenêtre ouverte…

À l'évidence, ils s'en moquent, car Marmoud enchaîne :

— Et nous ?

— Vous attendez.

Dans ce timbre déformé, une intonation désarçonne Noam.

Tandis que Marmoud insiste pour avancer l'opération programmée au Liban, Noam s'approche de la fenêtre, guidé par une crainte. Il faut absolument qu'il vérifie ou qu'il infirme son intuition.

Marmoud ne lâche pas, argumente, détaille à quel

point son équipe a tout planifié, y compris l'imprévu. Il propose :

— Nous ferons sauter le barrage de Chabrouh le jour où les Américains s'occuperont des centrales.

Noam passe un œil et, au milieu des nuques penchées sur l'écran, il voit celui que les Libanais implorent.

— Je préfère ne pas, répond Derek.

Du même auteur
aux Éditions Albin Michel :

Romans

La Secte des égoïstes, 1994.
L'Évangile selon Pilate, 2000, 2005.
La Part de l'autre, 2001.
Lorsque j'étais une œuvre d'art, 2002.
Ulysse from Bagdad, 2008.
La Femme au miroir, 2011.
Les Perroquets de la place d'Arezzo, 2013.
L'Homme qui voyait à travers les visages, 2016.
La Porte du ciel (*La Traversée des temps*, t. 2), 2022.

Nouvelles

Odette Toulemonde et autres histoires, 2006.
La Rêveuse d'Ostende, 2007.
Concerto à la mémoire d'un ange, Goncourt de la nouvelle, 2010.
Les Deux Messieurs de Bruxelles, 2012.

L'Élixir d'amour, 2014.
Le Poison d'amour, 2014.
La Vengeance du pardon, 2017.

Le Cycle de l'invisible

Milarepa, 1997.
Monsieur Ibrahim et les fleurs du Coran, 2001.
Oscar et la dame rose, 2002.
L'Enfant de Noé, 2004.
Le sumo qui ne pouvait pas grossir, 2009.
Les dix enfants que Madame Ming n'a jamais eus, 2012.
Madame Pylinska et le secret de Chopin, 2018.
Félix et la source invisible, 2019.

Récits

La Nuit de feu, 2015.
Journal d'un amour perdu, 2019.

Essais

Diderot, ou la philosophie de la séduction, 1997.
Ma vie avec Mozart, 2005.
Quand je pense que Beethoven est mort alors que tant de crétins vivent, 2010.
Plus tard, je serai un enfant (entretiens avec Catherine Lalanne), éditions Bayard, 2017.

Beau livre

LE CARNAVAL DES ANIMAUX, musique de Camille Saint-Saëns, illustrations de Pascale Bordet, 2014.

Théâtre

Le Grand Prix du Théâtre de l'Académie française
a été décerné à Éric-Emmanuel Schmitt
pour l'ensemble de son œuvre

LA NUIT DE VALOGNES, 1991.
LE VISITEUR (Molière du meilleur auteur), 1993.
GOLDEN JOE, 1995.
VARIATIONS ÉNIGMATIQUES, 1996.
LE LIBERTIN, 1997.
FRÉDÉRICK, OU LE BOULEVARD DU CRIME, 1998.
HÔTEL DES DEUX MONDES, 1999.
PETITS CRIMES CONJUGAUX, 2003.
MES ÉVANGILES (La Nuit des Oliviers, L'Évangile selon Pilate), 2004.
LA TECTONIQUE DES SENTIMENTS, 2008.
UN HOMME TROP FACILE, 2013.
THE GUITRYS, 2013.
LA TRAHISON D'EINSTEIN, 2014.
GEORGES ET GEORGES, Le Livre de Poche, 2014.
SI ON RECOMMENÇAIT, Le Livre de Poche, 2014.

Site Internet : eric-emmanuel-schmitt.com